El secreto de una dama

Para Marianne y Ky,
con amor, esperanza y admiración

PRIMERA PARTE

La belleza es, en sí, su propia razón de existir.

EMERSON

I

El viento húmedo y gélido penetraba hasta la médula. Junto a la carretera, la nieve de una tormenta anterior formaba montones irregulares. El cielo era de un azul intenso. Los árboles se elevaban entre la hierba, agitando como brazos sus ramas negras y desnudas.

Así era el mes de marzo en Maine.

Miranda encendió la calefacción del coche y puso *La Bohème*, de Puccini, para escucharla a todo volumen mientras conducía.

Regresaba al hogar. Después de impartir una serie de conferencias, que la habían llevado de una habitación de hotel a una facultad, de un aeropuerto a otra habitación de hotel, estaba ansiosa por llegar a su casa.

Su alivio guardaba relación con el hecho de que detestaba dar conferencias; sufría cada vez que debía enfrentarse a un auditorio expectante, pero nunca dejaba que la timidez o el miedo le impidieran cumplir con su deber. Después de todo, ella era la doctora Miranda Jones, descendiente de los Jones de Jones Point, y jamás se le permitía olvidarlo.

La ciudad había sido fundada por el primer Charles Jones, para dejar su impronta en el Nuevo Mundo. De los Jones, como bien sabía Miranda, se esperaba que dejaran memoria de su presencia allí donde fueran, que conservaran su posición de familia principal de Point, que hicieran su aporte a la sociedad y que se comportaran como correspondía a los Jones de Jones Point, Maine.

Feliz de poner distancia entre ella y el aeropuerto, giró hacia la carretera de la costa y pisó el acelerador. Uno de sus pequeños placeres era conducir a gran velocidad. Le gustaba ir deprisa, desplazarse en un mínimo de tiempo y con la menor cantidad de molestias posible. Era una mujer que rara vez pasaba inadvertida, pues medía casi un metro ochenta de estatura y tenía un cabello tan rojo como un camión de bomberos. Por su aspecto, parecía estar al mando de cualquier situación en la que interviniera, y cuando se movía, con la precisión y exactitud de un misil, el camino solía despejarse a su paso.

Un hombre enamorado había comparado su voz con una tela de terciopelo envuelta en papel de lija; un accidente del destino, pensaba ella, que podía compensarse con una forma de hablar enérgica y áspera con la que, además, lograba alcanzar sus objetivos.

Quizás hubiera heredado su físico de algún guerrero celta, pero su rostro era típico de Nueva Inglaterra: estrecho e imperturbable, de nariz larga y recta, mentón algo puntiagudo y pómulos altos. La boca era ancha y severa, y sus ojos, casi siempre serios, eran azules como el cielo de principios de verano.

Pero ahora, mientras conducía por la larga carretera serpenteante que bordeaba los acantilados cubiertos de nieve, tanto su boca como sus ojos sonreían. Más allá, el mar estaba agitado y gris. A Miranda le encantaban los cambios de humor del mar, su capacidad para serenar o apasionar a quien lo contemplaba. Tras doblar una curva, le llegó el estruendo del agua que rompía contra las rocas para luego retirarse y volver a golpear.

La débil luz del sol chisporroteaba en la nieve que el viento hacía volar a través de la carretera. Por el lado de la bahía, los árboles desnudos se doblaban como ancianos bajo el peso de muchos años de tormentas. En su infancia, cuando aún era una niña fantasiosa, Miranda solía imaginar que esos árboles intercambiaban murmullos quejumbrosos, abrazándose para resistir el embate del viento. Ahora, aunque su imaginación no fuera tan viva, seguía disfrutando viéndolos así, anudados y retorcidos, pero alineados como viejos soldados.

La carretera ascendía por un terreno cada vez más estrecho, bordeado por dos melancólicos brazos de mar, a veces lúgubres, que mordisqueaban las costas con hambre tan voraz como perpetua. La franja de tierra se elevaba en una punta encorvada como un nudillo artrítico, coronada por la vieja casa victoriana desde la que podía verse el mar y el continente. Más allá, donde el terreno volvía a descender hacia el agua, se alzaba la nívea lanza del faro que custodiaba la costa.

En su infancia, gracias a la mujer que allí vivía, aquella casa había sido su refugio y su gozo. Amelia Jones había rechazado la tradición de los Jones y había elegido vivir a su antojo y decir lo que pensaba. Y siempre, siempre había tenido en su corazón un lugar para sus dos nietos.

Miranda la había adorado. Su muerte –Amelia se había ido mientras dormía, sin aspavientos ni advertencias, ocho inviernos atrás– era el único verdadero dolor que Miranda había experimentado.

Legó a Miranda y a su hermano la casa, la fortuna que había acumulado, con el correr de los años, gracias a hábiles inversiones, y su colección de arte. A su hijo, el padre de Miranda, le dejó su esperanza de que llegara a ser siquiera la mitad de hombre que ella había soñado, antes de que volvieran a encontrarse. A su nuera, un collar de perlas, pues era su única posesión que Elizabeth había apreciado.

Aquellos lacónicos comentarios en su testamento eran tan propios de Amelia, pensó Miranda. Tras la muerte de su esposo, había pasado más de una década viviendo sola en aquella gran casa de piedra.

Mientras pensaba en su abuela, Miranda llegó al final de la carretera de la costa y giró hacia el largo y curvo sendero de entrada. La casa que lo coronaba había sobrevivido a los años y los vendavales, al implacable frío del invierno y al asombroso y brusco calor del verano. Y ahora, pensó Miranda con una punzada de culpa, sobrevivía al abandono.

Ni ella ni Andrew encontraban tiempo para contratar a pintores y jardineros. Cuando ella era niña, la casa había sido algo digno de verse; ahora mostraba sus heridas y su decadencia. Aun así, Miranda la encontraba encantadora, como una anciana que no temiera mostrar su edad. En vez de desdibujar sus líneas, se erguía en ángulos rectos, digna su piedra gris, distinguidos sus aguilones y sus torrezuelas.

Hacia el lado del brazo de mar, una pérgola ofrecía encanto y fantasía, con el techo oculto por una glicina que en primavera se cubría de flores. Miranda siempre soñaba con tener tiempo para sentarse en uno de sus bancos de mármol, bajo aquel fragante dosel, y disfrutar del perfume, la sombra y el silencio; pero de algún modo, la primavera se convertía en verano, el verano en otoño, y ella nunca recordaba sus intenciones hasta el invierno, cuando las gruesas ramas estaban desnudas.

Tal vez fuera necesario reemplazar algunas tablas en el amplio porche delantero. Los marcos y las celosías, cuyo azul se había convertido en un gris desvaído, requerían, sin duda, varias manos de pintura. Y en cuanto a la glicina de la pérgola, probablemente hubiera que podarla, abonarla o lo que fuera que hubiera que hacer con esas cosas.

Ya lo haría. Tarde o temprano.

Pero las ventanas centelleaban y, bajo los aleros, las gárgolas mostraban sus feroces sonrisas. Largas terrazas y balcones estrechos ofrecían una vista espectacular hacia todas partes. De las chimeneas brotaban columnas de humo... cuando alguien tenía tiempo para encender el fuego. Los robles eran altos y añosos, y un bosquecillo de pinos cortaba el viento que soplaba del norte.

Ella y su hermano compartían la vivienda sin mayores problemas... o así había sido hasta que Andrew se dio a la bebida. Pero Miranda no quería pensar en eso. Le gustaba tenerlo cerca; le quería y era un placer compartir con él la casa y el trabajo.

En cuanto bajó del coche, el viento le arrojó el pelo a los ojos. Vagamente molesta, se lo echó hacia atrás, mientras se inclinaba para coger el maletín y el ordenador portátil. Se colgó ambos de los hombros y, tarareando los últimos compases de Puccini, se dispuso a abrir el maletero.

El pelo le azotó la cara otra vez, arrancándole un suspiro de irritación, que se convirtió en exclamación ahogada cuando alguien la cogió por los cabellos y tiró hacia atrás con fuerza. Frente a sus ojos estallaron pequeñas estrellas blancas, en tanto el dolor y el espanto le apuñalaban el cráneo al mismo tiempo. Y la punta de un cuchillo presionó, fría y aguda, contra su cuello.

El miedo aulló dentro de su cabeza, como un ardor primordial que explotara en el vientre y trepara chillando hacia la garganta. Pero antes de que pudiera gritar, la hicieron girar en redondo y la empujaron con fuerza contra el coche; una punzada de dolor en la cadera hizo que se le nublase la vista y convirtió sus piernas en gelatina. La mano que la sujetaba volvió a tirar del pelo, bajándole la cabeza como si fuera una muñeca.

La cara del hombre era horrible. Pálida como el papel, cubierta de cicatrices. Pasaron varios segundos antes de que el terror permitiera a Miranda comprender que el hombre se cubría el rostro con una máscara de látex.

No opuso resistencia; no podía. Nada la espantaba tanto como los cuchillos, con su punta mortífera y su filo asesino. Con el arma apretada debajo de la mandíbula, tenía que sofocar sus gemidos, pues hasta el mero intento de respirar le provocaba dolor y pánico.

Él era corpulento y debía de medir casi dos metros, según advirtió Miranda, que se esforzaba por memorizar los detalles mientras el corazón le palpitaba en la garganta, allí donde presionaba la hoja. Más de cien kilos, sin duda, ancho de hombros, de cuello corto. Oh, Dios.

Ojos pardos; era todo lo que permitían ver las ranuras de aquella horrible máscara de látex, y tan inexpresivos como los de un tiburón. Deslizó la punta del cuchillo por el cuello y abrió una pequeña herida en la piel. Un hilo de sangre comenzó a descender hacia el cuello del abrigo.

–Por favor –musitó Miranda mientras empujaba instintivamente la muñeca de la mano que sostenía el cuchillo. El miedo acabó con cualquier pensamiento racional cuando él la obligó a echar la cabeza hacia atrás, dejando la garganta totalmente vulnerable.

Miranda imaginó el cuchillo haciendo un solo corte, veloz y silencioso; la carótida seccionada, el chorro de sangre caliente, y ella moriría de pie, sacrificada como un cordero.

–No, por favor. Tengo trescientos cincuenta dólares en efectivo. –«Por favor, que sea dinero lo que busca», pensó, frenética. Que sea solo dinero. Si lo que pretendía era violarla, esperaba tener valor para resistirse, aun cuando sabía que no podría contra él. Y si lo que quería solo era matarla, ojalá fuera rápido.

–Le daré el dinero –insistió.

Pero él la arrojó a un lado, arrancándole una exclamación de espanto.

Miranda cayó violentamente sobre manos y rodillas; la grava le abrió pequeños cortes en las palmas. Oyó su propio gemido y odió ser presa de ese miedo que le impedía hacer otra cosa que mirarlo fijamente, con ojos empañados por las lágrimas.

Clavó los ojos en el cuchillo que centelleaba bajo la débil luz del sol. Aunque su mente le gritaba que corriera, que luchara, permaneció donde estaba, paralizada.

El hombre recogió su bolso y su maletín. Luego hizo girar el cuchillo de modo que el reflejo la cegó por un instante. Finalmente, se agachó para hundir la punta en la rueda trasera. Al extraerlo, dio un paso hacia ella. Miranda empezó a arrastrarse en dirección a la casa. Esperaba que volviera a atacarla, que le desgarrara la ropa, que le hundiera el cuchillo en la espalda con la misma fuerza con que lo había clavado en el neumático, pero continuó arrastrándose por el césped quemado por la escarcha.

Al llegar a los escalones del porche miró hacia atrás, gimoteando. Y vio que estaba sola. Un jadeo breve brotó de su garganta, quemándole los pulmones, mientras subía gateando por los escalones. Tenía que entrar, huir. Cerrar la puerta con llave. Antes de que él volviera y usara ese cuchillo contra ella.

La mano se le resbaló del pomo una, dos veces, antes de que consiguiera cerrar los dedos en torno a él. Habían echado la llave. Era lógico, ya que no había nadie en casa. Nadie que pudiese ayudarla. Permaneció unos instantes allí acurrucada, ante la puerta, temblando a causa del miedo y el viento que azotaba la colina. Muévete, se ordenó. Tienes que moverte. Saca la llave, entra, llama a la policía.

Miró a un lado y a otro, como un conejo atento a la presencia de lobos; empezaban a castañetearle los dientes. Utilizando el picaporte como punto de apoyo, tiró de él para levantarse. Sus piernas amenazaban con ceder y la rodilla izquierda le dolía, pero bajó del porche con paso vacilante y fue en busca, frenéticamente, de su bolso. Luego recordó que él se lo había llevado.

Rezando, maldiciendo y suplicando, abrió violentamente la portezuela del coche y rebuscó en la guantera. En el momento en que cerraba los dedos sobre su llavero de recambio, un sonido la hizo volverse, enloquecida, y alzar las manos para defenderse. Pero no había nada, salvo el viento que sacudía las ramas negras y desnudas, los tallos de los rosales, la hierba quebradiza.

Con la respiración entrecortada, corrió renqueando hacia la casa. Metió con frenesí la llave en la cerradura. Estuvo a punto de llorar de alivio al advertir que la puerta cedía.

Después de entrar, tambaleándose, cerró de un portazo y echó la llave. Cuando tuvo la espalda apoyada contra la madera maciza, las llaves se le escurrieron de entre los dedos y cayeron al suelo. Lo veía todo gris; cerró los ojos. Ahora estaba completamente entumecida, tanto física como mentalmente. Debía dar el paso siguiente, actuar, enfrentarse a los hechos, pero no recordaba cuál era ese paso.

Le zumbaban los oídos; sintió náuseas. Apretó los dientes y dio un paso adelante, y otro más; el suelo parecía oscilar bajo sus pies. Cuando estaba muy cerca de la escalera, cayó en la cuenta de que no le zumbaban los oídos, sino que sonaba el teléfono. Entró maquinalmente en la sala, donde todo era tan familiar, tan normal, y levantó el auricular.

–Diga... –Su voz sonaba lejana, hueca. Mareada, contempló las sombras que el sol proyectaba sobre el entarimado–. Sí. Sí, comprendo. Allí estaré. Tengo que... ¿qué? –Sacudiendo la cabeza, Miranda se esforzó por recordar lo que debía decir–. Tengo algunas cosas... de que ocuparme, primero. No, iré en cuanto me sea posible.

Y entonces una extraña sensación se apoderó de ella. Estaba demasiado aturdida como para reconocerla como histeria.

–Ya tengo el equipaje hecho –dijo. Y se echó a reír.

Aún se reía cuando colgó el auricular. Y riéndose cayó, desmadejada, sobre el sillón. Mientras se acurrucaba, la risa se convirtió en sollozos sin que lo advirtiese siquiera.

Tenía una taza de té caliente entre las manos, pero no bebía, porque no podía parar de temblar. Aun así, era un consuelo sostenerla, sentir el calor en los dedos helados, aliviando el ardor de las palmas despellejadas.

Había actuado con coherencia; cuando se denunciaba un delito a la policía era necesario ser clara y precisa, y mostrarse serena. En cuanto se hubo repuesto, hizo las llamadas debidas y, poco después, habló con los policías que se presentaron en su casa. Pero ahora, tras todo aquello, se encontraba otra vez sola y le parecía imposible retener en la mente un solo pensamiento durante más de diez segundos.

–¡Miranda! –Al grito siguió el ruido de la puerta principal al cerrarse. Andrew entró como una tromba y la miró, horrorizado, a la cara–. Oh, Dios mío. –Se acuclilló a sus pies y acarició sus mejillas pálidas–. Oh, cariño.

–Estoy bien. Solo tengo algunas magulladuras –dijo Miranda, pero estaba nuevamente a punto de perder el control sobre sí misma–. No fue más que un susto.

Él vio que tenía los pantalones desgarrados en las rodillas; en la tela había sangre seca.

–¡Hijo de puta! –exclamó. Su semblante se ensombreció–. ¿Te...? –Bajó las manos hacia las de ella, como si pretendiera ayudarla a sostener la taza de porcelana–. ¿Te violó?

–No. No. Me robó el bolso, nada más. Solo quería dinero. No debería haberle pedido a la policía que te llamara. Debería haberlo hecho yo misma.

–No importa. No te preocupes. –Andrew le apretó las manos, pero se las soltó al ver que hacía una mueca de dolor–. Oh, cariño... –Cogió la taza, la dejó a un lado y estudió las palmas despellejadas–. Lo siento tanto. Ven; te llevaré al hospital.

–No necesito ir al hospital. Solo tengo algunos cardenales sin importancia. –Miranda respiró hondo. Ahora que su hermano estaba allí, todo era más fácil.

Andrew la enfurecía tanto como la decepcionaba, pero era, desde siempre, el único que nunca la abandonaba, que siempre estaba a su lado cuando lo necesitaba. Él volvió a ponerle en las manos la taza de té.

–Bebe un poco –susurró, y se levantó para andar por la habitación, de un lado a otro, en un intento de tranquilizarse.

Su cara huesuda casaba bien con su físico delgado. Tenía los ojos azules como su hermana, aunque algo más claros, y el pelo, también rojo, un poco más oscuro. Nervioso, se golpeaba el muslo con la mano, mientras andaba.

–Si hubiera estado aquí... Maldita sea... Miranda: debería haber estado aquí.

–No puedes estar en todas partes, Andrew. Nadie podía prever que me atacarían delante de nuestra propia casa. Creo... La policía cree... que cuando llegué, él iba a entrar a robar y que al verme cambió de planes.

–Me han dicho que tenía un cuchillo.

–Sí. –Ella tocó tímidamente el corte superficial del cuello–. Y puedo asegurarte que no he superado mi miedo a los cuchillos. Con solo verlo, me quedé helada.

Andrew la miró con el ceño fruncido, se sentó a su lado y le preguntó:

–¿Qué hizo? ¿Puedes decírmelo?

–Apareció como salido de la nada, cuando estaba sacando mis cosas del maletero. Me cogió por el pelo y me puso el cuchillo contra el cuello. Creí que iba a matarme, pero me tiró al suelo y me quitó el bolso y el maletín. Después pinchó las ruedas del coche y se fue. –Miranda se las ingenió para sonreír–. No fue, exactamente, la bienvenida que yo esperaba.

–Yo debería haber estado aquí –repitió él.

–Basta ya, Andrew. –Se inclinó hacia él, con los ojos cerrados–. Mamá ha llamado.

–¿Qué? –Él iba a pasarle un brazo por los hombros, pero se inclinó para mirarle a los ojos.

–Cuando entré, estaba sonando el teléfono. Por Dios, todavía estoy aturdida –se quejó Miranda, frotándose las sienes–. Mañana he de ir a Florencia.

–De eso, nada. Acabas de llegar a casa y estás herida. Por Dios, ¿cómo puede pedirte que subas a un avión cuando acaban de atacarte?

–No se lo he dicho. –Ella se limitó a encogerse de hombros–.

De todos modos, su orden fue muy clara. Tengo que reservar billete.

–Lo que vas a hacer es acostarte, Miranda.

–Oh, sí –repuso ella con una sonrisa–. Ahora mismo voy.

–Yo la llamaré. –Andrew respiró profundamente, como si se enfrentara a una tarea desagradable–. Yo le explicaré lo ocurrido.

–¡Ah, mi héroe! –Miranda le dio un beso en la mejilla–. Puedo viajar –añadió–. Un baño caliente, una aspirina y estaré como nueva. Además, después de esta pequeña aventura no me vendrá mal un poco de distracción. Al parecer, tiene una figura de bronce a la que quiere que le eche un vistazo. –Dejó la taza de té en la mesita baja–. Si no fuera importante, no me pediría que me presentase en Standjo. Necesita a un arqueometrista con urgencia.

–Hay arqueometristas entre el personal de Standjo.

–Exactamente. –Esta vez Miranda esbozó una amplia sonrisa. «Standjo» era el apócope de Standford-Jones. Elizabeth se había asegurado de que en la operación de Florencia no solo figurara en primer lugar su nombre, sino todo lo que a ella concernía–. Si me manda llamar, el asunto ha de ser de importancia. Quiere mantenerlo en el marco estricto de la familia. Elizabeth Standford-Jones, directora de Standjo, en Florencia, necesita a un experto en figuras de bronce del Renacimiento italiano y quiere que lleve el apellido Jones. No pienso decepcionarla.

Quería reservar billete para el vuelo de la mañana siguiente, pero no tuvo suerte; debió contentarse con una plaza en el vuelo nocturno a Roma, con conexión a Florencia. Eso suponía casi un día de retraso.

Y le iba a costar muy caro.

Mientras intentaba calmar sus dolores con un baño caliente, calculó la diferencia horaria. No tenía sentido llamar a su madre. Elizabeth estaría en su casa, probablemente acostada. Ya no podía hacer nada. Por la mañana llamaría a Standjo. La demora no sería tan grave, ni siquiera para Elizabeth.

Decidió pedir un taxi para que la llevara al aeropuerto; dada la forma en que le palpitaba la rodilla, conducir podía resultarle difícil, aunque pudiera reemplazar los neumáticos a tiempo. Bastaba con... Se incorporó bruscamente en la bañera. ¡Su pasaporte! El pasaporte, el carnet de conducir, las tarjetas de la empresa... El ladrón se había llevado el maletín y el bolso... con todos sus documentos personales.

–Oh, mierda –fue cuanto pudo decir, mientras se frotaba la cara con las manos. Las cosas no podían haber sido peores.

Furiosa, se puso de pie tras quitar el tapón de la bañera y tendió la mano en busca de la toalla, pero la rodilla lesionada cedió bajo el peso de su cuerpo. Conteniendo un grito, apoyó una mano contra la pared y se sentó en el borde de la bañera, pero la toalla se le cayó al agua.

Sintió ganas de llorar por la frustración, por el dolor, por el súbito y agudo miedo que volvía como una puñalada. Desnuda, temblando, dejó salir el aliento en breves jadeos para recuperar el dominio de sí misma. Las lágrimas no la ayudarían a recobrar sus documentos, ni calmarían los dolores ni la llevarían hasta Florencia. Mientras retorcía la toalla empapada, se calmó y dejó de llorar. Sacó con cuidado las piernas de la bañera pero, cuando se incorporó, el sudor cubrió su piel y las lágrimas acudieron de nuevo a sus ojos. Pero aguantó el dolor y se mantuvo en pie, aferrada al lavabo, para inspeccionarse en el espejo de cuerpo entero que había en la puerta.

Tenía los brazos llenos de moratones. No recordaba que el hombre la hubiera cogido por los brazos, pero allí estaban las marcas, grises y oscuras. La cadera, con una gran mancha morada, también le dolía. Tenía las rodillas en carne viva; la izquierda, roja e hinchada. Seguramente había recibido la peor parte de la caída. Le ardía el canto de las manos, por el rudo encuentro con la grava del sendero. Pero fue el largo corte superficial del cuello lo que le provocó vértigos y un nuevo ataque de náuseas. Lo tocó con los dedos, horrorizada. «Ha estado muy cerca de degollarme», pensó.

Sin embargo, si hubiera querido matarla, lo habría hecho. Y eso era peor que los cardenales y los dolores. Su vida había estado en manos de un desconocido.

–Nunca más –mascullló. Se volvió y descolgó su bata de una percha de bronce que había junto a la puerta–. No permitiré que algo así vuelva a sucederme.

Sintió frío y se puso la bata. Mientras luchaba con el cinturón, un movimiento en el exterior, bajo la ventana, hizo que levantara bruscamente la cabeza. El corazón le dio un vuelco: él había regresado.

Quiso echar a correr, esconderse, llamar a Andrew, acurrucarse tras una puerta cerrada, y apretando los dientes se acercó un poco más a la ventana. Con alivio, comprobó que era Andrew. Llevaba la chaqueta a cuadros que usaba para cortar leña o pasear por los acantilados. Había encendido los reflectores y algo brillaba en su mano, algo que él balanceaba al caminar por el jardín. Intrigada, Miranda apretó la cara contra el cristal. ¿Era un palo de golf? ¿Qué demonios hacía fuera, caminando por el césped nevado con un palo de golf?

De pronto comprendió. La invadió una oleada de amor, más tranquilizadora que cualquier sedante. Estaba montando guardia. No pudo evitar que una lágrima rodase por su mejilla. Entonces lo vio detenerse, sacar algo del bolsillo, levantarlo y dar un largo trago. «Oh, Andrew», pensó cerrando los ojos, con el corazón dolorido. «¿Por qué? ¿Por qué?...»

Fue el dolor de su rodilla lo que la despertó. Buscó a tientas el interruptor de la luz y tomó unas píldoras del frasco que había dejado en la mesilla de noche. Pensó que había hecho mal en no seguir el consejo de Andrew; debería haber ido al hospital, a que algún médico comprensivo le recetara un calmante más potente.

Echó un vistazo a la esfera luminosa del reloj; eran más de las tres de la mañana. Al menos, el cóctel de Ibuprofen y aspirinas que había tomado a medianoche le había permitido tres horas de descanso. Pero ahora estaba despierta, y dolorida. «Será mejor coger el toro por los cuernos», decidió.

Dada la diferencia horaria, Elizabeth ya debía de estar en su despacho. Miranda cogió el teléfono para hacer la llamada. Con un gemido de dolor, apiló las almohadas contra la cabecera de hierro forjado y se recostó en ellas.

–¿Miranda? Estaba por dejarte un mensaje en el hotel, para que lo recibieras mañana, a tu llegada.

–Han surgido problemas. Tengo...

–¿Problemas? –La palabra fue como una astilla de hielo, gélida y penetrante.

–Lo lamento.

–Creía haberte dicho claramente que este proyecto es prioritario. He garantizado al gobierno que hoy mismo comenzaremos los estudios...

–Le pediré a John Carter que vaya en mi lugar. Yo...

–No quiero que venga John Carter. Quiero que vengas tú. Cualquier otro trabajo que tengas pendiente se puede postergar. Creo que también fui clara al respecto.

–Sí, en efecto. –No, esta vez los calmantes no la ayudarían. Pero la cólera que empezaba a agitarse en su interior alejaría un poco el dolor–. Tenía la intención de presentarme allí, siguiendo tus instrucciones.

–¿Y por qué no lo haces?

–Porque ayer me robaron el pasaporte y los otros documentos... Tramitaré uno nuevo en cuanto pueda y cambiaré el billete. Como es viernes, dudo que pueda tener documentos nuevos antes de la semana que viene.

Su madre sabía cómo funcionaba la burocracia. Se había criado en medio de ella.

–Incluso en una población relativamente tranquila, como Jones Point, hay que ser muy tonta y descuidada para no cerrar el coche con llave.

–No tenía los documentos en el coche; los llevaba conmigo. Te avisaré en cuanto tenga los duplicados y el billete. Trata de comprenderme. En cuanto llegue, me pondré de lleno al trabajo. Adiós, madre.

Fue una enorme satisfacción para Miranda colgar el auricular antes de que Elizabeth pudiera decir una palabra más. En su elegante y amplio despacho, a cinco mil kilómetros de distancia, Elizabeth miró fijamente el teléfono, con una mezcla de fastidio y confusión.

–¿Algún problema?

Distraída, levantó la vista hacia su ex nuera. Elise Warfield, con un bloc de notas sobre las rodillas, la miraba intrigada con una amplia sonrisa. Su matrimonio con Andrew había fracasado, para desencanto de Elizabeth, pero el divorcio no había perjudicado su relación personal y profesional con Elise.

–Sí. Miranda ha pospuesto el viaje.

Elise enarcó las cejas, que desaparecieron bajo el flequillo.

–Eso es raro en ella –dijo.

–Le robaron los documentos, pasaporte incluido.

–Oh, qué pena. –Elise se levantó. Medía menos de un metro sesenta de estatura. Era exuberante, pero al mismo tiempo de facciones delicadas. La brillante melena negra, los ojos grandes, de densas pestañas, la tez blanca, el rojo intenso de los labios, le conferían el aspecto de un hada eficiente y sensual–. ¿La atacaron?

–No me dio detalles. –Elizabeth apretó brevemente los labios–. Va a tramitar otro pasaporte y a cambiar el billete. Quizá tarde varios días.

Elise iba a preguntar si Miranda había sufrido algún daño,

pero cambió de idea. Por la expresión de Elizabeth, era obvio que no lo sabía o que le tenía sin cuidado.

–Como querías iniciar el examen de esa figura de bronce hoy mismo, dejaré algo de lo que estoy haciendo y me ocuparé personalmente.

Elizabeth se volvió hacia la ventana, pensativa. Contemplar la ciudad siempre le había ayudado a pensar...

Florencia se había convertido en su patria desde su primera visita. Por entonces, tenía dieciocho años; era una joven universitaria, con un desesperado amor por el arte y una secreta sed de aventuras, y se había enamorado locamente de la ciudad, de sus tejados rojos, sus cúpulas majestuosas, sus callejuelas serpenteantes y sus bulliciosas plazas. Y también de un joven escultor, que la atrajo hacia su cama y le mostró su propio corazón.

No se trataba de un buen candidato, desde luego. Era pobre y locamente apasionado. En cuanto los padres de Elizabeth se enteraron de la relación, la obligaron a volver inmediatamente a Boston. Y allí terminó todo, por supuesto.

Molesta por dejarse arrastrar por aquellos pensamientos, reaccionó y volvió al presente. Desde entonces había tomado sus propias decisiones, todas excelentes, y ahora dirigía una de las instituciones dedicadas a la investigación más importantes y respetadas del mundo del arte. Aunque Standjo fuera una de las ramas de la organización Jones, le pertenecía. Su apellido estaba primero. Y ella.

Se puso de pie y se acercó a la ventana; era una mujer de cincuenta y ocho años, todavía esbelta y atractiva. Se teñía discretamente el pelo de rubio ceniza, en uno de los mejores salones de belleza de Florencia. El traje de Valentino, de corte perfecto, en color burdeos y con botones dorados, reflejaba su gusto impecable, al igual que los zapatos de tacón bajo a juego. Poseía, además, un cutis excelente; su estructura ósea, típica de Nueva Inglaterra, disimulaba las pocas arrugas que se atrevían a mostrarse. El azul de los ojos era penetrante, implacable, inteligente. Daba la imagen de una profesional serena y elegante, de buena posición económica y social.

Y jamás se habría conformado con menos. Solo aceptaba lo absolutamente superior.

–La esperaremos –decidió, volviéndose hacia Elise–. Es la especialidad de Miranda. Me pondré personalmente en contacto con el ministro para explicarle este breve retraso.

Elise sonrió.

–Nadie como los italianos para entender una demora.

–Es cierto. Más tarde revisaremos esos informes, Elise. Ahora quiero hacer esa llamada.

–Tú mandas.

–Así es. Ah, mañana vendrá John Carter. Va a trabajar en el equipo de Miranda. Si quieres asignarle otro proyecto, mientras tanto, hazlo. No tiene sentido tenerlo aquí mano sobre mano.

–¿De modo que viene John? Me alegrará verlo. En el laboratorio puede sernos útil. Ya le buscaré algo.

–Gracias, Elise.

Al quedarse sola, Elizabeth volvió a sentarse ante su escritorio, con la vista clavada en la caja fuerte, al otro lado de la habitación. Pensaba en su contenido. Miranda estaría al frente del proyecto. La decisión estaba tomada desde que había visto el bronce. Sería una operación de Standjo, con una Jones al timón. Era lo que ella había planeado y lo que esperaba. Y no se conformaría con menos.

2

Como llegaba con cinco días de retraso, Miranda cruzó deprisa las enormes puertas medievales de Standjo, Florencia; el repiqueteo de los tacones de sus zapatos sobre el reluciente mármol blanco hacía pensar en una ráfaga de rápidos disparos.

Se colgó de la solapa la tarjeta de identificación de Standjo que la asistente de Elizabeth le había enviado por correo nocturno y pasó junto a una excelente reproducción en bronce de una estatua de Cellini: Perseo exhibiendo la cabeza cortada de la Medusa. Muchas veces se había preguntado qué revelaba sobre su madre la obra de arte elegida para el vestíbulo de entrada. Probablemente, que era capaz de vencer a todos sus enemigos de un único y certero golpe.

Se detuvo ante el mostrador del vestíbulo e hizo girar el registro para estampar su firma; después de consultar su reloj, anotó también la hora.

Se había vestido con una prudencia casi estratégica, escogiendo un traje de seda azul, austero pero elegante que le daba un aspecto a la vez audaz y poderoso. Después de todo, para entrevistarse con la directora de un laboratorio de arqueometría que figuraba entre los mejores del mundo, había que cuidar el aspecto personal al máximo. «Y muy especialmente –pensó Miranda con una imperceptible mueca burlona– si esa directora es tu propia madre.»

Pulsó el botón del ascensor y esperó, impaciente. Sentía un nudo en el estómago y le zumbaban los oídos, pero no dejó traslucir sus nervios. En cuanto entró en el ascensor, abrió su polvera para retocarse los labios. Una sola barra de carmín le duraba un año; a veces, más. Solo se ocupaba de esas pequeñas molestias cuando era inevitable.

Segura de haber hecho todo lo que estaba a su alcance, guardó la polvera y deslizó una mano por el impecable moño con que se había recogido el pelo. Mientras se alisaba la falda, las puertas se abrieron y accedió al sereno y elegante vestíbulo de lo que ella consideraba el santuario interior. La alfombra gris perla, las paredes marfileñas, las severas sillas antiguas de respaldo recto casaban bien con su madre: todo hermoso, de buen gusto y frío. También era de su estilo el lustroso escritorio ante el que trabajaba la recepcionista, con su ordenador y su centralita: severo y modernísimo a un tiempo.

–*Buon giorno.* –Miranda se acercó al escritorio para anunciarse, en perfecto italiano–. *Sono la dottoressa Jones. Ho un appuntamento con la signora Standford-Jones.*

–*Sí, dottoressa. Un momento.*

Mentalmente, Miranda cambió los pies de posición, tiró de la chaqueta hacia abajo y echó hacia atrás los hombros. A veces, imaginar que se movía la ayudaba a mantenerse quieta. Mientras se paseaba imaginariamente, la recepcionista le dijo, con una sonrisa, que podía pasar.

Miranda cruzó la doble puerta de cristal, a su izquierda, y echó a andar por el pasillo blanco que conducía al despacho de la *signora direttrice*. Llamó con los nudillos. Dondequiera que estuviese Elizabeth, una no podía dejar de anunciarse antes de entrar. De inmediato, se oyó la respuesta:

–*Entri.*

Su madre estaba sentada ante el escritorio, un elegante Hepplewhite que casaba a la perfección con su aristocrática estampa de Nueva Inglaterra. Detrás de ella, tras la ventana, se extendía Florencia, esplendorosa como siempre.

Madre e hija se miraron, evaluándose rápidamente. Elizabeth fue la primera en hablar.

–¿Has tenido un buen viaje?

–Sin novedad.

–Me alegro.

–Tienes un aspecto excelente.

–Estoy bien, sí. ¿Y tú?

–También. –Miranda se imaginó ejecutando una salvaje danza de claqué por ese despacho inmaculado, aunque se mantenía recta como un soldado ante la inspección.

–¿Quieres café? ¿Prefieres un refresco?

–No, gracias. –Miranda enarcó una ceja–. No me has preguntado por Andrew.

Elizabeth le señaló una silla.

–¿Cómo está tu hermano?

«Angustiado», pensó la joven. «Bebiendo en exceso. Enojado, deprimido, rencoroso.»

–Bien. Te envía saludos –mintió sin reparos–. Supongo que avisaste a Elise de que yo vendría.

–Por supuesto.

Como Miranda permanecía de pie, Elizabeth se levantó.

–Los jefes de todos los departamentos y el personal necesario saben que vas a trabajar aquí por un tiempo. La figura de bronce de Fiesole tiene prioridad. Naturalmente, tendrás a tu disposición los laboratorios, el equipo y la ayuda de cualquier colaborador que escojas.

–Ayer hablé con John. Aún no se ha hecho ningún examen, ¿verdad?

–No. Esta demora lo ha impedido. Espero que comiences de inmediato.

–Para eso estoy aquí.

Elizabeth inclinó la cabeza.

–¿Qué te pasó en la pierna? Cojeas un poco.

–Me atacaron, ¿recuerdas?

–Me hablaste de un robo, pero no mencionaste ninguna agresión.

–Tú no preguntaste.

Elizabeth dejó escapar algo que, en cualquier otra persona, Miranda hubiera tomado por un suspiro.

–Podrías haberme explicado que habías resultado herida en el incidente.

–Podría haberlo hecho, en efecto, pero no lo hice. Después de todo, lo prioritario era la pérdida de mis documentos y la demora que eso provocaba. –Inclinó la cabeza, repitiendo el gesto de su madre–. Creo que lo expresé claramente.

–Supuse que... –Elizabeth dejó la frase sin terminar, alzando la mano en un gesto que podía expresar fastidio o derrota–. ¿Por qué no tomas asiento, mientras te doy algunos datos?

Por fin iban a abordar el tema. Era lo que Miranda esperaba. Se sentó y cruzó las piernas.

–El hombre que descubrió la figura de bronce...

–El fontanero.

–Sí. –Elizabeth sonrió por primera vez; ese gesto, sin embargo, no expresaba diversión, sino un reconocimiento de lo absurdo del hecho–. Carlo Rinaldi. Al parecer, es un artista, si bien no de profesión. Nunca consiguió ganarse la vida con la pintura y, como su suegro se dedicaba a la fontanería...

Miranda enarcó las cejas, levemente sorprendida.

–¿Tiene importancia a qué se dedica?

–Solo por su relación con esta pieza. No parece haber ninguna. Según todos los informes, tropezó con la figura, literalmente. Asegura haberla encontrado escondida bajo un escalón roto, en el sótano de la Villa della Donna Oscura. Y hasta donde se ha podido verificar, así fue.

–¿Había motivos para sospechar que se lo había inventado, eso y... la propia figura?

–Si hubo alguna duda, el ministro ha encontrado satisfactorio el relato de Rinaldi.

Elizabeth cruzó las manos, perfectamente cuidadas, sobre el borde del escritorio. Mantenía la espalda tan recta como una regla. Sin darse cuenta, Miranda se movió imperceptiblemente para enderezar la suya.

–Lo que al principio provocó cierta preocupación –continuó su madre– era el hecho de que, al encontrarla, la sacó a escondidas de la villa en su caja de herramientas y se tomó su tiempo antes de hacer la denuncia.

Miranda, preocupada, cruzó las manos para no tamborilear con los dedos sobre la rodilla. No se percató de que había adoptado una postura exactamente igual a la de su madre.

–¿Cuánto tiempo la retuvo?

–Cinco días.

–¿Sufrió algún daño? ¿La has examinado?

–Sí; pero preferiría no hacer ningún comentario hasta que la hayas visto.

–Bien. –Miranda asintió con la cabeza–. Echémosle un vistazo.

A modo de respuesta, Elizabeth se acercó a un armario y, abriendo la puerta, puso al descubierto una pequeña caja fuerte.

–¿La guardas ahí?

–Es un lugar perfectamente seguro. Hay varias personas que tienen acceso a las bóvedas de los laboratorios; en este caso, preferí restringir el acceso. Y me pareció que, para concentrarte mejor, te iría bien hacer aquí el examen inicial.

Con la punta de un dedo, Elizabeth marcó un código y aguardó; luego pulsó otra serie de números. Después de abrir la puerta reforzada, sacó una caja metálica que depositó sobre el escritorio; de ella extrajo un paquete envuelto en terciopelo descolorido.

–Fecharemos también la tela y la madera del escalón.

–Por supuesto.

Aunque le escocían los dedos, Miranda se levantó para adelantarse lentamente, mientras Elizabeth colocaba el paquete sobre una impecable hoja de papel secante.

–No hay ningún documento, ¿verdad?

–Hasta ahora, ninguno. Ya conoces la historia de la villa.

–Sí, por supuesto. En otros tiempos vivió allí Giulietta Buonadoni, amante de Lorenzo el Magnífico, conocida por el apodo de la Dama Oscura. Se cree que, tras la muerte de él, fue compañera de otros Médicis. Todas las luminarias del Renacimiento que vivían en Florencia, o en las cercanías, fueron bien recibidas en la casa, en un momento u otro.

–De modo que comprenderás que hay muchas posibilidades...

–No trabajo con posibilidades –la interrumpió Miranda, ásperamente.

–Bien. Por eso estás aquí.

Miranda deslizó suavemente un dedo por el raído terciopelo.

–¿Sí?

–Quería al mejor profesional y estoy en situación de conseguirlo. Además, exijo discreción. Si se filtra la noticia de este hallazgo habrá especulaciones descabelladas, y ese es un riesgo que Standjo no puede ni debe correr. El gobierno no quiere ningún tipo de publicidad ni especulaciones públicas, hasta que la figura haya sido datada y estén hechas todas las comprobaciones.

–Lo más probable es que el fontanero ya haya divulgado la noticia entre sus amigos del bar.

–No lo creo.

Una vez más, en el rostro de Elizabeth apareció aquella leve sonrisa.

–Sacó la figura de un edificio perteneciente al Gobierno. A estas alturas sabe perfectamente que, si no hace lo que se le indica, podría acabar en la cárcel.

–El miedo suele ser una mordaza eficaz.

–Sí, pero eso no nos incumbe. Se nos ha encomendado analizar esta figura de bronce y proporcionar al Gobierno toda la información que la ciencia pueda ofrecer. Necesitamos la mirada objetiva de alguien que no se base en ideas románticas, sino en datos.

–En la ciencia no hay lugar para ideas románticas –murmuró Miranda mientras retiraba cuidadosamente el terciopelo.

Al contemplar la figura, le dio un vuelco el corazón. Su ojo experimentado y hábil reconoció la maestría del trabajo, su brillantez. Pero frunció el entrecejo, sepultando instintivamente la admiración bajo el escepticismo.

–Está muy bien concebida y ejecutada; el estilo corresponde al Renacimiento, por cierto.

Sacó sus gafas del estuche que llevaba en el bolsillo. Después de ponérselas, levantó la figura y la hizo girar lentamente, sopesándola. Las proporciones eran perfectas; la sensualidad, obvia. Se habían representado asombrosamente los mínimos detalles: las uñas de los pies, cada cabello, la definición de los músculos de las pantorrillas. Representaba a una mujer gloriosamente libre, maravillosamente consciente de su poder. El cuerpo, largo y curvilíneo, estaba arqueado hacia atrás, con los brazos alzados, pero no en una plegaria ni en una súplica, sino en un gesto de triunfo. La cara no era delicada, sino pasmosa; tenía los ojos entornados, en un gesto de placer; la boca expresaba una profunda satisfacción. Se mantenía en equilibrio sobre la punta de los pies, como si estuviera a punto de saltar a una piscina de agua tibia y perfumada. O a los brazos de un amante.

Era desvergonzadamente sexual. Por un instante Miranda creyó sentir, desconcertada, su calor. Parecía poseer vida propia.

La pátina sugería antigüedad, pero esas cosas pueden llevar a engaño. No es difícil hacer que una escultura aparente tener muchos años. El estilo del artista era inconfundible, pero imitar un estilo tampoco es imposible.

–Es la Dama Oscura –dijo–. Giulietta Buonadoni. No cabe duda. He visto muchas veces su cara en pinturas y esculturas de ese período. Pero no tengo ninguna noticia de esta figura. Voy a investigar, aunque dudo que se me haya pasado por alto.

Elizabeth no observaba la estatuilla, sino la cara de Miranda. Había reparado en ese breve destello de entusiasmo y deleite, rápidamente controlados. Era exactamente lo que ella esperaba.

–Pero estás de acuerdo en que es renacentista, ¿no?

–Sí. Eso no significa, claro, que sea una pieza perdida del siglo XV.

Miranda entornó los ojos e hizo girar lentamente la figura entre las manos.

–Cualquier estudiante de arte suficientemente hábil puede haber copiado su cara. Yo misma lo he hecho.

Con la uña del pulgar desprendió un trozo de la pátina verde azulada. La corrosión de la superficie era visiblemente gruesa, pero se necesitaba mucho más.

–Comenzaré ahora mismo.

En el laboratorio sonaba música de Vivaldi. Las paredes estaban pintadas de verde pálido, como en los hospitales; el suelo era de linóleo blanco. Cada sector, impecablemente pulcro, estaba equipado con microscopios, terminales de ordenador, redomas, tubos y bolsas para muestras. No había objetos personales, fotos familiares, recuerdos ni amuletos. Los hombres usaban corbata; las mujeres, falda; sobre la ropa, una bata blanca con el logotipo de Standjo bordado en negro a la altura del bolsillo de la pechera. Se hablaba siempre en voz baja. El equipo funcionaba como una maquinaria bien engrasada. Elizabeth exigía limpieza y eficacia. Y su ex nuera sabía manejar las cosas.

La misma atmósfera reinaba en la casa de Maine donde Miranda se había criado. «Aunque resultaba fría para un hogar –pensó–, era ideal para el trabajo.»

–Llevabas algún tiempo sin venir –dijo su madre–. Pero Elise te refrescará la memoria. Tienes libre acceso a todas las zonas, desde luego. Ya tengo tu tarjeta de seguridad y tus códigos.

–Bien.

Miranda esbozó una sonrisa cortés al ver que Elise se apartaba de un microscopio para acercarse a ellas.

–Bienvenida a Florencia, Miranda –dijo. Hablaba en voz baja; no llegaba a ser sensual, pero prometía serlo si se la estimulaba lo necesario.

–Me alegro de haber vuelto. ¿Cómo estás?

–Bien. Atareada –respondió Elise cogiéndole de la mano–. ¿Cómo está Drew?

–Ni tan bien ni tan atareado.

Miranda enarcó una ceja al sentir que su cuñada le estrechaba la mano.

–Lo siento.

–No es asunto mío.

–Aun así, lo siento.

Elise le soltó la mano para volverse hacia Elizabeth.

–¿Le enseñarás tú el laboratorio o prefieres que lo haga yo?

–No necesito que me lo enseñéis –dijo Miranda, antes de que su madre pudiera hablar–. Lo que necesito es una bata, un microscopio y un ordenador. Tendré que hacer fotos y radiografías, por supuesto.

–Ah, ya estás aquí.

John Carter, su jefe de laboratorio, venía hacia ella, conmovedoramente desaliñado en medio de tanta implacable eficiencia. Ya llevaba torcida la corbata, con un absurdo estampado de vacas sonrientes. Se había enganchado en algo el bolsillo de la bata, que colgaba de unas hebras sueltas. Tenía un pequeño corte en el mentón, que se había hecho al afeitarse, un trozo de lápiz encima de la oreja y manchas de grasa en las gafas.

Al verlo, Miranda se sintió a gusto, como en su propia casa.

–¿Te encuentras bien? –le preguntó a Miranda, dándole tres palmaditas en el brazo–. ¿Cómo está tu rodilla? Andrew me dijo que el ladrón te dio una buena paliza.

–¿Una paliza? –preguntó Elise de inmediato–. No sabíamos que estuvieses herida.

–Solo fue un susto. Estoy bien.

–Le puso un cuchillo contra el cuello –dijo Carter.

–¡Un cuchillo! –exclamó Elise llevándose la mano a la garganta–. Qué horror. Es...

–Solo fue un susto –repitió Miranda–. Todo cuanto quería era el dinero.

Se volvió para mirar a los ojos a su madre.

–Y creo que ya nos ha hecho perder un tiempo valioso.

Por un instante, Elizabeth no dijo nada. En los ojos de Miranda había una expresión de desafío. Decidió que ya era tarde para mostrar compasión.

–Bien, te dejo con Elise para que te instales. Aquí tienes tus tarjetas de identificación y seguridad –dijo al entregarle un sobre–. Elise puede resolver cualquier duda o necesidad que tengas. Y también puedes ponerte en contacto conmigo.

Miró de reojo su elegante reloj de pulsera.

–Tengo otra entrevista, así que te dejo para que puedas empezar. Espero que me presentes un informe preliminar antes de marcharte.

–Lo tendrás –murmuró Miranda mientras su madre se alejaba.

–No le gusta perder el tiempo –añadió Elise con una sonrisa–. Lamento mucho que hayas pasado por una situación tan terrible, pero trabajar aquí te ayudará a olvidarte de ello. He dispuesto un despacho para ti. El Bronce de Fiesole, como llamamos a esa estatuilla, tiene prioridad absoluta. Estás autorizada a integrar en tu equipo a cualquier miembro del personal con grado de seguridad A.

–¡Miranda! –exclamó una voz fuerte pero melodiosa, inconfundiblemente italiana.

Ella sonrió, incluso antes de volverse para que le cubrieran las manos de besos.

–Giovanni. No cambiarás nunca.

El técnico químico era tan escandalosamente apuesto como ella lo recordaba: moreno y acicalado, con ojos oscuros y una sonrisa encantadora. Medía dos o tres centímetros menos que ella, pero aun así se las arreglaba para hacer que se sintiera menuda y femenina. Llevaba el pelo recogido en una coleta, algo que Elizabeth le permitía solo porque, además de ser apuesto, Giovanni Beredonno era un genio.

–Pero tú sí cambias, *bella donna*. Cada vez estás más hermosa. Pero ¿qué es eso de que te hirieron? –preguntó mientras sus dedos revoloteaban junto a la cara de Miranda.

–No es nada, solo un mal recuerdo.

–¿Quieres que haga pedazos a alguien en tu nombre?

La besó suavemente en las mejillas.

–Déjame pensarlo.

–A Miranda le espera mucho trabajo, Giovanni.

–Sí, desde luego.

Él reaccionó ante la áspera advertencia de Elise con un gesto despreocupado: un motivo más para que Miranda sonriera.

–Lo sé: se trata de algo que hay que guardar en el más absoluto secreto –añadió enarcando sus expresivas cejas–. Cuando la *direttrice* manda venir a un experto de América, no es por una pequeñez. Bueno, *bellissima*, ¿me necesitas para algo?

–Eres el primero de mi lista.

Él la cogió del brazo, sin hacer caso del gesto de reproche de Elise.

–¿Cuándo empezamos?

–Hoy –respondió Miranda, mientras Elise señalaba una puerta–. Necesito que hagas analizar de inmediato las capas de corrosión.

–Creo que Richard Hawthorne podría echarte una mano.

Elise dio unas palmaditas en el hombro a un hombre calvo inclinado sobre el teclado de un ordenador.

–Doctor Hawthorne.

Miranda lo vio parpadear como un búho tras las gafas, que se quitó para mirarla a los ojos. Tenía un aire vagamente familiar, y ella se esforzó por identificarlo.

–Doctora Jones –respondió él con una sonrisa tímida que añadía atractivo a su rostro.

Tenía el mentón huidizo y los ojos de un azul desvaído, pero su sonrisa era dulce como la de un niño.

–Me alegra volver a verla. Nos... nos alegra tenerla aquí. He leído su artículo sobre el humanismo florentino primitivo. Me ha parecido brillante.

–Gracias –contestó Miranda.

Ahora lo recordaba. Pocos años antes había trabajado por un tiempo en el Instituto. Tras un momento de vacilación, reconociendo que solo dudaba porque lo recomendaba su cuñada, cedió.

–Elise ha dispuesto un despacho para mí. ¿Podría dedicarme unos minutos? Me gustaría mostrarle algo.

–Será un placer.

Él volvió a colocarse las gafas y se puso de pie.

–No hay mucho espacio –se disculpó Elise mientras abría una puerta–. La he equipado con lo que me ha parecido que podrías necesitar. Desde luego, si te hace falta algo más, pídemelo.

Miranda hizo una rápida inspección. El ordenador parecía de última generación. En un ancho mostrador blanco había microscopios, portaobjetos y las pequeñas herramientas de su oficio, así como un magnetófono. No había ventana: solo una puerta. Puesto que allí trabajarían cuatro personas, apenas había lugar para moverse. Pero había una silla, un teléfono y lápices bien afilados. Serviría perfectamente.

Dejó su maletín en el mostrador; luego, una caja metálica, de la que extrajo con cuidado la figura de bronce.

–Me gustaría conocer su opinión, doctor Hawthorne.

–Por supuesto, será un placer.

–Hace uno o dos días que aquí no se habla de otra cosa –intervino Giovanni, mientras Miranda retiraba el terciopelo que cubría el bronce. Al ver la estatuilla dejó escapar un suspiro–: ¡Ah! *Bella, molto bella.*

–Excelente trabajo –añadió Richard, mientras examinaba el bronce de cerca, entornando los ojos–. Sencilla, fluida. Estupendos la forma y los detalles, y la perspectiva.

–Sensual –opinó Giovanni, inclinándose para mirar mejor–. Con toda la arrogancia y la seducción propias de la mujer.

Miranda lo miró enarcando una ceja, luego volvió su atención hacia Richard.

–¿La reconoce?

–Es la Dama Oscura de los Médicis.

–Lo mismo opino yo. ¿Y en cuanto al estilo?

–Renacentista, sin duda.

Richard acarició el pómulo de la figura con un dedo vacilante.

–No creo que la modelo haya sido utilizada para representar a una figura mítica o religiosa, sino por sí misma.

–Sí, la dama en el papel de dama –afirmó Miranda–. Yo diría

que el escultor la retrató tal como era. Desde el punto de vista artístico, me parece que la conocía íntimamente. Tengo que buscar documentos. En ese aspecto, su ayuda será inapreciable.

–Será un orgullo colaborar con usted. Si se comprueba que esta pieza es del Renacimiento, y tan importante como parece, será todo un éxito para Standjo. Y para usted, doctora Jones.

Miranda ya había pensado en ello, por cierto, pero sonrió con modestia.

–No quiero echar las campanas al vuelo todavía. Si la figura pasó algún tiempo en el ambiente en que fue encontrada, y parece que así ocurrió, eso habrá afectado a la evolución de la corrosión. Necesito esos resultados, por supuesto –agregó, dirigiéndose a Giovanni–, pero no puedo depender de ellos.

–¿La someterás a una prueba de termoluminiscencia? –preguntó Richard.

–Sí –le respondió Miranda sonriendo–. También vamos a analizar el paño y la madera del escalón bajo el cual fue encontrada. Pero la documentación será mucho más definitiva.

Se apoyó en el pequeño escritorio de roble.

–La hallaron en el sótano de la Villa della Donna Oscura –añadió–, escondida bajo el último peldaño de la escalera. Haré preparar un informe de los detalles conocidos hasta ahora, con copia para los tres. Vosotros tres y Vincente, nadie más –puntualizó–. La directora está muy interesada en la seguridad. Cualquier colaborador tendrá que pertenecer al grado A. Y habrá que reducir al mínimo los datos que se le den hasta que hayamos completado todas las pruebas.

–De modo que por ahora es toda nuestra –observó Giovanni, con un guiño.

–Nuestra, no; mía –corrigió Miranda, con una sonrisa–. Necesito cualquier información sobre la villa y la mujer. Quiero conocerla.

Richard asintió.

–Me pondré a ello sin demora.

Miranda se volvió hacia la figura de bronce.

–Veamos de qué está hecha –murmuró.

Pocas horas después, Miranda se echó hacia atrás en la silla e intentó relajarse. La estatuilla parecía sonreírle. En la muestra de pátina y metal que había extraído no había señales de bronce siliconado ni platino, metales que no se emplearon en el Renacimiento. El núcleo de la figura era de arcilla, como era común en las piezas de esa época. Los primeros análisis de la corrosión apuntaban a finales del siglo XV.

«No te precipites», se dijo. Los análisis preliminares no bastaban. Por el momento estaba buscando aquellos elementos que podían demostrar que era falsa; pero no había nada fuera de lugar, ninguna aleación que no correspondiera, ninguna señal de herramientas que no concordaran con la época. Sin embargo, aún no podía probar que fuese auténtica.

Decidió tomarse un respiro y beber una taza de café. El desfase horario la amenazaba, aunque se resistiera a reconocerlo. El café, solo, fuerte y potente como solo saben hacerlo los italianos, corrió por su organismo, haciendo que su fatiga se desvaneciese. Tarde o temprano, se derrumbaría, pero aún faltaba para eso.

Puso las manos sobre el teclado del ordenador para escribir el informe preliminar que su madre le había pedido. Si la figura de bronce le parecía un acertijo, un misterio a resolver, nada tan romántico se filtró en su informe.

Envió el documento por correo electrónico y, después de guardarlo en el disco duro, bajo su clave personal, se llevó la estatuilla para someterla a la última prueba del día.

La técnica sabía poco inglés y se sentía tan intimidada por estar con la hija de la *direttrice* que Miranda estaba incómoda, así que le pidió que trajese más café. Una vez sola, inició el proceso de termoluminiscencia.

En el núcleo de arcilla, la radiación ionizante atraparía los electrones en estados de energía elevada. Una vez sometidos a la acción del calor, los cristales de la arcilla emitirían destellos de luz. Miranda preparó el equipo, anotando rápidamente en un bloc cada paso y su resultado. Midió los destellos y apuntó los datos junto a sus observaciones. Incrementó la radiación y calentó nuevamente la arcilla, para evaluar hasta dónde era sensible a la captación de los electrones. Todos esos datos también quedaron cuidadosamente registrados.

El paso siguiente fue probar los niveles de radiación del lugar donde había sido descubierta la estatuilla. Analizó tanto las muestras de polvo como la madera del escalón.

A partir de ahí, todo era cuestión de matemáticas. Aunque la exactitud del método distaba mucho de ser absoluta, se trataba de un paso más en la resolución del enigma.

Finales del siglo XV. Sin lugar a dudas.

Por esos tiempos, Savonarola predicaba contra los judíos y el arte pagano. La figura era una gloriosa patada en el culo a semejante estrechez de miras. Florencia estaba bajo el dominio de los Médicis; el incompetente Pedro el Infortunado tomaba el timón por un breve período, antes de ser expulsado de la ciudad por el rey Carlos VIII de Francia. El Renacimiento avanzaba a partir de su gloria primitiva en la que el arquitecto Brunelleschi, el escultor Donatello y el pintor Masaccio revolucionaron el concepto y las funciones del arte. A partir de allí, la siguiente generación y los albores del siglo XVI: Leonardo, Miguel Ángel, Rafael; inconformistas que buscaban la pura originalidad.

Ella sabía quién era el artista. Lo sabía con el corazón, con las entrañas. Cuanto él había creado, ella lo había estudiado con la apasionada minuciosidad con que una mujer estudia el rostro de su amante. Pero la corazonada, la intuición, no tenían espacio en un laboratorio. Repetiría todas las pruebas. Una, dos veces. Compararía la fórmula conocida de los bronces de esa época. Revisaría una y otra vez todos los ingredientes y las aleaciones de la estatuilla. Acosaría a Richard Hawthorne pidiéndole documentación. Y hallaría las respuestas.

3

El amanecer, sobre los tejados y las cúpulas de Florencia, era el momento más glorioso del día. Era puro arte. Esa misma luz delicada había iluminado la ciudad cuando los hombres concibieron y construyeron aquellas altas torres, las cúpulas grandiosas, y las revistieron con el mármol extraído de las colinas, para acabar decorándolas con imágenes de santos y dioses. Las estrellas se iban apagando, mientras el cielo pasaba del negro aterciopelado al gris perla. Se desdibujaban las siluetas de los pinos que salpicaban las laderas toscanas, según la luz vacilaba, cambiante, hasta florecer.

En la ciudad silenciosa, como rara vez lo estaba, el sol fue ascendiendo lentamente, nublando el aire con sugerencias de oro. Desde el quiosco de periódicos llegaba el ruido de las rejas de hierro; su propietario, bostezando, se disponía a iniciar una nueva jornada. Había muy pocas luces encendidas en las muchas ventanas de la ciudad. Una de ellas era la de la habitación de Miranda.

Se vistió deprisa, volviendo la espalda a la maravillosa obra de arte que se desplegaba frente a su cuarto de hotel. Su mente ya estaba en funcionamiento. ¿Cuánto lograría avanzar durante ese día? ¿Cuánto más se acercaría a las respuestas? Ella se ocupaba de los hechos, y a los hechos se limitaría, por mucho que la tentara la idea de saltar al plano siguiente. No siempre se podía confiar en la intuición. En la ciencia, sí.

Se recogió el pelo con un pasador y se puso unos zapatos de tacón bajo y un sencillo traje chaqueta azul marino. Al llegar temprano dispondría de un par de horas para trabajar en soledad. Aunque agradecía contar con expertos a su disposición, *La Dama Oscura* ya era suya, y quería que cada paso del proyecto llevara su sello.

Apoyó la tarjeta de identificación contra el cristal de la puerta, para que la viera el guarda. El hombre, de ojos somnolientos, dejó de mala gana su café para acercarse arrastrando los pies. Miró la tarjeta, ceñudo; luego, el rostro de Miranda; después, otra vez la credencial. Con algo parecido a un suspiro, abrió la puerta.

–Llega muy temprano, *dottoressa* Jones.

–Tengo que trabajar.

Por lo que al guarda concernía, los americanos no pensaban en otra cosa.

–Tiene que firmar el registro.

–Por supuesto.

Al acercarse al mostrador, el aroma del café la envolvió. Mientras garabateaba su nombre y la hora de su llegada, la boca se le hacía agua.

–*Grazie* –dijo el guardia.

–*Prego* –murmuró ella, y echó a andar hacia el ascensor.

Decidió empezar por el café. No podía pretender iniciar la jornada sin antes ingerir una dosis de cafeína. Cogió el ascensor. Ante el puesto de seguridad del laboratorio, pulsó el número de código. Unas luces fluorescentes se encendieron. Echó un rápido vistazo y comprobó que todo estaba en orden, que el trabajo en marcha había sido pulcramente guardado al terminar la jornada anterior. Su madre no habría permitido otra cosa. Esperaba de sus empleados la mayor eficiencia. Y también de sus hijos. Miranda se encogió de hombros, como si necesitara desentumecerse.

Minutos después, con la taza de café al lado y el ordenador encendido, comenzó a volcar al disco duro sus notas de la noche anterior. Dejó escapar un gemido de placer ante el primer sorbo de café, aunque no había nadie allí que pudiera oírlo. Se reclinó en la silla, con los ojos cerrados y una sonrisa soñadora, pero tampoco nadie pudo verlo. Durante cinco minutos, se permitió disfrutar de los pequeños placeres de la vida. Se descalzó, la expresión de su rostro se suavizó. Solo le faltaba ronronear. Desde luego, si el guarda la hubiera visto en esos momentos, habría dado su aprobación.

Se levantó para servirse una segunda taza de café; se puso la bata e inició el trabajo. Lo primero que hizo fue analizar nuevamente el polvo del lugar donde había sido encontrada la figura, midiendo la radiación y anotando cifras. Sometió a nuevas pruebas la arcilla que había extraído cuidadosamente. Puso dos muestras en sendos portaobjetos y, en un tercero, las raspaduras de bronce y pátina; luego estudió cada una bajo el microscopio.

Cuando estaba concentrada en la pantalla de su monitor empezó a llegar el personal. El primero en acercarse a ella fue Giovanni, con una taza de café recién preparado y un panecillo delicadamente azucarado.

–Dime qué ves –le pidió Miranda sin dejar de estudiar los colores y las formas de la pantalla.

–Veo a una mujer que no sabe relajarse. –Él le puso las manos sobre los hombros para frotárselos con suavidad–. Hace ya una semana que estás aquí, Miranda, y aún no has dedicado un solo momento a ti misma.

–Dime qué ves, Giovanni –repitió ella.

Sin dejar de hacerle masaje, él cambió de posición para acercar la cabeza a la de ella.

–El proceso de decadencia primaria, corrosión. Esa línea blanca indica la superficie original del bronce, ¿no?

–Sí.

–La corrosión es gruesa en la superficie y aumenta hacia la base, adentrándose en el metal. Típico de un bronce de cuatrocientos años.

–Tenemos que determinar a qué ritmo aumenta.

–Eso nunca es fácil –advirtió él–. Además, la figura estaba en un lugar muy húmedo, lo que favorece la corrosión.

–Lo tengo en cuenta. –Miranda se quitó las gafas para frotarse el puente de la nariz–. La temperatura y la humedad... Podemos calcular el promedio. Que yo sepa, un nivel de corrosión como este no ha resultado falso jamás.

–El paño no tiene más de cien años –señaló Giovanni–. Es probable incluso que una o dos décadas menos.

–¿Cien años? –inquirió Miranda irritada–. ¿Estás seguro?

–Sí. Compruébalo tú misma y verás que tengo razón. Entre ochenta y cien años. No más.

–De acuerdo –repuso Miranda, tecleando en su ordenador–. Entonces debemos pensar que el bronce estuvo envuelto en ese paño y en ese sótano por un período de entre ochenta y cien años. Pero todos los exámenes indican que la pieza en sí es mucho más antigua.

–Tal vez. Aquí tienes tu desayuno.

–Hum. –Miranda mordió distraídamente el panecillo–. Hace ochenta años... La Primera Guerra Mundial. En tiempos de guerra es frecuente esconder las piezas valiosas.

–Muy cierto.

–Pero ¿dónde estuvo antes? ¿Por qué nunca supimos de ella? Escondida, también –murmuró–. Cuando Piero de Médicis fue expulsado de la ciudad. Durante las guerras italianas, quizá. Escondida..., sí, es posible; pero olvidada... –Sacudió la cabeza, insatisfecha–. Esta figura no es obra de un aficionado, Giovanni. –Tecleó un comando para que el ordenador imprimiera la imagen–. Es la obra de un maestro. Tiene que haber documentación en alguna parte. Necesito saber más sobre esa aldea, sobre la mujer. ¿A quién dejó sus posesiones? ¿Quién ocupó la villa inmediatamente después de su muerte? ¿Tuvo hijos?

–No soy historiador, sino químico –observó él con una sonrisa–. Para esto necesitas a Richard.

–¿Ya ha llegado?

–Siempre es puntual. Espera.

Cuando ella se disponía a salir, él la cogió por el brazo.

–¿Quieres cenar conmigo esta noche?

Ella le apretó la mano con afecto.

–Te agradezco que te preocupes por mí, Giovanni, pero tengo demasiadas cosas que hacer como para salir a cenar.

–Estás trabajando demasiado y no te cuidas. Soy tu amigo y me siento responsable.

–Te prometo que esta noche me haré subir una estupenda cena a la habitación, para comer mientras trabaje.

Le rozó la mejilla con los labios. En ese momento se abrió la puerta. Elise enarcó una ceja, con la boca apretada en un gesto de desaprobación.

–Perdonad la interrupción. Miranda, la directora quiere que te presentes en su despacho a las cuatro y media, para ponerla al corriente de tus progresos.

–Por supuesto. ¿Sabes si Richard puede dedicarme unos minutos, Elise?

–Todos estamos a tu disposición.

–Es exactamente lo que le he dicho –intervino Giovanni con una amplia sonrisa, y salió de la habitación.

–Miranda... –empezó a decir Elise. Vaciló, entró en el despacho y cerró la puerta–. No te lo tomes a mal, pero me siento en la obligación de advertirte que Giovanni...

Miranda no pudo evitar sonreír ante el desasosiego de Elise.

–¿Qué ocurre con Giovanni?

–Es brillante en su trabajo y muy valioso para Standjo, pero incorregiblemente mujeriego.

–Yo no diría eso. –Miranda se puso las gafas y miró a Elise por encima de la montura de cobre–. Los mujeriegos utilizan. Giovanni da.

–Tal vez, pero lo cierto es que coquetea con cuanta mujer se cruza en su camino.

–¿Incluida tú?

–En ocasiones –repuso Elise con el ceño fruncido–, y puedo tolerarlo como parte de su personalidad. De todos modos, el laboratorio no es buen lugar para coqueteos y besos furtivos.

–Por Dios, hablas como mi madre –respondió Miranda irritada; nada podía molestarle tanto–. Pero lo tendré en cuenta, Elise, la próxima vez que Giovanni y yo deseemos pegar un buen polvo en el laboratorio de química.

–Vaya, veo que te he ofendido –dijo Elise, y dejó escapar un suspiro–. Solo quería... Lo que ocurre es que sabe cómo seducir a una mujer. Yo misma estuve a punto de caer, cuando me trasladaron aquí. Me sentía tan deprimida y desdichada...

–¿De verdad?

–Divorciarme de tu hermano no fue como para dar saltos de alegría. Fue una decisión dolorosa y difícil. Solo espero que haya sido la correcta. Amaba a Drew, pero él...

Se le quebró la voz, pero consiguió reponerse.

–Solo puedo decir que ninguno de los dos sabía hacer feliz al otro.

Miranda se sintió súbitamente avergonzada por su actitud.

–Lo siento –murmuró–. Fue tan repentino... Siempre creí que no te había afectado.

–Pues me afectó, y mucho. –Elise tuvo que hacer un esfuerzo para contener las lágrimas–. Ojalá todo hubiera sido diferente. Pero así son las cosas. Y yo he de seguir viviendo.

–Sí, claro. –Miranda se encogió de hombros–. Andrew lo ha pasado muy mal; para mí era más fácil culparte a ti. Pero no creo que un matrimonio se rompa por culpa de uno solo de sus integrantes.

–En mi opinión, ninguno de los dos servía para el matrimonio. La separación me pareció más generosa y digna que seguir fingiendo.

–¿Lo dices por mis padres?

Elise abrió los ojos como platos.

–Oh, Miranda, no era mi intención...

–No importa. Estoy de acuerdo contigo. Mis padres llevan más de veinticinco años sin compartir el techo, pero a ninguno de los dos se le ha ocurrido pedir el divorcio, ni por dignidad ni por generosidad. Aunque Andrew esté sufriendo, prefiero tu manera de actuar.

Era la decisión que ella misma habría tomado... si alguna vez hubiera cometido el error de casarse. El divorcio era una alternativa más humana que la falsa ilusión del matrimonio.

–¿Debo disculparme por lo mal que he pensado de ti en el último año?

Elise sonrió.

–No es necesario –respondió–. Comprendo tu lealtad hacia Drew y sé que os sentís muy unidos.

–Unidos, resistiremos; separados, caeremos en el diván del psicoanalista.

–Tú y yo nunca logramos ser amigas de verdad. De colegas pasamos a parientes, pero jamás forjamos una amistad, pese a todo lo que teníamos en común. Tal vez no podamos, pero me gustaría que al menos nos tratáramos con cordialidad.

–No tengo muchas amistades –dijo Miranda. «No me gusta correr riesgos», pensó, y se reprochó su actitud–. Sería muy tonta si se me ofreciera una y la rechazara.

–Yo tampoco tengo muchos amigos –dijo Elise en voz baja–. Me gustaría que tú y yo lo fuéramos.

Miranda la miró, conmovida. Luego recogió sus hojas impresas y sus muestras para guardarlas en la caja fuerte.

Encontró a Richard casi sepultado entre libros y hojas de papel continuo. Su nariz casi rozaba las páginas, como un sabueso al seguir el rastro.

–¿Ha descubierto algo que pueda ser útil? –le preguntó Miranda.

Sin levantar la vista, él contestó:

–La villa se terminó de construir en 1489; el arquitecto fue contratado por Lorenzo de Médicis, pero la escritura estaba a nombre de Giulietta Buonadoni.

Miranda acercó una silla.

–Era una mujer poderosa –observó–. No es corriente obsequiar a una amante con una propiedad tan valiosa. Ella hizo un buen negocio, sin duda.

–La mujer muy hermosa sabe cómo ejercer el poder –murmuró él–. Y las inteligentes saben utilizarlo. Según la historia, esta era muy inteligente.

Miranda, intrigada, sacó de su carpeta una foto de la figura de bronce.

–Se ve claramente que sabía lo que valía. ¿Qué más puede decirme de ella?

–Su nombre surge de vez en cuando, pero no hay muchos detalles. Su linaje, por ejemplo, está sepultado en el tiempo. No he conseguido encontrar nada. Las primeras menciones con que he dado datan de 1487. Al parecer fue miembro de la casa de los Médicis, posiblemente una joven prima de Clarisa Orsini.

–Eso significaría que Lorenzo tomó como amante a la prima de su esposa. Todo quedaba en familia –dijo ella, sonriendo.

Richard se limitó a asentir, serio.

–Eso explicaría –continuó él– cómo consiguió enamorarlo. Sin embargo, otra fuente indica que pudo haber sido hija ilegítima de un miembro de la academia neoplatónica de Lorenzo. También así podría haber llamado la atención del príncipe. En cualquier caso, con independencia de cómo se conocieran, en 1489 él la instaló en la villa. Según todos los comentarios, ella era también gran devota de las artes y empleaba su poder e influencia para reunir bajo su techo a los artistas y personalidades más destacados de la época. Murió en 1530, durante el sitio de Florencia.

–Muy interesante –dijo Miranda.

«De modo que ya en esa época la gente escondía los objetos valiosos», pensó. Se echó hacia atrás en el asiento y añadió:

–Así que murió cuando aún no se sabía si los Médicis conservarían el poder.

–Eso parece.

–¿Hijos?

–No he hallado nada al respecto.

–Deme algunos de esos libros –pidió ella–. Le ayudaré a buscar.

Vincente Morelli era lo más parecido a un tío que Miranda tenía. Sus padres lo conocían desde antes de que ella naciera; por varios años había manejado la publicidad y las exposiciones del Instituto en Maine.

Cuando su primera esposa enfermó, él la llevó de regreso a Florencia; allí estaba enterrada desde hacía doce años. Para sorpresa de todos, después de llorarla durante tres años, él se casó de pronto con una actriz de cierto éxito, Gina, que tenía la edad de sus hijas, lo cual provocó cierta consternación en la familia y algunas sonrisas burlonas entre las personas con quienes trabajaba.

Vincente era redondo como un barril; su pecho parecía el de Pavarotti; sus piernas, troncos de árbol. Su esposa, en cambio, se parecía a Sofía Loren en plena juventud: apetitosa y hermosísima. Rara vez se la veía sin un par de kilos de oro italiano y piedras preciosas centelleando en el cuello, las muñecas o las orejas.

Ambos eran bulliciosos, gritones y a veces algo groseros. Miranda les tenía afecto, pero en ocasiones se preguntaba cómo era posible que una pareja tan extrovertida pudiera mantener una estrecha relación con su madre.

–He enviado arriba copias de los informes –dijo a Vincente, que llenaba el pequeño despacho con su físico y su personalidad–. Supuse que querrías conocer los progresos que se han hecho. De ese modo, cuando llegue el momento de informar a los medios, ya dispondrás de material para hacerlo.

–Sí, sí. Los datos son fáciles de poner por escrito, pero quiero saber qué piensas tú, *cara*.

–Lo que pienso es que debemos seguir trabajando.

–Miranda –dijo él con lentitud, con una sonrisa persuasiva, retrepándose en la silla, que crujió bajo su peso de manera alarmante–. Tu bella madre me ha atado las manos hasta que... ¿cómo decís vosotros?... hasta que «se hayan puesto todos los puntos sobres las íes», eso es. Cuando pueda presentar este caso a la prensa, tendrá que ser de forma espectacular.

–Si el bronce resulta auténtico, lo conseguirás.

–Sí, sí, pero eso no basta. La encantadora y talentosa hija de la *direttrice* cruza el océano. Una dama viene al encuentro de otra. ¿Qué opinas de ella? ¿Qué sensación te inspira?

Miranda enarcó una ceja, tamborileando con un lápiz contra el borde del escritorio.

–Opino que la figura de bronce de Fiesole mide noventa centímetros y cuatro milímetros de altura, y que su peso es de cuatro kilos seiscientos ochenta gramos. Que representa un desnudo femenino –continuó, reprimiendo una sonrisa, mientras Vincente elevaba los ojos hacia el techo–, realizado al estilo renacentista. Todas las pruebas indican, hasta ahora, que fue fundida en la última década del siglo XV.

–Te pareces demasiado a tu madre.

–Así no conseguirás nada de mí –le advirtió Miranda.

Ambos sonrieron.

–Me complicas el trabajo, *cara*.

Cuando llegara el momento, se dijo él, daría sus propios enfoques al comunicado de prensa.

Elizabeth estudió los papeles con mirada penetrante. Miranda había sido muy cuidadosa con los datos, las cifras, las fórmulas, con cada paso y etapa de cada prueba. Pero aún era posible ver hacia dónde se inclinaba y adónde esperaba llegar.

–Estás convencida de que es auténtica.

–Todos los análisis indican una antigüedad de entre cuatrocientos cincuenta y quinientos años. Tienes copias de las fotos generadas por ordenador y de las pruebas químicas.

–¿Quién las ha tomado?

–Yo.

–Y la termoluminiscencia, ¿quién la hizo?

–Yo.

–Y la datación según el estilo también es tuya. Tú has llevado a cabo casi toda la investigación. Has supervisado los análisis químicos, analizado personalmente la pátina y el metal, y hecho las comparaciones de fórmula.

–Me imagino que me has hecho venir para eso, ¿verdad?

–Sí, pero también te he asignado un equipo de expertos. Esperaba que le sacases más provecho.

–Al hacer yo las pruebas tengo más control sobre el proceso –explicó Miranda con aspereza–. Hay menos posibilidades de error. Esta es mi especialidad. He confirmado la autenticidad de cinco piezas de esta época; tres eran bronces; uno de ellos, un *cellini*.

–El *cellini* estaba perfectamente documentado y tenía registros de excavación.

–Aun así –le espetó Miranda en tono de resentimiento. Aunque imaginaba que extendía los brazos y sacudía los puños, mantuvo los brazos quietos a los costados–. Con esa pieza realicé los mismos exámenes que con esta, a fin de desechar cualquier posibilidad de falsificación. Me han consultado del Louvre, del Smithsonian y del Bargello. Creo que mi prestigio profesional está más que contrastado.

Elizabeth se echó hacia atrás, cansada.

–Nadie pone en duda tu prestigio profesional. Si dudara de él, no te habría convocado para este proyecto.

–¿Y por qué dudas ahora que el trabajo está hecho?

–Lo que hago es señalar tu negativa a trabajar en equipo, Miranda. Y me preocupa el que te hayas formado una opinión en cuanto viste el bronce.

–Reconocí el estilo, la época y el artista.

«Igual que tú», pensó Miranda, furiosa. «Tú también, maldita seas.» Pero continuó fríamente:

–No obstante, realicé todos los análisis de costumbre, los repetí y documenté el procedimiento y los resultados. Sobre esta base puedo formarme una opinión. Y mi opinión es que la figura de bronce guardada en la caja fuerte es una representación de Giulietta Buonadoni, fundida hacia finales del siglo XV, obra de juventud de Miguel Ángel Buonarroti.

–Estoy de acuerdo en que el estilo es de la escuela de Miguel Ángel.

–El bronce es una obra demasiado temprana como para ser de su escuela. Él tenía apenas veinte años. Y solo un genio puede imitar al genio.

–Por lo que sé, no existe documentación sobre un bronce de este artista que respalde tu teoría.

–Eso significa que la documentación no ha sido hallada todavía o que nunca existió. Tenemos documentación de muchas piezas suyas que se perdieron. ¿Por qué no se puede tener una pieza sin documentación? Los dibujos para el fresco de *La batalla de Cascina:* se perdieron. Su bronce de Julio II fue destruido y fundido. Él mismo, al parecer, quemó muchos de sus dibujos poco antes de morir.

–Aun así, sabemos que existieron.

–*La Dama Oscura* existe. La época concuerda y el estilo también, sobre todo con el de sus obras tempranas. Cuando se fundió esta pieza, Miguel Ángel debía de tener alrededor de dieciocho años. Ya había tallado la *Virgen de la escalera* y *El combate de los lapitas y los centauros*. Ya había demostrado su genio.

Elizabeth, que se consideraba una mujer paciente, se limitó a asentir.

–Nadie discute que la pieza sea una obra excelente y hecha según el estilo de Miguel Ángel. Pero eso no prueba que sea obra suya.

–Vivió en el palacio de los Médicis; Lorenzo lo trataba como a un hijo. Conocía a esa mujer. Está documentado que la trataba; a menudo la usaba como modelo. Habría sido más raro que no lo hiciera. Cuando me pediste que viniese, sabías que existía esa posibilidad.

–Una cosa es una posibilidad y otra un hecho, Miranda. –Elizabeth cruzó las manos–. Tú misma dijiste, al llegar, que no trabajabas con posibilidades.

–Te estoy dando hechos. La fórmula del bronce es correcta, sin la menor duda; las radiografías confirman que el uso de herramientas es el que corresponde a la época. Se han datado el centro de arcilla y las muestras tomadas. Los análisis revelan una profunda corrosión hacia abajo. La pátina es la que se espera en estos casos. El bronce es de fines del siglo XV. Muy probablemente, de la última década. –Antes de que su madre pudiera replicar, levantó una mano–. Como experta en este terreno, y después de un estudio cuidadoso y objetivo de la pieza, mi conclusión es que el bronce es obra de Miguel Ángel. Solo falta su firma. Y él no firmaba sus piezas, excepción hecha de *La piedad*, en Roma.

–No discuto los resultados de tus pruebas –dijo Elizabeth inclinando la cabeza–. Pero tengo mis reservas en cuanto a tus conclusiones. No podemos darnos el lujo de permitir que tu entusiasmo altere el equilibrio en un sentido o en otro. Por el momento, no debes decir nada de esto a ningún miembro del personal. E insisto en que no comentes nada del asunto fuera del laboratorio. Sería desastroso que se filtrara algún rumor a los periódicos.

–No pienso llamar a los diarios para anunciar que he autentificado un Miguel Ángel perdido. Pero así es. –Miranda apoyó las manos en el escritorio para inclinarse hacia delante–. Estoy segura, y tarde o temprano tendrás que admitirlo.

–Nada me complacería más, te lo aseguro, pero mientras tanto es preciso guardar el secreto.

–No es gloria lo que busco –dijo Miranda, aunque ya le parecía estar saboreando sus mieles.

–Todos estamos en esto por la gloria –corrigió su madre, con una leve sonrisa–. ¿Por qué negarlo? Si tu teoría resulta correcta, la tendrás, y en abundancia. Si no, si te has apresurado con tu dictamen, tu reputación se verá perjudicada, además de la mía y la de este instituto. Y eso sí que no voy a permitirlo, Miranda. Continúa con la búsqueda de la documentación.

–Es lo que pienso hacer.

Miranda giró sobre sus talones y salió a grandes zancadas. Recogería una pila de libros para llevarse al hotel. Y por Dios que hallaría la prueba que se le exigía.

A las tres de la mañana, cuando sonó el teléfono, estaba sentada en la cama, rodeada de libros y papeles. El sonido la arrancó de un sueño de colinas soleadas y frescos patios de mármol, fuentes cantarinas y música de arpas. Confusa, parpadeando ante el brillo de las luces que había dejado encendidas, buscó a tientas el aparato.

–*Pronto*. Aquí la doctora Jones. ¿Diga?

–Miranda, necesito que vengas a mi casa cuanto antes.

–¿Qué? ¿Mamá?

Miró el reloj de la mesita de noche.

–¡Son las tres de la mañana!

–Sé perfectamente qué hora es. Y también lo sabe el viceministro a quien un periodista despertó hace veinte minutos, exigiendo los detalles de cierto bronce perdido, obra de Miguel Ángel.

–¿Qué? Pero...

–Prefiero no discutir esto por teléfono.

La voz de Elizabeth vibraba de furia apenas contenida.

–¿Recuerdas cómo se llega hasta aquí?

–Sí, por supuesto.

–Te espero dentro de treinta minutos.

Miranda llegó en veinte.

La casa de Elizabeth era pequeña y elegante: una vivienda de dos pisos, típicamente florentina, con paredes amarillentas y tejado rojo. Había tiestos y arriates rebosantes de flores; la criada se ocupaba de ellas con religiosidad. Las ventanas refulgían en la oscuridad, dejando asomar bandas de luz por las celosías. Miranda recordó que era un lugar atractivo para recepciones. Ni a la madre ni a la hija se les habría ocurrido compartir ese lugar durante la estancia de Miranda en Florencia.

La puerta se abrió bruscamente antes de que ella atinase a llamar. Allí estaba Elizabeth, impecablemente vestida con una bata color melocotón.

–¿Qué ha ocurrido? –inquirió Miranda.

–Eso es justamente lo que quiero saber. –Solo un estricto autodominio impidió a Elizabeth cerrar con un portazo–. Si esta es tu manera de demostrar que tienes razón, de ejercer tu pericia o de traerme la ruina profesional, estás a punto de conseguir esto último.

–No sé de qué estás hablando. –Miranda, que no había perdido tiempo en peinarse, se quitó un mechón de los ojos con impaciencia–. Dices que ha llamado un periodista...

–Así es.

Rígida como un general, Elizabeth se volvió y encaminó sus pasos hacia la sala delantera. Había leña en el hogar, pero sin encender. El fulgor de las lámparas arrancaba reflejos a la madera lustrada. En la repisa había un florero con rosas blancas, y nada más. Los colores eran suaves, claros. Una parte de la mente de Miranda registró lo que siempre veía al entrar en aquella casa: era más una vitrina que un hogar, e igual de fría.

–Naturalmente, el periodista se negó a revelar su fuente, pero tenía bastante información.

–No creo que Vincente se haya ido de la lengua.

–No –aceptó Elizabeth en tono gélido–. Vincente, no.

–¿Es posible que el fontanero... cuyo nombre no recuerdo, haya hablado con algún periodista?

–El fontanero no pudo haberle proporcionado fotos del bronce ni los resultados del análisis.

–¿Los resultados del análisis? –Miranda se sintió mareada y se sentó–. ¿Mis análisis? –preguntó.

–Los análisis de Standjo –puntualizó su madre, entre dientes–. Aunque los hayas realizado tú, la responsabilidad es de mi laboratorio. Y es la seguridad de ese laboratorio la que ha sido violada.

–Pero ¿cómo...? –De pronto Miranda comprendió el tono y la expresión de su madre. Se levantó lentamente–. ¿Crees que yo llamé a un periodista para darle información? ¿Que le proporcioné las fotos y los resultados del análisis?

Elizabeth la miró a los ojos.

–¿Fuiste tú? –preguntó.

–No, no fui yo. Jamás haría algo semejante. En esto también está en juego mi reputación.

–Que podría salir muy fortalecida.

Miranda comprendió que su madre ya se había formado su opinión.

–Vete al infierno, ¿quieres?

–El periodista citó tu informe.

–Puedes irte al diablo y llevarte contigo ese precioso laboratorio tuyo. Siempre te ha importado más que tus hijos.

–Ese precioso laboratorio mío te ha proporcionado estudios y empleo, además de la posibilidad de llegar a la cima de tu especialidad. Y ahora, por culpa de tus prisas, tu egoísmo y tu terquedad, mi integridad profesional está en entredicho y es muy probable que tu reputación se derrumbe. Hoy van a trasladar la estatuilla a otro lugar.

–¡Cómo!

–Han prescindido de nuestros servicios –le espetó Elizabeth.

Levantó de un manotazo el auricular del teléfono, que sonaba en la mesa vecina. Apretó los labios, dejando escapar el aliento en una sola frase:

–Sin comentarios –dijo en italiano. Y colgó–. Otro periodista. El tercero que se comunica con mi número particular.

–No importa. –Aunque tenía un nudo en el estómago, Miranda habló con calma–. Deja que se la lleven. Cualquier laboratorio respetable no hará sino confirmar mis datos.

–Es justamente esa arrogancia la que nos ha llevado a esta situación.

Su madre la miró con expresión tan glacial que Miranda no reparó en las oscuras ojeras ni en las señales de tensión.

–He trabajado muchos años para llegar a este punto, para organizar y mantener un laboratorio que sea, sin lugar a dudas, uno de los mejores del mundo.

–Esto no cambia las cosas. Hasta en los mejores institutos se producen filtraciones.

–En Standjo, nunca.

La seda de la bata se arremolinaba con las idas y venidas de Elizabeth. Las chinelas a juego no hacían el menor ruido sobre la alfombra.

–Empezaré de inmediato a reparar el daño. Tú evita a los periodistas y toma el primer vuelo a Maine.

–No me iré hasta que esto haya terminado.

–Para ti ya ha terminado. Standjo de Florencia ya no necesita tus servicios. –Se volvió hacia su hija y con expresión cansada añadió–: Tu acreditación queda anulada.

–Entiendo. Me has condenado sin juicio previo. No debería sorprenderme.

–No es momento para dramatismos.

Como estaba muy nerviosa, Elizabeth se permitió ir hacia el aparador en busca del coñac. Notaba una palpitación sorda en la base del cráneo, más irritante que dolorosa.

–Después de esto, costará bastante devolver a Standjo su prestigio anterior. Y habrá preguntas, muchas preguntas. –De espaldas a Miranda, se sirvió dos dedos de coñac–. Te conviene no estar aquí cuando las formulen.

–No temo a las preguntas –repuso Miranda.

El pánico se apoderaba lentamente de ella. La despedían. Le quitaban *La Dama Oscura*. Se ponía en tela de juicio su profesionalidad, se arrojaban sombras sobre su integridad.

–No he hecho nada ilegal ni contrario a la ética. Y sostengo que ese bronce es auténtico. Porque así lo he demostrado.

–Por tu bien, eso espero. La prensa tiene tu nombre, Miranda. –Elizabeth alzó la copa en un brindis inconsciente–. Y créeme que van a utilizarlo.

–Que lo hagan.

–Qué arrogancia –susurró Elizabeth–. Obviamente, no tienes en cuenta que tus actos repercutirán sobre mí, tanto en lo personal como en lo profesional.

–Deberías haber pensado en ello cuando me hiciste venir para verificar y corroborar tus propias sospechas –contraatacó Miranda–. Aunque seas la directora de Standjo, no tienes la preparación necesaria para esta clase de trabajo. Querías gloria.

Con el corazón martilleando en su garganta, Miranda se acercó a Elizabeth.

–Me mandaste llamar porque llevo tu apellido y por mis venas corre tu sangre, por mucho que las dos lo lamentemos.

Elizabeth entornó los ojos. La acusación no era inexacta, pero tampoco estaba completa.

–Te he dado la oportunidad de tu vida, por tu preparación y porque eres una Jones, sí, y las has echado a perder, y, de paso, también a Standjo.

–Solo hice el trabajo que me encomendaste. No he hablado con nadie que no perteneciera a la organización. Y dentro de ella, con nadie que no estuviera participando en la investigación.

Elizabeth aspiró hondo para serenarse; sabía que la decisión ya estaba tomada. No tenía sentido continuar discutiendo.

–Hoy mismo te irás de Italia. No regresarás al laboratorio ni te pondrás en contacto con ninguno de mis empleados. Si no estás de acuerdo, me veré obligada a retirarte de tu cargo en el museo.

–Ya no diriges el Instituto de Maine. Y papá tampoco. Lo dirigimos Andrew y yo.

–Si quieres que la situación continúe así, haz lo que te digo. Lo creas o no, estoy tratando de ahorrarte un mal trago.

–No necesito que me hagas ningún favor, mamá.

Despedida: eso era lo único en que podía pensar. Apartada del trabajo más emocionante de su vida; y se sentía tan indefensa como el niño al que se ordena ir a su habitación.

–Te he dado a elegir, Miranda. Si te quedas, será por tu cuenta y riesgo. Y ya no serás bien recibida en ninguna de las sedes de Standjo, incluido el Instituto de Historia del Arte de Nueva Inglaterra.

Miranda sintió que empezaba a temblar, tanto de miedo como de ira. Aunque oía mentalmente los gritos interiores de esa ira, de ese miedo, habló con calma.

–Esto es algo que no voy a perdonarte jamás –dijo–. En toda mi vida. Pero me voy, porque el Instituto me interesa mucho, y porque cuando esto termine tendrás que disculparte. Y yo te voy a mandar al diablo. Y después de eso no volveré a dirigirte la palabra.

Le arrebató a su madre la gran copa de la mano.

–*Salute* –pronunció con su mejor acento italiano y se bebió todo el coñac de un solo trago; luego dejó la copa sobre la mesa y salió sin mirar atrás.

4

Mientras pensaba en matrimonios y fracasos, Andrew Jones bebía a sorbos un vaso de Jack Daniel's puro. Sabía perfectamente que, para todos sus conocidos, ya había llegado el momento de pasar la página de su divorcio y continuar adelante. Pero él no tenía ganas de continuar. No, puesto que revolcarse en la pena y el dolor era reconfortante.

La boda había sido para él un paso enorme, que analizó con mucha prudencia, a pesar de que estaba locamente enamorado. Aceptar la responsabilidad, convertir una emoción en un documento legal, fue algo que le provocó muchas noches de insomnio. Jamás un Jones había sido feliz en su matrimonio. Él y Miranda lo llamaban «la maldición de los Jones».

En más de diez años de viudedad, su abuela nunca tuvo nada bueno que decir del hombre con quien había convivido durante más de tres décadas, o al menos nunca lo dijo delante de su nieto. Nadie podía reprochárselo, pues el difunto y poco llorado Andrew Jones había sido tristemente famoso por su afición a las jóvenes rubias y al Jack Daniel's. El heredero de su nombre era perfectamente consciente de que el viejo había sido un canalla; sagaz, triunfador, pero un canalla pese a todo.

El padre de Andrew, por su parte, prefería las excavaciones al fuego del hogar; durante casi toda la infancia de su hijo estuvo lejos, cepillando huesos antiguos. Cuando estaba en la casa, estaba de acuerdo con todo lo que su esposa dijera; miraba a sus hijos parpadeando como un búho, como si no recordara cómo habían llegado hasta allí, y se encerraba en su estudio durante horas. A Charles Jones no le daba por las mujeres y el whisky. Él cometía sus adulterios y su desatención con la ciencia.

«Claro que a la gran doctora Elizabeth Standford-Jones eso le importaba un bledo», se dijo Andrew, mientras cavilaba lúgubremente sobre lo que debería haber sido una copita para levantar el ánimo en el bar de Annie. Ella dejaba la crianza de los hijos en manos de los sirvientes, dirigía la casa como un general nazi y dedicaba a su esposo la misma sublime indiferencia que recibía de él.

Andrew siempre se estremecía al pensar que al menos en un par de ocasiones esas dos personas frías y egocéntricas se habían enredado en la cama por el tiempo suficiente como para concebir un par de hijos. Cuando era niño solía fantasear que Charles y Elizabeth los habían comprado a alguna pobre pareja, que lloró desconsolada al cambiar a sus hijos por el dinero del alquiler. Más adelante se entretenía imaginando que él y Miranda habían sido creados en un laboratorio.

Pero la triste verdad era que se parecía demasiado a los Jones como para negar que descendía de ellos. «Sí –pensó, levantando su vaso–; una noche, hace treinta y tres años, el viejo Charles y Elizabeth bailaron un tango y engendraron a la siguiente generación de gilipollas.»

Mientras el whisky se deslizaba por su garganta en una caricia ardiente pensó que él había hecho lo posible por cambiar las cosas, había intentado que su matrimonio funcionara, que Elise fuese feliz, ser el marido que ella deseaba. Y todo para acabar con la maldición de los Jones. Pero había fracasado.

–Voy a tomar otro, Annie.

–No. Basta.

Andrew se removió en el taburete y soltó un profundo suspiro. Conocía a Annie McLean casi desde siempre y sabía manejarla. En aquel dulce verano en que ambos tenían diecisiete años, se habían tumbado juntos sobre una manta áspera, tendida sobre una arena más áspera aún, para hacer el amor junto a las violentas olas del Atlántico. Probablemente aquel torpe acto amoroso, que resultó ser el primero para los dos, tuvo tanto que ver con la cerveza consumida, la noche en sí y la estupidez juvenil como con los arrebatos de ardor que cada uno provocaba en el otro. Aunque ninguno de los dos podía imaginar qué consecuencias iba a tener aquella noche, aquellas pocas horas pasadas junto a la orilla del mar.

–Anda, Annie, deja que tome otra copa.

–Ya has tomado dos.

–Una más no me hará daño.

Annie terminó de llenar una jarra de cerveza y la deslizó a lo largo de la barra de madera de cerezo, hacia el cliente que esperaba. Luego se secó enérgicamente las manos en el delantal.

Con su metro sesenta y cinco y sus cincuenta y ocho firmes kilos, Annie McLean presentaba una imagen de eficiencia y sentido común. Unos pocos selectos (incluido su infiel ex marido) sabían que tenía una delicada mariposa azul tatuada en el trasero. El cabello trigueño, corto y erizado, enmarcaba una cara más interesante que bonita, de barbilla puntiaguda y nariz algo torcida hacia la izquierda, salpicada de pecas. Era capaz de arrojar a la calle a un hombre con sus propias manos encallecidas por el trabajo, y lo había hecho.

Annie's Place era suyo porque ella lo había querido así. De los ahorros acumulados sirviendo cócteles, había puesto hasta el último centavo en ese bar, sin contar los que se llevó su ex; luego reunió el resto pidiendo prestado. Había trabajado día y noche, hasta transformar lo que era poco más que un sótano en un acogedor bar de barrio. Lo mantenía limpio y conocía a los clientes habituales, sus familias y sus problemas. Sabía cuándo servir otro trago, cuándo cambiarlo por un café, cuándo quitarles las llaves del coche y pedir un taxi.

Observó a Andrew sacudiendo la cabeza. Si ella se lo permitía, bebería hasta caer desmayado.

–Vete a casa, Andrew. Prepárate algo de comer.

–No tengo hambre. –Él esbozó una seductora sonrisa–. Fuera llueve y hace frío, Annie. Solo quiero algo con que calentarme un poco.

–Muy bien. –Ella se volvió hacia la máquina de café y llenó una taza–. Aquí tienes: caliente y recién hecho.

–Por Dios. Puedo irme de aquí y pedir un buen trago donde quiera.

Annie se limitó a enarcar las cejas.

–Bebe ese café y deja de lloriquear –respondió y se alejó a lo largo de la barra.

Había pocos clientes debido a la lluvia, pero los que habían desafiado la tormenta estaban pegados a los taburetes, tomando cerveza, viendo el canal de deportes o charlando entre ellos. Ardía un bonito fuego en el pequeño hogar de piedra; alguien había echado unas monedas en el tocadiscos automático y se oía la voz de Ella Fitzgerald.

Era la clase de noche que a Annie le gustaba. Cálida, cordial, tranquila. Por cosas así había estado dispuesta a arriesgar cada centavo, a despellejarse las manos trabajando y no dormir por las preocupaciones, noche tras noche. No eran muchos los que habían confiado en su éxito: una mujer de veintiséis años, cuya única experiencia comercial era repartir jarras de cerveza y contar propinas. Pero seis años después, Annie's Place era una institución en Jones Point.

Andrew era de los que habían creído en ella; ella lo recordó con una punzada de culpa, al verlo salir del bar. Le había prestado dinero cuando los bancos no lo hacían. Le había llevado bocadillos mientras ella pintaba las paredes y pulía el entarimado. Había escuchado los sueños de los que otros hacían caso omiso. Probablemente, se sentía en deuda con ella. Y era un hombre decente, que siempre pagaba lo que consumía. Pero ella no podía borrar esa noche en que, dieciséis años antes, perdida de amor, le había entregado su inocencia, tomando la de él. No podía olvidar jamás que al hacerlo crearon una vida en común, aunque muy breve. Ni olvidaría la expresión con que la miró cuando, con el júbilo intentando vencer el terror, le había dicho que estaba embarazada. Andrew la observó atónito, rígido, sentado en la roca del largo tramo de playa, con la vista fija en el mar. Su voz sonó inexpresiva, impersonal, cuando le ofreció casarse con ella.

«Quiere pagar una deuda –pensó ella entonces–. Ni más ni menos.» Y al ofrecerse a hacer lo que le parecía honorable, le había roto el corazón.

Fue cosa del destino, probablemente, que ella perdiera el bebé apenas dos semanas después. Eso los salvó a ambos de tomar decisiones abrumadoras. Pero ella lo amó mientras lo tuvo creciendo dentro, en su seno, tanto como amó a Andrew.

Una vez que aceptó la pérdida del bebé, cesó el amor. Sin duda, había sido un alivio tan grande para Andrew como para ella. La melodía de la amistad era más fácil de bailar que la del matrimonio.

Las malditas mujeres eran el castigo de su existencia, decidió Andrew, mientras abría la portezuela de su coche para instalarse detrás del volante. No paraban de decirle a uno qué hacer, cómo hacerlo y, sobre todo, lo mal que lo estabas haciendo. Afortunadamente, había terminado con ellas. Era mucho mejor pasarse el día sepultado en el Instituto y la noche bebiendo. De ese modo nadie salía perjudicado. Y él menos que nadie.

Ahora estaba demasiado sobrio y tenía por delante una noche demasiado larga. Condujo bajo la lluvia, fantaseando con no detenerse hasta que se agotara la gasolina y empezar una nueva vida allí donde se encontrara. Podía cambiarse de nombre, conseguir trabajo en la construcción. Era fuerte y tenía buenas manos. Tal vez la solución estuviera en el pesado trabajo manual. Nadie lo conocería; nadie esperaría nada de él. Pero sabía que era incapaz de hacerlo. Jamás dejaría el Instituto. Era el único hogar que había conocido. Lo necesitaba tanto como el Instituto a él.

Bueno, en la casa había una o dos botellas. Nada le impedía tomar un par de copas delante del hogar; le ayudarían a conciliar el sueño. Pero al subir por el camino serpenteante vio unas luces parpadear entre la lluvia. Miranda. No la esperaba hasta dentro de varios días. Apretó con fuerza las manos sobre el volante al imaginarla en Florencia, con Elise. Aun después de haber parado el coche, le costó varios minutos relajarse.

Al abrir la portezuela lo azotó el viento. La lluvia le abofeteó la cara y corrió por el cuello de su camisa. Directamente encima de los aguilones de la casa, el cielo estalló en relámpagos luminosos. Imaginó a Miranda dentro de la casa, disfrutando de la tormenta. Le encantaban las tormentas. Él, por su parte, prefería la paz, el silencio y la nada.

Corrió hacia la puerta y, en cuanto estuvo dentro del vestíbulo, se sacudió como un perro. Luego colgó la chaqueta mojada del viejo perchero y se pasó una mano por el pelo, sin desviar la vista hacia el espejo antiguo. De la sala venían los tonos fúnebres del *Réquiem* de Mozart. Si Miranda estaba escuchando eso era porque su viaje no había salido bien.

La encontró acurrucada en un sillón, delante del hogar, envuelta en una bata de cachemira gris, su favorita; bebía a sorbitos una taza de té, de la mejor porcelana de su abuela. La puesta en escena perfecta en busca de consuelo.

–Has vuelto antes de lo previsto.

–Así parece.

Miranda lo estudió con la mirada. Había estado bebiendo, sin duda, pero no tenía los ojos vidriosos. Al menos aún estaba aceptablemente sobrio.

Pese a que deseaba servirse una copa, Andrew se sentó frente a ella. Era fácil detectar las señales de enfado contenido, pero él la conocía mejor que nadie, y también detectó la angustia.

–Bueno, ¿qué ocurre?

–Ella me esperaba con un proyecto de trabajo.

Con la esperanza de verlo antes de acostarse, Miranda había traído dos tazas. Llenó la segunda, fingiendo no ver la mueca de disgusto de Andrew. Sin duda, él habría preferido un vaso de whisky.

–Un proyecto extraordinario –continuó, alargándole la taza–. Se trataba de un bronce encontrado en el sótano de la Villa della Donna Oscura. ¿Conoces la historia de ese lugar?

–Refréscame la memoria.

–Giulietta Buonadoni.

–Ah, sí. La Dama Oscura, amante de uno de los Médicis.

–De Lorenzo el Magnífico, o al menos él fue su primer protector –especificó Miranda, agradeciendo que Andrew conociera a fondo la época. Eso le ahorraría tiempo–. El bronce era una representación de ella en persona; la cara es inconfundible. Mamá quería que yo hiciera los análisis y el trabajo de datación.

–Elise podía encargarse de eso –señaló Andrew.

–Elise abarca un campo de acción más amplio. –En el tono de su hermana había un deje de fastidio–. Yo me especializo en el Renacimiento, sobre todo en bronces. Elizabeth quería lo mejor.

–Como siempre. De modo que hiciste las pruebas.

–Las hice. Dos veces. Pedí la colaboración de los empleados más capacitados. Me encargué de todo personalmente, paso a paso. Luego volví atrás y lo hice todo de nuevo.

–¿Y...?

–Era auténtica, Andrew. –Miranda se inclinó, sin poder ocultar su entusiasmo–. Fines del siglo XV.

–Increíble. ¿Y por qué no estás celebrándolo?

–Hay más. –Miranda tuvo que aspirar hondo para calmarse–. Era de Miguel Ángel.

–¿Miguel Ángel? –exclamó sorprendido. Dejó la taza–. ¿Estás segura? No me acuerdo de ningún bronce suyo perdido.

–Apostaría mi reputación –dijo Miranda–. Es una obra de juventud, brillantemente ejecutada, una pieza hermosa, con el estilo sensual de su *Baco* ebrio. Cuando tuve que volverme aún estaba trabajando en la documentación, pero hay suficiente para respaldarla.

–¿El bronce no estaba documentado?

Miranda empezó a golpear el suelo con un pie, irritada.

–Es probable que Giulietta lo haya escondido o que no lo exhibiera. Cuestión de política. Todo concuerda –insistió–. Yo podría haberlo demostrado sin lugar a dudas, si ella me hubiera dado más tiempo.

–¿Y por qué no lo hizo?

Miranda se puso de pie y se acercó al hogar.

–Alguien filtró la noticia a la prensa. No estábamos preparados para un anuncio oficial. El gobierno se puso nervioso y prescindió de los servicios de Standjo. Y ella me despidió. Me acusó de haber divulgado la noticia. –Se volvió hacia él, furiosa–. De estar tan sedienta de gloria como para poner en peligro el proyecto con tal de obtenerla. Y yo jamás haría algo así.

–No, por supuesto que no.

Andrew desechó tal posibilidad sin pensarlo dos veces. De modo que prescindieron de sus servicios. No pudo evitar sonreír.

–Seguro que lo ocurrido la sacó de sus casillas.

–Estaba lívida. En otras circunstancias me habría dado cierta satisfacción. Pero ahora he perdido el proyecto. Además, solo podré volver a ver esa pieza dentro de un museo. Por Dios, Andrew, estaba tan cerca...

–Ten la seguridad de que, cuando la estatuilla sea autentificada y se haga el anuncio, ella va a hallar el modo de introducir el nombre de Standjo. –Miró a su hermana enarcando una ceja–. Entonces solo tendrás que encargarte de que el tuyo no quede en la sombra.

–No es lo mismo.

«Ella me lo robó» era cuanto Miranda podía pensar.

–Saca todo el partido que puedas.

Él también se levantó para acercarse al armario de los licores.

–¿Viste a Elise? –Tenía que preguntárselo.

–Sí. –Miranda metió las manos en los bolsillos de la bata–. Al parecer está bien. Creo que está capacitada para manejar el laboratorio. Preguntó por ti.

–Y le dijiste que estaba estupendamente.

Lo vio servirse la primera copa.

–Supuse que no querrías que supiera que te has convertido en un bebedor taciturno y autodestructivo.

–Siempre he sido taciturno –corrigió él, levantando la copa como para brindar por ella–. Como todos nosotros, así que eso no cuenta. ¿Está saliendo con alguien?

–No lo sé. No llegamos a hablar de nuestra vida sexual. Tienes que poner punto final a esta situación, Andrew.

–¿Por qué?

–Porque es inútil y estúpido. Aprecio a Elise, pero francamente no lo vale. –Miranda se encogió de hombros–. Nadie lo vale, en realidad.

–Yo la amaba –murmuró, bebió un trago y continuó–; le di lo mejor de mí.

–¿Te has puesto a pensar que tal vez ella no dio lo mejor de sí? ¿Que tal vez no estaba a tu altura?

Andrew la miró fijamente.

–No –respondió.

–Te convendría pensar en ello. O pensar que, tal vez, lo mejor de ti y lo mejor de ella no equivale a lo mejor de ambos. Hay montones de matrimonios que fracasan. Y la gente lo supera.

Él estudió el licor, la luz que centelleaba a través del vidrio.

–Quizás habría menos matrimonios fracasados, si la gente no lo superara con tanta facilidad.

–Y si dejara de pensar que el amor mueve el mundo, quizá sería más cuidadosa a la hora de elegir pareja.

–Pero es cierto que el amor mueve el mundo, Miranda. Por eso el mundo está tan jodido –repuso Andrew, y apuró el contenido de su copa.

5

El cielo amaneció frío, gris, colérico. El mar, incansable, oscuro y fragoroso, martilleaba contra las rocas, elevándose para golpear el aire con puños blancos. La primavera tendría que pelear mucho para echar al invierno. Y nada podría complacer más a Miranda.

Estaba de pie en el acantilado; su humor se asemejaba al mar proceloso, allá abajo. Al contemplar el agua saltar entre las rocas, glacial y maligna, absorbía la antigua violencia de su aroma.

Había dormido mal, sumida en sueños que achacaba tanto a su mal genio como a la fatiga del viaje. No solía soñar. Antes de que amaneciese, se había levantado y se había puesto un grueso jersey verde y pantalones holgados de suave lana color habano. Para desayunar se había preparado el poco café que quedaba; Andrew no iba a alegrarse mucho cuando se levantara. Mientras contemplaba el amanecer que se arrastraba hacia la vida en el triste cielo oriental, Miranda saboreaba a sorbitos ese café solo y fuerte, en una gran taza blanca.

La lluvia había cesado, pero volvería. Y como la temperatura había descendido bruscamente durante la noche, era probable que regresase bajo la forma de nieve o aguanieve. Muy bien. Perfecto. Así era Maine.

Florencia, con su blanco sol cegador, con su viento cálido y seco, estaba al otro lado del océano. Pero también muy cerca, dentro de ella, en lo más íntimo de su corazón, que ardía de furia.

La Dama Oscura había sido su pasaje a la gloria. En eso, al menos, Elizabeth tenía razón. El objetivo era siempre la gloria. Pero ella había trabajado mucho para alcanzarla. Había estudiado, obligándose brutalmente a aprender, asimilar, recordar, mientras la gente de su edad iba de fiesta en fiesta y de amorío en amorío. En su vida no había habido períodos alocados ni rebeldes; nunca desafió las reglas y tradiciones; no tuvo noviazgos descabellados y pasionales. *Reprimida*, había dicho una compañera de cuarto. *Aburrida*, había sido la opinión de otra. Y como en el fondo ella estaba de acuerdo, había resuelto el problema abandonando la residencia universitaria para ocupar un pequeño apartamento propio.

«Así está mejor», se decía. No se le daban bien las relaciones sociales. Tras una fachada de compostura y buenos modales, era angustiosamente tímida con la gente; se sentía mucho más a gusto recopilando información. De modo que leyó, escribió y se sumió en la cultura de otros siglos, con una disciplina impulsada por la ardorosa luz de la ambición.

Pero esa ambición tenía un objetivo: ser la mejor. Y que sus padres la miraran con orgullo, con asombrado placer, con respeto. Oh, qué irritante era saber que aún deseaba lo mismo, y que por mucho que lo intentara no conseguía evitarlo.

Ya tenía casi treinta años, un doctorado, un puesto en el Instituto y una sólida reputación como arqueómetra. Pero también una penosa necesidad de que sus padres la aplaudieran. Bueno, tendría que superarla.

No pasaría mucho tiempo sin que sus hallazgos recibieran el apoyo que se merecían. Entonces no dejaría de reclamar lo que era suyo. Escribiría un artículo sobre *La Dama Oscura* y el papel que ella había desempeñado en los análisis y la autenticación. Y jamás perdonaría a Elizabeth por privarla del placer del éxito profesional. Ni por tener el poder necesario para hacerlo.

Se levantó viento; se filtraba bajo el jersey, como unas manos que buscaran su carne. Empezaban a arremolinarse los primeros copos de nieve, finos y húmedos. Miranda se volvió de espaldas al mar y bajó por el acantilado. El rayo luminoso del faro continuaba allí, girando en lo alto de la torre blanca, proyectándose por encima del agua y la roca, aunque no había barco alguno a la vista. Desde el oscurecer hasta el alba, año tras año, nunca fallaba. Algunos veían en él algo romántico, pero Miranda, al estudiar esa torre encalada, solo veía solidez y confianza. Más de la que solía encontrar en la gente.

A lo lejos, la casa seguía oscura y dormida: una silueta caprichosa, salida de otras épocas, recortada contra un cielo implacable. La escarcha que cubría el césped crujía bajo sus pies. El encantador jardín de su abuela se había convertido en una cicatriz que parecía regañarla. «Este año», se prometió Miranda al pasar junto a las hojas oscurecidas y los tallos quebradizos. Ese año le brindaría un poco de atención. Haría un pasatiempo de la jardinería. Siempre se estaba prometiendo un pasatiempo.

Ya en la cocina, se sirvió el resto del café y, después de echar una última mirada a la nieve que caía, decidió ir temprano al Instituto, antes de que una capa blanca cubriera las carreteras.

Desde la cálida comodidad de su Mercedes alquilado, él vio que el Land Rover giraba hacia el aparcamiento del Instituto de Historia del Arte de Nueva Inglaterra. El vehículo parecía digno de ser conducido por un general durante alguna guerra elegante.

Ella misma era toda una estampa, reflexionó al verla apearse. Un metro ochenta de mujer, con botas y un abrigo gris que respondía a la necesidad de abrigo más que a la moda. Su cabellera, roja como el fuego, pugnaba por escapar de una gorra negra para esquí. Llevaba un abultado maletín y se movía con una decisión que habría sido el orgullo de un padre militar.

Sin embargo, por debajo de ese andar asomaba la arrogante, ignorada sexualidad de la mujer que cree estar más allá de la necesidad física de un hombre. Era un andar altanero.

Pese a la escasa luz, la reconoció. Se dijo, con una sonrisa, que era difícil no reparar en ella. Llevaba casi una hora sentado allí, entreteniéndose con diversas arias de *Carmen, La Bohème, Las bodas de Fígaro.* En realidad, ya tenía todo lo que necesitaba, pero se felicitó por haberse demorado lo suficiente para verla llegar.

Se levantaba temprano, por lo visto; le gustaba su trabajo, hasta el punto de enfrentarse a una mañana glacial, cuando casi toda la ciudad aún dormía. Él respetaba a las personas que disfrutaban de su trabajo. Bien sabía Dios que él amaba el suyo.

Pero, ¿qué haría con la doctora Miranda Jones? La imaginó entrando por la puerta lateral; en ese momento estaría deslizando la tarjeta electrónica en la ranura, pulsando las teclas para introducir su código personal. Sin duda, una vez dentro volvería a conectar con cuidado las alarmas de seguridad. Todos los informes indicaban que era una mujer práctica y responsable. A él le gustaban las mujeres prácticas. Corromperlas era un placer.

Podía trabajar evitándola o utilizarla. De un modo u otro cumpliría con su trabajo. Pero utilizarla sería mucho más... entretenido. Ya que ese iba a ser su último trabajo, lo justo era añadir un poco de entretenimiento a la emoción y los beneficios. Valdría la pena intimar con Miranda Jones, disfrutar de su compañía. Antes de robarle.

Vio encenderse la luz en una ventana del segundo piso. «Ha ido directamente a trabajar», se dijo, sonriendo otra vez al ver un movimiento detrás de la ventana. Era hora de hacer lo mismo. Puso en marcha el coche. Debía ir a vestirse para dar el siguiente paso.

El Instituto de Historia del Arte de Nueva Inglaterra había sido construido por el bisabuelo de Miranda, pero fue Andrew Jones, su abuelo, quien desarrolló toda su potencialidad. Siempre se había interesado mucho por las artes, y hasta se consideraba pintor. Al menos, era lo bastante bueno como para persuadir a varias modelos, jóvenes y saludables, de que se quitaran la ropa y posaran para él.

Disfrutaba del trato con los artistas; los recibía en su casa y, cuando alguno despertaba su interés (sobre todo, si era una mujer atractiva), lo patrocinaba. Era mujeriego y bebedor, sí, pero también generoso, imaginativo, siempre dispuesto a poner su dinero guiándose por el corazón.

El edificio, de granito gris, ocupaba toda una manzana, con sus altas columnas, sus diversas alas y sus arcadas. La estructura original correspondía a un museo, con jardines cuidados, añosos árboles y una dignidad silenciosa, bastante severa.

Andrew había querido más. Visualizaba el Instituto como escaparate para el arte y los artistas, como pista en la que exhibir, restaurar, enseñar y analizar el arte. Por eso taló los árboles, niveló las terrazas y erigió las construcciones anexas, gráciles y algo caprichosas. Había aulas luminosas de altas ventanas, laboratorios cuidadosamente diseñados, amplios depósitos y una colmena de despachos. El espacio para exposiciones se había triplicado con creces.

A los que deseaban estudiar allí se los recibía según sus méritos. Si tenían medios, pagaban caro el privilegio. Si no los tenían pero se les consideraba dignos, recibían una beca.

En el Instituto, el arte era sagrado y la ciencia, su deidad. En un dintel de piedra, sobre la entrada principal, se leían las palabras de Longfellow:

«Largo es el arte y fugaz el tiempo»

A estudiar, conservar y exhibir el arte dedicaba el Instituto su tiempo y sus recursos. Cincuenta años después de Andrew, con el timón en manos de sus nietos, se mantenía básicamente fiel al concepto de su fundador. Sus salas eran las mejores de Maine; la obra presentada en ellas había sido cuidadosamente escogida y adquirida en el curso de los años, comenzando con las colecciones de los propios Jones.

Las áreas públicas abarcaban toda la planta principal; cada sala conectaba con la siguiente mediante un amplio arco. El primer piso estaba lleno de aulas y talleres, separados de la zona de restauración por un pequeño vestíbulo, donde los visitantes, provistos de los pases necesarios, podían recorrer los espacios de trabajo. Los laboratorios ocupaban el nivel inferior y se comunicaban con todas las alas. Pese a lo grandioso de las salas y las instalaciones educativas, allí estaban los cimientos. Miranda solía pensar que esos laboratorios eran también sus propios cimientos.

Dejó a un lado el maletín y se acercó a la mesa instalada bajo la ventana para prepararse un café. Mientras enchufaba la cafetera sonó el fax. Después de abrir las persianas, fue hacia el aparato para retirar la página.

> Bienvenida a casa, Miranda. ¿Has disfrutado de Florencia? Lamento profundamente que interrumpieran tu viaje. ¿En qué crees que te has equivocado? ¿Has pensado en ello? ¿O estás muy segura de tener razón?
>
> Prepárate para la caída. Será un duro golpe.
>
> Llevo mucho tiempo esperando. Te he vigilado con mucha paciencia.
>
> Aún te vigilo. Y la espera casi ha terminado.

Miranda no pudo evitar frotarse el brazo ante el súbito escalofrío. Aquello no tenía firma ni señas. Parecía una broma de mal gusto; pero ¿por qué y de quién? ¿Su madre? Le avergonzó que el nombre de Elizabeth fuera el primero en surgir en su mente. Pero una mujer como ella, con su poder, su personalidad y su posición social, no se rebajaría a enviar mensajes anónimos como aquel. Ya había herido a Miranda de la manera más directa posible.

Con toda probabilidad sería algún empleado de Standjo o del Instituto, enconado por creer que ella había sido injusta al asignarle un trabajo, por ejemplo. Debía de ser eso, sin duda. Trató de recuperar la calma. Algún técnico al que ella hubiese reprendido, algún estudiante insatisfecho con sus calificaciones. Solo buscaba inquietarla. Y ella no le daría el gusto.

Pero en vez de arrojar el papel al cesto, lo guardó en el último cajón del escritorio e hizo girar la llave de la cerradura. Después lo apartó de su mente para sentarse a trazar sus planes de trabajo. Cuando hubo completado las primeras tareas de su lista (leer la correspondencia y los memorandos, organizar los mensajes telefónicos), el sol ya estaba alto y se filtraba a través de las persianas.

–¿Miranda? –dijo una voz detrás de la puerta.

–Sí, pasa. –Echó un vistazo al reloj. Su ayudante era puntual, como siempre.

–He visto tu coche en el aparcamiento. No te esperaba tan pronto.

–Hubo... un cambio de planes.

–¿Y cómo has encontrado Florencia? –Lori se movió con confianza por la estancia, revisando los mensajes, ajustando la inclinación de las persianas.

–Cálida y soleada.

–Qué maravilla. –Segura de que todo estaba en su sitio, Lori se sentó con la libreta en las rodillas. Era una rubia preciosa, con boca de muñeca, voz de Betty Boop y una eficiencia a toda prueba–. Me alegro de que hayas vuelto –añadió, sonriendo.

–Gracias. –Como la bienvenida era sincera, Miranda también sonrió–. Yo también me alegro de haber vuelto. Tengo mucho trabajo pendiente. Por el momento, necesito ponerme al día con respecto al desnudo de Carbello y la restauración del *bronzino*.

La rutina era una especie de sedante para ella, hasta el punto que, en las dos horas siguientes, Miranda se olvidó de todo lo que no fuera el trabajo pendiente. Mientras Lori organizaba las citas y las reuniones, ella fue a echar un vistazo al laboratorio.

Como estaba pensando en Andrew, decidió pasar por su despacho antes de bajar. Los dominios de su hermano estaban en el ala opuesta, más cerca del área pública. Bajo su autoridad estaban las salas, las adquisiciones y las exposiciones. Miranda, en cambio, prefería trabajar entre bastidores.

Echó a andar por los corredores. Aquí y allá, las anchas ventanas cuadradas dejaban filtrar pálidos rayos de luz, atenuaban los ruidos del tráfico y ofrecían una vista de los edificios y los árboles desnudos.

Las puertas de los despachos estaban discretamente cerradas. De vez en cuando sonaba un teléfono o un fax. Una secretaria salió del depósito con unas carpetas y miró sobresaltada a Miranda.

–Buenos días, doctora Jones –dijo, y se escabulló de inmediato.

«¿Tan intimidante soy, tan poco amistosa?», pensó Miranda, y recordando el fax, observó a la mujer con los ojos entornados, hasta que ella desapareció tras una puerta.

Tal vez no era extrovertida, no se hacía querer por el personal como Andrew, pero tampoco era... dura. ¿O sí? Le perturbaba pensar que eso era posible, que su innata reserva podía ser interpretada como frialdad. Como la de su madre. Pero no, no quería creer eso. Quienes la conocían no pensaban así. Mantenía una buena relación con Lori y una amable camaradería con John Carter. Ella no manejaba el laboratorio como si fuera un campamento militar, donde nadie podía decir lo que pensaba ni hacer una broma.

Pero de pronto recordó que nadie bromeaba con ella. Desde luego, era la autoridad. ¿Qué otra cosa podía esperar?

Se relajó. No podía permitir que una secretaria tímida le hiciera perder los papeles. Como afortunadamente no tenía citas programadas, llevaba los mismos pantalones y el jersey que se había puesto esa mañana para contemplar el amanecer. Tenía el pelo recogido en algo que podía pasar por una trenza. Pensó que en Italia ya era mediodía. El bronce estaría siendo sometido a concienzudas pruebas. Eso hizo que se sintiese nuevamente tensa.

Entró en el antedespacho de su hermano. En la estancia había un sólido escritorio victoriano, dos sillas de respaldo cruelmente recto, archivadores pintados de gris y una mujer que custodiaba todo eso.

–Buenos días, señorita Purdue.

La secretaria de Andrew rondaba la cincuentena; era pulcra como una monja e igualmente estricta. Como siempre, llevaba el cabello entrecano recogido en un rodete, y siempre lucía una blusa almidonada, falda y chaqueta oscura. Así era la señorita Purdue.

Apartó los dedos del teclado y cruzó las manos sobre el escritorio.

–Buenos días, doctora Jones. No sabía que ya hubiera vuelto de Italia.

–Llegué ayer. –Miranda trató de sonreír, pensando que era buen momento para mostrarse más simpática con el personal–. Es extraño volver a este clima tan frío.

Como la señorita Purdue se limitó a responder asintiendo enérgicamente con la cabeza, ella renunció (agradecida) a entablar una conversación.

–¿Está mi hermano?

–El doctor Jones acaba de bajar para recibir a un invitado. Volverá en un momento. ¿Quiere esperar o prefiere dejarle un mensaje?

–No, volveré más tarde.

En la escalera resonaron unas voces masculinas. Si no hubiese sido por la mirada crítica de la secretaria, habría corrido a esconderse antes de tener que presentarse ante el invitado de Andrew. «Debería haber ido directamente al laboratorio», pensó, y fingiendo una sonrisa cortés, se quitó enérgicamente el pelo de los ojos.

En ese momento, Andrew y su acompañante llegaron a lo alto de las escaleras, lo que hizo que su sonrisa vacilara.

–Hola, Miranda. –Su hermano estaba radiante. Nadie habría dicho que había pasado la noche bebiendo–. Iba a llamarte a tu despacho. Quiero que conozcas a Ryan Boldari, de la Galería Boldari.

El hombre se adelantó para tomar la mano de Miranda y llevársela a los labios con gran desenvoltura.

–Es para mí un placer conocerla por fin.

Su cara podría haber estado representada en alguna pintura expuesta en el Instituto, con pinceladas gruesas y audaces. Lucía un impecable traje gris y corbata de seda, de nudo perfecto. Tenía el cabello espeso, negro azabache y hermosamente ondeado. Su piel era del color del oro oscuro, tensa sobre unos huesos fuertes, y presentaba una intrigante cicatriz en forma de media luna sobre el extremo de la ceja izquierda.

La miró fijamente; el pardo oscuro de sus ojos parecía robar reflejos dorados a la luz. Su boca, que podría haber sido esculpida por un maestro, se curvaba en una sonrisa ideada para que las mujeres se preguntaran cómo sería besando. Y para arrancarles un suspiro.

Miranda notó que se le aceleraba el pulso.

–Bienvenido al Instituto, señor Boldari.

–Me encanta estar aquí.

Él le retuvo la mano al advertir que eso parecía inquietarla. Por muy encantadora que fuera su sonrisa, Miranda se sintió molesta. Pensó en retirar la mano, pero decidió que el gesto parecería demasiado femenino.

–¿Por qué no vamos a mi despacho? –Ignorante de los juegos que se desarrollaban delante de sus narices, Andrew señaló la puerta interior–. ¿Dispones de un rato libre, Miranda?

–En realidad, estaba por...

–Le agradecería que nos dedicara unos momentos, doctora Jones –dijo Ryan sin dejar de sonreír mientras le soltaba la mano y la tomaba del codo–. Traigo para su hermano una proposición que quizá le interese. Su especialidad es el Renacimiento, ¿verdad?

Ella se dejó llevar al despacho de Andrew.

–Es verdad, sí.

–Una época brillante, muy rica en belleza y energía. ¿Conoce la obra de Giorgio Vasari?

–Por supuesto. Manierista de finales del Renacimiento. Su estilo tipificó el movimiento hacia la elegancia.

–Ryan tiene tres *vasari.* –Andrew señaló las sillas que, gracias a la señorita Purdue, no estaban cubiertas de libros y papeles, como sucedía normalmente.

–¿De veras? –Miranda tomó asiento y fingió otra sonrisa.

El despacho de Andrew era mucho más pequeño que el de Miranda, porque así lo prefería él. Era, además, desordenado y alegre; estaba lleno de objetos con los que a él le gustaba rodearse: viejos huesos, fragmentos de vasijas, trozos de cristal. Ella habría preferido mantener esa inesperada reunión en su propio y formal territorio.

Como estaba nerviosa, imaginó que tamborileaba con los dedos sobre la mesa.

–Sí.

Ryan se sentó en una butaca de respaldo recto poniendo mucho cuidado en no arrugarse los pantalones.

–¿No le parece que a su obra le falta audacia?

–Eso también es típico del manierismo –respondió Miranda–. Vasari es un ejemplo importante de ese período y ese estilo.

–Estoy de acuerdo con usted. –Ryan sonrió–. En lo personal, prefiero otros períodos del Renacimiento, pero los negocios son los negocios –añadió juntando las manos.

Miranda observó que eran fuertes y elegantes, de palmas anchas y dedos largos. Le irritó reparar en eso. Se avergonzó de haber imaginado, por un segundo o dos, el contacto de esos dedos contra su piel. Al apartar deliberadamente la vista de aquellas manos, tropezó con sus ojos. Él volvió a sonreír, con un brillo definitivo en la mirada.

Miranda preguntó, a la defensiva, con voz glacial:

–¿Cuál es el motivo de su visita?

«¡Qué mujer tan fascinante! –pensó él–. El cuerpo de una diosa, los modales de una pacata, la manera de vestir de una refugiada política y un dejo de timidez, muy atractivo, en torno de esos ardientes ojos azules.» Mantuvo la mirada fija en la de ella; le encantó que en sus mejillas floreciera un rubor leve y halagüeño. En su opinión, las mujeres ya no se ruborizaban lo suficiente.

Se preguntó cómo le quedarían esas gafas con montura metálica que llevaba enganchadas en el cuello del jersey. Le darían, sin duda, un aire a la vez intelectual y seductor.

–Conocí a su hermano hace unos meses, en Washington, con ocasión de una función a beneficio de Mujeres en las Artes. Creo que fue en su lugar, doctora Jones.

–Sí. Yo tenía otros compromisos que atender.

–Miranda estaba ocupada con un trabajo muy importante en el laboratorio –añadió Andrew con una sonrisa–. Yo soy más... prescindible. –Se retrepó en su sillón.

–Ryan está interesado en nuestra *madonna* de Cellini –continuó Andrew.

Miranda enarcó una ceja.

–Es uno de nuestros tesoros.

–Sí, acabo de verla. Una belleza. Su hermano y yo hablamos sobre un posible intercambio.

–¡El *cellini*? –Ella desvió rápidamente la mirada hacia su hermano–. ¡Andrew!

–No sería permanente –se apresuró a aclarar Ryan, sin molestarse en disimular una risita entre dientes ante el desasosiego de Miranda–. Solo sería por tres meses; todos nos beneficiaríamos. Estoy planificando una exposición de Cellini en nuestra galería de Nueva York. Sería estupendo que ustedes me prestaran esa *madonna*. A cambio, estoy dispuesto a prestar al Instituto mis tres *vasari*, por el mismo tiempo.

–Podrías montar esa exposición de los tres estilos renacentistas que tanto deseas desde hace años –señaló Andrew.

Era uno de sus sueños: una gran exposición en la que mostrar aquello que constituía su especialidad. Obras de arte, artesanías, historia, documentos: todo en exhibición, del modo en que ella lo decidiera. Miranda mantuvo las manos cruzadas en el regazo, para no levantar un puño en ademán triunfal.

–Sí, supongo que podría hacerse. –Aunque la idea le entusiasmaba, se volvió plácidamente hacia Ryan y añadió–. Los *vasari* están autentificados, imagino.

Ryan asintió con la cabeza; ambos fingieron no oír el gemido de Andrew.

–Sí, por supuesto. Antes de redactar el acuerdo le enviaré copias de los documentos. Y usted, a su vez, me envia copias de los del *cellini*.

–Puedo entregárselas hoy mismo. Mi secretaria se las enviará por mensajero a su hotel.

–Se lo agradezco.

–Bueno, les dejo para que discutan los detalles.

Cuando Miranda se levantó, él hizo lo mismo y volvió a tomarle la mano.

–Si no es demasiada molestia... Andrew me ha dicho que es usted quien dirige los laboratorios y los talleres de restauración. Me encantaría conocerlos.

–Yo...

Antes de que ella pudiera dar una excusa, su hermano se levantó para darle un codazo en las costillas, sin mucha sutileza.

–No podrías estar en mejores manos, Ryan. Iré a buscarte dentro de un par de horas e iremos a comer ese estofado con almejas y pescado que te prometí.

–Sería estupendo... Solo me dedico a organizar exposiciones. –Ryan retuvo la mano de Miranda en la suya, mientras caminaban por el pasillo hacia el ala contigua.

–Del aspecto científico no sé casi nada –añadió–. ¿No le resulta difícil mezclar las dos cosas?

–No –respondió Miranda–. Uno no existiría sin el otro.

Al darse cuenta de que su tono había sido abrupto, aspiró lentamente. Ese hombre la ponía nerviosa, hasta el punto de ponerla en evidencia, algo nada conveniente.

–El Instituto fue creado para albergar ambas disciplinas. Como científica dedicada al estudio del arte, es algo que aprecio.

–Yo fui un pésimo alumno en ciencias –dijo él, con una sonrisa que Miranda no pudo evitar considerar encantadora.

–Seguramente era bueno para otras cosas –señaló, sonriendo a su vez.

–Me gusta pensar que sí.

Como era observador, Ryan estudió minuciosamente la distribución del espacio entre las distintas alas, la posición de las escaleras, despachos, depósitos y ventanas. Y las cámaras de seguridad, desde luego. Todo se correspondía exactamente con las informaciones que tenía. Aun así, más tarde transcribiría esas observaciones en notas detalladas. Por el momento se limitó a archivarlas en su mente, mientras disfrutaba del perfume sutil de Miranda.

«Nada es obvio en la doctora Jones –pensó–, ni flagrantemente femenino. Y ese perfume parece creado especialmente para ella.»

Al final de un pasillo ella giró a la izquierda; luego se detuvo para pasar su tarjeta magnética por el lector, junto a una puerta metálica pintada de gris. Sonó un timbre y se oyó un chasquido de cerraduras. Ryan echó un vistazo a la cámara.

–La seguridad es una de nuestras prioridades –explicó ella–. Nadie entra en este departamento sin una llave o un acompañante. A menudo hacemos análisis para particulares, instituciones privadas y otros museos.

Le condujo hacia una zona que recordaba estancias similares del Standjo de Florencia, aunque más pequeñas. Había técnicos trabajando ante ordenadores y microscopios o caminando enérgicamente de una sala a otra.

Ella vio que un miembro del personal trabajaba con varias vasijas y llevó a Ryan en esa dirección.

–¿Qué puedes decirnos de esto, Stanley?

El técnico se rascó el rubio bigote.

–Lo envió tu padre desde la excavación de Utah, junto con otros objetos. Parece de la cultura anasazi del siglo XII; esta la empleaban para cocinar. –Carraspeó y miró por un instante a Miranda. Al ver que ella asentía, continuó–. Lo bueno es que está casi intacta. Apenas presenta un pequeño desperfecto en el borde.

–¿Cómo saben que es una vasija para cocinar? –preguntó Ryan.

El técnico parpadeó.

–Por la forma, el tamaño y el grosor.

–Gracias, Stanley.

Miranda se volvió hacia Ryan, pero estuvo a punto de chocar con él, pues se le había acercado demasiado. Se apartó de inmediato, no sin advertir que él era como mínimo cinco centímetros más alto que ella. Y esa chispa divertida en los ojos hacía que su rostro, más que sensual fuese sexualmente atractivo. El corazón le dio un vuelco.

–Nos dedicamos, sobre todo, a las obras de arte –dijo–, pero como mi padre se interesa por la arqueología, exhibimos artesanía y hacemos unos cuantos trabajos de análisis y datación de esa materia. No es mi especialidad, claro. Esto, en cambio...

Abrió un cajón del armario y hurgó en él hasta hallar una bolsita de color marrón. Después de trasladar a un portaobjetos los fragmentos de pintura que contenía, los puso bajo un microscopio.

–Eche un vistazo y dígame qué ve –invitó.

Ryan se inclinó para ajustar el foco.

–Color, forma... interesante a su modo... Casi como una pintura de Pollock. –Se irguió y la miró a los ojos–. ¿Qué es lo que estoy mirando, doctora Jones?

–Un fragmento de pintura de un *bronzino* que estamos restaurando. La pintura es, sin duda, del siglo XVII. Para mayor seguridad, tomamos una muestra antes de iniciar el trabajo y otra una vez esté terminado. Así tenemos la certeza de que hemos recibido una obra auténtica y devolvemos la misma obra a sus propietarios.

–¿Y cómo sabe que esto es pintura del siglo XVII?

–¿Quiere una lección de ciencia, señor Boldari?

–Ryan, por favor. Así yo podré llamarla Miranda. Es un nombre encantador.

Miranda sintió que su voz le provocaba escalofríos.

–Me encantaría disfrutar de esa lección de ciencia... con la maestra adecuada –añadió él.

–Si quiere una conferencia, tendrá que inscribirse.

–Los malos estudiantes se las arreglan mejor asistiendo a clases particulares. Le invito a cenar, esta noche.

–Como maestra soy mediocre.

–Aun así, cene conmigo. Conversaremos sobre arte y ciencia y yo le hablaré de los *vasari*. –Ryan sentía el impulso de levantar la mano para acariciar aquellos rizos rojos. Pero seguramente ella daría un respingo–. Podemos decir que es una cena de negocios, si eso le tranquiliza.

–No estoy intranquila.

–Bueno, pasaré a recogerla a las siete. –Luego volvió a deslizar su mano sobre la de ella–. ¿Sabe que me encantaría ver ese *bronzino*? Admiro la pureza formal de su obra.

Antes de que ella lograra que él soltara su mano, él la cogió del brazo para dirigirse hacia la puerta.

6

No se explicaba por qué había aceptado aquella invitación a cenar. Sin embargo, al recordar la conversación, cayó en la cuenta de que, en realidad, no la había aceptado. Sin embargo, se estaba vistiendo para salir.

Se obligó a recordar que Ryan era un colega. La Galería Boldari tenía fama de ser elegante y exclusiva. La única vez que, estando en Nueva York, logró disponer de una hora para visitarla, quedó casi tan impresionada por la discreta grandeza del edificio como por las propias obras de arte. Al Instituto no le haría ningún mal relacionarse con una de las mejores galerías del país.

Él quería cenar con ella para hablar de negocios. Ella se encargaría de que no salieran de ese terreno. Aunque esa sonrisa suya consiguiera que se le hiciese un nudo en el estómago.

Si quería coquetear con ella, de acuerdo. ¿En qué podía afectarla, al fin y al cabo? No era una mujer que se dejara impresionar. Los hombres apuestos como Ryan Boldari nacían con un don especial para la seducción. Y a Miranda le gustaba pensar que poseía una inmunidad innata contra esos talentos vacuos.

No obstante, Ryan tenía unos ojos maravillosos. Miraban como si todo lo demás hubiese desaparecido.

Al advertir que había cerrado los suyos con un suspiro, Miranda murmuró algo por lo bajo y se subió de un tirón la cremallera del vestido.

Si esa noche se había arreglado con especial esmero, era solo por orgullo y cortesía profesional. Él la había conocido con el aspecto de una estudiante desaliñada. Ahora comprobaría que era una mujer madura y sofisticada a la que ningún hombre conseguía intimidar.

Había escogido un vestido negro de lana fina; el escote era lo bastante profundo como para dejar asomar el nacimiento de los pechos. Las mangas eran largas y ceñidas; la falda, estrecha, le llegaba a los tobillos. Añadió una cruz de estilo bizantino, reproducción excelente que aportaba un toque incuestionablemente sensual. El madero vertical descansaba cómodamente entre los senos.

Se recogió el cabello en la nuca con un pasador. El resultado fue un sugerente desaliño, aunque fuera ella quien lo dijese. Decidió que le gustaba esa imagen; parecía segura de sí, muy distinta de la muchacha demasiado alta y socialmente torpe que había sido en la universidad. Nadie, a simple vista, se daría cuenta de que sentía un nudo en el estómago ante la perspectiva de una cena de negocios, ni que temía quedarse sin temas inteligentes para una conversación antes de que se sirvieran los aperitivos. «Verán aplomo y estilo», pensó. Exactamente lo que ella deseaba.

Mientras cogía su bolso, estudió su trasero en el espejo para comprobar si el vestido hacía que pareciese demasiado grande. Luego bajó por las escaleras. Su hermano, en la sala, ya iba por el segundo whisky. Al verla entrar, enarcó las cejas.

–Jo...

–Qué poeta eres, Andrew. ¿No me hace gorda este vestido?

–Si existe una respuesta para esa pregunta, ningún hombre la ha descubierto todavía. Por lo tanto –levantó el vaso de whisky en un brindis–, preferiría no contestar.

–Cobarde –dijo Miranda, y se sirvió una copa de vino blanco para ver si eso la calmaba.

–¿No es demasiado... audaz para una cena de negocios? –sugirió él.

Miranda bebió un sorbo, dejó que el calor reconfortante recorriera su cuerpo.

–¿No fuiste tú el que esta tarde se pasó veinte minutos sermoneándome sobre lo mucho que nos beneficiaría una relación con la Galería Boldari?

–Sí, es cierto.

Andrew entornó los ojos. Pocas veces veía a su hermana como mujer, pero esta era una de ellas. Estaba deslumbrante.

–¿Intentó seducirte?

–Por favor, Andrew...

–¿Sí o no?

–No. No del todo –corrigió ella–. Y en todo caso, soy una mujer adulta que sabe parar el golpe o devolverlo, según el caso.

–¿Adónde iréis?

–No se lo he preguntado.

–Las carreteras todavía están bastante mal.

–Normal, si consideras que es marzo y estamos en Maine. No intentes comportarte como el hermano mayor, Andrew –dijo ella, y le dio una palmada en la mejilla.

En ese momento sonó el timbre.

–Debe de ser Ryan. Pórtate bien, Andrew.

–Por tres *vasari* soy capaz de comportarme como un ángel –murmuró él. Pero frunció el entrecejo al ver salir a Miranda. A veces olvidaba lo deslumbrante que podía ser cuando se lo proponía. El hecho de que esta vez se lo hubiera propuesto le producía una sensación de inquietud, que se habría agudizado si hubiera visto el modo en que brillaron los ojos de Ryan cuando ella abrió la puerta.

«Es como un puñetazo en el estómago –pensó Ryan–; debería haber estado preparado para recibirlo.»

–Pareces un cuadro de Tiziano –susurró al tiempo que la tomaba de la mano, pero en esta ocasión avanzó un paso para rozarle la mejilla con los labios; luego, la otra, al estilo europeo.

–Gracias.

Miranda cerró la puerta, resistiendo el impulso de apoyarse contra ella para recuperar el equilibrio. Había algo poderoso e intimidante en el hecho de que sus tacones igualasen sus estaturas, de modo que los ojos y las bocas estaban a la misma altura. «Como en la cama», pensó ella.

–Andrew está en la sala –dijo–. ¿Quieres entrar a saludarle?

–Sí. Tienes una casa hermosa. –Mientras la seguía, Ryan observó el vestíbulo y echó un vistazo a la escalera–. Y muy confortable, además. Deberías encargar a alguien que hiciese un cuadro de ella.

–Mi abuelo pintó un óleo en el que aparece. No es muy bueno, pero nos gusta. ¿Quieres beber algo?

–No, gracias. Hola, Andrew. –Ryan le tendió la mano–. ¿Me prestas a tu hermana por unas horas? A menos que quieras acompañarnos, claro.

Ryan siempre había aceptado riesgos, pero en ese momento se maldijo, pues Andrew parecía a punto de aceptar la invitación. No sabía que Miranda, detrás de él, miraba a su hermano con los ojos entornados y expresión amenazadora, pero fue un alivio verlo negar con la cabeza.

–Te lo agradezco, pero tengo otros planes. Que os divirtáis.

–Voy a buscar mi abrigo –dijo Miranda.

Andrew los acompañó hasta la puerta. Luego sacó del armario su propio abrigo. Había cambiado de planes. Ya no estaba de ánimo para beber solo. Preferiría emborracharse en compañía.

Miranda apretó los labios al deslizarse en el asiento de la limusina.

–¿Siempre viajas así?

–No. –Después de instalarse a su lado, Ryan cogió la rosa blanca que había en un pequeño florero y se la ofreció–. Pero me apetecía beber champán y no podía hacerlo si conducía. –Sacó una botella de Cristal abierta de un cubo con hielo y le sirvió una copa.

–Las cenas de negocios rara vez comienzan con rosas y champán –señaló ella.

–Pues así debería ser. –Ryan llenó su propia copa y la acercó a la de ella–. Cuando incluyen a una mujer tan impresionante como tú. Por el comienzo de una agradable relación.

–Di mejor asociación –corrigió ella, antes de beber el primer sorbo–. He estado en tu galería de Nueva York.

–¿De veras? ¿Y qué te pareció?

–Íntima y atractiva. Una auténtica joya cuyas piedras preciosas son obras de arte.

–Me halagas. Nuestra galería de San Francisco es aun más amplia y luminosa. Allí nos especializamos en el arte moderno y contemporáneo. Mi hermano Michael tiene buen ojo para eso. Le gusta. Yo prefiero lo clásico... y lo íntimo.

Su voz era acariciadora. «Una señal reveladora y peligrosa», pensó Miranda.

–De modo que Boldari es una empresa familiar.

–Sí, como la tuya.

–Lo dudo –murmuró ella. «Busca un tema de conversación», se dijo. Era una mujer segura de sí, capaz de dialogar–. ¿Cómo nació tu interés por el arte?

–Mis padres son artistas. Se dedican sobre todo a la enseñanza, pero mi madre es una excelente acuarelista. Mi padre es escultor. Solo Michael parece entender sus complicadas estructuras metálicas; pero él es feliz haciéndolas.

Al hablar, Ryan la miraba fijamente, despertando en ella una sensación cercana al deseo sexual.

–Y tú, ¿pintas o te ha dado por la escultura?–preguntó Miranda.

–Carezco de talento para eso. Para mis padres fue una gran desilusión que ninguno de sus seis hijos se dedicara a la creación artística.

–Seis hijos... Vaya...

Miranda parpadeó mientras él volvía a llenarle la copa.

–Mi madre es irlandesa. Mi padre, italiano –dijo Ryan y esbozó una encantadora sonrisa–. ¿Qué otra cosa podían hacer? Tengo dos hermanos varones y tres mujeres. Soy el mayor... Tienes un pelo precioso –murmuró al instante mientras le acariciaba un mechón con el dorso de los dedos.

Como había previsto, ella dio un respingo.

–¿Cómo haces para no estar tocándolo constantemente?

–Pues a mí no me gusta. Me lo cortaría, si eso no me hiciese parecer aún más alta.

–Fue lo primero que me llamó la atención de ti. –Ryan la miró fijamente–. Y tus ojos... Toda tú estás hecha de colores y formas audaces.

Ella se imaginó abrazándolo con fuerza. Luchó para quitarse esa imagen de la mente, pero no pudo evitar sentirse excitada.

–¿Como el arte moderno?

Él rió entre dientes.

–No. Eres demasiado clásica y práctica para eso. Me gusta tu estilo –añadió, mientras la limusina se detenía junto al bordillo.

Cuando les abrieron la puerta, él la ayudó a apearse cogiéndola de la mano.

–Veamos si disfrutamos de nuestra mutua compañía –susurró casi rozándole la oreja con la boca.

No habría podido decir cuándo empezó a relajarse. Quizá fue durante la tercera copa de champán. Debía admitir que Ryan era amable; demasiado amable, quizá, pero le daba buenos resultados. Hacía mucho tiempo que Miranda no compartía con un hombre una mesa iluminada por velas. Y si a ello se sumaba que el rostro de aquel hombre parecía salido de un retrato renacentista, el momento rozaba la perfección.

Y sabía escuchar. Aunque asegurara haber sido mal estudiante de ciencias, sabía hacer preguntas y se mostraba interesado en las respuestas. Tal vez solo mantenía la conversación en el terreno profesional para que ella se sintiera cómoda, pero Miranda se lo agradecía de todos modos. Hacía muchísimo tiempo que no pasaba una velada hablando de su trabajo, y al hacerlo recordó por qué le gustaba.

–Es por la sensación que produce el descubrimiento –dijo–. Estudiar una obra de arte, desentrañar su historia, su individualidad, su personalidad, supongo.

–¿Diseccionarla?

–En cierto modo, sí. –Era tan agradable estar en ese restaurante cálido y confortable, con un fuego encendido a poca distancia y el mar frío, oscuro, más allá de la ventana–. La pintura en sí; luego, las pinceladas, el tema, el objetivo. Todas las partes que se puedan estudiar y analizar para extraer las respuestas que contienen.

–¿Y no piensas que al final la respuesta es el arte en sí?

–Sin la historia y el análisis, es solo una pintura.

–Cuando algo es bello, con eso basta. Si yo tuviera que analizar tu cara, tomaría tus ojos, ese azul audaz, la inteligencia que refleja, la nota de tristeza. Y la suspicacia –añadió con una sonrisa–. Tu boca ancha, renuente a la sonrisa. Tus pómulos altos, aristocráticos. Tu nariz delgada, elegante. Separando las facciones, estudiando, analizando, llegaría a la conclusión de que eres una mujer deslumbrante. Pero eso puedo hacerlo con solo apreciar el todo.

Ella jugueteaba con la comida, esforzándose por no sentirse abrumada con tantos elogios.

–Un argumento sagaz.

–Soy un hombre sagaz. Y tú no confías en mí.

Ella le miró a los ojos.

–Porque no te conozco –respondió.

–¿Qué más puedo decirte? Provengo de una familia numerosa, ruidosa y apasionada; me crié en Nueva York y estudié en Columbia, sin mucho entusiasmo. Después, como no tenía pasta de artista, me dediqué al negocio del arte. No me he casado, lo cual disgusta a mi madre... hasta el punto de que una vez pensé en serio en hacerlo, aunque por poco tiempo.

Ella enarcó una ceja.

–¿Y desechaste la idea?

–En ese momento y con esa mujer, sí. Entre nosotros faltaba chispa. –Se inclinó un poco más, por el placer que ella le causaba y porque disfrutaba con la expresión cautelosa de sus ojos–. ¿Crees en la chispa, Miranda?

–Supongo que enciende la atracción inicial, pero las chispas se apagan y no son suficiente para que algo dure.

–Eres cínica –decidió él–. Yo soy romántico. Tú analizas y yo aprecio. Es una combinación interesante, ¿no te parece?

Ella se encogió de hombros y descubrió que ya no estaba tan relajada. Ryan había vuelto a cogerle una mano y estaba acariciando sus dedos. Tenía la costumbre de tocar, algo a lo que ella no estaba habituada y que le hacía comprender a qué se refería él con eso de «la chispa».

«Una chispa –pensó– también puede quemar.» Una atracción tan rápida y poderosa sin duda era peligrosa. E ilógica. Tenía demasiada relación con las glándulas y ninguna con el intelecto. Por lo tanto, era preciso controlarla.

–No entiendo a los románticos. Toman decisiones basándose en los sentimientos, antes que en los hechos. –«Andrew es romántico», pensó con dolor–. Luego se sorprenden si esas decisiones resultan equivocadas.

–Pero nos divertimos mucho más que los cínicos. –Ryan cayó en la cuenta de que ella le atraía mucho más de lo que había imaginado. «Y no solo por su belleza física», pensó mientras el camarero retiraba los platos. Era ese talante pragmático. Y esos ojos enormes y tristes–. ¿Tomarás algo de postre? –preguntó.

–No, no podría. La comida ha sido excelente.

–¿Café?

–Es demasiado tarde para tomar café.

Él sonrió, absolutamente encantado.

–Eres una mujer metódica, Miranda. Me gusta. –Sin dejar de mirarla, hizo una seña al camarero de que trajese la cuenta–. ¿Por qué no vamos a pasear? Podrías enseñarme el puerto.

–Jones Point es una ciudad segura –comentó ella mientras paseaban.

Soplaba una brisa fresca procedente del mar. La limusina los seguía lentamente, lo cual a ella le divertía y asombraba al mismo tiempo. Por muy adinerada que fuera su familia, a ningún Jones se le ocurriría contratar una limusina para que lo siguiera mientras caminaba.

–Está hecha para caminar –añadió–. Hay varios parques y plazas. En primavera y verano se llenan de flores... ¿Es tu primera visita a la ciudad?

–Sí –respondió él–. Tu familia ha vivido aquí durante varias generaciones, ¿verdad?

–Sí. Siempre hubo Jones en Jones Point.

–¿Y por eso vives aquí? –dijo Ryan mientras deslizaba una mano enguantada en la de ella–. ¿Porque es lo que se espera que hagas?

–No. Aquí están mis raíces. –Resultaba difícil de explicar, incluso a sí misma, el apego que le tenía a ese rocoso suelo de Nueva Inglaterra–. Me gusta viajar, pero también me gusta regresar aquí.

–Háblame de Jones Point, entonces.

–Es una ciudad tranquila. En sus comienzos fue un pueblo de pescadores, pero creció hasta convertirse en una comunidad que pone el acento en la cultura y el turismo. Varios de sus residentes aún se ganan la vida en el mar. Lo que llamamos puerto es, en realidad, la principal calle comercial. Las langostas dan buenas ganancias; las exportamos a todo el mundo.

–¿Alguna vez lo hiciste?

–¿El qué?

–Salir a pescar langostas.

–No. –Miranda sonrió–. Pero me gusta observar las barcas desde los acantilados que se alzan detrás de mi casa.

«Observar en vez de participar», pensó él.

–Esta zona es el antiguo puerto –continuó ella–. En esta parte de la ciudad hay muchas galerías de arte. Tal vez te interese visitar algunas antes de irte.

–Tal vez.

–La ciudad es más bonita en primavera, cuando se puede disfrutar de sus parques y sus playas. Sin embargo, en pleno invierno es maravillosa. El lago del Atlantic Park se congela y la gente acude a patinar.

–¿Tú también?

Él le pasó un brazo por los hombros, para protegerla del viento, con lo que pegó su cuerpo al de ella.

–Sí. –A Miranda le hervía la sangre y se le había secado la garganta–. Es un excelente ejercicio.

Él se echó a reír. Cuando dejaron atrás el círculo de luz que arrojaba una farola, la hizo girar hacia él. El viento le agitaba el cabello. Ryan apoyó las manos en sus hombros.

–Conque no lo haces por diversión, sino como ejercicio.

–Sencillamente, disfruto haciéndolo. Ahora ya ha pasado la temporada del patinaje.

Ryan sentía los músculos tensos bajo las manos. La acercó un poco más hacia sí.

–¿Y qué ejercicio haces en esta época del año?

–Camino mucho. Y nado, cuando puedo. –A Miranda se le estaba acelerando el pulso; debía ponerse alerta–. Será mejor que nos vayamos. Hace demasiado frío aquí.

–Podríamos considerar esto como un ejercicio para compartir el calor corporal.

No tenía planeado besarla; más adelante sí, por supuesto, pero todavía no. Sin embargo, no había mentido al decirle que era un romántico. Y el momento parecía exigir que lo demostrase.

Le rozó la boca con los labios, sin cerrar los ojos, como ella. La desconfianza de Miranda hizo que sonriera al intentarlo por segunda vez. Cuando algo le gustaba, era partidario de practicar hasta alcanzar la destreza deseada. Y en cuestión de mujeres era muy hábil. Hizo presión suavemente sobre sus labios hasta que ella los entreabrió; entonces ella cerró los ojos y dejó escapar un leve suspiro.

Tal vez fuese una tontería, pero ¿qué daño podía causar? Miranda advirtió que la razón estaba perdiendo la batalla ante el deseo. La boca de Ryan era firme y convincente; su cuerpo, cálido y fuerte. Sus labios sabían ligeramente al vino que habían compartido, y era guapo, excitante y rico. Se descubrió rodeando su cintura con los brazos. Todo pensamiento pareció huir de su mente.

De pronto él tomó su cara entre las manos; la piel fría y suave de los guantes supuso una fuerte impresión para su cerebro soñador. Al abrir los ojos, descubrió que él la observaba con una intensidad que aquel beso en los labios no justificaba.

–Intentémoslo de nuevo.

Esta vez su boca fue recia y ardiente; el ruido del mar resonó con fuerza en los oídos de Miranda. En aquel gesto había exigencia y la arrogante certidumbre de que sería satisfecha. A pesar de que su mente se mostraba remisa, su boca respondía con anhelo.

Él sabía lo que era el deseo. Había deseado muchas cosas en su vida y se encargaba de que sus apetencias fueran satisfechas. Desear a Miranda estaba plenamente justificado. Pero desearla en ese momento, con tanta vehemencia, podía ser peligroso. Incluso el que está acostumbrado a apostar elude los riesgos excesivos.

Sin embargo, demoró el instante lo suficiente como para que le molestase pasar solo aquella noche. No podía darse el lujo de seducirla, llevársela a la cama. Tenía un trabajo que hacer y los plazos estaban fijados. Sobre todo, no le convenía comenzar a sentir interés por ella. Confiarlo todo a un peón era una manera segura de perder la partida. Y él nunca perdía.

La apartó de sí, rozándole el rostro con la mirada. Estaba ruborizada por el frío y por el calor. Aún le brillaban los ojos debido a una pasión que, probablemente, la sorprendía tanto como a él. Cuando él descendió con una caricia hasta sus hombros, ella se estremeció en silencio.

–Debería llevarte a tu casa.

Por mucho que se estuviera maldiciendo, su sonrisa era serena y desenvuelta.

–Sí. Ya es tarde. –Ella necesitaba sentarse, recobrar la calma. Volver a pensar.

–Un minuto más –murmuró él– y habría sido demasiado tarde. –La cogió de la mano para conducirla hacia la limusina que esperaba.

–¿Vas a menudo a Nueva York?

–De vez en cuando. –El calor parecía concentrarse en el vientre. El resto del cuerpo estaba frío, cruelmente frío.

–Cuando tus obligaciones te lleven allí, no dejes de avisarme. Aplazaré todos mis compromisos.

–De acuerdo –dijo ella. Y al oírse no se sintió tonta en absoluto.

Miranda cantaba bajo la ducha. Era algo que nunca hacía. Tenía una voz horrible y no necesitaba que nadie se lo recordara, porque ella misma se oía. Pero esa mañana arremetió con *Making Whoopee*. No sabía por qué tenía esa canción metida en la cabeza; ni siquiera era consciente de conocer la letra. Pero canturreó bajo el agua y continuó haciéndolo mientras se secaba.

Se inclinó para envolverse la espesa cabellera con una toalla; mientras tanto, meneó las caderas. Tampoco se le daba bien bailar, aunque había aprendido los pasos necesarios. A los miembros del consejo que habían compartido sus rígidos valses los habría escandalizado ver a la aplomada doctora Jones dando brincos en su eficiente cuarto de baño.

La idea le provocó una risita aguda, algo tan inusitado que debió detenerse a tomar aliento. De pronto cayó en la cuenta de que se sentía feliz. Realmente feliz. Contenta, lo estaba a menudo; entusiasmada o satisfecha, también. Pero la sencilla felicidad solía eludirla. Era maravilloso experimentarla. «¿Y por qué no?», se dijo.

Se puso una práctica bata y se untó brazos y piernas con una crema hidratante levemente perfumada. Le atraía un hombre muy deseable, que a su vez se mostraba atraído por ella. Disfrutaba con su compañía, apreciaba su trabajo y la encontraba atractiva, tanto física como intelectualmente. No se dejaba intimidar, como tantos otros, por su posición ni por su personalidad. Era un hombre encantador, exitoso y apuesto, y había tenido la gentileza de no aprovecharse de la situación para intentar llevársela a la cama.

Mientras secaba enérgicamente el espejo empañado, Miranda se preguntó si habría aceptado. Normalmente la respuesta habría sido un firme «no»; nunca se permitía amoríos temerarios con hombres a los que apenas conocía. En realidad, nunca se permitía amoríos. El último había terminado dos años atrás, y de forma tan lamentable que desde entonces evitaba hasta las relaciones pasajeras.

Pero la noche anterior... Sí, probablemente se habría dejado seducir, por imprudente que fuese. Pero él era lo suficientemente respetuoso como para no pedírselo.

Sin dejar de canturrear, se vistió para ir a trabajar; escogió un traje de lana, de falda corta y chaqueta larga, en un elegante azul acero. Se maquilló con esmero; luego dejó que su pelo cayera, libre, sobre sus hombros. En un último acto de desafío femenino, se puso unos zapatos de tacones de aguja, nada prácticos. Cuando salió hacia el trabajo en la glacial oscuridad, aún seguía cantando.

Andrew despertó con la madre de todas las resacas. Como no podía soportar sus propios gimoteos, trató de sofocarse con las almohadas. Pero el instinto de supervivencia era más fuerte que el sufrimiento; emergió jadeando y se apretó con fuerza la cabeza, pues por un instante temió que se le cayera de los hombros. Al poco, la soltó rogando que cayese.

Se levantó lentamente de la cama. Como era científico, sabía que los huesos no se le podían hacer añicos, pero se dijo que los suyos parecían a punto de desafiar todas las leyes de la física.

Decidió que era culpa de Annie. La noche anterior se había sentido lo bastante molesta como para permitir que bebiera hasta quedar como una cuba. Él contaba con que ella lo detendría, como de costumbre. Pero no: cada vez que él pedía una copa, ella se la plantaba delante.

Recordaba vagamente que ella le había empujado hacia el interior de un taxi, deseándole que vomitara hasta las tripas. «Y así ocurrió», pensó mientras bajaba por la escalera dando tumbos. Si hubiera vomitado una vez más, habría muerto.

Al ver que el café ya estaba listo y esperando, casi dejó escapar un sollozo de amor y gratitud hacia su hermana. Con manos torpes, trémulas, sacó cuatro tabletas de Excedrin y se las tragó con un sorbo de café.

«Nunca más», se prometió, presionando los dedos contra los ojos palpitantes, inyectados en sangre. Jamás volvería a excederse con la bebida. Y mientras lo juraba se estremecía deseando una copa. Solo una copa que devolviese la firmeza a sus manos y acabara con aquella sensación de náuseas.

Venció la tentación, diciéndose que una cosa era ser alcohólico y otra emborracharse de vez en cuando. Si bebía una copa a las siete de la mañana sería un alcohólico. A las siete de la noche, en cambio, estaba bien. Podía esperar. Esperaría. Doce horas.

El sonido del timbre le partió el cráneo. Estuvo a punto de gritar. En vez de ir a ver quién era, se sentó ante la larga mesa de caballete de la cocina, apoyó la cabeza sobre ella y deseó desaparecer. Estaba casi adormecido cuando se abrió la puerta trasera, dejando entrar una ráfaga gélida y a una mujer colérica.

–Ya imaginé que te encontraría acurrucado en alguna parte, compadeciéndote de ti mismo. –Annie depositó una bolsa de provisiones sobre el mostrador y lo observó, con los brazos en jarras y el entrecejo fruncido–. Eres una calamidad, Andrew. Mírate. Medio desnudo, sin afeitar, maloliente y con los ojos irritados. Ve a darte una ducha.

Él levantó la cabeza hacia ella, parpadeando.

–No quiero.

–Ve a ducharte mientras te preparo el desayuno.

Como él intentó bajar la cabeza otra vez, Annie se limitó a cogerlo por el pelo para levantársela a la fuerza.

–Te tienes bien merecido lo que te pasa.

–Por Dios, Annie, vas a arrancarme la cabeza.

–Ojalá pudiera. Te sentirías mejor, te lo aseguro. A ver si levantas ese trasero y subes a bañarte. Y busca algún disolvente industrial para enjuagarte la boca. Te hace falta.

–Dios santo. ¿Qué diablos haces aquí? –Andrew no habría creído que uno pudiera sentirse abochornado en medio de una resaca, pero así era. Sintió que el rubor (la maldición de los pelirrojos) le trepaba por el pecho desnudo hacia la cara–. Vete.

–Yo te vendí ese licor –dijo ella, soltándole el pelo.

La cabeza cayó otra vez sobre la mesa, con un golpe seco que le arrancó un aullido.

–Como me pusiste furiosa, dejé que te emborracharas. Así que ahora voy a prepararte un desayuno decente y a ocuparme de que te bañes para ir a trabajar. Ve a darte esa ducha, si no quieres que te lleve yo misma y te arroje a la bañera.

–Está bien, está bien. –Cualquier cosa era preferible a soportar que lo regañasen de ese modo. Se levantó, con la escasa dignidad que puede exhibir un hombre en calzoncillos–. No quiero comer nada –añadió.

–Vas a comer lo que yo te prepare. –Ella se volvió hacia el mostrador y empezó a vaciar la bolsa–. Vete de una vez. Hueles que apestas.

Esperó hasta que él salió de la cocina, arrastrando los pies. Solo entonces cerró los ojos y se apoyó contra el mostrador. Tenía un aspecto patético. Tan triste y tonto. Ella habría querido mimarle, serenarle, quitarle con caricias el veneno que ella misma le había vendido, porque estaba enfadada.

En realidad, el problema no era el licor, sino su corazón. Y ella no sabía cómo llegar hasta allí. Quizá, si lo hubiera querido un poco menos, lo habría conseguido.

Oyó que las tuberías se quejaban cuando él abrió la ducha. No pudo evitar sonreír. Andrew se parecía mucho a esa casa: algo gastado, algo dañado, pero asombrosamente sólido, a pesar de todo.

Annie no llegaba a entender a Elise, pero estaba claro que pese a ser una mujer inteligente y bella, no le convenía a Andrew. Formaban una buena pareja, pero solo en apariencia. Elise no lo conocía a fondo; ignoraba su necesidad de dulzura, el dolor que le producía el creerse indigno de que lo amasen. Necesitaba que estuviesen pendientes de él, y eso era algo que ella podía hacer, se dijo Annie, arremangándose. Al menos lo obligaría a ponerse otra vez de pie. «Para eso están los amigos», se dijo.

Cuando Andrew volvió a bajar, la cocina estaba impregnada de aromas hogareños. Si el intruso hubiera sido cualquier otra persona, él se habría encerrado en su cuarto bajo llave. La ducha y las píldoras se habían llevado lo peor de la resaca, y aunque aún sentía náuseas y le dolía la cabeza, lo peor ya había pasado. Carraspeó y esbozó una sonrisa.

–Qué bien huele eso.

–Siéntate –ordenó ella, sin volverse.

–Bueno. Perdóname, Annie.

–No es a mí a quien debes pedir perdón. Es a ti mismo, que eres el único perjudicado.

–Aun así, perdóname. –Andrew bajó la vista a un cuenco que Annie le puso delante–. ¿Avena?

–Te sentará bien, ya verás.

–La señora Patch solía prepararme avena –recordó él, pensando en aquella mujer, flaca como un palo, que cocinaba para la familia cuando él era pequeño–. Todos los días, antes de ir a la escuela; en verano, en invierno y en primavera.

–La señora Patch sabía lo que te convenía.

–Pero le ponía un poco de jarabe de arce.

Annie abrió el armario. Conocía aquella cocina tan bien como la suya. Puso el frasco de jarabe en la mesa y junto a él un plato lleno de tostadas.

–Come.

–Sí, señora. –Andrew comió el primer bocado con cautela, preguntándose si sería capaz de tragárselo–. Está muy bueno. Gracias.

Una vez segura de que comería y de que ya no tenía ese color grisáceo, enfermizo, Annie se sentó. «Para eso están los amigos –pensó otra vez–. Y los amigos deben hablarse con franqueza.»

–Tienes que dejar de hacerte esto, Andrew.

–Ya lo sé. No debí beber tanto.

Ella le tocó una mano.

–Si bebes una copa, beberás otra, y luego otra más.

–No tiene nada de malo tomar una copa. O emborracharse de vez en cuando.

–No cuando se es alcohólico.

–Pero yo no soy alcohólico.

Ella se recolocó en la silla.

–Regento un bar y estuve casada con un bebedor. Conozco los síntomas. Existe una diferencia entre el que toma una copa de más y el que no puede parar.

–Yo puedo parar. –Andrew dio cuenta del café que ella le había servido–. En este momento no estoy bebiendo, ¿verdad? En el despacho no bebo..., y no permito que afecte mi trabajo. Tampoco me emborracho todas las noches.

–Pero bebes todas las noches.

–Como casi todo el mundo. ¿Cuál es la diferencia entre un par de copas de vino con la cena y uno o dos whiskis antes de acostarse?

–Tendrás que averiguarlo tú mismo. Como lo hice yo. Los dos estábamos medio borrachos la noche en que... –Dolía decirlo. Creía estar preparada, pero dolía y no pudo hacerlo, a pesar de todo.

–Por Dios, Annie. –Al recordarlo Andrew se llevó una mano a la frente y lamentó sentirse tan culpable y avergonzado de repente–. Éramos dos críos.

–Con edad suficiente para concebir un niño. –Annie apretó los labios. Por mucho que le doliera, tendría que decir al menos una parte–. Éramos estúpidos, inocentes e irresponsables. Ya lo he asumido –«oh, Dios, cuánto tiempo intentando asumirlo», pensó–, pero aprendí el precio que hay que pagar cuando se pierde el control. Tú has perdido el control, Andrew.

–Lo que ocurrió esa única noche, hace quince años, no tiene nada que ver con esto. –En cuanto pronunció esas palabras, se arrepintió–. No quise decir eso, Annie. No es que no importara, sino que...

–Basta –lo interrumpió ella, fría y distante–. Estamos mejor cuando fingimos que nunca sucedió. Lo mencioné solo porque no pareces notar la diferencia. No teníamos más que diecisiete años, pero ya entonces la bebida constituía un problema para ti. Has logrado vivir casi todo este tiempo sin que te dominara, pero ahora has cruzado el límite. Ahora empieza a dominarte, Andrew, y tienes que recuperar el control. Te lo digo como amiga. –Se levantó para tomarle la cara entre las manos–. No vuelvas más a mi bar. No te serviré ni una copa.

–Venga, Annie...

–Puedes venir a conversar, pero no me pidas una sola copa de licor porque no te la daré.

Ella giró sobre sus talones y, después de recoger su abrigo, salió a toda prisa.

7

Ryan paseaba por la sala sur, admirando el aprovechamiento de la luz y el fluir del espacio. Los Jones conocían el oficio, obviamente. Las obras estaban expuestas con elegancia, y los paneles informativos eran tan discretos como completos.

Escuchó a medias a una mujer de pelo azulado, con marcado acento norteño, que guiaba a un grupo hacia una de las magníficas *madonnas* de Rafael. Otro grupo, compuesto por escolares bastante más bulliciosos, marchaba tras una alegre morena; para alivio de Ryan, iban hacia el sector donde se exponían los impresionistas. No era que le disgustaran los niños. Por el contrario, sus sobrinos le brindaban mucho placer y diversión. Le gustaba malcriarlos siempre que podía. Pero en horas de trabajo los niños suelen distraer. Y Ryan estaba muy ocupado en ese momento.

Los guardias pasaban inadvertidos, pero eran muchos. Tomó nota de sus puestos y calculó, por la mirada subrepticia que uno de ellos echó a su reloj, que se acercaba el cambio de turno.

Parecía vagar sin rumbo, deteniéndose aquí y allá para estudiar una pintura, una escultura o un grupo de artesanías, pero mentalmente iba contando los pasos. De la puerta a la cámara del rincón suroeste; desde allí a la arcada; luego, hasta la cámara siguiente; desde allí hasta su objetivo.

Ya delante de la vitrina, no se demoró más que cualquier aficionado al arte frente a la rara belleza de un bronce del siglo XV. El *David* era una pequeña joya: joven, vigoroso, esbelto, con la honda hacia atrás en el histórico momento de la verdad. El artista era desconocido, pero su estilo se correspondía con el de Leonardo. Tal como rezaba la placa, se suponía que era obra de uno de sus discípulos.

El cliente de Ryan era gran admirador de Leonardo y le había encargado esa pieza después de verla en el Instituto, seis meses antes. Él le daría una gran alegría, y antes de lo que esperaba. Había decidido adelantar sus planes. Era más prudente actuar y alejarse antes de cometer un error con Miranda. Ya empezaba a lamentar las molestias y el disgusto que iba a causarle.

Pero el bronce estaba asegurado, después de todo, y no era, ni mucho menos, la pieza más valiosa del Instituto. Por su parte, habría preferido llevarse el *cellini* o la mujer de Tiziano que le recordaba a Miranda. Pero su cliente quería esa estatuilla. Y constituía un trabajo más fácil que los otros dos.

Considerando su inesperada reacción ante la doctora Jones, después de llevarla a su casa y cambiarse de ropa, había pasado un par de horas muy productivas en los sótanos del Instituto. Allí, en un espacio del tamaño de una bañera, estaban los cables del sistema de seguridad: alarmas, cámaras y sensores.

Solo necesitó su ordenador portátil y algo de tiempo para reprogramarlo según sus propias especificaciones. No lo alteró mucho. En pocas horas, la mayor parte del trabajo estaría terminada, pero algunos cambios oportunos le facilitarían las cosas a largo plazo.

Después de completar sus mediciones, ejecutó la primera prueba de las que figuraban en su lista. Pasó junto al grupo de adultos, dedicando una sonrisa a la mujer de cabello azulado, y se detuvo a contemplar una sombría pintura de la Anunciación, con las manos metidas en los bolsillos. Allí guardaba un pequeño artefacto por cuyos mandos deslizó el pulgar hasta palpar el botón correspondiente. La cámara estaba directamente a su derecha.

Cuando vio, con el rabillo del ojo, que se apagaba la lucecita roja de la cámara, dedicó una sonrisa a la Virgen. Dios, cómo le gustaba la alta tecnología. Dentro del otro bolsillo apretó el botón de un cronómetro. Y aguardó. Calculó que pasarían aproximadamente dos minutos antes de que sonara el radiotransmisor portátil del guardia más cercano. Ryan volvió a pulsar el botón del cronómetro y, después de desbloquear la cámara con la otra mano, continuó su camino para estudiar el rostro triste y desconcertado de san Sebastián.

Más que satisfecho, salió de la galería al exterior para usar su teléfono móvil.

–Despacho de la doctora Jones –dijo la voz–. ¿Puedo serle útil en algo?

–Espero que sí –repuso Ryan con una sonrisa–. ¿Puedo hablar con la doctora? Soy Ryan Boldari.

–Aguarde un momento, señor Boldari.

Mientras esperaba, Ryan buscó refugio contra el viento. Le gustaba el aspecto de la ciudad, la variedad de su arquitectura, el granito y el ladrillo. En sus vagabundeos había visto una digna estatua de Longfellow; junto con otras esculturas y monumentos, ayudaba a hacer interesante la ciudad. Tal vez prefería Nueva York, con su ritmo acelerado y sus exigencias, pero no le molestaría pasar allí algún tiempo más. En otro momento, desde luego. Nunca era prudente demorarse en un lugar tras haber concluido un trabajo.

–¿Ryan? –La voz de Miranda sonaba algo agitada–. Disculpa que te haya hecho esperar.

–No tiene importancia. Me he tomado el día libre para visitar el Instituto.

Era mejor que ella lo supiera, pues al día siguiente lo verían en las filmaciones.

–¿Por qué no me dijiste que lo harías? Te habría guiado personalmente.

–No quise que interrumpieras tu trabajo por mí; pero me he convencido de que mis *vasari* estarán muy bien expuestos. Deberías venir a Nueva York, para ver dónde pondremos tu *cellini*.

Caramba, lo había dicho sin querer. Pasó el teléfono a la otra mano, obligándose a recordar que, por un tiempo, debía mantener cierta distancia.

–Tal vez lo haga. ¿No quieres subir? Puedo llamar a Seguridad para que te dejen pasar.

–Me gustaría, si no fuera porque tengo algunos compromisos que no puedo postergar. Estaré todo el día ocupado, pero ¿te apetece comer mañana conmigo?

–Creo que podré arreglarlo. ¿A qué hora te parece bien?

–Cuanto antes, mejor. Quiero verte, Miranda. –La imaginó sentada en su despacho, quizá con una bata sobre un jersey holgado. Oh, sí, quería verla, lo necesitaba–. ¿A las doce? –Oyó un susurro de papeles. Seguramente estaba consultando su agenda; por algún motivo, eso le pareció delicioso.

–A las doce, perfectamente. Hum... acaba de llegarme la documentación de tus *vasari*. Trabajas deprisa.

–Las mujeres hermosas no deben esperar. Hasta mañana. Esta noche pensaré en ti.

Al cortar la comunicación, Ryan sintió algo muy extraño. Lo identificó como una punzada de culpabilidad, aunque no recordaba haberlo experimentado anteriormente. Nunca, por cierto, tratándose de mujeres o de trabajo. «Es absurdo», se dijo, guardando su teléfono móvil.

Mientras caminaba hacia el aparcamiento sacó el cronómetro. Ciento diez segundos. «Tiempo suficiente, más que suficiente.» Levantó la vista hacia la ventana de Miranda. También habría tiempo para eso. Pero por el momento las obligaciones profesionales tenían prioridad. Sin duda, una mujer tan práctica como ella se mostraría de acuerdo.

Ryan pasó las horas siguientes encerrado en su suite. Se había hecho subir un almuerzo; luego sintonizó una emisora de música clásica y se dispuso a revisar sus notas.

Desplegó los planos del Instituto, sujetando las esquinas con el salero, el pimentero y los frascos de mostaza y ketchup. La pantalla de su ordenador portátil mostraba el esquema del circuito de seguridad. Lo estudió, mordisqueando una patata frita.

Había sido bastante fácil conseguir los planos. Con dinero y contactos, uno lograba acceso a casi todo. Además, se le daba bien la informática. Era una habilidad que había desarrollado cuando aún iba al instituto. Su madre había insistido en que estudiara mecanografía, pero él tenía cosas más interesantes que hacer con un teclado.

Ryan en persona había montado el ordenador portátil que llevaba consigo, añadiéndole algunos artilugios que no eran estrictamente legales. Pero tampoco lo era su profesión. Las galerías Boldari estaban absolutamente limpias; ahora se autofinanciaban y generaban beneficios, pero habían sido fundadas con el dinero que él había acumulado en el curso de los años, desde que era un muchacho de mente despierta y dedos ágiles, en las calles de Nueva York.

Algunos nacen para el arte; otros son contables de nacimiento. Ryan había nacido ladrón. En un principio hurtaba carteras y pequeñas alhajas cuando escaseaba el dinero. A fin de cuentas, los profesores de arte no nadan en la abundancia y en casa de los Boldari había muchas bocas que alimentar. Más adelante se dedicó a robar en casas particulares porque... bueno, porque también eso se le daba bien. Y le gustaba el estímulo que suponía. Aún recordaba su primera incursión en una vivienda a oscuras, donde todos dormían: el silencio, la tensión que sentía por estar donde no debía, el nerviosismo que le provocaba la posibilidad de que lo descubrieran.

Era como hacer el amor en un lugar público, a plena luz del día. Con la esposa de otro. Puesto que su propio código le prohibía estrictamente el adulterio, limitaba esa sensación al robo. Y casi veinte años después, seguía experimentando la misma emoción cada vez que forzaba una cerradura para entrar en un edificio vigilado.

Después fue perfeccionando el oficio; desde hacía más de una década se especializaba en objetos de arte. Tenía pasión por las obras de arte y las consideraba de propiedad pública. Si escamoteaba una pintura al Instituto Smithsoniano (y lo había hecho), se limitaba a prestar a alguien un servicio, por el que era bien remunerado.

Y con esos honorarios adquiría más obras de arte para exhibir en sus galerías, para que todos pudieran disfrutar de ellas. Eso parecía equilibrar las cosas. Y si tenía un don especial para la electrónica y sus artefactos, ¿por qué no utilizarlo junto con esa habilidad celestial para el latrocinio?

Se volvió hacia su ordenador portátil e introdujo las mediciones que había tomado en la sala sur; de inmediato apareció en la pantalla el plano tridimensional de la planta. Las posiciones de las cámaras estaban destacadas en rojo. Pulsando unas pocas teclas pidió al ordenador que calculara los ángulos, la distancia y el mejor enfoque.

Estaba muy lejos de sus tiempos de ladrón nocturno, aquellos en que estudiaba una casa, entraba por una ventana y la recorría subrepticiamente, metiendo en una bolsa todo lo que brillara. Ese aspecto de la profesión era para los jóvenes, los temerarios o los tontos. Y en los tiempos que corrían era mucha la gente que guardaba armas en su casa y disparaba contra lo que se moviera en la oscuridad.

Ryan prefería evitar a los propietarios prontos a disparar. Era mejor sacar el mayor partido posible de los adelantos tecnológicos, y hacer un trabajo limpio y rápido.

Por mera rutina, revisó las pilas del bloqueador de bolsillo. Lo había diseñado él mismo, con partes extraídas de un mando a distancia, un teléfono móvil y un localizador personal.

Una vez que había estudiado el sistema de seguridad de un objetivo (y Andrew había tenido la amabilidad de mostrárselo) y había «pinchado» la fuente del sistema, le resultaba sencillo ajustar el alcance y la frecuencia a aplicar. Su última prueba de esa mañana demostraba que esa fase del trabajo estaba resuelta.

Más problemático fue conseguir la entrada. Si hubiera trabajado en pareja, uno de los dos habría podido, desde el sótano, valerse del ordenador para abrir las cerraduras. Pero trabajaba solo y necesitaba el bloqueador para las cámaras.

Las cerraduras eran relativamente sencillas. Semanas atrás había conseguido el esquema del sistema de seguridad y ya lo tenía resuelto. Después de pasar dos noches en el edificio, ya tenía una tarjeta electrónica falsificada para la puerta lateral.

El código de seguridad en sí también había sido cortesía de Andrew. Era asombroso que una persona llevase tanta información en su cartera. Detrás del permiso de conducir, Andrew tenía un papel plegado con los números y la secuencia pulcramente escritos. Ryan tardó apenas unos segundos en robarle la cartera, inspeccionarla, encontrar los números y memorizarlos; devolverla solo requirió una palmada amistosa en la espalda, mientras se la deslizaba nuevamente en el bolsillo.

Calculó que la preparación del trabajo le había requerido aproximadamente setenta y dos horas; si a eso se añadía la hora que llevaría ejecutarlo y se le deducía su inversión y los gastos, obtendría una ganancia de ochenta y cinco mil dólares. «Buen oficio, si lo dominas», pensó, tratando de no lamentar que aquella fuera a ser su última aventura. Había dado su palabra, y él nunca faltaba a una promesa hecha a su familia.

Consultó el reloj; aún tenía ocho horas por delante. Dedicó la primera de ellas a deshacerse de todas las pruebas: quemó los planos en la chimenea de su suite, guardó sus aparatos electrónicos en un estuche reforzado, bajo llave, y finalmente introdujo nuevas claves en su ordenador para poner los datos a buen recaudo.

Aún le quedaba tiempo libre para una sesión de ejercicios, un rato de natación, un baño y una breve siesta. Era partidario de tener la mente y el cuerpo bien alertas antes de poner manos a la obra.

Ya habían dado las seis y Miranda todavía trabajaba en su despacho, escribiendo una carta que prefería redactar personalmente. Aunque eran ella y Andrew quienes llevaban las riendas del Instituto, aún tenían por norma someter a la aprobación de sus padres cualquier préstamo o traslado de una obra.

Quería que la carta fuera estrictamente comercial; estaba dispuesta a elaborarla palabra a palabra, hasta que fuera tan ácida como el vinagre, pero cruelmente profesional. Se dijo que era lo que su madre se merecía.

Cuando empezaba a pasar a limpio el primer borrador, sonó el teléfono.

–Instituto de Nueva Inglaterra; al habla la doctora Jones.

–Miranda, gracias a Dios que te encuentro.

–Aguarde un momento. –Miranda se quitó el pendiente y preguntó–. ¿Quién es?

–Giovanni.

–¿Giovanni? –Echó un vistazo al reloj que había sobre su escritorio–. Pero si allí ya es más de medianoche. ¿Algo anda mal?

–Todo va mal. No me atreví a llamarte antes, pero creo que debes saberlo, pues mañana por la mañana a lo mejor es demasiado tarde.

A Miranda le dio un vuelco el corazón; el pendiente que se había quitado cayó sobre el escritorio.

–¿Se trata de mi madre? ¿Le ha sucedido algo?

–Sí... Bueno, no. Ella se encuentra bien. Perdona. Estoy nervioso.

–No importa. –Para tranquilizarse, Miranda cerró los ojos y aspiró profundamente–. Cuéntame qué ha pasado.

–El bronce..., el bronce de Fiesole. Se trata de una falsificación.

–¡Eso es ridículo! –exclamó Miranda, tajante–. Imposible. ¿Quién ha dicho eso?

–Hoy llegaron los resultados de los análisis hechos en Roma. Estuvieron a cargo de los laboratorios Arcana-Jasper. Los supervisó el doctor Ponti. ¿Conoces su obra?

–Sí, por supuesto. Estás mal informado, Giovanni.

–He visto los resultados. La doctora Standford-Jones me llamó a su despacho, junto con Richard y Elise, porque los tres integramos el equipo original. Y también a Vincente. Está furiosa, Miranda; se siente humillada. El bronce es una falsificación. Al parecer fue fundido hace solo unos cuantos meses. La aleación era la que correspondía, y hasta la pátina era perfecta; inducía a error.

–No cometí ningún error –insistió ella, pero sentía las garras del pánico trepar por su espalda.

–Los niveles de corrosión no correspondían a la edad atribuida. No sé cómo no lo advertimos, Miranda. Quien lo haya intentado, sencillamente falló.

–Pero tú viste los resultados, las fotos del ordenador, las radiografías.

–Lo sé, lo sé, y eso mismo le dije a tu madre, pero...

–¿Pero qué, Giovanni?

–Me pregunto quién tomó las radiografías, quién programó el ordenador, quién hizo los análisis de radiación. Lo siento, *cara*.

–Comprendo. –Miranda estaba aturdida, confusa–. La responsabilidad es mía. Yo hice los análisis y redacté los informes.

–Si no hubiera sido por la filtración a la prensa, podríamos haber reparado nuestro error, al menos en parte.

–Quizá Ponti esté equivocado. –Miranda se frotó la boca con una mano–. No puedo haber cometido un error tan elemental. Necesito pensar, Giovanni. Te agradezco que me lo hayas dicho.

–Odio pedirte esto, Miranda, pero si no lo hago tal vez pierda mi empleo. Por favor, no dejes que tu madre se entere de nuestra conversación. Creo que piensa llamarte personalmente por la mañana.

–No te preocupes; no mencionaré tu nombre. Ahora no puedo seguir hablando. Necesito pensar.

–De acuerdo. Lo siento, lo siento mucho.

Lenta, deliberadamente, Miranda colgó el auricular y permaneció inmóvil como una piedra, con la mirada perdida. Luchaba por recordar todos los datos, por ponerlos en orden, por visualizarlos como si se encontrara en Florencia, pero se lo impedía un zumbido que parecía taladrarle los oídos.

«¿Una falsificación? Imposible.» Le costaba respirar. De pronto, el aturdimiento cedió el paso a los temblores.

Había sido prudente. Minuciosa. Exacta. El corazón le latía con tanta fuerza que creyó que le estallaría en el pecho. Se apretó el esternón con un pulgar. ¡Oh, Dios, no había sido lo bastante prudente, lo bastante minuciosa y exacta! ¿Acaso su madre tenía razón? ¿Acaso ella había tomado una decisión con respecto al bronce nada más verlo, aunque afirmara lo contrario?

Era preciso admitir que lo deseaba; se echó hacia atrás en la silla, lentamente, como los ancianos y los enfermos. Quería que fuera auténtica, quería tener entre las manos algo importante, precioso y raro.

«Arrogancia», había dicho Elizabeth. «Arrogancia y ambición.» ¿Había permitido que ese amor propio, ese deseo, ese apetito de aprobación le nublaran el juicio, afectando su trabajo? No, no, no. Se apretó los ojos con los puños. Había visto las fotos, los resultados de las pruebas de radiación, los análisis químicos. Los tenía bien estudiados. Eran datos fehacientes; no existía posibilidad de error. Todos los análisis apoyaban su convicción. Sin duda alguien se había equivocado, pero no era ella. Porque si hubiese sido ella, pensó, bajando los puños al escritorio, era peor que el fracaso. Perdería la confianza de todos. Incluida ella misma.

Cerró los ojos, apoyó la cabeza contra el respaldo. Así la encontró Andrew, veinte minutos después.

–Vi que la luz estaba encendida. Yo también me he quedado trabajando y... –Se detuvo a mitad de la frase. Desde el umbral de la puerta advirtió que su hermana estaba pálida como el papel, y cuando abrió los ojos, Andrew notó que los tenía demasiado oscuros, demasiado brillantes, demasiado fijos–. ¿Qué te pasa? ¿Te encuentras mal? –Aunque las enfermedades lo ponían nervioso, cruzó la habitación para tocarle la frente–. Estás helada. –Le cogió instintivamente una mano y empezó a frotársela–. Te has enfriado o algo así. Voy a llevarte a casa. Conviene que te acuestes.

–Andrew... –Tenía que decírselo, aunque las palabras le despellejasen la garganta–. *La Dama Oscura...* es una falsificación.

–¿Qué? –Le estaba dando palmadas en la cabeza, pero dejó de hacerlo, azorado–. ¿Te refieres al bronce de Florencia?

–Llegaron los resultados de los nuevos análisis. Los niveles de corrosión no corresponden; las cifras de radiación, tampoco. Ponti, de Roma... Él mismo supervisó los análisis.

Andrew se sentó en el borde del escritorio, comprendiendo que su actitud fraternal de poco ayudaría a su hermana.

–¿Cómo te has enterado?

–Por Giovanni. Me ha llamado, aunque no debía. Mamá lo despediría si se enterara.

–Bien. –En ese momento no era Giovanni quien lo preocupaba–. ¿Estás completamente segura de que su información es exacta?

–Quisiera creer lo contrario. –Ella se cruzó de brazos, hundiendo los dedos en sus bíceps–. Pero en ese caso no se habría puesto en contacto conmigo. Mamá lo llamó para decírselo; a él, a Elise y a Richard Hawthorne. También a Vincente. Supongo que montó un escándalo. Dirán que todos los errores los cometí yo. –Se le quebró la voz. Sacudió la cabeza con energía, como para contener la emoción que la embargaba–. Tal como ella predijo.

–Pero ¿te equivocaste o no?

Miranda abrió la boca para negar eso también. Pero acabó apretando los labios. Intentaba controlarse, cuando era lo último que necesitaba.

–Si lo hice, no comprendo cómo pudo ocurrir. Seguí todos los procedimientos. Documenté los resultados. Pero tal vez deseaba con demasiada vehemencia que fuesen como yo esperaba.

–Nunca has dejado que tus deseos se entrometieran con la realidad. –Andrew no soportaba verla tan abatida. De los dos, ella siempre había sido la más fuerte. Ambos contaban con eso–. ¿No pudo haberse producido algún fallo técnico, algún problema en el equipo?

–Ese equipo es el orgullo de Elizabeth, Andrew.

–Pero las máquinas sufren desperfectos.

–O se equivocan los que introducen los datos en ellas. Quizás alguien del equipo de Ponti cometió un error. –Miranda se puso de pie y comenzó a caminar por la estancia, aunque le temblaban las piernas–. No es más absurdo que atribuirme un error a mí. Tengo que ver los resultados de mis análisis y cotejarlos con los suyos. Y también ver *La Dama Oscura*.

–Tendrás que hablar con ella.

–Lo sé. –Miranda se detuvo y se volvió hacia la ventana, pero al otro lado solo había penumbra–. La llamaría ahora mismo, si al hacerlo no perjudicase a Giovanni. Preferiría terminar con esto, en vez de esperar a que me llame por la mañana.

–Siempre has dicho que los remedios amargos hay que beberlos de un solo trago. Yo soy muy partidario de postergar eternamente aquello a lo que me he de enfrentar.

–No hay manera de evitarlo. Cuando los resultados se hagan públicos, quedaré como una estúpida o una estafadora. No sé cuál de las dos cosas es peor. Vincente buscará algún atenuante, pero eso no detendrá a la prensa. Ella tenía razón: esto afecta a Standjo, a ella y a mí. –Se volvió hacia él–. Y afectará al Instituto.

–Ya nos apañaremos.

–Este problema es mío, Andrew. Tú no tienes nada que ver. –Él se acercó para ponerle las manos sobre los hombros–. Nada. –Lo dijo con sencillez. Las lágrimas asomaron a los ojos de Miranda.

–Nos enfrentaremos a ello juntos, como siempre –concluyó él.

Ella apoyó la cabeza contra el pecho de su hermano, dejándose consolar. Pero pensaba que quizá su madre no tuviera alternativas. Si debía elegir entre el Instituto o su hija, sabía perfectamente cuál de los dos era más importante.

8

El viento de medianoche era amargo como una mujer desdeñada, e igualmente cruel. A Ryan no le molestó; mientras recorría las tres calles que lo separaban del lugar donde había aparcado el coche, pensó que era vigorizante.

Llevaba todo lo necesario debajo del abrigo, dentro de los bolsillos, o en el pequeño maletín. Si la policía lo detenía, por el motivo que fuese, lo meterían en el calabozo en cuanto viesen aquellos chismes, sin darle tiempo a que llamase a su abogado. Pero eso formaba parte del juego.

Por Dios, cómo echaría de menos todo aquello, pensó mientras apuraba el paso como un hombre que va al encuentro de su amante. La etapa de planificación había terminado, y también ese período de su vida. Ahora se aproximaba la ejecución, la última. Quería memorizar cada detalle; de ese modo, cuando fuera un anciano, podría hablarle a sus nietos de la sensación de poder que se experimentaba.

Observó las calles. Los árboles estaban desnudos y el viento hacía temblar sus hojas; el tráfico era escaso; las luces de la ciudad y las nubes pasajeras reducían la luna a una forma difusa. Sonrió al pasar por delante de un bar en cuya ventana parpadeaba una copa de neón azul; tal vez entrara a tomar algo, después del trabajo. Un pequeño brindis por el final de una época; era lo adecuado.

Cruzó la calle por el paso de cebra, como corresponde a un ciudadano respetuoso con las leyes, pero iba cargado de herramientas para robar. Delante se alzaba el Instituto: una majestuosa silueta de granito norteño. Lo complacía que su último trabajo fuera robar en un edificio tan orgulloso y digno.

Las ventanas estaban a oscuras, salvo por las luces de seguridad del vestíbulo. A Ryan le parecía extraño y en cierto sentido absurdo que la gente dejara la luz encendida para ahuyentar a los ladrones. Si uno era bueno en su oficio, daba igual robar a plena luz del día que por la noche. Y él era muy bueno.

Después de recorrer la calle con la mirada, consultó su reloj. Durante la preparación había controlado los horarios de las patrullas policiales en esa zona. A menos que hubiera una llamada, tenía más de quince minutos antes de que el coche blanco y negro pasara por allí.

Cruzó hacia el lado sur del edificio, siempre con paso firme, pero sin prisa. El largo abrigo lo hacía parecer corpulento; bajo el elegante sombrero que le oscurecía las facciones, su cabello presentaba un pulcro tono gris acero. Quien reparase en él solo vería a un comerciante de edad madura, algo excedido de peso.

Cuando estaba aún a dos metros de la puerta, sacó su bloqueador del bolsillo y apuntó con él hacia la cámara, fuera del alcance de esta. Al ver que se apagaba la luz roja, actuó deprisa. Su tarjeta electrónica falsificada requería cierta habilidad, pero al tercer intento el aparato la aceptó. Introdujo el código y cuarenta y cinco segundos después estaba dentro de la antesala. Tras encender nuevamente la cámara (no convenía que algún guardia viniera a revisarla), volvió a cerrar la puerta.

Colgó el abrigo junto a la máquina expendedora de refrescos y se metió los guantes negros de cuero en el bolsillo. Llevaba también unos finos guantes de cirugía, de esos que pueden comprarse por docenas en las tiendas de artículos para medicina. Se cubrió el cabello gris con una gorra negra y, siempre eficiente, echó un último vistazo a sus herramientas. Solo entonces se permitió una pausa para disfrutar el momento. De pie en la oscuridad, aguzó el oído. Cada edificio tiene su lenguaje; aquel zumbaba y crujía. Se oía el murmullo del calor en los respiraderos y los suspiros del viento que batía la puerta, detrás de él.

Las estancias del personal de seguridad estaban en la planta por encima de él. Como los suelos eran gruesos, Ryan no los oía y estaba seguro de que ellos tampoco percibirían sus ruidos. Una vez que su vista se adaptó a la oscuridad, se acercó a la segunda puerta. Tenía una buena cerradura, que requería el uso de herramientas, una linterna de bolsillo sujeta entre los dientes y unos treinta segundos de tiempo para forzarla. Los seguros chasquearon con un sonido musical que le hizo sonreír y entró en el pasillo. La primera cámara estaba en el extremo, allí donde se desviaba hacia la izquierda. No le preocupaba mucho. Allí él era solo una sombra entre sombras y la cámara apuntaba hacia la galería. Se deslizó a lo largo de la pared hasta ponerse fuera del alcance de la cámara; luego giró hacia el tramo de la izquierda.

«La cueva de Alí Babá», pensó, agazapado ante la sala sur. La Torre de Londres, el Tesoro de Barbanegra, el País de las Maravillas. Aquello era como los cuentos de hadas que le habían leído cuando niño. Sus músculos se tensaron ante la gloriosa expectativa que se había apoderado de él: todo estaba al alcance de su mano. Eso le hizo pensar en lo fácil que era, para un profesional, sucumbir a la codicia... y al desastre.

Consultó la hora una vez más. La sensatez norteña hacía que, en esos lugares, los guardias siguieran haciendo sus rondas, aunque en principio bastaba con las cámaras y los sensores. Naturalmente, él era la prueba de que no bastaban. Si hubiera estado a cargo de la seguridad, habría empleado el doble de guardias y duplicado las rondas. Pero no era ese su trabajo.

Ya no necesitaba la linterna; además, su luz habría disparado las alarmas. Utilizando sus mediciones y su excelente visión nocturna, avanzó hasta el rincón de la galería y, apuntando su bloqueador, desactivó la cámara que allí había.

Una parte de su cerebro contaba los segundos. El resto trabajaba con celeridad. Cuando se agazapó delante de la vitrina ya tenía el cortador de vidrio en la mano. Trazó un limpio círculo, algo mayor que su puño, y lo retiró con un aparato de succión; luego lo puso con cuidado sobre la vitrina.

Trabajaba deprisa, pero con movimientos extraordinariamente precisos. No perdió tiempo en admirar su botín ni pensó en llevarse algo más. Eso habría sido propio de aficionados. Se limitó a meter la mano, sacar el bronce y guardarlo en el saco que le colgaba del cinturón.

Como sabía apreciar el orden y la ironía, volvió a poner el círculo de vidrio en su lugar; lentamente, regresó al rincón para encender otra vez la cámara y volvió por donde había venido. Según su cálculo, en todo el proceso no había necesitado más de setenta y cinco segundos.

Cuando llegó a la antesala trasladó el bronce a su maletín y lo acomodó entre dos gruesas capas de gomaespuma. Luego se quitó el gorro y se puso el sombrero y se guardó los guantes de cirugía en el bolsillo.

Tras salir del edificio valiéndose nuevamente de la tarjeta, cerró la puerta a su espalda. Habían pasado menos de diez minutos desde que entró en el edificio y ya estaba a una calle de distancia. «Un trabajo pulcro y elegante –pensó–; un buen modo de poner fin a mi carrera.» Echó otro vistazo al bar y estuvo a punto de entrar, pero en el último momento decidió volver al hotel y pedir una botella de champán. Hay brindis que es mejor hacer en privado.

A las seis de la mañana, después de una noche de insomnio, el sonido del teléfono arrancó a Miranda de su sopor. Confusa y con dolor de cabeza, buscó a tientas el auricular.

–Jones. *Pronto*.

No, no estaba en Italia sino en su casa de Maine.

–¿Diga?

–Doctora Jones, le habla Ken Scutter, de Seguridad.

–Señor Scutter –no asociaba el nombre a ninguna imagen y estaba demasiado aturdida para intentarlo–, ¿qué ocurre?

–Hemos tenido un incidente.

–¿Un incidente? –Su mente empezó a despejarse. Se incorporó en la cama y apartó con violencia las sábanas y las mantas–. ¿Qué clase de incidente?

–No lo descubrimos hasta el cambio de guardia, hace unos momentos, pero quería avisarle cuanto antes. Un intruso ha entrado en el edificio.

–¿Un intruso? –Miranda dio un respingo, completamente despierta–. ¿En el Instituto?

–Sí, doctora. Supuse que usted querría venir de inmediato.

–¿Se ha producido algún daño? ¿Han robado algo?

–Ningún daño serio, doctora Jones. Falta un solo artículo en la sala sur. Según los catálogos, es un bronce del siglo XV que representa a David, de artista desconocido.

«Un bronce», pensó ella. Al parecer, la asediaban los bronces.

–Voy hacia allá –Se levantó de un brinco; con su pijama de franela azul, sin molestarse en ponerse una bata, corrió hacia el cuarto de su hermano–. Despierta, Andrew –le dijo, sacudiéndolo con fuerza–. Ha habido un robo.

–¿Eh? ¿Qué? –Él le apartó la mano, bostezó y se sentó en el lecho–. ¿Qué? ¿Dónde? ¿Cuándo?

–Alguien ha entrado en el Instituto. Falta un bronce en la sala sur. Vístete. Tenemos que ir cuanto antes.

–¿Un bronce? –inquirió Andrew mientras se frotaba la cara con una mano–. No lo habrás soñado, ¿verdad?

–Acaba de llamar Scutter, de Seguridad –le espetó ella–. No ha sido un sueño. Tienes diez minutos, Andrew –añadió por encima del hombro, mientras salía a toda prisa.

Cuarenta minutos después, ambos estaban en la sala sur, observando el círculo perfecto abierto en la vitrina y el espacio vacío detrás de ella. Miranda sintió un nudo en el estómago.

–Llame a la policía, señor Scutter.

–Sí, doctora. –El hombre llamó a uno de sus agentes–. He ordenado que busquen por todo el edificio; todavía no han terminado, pero hasta ahora no hay nada fuera de lugar ni parece faltar otra cosa.

Andrew asintió.

–Quiero revisar las cintas de las cámaras de seguridad de las últimas veinticuatro horas.

–Sí, señor. –Scutter dejó escapar un suspiro–. Doctora Jones, el jefe del turno de noche detectó un pequeño problema en dos de las cámaras.

–¿Un problema?

Miranda se volvió hacia él. De pronto lo recordó: era un ex policía bajo, con forma de tonel, que había decidido cambiar las calles por la seguridad privada. Su hoja de servicios era impecable. Andrew lo había entrevistado y lo había contratado personalmente.

–Esta cámara. –Scutter cambió de posición para señalar hacia arriba–. Ayer por la mañana se apagó durante unos noventa segundos. Nadie le dio mucha importancia, aunque se le echó un vistazo, como es costumbre en tales casos. Anoche, alrededor de las doce, la cámara exterior estuvo apagada durante casi un minuto. El fallo se atribuyó al viento. También la cámara interior se desconectó por unos ochenta segundos, entre medianoche y la una. Las horas exactas deben estar grabadas en las filmaciones.

–Ajá. –Andrew hundió los puños en los bolsillos–. ¿Alguna idea, señor Scutter?

–Evidentemente, el ladrón es un profesional, con conocimientos de seguridad y electrónica. Entró por el lado sur y burló la alarma y la cámara. Sabía lo que buscaba; no perdió el tiempo, lo que me indica que conoce el museo y la distribución de las salas.

–Entra sin aparente dificultad –dijo ella, conteniendo apenas la furia–, coge lo que desea y sale con la misma tranquilidad, a pesar de un sistema de seguridad complejo y costoso y de seis guardias armados.

–Así fue, doctora –respondió Scutter apretando los labios en señal de disculpa–. Eso lo resume todo, más o menos.

–Gracias. ¿Quiere esperar a la policía en el vestíbulo, por favor? –Cuando estuvo a solas con Andrew, Miranda dejó traslucir su ira–. El hijo de puta nos la ha jugado, Andrew –dijo. Caminó directamente hacia la cámara en cuestión; después de echarle una mirada ceñuda, desanduvo sus pasos–. Ese hombre quiere hacernos creer que cualquiera puede entrar aquí sin que nadie se entere y robar una pieza específica en menos de diez minutos.

–Es lo más probable, a menos que creas que los guardias han decidido conspirar contra nosotros llevados súbitamente por una obsesión por las figuras italianas de bronce. –Andrew se sentía desconsolado, aunque no lo demostrase; amaba aquella estatuilla–. Podría haber sido mucho peor, Miranda.

–Nuestro sistema de seguridad ha fallado, se han llevado algo que nos pertenecía; ¿cómo podría ser peor?

–Al parecer, el tipo podría haberse llevado la mitad del Instituto, si le hubiese venido en gana.

–El caso es que nos han robado, y poco importa que sea una obra o una docena. Dios mío. –Miranda se cubrió la cara con las manos–. Nadie había robado en el Instituto desde aquellas seis pinturas de los años cincuenta. Y cuatro de ellas fueron recobradas.

–Bueno, tal vez nos había llegado la hora –musitó él.

–Tonterías. –Miranda giró sobre los talones–. No reparamos en gastos cuando se trata de proteger nuestra propiedad.

–No hay detectores de movimientos –señaló él.

–Tú querías instalarlos.

–Para instalar el sistema que yo quería había que levantar el suelo –respondió Andrew contemplando ese mármol grueso, hermoso–. Y los peces gordos no quisieron.

Los «peces gordos» eran sus padres. Charles Jones se había mostrado horrorizado ante la idea de destruir el suelo y ante el costo estimado del sistema propuesto.

–Lo más probable es que el ladrón hubiera hallado el modo de burlarlo también. Caramba, Miranda, la seguridad es responsabilidad mía.

–Tú no eres culpable de nada.

Andrew suspiró. Necesitaba desesperadamente una copa.

–La culpa siempre es de alguien. Tendré que avisarles. Ni siquiera sé cómo ponerme en contacto con el viejo, allá en Utah.

–Ella ha de saberlo. Pero no nos apresuremos. Déjame pensar un minuto. –Miranda cerró los ojos, inmóvil–. Como dices, pudo haber sido mucho peor. Solo hemos perdido una pieza... y es muy posible que la recuperemos. Mientras tanto, está asegurada y la policía ya viene hacia aquí. Dejemos que hagan su trabajo.

–Y yo debo hacer el mío, Miranda. He de llamar a Florencia. –Él logró esbozar una sonrisa–. Míralo de este modo: este pequeño incidente puede hacer que tu problema con ella pase a segundo plano por un tiempo.

Miranda resopló.

–Si fuera posible, yo misma podría haber robado el bronce.

–Doctor Jones. –Un hombre entró en la habitación, con las mejillas rojas a causa del frío y una expresión seria en sus ojos verdes, bajo las cejas gruesas y blancas–. Doctora, soy el inspector Cook –se presentó mostrando una insignia de oro–. Tengo entendido que han perdido algo.

Hacia las nueve, a Miranda le dolía tanto la cabeza que la apoyó sobre el escritorio. Había cerrado la puerta, resistiendo apenas el impulso de echarle llave, a fin de permitirse diez minutos de angustia y autocompasión. Llevaba apenas cinco cuando sonó el intercomunicador.

–Lo lamento, Miranda. –Había duda y preocupación en la voz de Lori–. La doctora Standford-Jones, en la línea uno. ¿Le digo que no puedes hablar con ella?

A Miranda le atraía la idea, pero aspiró hondo y se irguió.

–No. Pásame la llamada. Gracias, Lori. –Carraspeó para aclararse la voz antes de pulsar el botón de la línea uno–. Hola, mamá.

–Han terminado los análisis del bronce de Fiesole –anunció Elizabeth, sin preámbulos.

–¿Y...?

–Tus informes eran inexactos.

–No lo creo.

–Puedes empeñarte en creer lo que quieras, pero han sido refutados. El bronce es solo una falsificación bien ejecutada, imitando el estilo y los materiales del Renacimiento. Las autoridades están investigando a Carlo Rinaldi, el hombre que asegura haber encontrado la pieza.

–Quiero ver los resultados del segundo examen.

–Es imposible.

–Tú puedes arreglarlo. Tengo derecho a...

–No tienes derecho a nada, Miranda. A ver si nos entendemos: en este momento, lo prioritario es impedir que el daño se extienda. El Gobierno ya nos ha cancelado dos proyectos. Tu reputación está en entredicho y, como resultado de ello, también la mía. Algunos creen que alteraste deliberadamente los análisis y sus resultados a fin de atribuirte un descubrimiento.

Miranda secó lentamente el círculo húmedo dejado por una taza de té sobre la superficie del escritorio.

–¿Es eso lo que tú crees? –inquirió en tono vacilante.

–Creo que la ambición, las prisas y el entusiasmo te nublaron el juicio, la lógica y la eficiencia. Asumo la responsabilidad, pues yo te pedí que intervinieras en esto.

–Sé asumir mis propias responsabilidades. Gracias por tu apoyo.

–Tu sarcasmo no me impresiona. En los próximos días la prensa querrá ponerse en contacto contigo. No harás ningún comentario.

–Tengo muchos comentarios que hacer.

–Pues te los guardas. Lo mejor sería que te tomaras unas vacaciones.

–¿Es eso lo que piensas? –Como empezaban a temblarle las manos, Miranda apretó los puños–. Sería como admitir tácitamente mi culpabilidad. No pienso hacerlo. Quiero ver esos resultados. Si cometí un error, al menos debo saber dónde y cómo.

–Eso no está en mis manos.

–Muy bien. Buscaré el modo de hacerlo sin ti. –Irritada, Miranda echó un vistazo a la máquina de fax, que se puso en funcionamiento–. Yo misma me pondré en contacto con Ponti.

–Ya he hablado con él. No está interesado en hablar contigo. Pásame con el despacho de Andrew.

–Oh, será un placer. Tiene algunas noticias que darte. –Apretó el botón de espera, furiosa, y llamó a Lori–. Pásale esta llamada a Andrew –ordenó.

Se apartó del escritorio y respiró hondo. Dejaría pasar algunos minutos antes de reunirse con su hermano. Debía mostrarse serena, prestarle su apoyo, y para eso debía olvidarse por un rato de sus propios problemas y concentrarse en el robo.

Para distraerse, fue a leer el fax que acababa de llegar. Y se quedó de piedra:

> Estabas muy segura, ¿no? Pues al parecer te has equivocado. Y ahora ¿cómo lo justificarás?
>
> ¿Qué te resta ahora, Miranda, que tu reputación está hecha añicos? Nada. No eras otra cosa que eso: una reputación, un nombre y un cajón lleno de diplomas.
>
> Ahora inspiras lástima. Ahora no tienes nada. Ahora yo lo tengo todo.
>
> ¿Qué se siente, Miranda, al ser considerada una impostora, una incompetente, una fracasada?

Mientras lo leía se llevó una mano al pecho. De pronto se sintió mareada y tuvo que apoyarse en el escritorio para no perder el equilibrio.

–¿Quién eres? –masculló, furiosa–. ¿Quién demonios eres?

No importa, se dijo. No dejaría que esos mensajes perversos y mezquinos la afectasen. No tenían importancia. Pero abrió el cajón donde guardaba los otros faxes, guardó el nuevo y cerró con llave.

Más tarde o más temprano lo descubriría. Siempre había una manera de averiguarlo, pensó, y se prometió que, cuando lo descubriera, el que estuviera detrás de aquello se arrepentiría. Ahora no tenía tiempo que perder con esa clase de provocaciones. Aspiró hondo, exhaló y se frotó las manos hasta calentárselas.

Andrew la necesitaba. Y el Instituto también. Cerró los ojos con fuerza, pues la presión en el pecho se convertía en dolor. Ella no era solo un nombre y una colección de diplomas. Era más que eso. Y estaba decidida a demostrarlo.

Salió resueltamente de su despacho con la intención de ir a ver a Andrew. Dos miembros de la familia, al menos, se prestarían mutuo apoyo.

El detective Cook estaba junto al escritorio de Lori.

–Solo unas preguntas, doctora Jones, por favor.

–Por supuesto. –Aunque sentía un nudo en el estómago, Miranda compuso sus facciones y señaló la puerta–. Pase, por favor, y tome asiento. Lori, no me pases llamadas, ¿quieres? ¿Puedo ofrecerle café, inspector?

–No, gracias. La cafeína y el tabaco son dos asesinos. –El hombre se acomodó en una silla y sacó su libreta–. Doctora Jones... el doctor Andrew Jones me ha dicho que la pieza robada estaba asegurada.

–El Instituto está totalmente asegurado contra robo e incendio.

–Quinientos mil dólares. ¿No es mucho para una pieza tan pequeña? Y no estaba firmada, ¿verdad?

–El artista es desconocido, pero se cree que era discípulo de Leonardo da Vinci. –Miranda deseaba frotarse las sienes, pues le dolía la cabeza, pero dejó las manos quietas–. Era un excelente estudio de David; databa del año 1524, aproximadamente.

Ella misma lo había analizado, pensó con acritud. Y nadie había puesto en duda sus hallazgos.

–Quinientos mil dólares –añadió– es lo que un coleccionista habría pagado por esa pieza si hubiera salido a subasta.

–¿Y aquí hacen ese tipo de cosas? –Cook apretó los labios–. Me refiero a vender obras de arte.

–De vez en cuando. También hacemos adquisiciones.

El policía miró alrededor. El despacho era confortable y moderno; solo el escritorio debía de valer una pequeña fortuna.

–Hace falta mucho dinero para llevar una institución como esta.

–Sí, en efecto. El dinero procede en parte de las entradas y los honorarios que cobramos por clases y trabajos de asesoramiento. También hay un fondo en fideicomiso, establecido por mi abuelo. Y además tenemos mecenas que donan fondos o colecciones. –De pronto se le ocurrió que quizá fuera prudente llamar a su abogado, pero se limitó a añadir–. El Instituto no necesita los quinientos mil dólares, inspector detective Cook.

–Supongo que es una suma irrisoria, aunque nada despreciable para algunos. Sobre todo si son jugadores, están endeudados o quieren comprar un coche lujoso.

Pese a la rigidez que sentía en el cuello y en los hombros, ella lo miró fijamente a los ojos.

–Yo no juego, no tengo deudas importantes y ya tengo coche.

–Si me disculpa, doctora Jones, no parece muy afligida por esta pérdida.

–¿Y mi aflicción lo ayudaría a recuperar el bronce?

Él chasqueó la lengua.

–En eso tiene razón. Su hermano, en cambio, está destrozado.

Miranda bajó la vista hacia los restos del té.

–Se siente responsable de lo ocurrido. Se toma las cosas muy a pecho.

–¿Usted no?

–¿Si no me siento responsable o si no me tomo las cosas a pecho? –contraatacó ella. Luego apartó las manos del escritorio–. En este caso, ninguna de las dos cosas.

–Solo por pura formalidad: ¿le molestaría decirme qué hizo anoche?

–En absoluto. –Sus músculos estaban otra vez rígidos, pero habló con calma–. Andrew y yo trabajamos hasta las siete, poco más o menos. Apenas pasadas las seis, dejé que mi secretaria se marchara a su casa. Poco después recibí una llamada.

–¿De dónde?

–Florencia, Italia. Un colega mío. –Los nervios le quemaban bajo el esternón como una úlcera–. Calculo que hablamos durante diez minutos, quizás algo menos. Poco después vino Andrew. Charlamos un rato y salimos juntos a eso de las siete.

–¿Es habitual que vengan y se vayan juntos?

–No. Nuestros horarios no siempre coinciden. Pero como anoche yo no me sentía bien, él me llevó a casa. Compartimos una vivienda heredada de nuestra abuela. Cenamos algo. A eso de las nueve yo subí a mi habitación.

–¿Y pasó el resto de la noche allí?

–Sí. Como le he dicho, no me sentía muy bien.

–Y su hermano estuvo toda la noche en casa.

–Sí –respondió Miranda, aunque la verdad era que no lo sabía–. Esta mañana lo desperté apenas pasadas las seis, tras la llamada del señor Scutter, de Seguridad. Vinimos juntos, evaluamos la situación y ordenamos al señor Scutter que llamara a la policía.

–Ese pequeño bronce... –añadió Cook mientras apoyaba la libreta en la rodilla–. En esa sala ha de haber piezas que valen mucho más. Es extraño que se hayan llevado solo esa, después de tomarse tanto trabajo para entrar.

–Sí –reconoció ella, sin alterarse–. Yo he pensado lo mismo. ¿Cómo lo explicaría usted, inspector?

Él no pudo evitar sonreír. Era una buena réplica.

–Pues diría que él la deseaba. ¿No han echado en falta nada más?

–Se están revisando a fondo todas las salas. Al parecer, es lo único que se han llevado. No tengo nada más que decirle.

–Con eso basta, por ahora. –Cook se levantó, guardando la libreta–. Vamos a interrogar al personal, y probablemente necesite hablar otra vez con ustedes.

–Estamos más que dispuestos a colaborar. –Miranda también se levantó. Quería que se marchara–. Puede encontrarme aquí o en mi casa –añadió mientras lo acompañaba hacia la puerta. Al abrirla encontró fuera a Ryan.

–Miranda. –Fue directamente hacia ella y le cogió las dos manos–. Acabo de enterarme.

Ella sintió que las lágrimas acudían de nuevo a sus ojos, y tuvo que hacer un esfuerzo para no llorar.

–Ha sido un mal día –logró decir.

–Lo siento mucho. ¿Ha sido importante el robo? ¿La policía tiene alguna pista?

–Yo... Ryan, este es el inspector Cook, que está a cargo de la investigación. Inspector, el señor es Ryan Boldari, un colega.

–Encantado de conocerle.

Ryan podría haberlo identificado como policía desde seiscientos metros de distancia y de espaldas.

–¿Trabaja usted aquí, señor Boldari?

–No. Tengo galerías en Nueva York y San Francisco. He venido por unos pocos días, asuntos de negocios. ¿Puedo ayudar en algo, Miranda?

–No lo sé –repuso ella con voz temblorosa.

–Tendrías que sentarte; estás alterada.

–¿Señor Boldari? –Cook levantó un dedo, mientras Ryan conducía a Miranda de regreso a su despacho–. ¿Cómo se llaman sus galerías?

–Boldari –respondió él, enarcando las cejas–. Galería Boldari. –Sacó un estuche de plata, del que extrajo una tarjeta–. Aquí tiene las dos direcciones. Disculpe, inspector, pero la doctora Jones necesita que me ocupe de ella. –Fue una pequeña satisfacción cerrarle la puerta en la cara.

–Siéntate, Miranda. Cuéntame qué ha ocurrido.

Miranda obedeció, agradecida por la firmeza de sus manos en las de ella.

–Solo una pieza –comentó Ryan, una vez que ella hubo terminado–. ¡Qué extraño!

–El ladrón debe de ser un estúpido –exclamó Miranda, más animada–. Pudo haber limpiado esa vitrina en apenas un poco más de tiempo.

Ryan tuvo que hacer un esfuerzo para no mostrarse ofendido.

–Obviamente era selectivo, pero en cuanto a que era estúpido... Es difícil creer que un estúpido pueda haber burlado el sistema de vigilancia con tanta facilidad.

–Bueno, tal vez sepa de electrónica, pero de arte, nada. –Como no podía estarse quieta, Miranda se levantó para encender la cafetera–. El *David* era una bella pieza, pero distaba de ser la mejor de nuestra colección. –Sacudió la cabeza, pasándose una mano por el pelo–. Estoy hablando como si me fastidiara que no se hubiera llevado más cosas o elegido mejor. Lo que me enfurece es que haya entrado, sencillamente.

–Y así debe ser. –Él se acercó para darle un beso en la frente–. La policía lo detendrá, sin duda, y rescatará el *David*. Cook parece un tipo eficiente.

–Supongo que sí..., una vez que nos elimine a Andrew y a mí de su lista de sospechosos y se concentre en descubrir al verdadero ladrón.

–Sería una tontería sospechar de vosotros. –Ryan sintió una punzada de culpabilidad–. No estarás preocupada por eso, ¿verdad?

–No, en realidad me molesta pero no me preocupa. Te agradezco que hayas venido, Ryan. Estoy... –De pronto recordó que iban a almorzar juntos–. No podré ir.

–No te preocupes por eso. Nos veremos en mi próximo viaje.

–¿Te marchas?

–Debo irme esta noche. Confiaba en quedarme uno o dos días más, pero debo regresar esta misma noche por motivos personales.

–Qué pena. –Miranda pensaba que era imposible sentirse más desdichada.

Él le besó las manos. «Qué atractivos eran sus ojos tristes», pensó Ryan.

–No vendrá mal que me eches de menos. Tal vez eso te distraiga de todo esto.

–Tengo la sensación de que, en los próximos días, voy a estar muy ocupada; pero lamento que no puedas quedarte por más tiempo. Esto no... Este problema no te hará cambiar de idea sobre el intercambio, ¿verdad?

–Miranda... –Ryan estaba disfrutando el momento, el papel de héroe leal y defensor–. Tendrás los *vasari* en tus manos en el plazo de un mes.

–Gracias. Después de la mañana que he tenido, no sabes cuánto te agradezco esa confianza.

–¿Y me echarás de menos?

–Creo que sí –respondió ella con una sonrisa.

–Ahora despidámonos.

Ryan le cubrió la boca con la suya. Se dio el gusto de hundirse en ella, venciendo la primera sorpresa, la resistencia inicial, como ladrón que era. Pasaría bastante tiempo antes de que volviera a verla, si eso ocurría. Allí se separaban sus vidas; pero quería llevar algo consigo, por eso se quedó con la dulzura que había empezado a percibir bajo la fortaleza, la pasión que empezaba a agitarse bajo la actitud de autocontrol.

La apartó hacia atrás para estudiar su cara; se permitió deslizar las manos por sus brazos, hacia arriba y hacia abajo.

–Adiós, Miranda –musitó con más pena de la que estaba dispuesto a admitir.

Y la dejó, seguro de que ella sabría solucionar el pequeño inconveniente que le había causado.

9

Cuando Andrew colgó el auricular tras despedirse de su madre, habría podido traicionar a su país por tres dedos de Jack Daniel's. La culpa era suya. Y él lo aceptaba. El funcionamiento cotidiano del Instituto era su responsabilidad, y la seguridad era absolutamente prioritaria. Su madre se lo había señalado, en frases breves y concisas. De nada habría servido apuntar que, afortunadamente, solo se habían llevado una pieza. Para Elizabeth el robo era un insulto personal; la pérdida del pequeño *David* de bronce le causaba tanta amargura como si se hubieran llevado todas las obras de arte que atesoraba el Instituto.

Andrew también podía aceptar eso. Y cargar con la responsabilidad de tratar con la policía, la compañía de seguros, el personal, la prensa. Lo que no podía aceptar, lo que le hacía desear una copa, era la falta absoluta de apoyo o comprensión por parte de su madre.

Pero no tenía una copa al alcance de la mano. Tener una botella en el despacho era un límite que no había franqueado; gracias a eso podía desechar todas las sugerencias de que tuviera problemas de alcoholismo. Bebía en su casa, en los bares, en las reuniones sociales, pero jamás en el horario de trabajo. Por lo tanto, podía controlarse. Aunque fantaseara con ir a la tienda de licores más cercana y comprar una botella con la que animarse, eso no era lo mismo que hacerlo.

Oprimió el botón del intercomunicador.

–¿Señorita Purdue?

–¿Sí, doctor? –«Vaya a Freedom Liquors, por favor», deseó decirle, «y tráigame una botella grande de Jack Daniel's, etiqueta negra. Es una tradición familiar»–. ¿Puede venir, por favor?

–Enseguida, doctor.

Andrew se apartó del escritorio para volverse hacia la ventana. Tenía las manos firmes, ¿o no era así? Aunque tuviera la espalda húmeda y pegajosa, mantenía las manos firmes. Mantenía el control. La oyó entrar y cerrar la puerta.

–El inspector de la compañía de seguros estará aquí a las once –dijo sin volverse–. No se olvide de avisarme en cuanto llegue.

–He cancelado todas las citas que tenía para hoy, doctor Jones, salvo las esenciales.

–Bien, gracias. Ah, se me olvidaba... –añadió frotándose el puente de la nariz con la esperanza de aliviar un poco la tensión–; tenemos que organizar una reunión de personal. Que sea esta tarde, lo más temprano posible. Solo los jefes de departamento.

–¿A la una le parece bien, doctor Jones?

–Muy bien. Envíe un memorándum a mi hermana. Me gustaría que elaborara una declaración con nuestra gente de publicidad. Informe a todos los periodistas que llamen que a última hora de hoy se hará público un comunicado de prensa. Hasta entonces no habrá comentarios.

–Sí, doctor. Abajo está el inspector Cook; quiere hablar con usted lo antes posible.

–Enseguida bajo. Tenemos que redactar una carta para la doctora Standford-Jones y el doctor Charles Jones detallando el incidente y cuál es la situación actual. Ellos...

De pronto llamaron a la puerta. Al volverse, vio entrar a Miranda.

–Disculpa, Andrew. Si estás ocupado, puedo volver en otro momento.

–No, está bien. Le ahorraremos un memorándum a la señorita Purdue. ¿Puedes elaborar una declaración con los de publicidad?

–Sí, enseguida.

Miranda advirtió que su hermano estaba tenso.

–¿Has hablado con Florencia?

Él esbozó una sonrisa.

–Di mejor que Florencia ha hablado conmigo. Debo redactar una carta, narrando la triste historia, con copias para ella y papá.

–¿No quieres que la escriba yo? –se ofreció Miranda; Andrew estaba demasiado ojeroso y parecía agotado–. Así te ahorraré algo de tiempo y problemas.

–Te lo agradecería. Pronto llegará el inspector de la compañía de seguros. Y Cook quiere hablar conmigo otra vez.

Miranda cruzó las manos para mantenerlas quietas.

–¿Puede dejarnos a solas por un momento, señorita Purdue?

–Por supuesto. Voy a disponerlo todo para la reunión de personal, doctor Jones.

–Solo los jefes de departamento –le recordó Andrew mientras ella se marchaba–. A la una en punto.

–Bien –dijo Miranda–. Con respecto a Cook, Andrew... Te preguntará qué hiciste anoche, dónde estuviste y con quién. Le he dicho que habíamos salido juntos de aquí, alrededor de las siete, y que los dos estuvimos en casa toda la noche.

–Bien.

Ella retorció los dedos.

–Porque tú estabas, ¿verdad?

–¿Qué? ¿En casa? Sí. –Inclinó la cabeza, entornando los ojos–. ¿Por qué lo preguntas?

–No estaba segura de si habías salido. –Miranda se frotó la cara–. Me ha parecido mejor decir que no.

–No tienes obligación de protegerme, Miranda. No he hecho nada. Según mamá, ese es precisamente el problema.

–Ya lo sé. No era eso lo que quería decir. –Ella alargó una mano para tocarle el brazo–. Pero me pareció menos complicado decir que habías pasado toda la noche en casa. Luego me pregunté: ¿y si hubieras salido y alguien te hubiera visto...?

–¿Junto a la puerta de un bar? –dijo con resentimiento evidente–. ¿O rondando el edificio?

–Oh, Andrew –lamentó angustiada, dejándose caer en el brazo de un sillón–. No nos maltratemos mutuamente. Cook me puso nerviosa. Temí que me atrapara en una mentira, por inocua que pareciera, y eso lo complicara todo.

Con un suspiro, él se dejó caer en la silla.

–Al parecer estamos con la mierda hasta el cuello.

–Eso parece, sí –murmuró la joven–. Ella me ordenó que pidiera una excedencia. Me negué.

–¿Para hacerte valer o solo para protestar?

Miranda se estudió las uñas, ceñuda. «¿Cómo te sienta ser una fracasada?» No, no cedería ante eso.

–Puedo hacer las dos cosas...

–Te confieso que anoche yo habría estado de acuerdo con ella, aunque no por las mismas razones. Hoy las cosas han cambiado. Te necesito aquí.

–No pienso ir a ninguna parte.

Él le dio una palmadita en la rodilla y se puso en pie.

–Hablaré con Cook. –Arrancó de la libreta una hoja en blanco y se la entregó–. Envía las cartas por correo nocturno. Cuanto antes tengan el informe por escrito, tanto mejor.

–De acuerdo. Nos veremos a la una. Ah, Andrew... Ryan me encargó que me despidiera en su nombre.

Él se detuvo con la mano en el pomo de la puerta.

–¿En su nombre?

–Debía volver a Nueva York esta misma noche.

–¿Todavía estaba aquí? Qué mala suerte. ¿Ya sabe lo que ha ocurrido? ¿Y los *vasari*?

–Se mostró muy dispuesto a ayudar. Me aseguró que este problema no afectará el intercambio. Yo estaba... eh... pensando en ir a Nueva York dentro de un par de semanas –improvisó–. Para... acelerar el prestamo.

Él asintió, distraído.

–Está bien. Después hablaremos de eso. Lo que necesitamos para compensar este desastre es justamente una nueva exposición.

Mientras bajaba la escalera echó un vistazo a su reloj. Se sorprendió al ver que eran apenas las diez. Se sentía como si llevara días enteros corriendo por esa pista.

Ante la entrada principal había un enjambre de policías, uniformados y de paisano. La vitrina estaba cubierta de un polvo que debía de ser para tomar las huellas dactilares. El pequeño círculo de cristal había desaparecido. Debía de estar en una de esas bolsas de plástico para guardar las pruebas, probablemente.

Cuando preguntó a los agentes uniformados, le dijeron que encontraría al detective Cook por la entrada del sur. Fue hacia allí tratando de imaginar al ladrón haciendo el mismo recorrido. «Vestido de negro, seguramente. Facciones duras; quizás una cicatriz en la mejilla. ¿Iría armado? ¿Con revolver, o puñal?» Decidió que con puñal. «Le convenía matar con celeridad y en silencio, en caso de ser necesario.»

Al recordar que muchas noches Miranda se quedaba trabajando hasta tarde en el laboratorio o en su despacho, maldijo por lo bajo. Con una furia renovada burbujeando bajo su piel, entró en la antesala y encontró a Cook examinando las opciones de la máquina de bocadillos y comestibles.

–¿Así es como piensa hallar a ese hijo de puta? –lo interpeló Andrew–. ¿Comiendo patatas fritas?

–En realidad, prefiero las rosquillas –respondió Cook y apretó un par de botones–. Quiero reducir las grasas. –La bolsa golpeó contra la bandeja metálica y Cook la cogió.

–Qué bien. Un policía que cuida su salud.

–Cuando se tiene salud –proclamó el detective, mientras rompía la bolsa– se tiene todo.

–Quiero saber qué está haciendo para encontrar al cabrón que entró en mi edificio.

–Mi trabajo, doctor Jones. ¿Por qué no nos sentamos aquí? –dijo señalando una de las mesitas de bar–. Me parece que le sentaría bien un poco de café.

Los ojos de Andrew lanzaron un destello, esa descarga azul y brillante que convertía su rostro en algo recio y potencialmente peligroso. El inesperado cambio hizo que Cook lo observara con mayor atención.

–No quiero sentarme –repuso–. Tampoco quiero café. –En realidad, habría matado por una taza–. Mi hermana trabaja hasta tarde, detective. Muchas veces se queda hasta altas horas, sola en el edificio. Si anoche no se hubiera sentido mal, tal vez habría estado presente al entrar él. Pude haber perdido algo mucho más valioso que una figura de bronce.

–Comprendo su preocupación.

–No, no puede comprenderlo.

–Yo también tengo familia.

Pese a la negativa de Andrew, el detective contó unas cuantas monedas y se volvió hacia la máquina de café.

–¿Cómo lo prefiere?

–Le dije que... Solo –murmuró Andrew–. Solo –repitió.

–Así lo tomaba yo. Todavía lo echo de menos. –Cook aspiró hondo, mientras los chorritos de café iban llenando la taza–. Permítame tranquilizarle un poco, doctor. Por lo general, el que entra en una casa para robar no quiere hacer daño a nadie, sobre todo si es inteligente. Prefiere renunciar a un trabajo antes que meterse en esos enredos. Ni siquiera va armado, porque de lo contrario, si lo atrapan su condena puede ser mayor.

Puso la taza en la mesa y se sentó a esperar. Al cabo de un momento Andrew, cediendo, fue a reunirse con él. Cuando la mirada de furia desapareció de sus ojos, la expresión de su rostro se suavizó.

–¿Y si este fulano no era un caso típico?

–Yo diría que no lo era. Pero si es tan inteligente como creo, habrá seguido las reglas: nada de armas ni de contacto con la gente. Entrar y salir. Si su hermana hubiera estado aquí, él la habría evitado.

–Usted no conoce a mi hermana. –El café le hacía sentirse algo más humano.

–Es una mujer con muchas energías, ¿verdad?

–Por necesidad. Pero hace poco la atacaron, frente a nuestra casa. El tipo tenía un cuchillo; a ella la aterrorizan los cuchillos.

Cook apretó los labios.

–¿Cuándo sucedió eso?

–Hace un par de semanas. –Andrew se pasó las manos por el pelo–. La arrojó al suelo y le robó el bolso y el maletín. –Guardó silencio; luego tomó aliento y bebió un sorbo de café–. Fue un duro golpe para ella; para ambos... Y pensar que ella podría haber estado aquí cuando ese tipo entró...

–En esta clase de robos no se estila derribar a las mujeres para robarles el bolso.

–Es posible. Pero nunca lo atraparon. La aterrorizó, le quitó sus cosas y se fue. Entre esto y el problema de Florencia, Miranda ya ha tenido demasiado. –Andrew cayó en la cuenta de que se estaba relajando, de que parloteaba sobre su hermana, por el amor de Dios–. Pero usted no quería hablar sobre estas cosas.

–En realidad, me es de gran utilidad, doctor Jones. –«Un asalto y un robo en menos de un mes. ¿El culpable sería el mismo?» Cook pensó que el caso era interesante–. Dice usted que anoche su hermana no estaba bien. ¿Qué le pasaba?

–Dificultades con Florencia –repuso él, parco–. Un problema con nuestra madre. Eso la alteró.

–¿Su madre está en Italia?

–Allí vive. Y allí trabaja. Es la responsable de Standjo, un laboratorio que se dedica a analizar obras de arte y artesanía. Es parte de la empresa principal. Una rama del Instituto.

–Así que hay fricciones entre su madre y su hermana, ¿eh?

Andrew bebió otro sorbo de café para serenarse; mientras tanto, observó a Cook por encima de la taza. Su mirada volvió a endurecerse.

–Mis relaciones familiares no son asunto de la policía.

–Solo trato de hacerme una idea de la situación. Al fin y al cabo, esta es una organización familiar. Y no hay señales de que se haya forzado la entrada.

La mano de Andrew se sacudió violentamente y estuvo a punto de volcar el café.

–¿Cómo dice?

–Que no había señales visibles de que se hubiera forzado ninguna de las puertas. –Cook movió un dedo hacia las puertas interior y exterior–. Las dos estaban cerradas con llave. Y estando fuera se necesita una tarjeta magnética y un código, ¿no?

–Sí. Por aquí solo entran los jefes de departamento. Esta zona se utiliza como sala de descanso para el personal superior. En el tercer nivel hay otra para el personal en general.

–Necesito una lista de los jefes de departamento.

–Por supuesto. ¿Sospecha de alguien que trabaja aquí?

–No sospecho nada. El peor de los errores es entrar en escena con una idea preconcebida –respondió esbozando una sonrisa–. Cuestión de rutina, eso es todo.

El robo del Instituto fue la noticia principal en el informativo local de las once. En Nueva York le dedicaron treinta segundos de la primera media hora. En su apartamento de Central Park, Ryan tomó nota de los detalles, tendido en su sofá, sorbiendo un coñac y disfrutando de un cigarro cubano.

No había muchos datos. Claro que en Nueva York había suficiente cantidad de crímenes y de escándalos con que llenar el tiempo. Si no hubiese sido por la importancia regional del Instituto y por el hecho de que los Jones eran una familia muy destacada de Nueva Inglaterra, el robo no habría merecido siquiera una mención más allá de Maine.

La policía estaba investigando. Ryan sonrió, pensando en Cook. Conocía al tipo: empecinado, minucioso, con una sólida hoja de servicios llena de casos resueltos. Era muy satisfactorio que un buen policía estuviese investigando su último trabajo.

Se estaban siguiendo varias pistas, lo cual era una estupidez. No había pistas, pero no podían admitirlo en público.

Al ver a Miranda salir del edificio, se incorporó en el sofá. Se había recogido el cabello en una coleta. «Para las cámaras, sin duda», pensó él, recordando lo despeinado que lo llevaba cuando le dio el beso de despedida. Su expresión era serena, fría, decidió Ryan. Le hubiera gustado derretirla, y lo habría hecho si hubiese contado con un poco más de tiempo.

Aun así le gustó ver que ella manejaba bien la situación. Era una mujer con agallas. Pese a esos ramalazos de timidez y tristeza, era una mujer con agallas. En uno o dos días más su vida volvería a la rutina. El pequeño contratiempo del que era responsable se olvidaría, él volvería a lo suyo y la policía archivaría el caso.

Ryan tenía un cliente satisfecho, antecedentes intachables y algo de tiempo libre. Tal vez, solo tal vez, en este caso se saltaría las reglas para llevar a Miranda a las Indias Occidentales, por un par de semanas. Sol, arena y sexo. Le haría bien, decididamente. Y para él, sin duda, no supondría daño alguno.

El apartamento de Annie McLean habría cabido en la sala de Ryan, pero tenía vistas al parque... si se asomaba por la ventana del dormitorio y doblaba el cuello hasta el dolor, forzando la vista. Pero para ella bastaba.

Aunque el mobiliario fuera sencillo, tenía colores alegres. La alfombra procedía de una tienda de segunda mano, pero bien lavada habría quedado perfecta. Ella misma había hecho las librerías; las había pintado de verde oscuro y llenado con los libros que compraba en la venta anual de la biblioteca. Clásicos, en su mayor parte. Libros que no había leído en sus tiempos de estudiante y ahora ansiaba explorar. A eso se dedicaba cuando tenía un par de horas libres; acurrucada bajo la alegre manta a rayas azules y verdes tejida por su madre, se sumergía en Hemingway, Steinbeck o Fitzgerald.

El reproductor de discos compactos era un capricho que se había permitido como regalo de Navidad, dos años antes. Le gustaba pensar que la música que escuchaba era... ecléctica.

Durante la adolescencia y los primeros años de la juventud había estado demasiado ocupada con el trabajo como para desarrollar su formación musical y literaria. Un embarazo, un aborto y un corazón destrozado –todo antes de cumplir los dieciocho años–, le habían hecho cambiar de rumbo. Había decidido llegar a ser alguien. Tener algo, y cuanto antes.

Pero entonces se dejó engatusar por Buster: un hijo de puta amante de la buena vida. Las hormonas y la necesidad de tener un hogar, una familia propia, la habían cegado ante aquel mecánico normalmente sin trabajo, adicto a la cerveza y a las rubias. Ahora se daba cuenta de que necesitaba un hijo, quizá para compensar el que había perdido.

«Vivir para aprender», se decía con frecuencia. Ella había hecho ambas cosas. Ahora se había convertido en una mujer independiente, dueña de un negocio sólido, y dedicaba tiempo y esfuerzo a cultivar su mente.

Le gustaba escuchar a sus clientes y comparar sus propias opiniones con las de ellos. Estaba ampliando sus miras; calculaba que en los siete años transcurridos desde que instalara Annie's Place, había aprendido más de política, religión, sexo y economía que cualquier graduado universitario. Algunas noches, al meterse sola en la cama, anhelaba tener a alguien que la escuchara, que la abrazara, a alguien con quien reírse, pero ese era un precio que podía pagar por ser independiente. Según su experiencia, a los hombres no les interesaba lo que una tuviera para contar solo querían retozar un poco y rascarse el trasero. Y después te arrancaban el camisón para desahogarse. Estaba mucho mejor así, sola.

Quizás algún día comprara una casa con jardín. No le molestaría tener un perro. Reduciría sus horarios de trabajo, contrataría a alguien que llevase el bar y, tal vez, se tomara unas vacaciones. Primero iría a Irlanda, naturalmente. Quería ver las colinas... y los *pubs*, por supuesto.

Pero había sufrido la humillación de no tener dinero suficiente, de que le cerraran las puertas en las narices cuando iba a pedir un préstamo. Y no pensaba pasar por eso nunca más. Por eso reinvertía las ganancias en su negocio; lo que guardaba lo invertía en acciones y bonos del Estado. No necesitaba ser rica, pero no quería volver a ser pobre.

Durante toda su vida, sus padres habían estado siempre rozando el límite de la pobreza. Hacían por ella lo que podían, pero a su padre le duraba tanto el dinero en las manos como un puñado de arena. Hacía tres inviernos que se habían mudado a Florida. Annie se despidió de ellos con un beso, unas cuantas lágrimas y un billete de quinientos dólares que deslizó en la mano de su madre. Le había costado ganarlos, pero sabía que ella los usaría para sobrevivir a varios de los proyectos con que su marido pretendía hacerse rico en poco tiempo.

Los llamaba todas las semanas (los domingos por la tarde, en horario de tarifa reducida) y cada tres meses enviaba otro cheque a su madre. A menudo prometía visitarlos, pero en tres años solo había logrado hacer dos viajes breves.

Pensando en ellos, cerró el libro que estaba tratando de leer para ver el final del informativo nocturno. Sus padres adoraban a Andrew. Naturalmente, nunca se habían enterado del asunto de la playa ni del bebé concebido y perdido.

Sacudió la cabeza para apartar todo eso de su mente. Apagó el televisor, lavó la tetera y la guardó en el armario de lo que el propietario del apartamento hacía pasar por cocina.

Cuando estiraba la mano para apagar la luz, alguien llamó a la puerta. Annie echó un vistazo al Louisville Slugger que tenía junto a la entrada, gemelo del que tenía bajo el mostrador, en el bar. Aunque nunca había tenido ocasión de utilizarlos, le hacían sentirse más segura.

–¿Quién es?

–Andrew. Déjame entrar, ¿quieres?, o me congelaré en este pasillo. –Aunque no era muy grato encontrárselo en el umbral, Annie retiró la cadena y el cerrojo para abrir la puerta.

–Ya es tarde, Andrew.

–¿De verdad? –musitó él, aunque ella estaba en bata–. Vi la luz por debajo de la puerta. Anda, Annie, sé buena amiga y déjame entrar.

–No pienso servirte una copa.

–De acuerdo. –Una vez dentro, Andrew metió la mano bajo el abrigo y sacó una botella–. He traído mi propia botella. Ha sido un día muy duro, Annie. –La miró con una expresión de perro melancólico que le derritió el corazón–. No quería ir a casa.

–Qué bien –respodió irónica. Algo molesta, fue a la cocina en busca de un vaso–. Eres un hombre adulto. Si quieres beber, es cosa tuya.

–Quiero. –Andrew llenó el vaso y lo levantó en una especie de brindis–. Gracias. Supongo que te has enterado de la novedad.

–Sí. Lo siento.

Al sentarse en el sofá, ella deslizó el ejemplar de *Moby Dick* entre los almohadones, aunque no habría podido explicar por qué le daba vergüenza que él lo viera.

–La policía dice que debió de ser alguien de dentro. –Bebió, y soltó una risita–. Nunca pensé que llegaría a usar esa frase. Nos miran con malos ojos, a Miranda y a mí.

–¿A quién diablos se le ocurre que pudierais robaros vosotros mismos?

–No debería extrañarte. La compañía de seguros está investigando. Nos estudian a fondo.

–Es solo rutina. –Preocupada, le cogió la mano para que se sentara a su lado.

–Sí. Una rutina que da asco. Ese bronce me encantaba.

–¿Cuál? ¿El que robaron?

–Me transmitía algo. El joven David enfrentándose al gigante, dispuesto a oponer una piedra contra una espada. Valor. Del tipo que nunca he tenido.

–¿Por qué te haces esto? –preguntó ella en tono de irritación.

–Nunca me enfrento a los gigantes –repuso él, tendiendo la mano hacia la botella–. Me dejo llevar por la corriente y obedezco órdenes. Si mis padres dicen: «Sería hora de que te hicieras cargo del Instituto, Andrew», yo me limito a preguntar: «¿Cuándo queréis que empiece?».

–Amas ese Instituto.

–Por una feliz coincidencia. Si me hubieran ordenado que fuese a Borneo a estudiar las costumbres de los nativos... a estas horas tendría un bronceado estupendo. Elise dice: «Sería hora de que nos casáramos». Yo digo: «Fija la fecha». Ella dice: «Quiero el divorcio». Y yo: «Bueno, querida, ¿quieres que me encargue de pagar un abogado?».

«Yo te digo que estoy embarazada –pensó Annie– y tú me preguntas si quiero que nos casemos.»

Él contempló el vaso, el efecto de la luz al cruzar el líquido ambarino.

–Nunca desafié el sistema porque no parecía valer la pena hacer el esfuerzo. Y eso no habla bien de Andrew Jones.

–¿Y bebes porque eso es más fácil que averiguar si vale la pena?

–Tal vez. –Andrew dejó el vaso para comprobar si podía, para decir lo que estaba pensando sin valerse de él–. No hice por ti lo que debía, Annie. Hace años. No te apoyé como habría debido, porque me aterrorizaba pensar en lo que harían ellos.

–No quiero hablar de eso.

–Nunca lo hemos mencionado; sobre todo, porque me pareció que tú no querías. Pero el otro día mencionaste el tema.

–Fue un error de mi parte. –Al pensarlo, experimentó una leve sensación de pánico–. Es agua pasada.

–Pero nos incumbe, Annie. –Andrew lo dijo con suavidad, porque percibió ese pánico.

–Déjalo ya. –Ella se apartó y se cruzó de brazos, a la defensiva.

–Está bien –dijo Andrew; «¿por qué hurgar en viejas heridas cuando uno tenía otras nuevas y sangrantes?», pensó–. Podemos repasar la vida de Andrew Jones. A estas alturas espero pacientemente que los policías me digan que no debo ir a prisión. –Se dispuso a coger la botella pero Annie se le adelantó y la llevó a la cocina para vaciarla en el fregadero–. Maldita seas, Annie.

–No necesitas el whisky para hacerte daño, Andrew. Te las arreglas muy bien solo. Tus padres no te amaron lo suficiente. Eso es duro –dijo Annie dejando aflorar un mal genio que desconocía–. Los míos me amaron a manos llenas, pero aun así me paso las noches sola con mis recuerdos, sumida en penas que me rompen el corazón. Tu esposa tampoco te amó lo suficiente. Una ruptura dolorosa. Mi esposo se emborrachaba con diez o doce latas de cerveza y me hacía el amor aunque yo no quisiera.

–Annie, por Dios. –Era algo que él no sabía ni imaginaba–. Lo siento.

–No me digas que lo sientes –contraatacó ella–. Sobreviví. Superé lo tuyo y lo de él, porque me di cuenta de que había cometido un error y me encargué de arreglarlo.

–No hagas eso. –De pronto, él también se sintió enfadado. En sus ojos centelleó una luz peligrosa que lo endurecía. Se puso de pie–. No compares lo nuestro con tu relación con él.

–Entonces no hables de lo nuestro como hablas de tu relación con Elise.

–No lo he hecho. No es lo mismo.

–Eso es cierto. Porque ella era hermosa e inteligente –Annie le clavó un dedo en el pecho, con tanta fuerza que lo hizo retroceder un paso–. Y tal vez tú tampoco la amaste lo suficiente. De lo contrario aún estaría contigo. Porque nunca te he visto quedarte sin algo que desearas de verdad. Aunque no eches mano de una piedra para pelear por ello, lo consigues.

–Fue ella quien puso fin a lo nuestro –dijo en tono airado–. No se puede obligar a alguien a que te ame.

Annie se apoyó en el pequeño mostrador, con los ojos cerrados. Para sorpresa de Andrew, se echó a reír.

–No se puede, claro que no –añadió irónica. Se enjugó las lágrimas provocadas por el ataque de risa–. Por mucho título universitario que tenga, doctor Jones, es usted un estúpido. Eres un estúpido, sí, y yo estoy cansada. Me voy a la cama. Ya sabes dónde está la puerta. –Pasó por su lado como un vendaval, casi esperando haberlo encolerizado lo suficiente como para que la sujetara. Pero él no lo hizo.

Annie entró sola en su dormitorio. Cuando lo oyó salir, cuando oyó el chasquido de la puerta al cerrarse, se acurrucó en la cama y dio rienda suelta a su llanto.

10

La tecnología no dejaba de encantar y sorprender a Cook. Veintitrés años antes, en sus comienzos, había comprendido que el trabajo de detective exigía largas horas de llamadas telefónicas, papeleo y visitas puerta a puerta. No era tan estimulante como Hollywood pintaba ni como él, joven y anhelante, había pensado al incorporarse al cuerpo.

Tenía planeado pasar esa tarde de domingo pescando en Miracle Bay, pues el día era sereno y la temperatura superaba los diez grados. Pero por algún motivo pasó por comisaría. Era partidario de guiarse por los caprichos, que estaban apenas un paso por debajo de sus corazonadas.

En su escritorio, entre los expedientes que llenaban la bandeja de ingresos, vio el informe redactado por la joven y bonita agente Mary Chaney.

Por su parte, Cook se enfrentaba al ordenador con la respetuosa cautela con que el policía que patrulla las calles se acerca a un drogadicto en un callejón oscuro. Había que entenderse con él para cumplir con el trabajo, pero uno sabía que si cometía un error, podía suceder cualquier cosa.

El caso Jones tenía prioridad, porque los Jones eran ricos y conocían personalmente al gobernador. Como no podía quitarse el caso de la mente, había pedido a Mary que buscara en los archivos delitos similares.

En sus primeros tiempos en el cuerpo, la información que tenía en las manos habría requerido semanas enteras de trabajo, si llegaba a reunirla. Ahora tenía ante sí un informe completísimo que le hizo olvidar sus planes de ir a pescar. Se acomodó en la silla para estudiarlo.

Había seis delitos parecidos en un período de diez años, y doce con suficientes similitudes para justificar una mención. Nueva York, Chicago, San Francisco, Boston, Kansas City, Atlanta. En cada una de esas ciudades, en la última década, un museo o una galería había denunciado la entrada de un desconocido y la pérdida de un solo objeto. El valor de las obras iba de cien mil dólares a un millón. Todo sin daños a la propiedad, sin desorden, sin que sonaran las alarmas. Todas las piezas estaban aseguradas. Y no se había hecho ningún arresto.

El tipo era hábil.

En los doce casos siguientes había algunas variaciones. Se habían robado dos o más piezas. En uno habían drogado el café del guarda y desconectado el sistema de seguridad durante treinta minutos. En otro se había producido un arresto: un guarda que intentó empeñar un camafeo del siglo XV; confesó, pero dijo que había cogido el camafeo después del robo. El paisaje de Renoir y el retrato de Manet, robados también, nunca fueron recuperados.

«Interesante», pensó Cook otra vez. El perfil que iba formando de su presa no incluía torpes visitas a los prestamistas. Tal vez había utilizado al guarda como informante. Debía comprobarlo.

Y no vendría mal averiguar dónde habían estado los Jones en las fechas de esos otros robos. Al fin y al cabo, estaba pescando, aunque de otra manera.

El domingo por la mañana, lo primero que acudió a la mente de Miranda al despertar fue *La Dama Oscura*. Tenía que verla otra vez, volver a examinarla. De otro modo, jamás sabría cómo se había equivocado tanto.

Con el correr de los días había llegado a la dolorosa conclusión de que estaba equivocada. No cabía otra explicación. Conocía demasiado bien a su madre. Para salvar la reputación de Standjo, Elizabeth habría cuestionado el segundo examen en todos sus aspectos. Habría insistido hasta recibir pruebas absolutas de su exactitud. Jamás se habría conformado con menos.

Lo más práctico era aceptar la situación y, para salvar el orgullo, no volver a mencionar el asunto hasta que la situación se enfriara. De lo contrario no ganaría nada, porque el daño ya estaba hecho.

Decidida a aprovechar su tiempo en algo mejor que cavilaciones melancólicas, se puso la ropa de gimnasia. Un par de horas sudando en el gimnasio le quitarían la depresión, al menos en parte.

Dos horas después, a su regreso, encontró a Andrew caminando resacoso por la casa. Cuando estaba a punto de subir al piso de arriba, sonó el timbre de la puerta principal.

–Deme su chaqueta, detective Cook –oyó decir a Andrew.

¿Cook? ¿Un domingo por la tarde? Miranda se pasó las manos por el pelo, carraspeó y tomó asiento. Cuando Andrew hizo pasar al policía, ella le ofreció una amable sonrisa.

–¿Tiene alguna noticia para nosotros?

–Nada en firme, doctora Jones. Solo uno o dos cabos sueltos.

–Siéntese, por favor.

–Hermosa casa. –Mientras iba hacia la silla, los ojos del policía recorrieron la habitación–. Desde aquí arriba el panorama es espectacular.

Las fortunas antiguas, se dijo, tenían un olor propio, un aspecto propio. Aquella olía a cera de abejas y aceite de limón. El mobiliario era heredado, el papel de las paredes estaba descolorido y las ventanas iban del suelo al techo, enmarcadas en una cascada color grana que bien podía ser seda. Distinción, privilegios y trastos suficientes para convertir aquello en un hogar.

–¿Qué podemos hacer por usted, detective?

–Me gustaría saber, de ser posible, dónde estaban ustedes dos en el mes de noviembre último. La primera semana, concretamente.

–En noviembre... –La pregunta era extraña. Andrew se rascó la cabeza–. Yo estaba aquí, en Jones Point. Este otoño no hice ningún viaje, ¿verdad? –preguntó a Miranda.

–Que yo recuerde, no. ¿Por qué necesita saberlo, detective?

–Para aclarar algunos detalles, nada más. ¿Usted también estaba aquí, doctora?

–A principios de noviembre, pasé algunos días en Washington. Un trabajo de asesoramiento en el Smithsonian. Para estar segura tendría que comprobarlo en mi agenda.

–¿Le molestaría hacerlo ahora? –respondió Cook con una sonrisa de disculpa–. Así podríamos aclarar esto.

–Está bien. –Para Miranda todo aquello no tenía sentido, pero accedió a la petición de Cook–. Voy a buscar mi agenda. Está arriba, en mi despacho.

–Sí, señor –continuó Cook, cuando ella salió–. Estupenda casa. Debe de ser difícil calentarla en invierno.

–Consumimos muchísima leña –murmuró Andrew.

–¿Viaja mucho, doctor Jones?

–El Instituto me obliga a estar muy cerca de casa. La que viaja con frecuencia es Miranda. Hace muchos trabajos de asesoramiento, da conferencias... –Andrew tamborileó con los dedos en la rodilla, notando que la mirada del policía se demoraba en la botella de Jack Daniel's que él había dejado junto al sofá. Encorvó los hombros en un gesto defensivo–. ¿Qué relación tiene lo de noviembre con nuestro robo?

–No lo sé con certeza. Solo estoy siguiendo un cabo suelto. ¿Le gusta a usted la pesca?

–No. Me mareo.

–Qué lástima.

–Según mis notas –dijo Miranda, al regresar–, estuve en Washington entre el 3 y el 7 de noviembre.

El robo de San Francisco se había producido en las primeras horas del día 5, según él recordaba.

–Supongo que viajó en avión.

–Sí, hasta el National. –Ella volvió a consultar sus notas–. Vuelo cuatro uno cero ocho de US Air; despegó de Jones Point a las diez y cincuenta y llegó al National a las doce cincuenta y nueve. Me hospedé en el Four Seasons. ¿Le basta con eso?

–Por supuesto. Se nota que usted es científica, por lo bien que lleva sus registros.

–En efecto. –Ella se acercó al sillón donde estaba su hermano y se sentó a su lado–. ¿A qué viene todo esto?

–Solo quería ordenar mis ideas. ¿Tiene anotado ahí dónde estuvo en junio? En la tercera semana, digamos.

–Por supuesto. –Tranquilizada por la mano que Andrew había apoyado en su rodilla, Miranda repasó la agenda–. Estuve todo el mes de junio en el Instituto. Trabajando en el laboratorio y dando algunas clases de verano. Tú también dictaste algunas, ¿no, Andrew?, cuando Jack Goldbloom sufrió un ataque de alergia y tuvo que tomarse un breve permiso.

–Sí. –Andrew cerró los ojos para ayudarse a recordar–. Fue hacia finales de junio. Arte oriental del siglo XII. –Abrió los ojos y esbozó una sonrisa–. Tú no querías saber nada de eso. Tuve que preparar las clases a toda prisa. Detective, lo que se ha robado es propiedad nuestra. Creo que tenemos derecho a saber qué pistas está siguiendo.

–Por supuesto. –El policía apoyó las manos en las rodillas–. Estoy verificando una serie de casos que concuerdan con el perfil de este. Ya que tiene que ver con su trabajo, quizás hayan sabido algo de cierto robo en Boston, en junio pasado.

–En el Museo de Arte de la Universidad de Harvard. –Miranda sintió un escalofrío en la columna vertebral–. El *kuang*. Una pieza hallada en una tumba china, datada a finales del siglo XIII o principios del XII antes de Cristo. Un bronce, también.

–Tiene buena memoria para los detalles.
–Sí. Fue una pérdida enorme. Es uno de los bronces chinos mejor conservados que se hayan recuperado. Vale mucho más que nuestro *David*.
–En noviembre fue en San Francisco. Una pintura.
«Al menos no fue un bronce», pensó ella, con alivio.
–Fue en el Museo M. H. de Young –dijo Cook.
–Exacto.
–Arte americano –intervino Andrew–. Período colonial. ¿Dónde está la conexión?
–No dije que la hubiera, pero creo que sí. –Cook se levantó–. Quizás estemos ante un ladrón con un gusto artístico que podríamos calificar de ecléctico. Por mi parte, me gusta el estilo de Georgia O'Keeffe. Es colorido y las cosas son lo que parecen. Les agradezco su atención. –Se volvió para marcharse, pero antes de hacerlo, preguntó–: ¿No podría prestarme esa agenda, doctora? Si los dos tuvieran registradas por escrito sus actividades del año anterior, me sería de mucha utilidad consultarlas para poner todo en orden.
Miranda vaciló, pensando otra vez en abogados. Pero el orgullo hizo que le tendiera la delgada libreta de cubiertas de piel.
–Puede llevársela. En mi despacho del Instituto tengo guardadas las agendas de los tres últimos años.
–Muchas gracias. Le daré un recibo por esto. –Después de guardar la agenda, Cook sacó su propia libreta para redactar el recibo y firmarlo.
Andrew se puso de pie.
–Yo le enviaré la mía por mensajero.
–Será de gran ayuda.
–Cuesta no sentirse insultada por esto, detective.
Cook la miró enarcando las cejas.
–Lo siento, doctora. Solo trato de hacer mi trabajo.
–Supongo que así es. Una vez que nos elimine de su lista de sospechosos, a mi hermano y a mí, lo hará con más celeridad y eficiencia. Por eso estamos dispuestos a tolerar este tipo de trato. Lo acompañaré hasta la puerta.
Cook saludó a Andrew con una inclinación de cabeza y siguió a Miranda hasta el vestíbulo.
–No tenía intención de ofenderla, doctora Jones.
–Por supuesto, detective, por supuesto. –Miranda abrió bruscamente la puerta–. Buenas tardes.

–Adiós, doctora. –Un cuarto de siglo en la policía no lo había inmunizado contra la lengua afilada de las mujeres furiosas. El fuerte portazo, a sus espaldas, le hizo agachar la cabeza y hacer una leve mueca.

–Este hombre cree que somos unos ladrones. –Ella entró a grandes pasos en la sala, furiosa. No fue una sorpresa, pero sí un fastidio ver que Andrew estaba sirviéndose una copa–. Cree que vamos de un lado a otro del país robando museos.

–Sería divertido, ¿no?

–¿El qué?

–Solo trataba de aliviar la tensión –dijo levantando la copa–. De un modo u otro.

–Esto no es un juego, Andrew, y no me gusta que la policía me ponga bajo su microscopio.

–Ese hombre no tiene nada que descubrir, salvo la verdad.

–No es el fin lo que me preocupa, sino los medios. Somos objeto de una investigación. Los periodistas se enterarán.

–Miranda –dijo Andrew con una sonrisa afectuosa–. Te estás pareciendo peligrosamente a mamá.

–No tienes por qué insultarme.

–Perdona, pero es la verdad.

–Voy a preparar carne asada –anunció Miranda, encaminándose hacia la cocina.

–¡Carne asada! –El humor de Andrew mejoró espectacularmente–. ¿Con patatas y zanahorias?

–Tú pela las patatas. Ven a hacerme compañía, Andrew. –Lo pedía tanto por sí misma como para alejarlo de la botella–. No quiero estar sola.

–Cómo no. –Su hermano dejó la copa, que de todos modos ya estaba vacía, y le pasó un brazo por los hombros.

La comida ayudó tanto como su preparación. A Miranda le gustaba cocinar; para ella era una ciencia más. Su profesora había sido la señora Patch, complacida al ver que la muchachita mostraba interés por las tareas domésticas. En realidad, lo que atraía a Miranda era la calidez de esa cocina y la compañía. El resto de la casa era tan frío, tan previsible... En la cocina, en cambio, mandaba la señora Patch. Ni siquiera Elizabeth se atrevía a entrometerse. «Probablemente por falta de interés», pensó Miranda mientras se disponía a acostarse. Nunca había visto a su madre preparar una comida; por eso mismo aprender a cocinar le había resultado más atractivo. No quería ser un espejo de Elizabeth.

La cena había sido agradable. Andrew y ella habían conversado, y aunque él se hubiera excedido un poco con el vino, al menos no había estado solo. Fue un rato casi feliz. Acordaron tácitamente no mencionar el Instituto ni el problema de Florencia. Era mucho más tranquilizador discutir sobre música y libros.

Mientras se ponía el pijama, Miranda recordó que siempre habían sabido conversar, discutiendo puntos de vista, pensamientos y esperanzas. Sin Andrew, difícilmente habría logrado sobrevivir indemne a la niñez. Desde que tenía memoria, cada uno era el ancla del otro en un gélido mar.

Lo que lamentaba ahora era no poder darle más apoyo, convencerle de que debía buscar ayuda. Pero cada vez que mencionaba el tema de la bebida él guardaba silencio. Y seguía bebiendo. A ella solo le quedaba observar, permanecer a su lado hasta que cayera por el borde del abismo junto al que mantenía ese frágil equilibrio. Entonces haría lo que fuera para ayudarle a recoger sus pedazos.

Ya en la cama, con las almohadas acomodadas para apoyar la espalda, cogió el libro que estaba leyendo por la noche. Algunos opinarían que releer a Homero no era un pasatiempo relajante, pero a ella le daba resultado. Hacia medianoche tenía la mente llena de batallas griegas y traiciones, pero libre de inquietudes. Marcó la página, dejó el libro a un lado y apagó la luz. Poco después, dormía sin soñar.

Y dormía tan profundamente que no oyó el ruido de la puerta al abrirse y cerrarse. No oyó el chasquido del cerrojo al deslizarse en su lugar ni los pasos que cruzaban la habitación hacia la cama.

Se despertó con un sobresalto. Tenía una mano enguantada cerrándole con fuerza la boca; otra le ceñía firmemente el cuello. Una voz de hombre la amenazó suavemente al oído:

–Podría estrangularte.

Segunda parte

El ladrón

A todos los hombres les gusta adueñarse de las pertenencias ajenas. Es un deseo universal; lo único que cambia es la manera de hacerlo.

Alain René Lesage

11

Quedó petrificada. El puñal. Por un instante horrible habría podido jurar que sentía el pinchazo de una hoja en el cuello, en vez de la presión suave de una mano. Su cuerpo se relajó por el efecto del terror.

Seguramente estaba soñando. Pero percibía el olor del cuero y el hombre; sentía en la garganta la presión que la obligaba a respirar con esfuerzo; la mano que le cubría la boca bloqueaba todo sonido. Percibió un contorno difuminado, la forma de una cabeza, la amplitud de los hombros. Toda esa información llegó a su cerebro aturdido y fue procesada en segundos que parecieron horas.

«Otra vez no –se prometió–. Nunca más.»

En una reacción instintiva, cerró la mano derecha contra el colchón y la levantó en un brusco movimiento. Él debió de leer sus pensamientos, pues cambió de posición a tiempo para eludir el golpe. El puño de Miranda rebotó contra el bíceps sin hacerle daño.

–Quédate quieta y no hagas ruido –siseó él, añadiendo una sacudida convincente–. Por muchas ganas que tenga de hacerte daño, no lo haré. Y como tu hermano ronca en el otro extremo de la casa, es difícil que te oiga si gritas. Además, no gritarás, ¿verdad?

Aflojó suavemente los dedos, con una estremecida caricia del pulgar.

–Eso heriría tu orgullo norteño.

Ella murmuró algo contra la mano enguantada. El hombre la retiró, pero sin soltarle el cuello.

–¿Qué quiere?

–Quiero patearte ese precioso culo desde aquí hasta Chicago. Maldita sea, lo has echado todo a perder.

–No sé de qué me está hablando. –No era fácil dominar la respiración, pero ella se las compuso. Eso también era cuestión de orgullo–. Suélteme. No voy a gritar.

No pensaba hacerlo, porque si Andrew la oía quizá viniera hecho una furia. Y era probable que su atacante estuviera armado. Bueno: esta vez ella también lo estaba. Si lograba abrir el cajón de la mesilla de noche y apoderarse de la pistola.

A modo de respuesta, él se sentó sobre la cama, a su lado; sin dejar de sujetarla, alargó la mano y encendió la lámpara. Ella parpadeó rápidamente ante el raudal de luz. Luego lo miró con los ojos dilatados, boquiabierta.

–¿Ryan?

–¿Cómo pudiste cometer un error tan estúpido, tan poco profesional?

Vestía de negro: tejanos ceñidos, jersey de cuello alto y cazadora de cuero. Su cara era tan llamativamente hermosa como siempre, pero en sus ojos no había ni rastro de la calidez que ella recordaba, sino furia, impaciencia y una inconfundible amenaza.

–Ryan –logró balbucear otra vez–. ¿Qué haces aquí?

–Trato de reparar el desastre que hiciste.

–Comprendo. –Tal vez había sufrido algún tipo de... colapso. Miranda se dijo que era de vital importancia conservar la calma para no alarmarle. Con lentitud, le cogió de la muñeca para apartarle la mano de su cuello. Luego se incorporó, cerrándose el cuello del pijama con instintiva mojigatería–. Ryan... –Se las compuso para esbozar algo así como una sonrisa tranquilizadora–. Estás en mi dormitorio, en plena noche. ¿Cómo has entrado?

–Como entro habitualmente a las casas ajenas. Forcé la cerradura. Deberías cambiarla por otra mejor.

–¿Forzaste la cerradura? –Parpadeó. Volvió a parpadear. Sencillamente, él no parecía encontrarse en medio de una crisis mental, sino ardiendo de cólera apenas reprimida–. ¿Has entrado en mi casa por la fuerza? –La idea se le antojó ridícula.

–En efecto. –Él jugaba con el pelo que caía sobre el hombro de Miranda. Esa cabellera le volvía loco–. A eso me dedico.

–Pero si eres empresario. Un mecenas del arte. Eres... Caramba, no eres Ryan Boldari, ¿verdad?

–Claro que sí. –Por primera vez se encendió esa sonrisa perversa y le llegó a los ojos, confiriéndoles un brillo dorado y divertido–. Así me bautizó mi santa madre, hace treinta y dos años, en Brooklyn. Y hasta que se me ocurrió entrar en tratos contigo, ese nombre significaba algo. –La sonrisa se convirtió en una mueca amenazadora–. Fiabilidad, perfección. Ese maldito bronce era una falsificación.

–¿Qué bronce? –Miranda sintió que la sangre se retiraba gota a gota de su cara–. ¿Cómo sabes lo del bronce?

–Lo sé porque fui yo quien robó esa mierda sin valor. –Ryan inclinó la cabeza hacia un costado–. ¿O estás pensando en el bronce de Florencia, tu otra metida de pata? Ayer me enteré de eso, después de que mi cliente me echase a patadas por llevarle una falsificación. ¡Una falsificación, por Dios! –Demasiado furioso para permanecer sentado, se levantó de un salto y empezó a pasearse por la estancia–. Más de veinte años sin cometer un solo error. Y ahora esto. Y todo, por haber confiado en ti.

–Por haber... –Ella se irguió, apretando los dientes. Cuando la indignación invadía con tanta potencia el torrente sanguíneo, no quedaba espacio para el miedo ni el nerviosismo–. ¡Fuiste tú quien robó algo mío, hijo de puta!

–¿Y qué? Lo que me llevé puede valer cien dólares, quizá, como pisapapeles. –Se acercó un poco más, molesto por el atractivo que encontraba en el fulgor de los ojos de Miranda, en el color furibundo de sus mejillas–. ¿Cuántas otras falsificaciones exhibes en ese museo tuyo?

Ella no pensó: actuó. Saltó de la cama como un proyectil, arrojándose sobre él. Ryan recibió todo el impacto de su cuerpo bien adiestrado en sesiones de gimnasia. Fue su innato afecto por las mujeres lo que le hizo cambiar de posición para impedir que cayese, gesto del que se arrepintió inmediatamente, cuando los dos rodaron por el suelo. Para bien de ambos, se puso encima de ella, inmovilizándola.

–Me robaste. –Ella se debatía, sin ceder un centímetro–. Me utilizaste, hijo de puta. Me cortejaste.

Oh, eso era lo peor. La había halagado románticamente, llevándola al borde de la tentación.

–Eso fue un placer. –Ryan le sujetó las muñecas para que no le golpeara en la cara–. Eres muy atractiva. No me costó el menor esfuerzo.

–No eres más que un vulgar ladrón.

–Si crees que con eso me insultas, estás equivocada. Soy un ladrón excelente. Ahora podemos sentarnos a resolver esto o seguir forcejeando en el suelo. Pero te advierto que incluso con ese pijama horrible, eres una mujer muy atractiva. Tú decides, Miranda.

Ella se quedó muy quieta. Con renuente admiración, él vio que sus ojos pasaban del fuego a la escarcha.

–Quítate de encima. Quítate de una vez.

–De acuerdo.

Ryan se apartó y se puso ágilmente de pie. Ella apartó de una palmada la mano que le ofrecía y se levantó por sí sola.

–Si le has hecho algo a Andrew...

–¿Para qué diablos querría hacerle algo a Andrew? Fuiste tú quien certificó la autenticidad del bronce.

–Y tú quien lo robó. –Miranda cogió la bata que había dejado a los pies de la cama–. Y ahora ¿qué vas a hacer? ¿Matarme y desvalijar la casa?

–Yo no mato. Soy ladrón, no asesino.

–Entonces eres un perfecto estúpido. ¿Qué crees que voy a hacer en cuanto te vayas? –Se puso la bata y añadió–: Voy a coger ese teléfono para llamar al detective Cook. Y le diré quién fue el ladrón del Instituto.

Él se limitó a enganchar los pulgares en los bolsillos de los tejanos. La bata era tan poco atractiva como el pijama. No había ningún motivo para frenar el impulso de quitarle toda aquella ropa.

–Si llamas a la policía, quedarás como una tonta. Primero, porque nadie te creerá. Ni siquiera estoy aquí, Miranda. Estoy en Nueva York –sonrió, ufano y seguro–. Hay varias personas que estarán encantadas de jurarlo.

–Criminales.

–Ese no es modo de hablar de mis amigos y parientes, sobre todo si no los conoces. Segundo –continuó, mientras ella apretaba los dientes–, tendrías que explicar a la policía por qué ese bronce desaparecido estaba asegurado por seis cifras, cuando solo vale unas pocas monedas.

–Mientes. Yo misma autentifiqué esa pieza. Es del siglo XVI.

–Sí, y el bronce de Fiesole fue fundido por Miguel Ángel. –La miró con una sonrisa burlona–. Eso te ha hecho callar, ¿eh? Ahora siéntate para que te diga cómo vamos a manejar esto.

–Quiero que salgas de aquí –ordenó ella, irguiendo la cabeza–. Quiero que salgas inmediatamente de esta casa.

–¿Y si no lo hago...?

Fue un impulso loco, pero por una vez Miranda se dejó llevar por sus instintos. Con un movimiento rápido, abrió el cajón de la mesilla de noche y cogió la pistola. Él cerró los dedos alrededor de su muñeca y, con una maldición, le arrancó el arma. Con la otra mano la empujó de nuevo sobre la cama.

–¿Sabes cuántos accidentes domésticos se producen porque la gente guarda en su casa armas cargadas?

Era más fuerte de lo que ella había calculado.

–Esto no habría sido ningún accidente.

–Podrías herirte tú misma –murmuró Ryan, mientras retiraba diestramente el cargador. Después de guardárselo en el bolsillo, devolvió la pistola al cajón.

Y ahora...

Ella hizo un movimiento para levantarse, pero él le plantó una mano abierta en la cara y la empujó hacia atrás.

–Siéntate, quédate quieta y escucha. Estás en deuda conmigo, Miranda.

–Yo... –balbuceó apenas–. ¿Yo, en deuda contigo?

–Yo tenía un currículum impecable. Cada vez que aceptaba un trabajo, mi cliente quedaba satisfecho. Y este iba a ser el último. No lo puedo creer: llegar al final solo para que una pelirroja enterada arruine mi reputación. Para cumplir con mi contrato, tuve que dar a mi cliente una pieza de mi colección particular y devolverle los honorarios.

–¿Currículum? ¿Cliente? ¿Contrato? –Miranda apenas resistía la tentación de ponerse a gritar–. No eres un coleccionista, por Dios, sino un ladrón.

–Esto no es cuestión de semántica –dijo él con calma, seguro de que era dueño de la situación–. Quiero la pequeña Venus, la de Donatello.

–¿Que quieres qué cosa?

–La pequeña Venus que estaba en la vitrina con el *David* falsificado. Podría entrar de nuevo y llevármela, pero no sería justo. Quiero que la cojas tú y me la des; si es auténtica, daremos el asunto por terminado.

Pese a toda su fuerza de voluntad, Miranda lo miró azorada.

–Estás completamente loco –balbuceó.

–Si no lo haces, me encargaré de que el *David* vuelva al mercado. Cuando la compañía de seguros lo recupere lo hará examinar, como suele hacerse, y entonces se descubrirá tu incompetencia. –Ryan volvió la cabeza y notó, por el gesto ceñudo de Miranda, que ella entendía muy bien–. Eso, sumado a tu reciente fracaso en Florencia, pondrá un final muy poco atractivo a tu carrera. Preferiría ahorrarte la humillación, aunque no sé por qué.

–Ahórrate el favor. No voy a permitir que me extorsiones. No te daré el *donatello* ni nada parecido. El bronce no es una falsificación. Y tú irás a la cárcel.

–No sabes reconocer una equivocación, por lo que veo.

«Estabas muy segura, pero al parecer te equivocaste. ¿Cómo

vas a justificarlo?», recordó Miranda. Se estremeció por un instante.

–Cuando la cometa, lo reconoceré.

–¿Como en Florencia? –contraatacó él; y la vio parpadear–. El mundo del arte empieza a enterarse de esa patochada. El cincuenta por ciento opina que alteraste los análisis; el resto, que eres una inepta.

–No me interesa lo que opinen los demás. –Pero la aseveración sonó débil. Miranda se frotó los brazos para entrar en calor.

–Si me hubiera enterado algunos días antes, no me habría arriesgado a alzarme con algo certificado por ti –dijo él.

–No puedo haberme equivocado. –Miranda cerró los ojos, porque pensarlo era muchísimo peor que reconocer que la habían utilizado para realizar un robo–. No cometo esa clase de equivocaciones. No es posible.

La callada desesperación de su voz hizo que él hundiera las manos en los bolsillos. De pronto la veía frágil, fatigada.

–Todo el mundo se equivoca, Miranda. Es parte de la condición humana.

–En mi profesión, no. –Conteniendo el llanto, Miranda abrió los ojos y los clavó en él–. En mi profesión no cometo errores. Soy demasiado cuidadosa. No saco conclusiones precipitadas. Respeto los procedimientos. Yo... –Se le quebró la voz. Apretó las manos cruzadas contra el seno, tratando de dominar las lágrimas que acudían a sus ojos.

–Bueno, contrólate. No nos pongamos emotivos.

–No voy a llorar. No voy a llorar. –Lo repitió una y otra vez, como si fuera un mantra.

–Qué buena noticia –ironizó él–. Esto es un asunto de negocios, Miranda. –Aquellos grandes ojos azules, húmedos y brillantes le distraían–. Mantengámoslo en ese plano, para bien de ambos –dijo él–. Negocios.

Ella se frotó la boca con el dorso de la mano, aliviada; lo absurdo de esa declaración había interrumpido la marea de lágrimas.

–Muy bien, señor Boldari. Negocios. Usted dice que el bronce es falso. Yo digo que no. Usted dice que no voy a denunciarlo a la policía. Yo digo que sí. ¿Qué piensa hacer al respecto?

Él la estudió por un momento. En su profesión necesitaba evaluar a la gente con celeridad y exactitud. Resultaba fácil ver que ella respaldaría su autentificación y que presentaría la denuncia. La segunda parte no le preocupaba demasiado, pero podía provocar inconvenientes.

–Bueno, vístete.

–¿Para qué?

–Iremos al laboratorio. Puedes repetir los análisis delante de mí.

–Son las dos de la mañana...

–Tanto mejor, nadie nos interrumpirá. Ponte algo, a menos que quieras ir en pijama.

–No puedo analizar lo que no tengo.

–Pero yo sí. –Él señaló con un gesto el bolso de piel que había dejado junto a la puerta–. Lo he traído conmigo para hacértelo tragar. Pero se ha impuesto la razón. Abrígate –sugirió, mientras se instalaba cómodamente en el sillón de la habitación–. La temperatura ha descendido mucho.

–No pienso entrar contigo en el Instituto.

–Eres una mujer lógica. Piensa con lógica. El bronce y tu reputación están en mis manos. Quieres la oportunidad de recuperar el primero y salvar la segunda. Te la estoy ofreciendo. –Le dio un momento para captar la idea–. Te daré tiempo para hacer las pruebas, pero mientras las hagas me tendrás allí, respirándote contra el cuello. Ese es el trato, doctora Jones. Sea inteligente. Acepte.

Ella necesitaba saber, asegurarse, y cuando estuviera segura, lo pondría en manos de la policía en un abrir y cerrar de sus bonitos ojos. Decidió que podía manejarlo. En verdad, su orgullo le exigía que aprovechara la oportunidad.

–No voy a cambiarme de ropa delante de ti.

–Si estuviera pensando en el sexo, doctora Jones, me habría ocupado de eso cuando estábamos en el suelo. Esto es cuestión de negocios –repitió–. Y quiero tenerte a la vista hasta que terminemos.

–Te aborrezco.

Lo dijo con tanto odio que él no encontró motivos para dudar de su palabra, pero sonrió para sus adentros al ver que ella se encerraba en el cuarto ropero y empezaba a mover perchas.

Era científica, una mujer educada, de impecable preparación y fama impoluta, autora de estudios publicados en diez o doce revistas importantes, especializadas en ciencia y arte. *Newsweek* le había dedicado una reseña. Solía dar conferencias en Harvard y había estado tres meses en Oxford, como profesora invitada. No era posible que estuviera viajando con un ladrón por la helada noche de Maine, con intenciones de entrar en su propio laboratorio para realizar pruebas clandestinas sobre un bronce robado.

Clavó los frenos y desvió el coche hacia el arcén.

–No puedo hacer esto. Es ridículo, e ilegal, además. Voy a llamar a la policía.

–Perfecto. –Ryan se limitó a encogerse de hombros, mientras ella echaba mano del teléfono móvil–. Hazlo, querida. Y luego explícales qué haces con un trozo de metal inútil que intentaste hacer pasar por obra de arte. Y luego podrás explicar a la compañía de seguros por qué pretendías hacerte pagar quinientos mil dólares por una falsificación. Personalmente autentificada por ti.

–No es una falsificación –dijo ella entre dientes, pero no marcó el número de la policía.

–Demuéstralo. –La sonrisa de Ryan relumbró en la oscuridad–. Ante mí, doctora Jones, y ante ti misma. Si lo haces... negociaremos.

–Y una mierda. Irás a la cárcel. –Miranda se volvió hacia él–. Me ocuparé de eso.

–Comencemos por el principio. –Él estiró la mano, divertido, y le dio un pellizco amistoso en la barbilla–. Llama a Seguridad. Di que vas con tu hermano para trabajar en el laboratorio.

–No quiero involucrar a Andrew.

–Andrew ya está involucrado. Haz esa llamada. Inventa la excusa que quieras. Como no podías dormir, decidiste trabajar un rato aprovechando la tranquilidad. Vamos, Miranda; ¿no quieres saber la verdad?

–Yo sé la verdad. Tú no la reconocerías aunque la tuvieses delante de los ojos.

–Cuando te irritas pierdes un poco esos aires de alta sociedad. –Ryan se inclinó para darle un beso leve, antes de que ella pudiera empujarlo hacia atrás–. Me gusta.

–No me pongas la mano encima.

–Eso no era la mano. –La cogió por los hombros–. Esta sí. Haz esa llamada.

Miranda lo apartó de un codazo y marcó el número. Las cámaras estarían encendidas. Él no podría hacerse pasar por Andrew, de modo que todo terminaría antes de empezar. Si el jefe de Seguridad tenía dos dedos de frente, llamaría a la policía. Y en cuanto ella contara su parte, Ryan Boldari iría al calabozo, debidamente esposado, y desaparecería de su vida para siempre.

–Habla la doctora Miranda Jones. –Apartó la mano que le daba palmaditas aprobatorias en la rodilla–. Voy hacia allí con mi hermano. Para trabajar, sí. Con la confusión de estos últimos días, tengo trabajo atrasado. Llegaremos en diez minutos, más o menos. Utilizaremos la puerta principal. Gracias. –Desconectó con un bufido. Ahora lo tenía atrapado. Y él mismo había echado la llave–. Me están esperando –dijo–. Cuando llegue desconectarán la alarma.

–Perfecto. –Ryan estiró las piernas, mientras ella volvía a la carretera–. Lo hago por ti, ¿sabes?

–No sé cómo agradecértelo.

–No es necesario que lo hagas. –Él sonrió al oírla gruñir–. De veras. Me gustas, a pesar de todos los problemas que me has causado.

–Caramba, me halagas.

–¿Lo ves? Tienes distinción... por no mencionar una boca que implora ser besada por largas horas en la oscuridad. La verdad es que lamentaba no haber tenido más tiempo para esa boca tuya.

Miranda tensó las manos sobre el volante. Lo que le impedía respirar era la furia. No estaba dispuesta a reconocer otra cosa.

–Ya tendrás más tiempo, Ryan –dijo dulcemente–. Antes de que esto termine, esta boca mía te habrá masticado y escupido.

–Será un placer. Esta es una región muy bonita. –El comentario fue coloquial, mientras ella tomaba por la carretera de la costa hacia la ciudad–. Ventosa, espectacular y solitaria, pero con la cultura y la civilización a un paso. Casa bien contigo. La mansión es herencia de tu familia, supongo.

Miranda no respondió. No quería aumentar la ridiculez de sus propios actos añadiéndoles una conversación con él.

–Es envidiable –continuó Ryan, sin ofenderse–. Hablo de la herencia y el dinero, por supuesto. Pero además del privilegio, está el apellido, ¿no? Los Jones de Maine. Apesta a alcurnia.

–A diferencia de los Boldari de Brooklyn –murmuró ella.

Él se echó a reír.

–Oh, apestamos a otras cosas. Mi familia te gustaría. A todos les gusta. Lo que me pregunto es qué pensarían ellos de ti, doctora Jones.

–Puede que nos conozcamos cuando te juzguen por ladrón.

–Sigues decidida a entregarme a la justicia. –El perfil de Miranda le gustaba casi tanto como las sombras de rocas melladas y los breves vislumbres de mar oscuro–. Hace veinte años que estoy metido en esto, querida. No tengo intenciones de dar un mal paso en vísperas de mi retiro.

–Genio y figura, hasta la sepultura.

–Oh, en el fondo estoy de acuerdo contigo. Pero en los hechos... –replicó–. Una vez que haya limpiado mi buen nombre, se acabó. Si no hubieras arruinado las cosas, a estas horas estaría en St. Bart, disfrutando de unas merecidas vacaciones.

–Qué historia más triste...

–Bueno, sí –Él volvió a encogerse de hombros–. Todavía puedo salvar algunos días. –Después de desabrocharse el cinturón de seguridad, se volvió hacia el asiento trasero, donde había dejado su bolsa.

–¿Qué haces?

–Ya llegamos. –Ryan sacó una gorra y se cubrió la cabeza con ella. Luego se puso al cuello una larga bufanda de cachemira que ocultaba la parte inferior de su cara–. Si tratas de avisar a los guardas –dijo, bajando la visera para evaluar el resultado en el espejo–, no volverás a ver ese bronce. Ni tampoco a mí. Si juegas limpio y vas al laboratorio, como lo haces normalmente, todo irá bien. Andrew es un poco más alto que yo –añadió, mientras desenrollaba un largo abrigo negro–. No importa. Verán lo que esperan ver. Siempre es así.

Mientras giraba hacia el aparcamiento, Miranda debió admitir que él tenía razón. Con esa ropa de abrigo era alguien tan anónimo que nadie lo miraría dos veces. Más aún: cuando bajaron del coche y echaron a andar hacia la entrada principal, ella misma habría podido confundirlo con Andrew. El lenguaje corporal, la forma de caminar, la leve curvatura de los hombros, eran perfectos.

Metió la tarjeta en el lector con un gesto irritado. Después de una pausa marcó su código. Se imaginó haciendo muecas a la cámara, saltando a la espalda de Ryan, dándole puñetazos en esa cara ufana, mientras los guardias acudían a la carrera. Pero esperó a que se abriera la cerradura, dándose golpecitos en la palma de la mano con la tarjeta.

Ryan empujó las puertas, apoyándole fraternalmente una mano en el hombro. Entró con la cabeza gacha, murmurándole:

–No vayas a cometer un error, doctora Jones. No conviene que haya problemas. Ni publicidad.

–Lo que quiero es el bronce.

–Y estás a punto de recuperarlo. Al menos por un rato.

Sin soltarle el hombro, la guió por los corredores y escaleras hasta el laboratorio. Una vez más, ella utilizó la tarjeta para abrir la puerta.

–No saldrás de aquí llevándote algo mío.

Él encendió las luces.

–Haz tus análisis, en vez de seguir perdiendo el tiempo –sugirió, mientras se quitaba el abrigo. Se dejó los guantes puestos para sacar el bronce y entregárselo–. Tengo algunos conocimientos sobre autentificación, y estaré observándote atentamente.

Era uno de los mayores riesgos de su larga carrera: ir allí con ella. Se había metido en las fauces del león y ni siquiera tenía un motivo racional para ello.

Ella sacó de un cajón un par de gafas de montura metálica y se las puso. Ryan se dijo que en eso no se había equivocado: era tan sensual como erudita. Pero hizo a un lado el pensamiento. Se estaba jugando su reputación y su orgullo, que eran una misma cosa. Ese último trabajo, que habría debido ser fácil y pulcro, le estaba costando muchas tribulaciones y dinero. Debería haberla amenazado, compensar las pérdidas y desaparecer. Esa había sido su intención, pero no pudo resistir la tentación de probar la superioridad de su inteligencia. No dudaba que ella alteraría las pruebas, tratando de convencerlo de que el bronce era auténtico. Y eso le costaría caro.

El *cellini* sería un pago justo por mostrarse indulgente. Mientras la observaba trabajar, con las manos en los bolsillos, decidió que el Instituto haría una generosa donación a la Galería Boldari. Eso la mataría.

Ella enderezó la espalda, apartando del microscopio el entrecejo fruncido. El nudo que sentía en el estómago ya no tenía nada que ver con la cólera ni con una irritada excitación. Sin decir palabra, tomó algunas notas con mano firme. Luego cogió otra muestra de pátina y metal, que puso en una platina para examinarla. Ya pálida y demudada, puso el bronce en una balanza y anotó algo en su cuaderno.

–Tengo que analizar el nivel de corrosión y tomar radiografías para comprobar el trabajo de las herramientas.

–Perfecto. Vamos. –Él cruzó el laboratorio tras ella, imaginando ya dónde exhibiría el *cellini*. La pequeña Venus de bronce sería para su colección privada, pero el *cellini* debía estar en la galería, ante el público; añadiría prestigio a su empresa.

Sacó del bolsillo un cigarro y buscó el encendedor.

–Aquí no se fuma –le espetó ella.

Ryan se limitó a encenderlo.

–Llama a la policía –sugirió–. ¿Quieres un café?

–Déjame en paz. Y estate quieto.

El nudo en su estómago parecía más grande y se extendía como ácido con el correr de los minutos. Siguió los procedimientos al pie de la letra. Pero ya estaba segura.

Calentó la arcilla y esperó, rezando por ver el destello de los cristales. Tuvo que morderse el labio inferior para contener el grito. No quería darle esa satisfacción. Pero la radiografía confirmó su intuición; sintió los dedos helados.

–¿Y bien? –preguntó él, con una ceja arqueada, esperando la mentira.

–Este bronce es una falsificación. –De pronto sintió que las piernas no la sostenían, y se sentó en el banco, sin ver el destello de sorpresa en los ojos de Ryan–. De acuerdo con las pruebas preliminares, la fórmula es correcta, pero la pátina ha sido agregada recientemente; los niveles de corrosión no coinciden con los de un bronce del siglo XVI. El trabajo de herramienta no corresponde. Está bien hecho –añadió, apretándose el estómago revuelto con una mano–, pero no es auténtico.

–Bueno, bueno, doctora Jones –murmuró él–. Qué sorpresa.

–Este no es el bronce que yo autentifiqué hace tres años.

Él se meció sobre los talones, con los pulgares enganchados en los bolsillos.

–Cometiste un error, Miranda. Tendrás que reconocerlo.

–No es el mismo bronce –repitió ella. Y apartó el banco, con la espalda muy recta–. No sé qué pretendías demostrar trayéndome esta falsificación, obligándome a esta comedia ridícula...

–Ese es el bronce que me llevé de la galería –aclaró él, sin alterarse–, y lo hice confiando en tu reputación. Así que dejémonos de tonterías y cerremos un trato.

–No haré ningún trato contigo. –Miranda levantó bruscamente el bronce para empujarlo hacia él–. Entras en mi casa por la fuerza y luego tratas de atribuirme esta falsificación para que te dé otra obra. Estás loco.

–Robé este bronce de buena fe.

–Oh, por Dios. Voy a llamar a Seguridad.

Ryan la sujetó por un brazo y la empujó con fuerza contra la mesa de trabajo.

–Escucha, querida: me metí en este juego a pesar de lo que me decía el buen criterio. Ahora está hecho. Es posible que no intentaras engañar a nadie con una falsificación, que sea cierto que te equivocaste, pero...

–No me equivoqué. Yo no cometo errores.

–¿Te dice algo el nombre de Fiesole?

El rubor producido por la furia se apagó en sus mejillas. Los ojos se le velaron. Por un instante él temió que se le deslizara entre las manos como agua. Si esa expresión de contrariedad era fingida, la había subestimado.

–Yo no cometí ningún error –repitió ella, con voz trémula–. Puedo demostrarlo. Tengo los registros, mis notas, las radiografías y los resultados de los análisis hechos sobre el bronce original.

Afectado por su vulnerabilidad, él la soltó. Meneando la cabeza, la siguió a una habitación llena de archivadores.

–El peso no corresponde –musitó ella, mientras luchaba con las llaves para abrir un cajón–. La muestra que tomé no... Pero el peso... Me di cuenta de que no era en cuanto lo levanté. Era demasiado pesado, pero... ¿dónde diablos está esa carpeta?

–Miranda...

–Era demasiado pesado, y la pátina se aproxima, pero no corresponde. No corresponde. Aunque pasaras por alto eso, no podrías equivocarte con los niveles de corrosión. Eso es inconfundible. –Cerró violentamente el cajón para abrir otro. Y otro–. No está aquí. La carpeta no está. Ha desaparecido. –Cerró los cajones, tratando de recobrar la calma–. Las fotos, las notas, los informes, falta todo lo que corresponde al *David* de bronce. Te lo llevaste tú.

–¿Para qué? –inquirió él, demasiado paciente, en su opinión–. Mira: si pude entrar aquí y llevarme una falsificación, podría haberme llevado lo que se me antojara. ¿Para qué enredarme en esto, Miranda?

–Tengo que pensar. Cállate. Tengo que pensar.

Ella empezó a pasearse, con las manos apretadas contra la boca. «La lógica. Usa la lógica –se dijo–. Cíñete a los hechos.»

Él había robado el bronce y el bronce era falso. ¿Por qué iba a robar una falsificación para luego traerla de regreso? No tenía sentido, ningún sentido. Si el bronce hubiera sido auténtico, ¿para qué regresar? Por lo tanto, lo que él decía era cierto, por absurdo que pareciera.

Ella había hecho los análisis y estaban de acuerdo con sus conclusiones. ¿Habría cometido un error? Oh, Dios, ¿era posible que se hubiera equivocado?

No. Nada de emociones. Solamente lógica. Se obligó a detener sus movimientos erráticos, a permanecer perfectamente inmóvil. La lógica, debidamente aplicada, era asombrosamente simple.

–Alguien se te adelantó –dijo en tono sereno– y reemplazó la pieza por una falsificación. –Se volvió hacia él. Por su expresión reflexiva era obvio que Ryan estaba llegando a la misma conclusión.

–En ese caso –repuso él–, parece que nos han jodido a los dos. –Inclinó la cabeza para estudiar a Miranda–. ¿Vamos a dejar las cosas así?

12

Cuando Miranda se encontró sentada en un bar de camioneros junto a la carretera número uno, a las seis de la mañana, decidió aceptar que era el día de las conductas anormales. La camarera les trajo una cafetera llena, dos tazas y un par de menús.

–¿Qué estamos haciendo aquí?

Ryan se sirvió café, bebió un sorbo y suspiró.

–Esto sí que es café.

–Boldari, ¿quieres decirme qué hacemos aquí?

–Desayunar. –Él se echó hacia atrás para estudiar el menú. Miranda aspiró hondo.

–Son las seis de la mañana. He pasado una noche difícil y estoy cansada. Tengo mucho en que pensar, y no tengo tiempo para sentarme en un bar de camioneros a intercambiar frases ingeniosas con un ladrón.

–Hasta ahora no has dicho nada muy ingenioso. Claro que, como afirmas, has pasado una noche difícil. ¿Habrá algún conocido tuyo por aquí?

–Por supuesto que no.

–Exactamente. Tenemos que comer. Y tenemos que hablar. –Ryan dirigió una sonrisa a la camarera, que se acercó de inmediato–. Tráigame unas rosquillas y huevos revueltos con beicon, por favor.

–De acuerdo, jefe. ¿Y tú, cariño?

–Yo... –Resignada, miró hacia el menú, buscando algo que no fuera letal–. Solo... eh... unos copos de avena con leche. ¿Tienen leche desnatada?

–Voy a ver.

–Muy bien, analicemos la situación –continuó Ryan mientras la camarera se marchaba–. Hace tres años recibisteis una pequeña figura de bronce que representaba a David. Según mis investigaciones, la encontró tu padre en el transcurso de una excavación a las afueras de Roma.

–Tus investigaciones son correctas. La mayoría de los hallazgos fueron donados al Museo Nacional de Roma, pero él trajo el *David* al Instituto. Para su estudio, autentificación y exhibición.

–Y tú te encargaste de estudiarla y autentificarla.

–Sí.

–¿Quién trabajó contigo?

–Sin mis notas no puedo estar segura.

–Haz memoria.

–Fue hace tres años. –Bebió un poco de café para despejarse. Sabía a rayos–. Andrew, por supuesto. Esa pieza le gustaba mucho. Le atraía. Creo que hizo unos bocetos de ella. Mi padre venía al laboratorio con frecuencia para comprobar cómo seguían las pruebas. Estaba muy complacido con los resultados. Y John Carter –añadió, frotándose el centro de la frente, que le dolía–. Es el jefe de laboratorio.

–Así que tenía acceso a la estatuilla. ¿Quién más tenía acceso?

–Casi todos los que trabajaban en el laboratorio durante ese período. No era un proyecto prioritario.

–¿Cuántos trabajan en el laboratorio?

–Entre doce y quince personas. Depende.

–¿Todos tienen acceso a los archivos?

–No. –Ella hizo una pausa, mientras les servían el desayuno–. No todos los asistentes y técnicos tienen llave.

–Las llaves no son lo que la gente piensa, Miranda, créeme. –Ryan sonrió y volvió a llenar las tazas–. Supongamos que todos los del laboratorio tuvieran acceso a los archivos. Tienes que pedir una lista al departamento de personal.

–¿De veras?

–¿Quieres recuperar la pieza? Tienes un período de tres años –explicó Ryan–. Desde el momento en que autentificaste la pieza hasta que yo te liberé de la falsificación. Quien la haya cambiado debió de tener acceso al original para realizar la copia. La manera más simple e inteligente de hacerlo sería realizar un molde de silicona y, sobre eso, una reproducción en cera.

–Veo que sabes muchísimo de falsificaciones –comentó ella, en tono de sorna.

–Solo lo que se necesita en mi profesión... en mis profesiones. Para hacer el molde hay que contar con el original –continuó, tan poco ofendido que ella se preguntó para qué se molestaba en azuzarlo–. Lo más eficiente sería hacerlo antes de que el bronce abandonara el laboratorio. Una vez que estuviera en exhibición habría que burlar las medidas de seguridad... y las vuestras son bastante buenas.

–Muchas gracias. Esta leche no es desnatada –se quejó ella, mirando con disgusto la jarrita que la camarera había traído con la avena.

–El peligro es la sal de la vida –la animó él, echando sal a sus huevos–. Te diré cómo veo las cosas. Alguien que trabajaba por entonces en el laboratorio vio hacia dónde llevaban tus pruebas. Es una pieza bonita, por la que algún coleccionista pagaría un buen precio. Esta persona, que quizás está endeudada o enfadada contigo o con tu familia, decide probar suerte. Una noche prepara el molde. El procedimiento no es complicado y ya está en un laboratorio. Nada más fácil. Si no sabe cómo fundirlo, tiene un conocido capaz de hacerlo. Más aún: sabe cómo hacer que el bronce parezca tener una antigüedad de varios siglos, al menos en un análisis superficial. Hecho el trabajo, cambia las piezas, probablemente cuando están a punto de exhibirla. Y nadie se percata de ello.

–No pudo ser algo impulsivo. Todo eso requiere tiempo y planificación.

–No he dicho que fuera por impulso. Pero tampoco pudo tardar mucho en hacerlo. ¿Cuánto tiempo estuvo el bronce en el laboratorio?

–No estoy segura. Dos o tres semanas.

–Más que suficiente. –Ryan se llevó un trozo de beicon a la boca–. Yo en tu lugar analizaría algunas otras piezas.

–¿Otras piezas? –El impacto fue tan fuerte que Miranda se preguntó cómo no se le había ocurrido–. Oh, Dios mío.

–Lo hizo una vez y le fue bien. ¿Por qué no repetirlo? No te aflijas tanto, querida. Voy a ayudarte.

–A ayudarme... –Ella se restregó los ojos, irritados–. ¿Por qué?

–Porque quiero ese bronce. ¿Olvidas que se lo prometí a mi cliente?

Miranda dejó caer las manos.

–Y vas a ayudarme a recuperarlo para poder robarlo otra vez.

–Debo proteger mis intereses. Termina tu desayuno. Tenemos que trabajar. –Ryan levantó su taza de café con una gran sonrisa–. Socia.

«Socia.» La palabra le provocó a Miranda un escalofrío. Quizás estaba demasiado cansada para pensar con claridad, pero en ese momento no veía la manera de recuperar lo que le pertenecía sin la ayuda de Ryan.

Mientras abría la puerta de su casa recordó que él la había utilizado. Ahora sería a la inversa. Después de utilizarlo, ella se encargaría de que pasara los siguientes veinte años entre rejas.

–¿Esperas a alguien? ¿La asistenta, el lampista o algo así?

–No. Los de la empresa de limpieza vienen los martes y viernes.

–¡Empresa de limpieza! –Ryan se quitó la cazadora–. Las empresas de limpieza no te preparan guisos caseros ni te dan consejos sabios. Lo que necesitas es un ama de llaves que se llame Mabel, con delantal blanco y zapatos cómodos.

–La empresa de limpieza es eficiente y no se entromete en tus asuntos.

–Peor para ti. A estas horas, Andrew ya se habrá ido a trabajar. –Su reloj marcaba las ocho y cuarto–. ¿A qué hora llega tu secretaria?

–A las nueve; por lo general, un poco antes.

–Llámala. ¿Tienes su número particular?

–Sí, pero...

–Llámala. Dile que hoy no irás a trabajar.

–¡Cómo que no iré! ¡Tengo compromisos!

–Ella puede cancelarlos. –Ryan entró en la sala y acomodó la leña para encender el fuego, muy a sus anchas–. Dile que pida a la oficina de personal la lista de los que trabajaron en el laboratorio en los tres últimos años. Es la mejor manera de empezar. Que te la envíe aquí por correo electrónico.

En pocos segundos el fuego estaba crepitando en la chimenea. Ella, sin decir nada, lo vio escoger dos leños y ponerlos sobre las llamas. Cuando él se incorporó, la sonrisa de Miranda era tan cortante y fría como una espada.

–¿Puedo serte útil en algo más?

–Tendrás que aprender a aceptar mejor las órdenes, querida. Alguien tiene que mandar.

–Y ese eres tú.

–En efecto. –Él se acercó para cogerla por los hombros–. Tratándose de robos, sé mucho más que tú.

–La gente normal no diría que ese es un atributo de liderazgo.

–La gente normal no está tratando de atrapar a un ladrón. –Él bajó la vista hasta su boca.

–Ni siquiera lo pienses.

–Nunca censuro mis pensamientos. Eso provoca úlceras. Si fueras un poco más amable podríamos disfrutar de esta... asociación.

–¿Más amable?

–Menos terca. –La atrajo hacia sí–. En ciertos aspectos –añadió.

Ella dejó que su cuerpo chocara levemente contra el de él.

–¿Por ejemplo?

–Bueno, para empezar... –Ryan bajó la cabeza, aspirando su aroma, anticipando su sabor. Y soltó el aliento en un doloroso bufido, con el puño de Miranda clavado en el estómago.

–Te dije que no me pusieras la mano encima.

–Es verdad. –Ryan se frotó el vientre. Un poco más abajo y ese golpe habría acabado con su masculinidad–. Tiene buenos puños, doctora Jones.

–Agradezca que me contuve, Boldari. –No era cierto. En absoluto–. De lo contrario estaría a cuatro patas, tratando de respirar. Espero que este punto haya quedado bien claro.

–Perfectamente. Haz esa llamada, Miranda. Y empecemos a trabajar.

Ella hizo lo que se le indicaba porque tenía sentido. La única manera de avanzar era empezar. Y para empezar se necesitaba un punto de partida.

A las nueve y media estaba en el despacho de su casa, pidiendo datos a su ordenador. La habitación era tan pulcra y ordenada como su despacho en el Instituto, aunque algo más cálida. Ryan había encendido el fuego allí también, aunque a ella no le parecía que hiciera tanto frío. Las llamas crepitaban alegremente en el hogar de piedra. El sol de los últimos días invernales refulgía entre las cortinas abiertas.

Se sentaron ante el escritorio, cadera contra cadera, a estudiar los nombres.

–Se diría que hubo una gran renovación de personal, hace unos dieciocho meses –señaló él.

–Sí. Mi madre reorganizó el laboratorio de Florencia. Varios miembros del personal fueron trasladados allá o vinieron al Instituto.

–Me sorprende que tú no aprovechases la ocasión.

–¿De qué?

–De trasladarte a Florencia.

Ella preparó el archivo para imprimir. Si tenía una copia impresa no tendría que sentarse junto a él.

–No había posibilidades. Andrew y yo estábamos a cargo del Instituto. Mi madre se encarga de Standjo.

–Comprendo. –Y realmente Ryan creía comprender–. ¿Hay fricciones entre tú y tu madre?

–Mis relaciones familiares no son asunto tuyo.
–Fuertes fricciones, diría yo. ¿Y con tu padre?
–¿Cómo dices?
–¿Eres la niñita de papá?
Ella no pudo contener la risa. Luego se levantó para retirar la copia impresa.
–Nunca he sido la niñita de nadie.
–Qué pena –dijo él. Y era sincero.
–Mi familia no tiene nada que ver con esto.
Miranda se sentó en el sofá morado, tratando de concentrarse en los nombres que se borroneaban frente a sus ojos cansados.
–No estés tan segura. El Instituto es una empresa familiar. Alguien pudo llevarse el bronce para vengarse de los Jones.
–Se nota que eres italiano –comentó ella ásperamente.
Eso le hizo sonreír.
–Los irlandeses son igualmente vengativos, querida. Háblame de la gente que compone esa lista.
–John Carter. Jefe de laboratorio. Cursó su doctorado en Duke. Trabaja en el Instituto desde hace dieciséis años. Se interesa, sobre todo, en el arte oriental.
–No, ve a lo personal. ¿Está casado? ¿Paga pensión a alguna ex? ¿Juega, bebe durante el almuerzo, se viste de mujer los sábados por la noche?
–No seas ridículo. –Miranda trataba de mantenerse erguida, pero acabó por recoger las piernas para acurrucarse–. Está casado, sin divorcios anteriores. Tiene dos hijos. Creo que el mayor acaba de ingresar en la universidad.
–Cuesta mucho dinero educar a los hijos, pagarles la universidad... –Ryan buscó sus ingresos anuales–. Tiene un sueldo decente, pero no todos se conforman con vivir decentemente.
–Su esposa es abogada. Probablemente gane más que él. No tienen problemas de dinero.
–Siempre hay problemas de dinero. ¿Qué coche tiene?
–Lo ignoro.
–¿Cómo viste?
Miranda iba a suspirar, pero creyó entender adónde apuntaba Ryan.
–Chaquetas viejas y corbatas anodinas –repuso, cerrando los ojos para visualizar a su jefe de laboratorio–. Nada del otro mundo... aunque su esposa le regaló un Rolex cuando cumplieron veinte años de casados. –Sofocando un bostezo, se acurrucó un poco

más en los cojines–. Usa todos los días los mismos zapatos. Mocasines. Cuando están por deshacerse compra otro par.

–Ve a dormir un poco, Miranda.

–Estoy bien. ¿Quién sigue? –Se obligó a abrir los ojos–. Ah, Elise. La ex esposa de mi hermano.

–¿Fue un divorcio difícil?

–No creo que los haya fáciles, pero ella fue muy considerada. Era la secretaria de John, pero la trasladaron a Florencia. Ahora es la jefa de laboratorio de mi madre. Ella y Andrew se conocieron en el Instituto. En realidad, los presenté yo. Se casaron seis meses después. –Miranda bostezó otra vez, sin molestarse en disimular.

–¿Cuánto duró?

–Un par de años. Parecían felices, pero después las cosas empezaron a torcerse.

–¿Qué quería ella? ¿Ropa exclusiva, vacaciones en Europa, una casa lujosa?

–Quería que él le prestara atención –murmuró Miranda, inclinando la cabeza–. Que se mantuviera sobrio y se concentrara en el matrimonio. Es la maldición de los Jones. No podemos. Estamos incapacitados para las relaciones amorosas. Tengo que descansar un instante.

–Claro, está bien.

Ryan continuó estudiando la lista. Por el momento solo eran nombres en una página, pero llegarían a ser mucho más. Él se encargaría de averiguar los detalles íntimos, los saldos de sus cuentas bancarias, sus vicios, sus costumbres. Y a esa lista añadió tres nombres: Andrew Jones, Charles Jones y Elizabeth Standford-Jones.

Se acercó a Miranda para quitarle suavemente las gafas y las dejó en la mesa, a su lado. No dormía como una jovencita inocente, sino como mujer exhausta. Sin hacer ruido, retiró la manta del respaldo para cubrirla con ella. La dejaría dormir una hora o dos para que se recuperara. Ella poseía todas las respuestas, sin duda. Era el eslabón.

Mientras Miranda dormía, él hizo una llamada a Nueva York. ¿De qué servía tener como hermano a un genio de la informática si uno no lo aprovechaba de vez en cuando?

–¿Patrick? Habla Ryan.

Se echó hacia atrás en la silla, observando a Miranda.

–Tengo aquí varias cosas pendientes y un trabajito de piratería informática. ¿Te interesa?

Se echó a reír.

–Sí, pagaré por ello.

Sonaban las campanas de las iglesias. Su música resonaba por encima de los tejados rojos y más allá, en las colinas distantes. El aire era tibio; el cielo, tan azul como el interior de un deseo. Pero en el húmedo sótano de la villa, las sombras eran densas.

Se estremeció por un instante al desprender el peldaño de la escalera. Estaba allí; ella sabía que estaba allí. Esperándola.

La madera se astilló ante sus golpes. Deprisa, deprisa. Ya le silbaba el aliento en los pulmones y el sudor le chorreaba por la espalda. Y le temblaban las manos al estirarse hacia ella, sacarla de la oscuridad, recorrer sus facciones con la luz de la linterna.

Brazos levantados, pechos generosos, una cabellera seductora. El bronce estaba lustroso, sin la pátina de la vejez. Al pasar los dedos por su superficie podía sentirse el frío del metal.

Entonces se oyó un sonido de arpas y la risa cristalina de una mujer. Los ojos de la estatua cobraron vida y lustre; la boca del bronce sonrió, pronunciando su nombre.

Miranda.

Despertó con un sobresalto, el corazón lanzado al galope. Por un momento habría podido jurar que olía a perfume: a flores, intenso. Y que oía el leve eco de las cuerdas de un arpa. Pero era el timbre de la puerta principal lo que sonaba, repetidamente y con alguna impaciencia. Trémula, Miranda apartó la manta y salió corriendo de la habitación.

Ya era una sorpresa ver a Ryan ante la puerta, abierta de par en par. Pero lo que le detuvo el corazón fue ver a su padre de pie en el umbral.

–Papá –dijo intentando sacudirse el sueño–. Hola. No sabía que estuvieras en Maine.

–Acabo de llegar.

Era un hombre alto, esbelto, bronceado por el sol. Su cabello, abundante y espeso, brillaba como acero pulido, haciendo juego con la barba y el bigote bien recortados; casaban bien con el rostro estrecho. Los ojos, tan azules como los de su hija, estudiaron a Ryan a través de las gafas de montura metálica.

–Veo que tienes visita. Espero no molestar.

Ryan, evaluando rápidamente la situación, le alargó la mano.

–Es un placer, doctor Jones. Rodney J. Pettebone. Soy colega de su hija... y amigo, espero. Acabo de llegar de Londres –añadió, haciéndose a un lado para que Charles entrara.

Luego echó un vistazo hacia la escalera. Miranda seguía de pie allí, mirándolo fijamente.

–Miranda ha tenido la amabilidad de brindarme un poco de su tiempo durante mi estancia aquí. Miranda, querida...Y alargó una mano, con una ridícula sonrisa de adoración. Ella no habría podido decir qué la desconcertaba más: si esa sonrisa de cachorrito o el acento británico de clase alta que brotaba de su lengua como si hubiera nacido en la familia real.

–¿Pettebone? –Charles frunció el entrecejo, mientras Miranda permanecía rígida e inmóvil como uno de sus bronces–. El hijo de Roger.

–No. Es mi tío.

–¿Tío? Ignoraba que Roger tuviera hermanos.

–Un medio hermano: Clarence, mi padre. ¿Me permite su abrigo, doctor Jones?

–Sí, gracias. Vengo del Instituto, Miranda. Me han dicho que hoy no te encontrabas bien.

–Estaba... Un dolor de cabeza. Nada...

–Nos han pillado, querida. –Ryan subió la escalera para tomarle la mano y se la estrechó con fuerza–. No dudo que tu padre comprenderá.

–No –replicó ella sin vacilar–, no lo hará.

–La culpa es mía, doctor Jones. Solo voy a pasar unos pocos días en el país. –Depositó un beso amoroso sobre los dedos de la joven–. Perdonará usted que haya persuadido a su hija de que se tomara el día libre. Me está ayudando en una investigación sobre el arte flamenco del siglo XVII. Sin ella, no iría a ninguna parte.

–Comprendo. –Los ojos de Charles reflejaban desaprobación–. Me temo que...

–Estaba por preparar té –lo interrumpió ella. Necesitaba unos minutos para poner orden en sus pensamientos–. Si nos disculpas, papá... ¿Por qué no esperas en la sala? Enseguida me reuniré contigo. Rodney, ¿me echas una mano?

–Por supuesto. –Ryan sonrió mientras ella, a su vez, le apretaba la mano.

–¿Has perdido la cabeza? –susurró Miranda tras cerrar la puerta de la cocina–. ¿Rodney J. Pettebone? ¿Quién diablos es ese?

–Por el momento, yo. Es que no estoy aquí, ¿recuerdas? –Y le pellizcó el mentón.

–Diste a mi padre la impresión de que estábamos haciendo novillos. ¡Por Dios! –Se acercó al fregadero con la tetera–. Y por añadidura, de que hemos pasado el día jugando a la gallinita ciega.

–La gallinita ciega. –No pudo resistirlo: le echó los brazos a la espalda para estrecharla. Ni siquiera le molestó que ella le clavara un codo en las costillas–. Eres encantadora, Miranda.

–No lo soy. Y no me hace feliz esta mentira ridícula.

–Claro, debería haberle dicho que yo era el que robé el bronce. Así podríamos explicarle que es una falsificación y que ahora el Instituto está metido hasta el cuello en un fraude a la compañía de seguros. No sé por qué, pero se me ocurre que le resultaría más creíble pensar que estás jugando a la gallina ciega con un británico imbécil.

Ella puso la tetera sobre el hornillo de la cocina con los dientes apretados.

–¿Y por qué un británico imbécil?

–No sé. Me pareció que podía ser tu tipo –respondió él con una sonrisa simpática mientras ella le lanzaba una mirada fulminante por encima del hombro–. El hecho es que tu padre está aquí, Miranda; ha pasado por el Instituto y, obviamente, quiere algunas respuestas. Tendrás que idear alguna para darle.

–¿Crees que no lo sé? ¿Tan estúpida te parezco?

–En absoluto, pero yo diría que eres una persona sincera por naturaleza. Mentir requiere habilidad. Lo que debes hacer es decirle todo lo que sabes hasta el momento en que me presenté en tu casa, esta mañana.

–Eso se me habría ocurrido a mí sola, Rodney. –Solo con pensar en mentir sentía un nudo en el estómago.

–Has dormido menos de tres horas. Estás aturdida. ¿Dónde guardas las tazas? –preguntó él, abriendo un armario.

–No, no uses las de diario. –Miranda hizo un ademán distraído–. Pon las de porcelana que están en el aparador del comedor.

Él enarcó las cejas. La vajilla de porcelana no era para la familia, sino para las visitas. Era otra clave para entender a Miranda Jones.

–Traeré dos. Rodney va a comprender que tu padre quiere conversar en privado contigo.

–Cobarde –murmuró ella.

Acomodó meticulosamente en la bandeja la tetera, las tazas y los platos, tratando de no enfadarse por el hecho de que Ryan hubiera salido por la puerta trasera, dejando que se las apañase sola. Se irguió para llevar la bandeja a la sala, donde su padre seguía de pie frente al hogar, leyendo las notas de una pequeña libreta.

«Es tan apuesto», fue cuanto ella pudo pensar. Alto y bronceado, con el pelo brillante. Cuando era pequeña solía compararlo con las ilustraciones de los cuentos de hadas. No con los príncipes ni con los caballeros, sino con los magos: sabio, digno. Ansiaba desesperadamente que él la amara. Que la llevara montada sobre los hombros, que la acunara en su regazo, que la arropara por la noche y le contara historias divertidas. Pero había tenido que conformarse con un afecto superficial. Nadie la había llevado nunca montada sobre los hombros, nadie le había contado historias divertidas.

Se libró de esos pensamientos con un suspiro y continuó la marcha.

–Le he pedido a Rodney que nos dejara unos minutos a solas –dijo–. Supongo que quieres hablar del robo.

–En efecto. Es muy preocupante, Miranda.

–Sí, todos estamos consternados. –Dejó la bandeja y se instaló en una silla para servir el té, tal como se le había enseñado–. La policía está investigando. Tenemos fundadas esperanzas de recobrar el bronce.

–Mientras tanto, la publicidad perjudica al Instituto. Tu madre está inquieta. Y yo he debido abandonar mi proyecto en un momento clave para venir aquí.

–No había necesidad de que vinieras. –Le tendió una taza con mano firme–. Estamos haciendo todo lo posible para resolverlo.

–Es obvio que nuestra seguridad no es aceptable. Y eso es responsabilidad de tu hermano.

–Esto no es culpa de Andrew.

–Dejamos el Instituto en sus manos. Y en las tuyas –le recordó él, mientras bebía un sorbo de té.

–Él está haciendo un trabajo estupendo. La inscripción en los cursos ha subido un diez por ciento. Tenemos mayores ingresos por venta de entradas. Y en estos cinco años, la calidad de nuestras adquisiciones ha sido asombrosa.

Ah, cómo la irritaba tener que defenderse y justificarse, cuando el hombre que tenía ante sí había abandonado sus responsabilidades para con el Instituto, tan fácilmente como sus responsabilidades para con la familia.

–El Instituto nunca fue una de tus prioridades –añadió con suavidad, sabiendo que él solo cerraría los oídos al enojo–. Preferías el trabajo de campo. Andrew y yo le hemos dedicado todo nuestro tiempo y nuestras energías.

–Y ahora sufrimos el primer robo en más de una generación. No podemos pasar esto por alto, Miranda.

–No, pero sí se puede pasar por alto el tiempo, el esfuerzo, el trabajo y las mejoras que hemos hecho.

–Nadie critica vuestro entusiasmo –respondió–. Pero esto debe solucionarse. Y con la publicidad negativa añadida por el paso en falso que diste en Florencia, nos encontramos en una posición difícil.

–Mi paso en falso –murmuró ella. «Qué característico en él, referirse a una crisis con algún eufemismo»–. En Florencia, hice todo lo que se requería. Todo. –Como la emoción empezaba a apoderarse de ella, se la tragó para afrontar la situación tan fríamente como él esperaba–. Si pudiera ver los resultados de la segunda prueba, podría analizar mis propios resultados y determinar dónde se cometieron los errores.

–Eso es algo que debes discutir con tu madre. Aunque está muy disgustada, te lo aseguro. Si no se hubiera notificado a la prensa...

–Yo nunca hablé con la prensa. –Miranda se levantó, ya incapaz de fingir serenidad–. Nunca hablé de *La Dama Oscura* con nadie que no perteneciera al laboratorio.

Él hizo una pausa y dejó la taza a un lado. Detestaba las confrontaciones, las emociones que impidieran mantener una conversación serena. Sabía perfectamente que esas emociones hervían dentro de su hija. Nunca había podido entender de dónde procedían.

–Te creo.

–Y que se me acuse de... ¿Cómo dices?

–He dicho que te creo. Es posible que seas empecinada y que te equivoques a menudo, pero nunca has sido deshonesta. Si me dices que no hablaste con la prensa sobre este asunto, te creo.

–Yo... –intentó hablar pero le ardía la garganta–. Gracias.

–Pero eso no cambia la situación. Es preciso poner sordina a la publicidad. Las circunstancias te sitúan en el ojo del huracán, por así decirlo. Tu madre y yo creemos que sería mejor que te tomaras unas largas vacaciones–. Las lágrimas que Miranda estaba a punto de verter desaparecieron de sus ojos.

–Ya he discutido eso con ella. Y le he dicho que no me escondería. No he hecho nada.

–Eso no viene al caso. Mientras no se resuelvan estos dos asuntos, tu presencia en el Instituto es perjudicial. –Se puso de pie–. A partir de hoy te tomarás un descanso de un mes. Si es necesario, puedes terminar con cualquier asunto que tengas pendiente, pero sería mejor que lo hicieras desde aquí, en las cuarenta y ocho horas siguientes.

–Es como pintarme en la frente una C de «culpable».

–Tu reacción es exagerada, como de costumbre.

–Y tu reacción es poner distancia, como de costumbre. Bueno, ya sé con quién puedo contar. Con nadie. –Aunque fuera humillante, hizo un último intento–. Por una vez, siquiera por una vez, ¿no puedes ponerte de mi lado?

–Esto no es cuestión de lados, Miranda. Y no te lo tomes como algo personal. Debemos hacer lo mejor para todos los involucrados, para el Instituto y Standjo.

–Aunque me perjudique.

Él carraspeó, evitando mirarla a los ojos.

–Cuando hayas tenido tiempo de pensarlo bien, reconocerás que es la solución más lógica. Si necesitas ponerte en contacto conmigo, hasta mañana estaré en el Regency.

–Nunca he podido ponerme en contacto contigo –replicó ella en voz baja–. Voy a traerte el abrigo.

Algo apenado, él la siguió hasta el vestíbulo.

–Haz un viaje, descansa, toma el sol. Puede que tu... eh... ese joven quiera acompañarte.

–¿Mi qué? –Miranda descolgó el abrigo. Luego levantó la vista y se echó a reír–. Ah, claro. –Sacudió la cabeza–. Al amigo Rodney seguramente le encantaría viajar conmigo.

Despidió a su padre agitando la mano. Luego se sentó en el último escalón para reír como loca... hasta que rompió en sollozos.

13

El hombre que tiene tres hermanas sabe mucho de lágrimas femeninas. Existen las lentas, casi adorables, que pueden deslizarse por la mejilla como pequeños diamantes líquidos y lo reducen a uno a la súplica. Existen las acaloradas y furiosas, que brotan como fuego; ante esas el hombre prudente corre a ponerse a cubierto. Y existen las que viven tan escondidas en lo más profundo del corazón que, cuando se liberan y surgen tempestuosas son como un diluvio de dolor que ningún hombre puede consolar.

Por eso dejó que se acurrucara en el último peldaño, mientras se desataban esas lágrimas nacidas del corazón. Sabía que un dolor capaz de engendrar semejante torrente debía aislarla de todo. Lo único que podía hacer era dejarla a solas y esperar. Cuando se acallaron los duros, desgarradores sollozos, abrió el armario del vestíbulo y sacó un abrigo.

–Toma –dijo, tendiéndoselo–. Vamos a tomar el aire.

Ella lo miró fijamente, confusa. Había olvidado que él estaba allí.

–¿Qué?

–Vamos a tomar el aire –repitió él.

Como todavía estaba casi sin fuerzas, tiró de ella para ponerla de pie. Le deslizó el abrigo por los brazos, la hizo girar y abotonó la prenda con aire eficiente.

–Preferiría estar sola. –Intentó hablar con frialdad, pero aún tenía la garganta irritada, y no lo consiguió.

–Ya has estado sola demasiado tiempo. –Ryan sacó del armario su cazadora, se la puso y empujó a Miranda hacia afuera.

El aire era vigorizante; el sol, demasiado fuerte para sus ojos doloridos. Miranda sintió que empezaba a asomar la humillación. «Las lágrimas son inútiles, pero al menos llorando a solas nadie te ve perder el control», pensó.

–Qué lugar tan maravilloso –comentó él, sujetando la mano de Miranda, aunque ella intentara liberarse–. Intimidad, un paisaje hermoso y el olor a mar en tu propio umbral. Pero creo que necesitáis un jardinero.

Era obvio que los Jones no pasaban mucho tiempo al aire libre. Al otro lado del maltrecho prado había un par de árboles añosos que parecían suplicar por una hamaca colgada entre ambos. Parecía difícil que Miranda hubiera explorado nunca los milagros de una hamaca a la sombra, en una tarde estival.

Había arbustos, maltratados por el invierno, que en la primavera debían de llenarse de flores... y sin cuidado alguno. El césped aparecía marchito en algunos lugares; pedía a gritos que lo regaran y cuidaran de él.

Pero el hecho de que hubiera césped, arbustos, árboles añosos y un impresionante pinar al norte indicaba que, en otros tiempos, alguien se había ocupado de plantar o, cuando menos, de contratar a alguien para que lo hiciera. Aunque Ryan fuera, de pies a cabeza, un habitante de la gran ciudad, apreciaba la atmósfera rural.

–Vosotros no cuidáis lo que tenéis. Me sorprende en ti, Miranda. Yo pensaba que una mujer práctica como tú se ocuparía de conservar bien su propiedad y custodiar un legado como este.

–No es más que una casa.

–Cierto. Y debería ser un hogar. ¿Te criaste aquí?

–No. –Sentía la cabeza pesada por el llanto. Quería volver dentro, tomar una aspirina, acostarse en una habitación a oscuras. Pero no tenía fuerzas para resistirse, y se dejó llevar por el sendero del acantilado–. Era de mi abuela.

–Eso tiene más sentido. No imaginaba a tu padre viviendo aquí por elección propia. No le sentaría en absoluto.

–¡Pero si no lo conoces!

–Claro que sí.

El viento soplaba, envolviéndolos. A lo largo de los siglos sus caricias habían desgastado las rocas, redondeándolas, puliéndolas hasta hacerlas relumbrar como peltre a la luz del sol.

–Es pomposo y arrogante. Debe de ser brillante en su profesión, pero carente de sensibilidad. No te escuchaba –añadió.

Habían llegado a la cornisa plana que sobresalía hacia el mar.

–Porque no sabe escuchar.

–Tú sí, obviamente –ironizó ella y se liberó bruscamente la mano, ciñendo los brazos al cuerpo en un gesto defensivo–. No sé por qué me sorprende que escuches conversaciones ajenas, si te ganas la vida robando.

–Yo tampoco lo sé; pero lo cierto es que han dejado que te las apañes sola. ¿Qué vas a hacer?

–¿Qué puedo hacer? Si alguna autoridad tengo en el Instituto, la debo al hecho de trabajar para ellos. Por el momento me han apartado de mi puesto. Y no hay más que decir.

–Si tuvieras un poco de dignidad no lo permitirías.

–Qué sabes tú de eso. –Ella se volvió bruscamente. De sus ojos había desaparecido la autocompasión, convertida en furia–. Ellos manejan todo. Siempre fue así. Yo hago lo que me mandan. Si Andrew y yo estamos al frente del Instituto es porque ninguno de ellos quería cargar con el trabajo cotidiano. Y siempre hemos sabido que podían hacernos a un lado cuando quisieran. Ahora lo han hecho.

–¿Y vas a permitir que te arrojen a la calle de este modo? Contraataca, Miranda. Demuéstrales de qué madera estás hecha. El Instituto no es el único lugar donde puedes hacer un trabajo brillante.

–¿Crees que algún museo o laboratorio importante me contrataría, después de esto? El bronce de Fiesole ha sido mi ruina. Ojalá no lo hubiera visto en mi vida. –Se sentó sobre una roca, abatida, contemplando el faro que se erguía como mármol blanco contra el duro cielo azul.

–Bueno, monta tu propio laboratorio.

–Eso es descabellado.

–Lo mismo me dijeron muchos, cuando quise abrir la galería de Nueva York.

Él se sentó a su lado, con las piernas cruzadas. Miranda dejó escapar una risita.

–La diferencia es que yo no pienso robar para montar un negocio.

–Cada uno hace lo que puede –comentó él, mientras sacaba un cigarrillo. Protegió la punta con las manos para encenderlo–. Tienes contactos, ¿no? Tienes cerebro. Tienes dinero.

–Tengo cerebro y dinero, pero en cuanto a los contactos... –repuso encogiendo los hombros–. Ahora no puedo contar con ellos. Me gusta mi trabajo –se oyó decir–. Me gusta el descubrimiento. Mucha gente cree que la ciencia es una serie de escalones hechos de hormigón, pero no es cierto. Es un acertijo, y no todas las piezas encajan siempre con facilidad. Cuando logras armar algunas, ver una respuesta, eso es apasionante. Y no quiero perderlo.

–No lo perderás, a menos que te des por vencida.

–En cuanto vi el bronce de Fiesole, comprendí cuál era el proyecto. Las posibilidades me deslumbraron. Yo sabía que en parte era vanidad personal, pero ¿qué me importaba? Certificaría su autenticidad, demostraría lo inteligente que era, y mi madre me aplaudiría. Como aplauden todas las madres cuando ven al hijo en el escenario, actuando en una obra escolar. Con entusiasmo sentimental, con orgullo. –Apoyó la frente en las rodillas–. ¿No te parece penoso?

–No –respondió Ryan–. Casi todos vivimos la edad adulta actuando para nuestros padres y esperando su aplauso.

Ella giró la cabeza para observarle.

–¿Tú también?

–Aún recuerdo la inauguración de mi galería, la de Nueva York. El momento en que entraron mis padres. Él, con su traje elegante, el que se pone para las bodas y los funerales; mi madre, con un vestido nuevo, azul, y el pelo impecablemente peinado en la peluquería de Betty. Recuerdo su expresión. Era de entusiasmo, de orgullo. –Ryan hizo una pausa y esbozó una sonrisa–. Se les veía sorprendidos. Para mí era importante.

Miranda apoyó el mentón en las manos para contemplar el mar, donde las olas rompían con fuerza, blancas y frías.

–Yo recuerdo la cara de mi madre cuando me separó del proyecto de Fiesole –continuó ella–. Habría sido más fácil para mí manejar la decepción o el arrepentimiento, antes que ese desdén glacial.

–Olvídate de ese bronce.

–¿Cómo voy a olvidarlo? Así comenzó esta caída. Si al menos pudiera ver en qué me equivoqué... –Se apretó los ojos con los dedos–. Examinarlo otra vez, como hice con el *David*. –Bajó lentamente las manos. Se le habían humedecido las palmas–. Como el *David* –murmuró–. Oh, Dios mío. –Se levantó tan deprisa que, por un instante, Ryan temió que quisiera lanzarse al mar.

–Espera. –La sujetó con fuerza por una mano, mientras se ponía de pie–. Estás demasiado cerca del borde como para que permanezca tranquilo.

–Es como con el *David*. –Ella le empujó. Luego le agarró por la chaqueta–. Seguí los procedimientos, paso a paso. Sé lo que tuve entre las manos. Estoy segura. –Le empujó otra vez–. Lo hice todo bien. Anoté cada detalle. Las mediciones, las fórmulas, los niveles de corrosión. Tenía todos los datos, todas las respuestas. Alguien lo cambió.

–¿Qué?

–Ocurrió lo mismo que con el *David*. –Le golpeó el pecho con un puño, como para meterle la verdad por la fuerza–. El laboratorio de Ponti recibió una falsificación, pero no era el mismo bronce. Era una copia. Tiene que haber sido una copia.

–Eso es mucho suponer, doctora Jones –dijo pensando en las infinitas posibilidades–. Pero no deja de ser interesante.

–Concuerda. Tiene sentido. Es lo único que tiene sentido.

–¿Por qué? –repuso arqueando las cejas–. ¿No es más lógico que hayas cometido un error?

–No. No lo cometí. Oh, cómo pude dudar de lo que sabía. –Se apretó las sienes con los puños–. Me dejé confundir. Cuando te dicen muchas veces que estás equivocado, acabas por creértelo. Aunque no sea cierto. –Echó a andar con paso decidido, dejando que el viento le despejara la cabeza. Le hervía la sangre–. Habría llegado a creerlo, a no ser por el *David*.

–Menos mal que lo robé.

Ella le miró de soslayo. Ryan adaptó su paso al de ella, como si disfrutara de un paseo tranquilo en una tarde ventosa.

–Eso parece –murmuró Miranda–. ¿Por qué robaste esa pieza en especial?

–Ya te lo dije: tenía un cliente.

–¿Quién?

Él curvó los labios en una sonrisa.

–¡Vamos, Miranda! Hay cosas que son sagradas.

–Podrían estar relacionados.

–¿Mi *David* y tu *Dama*?

–Mi *David* y mi *Dama*..., sí. Los dos son bronces y obras renacentistas; Standjo y el Instituto están relacionados, y yo me ocupé de ambos. Ahí tienes hechos. Los dos eran auténticos y fueron reemplazados por copias.

–Y ahí no tienes ningún hecho, sino especulaciones.

–Es una teoría razonada y lógica –le corrigió ella–, la base de una conclusión preliminar.

–Conozco a este cliente desde hace varios años. No le interesan las conspiraciones complicadas, te lo aseguro. Simplemente, cuando ve algo que le gusta, lo encarga. Si me parece que es factible, me ocupo de ello. Lo hacemos del modo más sencillo.

–Sencillo... –Era una actitud que Miranda no entendería jamás, lo cual agradecía.

–Además –añadió él–, ¿para qué iba a encargarme robar una falsificación?

Ella frunció el entrecejo.

–Sigo pensando que quien haya reemplazado el *David* reemplazó también *La Dama Oscura*.

–Reconozco que es una posibilidad intrigante.

–Si pudiera examinar las dos piezas y compararlas, seguramente reafirmaría esa conclusión.

–De acuerdo.

–De acuerdo ¿qué?

–Hagámoslo.

Ella se detuvo al pie del faro.

–¿Qué quieres que hagamos?

–Compararlos. Tenemos una. Es cuestión de conseguir la otra.

–¿Robándola? Eso es absurdo.

Él la sujetó por un brazo antes de que le volviera la espalda.

–¿Quieres saber la verdad o no?

–Quiero saber la verdad, sí, pero no pienso viajar a Italia para entrar en un edificio del Gobierno a robar una copia sin valor.

–Nada nos impide llevarnos algo que valga la pena, de paso. Era solo una idea –añadió Ryan, al verla boquiabierta–. Si estás en lo cierto y podemos demostrarlo, harás algo más que salvar tu reputación. La acrecentarás.

Era imposible, demencial. Pero Miranda vio el fulgor en sus ojos y dudó.

–¿Para qué lo harías? ¿Qué ganarías con eso?

–Si estás en lo cierto, me acercas un paso al *David* original. Yo también tengo una reputación que salvar.

«Además –pensaba Ryan–, si *La Dama Oscura* fuera auténtica, también estaría un paso más cerca de ella.» Qué maravilloso sería verla en su colección particular.

–No pienso cometer ningún delito.

–Ya lo has hecho. ¿Acaso no estás aquí conmigo? Eres cómplice por ocultamiento, doctora Jones. –Le pasó un brazo por los hombros, amistosamente–. No te amenacé con un puñal para que me ayudaras a pasar el control de seguridad –continuó, mientras caminaban hacia la casa–. Has pasado el día conmigo, sabiendo perfectamente que tengo en mi poder una propiedad robada. Ya que estás implicada –concluyó, dándole un beso cordial en la cabeza–, te conviene llevar las cosas hasta el fin. –Consultó su reloj y añadió–: Ve a preparar tu equipaje. Tendremos que pasar primero por Nueva York. Tengo algunas cosas que hacer allí. Y necesito ropa y herramientas.

–¿Herramientas? –Ella se apartó el cabello de la cara. Decidió que era mejor seguir en la inopia–. Pero no puedo irme a Italia así como así. Debo hablar con Andrew, explicarle...

–Déjale una nota –sugirió Ryan, mientras abría la puerta trasera–. Que sea breve. Dile que te vas por un par de semanas. No añadas nada más, por si la policía pregunta demasiado.

–La policía... Si nos vamos ahora, antes de que termine la investigación, pueden pensar que yo estaba involucrada.

–Así será más estimulante, ¿no te parece? Será mejor que no use tu teléfono –murmuró–. Siempre hay una posibilidad de que comprueben las llamadas. Llamaré a mi primo Joey desde el móvil.

Ella se sentía mareada.

–¿Qué primo Joey?

–El que tiene una agencia de viajes. Ve a preparar el equipaje –repitió Ryan–. Él nos conseguirá un billete en el primer avión. No te olvides del pasaporte... y el ordenador portátil. Tenemos que seguir revisando esas listas de personal.

Ella respiró hondo.

–¿Algo más que deba llevar?

–Hambre –respondió mientras sacaba el móvil–. Estaremos en Nueva York a tiempo para cenar. Vas a probar la *linguine* de mi madre.

Se hicieron casi las seis antes de que Andrew pudiera volver a casa. Había intentado cinco o seis veces llamar a Miranda, pero solo respondía el contestador automático. Y no sabía cómo iba a encontrarla: furiosa o desolada por el dolor. Había tratado de prepararse para ambas cosas, quizás a la vez.

Pero solo encontró una nota en la puerta de la nevera:

> Andrew:
>
> Sabes, sin duda, que me han obligado a tomarme unas vacaciones. Lamento dejarte de este modo, así, sin previo aviso. Por no decirte que no tengo alternativa, te diré que hago lo único que puede servirme de algo. Estaré ausente un par de semanas. No te preocupes, por favor. Me pondré en contacto en cuanto pueda.
>
> No olvides sacar la basura. El domingo quedó carne a la cazuela como para un par de comidas. No olvides alimentarte bien.
>
> Te quiere,
>
> Miranda

–Mierda. –Arrancó la nota para leerla otra vez–. ¿Dónde te has metido?

14

No sé por qué no viajamos directamente a Florencia. –Cuando Ryan se puso al volante de un pequeño BMW para salir de La Guardia, Miranda ya estaba más que arrepentida–. Si vamos a hacer una locura como esta, no tiene sentido dar rodeos.

–Esto no es un rodeo. Es una parada programada. Necesito mis cosas.

–Podrías haberte comprado ropa en Italia.

–Probablemente lo haga. Si los italianos vistieran a todo el mundo, el planeta sería un lugar más atractivo. Pero necesito ciertas cosas que no siempre se pueden comprar en un supermercado.

–Tus herramientas –murmuró ella–. Herramientas de ladrón.

–Entre otras cosas.

–Bien, bien.

Miranda cambió de posición en el asiento, tamborileando con los dedos sobre la rodilla. Debía aceptar el hecho de estar trabajando con un ladrón. Un criminal que, por definición, carecía de integridad. Sin su ayuda, no tendría manera de volver a ver el bronce... o la falsificación. Y había una falsificación, de eso estaba segura. Era una teoría lógica; para probarla necesitaba más datos, más comprobaciones.

¿Y si se tragaba el orgullo y le presentaba la teoría a su madre? La idea casi le dio risa. Elizabeth la desecharía atribuyéndola a su arrogancia, su terquedad y, quizá, su desesperación. Lo cual, debía admitirlo, no dejaba de ser cierto.

El único que estaba dispuesto a escucharla era un ladrón profesional que, sin duda, perseguía sus propios fines... y pretendía que ella le entregara la *Venus* de Donatello a modo de pago. Bueno, eso ya se vería.

Debía recordar que ese hombre era solo un factor de la ecuación, nada más. Hallar y autentificar *La Dama Oscura* era más importante que la fórmula utilizada para ese fin.

–No hay ningún motivo para entrar en Brooklyn.

–Claro que sí. –Ryan tenía una idea bastante aproximada de lo que estaba pasando por esa admirable cabeza pelirroja. La cara de

Miranda era muy expresiva... cuando ignoraba que la estaban observando–. Echo de menos la comida de mi madre.

Le dedicó una gran sonrisa, mientras dejaba atrás a un elegante sedán. Era tan fácil leer sus pensamientos. Ella detestaba todo lo que estaban haciendo; sopesaba mentalmente los pros y los contras, intentando justificar la decisión que había tomado.

–Y tengo un par de cosas que arreglar –agregó él–. Asuntos de familia, antes de viajar a Italia. Mi hermana querrá zapatos. Siempre quiere zapatos. Es adicta a Ferragamo.

–¿Robas zapatos para tu hermana?

–¡Pero qué dices! –respondió sinceramente ofendido y frunciendo el entrecejo–. No soy un vulgar ratero.

–Perdona, pero robar es robar.

–Te equivocas.

–Y no hay motivos para que yo vaya a Brooklyn. ¿Por qué no me dejas en el hotel que sea?

–Primero, porque no irás a ningún hotel. Irás a mi casa.

Ella volvió la cabeza, entornando los ojos.

–De eso, nada.

–Y segundo, vendrás a Brooklyn porque estamos indisolublemente unidos hasta que esto termine. ¿O lo has olvidado? A donde yo vaya irás tú... doctora Jones.

–Eso es ridículo. –«E incómodo», pensó Miranda. Necesitaba tiempo para estar a solas, para poner orden en sus ideas. Él no le había dado tiempo para reflexionar–. Tú mismo dijiste que, estando tan involucrada, no puedo hacer otra cosa que colaborar. Si no confías en mí, no harás sino complicar las cosas.

–Lo que complicaría las cosas sería confiar en ti –corrigió él–. El problema es que tienes conciencia. De vez en cuando se pondrá en actividad, instándote a buscar un policía para confesarlo todo. –Le dio unas palmaditas en la mano–. Puedes pensar que soy el ángel malo posado en tu hombro, el que le da un puñetazo al ángel bueno cada vez que este empieza a hablarte de honradez y sinceridad.

–No quiero ir a tu casa. No tengo intención de dormir contigo.

–Ahora sí que la hiciste. ¿Para qué voy a seguir viviendo? –Ante ese tono burlón, Miranda apretó los dientes–. Vaya, acabas de partirme el corazón. Era el sueño de mi vida. Y lo has destrozado. ¿Qué sentido tiene ahora mi existencia?

–Te desprecio.

Como Ryan soltó una carcajada, ella no le hizo ni caso durante el resto del viaje.

No sabía qué esperar, pero ni por un instante había imaginado una bonita casa de dos plantas en un vecindario tranquilo.

–¿Te criaste aquí?

–¿Aquí? No. –Ryan sonrió. Probablemente ella esperaba que la llevara a alguna horrenda chabola donde los gritos fueran tan fuertes como el olor a ajo y basura–. Mi familia se mudó aquí hace unos diez años. Ven; nos están esperando, y mamá ya debe de haber preparado algo para picar.

–¿Cómo que nos están esperando?

–La llamé para avisarle de que vendríamos.

–¿La llamaste? ¿Y quién se supone que soy?

–Eso es algo que cada uno tendrá que decidir por su cuenta.

–¿Qué le has dicho? –quiso saber Miranda, mientras él se inclinaba para abrirle la puerta.

–Que vendría a cenar con una mujer. –Permaneció en esa postura por un momento, con el cuerpo muy cerca del de ella y las caras muy juntas–. No seas tímida. Son muy sociables.

–No soy tímida –dijo, pero sentía en el estómago lo mismo que cuando debía reunirse con personas desconocidas–. Lo que quiero saber es cómo le explicaste... ¡Basta! –protestó, al ver que él le miraba fijamente la boca.

–Hum... –Ryan se moría por mordisquear lentamente ese terco labio inferior–. Disculpa. Estaba distraído. Tu olor es... interesante, doctora Jones.

La situación requería firmeza, no la ridícula tentación que la asaltaba de coger dos mechones de ese cabello oscuro para acercarlo a su boca. Lo que hizo, en cambio, fue mantener a Ryan a distancia apoyando una mano en su pecho, abrir la puerta con la otra y apearse del coche. Él se rió entre dientes. Eso lo ayudó a aliviar el cosquilleo que sentía en el bajo vientre.

–Hola, *Remo* –saludó, bajando por el lado opuesto.

El perrazo pardo que dormía en el patio soltó un ladrido que resonó como un disparo de cañón y echó a correr hacia Ryan.

–¿No iban a enseñarte buenos modales? –le dijo mientras le rascaba las orejas, con una sonrisa–. ¿Qué pasó con el adiestramiento? Te catearon otra vez, ¿no?

Como eludiendo la respuesta, el perro desvió la mirada hacia Miranda y sacó la lengua en una especie de sonrisa canina.

–¿Tienes miedo a los perros? –preguntó Ryan.

–No. Me gustan –respondió ella.

Ryan abrió la puerta principal. Se oía la voz del locutor del telediario, voces femeninas y masculinas, enzarzadas en una discusión que parecía enconada y violenta; les llegó un delicioso aroma a ajo y especias. Un gran gato manchado salió disparado hacia la libertad e inició inmediatamente una batalla con el perro.

–Hogar, dulce hogar –murmuró Ryan, tirando de ella para conducirla hacia aquel alboroto.

–Si no puedes comportarte decentemente, no quiero que vuelvas a hablar con ninguna de mis amigas, nunca más.

–Solo he dicho que una pequeña cirugía plástica mejoraría su aspecto, su autoestima y su vida sexual.

–Eres un cerdo, Patrick.

–Bueno, es que tu amiga tiene una nariz que parece la aleta trasera de un Chevy del 57.

–Además de cerdo, eres un cabrón superficial.

–Eh, que estoy tratando de ver el telediario. Id a pelearos fuera, por Dios.

–Al parecer llegamos en mal momento –dijo Miranda, con intencionada mojigatería.

–No, esto es lo normal –le aseguró Ryan, arrastrándola hacia el interior de una sala de estar amplia, ruidosa y atestada de muebles.

–¡Hola, Ry! –El hombre (en realidad era un muchacho, según advirtió Miranda) se volvió con una sonrisa casi tan seductora como la de Ryan y fue a darle a este un puñetazo en el hombro. Una muestra de afecto, probablemente. Tenía el pelo oscuro, rizado, y unos ojos pardos con destellos dorados. Sin duda, su cara haría suspirar a sus compañeras de instituto.

–Pat. –Con idéntico afecto, Ryan le hizo una llave de lucha libre y procedió a hacer las presentaciones–. Mi hermanito Patrick. Miranda Jones. Compórtate –advirtió al muchacho.

–Hola, Miranda, ¿cómo va eso?

Antes de que ella pudiera responder, se adelantó la muchacha con quien Patrick había estado discutiendo. Mientras clavaba en la invitada una mirada larga y analítica, deslizó los brazos en torno a Ryan, frotando una mejilla contra la de él.

–Te echaba de menos. Hola, Miranda. Soy Colleen.

No le ofreció la mano, porque seguía abrazando a su hermano con aire de propietaria. Tenía la hermosura de los Boldari, ónix y oro, y un fulgor penetrante en los ojos.

–Encantada de conoceros. –Miranda ofreció una sonrisa casi fría a la muchacha, que se entibió un poco al mirar a Patrick.

–¿Piensas dejar a la chica todo el día ahí? ¿O vas a traerla para que le eche un vistazo? –tronó una voz, arrancando una gran sonrisa a los tres Boldari.

–Ya vamos, papá. Dame tu abrigo, Miranda. –Ella lo entregó con cierta reserva. El ruido de la puerta, al cerrarse a sus espaldas, le inspiró tanto entusiasmo como si la encerraran en una celda.

Giorgio Boldari abandonó su mullida butaca y bajó cortésmente el volumen del televisor. Ryan no había heredado el físico de su padre, pensó Miranda. El hombre que la estaba mirando era bajo y fornido y lucía un gran bigote gris sobre los labios. Vestía pantalones de faena, una camisa bien planchada, zapatillas de marca, aunque raídas, y una cadena al cuello con una medalla de la Virgen.

Nadie decía nada. Miranda estaban tan nerviosa que le zumbaban los oídos.

–No eres italiana, ¿verdad? –preguntó el hombre, por fin.

–No.

Giorgio, apretando los labios, estudió su rostro.

–Con ese pelo has de tener algo de irlandesa.

–Mi abuela paterna se llamaba Riley.

Miranda contuvo el impulso de retorcerse las manos. En cambio, enarcó una ceja. Entonces él le dedicó una sonrisa, veloz y refulgente como un relámpago.

–Esta tiene una pinta muy distinguida, Ry. Sírvele un poco de vino, Colleen, ¿a qué esperas? ¿Vas a dejarla así, de pie y muerta de sed? Hoy los Yankees han perdido. ¿Te gusta el béisbol?

–No, yo...

–Es una lástima. Ver los partidos hace mucho bien. –Giorgio abrazó a Ryan–. Deberías venir más a menudo.

–Lo intento, papá. ¿Mamá está en la cocina?

–Sí, sí. ¡Maureen! –El grito podría haber tirado abajo las paredes–. Aquí está Ryan, con su chica. Y es muy guapa –dijo mientras le guiñaba un ojo a Miranda–. ¿Cómo es que no te gusta el béisbol?

–No me disgusta, pero...

–Ryan jugaba en tercera base. Buen puesto. ¿No te ha hablado de ello?

–No...

–En el último año, tuvo un promedio de cuatro veinticinco. Nadie robaba más bases que este muchacho mío.

Miranda miró a Ryan de reojo.

–No lo dudo.

–Tenemos los trofeos. Ry, muéstrale tus trofeos.

–Después, papá.

Colleen regresó con una bandeja con copas, sin dejar de discutir con Patrick en voz baja. El perro ladraba incesantemente ante la puerta principal. Giorgio llamó otra vez a su esposa, para que viniera de una vez a conocer a la chica de Ryan.

Al menos, se dijo Miranda, no tendría que esforzarse mucho por entablar conversación. Esa gente se comportaba como si no hubiera allí ningún extraño.

La casa estaba llena de luz y obras de arte. Ryan tenía razón en lo referente a las acuarelas de su madre. Había en la pared tres encantadoras calles neoyorquinas. Detrás de un sofá, con gruesos cojines azules cubiertos de pelos de perro, había una maraña de metal, alta y negra, de aspecto intrigante. Aquí y allá, pequeños adornos y fotos enmarcadas. Una cuerda anudada en el suelo, en la que *Remo* había dejado rastros de sus dientes. En una mesa baja, varias revistas y diarios esparcidos. Nadie corrió a recogerlos ni pidió disculpas por el desorden.

–Bienvenida a casa de los Boldari. –Con un brillo en los ojos, Ryan cogió dos copas de la bandeja y le entregó una para brindar–. Puede que tu vida no vuelva a ser la de antes.

Miranda empezaba a creerle. Mientras daba el primer sorbo, una mujer entró apresuradamente, secándose las manos en un delantal salpicado de salsa de tomate. Maureen Boldari era una mujer esbelta, siete u ocho centímetros más alta que su marido. Poseía la llamativa hermosura de los irlandeses morenos. El lustroso cabello ondeaba atractivamente, enmarcando unas facciones fuertes y unos ojos intensamente azules. Abrió los brazos.

–Aquí está mi muchacho. Ven a dar un beso a tu mamá.

Ryan obedeció, levantándola en vilo, lo cual arrancó en ella una risa franca y plena.

–Patrick, Colleen, dejad de reñir, si no queréis que os dé una buena. Tenemos visitas. Giorgio, ¿qué modales son esos? Apaga el televisor. ¡*Remo*, basta ya de ladrar!

Todos obedecieron rápidamente y sin rechistar. Miranda tuvo así una idea bastante clara de quién mandaba en la casa.

–A ver si me presentas a esta señorita, Ryan.

–Sí, mamá. Maureen Boldari, el amor de mi vida. Te presento a la doctora Miranda Jones. ¿Verdad que es preciosa, mamá?

–Sí que lo es. Bienvenida a casa, Miranda.

–Ha sido muy amable al recibirme, señora Boldari.

–Qué buenos modales –aprobó Maureen, con una enérgica inclinación de cabeza–. Patrick, trae la comida. Ryan, lleva a Miranda para que pueda lavarse.

Él la condujo por un corto pasillo hasta un tocador blanco y rosado. Ella lo cogió por la camisa.

–Les dijiste que estábamos... liados.

–¿Acaso no lo estamos?

–Ya sabes a qué me refiero –susurró ella, furiosa–. ¿Tu chica? Qué absurdo.

–No les dije que fueras mi chica. –Bajó la voz, divertido–. Tengo treinta y dos años. Me quieren casado y padre de muchos hijos. Tienen derecho a hacer suposiciones.

–¿Por qué no les has aclarado que nuestra relación es meramente profesional?

–Eres preciosa, soltera y mujer. Si les dijera eso, no lo creerían. Y además, ¿qué importancia tiene?

–Para empezar, tu hermana me miró como para darme a entender que me romperá la nariz, si no te adoro lo suficiente. Y además, esto es un puro engaño. Claro que a ti no te importan sutilezas tales como la sinceridad.

–Siempre soy sincero con mi familia.

–Sí, claro. Seguramente tu madre está muy orgullosa de su hijo el ladrón.

–Por supuesto que sí.

–¿Vas a decirme que ella sabe que robas?

–Claro. ¿Tiene cara de tonta acaso? –Ryan meneó la cabeza–. Jamás le miento a mi madre. Bueno, date prisa, ¿quieres? –Como ella lo miraba boquiabierta, la empujó hacia el baño–. Tengo hambre.

No le duraría mucho. Habría sido imposible. En muy poco tiempo se sirvió comida suficiente para alimentar a un pequeño ejército famélico en el Tercer Mundo. Como había visitas, la cena se sirvió en el comedor, con su atractivo empapelado a rayas y su bonita mesa de caoba. Había porcelana y suficientes botellas de vino para botar una cañonera.

La conversación no flaqueó en ningún momento. En realidad, si uno no lanzaba las palabras deprisa y enfáticamente, tenía pocas posibilidades de ser escuchado. Cuando Miranda notó que el nivel de su copa de vino ascendía nuevamente hasta el borde cada vez que bebía un sorbo, optó por dejarlo así y se concentró en la comida.

En algo Ryan estaba en lo cierto: la *linguine* de su madre era estupenda.

Fue debidamente informada sobre la familia. Michael, el segundo de los varones, dirigía la Galería Boldari en San Francisco. Se había casado con su novia de la universidad y tenía dos hijos. Este último dato fue transmitido por el orgulloso abuelo con una mirada significativa a Ryan y una amplia sonrisa dirigida a Miranda.

–¿Te gustan los niños? –le preguntó Maureen.

–Hum, sí –respondió Miranda. «Pero vagamente y con cautela», pensó.

–Los hijos le dan un sentido a tu vida. Y vienen a celebrar el amor que une al hombre y a la mujer –declaró Maureen.

–No lo dudo.

–Ahí tienes a mi Mary Jo.

Miranda fue informada de inmediato de las virtudes de la mayor de las hijas, que poseía una boutique en Manhattan y además tenía tres hijos. Luego venia Bridgit; la muchacha trabajaba en una editorial, pero había pedido un largo permiso a fin de quedarse en casa con su bebé, una niña.

–Han de estar muy orgullosos de ellos.

–Son buenos chicos. Y con estudios. –La madre sonrió a Ryan al decirlo–. Todos mis hijos han ido a la universidad. Patrick está comenzando. Sabe muchísimo de ordenadores.

–¿De veras? –Como parecía un tema mucho menos peligroso, Miranda miró al muchacho con una sonrisa–. La informática es muy interesante.

–Es como ganarse la vida jugando. Ah, Ry, he conseguido parte de la información que me pediste.

–Estupendo.

–¿Qué información? –Colleen dejó de observar a la recién llegada para clavar una mirada suspicaz en Ryan.

–Acerca de un pequeño asunto que tengo entre manos –repuso Ryan en tono despreocupado–. Mamá, esta noche te has superado a ti misma.

–No cambies de tema, Ryan.

–Colleen... –Detrás de la suave voz de Maureen había acero afilado–. Tenemos visitas. Ayúdame a retirar los platos. He preparado tu postre favorito, Ry: tiramisú.

–Ya hablaremos de eso –musitó la muchacha entre dientes. Pero se levantó para retirar los platos, obediente.

–Permitidme ayudar. –Miranda quiso levantarse, pero la anfitriona se lo impidió con un ademán.

–Las visitas no limpian. Quédate sentada.

–No te preocupes por Colleen –dijo Patrick, en cuanto su hermana estuvo fuera del alcance de su voz–. Sabemos cómo tratarla.

–Cállate, Patrick –interrumpió Ryan.

Se volvió hacia Miranda con una sonrisa, pero ella captó en sus ojos un destello de incomodidad.

–Creo que no te hemos dicho a qué se dedica Colleen.

–No.

–Es policía. –Ryan se puso de pie con un suspiro–. Voy a echarles una mano con el café.

–Oh, estupendo. –Miranda bebió un largo trago de vino.

Trató de no estorbar; obediente a las reglas de la casa, después del café y el postre pasó a la sala. Giorgio la mantenía mentalmente ocupada interrogándole acerca de lo que hacía y por qué no se había casado. Nadie parecía preocuparse por las palabras coléricas que surgían de la cocina.

Cuando Colleen salió, hecha un torbellino, Patrick se limitó a poner los ojos en blanco, diciendo:

–Otra vez la misma historia.

–Me lo prometiste, Ry. Me diste tu palabra.

–Y la estoy respetando. –Obviamente frustrado, él se pasó una mano por el pelo–. Solo se trata de terminar lo que comencé. Y después, se acabó.

–Y ella, ¿qué tiene que ver con todo esto? –Colleen señalaba a Miranda con un dedo.

–¡Colleen! Señalar es una falta de educación –la reconvino su padre.

–Oh, que se vaya todo al diablo. –Por encima del hombro, la muchacha añadió una frase en italiano, nada elogiosa, y salió de la casa a grandes zancadas.

–Maldita sea –lamentó Ryan y dedicó a Miranda una sonrisa de disculpas–. Enseguida vuelvo.

Ella permaneció en el asiento un instante más, casi retorciéndose bajo las miradas fijas de Giorgio y Patrick.

–Voy a ver si la señora Boldari necesita ayuda. –Y escapó en busca de un poco de sensatez.

La cocina era amplia y ventilada; aún tenía los olores cálidos y amistosos de la comida. Con sus grandes mostradores y el suelo blanco y reluciente, parecía la ilustración de una revista de decoración. Docenas de cuadros abstractos pintados con lápices de cera, se arracimaban en la puerta de la nevera. En la mesa había un cuenco con fruta fresca; en las ventanas, cortinas de color café.

«Normalidad», pensó Miranda.

–Espero que falte a sus reglas y me permita echarle una mano.

–Siéntate –respondió Maureen señalando la mesa–. Tómate el café. Pronto se acabará la discusión. Debería darles una buena paliza a esos dos, por montar este escándalo delante de las visitas. ¡Estos hijos míos! –Se volvió hacia la cafetera para llenar una taza de *cappuccino*–. Tienen pasión, cerebro y un carácter muy terco. Salen a su padre.

–¿Lo cree realmente? Ryan se parece mucho a usted. –Era exactamente lo que convenía decir. Los ojos de Maureen se tornaron cálidos y amorosos.

–El primogénito... Por muchos hijos que tengas, el primero es siempre el primero. Los quieres a todos, tanto que llegas a extrañarte de que no te estalle el corazón. Pero el primero es siempre el primero. Ya lo verás algún día.

–Hum... –Miranda prefirió no hacer comentarios–. Ha de ser toda una preocupación tener a una hija en la policía.

–Colleen sabe lo que quiere. No se arruga ante nada. Y llegará a capitán, ya lo verás. Está furiosa con Ryan –continuó tranquilamente, mientras ponía la taza frente a Miranda–. Pero él ya conseguirá que se le pase.

–No lo dudo. Es muy... seductor.

–Las chicas siempre andaban tras él. Pero mi Ryan es muy especial. Te ha echado el ojo.

Miranda decidió que había llegado el momento de aclarar las cosas.

–No creo que Ryan haya sido muy claro en este aspecto, señora Boldari. Solo estamos asociados profesionalmente.

–¿Nada más que eso? –dijo Maureen plácidamente, mientras llenaba el lavavajillas–. ¿No crees que esté a tu altura?

–No es eso, pero...

–¿Porque viene de un barrio humilde? ¿Le falta distinción para una doctora en ciencias sociales?

–No, en absoluto. Es que... Nuestra relación es profesional, simplemente.

–¿No te besa?

–El... yo... –balbuceó y para cerrar la boca, la llenó de café caliente y espumoso. «Por el amor de Dios», fue cuanto pudo pensar.

–Eso me parecía. Me preocuparía por él, si no besara a una mujer como tú. Además, le gustan inteligentes. No es superficial. Pero puede que a ti no te guste su manera de besar. Eso es importante –agregó, mientras Miranda mantenía la vista fija en su taza de café–. Si el hombre no te agita la sangre con sus besos, la relación no prosperará. El sexo es importante, y quien diga lo contrario es porque nunca lo disfrutó.

–Oh –acertó a musitar Miranda.

–Qué, ¿crees que soy tan tonta como para no saber que mi hijo tiene relaciones sexuales?

–No tiene relaciones sexuales conmigo.

–¿Por qué?

–¿Por qué? –repitió Miranda, parpadeando, mientras Maureen cerraba pulcramente el lavavajillas y comenzaba a llenar el fregadero para lavar las ollas–. Apenas lo conozco. No suelo acostarme con todos los hombres atractivos que me presentan. –Le parecía imposible estar manteniendo esa conversación.

–Me alegro. No me gusta que mi muchacho salga con mujeres fáciles.

–Señora Boldari. –«¿Serviría de algo apoyar la frente en la mesa?»–. Ryan y yo no estamos saliendo. Nuestra relación es estrictamente profesional.

–Ryan no trae a sus relaciones profesionales a comer mi *linguine*.

Como para eso no había comentario posible, Miranda volvió a cerrar la boca. Fue un alivio que Ryan y su hermana entraran en la cocina. Como cabía esperar, él había convencido a Colleen. Los dos sonreían, abrazados por la cintura. Por primera vez la muchacha dedicó a Miranda un gesto amistoso.

–Perdona. Teníamos que aclarar un par de cosas.

–No hay problema.

–Bueno... –comentó Colleen sentándose a la mesa y apoyando los pies en una silla–. ¿Tienes alguna corazonada sobre quién pudo haber robado el bronce original?

Miranda se limitó a parpadear.

–¿Cómo dices?

–Ryan me ha puesto al corriente. Tal vez pueda ayudaros a resolver esto.

–Hace seis meses que salió de la academia y ya es Sherlock Holmes –dijo Ryan y se inclinó para darle un beso en la cabeza–. ¿Quieres que seque las ollas, mamá?

–No. Hoy le toca a Patrick. –Maureen se volvió a mirarlos–. ¿Alguien ha robado algo a tu chica?

–Fui yo –dijo él, tranquilamente, mientras se sentaba a la mesa–. Resultó ser una falsificación. Lo estamos investigando.

–Qué bien.

–Un momento. Un momento, por favor. –Miranda levantó las manos–. «¿Qué bien?» ¿Eso ha dicho usted? ¿Acaso está enterada de que su hijo es un ladrón?

–¿Me tomas por idiota? –Maureen se secó pulcramente las manos antes de apoyar los puños en las caderas–. ¡Por supuesto que estoy enterada!

–Te lo dije –señaló Ryan.

–Sí, pero... –Ella no lo había creído, simplemente. Cambió de posición, desconcertada, para estudiar el bonito rostro de Maureen–. ¿Y está conforme con eso? ¿Le parece bien? Y tú... –apuntó con un dedo a Colleen–. Eres policía. Tu hermano roba. ¿Cómo concilias las dos cosas?

–Él va a retirarse. –La chica se encogió de hombros–. Algo después de lo planeado.

–No comprendo –lamentó Miranda y se llevó las manos a la cabeza–. Usted, que es la madre, ¿cómo puede alentarle a ir contra la ley?

–¿Alentarle? –Maureen soltó otra de sus sonoras carcajadas–. ¿Quién ha tenido que alentarle? –Dejó a un lado la esponja, decidida a brindar a su huésped la cortesía de una explicación–. ¿Crees en Dios?

–¿Cómo? ¿Qué tiene que ver Dios con todo esto?

–No discutas. Responde. ¿Crees en Dios?

Ryan sonrió. Aunque la pelirroja no lo supiera, cuando su madre usaba ese tono era porque le gustabas.

–Bueno, sí.

–Cuando Dios te otorga un don, es pecado no utilizarlo.

Miranda cerró los ojos por un momento.

–Lo que usted quiere decir es que Dios otorgó cierto talento a Ryan. Y que para él sería un pecado no entrar en edificios a robar.

–Dios podría haberle dado el don de la música, como hizo con mi Mary Jo, que toca el piano como los ángeles. Pero a él le dio este.

–Señora Boldari...

–No discutas –le advirtió Ryan–. Solo conseguirás un dolor de cabeza.

Miranda le dirigió un gesto ceñudo.

–Comprendo que usted sea leal con su hijo, señora –intentó de nuevo–, pero...

–¿Sabes qué hace él con su don?

–En realidad, sí, lo sé.

–Compró esta casa para su familia, porque el barrio en que vivíamos ya no era seguro. –Maureen abrió los brazos para abarcar esa encantadora cocina; luego agitó el índice–. Se ocupa de que sus hermanos vayan a la universidad. Y nada de eso habría sido posible. Por mucho que trabajáramos Giorgio y yo, con dos sueldos de maestro no se puede enviar a seis hijos a la universidad. Dios le otorgó un don –repitió, apoyando la mano en el hombro de su hijo–. ¿Vas a discutir con Dios?

Una vez más, Ryan había tenido razón: le dolía la cabeza. Durante todo el trayecto a Manhattan se frotó las sienes en silencio. No sabía qué la desconcertaba más, si la decisión con que Maureen defendía la profesión escogida por su hijo o los cálidos abrazos que había recibido por parte de todos los miembros de la familia antes de partir.

Ryan la dejó en paz. Al detenerse frente a su edificio, entregó las llaves al portero.

–Hola, Jack. Haz devolver este coche alquilado al aeropuerto, ¿quieres? Y que suban a mi apartamento las maletas de la doctora Jones. Están en el maletero.

–Cómo no, señor Boldari. Bienvenido a casa. –El billete de veinte que había cambiado discretamente de mano ensanchaba la sonrisa de Jack–. Que disfruten de su estancia.

–No entiendo tu manera de vivir –dijo Miranda mientras él la guiaba por un elegante vestíbulo, adornado con antigüedades y diversas obras de arte.

–No importa. Yo tampoco entiendo la tuya. –Ryan entró en un ascensor y utilizó una llave para subir al último piso–. Tienes que estar agotada. Jack te hará subir las cosas en un minuto. Entonces podrás ponerte cómoda.

–Tu madre quería saber por qué no me acuesto contigo.

–Es lo que yo me pregunto constantemente.

El ascensor se abrió a una amplia sala, decorada en azules y verdes. Los amplios ventanales a la terraza ofrecían un espectacular panorama de Nueva York.

«Es obvio que satisface su gusto por los objetos delicados», pensó Miranda tras echar un vistazo. Lámparas *art déco*, mesas Chippendale, cristal de Baccarat. Se preguntó cuánto de todo eso sería robado.

–Todo legalmente adquirido –aclaró Ryan, como si le leyera los pensamientos–. Bueno, esa lámpara Erté es una excepción, pero no pude resistirme. ¿Una última copa, antes de acostarnos?

–No, no.

El suelo era de madera color miel, cuyo lustre se acentuaba con una de las alfombras orientales más bellas que ella hubiera visto nunca. Los cuadros iban desde un brumoso Corot hasta una suave y encantadora acuarela, en la que ella reconoció la campiña irlandesa.

–Obra de tu madre.

–Sí. Es buena, ¿verdad?

–Mucho. Me confunde, pero es muy buena.

–Le gustas.

Miranda, con un suspiro, se acercó a la ventana.

–Ella también me gusta.

Su propia madre nunca la había abrazado así, con ganas, con firmeza, comunicando aprobación y afecto. Su padre nunca le había sonreído como Giorgio, con ese brillo en los ojos. Se preguntó cómo era posible que la familia de Ryan pareciera, a pesar de todo, mucho más normal y feliz que la suya.

Sonó el timbre.

–Ahí viene tu equipaje.

Ryan fue hacia el interfono para verificar quién llegaba y luego permitió que se abriera el ascensor. La entrega fue hecha deprisa, con un nuevo intercambio de un billete. Cuando el ascensor volvió a cerrarse, él dejó las maletas donde estaban para acercarse a ella.

–Estás tensa –murmuró, frontándole los hombros–. Te llevé a cenar con mi familia con la esperanza de que te relajaras.

–¿Quién puede relajarse con tanta energía alrededor? –Ella arqueó la espalda contra sus manos, sin poder contenerse–. Tu niñez debe de haber sido muy interesante.

–Estupenda. –Sin ninguno de los privilegios que ella había tenido, pero con mucho más amor, según parecía–. El día ha sido largo –murmuró, y al ver que ella comenzaba a relajarse, se inclinó para mordisquearle el cuello.

–Muy largo, sí. No hagas eso.

–Quería avanzar hasta... aquí. –La hizo volverse para cubrirle la boca con la suya y la dejó sin aliento.

Su madre había dicho que los besos debían agitar la sangre. La de Miranda burbujeaba cerca de la piel, se le arremolinaba en la cabeza, latía demasiado deprisa en las venas.

–No hagas eso –repitió.

Pero fue una protesta débil, que los dos ignoraron con facilidad. Ryan sintió el deseo que hervía dentro de ella. Poco importaba que no fuera por él en especial. No permitiría que importara. La quería; deseaba ser él quien quebrara el escudo y descubriera el volcán interior. Algo en ella lo atraía con una fuerza irresistible.

–Deja que te toque. –Y mientras lo decía ya estaba haciéndolo, deslizándo las manos por sus costados para rozar suavemente los pechos–. Deja que te posea.

«Oh, sí.» El suspiro circuló en torno al nublado cerebro de Miranda, como si buscara un sitio donde posarse. «Tócame. Poséeme. Dios mío, no me dejes pensar.»

–No. –Oírse decirlo fue un golpe, al igual que comprobar que se apartaba, pese a sus ansias de acercarse más–. Esto no funcionaría.

–Para mí estaba funcionando muy bien –dijo tirando de ella hacia sí–. Y me parece que para ti también.

–No voy a dejarme seducir, Ryan. –Miranda se concentró en el brillo de fastidio que veía en sus ojos, sin prestar atención a los alaridos de su propio cuerpo, que pedía el placer prometido por esos labios–. Si queremos que nuestro trato funcione, tenemos que mantenernos en un plano profesional.

–Es un plano que no me gusta.

–Esa es la condición, y no es negociable.

–¿Nunca se te hiela la lengua cuando usas ese tono? –Ryan metió las manos en los bolsillos, observándola con aire triste–. Muy bien, doctora Jones. Seremos estrictamente profesionales. La acompañaré hasta su habitación. –Fue a recoger las maletas y, tras subir por una escalera metálica, las depositó junto a la puerta del dormitorio–. Aquí estarás cómoda y tendrás intimidad. Tenemos billetes para mañana al anochecer. Así me dará tiempo para atar aquí unos cuantos cabos sueltos. Que duermas bien –añadió.

Le cerró la puerta en las narices sin darle tiempo a desearle lo mismo. Ella iba a encogerse de hombros, pero abrió los ojos como platos al oír el chasquido de la cerradura. De un solo salto estuvo junto a la puerta, sacudiendo el pomo.

–¡Hijo de puta! No puedes encerrarme aquí.

–Más vale prevenir, doctora Jones. –La voz de Ryan sonaba suave como la seda a través de la puerta–. Solo quiero estar seguro de encontrarte mañana donde te he dejado.

Y se fue silbando, mientras ella aporreaba la puerta, prometiendo venganza.

15

Por la mañana Miranda cerró con llave la puerta del baño, a pesar de que sabía que era un gesto inútil. Se duchó deprisa, esforzándose por no perder la puerta de vista, por si Ryan decidía jugar sucio. Lo consideraba muy capaz de hacerlo.

Una vez protegida por la bata, se tomó su tiempo. Cuando llegara el momento de verlo, quería que fuera completamente vestida, con un buen escudo de maquillaje y bien peinada. Nada de íntimos desayunos en pijama.

Pero antes que nada, él debía dejarla salir. El muy cabrón.

–Ábrame, Boldari –llamó, dando unos golpecitos enérgicos contra la puerta. La respuesta fue el silencio. Irritada, golpeó con más fuerza, levantó la voz y empezó a proferir amenazas.

Secuestro. Añadiría el secuestro a la lista de acusaciones contra él. Pasaría el resto de su vida en alguna cárcel donde los otros reclusos se divertirían torturándole.

Harta de no recibir respuesta, hizo girar el pomo con rabia. La puerta se abrió sin resistencia con lo que su arrebato de furia dio paso a una profunda vergüenza. Salió con cautela, echando una mirada por el pasillo. Como las puertas de las habitaciones estaban abiertas, se acercó a la primera, decidida a enfrentarse a él.

Vio una librería que iba del suelo al techo cargada de libros; había confortables sillones de cuero y un pequeño hogar de mármol, con un ornamentado reloj de péndulo en la repisa. En una vitrina de forma hexagonal se veía una impresionante colección de frasquitos orientales para rapé. Miranda soltó un leve bufido: por refinados que fueran los gustos de ese hombre, no dejaba de ser un ladrón.

Al probar con la puerta siguiente, encontró el dormitorio de Ryan. La cama era grande, con cabecera rococó y dosel, pero lo que le hizo enarcar las cejas fue encontrarla perfectamente hecha. O no había dormido allí o su madre le había educado muy bien.

Conociendo a Maureen, se decidió por lo último.

Era una habitación muy masculina, pero dotada de una sutil sensualidad, con paredes color verde jade y marcos crema. Unas sinuosas mujeres, al estilo *art déco* –al parecer, su favorito–, sostenían pantallas de vidrio esmerilado para suavizar la luz. En el mismo tono de gris, una silla enorme se inclinaba acogedoramente hacia un hogar grande, recubierto de mármol con vetas rosadas. Flanqueaban el ventanal dos enormes urnas con limoneros ornamentales; las cortinas habían sido descorridas para dejar entrar la luz del sol. La cómoda era una Duncan Fhyfe; junto a un bronce del dios persa Mitra, se veían unas cuantas monedas sueltas, un billete viejo de metro, una caja de cerillas y otros objetos: el habitual contenido del bolsillo de un hombre.

Miranda sintió la tentación de hurgar en el ropero y abrir cajones, pero se contuvo. No quería correr el riesgo de que la sorprendiese en plena tarea.

Había una tercera habitación; obviamente, el despacho de un hombre que podía pagar lo mejor para trabajar en casa. Dos ordenadores, ambos con impresoras láser, un fax y una pequeña fotocopiadora, un teléfono y archivadores de roble. De roble también eran los sólidos estantes, cargados de libros, adornos y docenas de fotografías familiares enmarcadas.

Los niños seguramente eran sus sobrinos: caras bonitas, haciendo muecas a la cámara. Esa mujer serena y maternal, con el bebé en los brazos, debía de ser la hermana Bridgit. El joven apuesto tenía los ojos de los Boldari; debía de ser Michael, y la mujer que tenía abrazada por los hombros, su esposa. Miranda recordó que vivían en California. Había una instantánea de Ryan con Colleen –sus sonrisas eran idénticas–, y una foto de grupo, con la familia completa, obviamente tomada en unas Navidades. Las luces del árbol se adivinaban borrosas detrás de la multitud de caras.

«Estaban felices –pensó ella–. Unidos.» De pronto se descubrió estudiando una foto en que Ryan besaba la mano a su hermana, que lucía un vestido de novia como el de la princesa de un cuento de hadas, con el correspondiente brillo en los ojos.

No pudo evitar sentir envidia. En su casa no había fotografías sentimentales de momentos domésticos. Experimentó el tonto deseo de introducirse en una de esas fotografías, acurrucarse bajo uno de esos brazos cordiales, desenvueltos, y sentir lo que ellos sentían. Sentir amor.

Se sacudió de encima ese pensamiento y volvió decididamente la espalda a los estantes. No era buen momento para preguntarse por qué la familia Boldari era tan cálida y la suya, tan fría. Tenía que hallar a Ryan y decirle lo que pensaba, ahora que su irritación estaba todavía fresca.

Bajó la escalera, mordiéndose la lengua para no llamarlo por su nombre. No quería darle esa satisfacción. No estaba en la sala; tampoco en el estudio, bastante hedonista, con su gran televisor, un estéreo espectacular y una consola de videojuegos. «Policías y ladrones» rezaba uno de los juegos. «Menuda ironía», pensó Miranda.

Tampoco estaba en la cocina. Pero había dejado media jarra de café caliente. Ryan no estaba en el apartamento. Miranda se acercó al teléfono, con la absurda idea de llamar a Andrew y contárselo todo. Levantó el auricular, pero no había línea. Entre maldiciones corrió a la sala y apretó varias veces el botón del ascensor. No hubo respuesta. Fuera de sí, se volvió hacia la puerta; estaba cerrada con llave.

Entornó los ojos. Al encender el interfono no se oía nada. Al dejar abierta la puerta del dormitorio, el hijo de puta no había hecho sino expandir el perímetro de su jaula.

Era más de la una cuando oyó el suave zumbido del ascensor. Miranda no había pasado la mañana sin hacer nada: aprovechó la oportunidad para revisar las habitaciones, centímetro a centímetro. Revolvió el armario de Ryan sin remordimientos; decididamente, se inclinaba por los diseñadores italianos. Revisó sus cajones; prefería los calzoncillos de seda, sensuales, y camisas y jerséis de fibras naturales. Frente a la sala había una terraza que le encantó.

Los escritorios (en el dormitorio, el estudio y el despacho) estaban cerrados con llave. Miranda había perdido bastante tiempo atacando las cerraduras con horquillas para el pelo. En cuanto a los ordenadores, una palabra clave bloqueaba el paso. La cafeína que continuaba ingiriendo mientras espiaba la puso a cien. Estaba más que lista para plantarle cara cuando él salió del ascensor.

–¡Cómo te atreves a encerrarme así! ¡Yo no soy tu prisionera!

–Fue solo una precaución. –Él dejó a un lado el maletín y las bolsas de provisiones que traía.

–Solo falta que me pongas esposas.

–Eso queda para cuando nos conozcamos mejor. ¿Cómo lo has pasado?

–Te...

–Me odias, me detestas y me desprecias –la interrumpió él, mientras se quitaba el abrigo–. Ya lo hemos discutido. –Por la pulcritud con que colgó la prenda, estaba claro que su madre le había educado bien–. Tenía que hacer algunos recados. Espero que te hayas sentido como en tu casa.

–Me voy. Debo de haber sufrido un ataque de demencia temporal cuando se me ocurrió que podíamos trabajar juntos.

Él la dejó llegar al pie de la escalera.

–*La Dama Oscura* está en un depósito del Bargello; allí la tendrán hasta averiguar de dónde procede y quién la fundió.

Ella se detuvo, tal como Ryan esperaba, y se volvió con lentitud.

–¿Cómo lo sabes?

–Es mi trabajo. Ahora, contigo o sin ti, iré a Italia para rescatarla. No me costaría mucho encontrar a otro arqueómetra para averiguar qué pasó y por qué. Si te sales de esto, no hay retorno.

–No podrás sacarla del Bargello.

–Claro que sí –replicó él con una sonrisa–. No lo dudes. Puedes ocuparte de ella cuando yo la saque. O volver corriendo a Maine y esperar a que tus padres te perdonen.

Ella pasó por alto el último comentario. Se acercaba mucho a la verdad.

–¿Cómo la sacarás?

–Eso es asunto mío.

–Si voy a participar de este plan ridículo, quiero conocer los detalles.

–Te informaré sobre la marcha de lo que necesites saber. Ese es el trato. Lo acepta o lo rechaza, doctora Jones. Estamos perdiendo el tiempo.

Ese era el momento de cruzar el límite, pasando el punto desde el que no se puede regresar. Él la estaba observando; en sus ojos había tanta arrogancia que Miranda sintió herido su orgullo.

–Si por un milagro consigues entrar en el Bargello, solo te llevarás ese bronce. Prométetelo.

–De acuerdo.

–Y si podemos apoderarnos del bronce, yo me haré cargo de él.

–La científica eres tú –reconoció Ryan, con una sonrisa. Desde luego, Miranda podía quedarse con la copia: a él solo le interesaba el original–. Ese es el trato –repitió él–. ¿Lo aceptas o no?

–Lo acepto –respondió ella con un profundo suspiro–. Que Dios me proteja.

–Bien. Ahora, veamos. –Ryan abrió el maletín y sacó algunos objetos que dejó sobre la mesa–. Esto es para ti.

–Este no es mi pasaporte –dijo ella, cogiéndolo.

–Ahora sí.

–El nombre que figura en él no es el mío. ¿De dónde has sacado esta foto? Es la de mi pasaporte.

–Exactamente.

–Quiero decir la de mi pasaporte, el legítimo. Y mi permiso de conducir –continuó Miranda, mostrándoselo–. ¡Me has robado la cartera!

–Me limité a tomar prestados ciertos documentos que tenías en ella –corrigió Ryan.

Miranda estaba furiosa.

–Entraste en mi habitación mientras dormía y te llevaste mis cosas.

–Estabas inquieta –recordó él–. No parabas de moverte. Deberías probar la meditación para liberar esas tensiones.

–Fue un acto despreciable.

–Simplemente necesario. Lo despreciable habría sido meterme en la cama contigo. Divertido, pero despreciable.

Ella aspiró hondo y le miró fijamente.

–¿Qué has hecho con mis documentos legítimos?

–Están a salvo. No los necesitarás hasta nuestro regreso. Es cuestión de cautela, querida. Si la policía husmea por ahí, es mejor que no se entere de que has salido del país.

Ella dejó caer el pasaporte sobre la mesa.

–Yo no me llamo Abigail O'Connell.

–Eres la señora Abigail O'Connell. Será nuestra segunda luna de miel. Creo que voy a llamarte Abby. Es más íntimo.

–No pienso hacerme pasar por tu esposa. Preferiría ser la mujer de un psicópata.

Interiormente, Ryan se repetía que Miranda era una novata y que debía tener paciencia con ella.

–Vamos a viajar juntos, Miranda. Compartiremos habitación en el hotel. Los matrimonios no despiertan curiosidad. Esto es solo para simplificar las cosas. Por unos pocos días seré Kevin O'Connell, tu devoto esposo. Soy agente de bolsa. Y tú trabajas en publicidad. Nos casamos hace cinco años, vivimos en el West Side y estamos pensando en tener hijos.

–De modo que ahora somos *yuppies*.

–Ya nadie emplea ese término, pero básicamente es así. Te conseguí un par de tarjetas de crédito.

Ella lanzó un vistazo a la mesa.

–¿Cómo te hiciste con estos documentos?

–Contactos –repuso él, escuetamente.

Miranda lo imaginó en una habitación oscura y maloliente, en compañía de un tipo que tenía mal aliento y una serpiente tatuada en el brazo, vendedor de documentos falsos y armas. Eso no se parecía en nada a la casita suburbana de dos plantas donde un primo segundo de Ryan, de profesión contable, falsificaba documentos en el sótano.

–Pero es ilegal entrar en un país extranjero con documentos falsos.

Él la miró fijamente durante diez largos segundos; luego soltó una carcajada.

–Eres increíble. De veras. Ahora necesito una descripción detallada del bronce, para poder reconocerlo en cuanto lo vea.

Ella lo estudiaba, preguntándose quién podía entenderse con un hombre capaz de pasar de la hilaridad a la seriedad profesional en un abrir y cerrar de ojos.

–Noventa coma cuatro centímetros de altura, veinticuatro kilos seiscientos ochenta gramos de peso; desnudo femenino con la pátina azul verdosa típica de un bronce con más de quinientos años de antigüedad.

Mientras hablaba, la imagen centelleaba en su mente.

–Está erguida sobre la punta de los pies, con los brazos levantados... Mira, sería más fácil que te la dibujara.

–Estupendo. –Él sacó de un cajón papel y lápiz–. Hazlo tan detallado como puedas. Detesto cometer errores.

Miranda se sentó. Con una rapidez y una habilidad que sorprendió a su compañero, hizo un dibujo perfecto de la imagen que tenía en la mente. La cara, con su sonrisa astuta y sensual; los dedos extendidos hacia arriba, como buscando algo; el arco del cuerpo.

–Hermosa. Absolutamente hermosa –murmuró Ryan, impresionado por el poder de la imagen–. Dibujas bien. ¿Pintas también?

–No.

–¿Por qué?

–Porque no. –Miranda tuvo que hacer un esfuerzo para no encogerse de hombros. Mientras añadía los últimos detalles, él se inclinó para mirar por encima de su hombro, con la mejilla casi apoyada contra la de ella.

–Tienes mucho talento. ¿Por qué no lo aprovechas?

–Por supuesto que lo aprovecho. La habilidad para el dibujo es muy útil en mi trabajo.

–Pero ese don para el arte podría alegrarte la vida. –Él cogió el boceto para estudiarlo mejor–. Tienes talento, sí.

Miranda dejó el lápiz y se levantó.

–El dibujo es exacto. Te permitirá reconocer el bronce, si tienes la suerte de dar con él.

–La suerte tiene muy poco que ver con esto. –Ryan le rozó la mejilla con la punta de un dedo–. Te pareces un poco a ella: la forma de la cara, la fuerte estructura ósea. Sería interesante ver en tu cara esa sonrisa enigmática, segura de sí. Sonríes poco, Miranda.

–Últimamente no he tenido muchos motivos.

–Creo que eso puede cambiar. El coche estará aquí en una hora... Abby. Aprovecha el tiempo para habituarte a tu nuevo nombre. Y si te cuesta llamarme Kevin –le guiñó un ojo–, puedes llamarme «cariño».

–Ni lo sueñes.

–Ah, algo más. –Ryan sacó del bolsillo un pequeño estuche de joyería. Al abrirlo, el destello de los diamantes la hizo parpadear–. Por el poder que me ha sido conferido, etcétera, etcétera –añadió, retirándolo del estuche. Y le cogió la mano.

–No.

–No seas tonta. Es parte del disfraz.

Era imposible no deslumbrarse al ver lo que él le había puesto en el dedo. La alianza tenía cuatro diamantes incrustados.

–Vaya disfraz. Supongo que es robado.

–Me ofendes. Un amigo mío tiene una joyería. Me lo vendió a precio de costo. Tengo que preparar mi equipaje.

Mientras él subía la escalera, Miranda se quedó mirando el anillo con preocupación. Aunque fuera absurdo, habría preferido que no le sentara tan bien.

–Ryan, ¿estás seguro de poder...?

Él le dedicó un guiño por encima del hombro.

–Ya verás como sí. –Notó de inmediato que ella había estado hurgando en sus cosas. Había sido cuidadosa, pero no tanto. De todos modos, no habría detectado las pequeñas trampas que él disponía en su habitación: un cabello cruzado sobre los tiradores del armario, un trozo de celo transparente cerrando el primer cajón de la cómoda. Era una antigua costumbre que él no abandonaba, a pesar de la seguridad impuesta en todo su edificio.

Se limitó a menear la cabeza. Ella no habría hallado nada que él quisiera ocultar. Después de abrir el armario, presionó un mecanismo oculto y entró en su habitación privada. No necesitaba mucho tiempo para escoger lo que le haría falta: ya lo tenía pensado. Llevaría las ganzúas, la electrónica de bolsillo de su oficio, un rollo de fina cuerda flexible y guantes de cirugía, además de pegamento, tinte para el pelo, un par de cicatrices de pega, dos pares de gafas. No creía necesitar disfraces para ese trabajo; si todo marchaba bien, bastaría con el equipo básico. De todos modos, prefería estar preparado.

Guardó cuidadosamente todo en el doble fondo de la maleta. Luego añadió lo que cabía esperar de quien inicia unas vacaciones románticas en Italia, hasta llenar esa maleta y otra más pequeña.

Ya en su despacho preparó su ordenador portátil y escogió los disquetes necesarios. Mientras hacía el equipaje iba siguiendo una lista mental. Añadió algunas cosas que había comprado en una tienda especializada en artilugios de espionaje, perfeccionadas por él.

Ya satisfecho, guardó sus documentos auténticos en la caja fuerte, detrás de las obras completas de Edgar Allan Poe (el padre del misterio tras la puerta). Obedeciendo a un impulso, cogió el sencillo anillo de oro que guardaba allí. Era la alianza de su abuelo. Se la había dado su madre durante el velatorio, dos años antes. De vez en cuando debía usar alianza, pero nunca se había puesto aquella.

Sin preguntarse por qué la escogía en esta oportunidad, se la puso, cerró la caja fuerte con llave y salió en busca de sus maletas.

Mientras bajaba la escalera sonó el interfono anunciando la llegada del coche. Miranda ya tenía sus cosas abajo: maletas, ordenador portátil y maletín, todo debidamente apilado. Ryan enarcó las cejas.

–Me gustan las mujeres que saben estar listas a tiempo. ¿Tienes todo?

Ella aspiró hondo. Había llegado el momento decisivo.

–Vamos. Detesto llegar al aeropuerto en el último momento.

Él sonrió.

–Esa es mi chica –dijo, y se agachó para recoger una de las maletas.

–Puedo hacerlo sola. –Miranda le apartó la mano para coger la maleta ella misma–. Y no soy tu chica.

Ryan se encogió de hombros y, dando un paso atrás, esperó a que ella levantara su equipaje.

–Usted primero, doctora Jones.

No debía sorprenderla que Ryan hubiera conseguido, con tan poca antelación, dos asientos en primera clase. Para no dar un respingo cada vez que la azafata la llamaba «señora O'Connell», Miranda se sumió en las páginas de Kafka en cuanto despegaron.

Ryan, por su parte, dedicó un rato a la última novela de Lawrence Block, que trataba de ladrones. Luego pidió champán y encendió su pantalla de vídeo, donde Arnold Schwarzenegger repartía puñetazos a diestro y siniestro. Miranda, bebiendo agua mineral, trató de concentrarse en un documental sobre la vida salvaje.

En medio del Atlántico el cansancio pudo con ella, pues había dormido poco y mal. Reclinó su asiento y procuró descansar, haciendo caso omiso de su compañero de asiento.

Soñó con Maine, con los acantilados que el mar castigaba, con una densa niebla que desdibujaba los contornos. La luz parpadeaba y ella la utilizaba para guiarse hacia el faro. Estaba sola, completamente sola. Y tenía miedo, un miedo terrible.

A tientas, tropezando, hacía esfuerzos por no sollozar, aunque el aliento le quemara en los pulmones. Mientras corría, oía una risa de mujer, suave, amenazadora. Y corriendo se encontró al borde del acantilado, por encima de un mar agitado. Una mano se alargó hacia ella y ella se aferró con fuerza. *No me dejes sola.*

Ryan, a su lado, en el avión, bajó la vista hacia la mano de Miranda, que se había agarrado a su mano. Tenían los dedos entrecruzados: los nudillos de Miranda, todavía dormida, estaban pálidos. ¿Qué la atormentaba tanto? ¿Por qué no quería buscar ayuda?

Acarició los dedos de Miranda con el pulgar hasta que se relajaron, pero no la soltó, pues le brindaba un extraño consuelo. Y cerró los ojos para intentar dormir.

16

Solo hay un dormitorio.

Del encantador apartamento, Miranda no vio más que el único dormitorio, con su elegante lecho matrimonial y un bonito edredón blanco.

Ryan, en la sala, abrió las puertas de cristal para salir a una terraza enorme, donde el aire estaba cargado de primavera y el sol italiano brillaba jovialmente por encima de los terrados rojos.

–Mira esta vista. Quería reservar nuevamente esta habitación por esta terraza. Uno podría pasarse la vida aquí fuera.

–Bien. –Ella abrió las puertas del dormitorio para salir a la terraza desde allí–. ¿Por qué no lo haces? –No pensaba dejarse cautivar por ese emocionante panorama de la ciudad ni por los alegres geranios que llenaban las macetas, justo debajo de la barandilla. Tampoco por el hombre que se inclinaba hacia ellos, con el aspecto de haber nacido para estar precisamente allí.

–Hay un solo dormitorio –repitió.

–Estamos casados. Y ahora que lo recuerdo: ¿por qué no me traes una cerveza?

–Para cierto tipo de mujer has de ser irresistible, Boldari, pero yo no soy de ese tipo. –Ella se acercó a la barandilla–. Hay un solo dormitorio con una sola cama.

–Si eres tímida podemos turnarnos para ocupar el sofá de la sala. Tú primero. –Ryan le pasó un brazo por los hombros, con ademán amistoso–. Relájate, Miranda. Meterme en la cama contigo sería divertido, pero no es lo primero de mi lista. En cambio, un panorama como este justifica ese largo viaje en avión, ¿no?

–El panorama no es lo primero de mi lista.

–Ya que está aquí, ¿por qué no disfrutar de él? Allí, en ese apartamento, vive una pareja joven. –Él la guió un par de pasos, señalando una ventana del último piso, en un edificio amarillo claro, hacia la izquierda–. Los sábados por la mañana trabajan en el jardín del terrado. Una noche salieron a hacer el amor allí.

–¿Los miraste?

–Solo hasta que la intención fue inconfundible. No soy un pervertido.

–En ese aspecto, el jurado todavía está deliberando. Por lo que veo no es la primera vez que vienes aquí.

–El año pasado, Kevin O'Connell pasó aquí unos cuantos días. Por eso he vuelto a usarlo. En un hotel bien dirigido, como este, el personal tiende a acordarse de los clientes, sobre todo si dan buenas propinas. Y Kevin es un alma generosa.

–¿Por qué viniste bajo el nombre de Kevin O'Connell?

–Por cierto relicario con un fragmento óseo de Juan el Bautista.

–¿Robaste una reliquia? ¡Una reliquia! ¿Un hueso de Juan el Bautista?

–Un fragmento, nada más. ¡Por favor, si hay pedazos suyos sembrados por toda Italia! Sobre todo aquí, donde es el santo patrono. –No podía evitarlo; disfrutaba mucho escandalizando a Miranda–. Juan era un tipo muy popular. Nadie echará de menos una o dos astillas de hueso.

–No tengo palabras –murmuró Miranda.

–Mi cliente estaba enfermo de cáncer. Y estaba convencido de que esa reliquia podía curarlo. Murió, por supuesto, pero vivió nueve meses más de lo que los médicos esperaban. ¿Quién puede juzgar? Vamos a deshacer las maletas.

Le dio una palmada en el brazo.

–Quiero darme una ducha. Después nos pondremos a trabajar.

–¿A trabajar?

–Tengo que hacer algunas compras.

–No pienso pasarme el día buscando zapatos de Ferragamo para tu hermana.

–No nos llevará mucho tiempo. Y necesito algunas baratijas para el resto de la familia.

–Mira, Boldari, hay cosas más importantes que comprar recuerdos para tus parientes.

Ryan consiguió que se pusiera furiosa inclinándose a darle un beso en la punta de la nariz.

–No te preocupes, tesoro. A ti también te compraré algo. Ponte zapatos cómodos –le aconsejó. Y entró con aire desenvuelto en el cuarto de baño.

En una tienda del Ponte Vecchio compró un hermoso brazalete de oro con incrustaciones de esmeralda (se acercaba el cumpleaños de su madre) y lo hizo enviar a su hotel. Obviamente, disfrutaba de la muchedumbre de turistas y buscadores de bicocas que se arremolinaban en el puente, por encima del plácido Arno. Añadió varias cadenas de refulgente oro italiano, pendientes de marcasita y prendedores al estilo florentino. Para sus hermanas, según dijo a Miranda, que esperaba con impaciencia, sin dejarse encandilar por el refulgente espectáculo de los escaparates.

–Si te quedas aquí el tiempo suficiente –comentó él– escucharás todos los idiomas del mundo.

–¿Y ya hace el tiempo suficiente que estamos aquí?

Él le pasó un brazo por los hombros, meneando la cabeza al sentir que se ponía rígida.

–¿Nunca se permite disfrutar el momento, doctora Jones? Estamos en Florencia, en el más antiguo de los puentes de esta ciudad. Hay sol. Aspira hondo y bébelo –sugirió.

Ella estuvo a punto de hacerlo, de recostarse contra él y hacer lo que le decía.

–No hemos venido a disfrutar de la atmósfera –objetó, confiando en lograr un tono lo bastante frío para sofocar el entusiasmo de Ryan.

–Pero la atmósfera está aquí, y nosotros también.

Sin dejarse amilanar, Ryan la cogió de la mano para ser su guía a lo largo del puente. Miranda notó que parecía encantado con los puestos y los pequeños locales; cerca de la Piazza della Repubblica empezó a regatear por unos bolsos de cuero y varias cajas de abalorios. Miranda esperó en silencio y no hizo caso a las invitaciones de Ryan para que escogiera algo para sí misma; se dedicó a mirar los edificios, aunque le hirviera la sangre.

–Esto es para Robbie –comentó él, cogiendo de la percha una pequeña chaqueta de cuero negro con adornos de plata.

–¿Robbie?

–Mi sobrino. Tiene tres años. Le encantará.

Estaba muy bien hecha; era indudablemente cara y tan graciosa que Miranda tuvo que apretar los labios para impedir que se le curvaran en una sonrisa.

–No me parece nada práctica para un niño de tres años –objetó.

–Fue hecha para un niño de tres años –la corrigió él–. Por eso es pequeña. *Quanto?* –preguntó al comerciante, y empezaron a regatear.

Más tarde Ryan se dirigió hacia el oeste. Si confiaba en que tentaría a Miranda con la moda impecable de la Via dei Tornabuoni, la había juzgado mal. En Ferragamo, la catedral del calzado, Ryan compró tres pares de zapatos. Ella, nada; ni siquiera un precioso par de mocasines de cuero gris claro que le llamaron la atención. Las tarjetas de crédito que llevaba en el bolso no estaban a su nombre, y prefería ir descalza antes que utilizar una de ellas.

–Cualquier otra mujer –comentó él, mientras caminaban hacia el río– ya estaría cargada de cajas y bolsas.

–Yo no soy cualquier otra mujer.

–Ya lo he visto. Pero estarías estupenda vestida de cuero.

–En tus horribles fantasías, Boldari.

–Mis fantasías no tienen nada de horrible. –Se acercó a una tienda y abrió la puerta de vidrio.

–¿Y ahora?

–No se puede venir a Florencia y no comprar alguna obra de arte.

–No hemos venido a comprar nada. Se supone que estamos aquí por asuntos de trabajo.

–Tranquilízate. –Le cogió una mano y se la llevó a los labios–. Confía en mí.

–Esas dos frases no casan aplicadas a ti.

La tienda estaba atiborrada de reproducciones en mármol y bronce. Eran dioses que bailaban para tentar a los turistas y obligarles a sacar sus tarjetas de crédito para comprar la copia de una obra maestra o la ofrenda de un artista nuevo. Ya al límite de su paciencia, Miranda se dispuso a malgastar otra hora preciosa, mientras Ryan cumplía con sus obligaciones familiares. Pero él le dio la sorpresa de señalar, en menos de cinco minutos, una esbelta estatua de Venus.

–¿Qué te parece esa?

Ella se acercó y caminó alrededor de la figura de bronce pulido.

–No es demasiado buena. Pero si en tu ejército de parientes hay alguien que quiera una estatua para el jardín, le servirá.

–Sí, creo que va a servir. –Ryan dedicó una sonrisa de placer al vendedor. Luego, ante el gesto ceñudo de Miranda, se puso a hojear su guía de italiano para turistas. A lo largo del paseo había hablado el idioma con desenvoltura, salpicando sus frases con expresiones coloquiales. Ahora hablaba un italiano macarrónico con un acento deplorable. El empleado le dedicó una gran sonrisa.

–Usted es norteamericano. Podemos hablar en inglés.

–¿Sí? Gracias a Dios. –Riendo, tiró de la mano de Miranda para que se acercara–. Mi esposa y yo queremos algo especial para llevar a casa. Esta figura nos gusta mucho. Quedará estupenda en el solárium, ¿verdad, Abby?

La respuesta fue solo «Hummm».

Ryan no regateó debidamente. Se limitó a hacer una mueca al oír el precio y la llevó aparte, como para una consulta en privado.

–¿A qué viene todo esto? –preguntó ella. Se descubrió susurrando, porque él tenía la cabeza muy cerca.

–No quería comprarla sin la aprobación de mi esposa.

–No seas idiota.

–Mira lo que gano por ser un marido considerado.

Ryan la besó firmemente en la boca... y solo por instinto esquivó sus dientes.

–Prométeme que volverás a intentar eso más tarde. –Antes de que Miranda pudiera tomar represalias, se volvió hacia el empleado–. Nos la llevamos.

Cerrada la operación, con la figura de bronce ya envuelta y en su caja, rechazó el ofrecimiento de enviársela al hotel.

–No vale la pena. De todos modos, vamos hacia allá.

Cargó con la bolsa y rodeó con un brazo a su supuesta esposa, golpeándola involuntariamente con una de las dos cámaras que llevaba colgadas de los hombros.

–De camino tomaremos esos helados, Abby.

–No quiero helado –murmuró ella, cuando estuvieron de nuevo en la calle.

–¡Cómo que no! Tienes que conservar las energías. Todavía nos falta una parada.

–Oye, estoy cansada, me duelen los pies y no me gusta salir de compras. Prefiero esperarte en el hotel.

–¿Te querrás perderte la diversión? Vamos al Bargello.

–¿Ahora? –Lo que sentía era una mezcla de miedo y entusiasmo–. ¿Vamos a hacerlo ahora?

–Jugaremos a los turistas un poco más. –Ryan bajó a la calzada, dejándole espacio en la acera estrecha–. Vamos a ver cómo es el lugar, a disfrutar del ambiente y a tomar algunas fotos– añadió con un guiño de complicidad.

–A disfrutar del ambiente –musitó ella.

–¿Dónde están las cámaras de seguridad? ¿A qué distancia de la entrada principal está el *Baco* de Miguel Ángel? –En realidad, él lo sabía con exactitud pues había estado allí más veces, aunque fuera con otros disfraces–. ¿Qué dimensiones tiene el patio? ¿Cuántos escalones hay hasta la galería del primer piso? ¿A qué hora cambia la guardia? ¿Cuántos...? –continuó.

–De acuerdo, de acuerdo, ya te he entendido –interrumpió ella alzando las manos–. No sé por qué no fuimos directamente.

–Cada cosa a su tiempo, tesoro. Abby y Kevin habrían aprovechado el primer día para echar un vistazo a la ciudad, ¿no te parece?

Probablemente parecían dos turistas norteamericanos: cámaras, bolsas con sus adquisiciones y guías. Mientras caminaban, él le compró un cucurucho de helado. Pensando que tal vez la ayudaría a mitigar la ardiente bola de nervios que tenía en el estómago, ella lamió el cremoso y ácido helado de limón. Ryan caminaba a su lado, señalando edificios y estatuas, demorándose ante los escaparates o los menús exhibidos frente a las *trattorias*.

Miranda decidió que todo eso debía de tener algún sentido. Nadie los miraría dos veces. Y si se concentraba, casi podía creer que estaba vagando por Florencia por primera vez. Era casi como estar en una obra de teatro: *Abby y Kevin de vacaciones en Italia*. Si al menos ella no fuera tan mala actriz...

–Fabuloso, ¿no? –Cogiendo de la mano a su compañera, Ryan se detuvo y fingió que admiraban la magnífica catedral que dominaba la ciudad.

–Sí. La cúpula de Brunelleschi fue un logro revolucionario. No utilizó andamiaje. Giotto diseñó el campanario, pero no llegó a verlo terminado –comentó Miranda y se ajustó las gafas de sol–. La fachada de estilo neogótico fue añadida en el siglo XIX –prosiguió, apartándose el pelo de la cara. Entonces vio que él sonreía–. ¿Qué pasa?

–Me gustan sus lecciones de historia, doctora Jones. –Cogió el rostro de Miranda, deliberadamente inexpresivo, entre sus manos–. No hagas eso, mujer. No fue una pulla, sino un cumplido. –Le rozó apenas los pómulos con los dedos–. Cuéntame algo más.

Si se estaba riendo de ella, lo disimulaba muy bien. Así que Miranda se arriesgó.

–Miguel Ángel talló su *David* en el patio del Museo dell'Opera del Duomo.

–¿De veras?

Parecía tan serio que ella apretó los labios.

–Sí. Y también copió el *San Juan* de Donatello para su propio *Moisés*. Debió de ser un cumplido. Pero el orgullo del museo es su *Pietà*. Se cree que la figura de Nicodemo es un autorretrato, brillantemente ejecutado. Pero la figura de María Magdalena, en la misma escultura, no tiene la misma calidad; obviamente, se trata de la obra de uno de sus estudiantes. No me beses, Ryan –lo dijo deprisa, cerrando los ojos, cuando la boca de Boldari rondaba a un suspiro de la suya–. No compliques las cosas.

–¿Tienen que ser simples?

–Sí. –Volvió a abrir los ojos para mirarle–. En este caso, sí.

–Normalmente estaría de acuerdo contigo. –Ryan, pensativo, le rozó los labios con la yema del pulgar–. Nos gustamos. Eso debería ser simple. Pero no lo es. –Bajó las manos hasta las muñecas de Miranda, cuyo pulso era rápido y fuerte. Eso debería haberle complacido. Pero dio un paso atrás–. Bien, mantengamos las cosas tan simples como se pueda. Anda, ponte allí.

–¿Para qué?

–Para que te haga una foto, tesoro.

Se subió las gafas de sol y le guiñó un ojo.

–Para enseñársela a todos nuestros amigos cuando volvamos, ¿no, Abby? –Aunque parecía una exageración, ella posó frente al grandioso Duomo, con otros cientos de visitantes, y se dejó fotografiar con el magnífico mármol blanco, verde y rosa como fondo.

–Ahora hazme tú una. –Él se acercó y le dio la Nikon–. Enfoca y dispara. Eso es todo.

–Sé cómo funciona una cámara –dijo ella, quitándosela de las manos–, Kevin. –Retrocedió, seria y concentrada. Tuvo que admitir que a través del visor Ryan estaba aún más atractivo... Alto, moreno y sonriendo con audacia–. Listo. ¿Satisfecho?

–Casi. –Ryan detuvo a un par de turistas, que accedieron alegremente a fotografiar a la joven pareja de norteamericanos.

–Esto es ridículo –murmuró Miranda, posando otra vez, ahora con el brazo de Ryan rodeando su cintura.

–Para mi madre –explicó él, y se dejó llevar por el impulso de besarla.

Una bandada de palomas alzó el vuelo, con un susurro de alas y un temblor en el aire. Miranda no tuvo tiempo de resistirse, mucho menos de defenderse. La boca de Ryan, cálida y firme, se deslizó sobre la suya, en tanto el brazo que le rodeaba la cintura la acercaba un poco más. El leve suspiro que ella emitió no se parecía en nada a una protesta. La mano que le puso contra la cara tenía todas las intenciones de retenerlo allí. El sol era blanco; el aire estaba cargado de sonido. Y su corazón temblaba al borde de algo extraordinario.

«Había que apartarse o hundirse», pensó Ryan. Y volvió los labios hacia la palma de aquella mano.

–Perdón –dijo, sin sonreír–. No he pensado en lo que hacía. Y la dejó allí, con las rodillas flojas, para ir en busca de su cámara. Después de colgársela de nuevo al hombro, recogió la bolsa de las compras y le tendió una mano.

–Vamos.

Ella casi había olvidado su propósito, el plan. Con un gesto de asentimiento, echó a andar al lado de Ryan. Cuando llegaron a las puertas del antiguo palacio, él sacó la guía del bolsillo trasero, como corresponde a un turista que se precie.

–Fue construido en 1255 –le dijo–. Desde el siglo XVI hasta mediados del XIX funcionó como cárcel. En el patio se llevaban a cabo las ejecuciones.

–Muy apto, dadas las circunstancias –murmuró ella–. Y ya conozco su historia.

–Es la doctora Jones quien la conoce –aclaró él, dándole una palmadita afectuosa en el trasero–. Abby, tesoro.

En cuanto estuvieron dentro, en la sala principal de la planta baja, él sacó la cámara de vídeo.

–Qué lugar tan estupendo, ¿no, Abby? Mira a ese tipo. Parece que ha empinado bastante el codo, ¿no? –Apuntó la cámara hacia el glorioso bronce del ebrio *Baco*; luego, lentamente, fue filmando la sala–. ¡Cuando Jack y Sally vean esto se pondrán verdes de envidia! –Volvió la cámara hacia una puerta; allí, un guardia sentado vigilaba a los visitantes–. Ponte a andar –le ordenó en voz baja a Miranda–. Que parezca que todo esto te deslumbra.

A Miranda le sudaban las manos. Era ridículo, desde luego. Tenían todo el derecho del mundo a estar allí. Nadie podía saber lo que pasaba dentro de su cabeza. Pero el corazón le palpitaba dolorosamente en la garganta mientras recorría el salón.

–Maravilloso y horrible, ¿no? –Ella dio un pequeño respingo al verlo aparecer a su lado, mientras fingía estudiar el *Adán y Eva* de Bandinelli.

–Es una obra importante de esa época.

–Solo porque es vieja. Parecen un par de vecinos del suburbio pasando un fin de semana en una colonia nudista. Vamos a la galería, a ver las aves de Giambologna.

Una hora después, Miranda comenzaba a sospechar que gran parte de la actividad criminal era tediosa. Entraron en todas las salas públicas; capturaron en la película cada centímetro, cada ángulo. Aun así, había olvidado que la Sala dei Bronzetti tenía la mejor colección de pequeños bronces renacentistas de toda Italia. Como eso le recordaba al *David*, volvió a sentir un escozor de nervios.

–¿No tienes ya bastante?

–Casi. Ve a coquetear con aquel guardia.

–¿Cómo has dicho?

–Que le llames la atención.

Ryan bajó la cámara para desabrocharle dos botones superiores de la inmaculada blusa de algodón.

–¿Qué diablos haces?

–Quiero que concentre toda su atención en ti, *cara*. Hazle algunas preguntas en mal italiano, en tono sensual, para que se sienta importante.

–Y tú ¿qué vas a hacer?

–Nada, si no logras distraer su atención por cinco minutos. Dame ese tiempo. Luego pregúntale dónde está el lavabo y ve hacia allí. Nos reuniremos en el patio dentro de diez minutos.

–Pero...

–Hazlo –dijo ásperamente–. Con tanta gente, puedo salirme con la mía.

–Oh, Dios mío. Está bien.

Con un nudo en el estómago, Miranda le volvió la espalda para acercarse al guardia.

–Ah... *scusi* –comenzó, dando a la palabra un fuerte acento norteamericano–. *Per favore*... –Miranda vio que los ojos del guardia se zambullían en el escote de su blusa y regresaban a su cara con una sonrisa. Después de tragar saliva con dificultad, mostró la palma de las manos, indefensa–. ¿Inglés?

–*Sí, signora*, un poco.

–Oh, qué maravilla.

Entornó los ojos. Por el calor de la sonrisa del guardia comprobó que, en verdad, esos patéticos recursos daban resultado.

–Estudié italiano antes de venir, pero se me mezcla todo en la cabeza. ¿No es lamentable que los americanos no hablemos un segundo idioma, como la mayoría de los europeos? –Por la expresión de azoramiento del hombre, dedujo que estaba hablando demasiado deprisa y él no podía seguirla. Mejor así–. Todo esto es tan hermoso... ¿Podría decirme algo sobre...?

Y escogió una escultura al azar. Ryan esperó hasta que la mirada del guardia volvió a centrarse en el escote de Miranda; luego se escabulló hacia atrás, sacando una fina ganzúa del bolsillo, y se puso a trabajar en una puerta lateral.

Fue bastante fácil, aun cuando tenía las manos a la espalda. El museo no esperaba que sus visitantes vinieran armados con ganzúas ni que quisieran entrar a las habitaciones cerradas a plena luz del día.

En un disquete tenía los planos de ese museo. Junto con tantos otros. Si su fuente era de fiar, encontraría lo que buscaba detrás de la puerta.

Con un ojo en la cámara de seguridad, midió su tiempo hasta que un grupo de aficionados al arte pasó lentamente por su lado. Antes de que se alejaran, Ryan estaba al otro lado y había cerrado suavemente la puerta detrás de sí. Mientras se ponía los guantes que llevaba en el bolsillo, lanzó un largo suspiro de agradecimiento; luego flexionó los dedos. No podía tomarse mucho tiempo.

Aquello era una colmena de pequeños compartimentos atiborrados de estatuas y pinturas, casi todas necesitadas de ser restauradas. Por lo general, los que se ganaban la vida con las obras de arte no eran personas muy organizadas.

Varias piezas le llamaron la atención, incluida una Virgen de ojos tristes con el hombro quebrado. Pero buscaba una dama de otro tipo...

Un silbido desafinado y un repiqueteo de pasos hicieron que buscara rápidamente un escondite.

Ella aguardó diez minutos; luego, quince. A los veinte empezó a retorcerse las manos, sentada en su banco del patio, imaginando cómo se viviría en las cárceles italianas. Quizá la comida no fuera mala. Al menos, ya no se mataba a los ladrones para colgar sus cadáveres de las ventanas del Bargello, como testimonio de una recia justicia.

Volvió a mirar la hora, frotándose la boca con los dedos. Lo habían detenido, con toda seguridad. En ese momento estarían interrogándolo en algún cuartito caluroso. Y él la denunciaría sin reparos. El muy cobarde.

Entonces lo vio venir por el patio a paso tranquilo, como si no tuviera una sola preocupación en la vida, ninguna sombra de latrocinio en el corazón. Su alivio fue tan grande que se levantó de un brinco para arrojarle los brazos al cuello.

—¿Dónde te habías metido? Ya pensaba que te habrían...

Él la besó, tanto para interrumpir sus balbuceos como para aprovechar la ocasión que se le presentaba.

–Vamos a tomar una copa y hablaremos del asunto –dijo.

–¿Cómo pudiste abandonarme aquí fuera de ese modo? Dijiste que regresarías en diez minutos, y ha pasado casi media hora.

–Tardé un poco más de lo que esperaba. –Él sonrió, las bocas de ambos muy cerca la una de la otra–. Me echaste de menos.

–No. Me estaba preguntando qué menú servirían esta noche en la cárcel.

–Confía en mí. –Ryan la cogió de la mano y echó a andar, balanceando el brazo con ella–. En este momento me vendría muy bien una copa de vino y un poco de queso. La Piazza della Signoria no es tan pintoresca como otras, pero está cerca.

–¿Adónde fuiste? –quiso saber Miranda–. Coqueteé con el guardia todo lo que pude. Y cuando quise buscarte habías desaparecido.

–Quería ver qué había detrás de la puerta número tres. Este lugar puede haber sido palacio en otros tiempos y pajarera algo después, pero las puertas interiores son juego de niños.

–¿Cómo pudiste correr ese riesgo? ¡Entrar en un área prohibida, con un guardia a tres metros de distancia!

–Suele ser el mejor momento. –Echó un vistazo al escaparate junto al cual pasaban, recordando que debía reservar un poco de tiempo para otras compras–. Encontré a nuestra dama –añadió en tono casual.

–Fue una tontería irresponsable, totalmente egocéntri... ¿Qué?

–Que la encontré. –La sonrisa de Boldari refulgía como el sol toscano–. Y no creo que estuviera muy feliz, acumulando polvo en la oscuridad. Paciencia –añadió, antes de que ella pudiera interrogarlo–. Tengo sed.

–¿Sed? ¿Cómo puedes pensar en queso y vino, por Dios? Deberíamos estar haciendo algo. Planeando el próximo paso. No podemos sentarnos en una terraza a beber vino.

–Es justamente lo que vamos a hacer. Y deja de mirar por encima del hombro, como si nos siguiera la policía. –Tiró de ella hacia la terraza de una *trattoria*, y buscó una mesa desocupada.

–Estás completamente loco. Sales a comprar recuerdos, eliges chaquetas de cuero para niño, te paseas por el Bargello como si no lo hubieras pisado en tu vida. Y ahora...

Se interrumpió, escandalizada, porque él la estaba empujando hacia una silla. La mano de Ryan se cerró con fuerza sobre la de ella. La sonrisa que le dedicó, inclinado sobre la mesa, era tan dura y glacial como su voz.

–Ahora vamos a estarnos un rato sentados aquí. Y no vas a causarme ningún problema.

–Yo...

–Ni el menor problema. –La sonrisa se tornó despreocupada para dirigirse al camarero. Como en ese momento su personaje parecía absurdo, pidió en perfecto italiano una botella de vino de la zona y una selección de quesos.

–No voy a tolerar tus patéticos intentos de darme órdenes.

–Cariño, vas a tolerar lo que yo te ordene que toleres. Tengo a *La Dama*.

–Pues te equivocas si crees... ¿Qué? –Miranda palideció–. ¿Cómo que *tienes* a *La Dama*?

–La tengo debajo de la mesa.

–Debajo de la... –Miranda iba a apartar la silla para arrojarse al suelo, pero él se limitó a apretarle la mano hasta que ella sofocó un grito.

–Mírame, *cara*, y finge amor –pidió, llevándose a los labios los dedos amoratados.

–¿Vas a decirme que entraste en un museo, a plena luz del día, y saliste con el bronce?

–Soy bueno en mi profesión. Te lo dije.

–Pero... ¿en solo treinta minutos?

–Si no fuera porque un guardia entró en el depósito para tomar una copa a escondidas, habría tardado la mitad.

–Pero dijiste que debíamos estudiar el lugar, los movimientos...

Él volvió a besarle los dedos.

–Te mentí. –Le retuvo la mano, mirándola con aire soñador, mientras el camarero dejaba en la mesa el vino y el queso. El chico sonrió con complicidad y los dejó solos.

–Me mentiste.

–Si te hubiera dicho lo que iba a hacer te habrías puesto nerviosa. Y muy probablemente lo habrías echado todo a perder. –Ryan llenó las copas, bebió un sorbo e hizo un gesto de aprobación–. El vino de esta región es excelente. ¿No vas a probarlo?

Sin apartar la vista de él, Miranda levantó la copa y vació el contenido en varios tragos largos. Había pasado a ser cómplice en un robo.

–Para beber así tienes que comer algo antes. –Ryan Boldari cortó un trozo de queso y se lo ofreció–. Toma.

Ella le apartó la mano para apoderarse de la botella.

–Cuando entramos ya tenías pensado hacerlo.

–Tenía pensado hacer el cambio, si se me presentaba la oportunidad.

–¿Qué cambio?

–El bronce que compramos en la tienda. Lo puse en su lugar. Como te dije, la mayoría ve lo que espera ver. En el depósito hay una estatua de bronce que representa a una mujer. Lo más probable es que tarden en descubrir que no es la que corresponde. –Se llevó un trozo de queso a la boca, complacido–. Cuando lo descubran –continuó– buscarán la otra, pensando que fue cambiada de lugar. Una vez que comprueben que no está, ya no podrán determinar cuándo desapareció. Si la suerte nos sigue acompañando, por entonces ya estaremos en Estados Unidos.

–Tengo que verla.

–Hay tiempo para eso. Si he de serte sincero, esto de robar una falsificación a sabiendas... no es tan emocionante.

–¿No? –murmuró ella.

–No. Y cuando me retire del todo voy a echar de menos esa emoción. A propósito: estuviste muy bien.

–Oh. –Miranda no experimentaba ninguna emoción: solo un vacío en el estómago.

–Al distraer al guardia. Aliméntate bien. –Le ofreció otro poco de queso–. Todavía nos queda trabajo por hacer.

Era surrealista, estar sentada en el cuarto de hotel, con *La Dama Oscura* en las manos. La examinó con atención; buscó los sitios de donde se habían tomado muestras, apreció el peso, criticó el estilo.

Era una pieza bella y elegante, con la pátina verdiazul que otorga la dignidad de los siglos. La puso en la mesa, junto al *David*.

–Es preciosa –comentó Ryan, dando una calada al cigarrillo–. Tu dibujo era muy exacto. No captaste el espíritu, pero sí los detalles. Serías mejor artista si pusieras un poco de alma en tu obra.

–No soy artista. –Miranda tenía la garganta seca–. Soy científica. Y este no es el bronce que yo analicé.

Él enarcó una ceja.

–¿Cómo lo sabes?

Ella no podía explicar que no «sentía» la pieza como debería. Ni siquiera podía reconocer ante sí misma que, simplemente, no experimentaba ese cosquilleo en la punta de los dedos al tocarla. Así que respondió con datos.

–Una persona preparada sabe reconocer una obra del siglo xv con un simple examen visual. En este caso, yo no me conformaría con eso, por cierto. Pero tomé muestras. Aquí y aquí –dijo señalando con un dedo la parte posterior de la pantorrilla y la curva del hombro–. Esta pieza no tiene rastros. En el laboratorio de Ponti tomaron muestras de la espalda y de la base. No son las mismas marcas. Para verificarlo necesitaría algún equipo y mis notas, pero este no es el bronce con el que trabajé.

Ryan, pensativo, dejó el cigarrillo en un cenicero.

–Primero vamos a verificarlo.

–Nadie me creerá. Aunque lo verificara, nadie creerá que no es el mismo bronce.

–Te creerán cuando tengamos el original.

–¿Y cómo...?

–Paso a paso, doctora Jones. Conviene que te cambies. Para una entretenida velada dedicada a violar un domicilio, lo mejor es vestir de negro. Voy a buscar un medio de transporte.

Miranda se humedeció los labios.

–Vamos a entrar en Standjo.

–Esa es la idea. –Al ver que ella dudaba, Ryan se echó hacia atrás en la silla–. A menos que prefieras llamar a tu madre, explicarle todo esto y pedirle que te permita usar un rato el laboratorio.

Ella se levantó.

–Voy a cambiarme –dijo en tono gélido.

Como la puerta del dormitorio no tenía cerradura, arrastró la silla del escritorio para encajar el respaldo contra el picaporte. Así se sentía mejor. Lo único que podía pensar era que Ryan la estaba usando como si fuera una herramienta más. La idea de que eran socios constituía una pura ilusión. Y ahora lo había ayudado a cometer un robo.

Iban a forzar la entrada de la empresa familiar. Y si a él se le antojaba hacer algo más que algunos análisis básicos, ¿cómo se lo impediría?

Le oyó hablar por teléfono desde la sala. Se tomó su tiempo para ponerse la camisa negra y los pantalones holgados. Necesitaba idear un plan. Pedir ayuda a alguien de confianza.

–Tengo que bajar a recepción –anunció él–. A ver si te das prisa. Tardaré solo un minuto y yo también tengo que cambiarme.

–Me encontrarás lista. –En cuanto oyó el ruido de la puerta al cerrarse, Miranda apartó la silla de la puerta–. Que esté allí, que esté allí –murmuró frenéticamente, mientras sacaba la agenda del portafolio y la hojeaba en busca del número.

–*Pronto*.

–Habla Miranda, Giovanni.

–¿Miranda? –No era placer lo que había en la voz del hombre, sino cautela–. ¿Dónde estás? Tu hermano ha...

–Estoy en Florencia –le interrumpió ella–. Y necesito verte inmediatamente. Por favor, Giovanni. Te espero dentro de Santa Maria Novella, en diez minutos.

–Pero...

–Por favor. Es cuestión de vida o muerte.

Miranda colgó el auricular. Luego, deprisa, envolvió los dos bronces (el *David* y *La Dama*) en plástico con burbujas, los metió de nuevo en la bolsa y, cogiendo su bolso, partió sin demora.

Bajó apresuradamente por la escalera alfombrada, con el corazón latiéndole con fuerza. Al llegar abajo se detuvo para asomarse con cautela. Ryan estaba ante el mostrador, charlando alegremente con el recepcionista. No podía arriesgarse a pasar por el vestíbulo. Trató de deslizarse por un rincón para cruzar el salón al trote. Franqueó las puertas de vidrio, que daban a un patio bonito, con una amplia piscina y árboles de sombra. Su carrera hizo que las palomas se dispersaran.

Aunque la bolsa pesaba mucho, no se detuvo a tomar aliento hasta que estuvo en la calle. Se paró un instante, cambió la bolsa de mano y lanzó una mirada nerviosa hacia atrás. Luego continuó hacia la iglesia.

Santa Maria Novella, con su atractivo mármol verde y blanco, estaba a poca distancia del hotel. Miranda contuvo el impulso de correr. Entró caminando en la nave fresca y penumbrosa. Buscó un asiento a la izquierda. Una vez allí trató de entender qué diablos estaba haciendo.

Ryan se pondría furioso. Y ella no sabía con certeza qué grado de violencia ardía bajo esa elegancia superficial. Pero estaba haciendo lo correcto, dando el único paso lógico: incluso la copia debía ser protegida hasta que se resolviera aquello. No era posible confiar en un hombre que se ganaba la vida robando.

Giovanni no fallaría. Eran amigos desde hacía años. Por mucho que le gustara flirtear, por muy excéntrico que fuese, en el fondo era un científico. Y un amigo leal. Él sabría escuchar, reflexionar. Y la ayudaría.

Tratando de serenarse, cerró los ojos.

Había algo especial en el ambiente de los templos como aquel... Ecos de la antigüedad, la fe, el poder. La religión siempre había sido, hasta cierto punto, cuestión de poder. Allí ese poder se había manifestado en una gran obra de arte, en gran parte pagada por los cofres de los Médicis.

¿Para comprar su salvación? Creando grandeza para una iglesia, ¿compensaban sus fechorías y sus pecados? Lorenzo había traicionado a su esposa con la Dama Oscura, por muy aceptables que fueran por entonces esas aventuras. Y el más grande de sus protegidos la había inmortalizado en bronce.

¿Lo sabía él, acaso?

No, no. Miranda recordó que, al fundirse ese bronce, él ya estaba muerto. Por entonces la mujer debía de estar en relaciones con Pedro o con alguno de los primos menores. No habría rechazado a un nuevo protector y renunciado al poder que le brindaba su belleza. Era demasiado avispada y práctica. Para prosperar en ese período, hasta para sobrevivir, la mujer necesitaba el escudo de un hombre o su propia fortuna. O una gran belleza, acompañada por una mente fría y un corazón que supiera aprovecharla. Y Giulietta los tenía.

Miranda, estremecida, volvió a abrir los ojos, obligándose a recordar que no era la mujer lo que importaba ahora, sino el bronce. No era la especulación, sino la ciencia lo que resolvería el acertijo.

Al oír los pasos rápidos se puso tensa. Él la había descubierto. Oh, Dios. Se levantó de un salto, girando en redondo, y estuvo a punto de sollozar de puro alivio.

–Giovanni. –Avanzó un paso para abrazarlo.

–*Bella*, ¿qué haces aquí? –Él le devolvió el abrazo con una mezcla de exasperación y afecto–. ¿Por qué me llamas con voz de miedo y me pides que venga a verte como si fuéramos espías? –Echó un vistazo al altar–. Y en una iglesia.

–Porque es un lugar tranquilo. Seguro. Un santuario –explicó ella, con una sonrisa débil, apartándose–. Quiero explicarte algo, pero no sé de cuánto tiempo dispongo. A estas horas él sabe que he salido y debe de estar buscándome.

–¿Quién?

–Es demasiado complicado para explicártelo. Siéntate un minuto. –La voz de Miranda era un susurro, como conviene a las iglesias y las conspiraciones–. El bronce, Giovanni. *La Dama Oscura...* Era una falsificación.

–A veces mi inglés me juega malas pasadas, Miranda, pero para hacer una falsificación es necesario tener algo que falsificar. Ese bronce era una patraña, una broma pesada, un... –dudó mientras buscaba trabajosamente la palabra adecuada–. Mala suerte –decidió–. Las autoridades han interrogado al fontanero, pero parece haber sido embaucado. ¿Es así como se dice? Alguien quería hacer pasar la figura como auténtica y a punto estuvo de lograrlo.

–Era auténtica.

Giovanni le cogió las manos.

–Sé lo difícil que es esto para ti.

–Tú viste los resultados de los análisis.

–Sí, pero...

Le dolía ver duda y suspicacia en los ojos de su amigo.

–¿Crees que yo los alteré?

–Creo que hubo errores. Nos dimos demasiada prisa, Miranda. Todos.

–La prisa no altera los resultados. Ese bronce era auténtico. La falsificación es esta. –Metió la mano en la bolsa para levantar un poco el bronce envuelto.

–¿Qué es eso?

–La copia. La que analizó Ponti.

–*Dío mío!* ¿Cómo la obtuviste? –Giovanni lo preguntó alzando la voz, ante lo cual se volvieron algunas cabezas. Con una mueca, se inclinó un poco más hacia ella–. La tenían en el Bargello –susurró.

–Eso no tiene importancia. Lo importante es que este no es el bronce que analizamos. Tú mismo podrás comprobarlo, una vez que lo tengas en el laboratorio.

–¿En el laboratorio? ¿Qué locura es esta, Miranda?

–Es cordura. –Tenía que aferrarse a eso–. Yo tengo la entrada prohibida en Standjo. Todos los registros están allí, Giovanni, y también el equipo necesario. Necesito tu ayuda. En esta bolsa hay también un bronce de *David*. Es una falsificación; ya la he analizado. Pero quiero que te los lleves para examinarlos y hagas todas las pruebas posibles. Compara los resultados del Bronce de Fiesole con los que hicimos sobre el original. Comprobarás que no se trata de la misma pieza.

–Usa la cabeza, Miranda. Aunque hiciera lo que me pides, solo demostraría que te equivocaste.

–No. Tienes mis notas y las tuyas. Las de Richard. Haz las pruebas y compara. No podemos habernos equivocado todos, Giovanni. Lo haría yo misma, pero hay complicaciones. –Imaginaba a Ryan, furioso, recorriendo la ciudad en su busca–. Y si lo hiciera yo misma, no convencería a nadie. Esto tiene que ser objetivo. No puedo confiar en nadie más que en ti. –Le estrechó las manos, sabiendo que estaba jugando con la debilidad de Giovanni por la amistad. Habría podido contener las lágrimas que le subían a los ojos, pero eran sinceras–. Se trata de mi reputación. Mi trabajo. Mi vida.

Él maldijo por lo bajo; luego, al recordar dónde estaba, hizo una mueca de disgusto y se apresuró a añadir una plegaria, persignándose.

–Esto solo te traerá dolores de cabeza.

–Ya los tengo. Hazlo por nuestra amistad, Giovanni. Por mí.

–De acuerdo.

Ella cerró los ojos con fuerza, con el corazón henchido de gratitud.

–Esta misma noche. Ahora.

–Cuanto antes, mejor. El laboratorio ha cerrado por algunos días. Nadie se enterará.

–¿Por qué ha cerrado?

Él sonrió por primera vez.

–Mañana, mi encantadora pagana, es Viernes Santo. –Y no había planeado pasar la Semana Santa de esa manera. Suspirando, tocó la bolsa con un pie–. ¿Dónde puedo comunicarme contigo cuando termine?

–Te llamaré yo. –Miranda se inclinó hacia delante para darle un beso fugaz en los labios–. *Grazie, Giovanni. Mille grazie.* Jamás podré pagarte esto.

–Podrías empezar por darme una explicación, cuando termine.

–Te explicaré todo, te lo prometo. Oh, no sabes cuánto me alegro de verte. Me gustaría poder quedarme, pero debo regresar y... bueno, enfrentarme a la tormenta. Por la mañana buscaré el modo de llamarte. Cuídalos bien –añadió, empujando la bolsa hacia él con el pie–. Espera un par de minutos antes de salir, ¿quieres? Por si acaso. –Lo besó otra vez, cálidamente. Luego salió.

Como no miraba a los lados, no vio la silueta que, de pie en la penumbra, se volvió como para contemplar los frescos desteñidos del Infierno dantesco. No sintió la furia ni la amenaza.

Era como si se hubiera quitado de encima el peso que le aplastaba la cabeza, el corazón, la conciencia. Salió a la luz dorada del sol, que se fundía hacia el oeste. Por si Ryan estaba buscándola, caminó en dirección opuesta al hotel, hacia el río. No convenía que la encontrase antes de que Giovanni se hubiera alejado lo suficiente.

Fue una larga caminata, que le dio tiempo para serenarse, pensar y, por una vez, observar a las parejas que paseaban de la mano, compartiendo largas miradas o prolongados abrazos. Una vez Giovanni le había dicho que el aire florentino estaba lleno de romance; bastaba con olfatearlo. Sonrió. Luego suspiró. No estaba hecha para esas conductas románticas. ¿Acaso no estaba demostrado? El único hombre que la había impresionado hasta el dolor era un ladrón. Estaba mucho mejor sola. Como siempre.

Llegó al río, donde los últimos rayos del sol poniente se reflejaban en el agua. Cuando a sus espaldas sonó el rugir de un motor, violenta, impacientemente acelerado, supo que él acababa de encontrarla. Era lo que esperaba.

–Sube.

Echó un vistazo hacia atrás; vio la expresión de furia de su cara. Estaba completamente vestido de negro, igual que ella, y montado en una moto azul. El viento le había despeinado el cabello. Tenía un aspecto peligroso y absurdamente atractivo.

–Puedo caminar, gracias.

–Hazme caso, Miranda. Porque si tengo que bajar para hacerte subir va a ser doloroso.

Puesto que la alternativa era huir como una cobarde, quizá solo para que la atropellara un coche, se encogió de hombros como si no le importara. Caminó hasta el bordillo y pasó una pierna por encima del vehículo para sentarse detrás de él. Luego se agarró del asiento.

Pero cuando él salió disparado como una bala, el instinto de conservación hizo que rodeara con fuerza su cuerpo con los brazos.

17

Creo que debería haber usado las esposas.

Tras recorrer a toda velocidad las calles estrechas y serpenteantes, con una temeridad acorde con su estado de ánimo, Ryan frenó bruscamente en la Piazzale Michelangelo. Parecía adecuada y les brindaba un espléndido panorama de Florencia, con las colinas toscanas elevándose más allá. Allí tendría también la intimidad que necesitaba, por si se le ocurría ponerse violento.

La plaza estaba casi desierta; los vendedores que solían reunirse en ella ya se habían ido y hacia el oeste se estaba gestando una tormenta.

–Baja de la moto –ordenó él.

–Pareces lunático, conduciendo –dijo Miranda, que durante el trayecto se había llevado un par de sustos.

–Soy mitad italiano y mitad irlandés; ¿qué esperabas?

La arrastró hacia la pared; Florencia se extendía abajo como una joya antigua. Aún quedaban algunos turistas tomando fotos de la espléndida fuente, pero eran japoneses; podía arriesgarse a montar un escándalo en inglés o italiano. Eligió este último idioma porque le parecía más apasionado.

–¿Dónde están?

–A salvo.

–No te pregunté cómo, sino dónde. ¿Qué hiciste con los bronces?

–Lo más sensato. Se avecina una tormenta –observó ella, mientras un relámpago lamía el cielo–. Deberíamos buscar un lugar donde protegernos.

Él se limitó a empujarla contra la pared y la retuvo allí, cuerpo contra cuerpo.

–Quiero los bronces, Miranda.

Ella seguía mirándole a los ojos. No pediría ayuda a ese puñado de turistas tardíos. Se prometió solucionar aquel asunto por su cuenta.

–Para ti no tienen ningún valor.

–Eso soy yo quien lo decide. Esto me pasa por confiar en ti, maldita sea.

–Claro: no podías encerrarme bajo llave en el hotel, como hiciste en tu apartamento –replicó Miranda en tono de furia–. No podías obligarme a esperar como en el Bargello, mientras actuabas sin decirme lo que tenías planeado. Esta vez fui yo quien actuó.

Él la rodeó con los brazos, como si fueran amantes demasiado entusiastas para reparar en la tormenta o la ciudad.

–¿Y qué hiciste, si puede saberse?

–Algunos arreglos. Me estás haciendo daño.

–No, todavía no. Debiste entregárselas a alguien. A tu madre. –Como ella continuaba mirándole fijamente, cambió de opinión–. No, a tu madre no. Todavía tienes la esperanza de lograr que te implore perdón por haber dudado de ti. ¿Tiene algún novio en Florencia, doctora Jones? ¿Alguien a quien convencer con palabras dulces, para que esconda los bronces hasta que yo me dé por vencido? Ahora quiero esos bronces. Los dos.

Se oyó el fragor de un trueno, muy cerca ya.

–Ya te he dicho que están a salvo. Tomé medidas. Hice lo que me pareció mejor.

–Tus medidas me importan un rábano.

–Quiero demostrar que son copias. Y tú también. Si yo hiciera los análisis y las comparaciones, se podría aducir que cometí un engaño. Estaríamos igual que ahora. A ti te correspondía sacar el bronce del Bargello; a mí, buscar el modo de demostrar que es falso.

–Se los diste a alguien de Standjo. –Él se apartó apenas lo suficiente para cogerle la cara entre las manos–. ¿Qué clase de idiota eres?

–Se los di a alguien de confianza, un viejo amigo. –Miranda respiró hondo, con la esperanza de convertir su enojo en lógica–. Él hará el trabajo porque yo se lo pedí. Mañana lo llamaré para conocer los resultados.

Ryan sintió el impulso de golpearle la cabeza contra la pared, solo para ver si era tan dura como sospechaba.

–Veamos si entiende este razonamiento, doctora Jones. *La Dama Oscura* es una falsificación. Por lo tanto, una persona de Standjo hizo la copia. Alguien que sabía lo que dirían los análisis; alguien capaz de hacerla lo bastante bien como para que nadie lo advirtiera, al menos al principio; alguien que, probablemente, conoce a alguien que pagaría muy bien por la pieza auténtica.

–Él no haría algo así. Da mucha importancia a su trabajo.

–Como yo al mío. Vamos.

–¿Adónde?

Ryan la arrastraba por la plaza, rumbo a la moto, cuando cayeron las primeras gotas de lluvia.

–Al laboratorio, cariño. Comprobaremos qué ha hecho tu amigo.

–Pero ¿no lo entiendes? Si entramos por la fuerza en el laboratorio los análisis no servirán de nada. Nadie me creerá.

–Olvidas que yo ya te he creído. Ahí tienes parte del problema. Ahora sube, si no quieres que te deje aquí y me ocupe de esto por mi cuenta.

Ella lo pensó por un instante; lo último que Giovanni necesitaba era que Ryan, furioso, irrumpiera en el laboratorio.

–Deja que haga los análisis. –Se apartó el cabello húmedo de la cara–. Solo así tendrán valor.

Él se limitó a poner la moto en marcha.

–Sube.

Miranda obedeció. Mientras Ryan arrancaba, trató de convencerse de que, una vez en Standjo, podría hacerle entrar en razones.

A media manzana de Standjo, él detuvo la moto entre otras muchas alineadas junto al bordillo.

–No digas nada –ordenó, apeándose para retirar unas bolsas de las mochilas–. Obedéceme. Lleva esto. –Le puso una de las bolsas en las manos. Luego la cogió con firmeza del brazo y la llevó calle abajo–. Entraremos por atrás, por si hay algún curioso contemplando la lluvia. Cruzaremos directamente por el laboratorio fotográfico hasta la escalera.

–¿Cómo conoces la distribución?

–Porque investigo. Tengo planos de todo el edificio en disquete.

Una vez que estuvieron en la parte trasera del edificio, sacó un par de guantes para cirugía.

–Póntelos.

–Esto no va a...

–Te he dicho que te calles y me obedezcas. Ya me has causado más problemas de los necesarios. Voy a desactivar la alarma de este sector, así que, mientras estemos dentro, tendrás que mantenerte a menos de un paso de mí.

Mientras hablaba se puso los guantes, sin prestar atención a la lluvia torrencial.

–Si tenemos que ir a otra zona del edificio, me ocuparé de la seguridad desde dentro. Será más fácil. No hay guardias, porque todo es electrónico. En plena Semana Santa es muy difícil que tropecemos con nadie, como no sea tu buen amigo.

Ella iba a protestar otra vez, pero desistió. Una vez que entraron en el edificio, Giovanni la ayudaría. Sin duda, entre los dos podrían reducir a aquel ladrón irritante.

–Si él no esta aquí con los bronces, me la vas a pagar muy caro.

–Está aquí. Me dio su palabra.

–Sí, como tú a mí. –Ryan se acercó a la puerta y dejó la bolsa en el suelo. Luego entornó los ojos, estudiando el aparato instalado junto a la puerta–. La alarma está desconectada –murmuró–. Tu amigo es descuidado; no volvió a conectar el sistema.

Ella hizo caso omiso del escalofrío que recorría su piel.

–Supongo que no lo consideró necesario.

–Ya, pero la puerta está cerrada con llave. Debe de ser automática. Ya nos ocuparemos de eso. –Desenrolló una banda de cuero blando, utilizando el cuerpo para proteger las herramientas de la lluvia. Después tendría que secarlas bien. No podía arriesgarse a que se oxidaran–. No creo que tarde mucho, pero vigila. –Ryan tarareaba por lo bajo; ella reconoció en la melodía un fragmento de *Aída*. Cruzó los brazos y le volvió la espalda para contemplar la lluvia torrencial.

Al instalar el sistema de seguridad no habían querido arruinar con cerrojos esa bella puerta antigua. Los pomos de bronce eran querubines de cara triste, que concordaban con la arquitectura medieval y custodiaban una serie de cerraduras eficientes, pero estéticamente dudosas.

Ryan parpadeó para quitarse la lluvia de los ojos, lamentando vagamente no tener paraguas. Tenía que trabajar al tacto, pues el sonido de la lluvia le impedía oír el leve y satisfactorio chasquido de los seguros. Pero los sólidos cerrojos británicos fueron cediendo, uno a uno.

–Trae la bolsa –ordenó, al tirar de la pesada puerta. Utilizó la linterna de bolsillo para alumbrar el paso por la escalera–. Tú explícale a tu amigo que te estoy ayudando. A partir de ahí, yo me hago cargo. Eso, siempre que esté aquí.

–Te dije que estaría. Me lo prometió.

–Pues parece que le gusta trabajar en la oscuridad –comentó Ryan, apuntando con la linterna hacia delante–. Ese es tu laboratorio, ¿no?

–Sí. –Ella frunció el entrecejo. Estaba totalmente oscuro–. Parece que aún no ha llegado.

–¿Y quién desconectó la alarma?

–Eh... Quizás esté en el laboratorio de química. Es su especialidad.

–Dentro de un minuto iremos allí. Pero antes veamos si tus notas se encuentran todavía en tu despacho. ¿Es por aquí?

–Sí. Cruzando las puertas, a la izquierda. Era solo un despacho provisional.

–¿Archivaste los datos en el disco duro de tu ordenador?

–Sí.

–Los buscaremos.

Las puertas estaban cerradas, pero no habían echado la llave. Eso dio que pensar a Ryan. Decidido a pecar por exceso de prudencia, apagó la linterna.

–Mantente detrás de mí.

–¿Por qué?

–Obedece.

Entró con cautela, ocultándola con su cuerpo. Aguzó el oído, sin percibir otra cosa que el zumbido del aire al entrar por los agujeros de ventilación. Entonces alargó la mano hacia los interruptores de la luz.

–¡Oh, Dios mío! –Por instinto, Miranda le apretó el hombro–. ¡Oh, Dios mío!

–Yo creía que los científicos eran gente ordenada –murmuró él.

Aquello estaba como si alguien hubiera sufrido un ataque de furia. O hubieran montado una fiesta de mil demonios. Los ordenadores estaban destrozados; los cristales rotos de los monitores y los tubos de ensayo cubrían el suelo. Había mesas de trabajo volcadas y papeles esparcidos. El aire olía peligrosamente a productos químicos.

–No entiendo. ¿Qué sentido tiene todo esto?

–No han sido los ladrones –le aseguró él, tranquilamente–. De lo contrario se habrían llevado los ordenadores en vez de romperlos. Me parece, doctora Jones, que su amigo ya vino y se fue.

–Giovanni es incapaz de una cosa así. –Miranda pasó junto a él para abrirse paso entre los objetos rotos–. Deben de haber sido unos gamberros. Todo el equipo, tantos años de trabajo... Cruzó la habitación–. Todo destruido, arruinado.

«¿Gamberros?» Ryan no pensaba lo mismo. ¿Dónde estaban los típicos *graffiti*? Eso había sido hecho con saña. Y con un objetivo. Tuvo la corazonada de que los problemas no terminaban ahí.

–Salgamos de aquí.

–Quiero comprobar la dimensión de los daños. Si llegaron al laboratorio de química...

–No puedes hacer nada –murmuró él en voz baja. Fue tras ella.

La alcanzó en el vano de una puerta. Estaba mirando fijamente algo. Se tambaleaba.

Giovanni había cumplido con su promesa. Allí estaba. Yacía de espaldas, con la cabeza torcida en un ángulo extraño, en medio de un charco oscuro y brillante. Los ojos, abiertos e inexpresivos, permanecían fijos en *La Dama Oscura*, caída a su lado, con las manos gráciles y el rostro sonriente cubiertos de sangre.

–Dios mío...

Era tanto una plegaria como un juramento. Ryan tiró de ella hacia atrás, obligándola a girarse hacia él, para que no siguiera mirando lo que yacía en el suelo.

–¿Es tu amigo?

–Es... Giovanni. –Miranda tenía las pupilas dilatadas por el espanto; sus ojos parecían tan carentes de vida como los de un muñeco.

–Contrólate. Tienes que controlarte, Miranda, porque tal vez no quede mucho tiempo. Ese bronce está cubierto de huellas digitales nuestras, ¿entiendes?

Y el bronce acababa de convertirse en un arma asesina.

–Son las únicas que la policía va a encontrar. Nos han tendido una trampa.

Ella sentía en los oídos el fragor del mar que se alzaba para golpear la roca.

–Giovanni ha muerto.

–Sí. Ahora quédate aquí.

La apoyó contra la pared y entró en la habitación, respirando por la boca para no percibir el olor a muerte que impregnaba el aire. Con una mueca de disgusto, recogió el bronce y lo metió en su bolsa. Haciendo lo posible por no mirar aquellos ojos fijos, inspeccionó a toda prisa la estancia.

El *David* había sido arrojado en un rincón. En la pared, una marca indicaba el lugar donde había chocado.

«Muy astutos», pensó, mientras lo guardaba en la bolsa. «Muy bien pensado. Dejaron las dos piezas para que todo encaje. Para que todo se ajuste al cuello de Miranda como un nudo corredizo.»

Ella estaba exactamente donde la había dejado, pero ahora temblaba y estaba blanca como el papel.

–Puedes caminar –dijo él–. Y puedes correr, de ser necesario. Porque debemos salir de aquí cuanto antes.

–No puedo... dejarlo aquí... así. Giovanni... Ha muerto.

–Y no puedes hacer nada por él. Vámonos.

–No puedo dejarlo...

Para no perder tiempo discutiendo, él se la cargó al hombro. Miranda no se resistió. Quedó colgando, laxa, repitiendo las mismas palabras como si fueran un mantra:

–No puedo dejarlo. No puedo dejarlo.

Ryan llegó sin aliento a la puerta. Allí se acomodó la carga, abriendo la puerta apenas lo suficiente para observar la calle. No había nada sospechoso, pero aún le escocía la nuca como si percibiera allí la punta de un puñal.

Una vez fuera, bajo la lluvia, puso a Miranda de pie y la sacudió con fuerza.

–No vas a derrumbarte hasta que estemos lejos de aquí. Deja todo eso para después. Ahora ocúpate de lo urgente.

Sin esperar su consentimiento, la cogió del brazo y rodearon el edificio; luego echaron a andar calle abajo. Ella se montó en el asiento trasero de la motocicleta y se abrazó a él. Mientras conducía, Ryan sentía en su espalda el latido desigual del corazón de Miranda.

Quería ponerla a cubierto cuanto antes, pero prefirió cruzar la ciudad por callejuelas secundarias para asegurarse de que no lo siguieran. Quienquiera que hubiese matado a Giovanni podía haber estado vigilando el edificio, esperándolos. Al respecto, no sacaría ninguna conclusión hasta que hubiera escuchado de labios de Miranda la historia completa.

Una vez convencido de que no los seguían, aparcó frente al hotel. Después de recoger las bolsas se volvió para apartar el cabello mojado de la cara de Miranda.

–Escúchame. Presta atención a lo que voy a decir. –Le sujetó la cara hasta que los ojos vidriosos se fijaron en él–. Tenemos que cruzar el vestíbulo. Quiero que camines directamente hasta el ascensor. Yo me ocuparé del recepcionista. Tú entra y me esperas junto al ascensor, ¿de acuerdo?

–Sí.

Era como si las palabras no surgieran de su boca, sino de un lugar por encima de su cabeza, como si flotaran allí, confusas y sin sentido. Cuando echó a andar fue como nadar en almíbar, pero lo hizo, concentrándose en las relucientes puertas de los ascensores. Ese era su objetivo. Tenía que caminar hasta el ascensor. Oyó vagamente que Ryan hablaba con el recepcionista; le llegó un ronroneo de risas masculinas. Con la vista clavada en la puerta, alargó los dedos para deslizarlos por la superficie, como para apreciar su textura. Tan fresca, tan pulida. Qué extraño; nunca lo había notado. Apoyó la palma contra ella. Ryan se acercó por atrás y pulsó el botón para subir.

Sonaba igual que un trueno. Ruedas dentadas que se movían, entraban en contacto unas con otras. Y la puerta emitía un leve siseo al abrirse.

Ryan advirtió que estaba tan pálida como el cadáver de Giovanni. Y empezaban a castañetearle los dientes. Debía de estar calada hasta los huesos. Así estaba él, y no solo por haber conducido bajo la lluvia.

–Camina por el pasillo –ordenó, cambiando de mano las bolsas para poder rodearle la cintura con un brazo.

Miranda no se apoyó en él; su cuerpo se le antojaba ingrávido. Aun así, Ryan no retiró el brazo hasta que estuvieron en su suite. Cerró la puerta con llave y corrió el pestillo, antes de conducirla al dormitorio.

–Quítate esa ropa mojada. Ponte una bata.

Habría preferido meterla en una bañera llena de agua caliente, pero temió que perdiera el sentido y se ahogara. Comprobó que las puertas que daban a la terraza estuvieran bien cerradas. Luego sacó del pequeño mueble bar una botella de coñac. No se molestó en buscar copas. La encontró sentada en la cama, tal como la había dejado.

–Tienes que quitarte esa ropa –le dijo–. Estás empapada.

–Yo... Tengo los dedos ateridos.

–Toma un trago de esto, te irá bien. –Destapó la botella y se la acercó a los labios. Ella obedeció sin pensar, hasta que el líquido ardiente le corrió por la garganta hasta el estómago–. No me gusta el coñac.

–Y a mí no me gustan las espinacas, pero mi madre me obligaba a comerlas. Otro trago. Venga, sé buena chica. –Logró que bebiese otro trago antes de que se pusiera a toser, apartándole la mano.

–Estoy bien. Estoy bien.

–Claro. –Con la esperanza de calmar sus propias náuseas, Ryan también dio un largo sorbo–. Ahora, la ropa. –Dejó la botella para dedicarse a los botones de la blusa.

–No me...

–Miranda. –Como no sentía las piernas muy firmes, se sentó

junto a ella–. ¿Crees acaso que puedo disfrutar de esto? Estás bajo los efectos de una fuerte impresión. Necesitas entrar en calor, secarte. Y yo también.

–Puedo hacerlo sola. –Se levantó y se encaminó con paso valiente hacia el cuarto de baño. Al oír el chasquido de la cerradura, Ryan resistió el impulso de abrir la puerta para asegurarse de que Miranda no estuviera hecha un ovillo en el suelo.

Por un instante bajó la cabeza hacia las manos, obligándose a respirar, solo respirar. Era su primera experiencia inmediata y personal con una muerte violenta. «Reciente y real», pensó mientras bebía un poco más de coñac de la botella. Y era una experiencia que prefería no repetir.

–Voy a hacer que suban algo de comer. Algo caliente.

Se quitó la cazadora. Sin perder de vista la puerta, se desnudó y, arrojando a un lado la ropa empapada, se puso unos pantalones holgados y una camisa.

–¿Miranda?

Ceñudo, con las manos en los bolsillos, clavó la vista en la puerta. Al diablo con el pudor, decidió, y la abrió de un empellón. Ella se había puesto una bata, pero su cabello aún chorreaba. Se hallaba de pie en el centro de la estancia, con los brazos apretados contra el cuerpo, meciéndose. Lanzó a Ryan una mirada de indecible angustia.

–Giovanni.

–Tranquilízate. –Él la abrazó, obligándola a apoyar la cabeza en su hombro–. Estuviste bien, estuviste muy bien. Ahora puedes llorar todo lo que quieras.

Miranda se limitó a cerrar y abrir los puños contra su espalda.

–¿Quién pudo haberle hecho eso? Nunca hizo daño a nadie. ¿Quién se lo hizo?

–Ya lo averiguaremos. Créeme. –La estrechó un poco más, acariciándole el pelo mojado, tanto para tranquilizarla como para serenarse él mismo–. Pero tienes que reponerte. Te necesito lúcida. Necesito tu lógica.

–No puedo pensar. Lo veo allí, tendido... Tanta sangre. Era mi amigo. Cuando le pedí que viniera, lo hizo. Él... –se interrumpió de pronto y sintió el golpe del horror como una brutal puñalada en el corazón–. Oh, Ryan, por Dios. Yo lo maté.

–No. –Él la apartó para mirarla nuevamente a los ojos–. Lo mató la persona que lo golpeó en la nuca. Olvídate de eso, Miranda, porque no servirá de nada.

–Es culpa mía que él estuviera allí esta noche. Si yo no se lo hubiera pedido habría estado en su casa. O con alguna mujer. O con amigos, bebiendo vino en alguna *trattoria*. –Se llevó el puño a la boca, con expresión de dolor–. Murió porque yo le pedí que me ayudara, porque no confié en ti, porque mi reputación es tan importante para mí que quise hacer las cosas a mi modo. –Sacudió la cabeza–. Jamás podré olvidarme de eso.

A pesar de su desolación, había recobrado el color y su voz sonaba más firme. El sentimiento de culpa puede paralizar, pero también dar nuevas energías.

–De acuerdo; entonces saca algún provecho de ello. Ahora sécate el pelo, mientras yo pido algo de comer. Tenemos mucho de que hablar.

Miranda hizo lo que él le indicaba. Luego se puso un pijama de algodón blanco y volvió a envolverse con la bata. Decidió comer; de lo contrario se sentiría peor. Y necesitaba estar bien, fuerte y despejada, para vengar a Giovanni.

«¿Vengar?», pensó con un estremecimiento. Nunca había sido partidaria de la venganza. Ahora le parecía perfectamente lógica. La frase «ojo por ojo» acudió, sombría, a su mente. Haría todo lo necesario para que el asesino pagara por su crimen.

Cuando salió del dormitorio, vio que Ryan había hecho servir la comida en la terraza. Ya no llovía y corría una brisa fresca. La mesa tenía un aspecto muy alegre bajo el toldo a rayas verdes y blancas; sobre el mantel de hilo parpadeaban las velas. Todo eso debía de estar pensado para hacerla sentir mejor. Por puro agradecimiento, hizo lo posible por fingir que así era.

–Qué bonito –dijo sonriente–. ¿Qué vamos a comer?

–Para empezar, *minestrone*. Después, un par de chuletas a la florentina. Eso te ayudará. Siéntate y come.

Ella ocupó una silla. Hasta cogió la cuchara y probó la sopa. Se le atragantó, pero se esforzó por tragar. Ryan estaba en lo cierto: la comida caliente la hizo sentir mejor.

–Tengo que pedirte disculpas.

–Nunca rechazo las disculpas de una mujer.

–Falté a mi promesa –continuó, mirándole a los ojos–. De hecho, jamás tuve la intención de respetarla. Pensé que una promesa hecha a un hombre como tú no tenía ningún valor. Me equivoqué y lo siento.

La sencillez, el tono quedo, llegaron al corazón de Ryan. Habría preferido que no fuera así.

–Cada uno de nosotros tiene su razón para estar metido en esto. Así son las cosas. No obstante, tenemos un objetivo común: recuperar los bronces originales. Y ahora alguien ha subido las apuestas. Tal vez sea mejor que lo dejes. No vale la pena perder la vida por demostrar que tenías razón.

–He perdido a un amigo. –Apretó los labios y tomó otro poco de sopa–. No voy a abandonar, Ryan. No me lo podría perdonar. Tengo pocos amigos. Sin duda es culpa mía. No sé relacionarme con la gente.

–No seas tan dura contigo misma. Cuando bajas las barreras lo haces muy bien. Como con mi familia.

–No es que yo haya bajado las barreras, sino que ellos no les prestaron atención. No sabes cómo envidio la relación que tienes con ellos. –Como le temblaba un poco la voz, sacudió la cabeza y tomó otro poco de sopa–. Ese amor incondicional, la felicidad que se brindan mutuamente. Es algo que no se puede comprar. –Esbozó una sonrisa–. Ni robar.

–Pero se puede hacer. Solo tienes que poner voluntad.

–Siempre que alguien quiera recibir el regalo que ofreces. –Soltó un suspiro y decidió arriesgarse con el vino–. Si tuviera una mejor relación con mis padres, en estos momentos no estaría aquí, contigo. En realidad, a eso se reduce todo. Los problemas no siempre se expresan a gritos y golpes. A veces se manifiestan con insidiosa cortesía.

–¿Alguna vez les dijiste lo que sentías?

–Como lo habrías hecho tú, no. –Ella desvió la vista hacia la ciudad; las luces brillaban y la luna empezaba a ascender por el cielo claro–. Creo que no he sabido lo que sentía hasta hace muy poco. Y ya no importa. Lo que importa es descubrir quién mató a Giovanni.

Ryan no hizo ningún comentario al respecto. Decidió que había llegado el momento de pasar a las cosas prácticas, y procedió a destapar las chuletas.

–Los florentinos saben cocinar la carne roja como nadie. Háblame de Giovanni.

Fue como un golpe directo al corazón; el impacto hizo que Miranda levantara la vista.

–¿Qué quieres saber?

–Cuéntame primero qué sabías de él y cómo llegaste a saberlo. –Sería una manera de entrar en tema con facilidad, para ir a los detalles que más le interesaban.

–Es... era un químico brillante. Nació aquí, en Florencia, y comenzó a trabajar en Standjo hace unos diez años. También pasó un tiempo en el laboratorio del Instituto. Allí fue donde trabajamos juntos por primera vez, hace unos seis años. –Miranda levantó la mano para frotarse una sien–. Era un hombre amable y divertido –continuó–. Soltero. Le gustaban las mujeres y era encantador, muy atento. Se fijaba en los detalles. Por ejemplo, si estrenabas blusa o si cambiabas de peinado.

–¿Fuisteis amantes?

Ella hizo una mueca de dolor y sacudió la cabeza.

–No. Éramos amigos. Yo respetaba mucho su capacidad. Confiaba en su criterio. Y en su lealtad. Me aproveché de su lealtad –añadió en voz baja.

Apartó la silla para acercarse a la barandilla. Necesitaba un momento para hacerse a la idea, una vez más. Él había muerto. Eso no tenía remedio. Se preguntó cuántos años le llevaría acostumbrarse a esas dos realidades.

–Fue Giovanni quien me llamó para decirme que el bronce había sido desacreditado –prosiguió–. Quiso ponerme al corriente antes de que mi madre me telefoneara.

–¿O sea que era confidente de tu madre?

–Formó parte de mi equipo para ese proyecto. Y él también se vio en problemas cuando rechazaron mi dictamen. –Más serena, Miranda volvió a la mesa–. Me aproveché de su lealtad, de su amistad. Estaba segura de él.

–¿Hasta hoy no le habías dicho que el bronce era una copia?

–No. Le llamé cuando bajaste. Le pedí que me esperara en Santa Maria Novella. Le dije que era urgente.

–¿Adónde le llamaste?

–Al laboratorio, donde sabía que le encontraría. Recogí los bronces, bajé por la escalera y salí por el patio trasero, mientras tú hablabas con el recepcionista. Él vino enseguida. No tardó más de quince minutos.

«Tiempo suficiente –pensó Ryan– para comentar esa llamada con alguien. Con quien menos debía.»

–¿Qué le dijiste?

–Casi todo. Le dije que tenía en mi poder el bronce analizado por Ponti y que no era el mismo. Sobre el *David* le conté tanto como pude. Me parece que no me creyó. Pero me prestó atención. –Miranda dejó de juguetear con la chuleta. Fingir que comía era un esfuerzo excesivo–. Le pedí que llevara los bronces al laboratorio para analizarlos y hacer comparaciones. Prometí llamarlo mañana, para evitar que él me telefoneara o viniera al hotel. No quería que tú te enteraras de lo que había hecho con las figuras.

Ryan se echó hacia atrás en la silla. Por lo visto, ninguno de los dos estaba haciendo justicia a la comida. Optó por sacar un cigarrillo.

–Probablemente por eso estamos sentados aquí, disfrutando del claro de luna.

–¿Qué quieres decir?

–Reflexiona. Tu amigo tenía los bronces y ahora está muerto. El arma asesina y el *David* quedaron en la escena del crimen. ¿Cuál es la conexión entre ambos? Tú. –Encendió el cigarrillo para darle tiempo a asimilar la idea–. Si los policías hubieran descubierto esas figuras –continuó–, habrían salido a buscarte. El asesino sabe que tú has entendido lo suficiente como para buscar respuestas. Y que estás en el límite de lo ilegal, lo cual te impide recurrir a la policía.

–Mató a Giovanni para implicarme.

Era demasiado horrible como para pensar en ello. Pero también demasiado lógico para ignorarlo.

–Eso fue una mera consecuencia. Si el hombre era honrado, después de haber hecho los análisis se habría puesto a pensar. Y habría echado otro vistazo a tus notas y los resultados de tus comprobaciones.

–Por eso destruyeron el laboratorio –murmuró ella–. Ahora jamás recuperaremos mi documentación.

–Ha sido robada o destruida –dijo Ryan–. Tu amigo estorbaba. Y tú también, Miranda.

–Sí, comprendo. –De algún modo, así resultaba más fácil–. Ahora es más importante que nunca recuperar el original. El que lo cambió es el asesino de Giovanni.

–¿Sabes lo que se dice del asesinato? La primera vez cuesta; después se convierte en una tarea más.

Ella no prestó atención al escalofrío que recorría su piel.

–Si eso significa que quieres dar por terminado nuestro acuerdo ahora mismo, no voy a reprochártelo.

–¿No? –Ryan dio una profunda calada al cigarrillo. ¿Hasta dónde debía llegar para que ella no le considerara un cobarde? ¿Hasta qué punto pesaba la necesidad de protegerla en la decisión que ya había tomado?–. Siempre termino lo que empiezo.

El alivio se extendió como un río, pero ella cogió la copa de vino para levantarla en una especie de brindis.

–Yo también.

18

Todavía no era medianoche cuando Carlo salió de la *trattoria* y echó a andar en dirección a su casa. Había prometido a su esposa que no llegaría muy tarde. Los términos de su matrimonio incluían una noche por semana para que él saliera a beber e intercambiar mentiras con sus amigos. Sofía también se tomaba esa noche para darse un festín de chismes en casa de su hermana, lo cual debía de ser más o menos lo mismo.

Por lo general, Carlo prolongaba ese oasis masculino hasta las doce o un poco más, pero últimamente prefería abreviarlo. Desde que los periódicos anunciaron que su *Dama oscura* era una estafa, él se había convertido en blanco de todas las bromas.

Y no lo creía ni por un minuto. Había tenido la figura en las manos. Un artista sabía reconocer una obra de arte. Pero cada vez que se lo decía sus amigos, se echaban a reír.

La policía lo había interrogado como si fuese un criminal. *Dío mío*, si solo había hecho lo correcto. A excepción, tal vez, de ese pequeño error de apreciación al sacar la figura de la villa. Pero al fin y al cabo, él la había encontrado. La había tenido en las manos, había observado su cara, sentido su belleza y su poder. Ella lo tenía transfigurado. Hechizado. Sin embargo, al final, Carlo había hecho lo correcto: entregarla.

Y ahora decían que no valía nada. Que formaba parte de un astuto plan para burlar a los estudiosos del arte. Él sabía, desde lo más profundo de su corazón, desde los huesos, que eso era mentira.

Sofía afirmaba que le creía, pero no era cierto. Lo decía porque era leal y afectuosa, y porque de ese modo discutían menos delante de sus hijos. Los periodistas le hacían quedar como un tonto.

Había tratado de hablar con la norteamericana, la que dirigía el gran laboratorio donde habían analizado la figura. Pero ella no había querido escucharle. Carlo perdió los estribos y exigió hablar con la doctora Miranda Jones, la que había demostrado que su *Dama* era auténtica. Entonces la *direttrice* llamó al personal de Seguridad y lo echó del edificio. Había sido humillante.

Mientras caminaba por la tranquila calle de las afueras, hacia su casa, un poco mareado por efecto del vino, se dijo que había hecho mal en prestar atención a Sofía. Habría debido conservar la *Dama*, como él quería. Era él quien la había encontrado y rescatado de ese sótano húmedo y oscuro. Le pertenecía. Pero ahora, aunque aseguraran que no valía nada, ya no se la devolverían. Y él quería recuperarla.

Había llamado al laboratorio de Roma para exigir la restitución de su propiedad. Gritó y dijo que todos eran mentirosos y estafadores. Llegó al extremo de telefonear a Estados Unidos para dejar un mensaje desesperado en el contestador de Miranda. Estaba convencido de que ella era su vínculo con la *Dama*, y que de algún modo le ayudaría. Y es que Carlo no lograría conciliar el sueño hasta que la viera otra vez, tenerla en las manos.

Inspirado por el vino y la humillación de las risas burlonas, decidió contratar a un abogado, llamar nuevamente a la norteamericana, a ese lugar que se llamaba Maine, y convencerla de que todo era una conspiración para robarle lo que le pertenecía.

Recordó haber visto la foto de la mujer en los periódicos. Por la expresión de su rostro debía de ser una persona honrada. Sí, ella le ayudaría. Miranda Jones sabría escucharlo.

Oyó el coche que se acercaba, pero no se volvió a mirar. La calle estaba desierta y él caminaba cerca de la pared, pensando en lo que le diría a esa científica. Miranda y *La Dama Oscura* ocupaban su mente cuando el coche le atropelló a toda velocidad.

De pie en la terraza, bajo la intensa luz de la mañana, Miranda contemplaba la ciudad. Quizá por primera vez, la apreciaba en toda su belleza. El fin de la vida de Giovanni había cambiado irrevocablemente la suya. En algún lugar, dentro de ella, habría siempre un lugar oscuro, hecho de remordimientos y dolor. Sin embargo, percibía más luz de la que nunca había visto, el impulso de aferrarse, de tomarse su tiempo, de saborear cada detalle: el tranquilo beso de la brisa que revoloteaba contra sus mejillas, el destello de sol que bañaba la ciudad y la colina con su luz, la piedra caliente en la que apoyaba los pies descalzos.

Tenía deseos de bajar. De vestirse y salir a caminar sin rumbo por las calles, sin un propósito que impulsara cada uno de sus pasos. Solo para mirar escaparates y andar a lo largo del río. Para sentirse viva.

–Miranda.

Respiró hondo; se volvió y vio a Ryan.

–Es una preciosa mañana de primavera. No creo haberlo apreciado de verdad hasta ahora –dijo.

Él cruzó la terraza para apoyar una mano sobre la de ella, en la barandilla. Miranda habría sonreído, pero vio la expresión de sus ojos.

–Oh, Dios, ¿qué pasa ahora? ¿Qué pasó?

–El fontanero. Carlo Rinaldi. Ha muerto. Anoche lo atropelló un coche que se dio a la fuga. Acabo de oírlo en el noticiario.

Ella volvió la mano y cogió con fuerza la de Ryan.

–Caminaba hacia su casa, alrededor de medianoche –añadió él–. No dieron muchos detalles más. –El tono de su voz era de cólera contenida–. Tenía tres hijos y otro en camino.

–Pudo tratarse de un accidente.

Miranda quería aferrarse a eso. Si no hubiese sido por la expresión de Ryan, tal vez lo hubiera logrado.

–Pero no lo fue. ¿Quién podía tener motivos para matarlo? No tiene ninguna relación con el laboratorio. No puede saber nada.

–Estaba alborotando mucho. Por lo que sabemos, quizás estuvo metido en el asunto desde el principio. De un modo u otro, él encontró la figura y la tuvo por varios días. Tal vez la estudió. Estorbaba, Miranda. Y a quien estorba hay que eliminarlo.

–Como a Giovanni. –Ella se apartó. Podía soportarlo, se dijo. Era preciso que lo hiciera.

–¿Han dicho algo de Giovanni en el noticiario?

–Todavía no. Vístete. Vamos a salir.

«A salir –pensó ella–, pero no a vagar por las calles, a pasear junto al río, a existir, simplemente.»

–De acuerdo.

–¿Sin objeciones? –dijo él enarcando una ceja–. ¿Sin preguntar adónde o por qué?

–Esta vez, no. –Miranda entró en el dormitorio y cerró la puerta.

Treinta minutos después estaban en una cabina telefónica, desde donde Ryan hizo algo que había evitado durante toda su vida: llamar a la policía. En un susurro simuladamente nervioso, y en un italiano perfectamente coloquial, informó de la presencia de un cadáver en el laboratorio del segundo piso de Standjo. Luego colgó el auricular, sin dar tiempo a que le formularan preguntas.

–Con eso basta. Vámonos, no vaya a ser que la policía italiana pueda localizar esta llamada.

–¿Volvemos al hotel?

–No. –Él subió a la moto–. Vamos a casa de tu madre. Indícame el camino.

–¿A casa de mi madre? –Miranda, horrorizada, renunció a su promesa de no hacer preguntas–. ¿Para qué? ¿Te has vuelto loco? No puedo llevarte a casa de mi madre.

–No creo que nos sirva una rica *linguine* con salsa de tomate, pero podemos comer una pizza por el camino. Así habrá tiempo.

–¿Para qué?

–Para que la policía encuentre el cadáver y ella se entere. ¿Qué supones que hará cuando lo sepa?

–Ir directamente al laboratorio.

–Con eso estoy contando. Así tendremos una buena oportunidad para registrar la casa.

–¿Vamos a entrar por la fuerza en la casa de mi madre?

–A menos que deje una llave debajo del felpudo... Ponte esto. –Ryan le tendió una gorra de béisbol–. Los vecinos verían tu pelo a un kilómetro de distancia.

–No tiene sentido –dijo Miranda, una hora después, desde el asiento trasero de la moto; estaban a media manzana de la casa de su madre–. No puedo admitir que fisguemos en sus cosas.

–Se han perdido todos los resultados de tus análisis que se guardaban en el laboratorio. Existe la posibilidad de que ella tenga copias.

–¿Por qué?

–Porque eres su hija.

–Eso le tiene sin cuidado.

«Pero a ti no», pensó Ryan.

–Tal vez sí, tal vez no. ¿Es ella?

Miranda se ocultó detrás de Ryan, como una escolar que hubiera hecho novillos.

–Sí. En esto has acertado.

–Es una mujer atractiva. No te pareces mucho a ella.

–Muchas gracias por el cumplido.

Él se limitó a reír entre dientes, sin dejar de observar a Elizabeth, que se disponía a subir a su coche, impecablemente ataviada con un traje chaqueta oscuro.

–Se mantiene serena –apuntó–. Mirándola, nadie supondría que acaban de decirle que su empresa ha sido asaltada y uno de sus empleados ha muerto.

–Mi madre no es dada a exteriorizar sus emociones.

–Como he dicho, no te pareces mucho a ella. Bueno, desde aquí iremos andando. Ella tardará un par de horas en volver, pero a nosotros nos bastará con una; será fácil.

–Aquí no hay nada fácil.

Miranda vio cómo se colgaba el bolso del hombro. Decididamente, su vida jamás volvería a ser la misma. Ahora ella también era una delincuente.

Ryan se acercó a la puerta principal y pulsó el timbre.

–¿Tiene criados? ¿Perro? ¿Amante?

–Creo que tiene una asistenta, pero por horas. Y no le gustan los animales. –Miranda se puso la gorra–. En cuanto a su vida sexual, no sé nada.

Él volvió a pulsar el timbre. En su opinión, no había nada más embarazoso que entrar en una casa, creyéndola desierta, y descubrir que el dueño estaba en cama con la gripe.

Utilizando sus ganzúas, abrió las cerraduras en poco tiempo más del que le hubiera llevado hacerlo con la llave.

–¿Sistema de alarma?

–No lo sé. Probablemente.

–Bueno, ya lo veremos.

Ryan entró. En la pared había un tablero y una luz, indicando que el sistema requería un código. Contaba con un minuto. Sacó un destornillador para retirar la cubierta y desconectó la alarma cortando un par de cables.

Miranda, que al fin y al cabo era una científica, no pudo por menos que admirar tanta eficacia.

–Al verte me pregunto por qué la gente se molesta en poner este tipo de cosas –dijo–. ¿No sería mejor dejar las puertas y las ventanas abiertas?

–Es exactamente lo que yo pienso. –Ryan le guiñó un ojo. Luego echó un vistazo al vestíbulo–. Bonito lugar. Hermosas obras de arte; algo frías, pero atractivas. ¿Dónde tiene el despacho?

Ella le miró fijamente por un segundo; en vez de sentirse ofendida por esa despreocupada crítica de los gustos de su madre, se sentía alegre. Le divertía.

–En el primer piso; a la izquierda, creo. No he pasado mucho tiempo aquí.

–Probemos.

Él subió por un tramo de escalera. «Al lugar le habría venido bien un poco más de color», pensó. Tenía la perfección de una maqueta. Era elegante, sin duda, pero él prefería su apartamento de

Nueva York o la casa de Miranda, con su elegante decandencia.

El despacho le pareció femenino, pero no en exceso; distinguido, pero práctico; frío, pero no tanto. Se preguntó si reflejaba la manera de ser de su ocupante y decidió que era probable.

–¿Caja fuerte?

–No lo sé.

–Bueno, busca –sugirió él, mientras empezaba a mirar debajo de los cuadros que cubrían las paredes–. Aquí está, oculta tras este precioso grabado de Renoir. Yo me encargaré de esto mientras tu echas un vistazo al escritorio.

Miranda vaciló. Sabía desde niña que no convenía entrar sin permiso en ninguna habitación de su madre. Nunca había ido a probarse pendientes ni a rociarse con perfume. Y jamás se le habría ocurrido tocar el contenido del escritorio de su madre. Al parecer, estaba por recuperar el tiempo perdido.

Apartando a un lado los prejuicios de toda una vida, se zambulló en el despacho con mucho más entusiasmo del que estaba dispuesta a admitir.

–Aquí hay muchas carpetas –dijo a Ryan, mientras las hojeaba–. Cosas personales, en su mayoría. Seguros, recibos, correspondencia.

–Sigue buscando.

Ella se sentó ante el escritorio (también por primera vez) y examinó el contenido de otro cajón. Notaba el entusiasmo en el vientre, un entusiasmo culpable, vergonzoso.

–Copias de contratos –murmuró–. E informes. Creo que aquí trabaja un poco. ¡Oh! –Sus dedos quedaron inmóviles–. El bronce de Fiesole. Tiene una carpeta.

–Apártala. Después la revisaremos. –Él oyó el chasquido del último seguro–. Ya eres mía, bonita –susurró, abriendo un estuche de terciopelo para examinar un collar de perlas–. Vaya herencia. Te sentarían bien.

–Guárdalas.

–No pienso robarlas. Las joyas no son lo mío. –Pero abrió otro estuche; el brillo de los diamantes le arrancó un murmullo de asombro–. Unos pendientes muy elegantes; tres quilates cada uno, como mínimo; parecen blancos de Rusia; de primer agua, probablemente.

–¿No dijiste que las joyas no eran lo tuyo?

–Eso no significa que no me interesen. Estos pendientes casarían de maravillas con tu anillo.

–Ese anillo no es mío –repuso ella en tono áspero. Pero desvió la mirada hacia el diamante que le parpadeaba en el dedo–. Forma parte del disfraz.

–Muy cierto. Mira esto. –Ryan había sacado un sobre de plástico–. ¿Te resulta conocido?

–Las copias de las radiografías. –Miranda se apartó del escritorio para apoderarse de ellas–. Mira. Aquí está todo. El nivel de corrosión. Mira. Aquí está. Es real. –Presa de una súbita emoción, se llevó las manos a los ojos y apretó con fuerza–. Está aquí. No me equivoqué. No fue un error.

–Nunca pensé que lo fuera –dijo Ryan.

Ella volvió a abrir los ojos, sonriendo.

–Mentiroso. ¡Si hasta me amenazaste con estrangularme!

–Dije que me gustaría estrangularte. –Ryan volvió a rodearle el cuello con las manos–. Y eso fue antes de conocerte. Vuelve a poner todo en orden, querida. Tenemos para entretenernos un buen rato.

Pasaron las horas siguientes en la suite del hotel; mientras Miranda repasaba las copias de sus informes, línea a línea, Ryan permanecía inclinado sobre su ordenador.

–Está todo aquí. Todo lo que hice. Todos los análisis, todos los resultados. Admito que, como documentación, no tiene mucho peso, pero vale. ¿Cómo es posible que ella no se diera cuenta?

–Echa un vistazo a esto y dime si está bien.

–¿Qué?

–He hecho una lista doble. –Ryan le indicó por señas que se acercara–. Estos son los nombres que se repiten. Personas que tuvieron acceso a los dos bronces. Probablemente haya más, pero estos son los principales.

Miranda se levantó para leer por encima del hombro de Ryan. Solo apretó los dientes al ver su nombre en el primer puesto de la lista. Allí figuraban sus padres, Andrew, Giovanni, Elise, Carter, Hawthorne, Vincente...

–Andrew no tuvo acceso a *La Dama Oscura*.

Un mechón de cabello se desprendió de donde estaba recogido y fue a rozar la mejilla de Ryan. La instantánea tensión de su ingle hizo que lanzara un suspiro largo y silencioso. Antes de que terminaran ese cabello acabaría por inducirle a beber, por lo menos.

–Está vinculado a ti, a tu madre y a Elise. No es poco.

Miranda soltó un bufido, mientras se acomodaba las gafas.
–Eso es insultante.
–Quiero saber hasta qué punto es correcto. Sin comentarios.
–Es bastante completo. E insultante.
Ryan sintió deseos de silenciarla a fuerza de besos.
–¿Hawthorne estaba en Florencia con su esposa?
–No.
–Richard está divorciado.
«Qué diablos», pensó, y volvió la cabeza apenas lo suficiente para aspirar profundamente el olor de ese pelo.
–Mientras vivió en Maine, ¿tenía pareja?
–No lo sé. Apenas nos tratábamos. En realidad, fue él quien me recordó que ya nos conocíamos. –Molesta, giró la cabeza y se encontró mirándole a los ojos. Él no parecía totalmente concentrado en el trabajo. Miranda sintió que el corazón le daba un vuelco, enviando pequeñas señales de lujuria hacia el vientre.
–¿Qué importancia tiene?
–¿Qué importancia tiene el qué? –Ryan deseaba esa boca. Tenía derecho a ella.
–Que... que Richard estuviera divorciado.
–La gente hace todo tipo de confidencias a sus amantes y cónyuges. El sexo es un gran comunicador –murmuró Ryan, jugueteando con el mechón suelto.
Un tirón, un pequeño tirón y esa boca estaría sobre la suya. Podría tener toda esa cabellera entre las manos. En cinco minutos tendría a Miranda desnuda, a excepción de sus gafas.
Comenzaba a tener toda clase de fantasías increíbles sobre Miranda sin más prendas que sus gafas. Con gran pesar, no tiró de aquel mechón, sino que se volvió hacia la pantalla, ceñudo.
–Tenemos que pensar también en las abejas obreras, pero ahora necesitamos un descanso.
–¿Un descanso? –Miranda no podía pensar con claridad. En ese momento habría bastado que él la tocara para que perdiera la compostura. Enderezó la espalda. Cerró los ojos. Y asintió–. ¿En qué estás pensando?
–Dejemos todo esto y salgamos a comer.
Ella abrió los ojos con desmesura.
–¿A qué?
–A comer, doctora Jones. –Ryan pulsó algunas teclas, concentrado. No la vio frotarse la cara.
–A comer, claro. –A ella le tembló un poco la voz, de desespe-

ración o quizá porque le hacía gracia. No estaba segura–. Buena idea.

–¿Qué te gustaría para esta última noche en Florencia?

–¿Es la última noche?

–Las cosas pueden complicarse. Nos conviene trabajar en terreno conocido.

–Pero si *La Dama Oscura* está aquí...

–Volveremos por ella. –Él apagó el ordenador y se apartó del pequeño escritorio–. Florencia no es muy grande. Tarde o temprano te encontrarás con algún conocido. –Le pasó un dedo por el pelo–. No eres de las que pasan inadvertidas. Ahora, dime: ¿restaurante popular o de categoría?

«A casa.» Miranda descubrió que se moría por volver a su casa, por verla con esos ojos nuevos.

–Creo que, para variar, me gustaría algo popular.

–Excelente. Conozco el lugar adecuado.

Era bullicioso, estaba atestado y las luces, potentes, rebotaban contra las pinturas descaradamente chillonas que cubrían las paredes. Casaban bien con los chorizos y los jamones ahumados que colgaban del techo a modo de decoración principal. Las mesas estaban unidas, de modo que los comensales (amigos y desconocidos por igual) comían las abundantes raciones de carne y pasta codo con codo.

Un hombre corpulento, de delantal manchado, se acercó a ellos; Ryan le pidió una botella de vino tinto de la región. Miranda tenía a su izquierda a una alegre pareja de norteamericanos en recorrido por Europa. Compartieron una misma panera, mientras Ryan trababa conversación con ellos, con una facilidad que despertó la admiración de su compañera. Ella no había dialogado con desconocidos en un restaurante, salvo en contadas ocasiones. Pero cuando llegó el vino, ya estaba enterada de que ellos vivían en Nueva York, tenían un restaurante en Greenwich Village y llevaban diez años juntos. Ese era, según dijeron, un viaje de aniversario.

–Para nosotros es la segunda luna de miel. –Ryan, divertido, besó la mano a Miranda–. ¿Verdad, Abby, mi amor?

Miranda lo miró fijamente; luego respondió al leve puntapié recibido por debajo de la mesa.

–Ah, sí. Hum... cuando nos casamos no pudimos pagar un viaje de bodas. Kevin estaba en los comienzos y yo... era solo una ejecutiva de segunda línea en la agencia. Ahora queremos disfrutar antes de que lleguen los niños.

Atónita ante sus propias palabras, bebió un poco de vino. Ryan la miraba, radiante.

–Valió la pena esperar –añadió–. Florencia es un lugar muy romántico.

Desafiando todas las leyes de la física, el camarero se abrió paso entre las mesas para tomarles el pedido. Menos de una hora después, Miranda pidió más vino.

–Es un lugar estupendo. –Se volvió para sonreír afectuosamente a unos británicos que charlaban en tono cortés; más allá, un grupo de alemanes cantaba y bebía cerveza–. Nunca voy a este tipo de lugares. –Todo le daba vueltas en la cabeza: olores, voces, el vino–. No sé por qué.

–¿Quieres postre?

–Por supuesto. Comamos, bebamos y celebremos. –Miranda llenó otra vez su copa y sonrió, algo mareada–. Me encanta estar aquí.

–Sí, ya lo veo. –Ryan empujó la botella para ponerla fuera de su alcance y llamó por señas al camarero.

–Qué pareja tan simpática, ¿verdad? –Ella sonrió, sentimental, mirando el espacio que la pareja de norteamericanos acababa de desocupar–. Parecían muy enamorados. Cuando volvamos a casa les llamaremos, ¿verdad? No, cuando *ellos* lleguen a casa. Nosotros nos vamos mañana.

–Probaremos el *zabaglione* –dijo Ryan al camarero, enarcando las cejas hacia Miranda, que empezaba a tararear con los alcoholizados alemanes–. Y un *cappuccino*.

–Preferiría más vino.

–No me parece buena idea.

–¿Por qué? –Pletórica de amor al prójimo, Miranda vació su copa–. Me gusta.

–Tú misma –comentó él, encogiéndose de hombros, al ver que echaba mano nuevamente de la botella–. Si sigues así, no lo pasarás muy bien en el avión.

–Los aviones no me afectan en absoluto. –Con los ojos entornados, Miranda llenó su copa hasta un centímetro del borde–. ¿Lo ves? Mi pulso es firme como una roca. La doctora Jones es siempre firme como una roca. –Se inclinó hacia él, con una risita sugestiva–. Abby, en cambio, está sobre ascuas.

–Kevin tiene mucho miedo de tener que llevarla al hotel en brazos, inconsciente.

–Venga ya. –Ella se frotó la nariz con el dorso de la mano–. La doctora Jones jamás permitiría algo tan bochornoso. Vamos a dar un paseo por la orilla del río. Quiero caminar a la luz de la luna. Y Abby dejará que la beses.

–Un ofrecimiento muy interesante. Pero creo que es mejor volver a casa.

–Me encanta Maine. –Ella se echó hacia atrás en la silla, jugueteando con la copa–. Me encantan los acantilados, la niebla, las olas... Voy a cultivar un jardín. Este año lo haré, de veras. Hummm. –Era su opinión del cremoso postre que le habían puesto delante–. Me encanta disfrutar de las cosas. –Dejó la copa el tiempo necesario para hundir la cuchara en el postre–. No sabía eso de mí –añadió, con la boca llena.

–Prueba el café –sugirió él.

–Quiero más vino. –Pero cuando trató de coger la botella, Ryan se la quitó.

–¿No puedo sugerirte otra cosa?

Miranda le miró con aire pensativo; luego sonrió de oreja a oreja.

–Tráeme la cabeza del Bautista –ordenó, y soltó una carcajada–. ¿Es cierto que robaste sus huesos? No entiendo que alguien pueda robar los huesos de un santo. Pero es fascinante.

Ryan, decidiendo que ya era hora de marcharse, se apresuró a sacar unas cuantas liras del bolsillo para pagar la cuenta.

–Vamos a dar un paseo, amor mío.

–De acuerdo. –Ella se levantó de un brinco, pero tuvo que apoyarse contra la pared–. Oh, caramba, alguien está moviendo el suelo.

–Puede que fuera esté un poco más firme. –Ryan le pasó un brazo por la cintura para llevarla a través del restaurante, riendo, mientras ella se despedía de todo el mundo.

–Eres un caso serio, doctora Jones.

–¿Qué vino era ese? Me ha encantado. Quiero comprar una caja.

–Pues poco te ha faltado para beberte una.

La guió por la acera y a través de la tranquila calzada, agradeciendo que hubieran preferido caminar a usar la moto. De lo contrario, habría tenido que atarla al asiento.

–Voy a pintar las persianas.

–Buena idea.

–Las persianas de tu madre son amarillas. Muy alegres. Todos en tu familia son muy alegres. –Ella tiró de él hacia un grupo de borrachos–. Pero creo que en mi casa quedaría mejor un bonito azul intenso. Un bonito azul intenso y una mecedora en el porche delantero.

–No hay como una mecedora en el porche. Cuidado, que ahí está el bordillo. Muy bien.

–Hoy entré por la fuerza en casa de mi madre.

–Sí, lo he oído en alguna parte.

–Estoy compartiendo mi habitación de hotel con un ladrón y entré como una ladrona en casa de mi madre.

–Venga. A la izquierda. Así. Ya falta poco.

–Fue estupendo.

–¿El qué?

–Forzar la entrada. No quise decírtelo, pero fue estupendo. –Alzó bruscamente los brazos y estuvo a punto de golpearlo en el mentón–. Podrías enseñarme a violar cerraduras. ¿Lo harías, Ryan?

–Por supuesto, cuando quieras –repuso él, conduciéndola hacia la entrada del hotel.

–Podría seducirte para convencerte.

Ya en el borde de la elegante alfombra, Miranda dio un giro y se estrelló contra él, plantándole la boca contra la suya antes de que Ryan pudiera recobrar el equilibrio. Él sintió que le daba vueltas la cabeza, como si toda la sangre se retirara de ella.

–Miranda...

–Llámame Abby –murmuró ella.

El recepcionista desvió discretamente la vista.

–Bueno, ¿qué me dices?

–Lo discutiremos arriba. –Ryan la llevó a rastras hacia el ascensor.

–No quiero discutir. –Se pegó a él y comenzó a mordisquearle el lóbulo de la oreja–. Quiero hacer el amor. Salvajemente. Ahora mismo.

–¿Y quién no? –musitó un hombre que salía del ascensor acompañado de la que debía de ser su esposa.

–¿Lo ves? –señaló Miranda, mientras él la empujaba hacia el ascensor–. El señor está de acuerdo. Me muero por acostarme contigo desde que te vi y oí campanillas.

–¿Campanillas? –Ryan se estaba quedando sin aliento con el esfuerzo de quitársela de encima todo el rato.

–Cuando estoy contigo oigo campanillas. En este momento tengo la cabeza llena de ellas. Bésame otra vez, Ryan. No me negarás que deseas hacerlo.

–Basta. –Con cierta desesperación, él le apartó las manos antes de que pudiera desabotonarle la camisa–. Estás borracha.

–¿Y a ti qué te importa? –Miranda echó la cabeza atrás en una carcajada–. Desde un principio has estado tratando de meterte en mi cama. Ahora tienes la oportunidad.

–Hay ciertas reglas –murmuró él. Decididamente, uno de los dos necesitaba una ducha fría.

–Ah, de modo que ahora hay reglas. –Riendo, ella le sacó los faldones de la camisa para acariciarle la espalda; luego, el vientre, mientras luchaba por meter la llave en la cerradura.

–Dios me proteja. Miranda... ¡Por Dios!

Las manos de ella seguían descendiendo.

–Oye, te he dicho que no.

Entraron por fin en la suite y rodaron por el suelo.

–Contrólate.

–No puedo. Tengo que controlarte a ti. –Lo soltó apenas el tiempo necesario para ceñirle la cintura con las piernas y hundirle las manos en el pelo para besarlo–. Te deseo. Oh, cómo te deseo. –Le recorrió la cara con los labios–. Hazme el amor. Tócame. Quiero sentir tus manos.

Ryan no pudo impedir que sus manos acariciaran ese trasero duro, encantador. Su sangre deseaba a gritos a Miranda. Metió la lengua en su boca. Lo poco de cordura que aún le quedaba desaparecía por momentos.

–Por la mañana me odiarás y te odiarás.

–¿Y qué? –Ella rió otra vez y le clavó los ojos, salvajemente azules. Echó el cabello hacia atrás, excitando aún más a Ryan–. Mañana será otro día. Vive el momento conmigo, Ryan. No quiero vivirlo sola.

Sin apartar la mirada de sus ojos, la llevó en brazos al dormitorio.

–Bien, veamos cuánto dura este momento. Pero recuerde, doctora Jones, que usted lo ha pedido. –Le mordió el labio inferior, tirando de él antes de soltarlo.

Cayeron juntos en la cama, con el claro de luna entrando a raudales por las puertas, las sombras danzando en los rincones. La apasionó sentir su peso, las duras líneas de su cuerpo apretándola contra el colchón. Las bocas se encontraron otra vez, en un beso casi violento que se prolongó durante lo que pareció una eternidad.

Ella lo quiso todo y más aún. Todo; luego, lo imposible, segura de que, con él, lo encontraría.

Se acopló a él, resistiéndose a adoptar el papel pasivo. Esos movimientos bruscos le hacían perder la razón; su respiración entrecortada se transformó en gemidos. Oh, por Dios, era libre al fin. Y se sentía llena de vida. En su urgencia por sentirlo dentro de su cuerpo, tiró de la camisa de Ryan, haciendo saltar varios botones.

–Oh, sí –susurró, cuando él le desgarró la manga de su blusa–. Date prisa.

Ryan no podría haber ido más rápido, tal como no habría podido detener el tiempo. Con manos hábiles, seguras, le quitó el sostén. Luego acarició sus pechos, blancos como el mármol, suaves como el agua. Cuando el tacto no fue suficiente, la hizo girar nuevamente bajo su cuerpo para devorarla.

Ella se arqueó con una exclamación, sitiada por los labios, los dientes, la lengua de Ryan. Le clavó las uñas en la espalda, arañó los músculos tensos, mientras oleadas de placer recorrían su cuerpo. Las sensaciones se atropellaban en una alborotada confusión de gloriosos dolores, oscuros deleites, nervios en carne viva.

–Ahora, ahora. Ahora mismo.

Pero él le recorrió el torso con la boca. «Todavía no. Un momento más todavía.» Hizo descender por las caderas las braguitas de algodón, para hundir la lengua en el centro de ese calor palpitante. Ella tuvo un orgasmo tan intenso que los dejó paralizados. Musitó su nombre entre jadeos, enredando los dedos en su pelo, mientras el alivio conducía de nuevo a la necesidad y esta, desesperadamente, a la exigencia.

Ese cuerpo femenino era un milagro, una obra de arte: piernas y torso largos, piel de leche, músculos estremecidos. Ryan quería saborearlo, lamerlo entero, hacia arriba primero, luego hacia abajo. Quería sepultar la cara en esa cascada de pelo hasta quedar sordo y ciego. Pero el animal interior buscaba frenéticamente la libertad.

Rodaron otra vez, debatiéndose en la cama, atormentándose mutuamente con mordiscos. Se les nubló la vista, ardieron los pulmones en la erupción de otro orgasmo que atravesó el cuerpo de Miranda con energía atroz. Su aliento era una serie de breves gritos que le quemaban el pecho; su piel deseaba con ardor el contacto de la lengua, de las manos. La cara de Ryan parecía flotar por encima de la de ella. Luego sus facciones se hicieron nítidas, como si estuvieran grabadas sobre un diamante. Se mezclaron los alientos. Ella arqueó las caderas. Y él la poseyó.

Por un instante atemporal, cesó todo movimiento. Se miraron, unidos. Luego, lentamente, en una larga caricia, ella le deslizó las manos por la espalda, hacia abajo, y lo asió por las caderas. Juntos empezaron a moverse, cada vez más deprisa, con los cuerpos cubiertos de sudor; el placer se acumuló hasta castigar sus cuerpos y embotar sus mentes.

«Todo y más aún», pensó ella, aturdida, mientras ascendía hacia la cumbre. «Todo; luego, lo imposible.» Y lo encontró al abrazarlo con fuerza, hecha trizas.

19

Un torrente de sol la despertó. Por un instante horrible pensó que tenía fuego en los ojos. Se los golpeó con las palmas de las manos antes de recobrar por completo el conocimiento.

Descubrió que no se trataba de un caso de combustión espontánea. Y que no estaba sola en la cama. Solo consiguió emitir un gemido ahogado, antes de cerrar nuevamente los ojos. ¿Qué había hecho?

Bueno, lo que había hecho era bastante obvio; en realidad, si mal no recordaba, lo había hecho dos veces. Entre una y otra, Ryan le hizo tragar tres aspirinas y varios vasos de agua. Probablemente, gracias a ello aún tenía la cabeza sobre los hombros.

Con cautela, desvió la mirada hacia el costado. Él estaba tendido boca abajo, con la cara hundida en la almohada. El brillo del sol tampoco debía de hacerle muy feliz, pero la noche anterior a ninguno de los dos se le había ocurrido correr las cortinas.

Oh, Dios. Se le había arrojado encima, desgarrándole la ropa como una loca. Y todavía, a plena luz del día, se le hacía agua la boca al pensar en hacerlo otra vez.

Lentamente, con la esperanza de conservar su dignidad hasta llegar a la ducha al menos, se levantó de la cama. Ryan no movió un músculo ni hizo un solo ruido, gracias a Dios, mientras ella corría hacia el cuarto de baño. Por fortuna para su estado de ánimo, no lo vio abrir un ojo y sonreír al contemplar su trasero desnudo.

Mientras se duchaba, Miranda habló consigo misma, agradeciendo el chorro de agua caliente que calmaba algunos de sus dolores. Pero los más profundos seguían ahí; eran los más dulces, causados por un grato y saludable acto sexual.

Tomó otras tres aspirinas, esperanzada.

Cuando salió, él estaba en la terraza, conversando tranquilamente con el camarero del servicio de habitación. Como ya era demasiado tarde para esconderse, se las ingenió para esbozar una sonrisa.

–*Buon giorno*. Hermoso día, ¿verdad? Que lo disfruten. –El camarero recibió la factura firmada con una pequeña reverencia–.

Grazie. Buon appetito. –Los dejó a solas, con la mesa cubierta de comida mientras una paloma caminaba por la barandilla observando con avaricia aquel festín.

–Bueno, yo... –Miranda hundió las manos en los bolsillos de la bata, para que él no viese que le temblaban.

–Bebe un poco de café –sugirió él. Se había puesto unos pantalones de lana grises y una camisa negra, que le confería un aspecto muy desenvuelto y cosmopolita. Eso le recordó a Miranda que tenía el cabello húmedo y enredado. Estuvo a punto de marcharse nuevamente al cuarto de baño, pero sacudió la cabeza. Era de las que se enfrentan directamente a las cosas.

–Ryan, lo de anoche... Creo que debo pedirte disculpas.

–¿De veras? –Él llenó dos tazas de café y se acomodó ante la mesa.

–Bebí demasiado. No es una excusa. Simplemente, un hecho.

–Estabas borracha perdida, tesoro. Y encantadora –añadió él, estudiándola, mientras untaba un cruasán con mermelada–. Y asombrosamente ágil.

Ella cerró los ojos, vencida, y se sentó.

–Mi conducta fue imperdonable. Lo lamento. Imagino que debe de haber sido muy difícil para ti...

–Algunas posturas lo fueron. –Ryan bebió un sorbo de café, encantado por el leve rubor que trepaba desde el cuello de Miranda–. Pero ninguna de ellas... dolorosa.

Ella levantó la taza para beber rápidamente un sorbo y se quemó la lengua.

–¿Por qué hay que buscar excusas? –preguntó él, escogiendo una rosquilla de la cesta para ponérsela en el plato–. ¿Qué sentido tiene arrepentirse? ¿Acaso perjudicamos a alguien?

–El hecho es que...

–El hecho es que los dos somos adultos sanos, solteros y sin compromisos, que se sienten fuertemente atraídos el uno por el otro. Anoche nos dejamos llevar.

Destapó una tortilla francesa dorada y reluciente.

–Por mi parte, disfruté muchísimo. –Cortó la tortilla en dos y puso uno de los pedazos en el plato de Miranda–. ¿Qué me dices de ti?

Ella estaba cumpliendo con su deber de humillarse, pedir disculpas y aceptar toda la responsabilidad. ¿Por qué no se lo permitía?

–No me entiendes.

–No. No estoy de acuerdo con lo que tratas torpemente de explicar. Ah, bueno, ahí asoma un destello de ese glacial carácter tuyo. Así está mucho mejor. Ahora veamos: si bien te agradezco que tengas el buen tino de no culparme por aprovecharme de la situación, ya que me estabas desgarrando la ropa, es una tontería que te culpes a ti misma.

–Culpo al vino –aclaró ella, rígida.

–No, ya has dicho que eso no era excusa. –Ryan se echó a reír; luego le puso un tenedor en la mano–. Quise hacer el amor contigo desde el momento en que te vi por primera vez. Y cuanto más te conocía, más lo deseaba. Me fascinas, Miranda. Ahora come esa tortilla antes de que se enfríe.

Ella clavó la mirada en el plato. No podía enfadarse con él.

–No suelo hacer el amor a tontas y a locas.

–¿Eso fue hacerlo a tontas y a locas? –Él dejó escapar un largo silbido–. Que Dios me asista cuando decidas hacerlo en serio.

Miranda se dio por vencida.

–Fue fabuloso –reconoció.

–Me alegro que lo recuerdes. No estaba seguro. Ojalá pudiéramos pasar más tiempo aquí. Florencia trata bien a los amantes.

Ella aspiró hondo, mirándolo directamente a los ojos, y dio un paso sin precedentes en su vida.

–Maine es muy bello en primavera.

Él sonrió, acariciándole la mejilla con un dedo.

–Será un placer comprobarlo.

Sobre *La Dama Oscura* caía un único rayo de luz. Quien la estudiaba permanecía en la oscuridad, con la mente fría, serena y clara, como al cometer un asesinato.

Asesinar no entraba en sus planes. El poder y su concepto de lo que era correcto le habían impulsado a hacerlo. Si todo hubiera salido bien, la violencia no habría sido necesaria. Pero las cosas no habían salido bien, de modo que fue preciso efectuar ciertos ajustes. La pérdida de esas dos vidas se había debido al robo del *David*. ¿Quién hubiera podido preverlo, controlar algo así? Se podía decir que era un hecho fortuito. Fortuito, sí.

Pero el asesinato no era tan aborrecible como solía pensarse. Confería poder. Nada ni nadie podía apoyar con pruebas la existencia de *La Dama Oscura* y seguir existiendo. Había que ocuparse de eso, de forma completa y definitiva. Cuando llegara el momento debido, todo acabaría. Junto con Miranda.

Era una pena tener que destruir una mente tan brillante, tan sagaz. En otros tiempos, habría bastado con su reputación. Ahora era preciso quitarle todo. En la ciencia, en el poder, no había espacio para los sentimentalismos.

Un accidente, quizá. Aunque sería mejor el suicidio. Suicidio, sí. Sería tan... satisfactorio. Qué extraño, no haber previsto lo satisfactoria que sería la muerte de Miranda.

Haría falta pensarlo un poco, planificarlo. Haría falta... Una sonrisa se extendió por su cara, tan astuta como la de la gloriosa estatuilla. Haría falta paciencia.

La primavera se cernía sobre Maine. El aire tenía una suavidad que no estaba allí una semana antes, o al menos Miranda no la había sentido. La vieja casa, en lo alto de la colina, daba la espalda al mar; el sol poniente doraba sus ventanas. Era grato estar de regreso.

Al entrar, vio a Andrew en la sala, en compañía de una botella de whisky. El sereno optimismo de Miranda cayó en picado. Él se levantó de inmediato, tambaleándose un poco. Tardó varios segundos en enfocar la mirada; llevaba un par de días sin afeitarse y tenía la ropa arrugada. Estaba completamente ebrio; y así llevaba, probablemente, un par de días.

–¿Dónde te habías metido? –Andrew dio varios pasos vacilantes para abrazarse a ella torpemente–. Estaba preocupado por ti. Ya no sabía a quién llamar. Nadie tenía ni idea de dónde estabas.

Pese a los vapores del whisky, Miranda comprendió que su preocupación era sincera. Aunque le estrechó entre sus brazos, ya no estaba segura de querer contarle todo. ¿Hasta dónde se podía confiar en un borracho?

–Me han obligado a tomarme unas vacaciones –le recordó–. Y te dejé una nota.

–Sí, y no decía nada. –Andrew se apartó para mirarla a los ojos. Luego le dio una palmadita en la cabeza–. Cuando el viejo vino al Instituto comprendí que estábamos hasta la cintura. Volví a casa en cuanto pude, pero ya te habías ido.

–No me dejaron otra opción. ¿Estuvo muy duro contigo?

–No fue peor de lo que esperaba. –Se encogió de hombros. Pese al alcohol que embotaba su mente, notaba algo diferente–. ¿Qué está pasando, Miranda? ¿Qué has hecho?

–Me alejé por unos días. –Con pena, ella decidió reservarse lo que sabía–. En Nueva York tropecé con Ryan Boldari. –Le volvió la espalda, porque no sabía mentir ni en las mejores circunstancias. Y nunca le había mentido a su hermano–. Ahora ha vuelto a Maine. Se quedará aquí por algunos días.

–¿Aquí?

–Sí. Es que... estamos... saliendo juntos.

–Vaya. –Andrew reflexionó por un instante y añadió–: No imaginaba que fueseis tan rápido.

–Menos de lo que crees. Tenemos mucho en común. –Ella no quería explayarse sobre el tema–. ¿Se ha avanzado algo en la investigación?

–Tropezamos con un obstáculo. No logramos hallar la documentación del *David*.

Aunque Miranda estaba esperando aquello, el estómago le dio un vuelco. Nerviosa, se pasó una mano por el pelo, preparándose para continuar con el engaño.

–Eso es imposible. Ha de estar en los archivos.

–Pues no está, Miranda. –Irritado, Andrew cogió la botella para echar otro trago–. De hecho, no está en ningún lugar del Instituto. La he buscado por todas partes. –Se apretó los ojos con los dedos–. La compañía de seguros nos está dando largas. Si no hallamos la documentación tendremos que hacer frente a la pérdida. Tú hiciste las pruebas.

–Sí –confirmó ella, cautelosa–. Hice las pruebas, autentifiqué la pieza y la documentación fue debidamente archivada. Tú lo sabes, Andrew. También trabajaste en ella.

–Sí, pero el caso es que ha desaparecido. La compañía de seguros se niega a pagar mientras no presentemos los documentos; mamá amenaza con venir a ver por qué somos tan ineptos como para perder, no solo una obra de arte, sino su documentación. Y Cook no hace más que lanzarme miradas de furia.

–Lamento haberte dejado solo con todo esto. –Lo lamentaba de verdad, porque su hermano parecía muy afectado–. Por favor, Andrew. –Se acercó para quitarle la copa–. No puedo hablar contigo si estás borracho.

Él se limitó a sonreír.

–Todavía no lo estoy.

–Claro que lo estás. –Como ella había pasado recientemente por eso, conocía los síntomas–. Deberías asistir a una clínica de rehabilitación.

La sonrisa desapareció.

–Lo que necesito –replicó él– es un poco de colaboración y apoyo. –Irritado, le arrebató la copa y dio un largo trago–. Ahora lo lamentas, pero lo que hiciste fue dejar que me las apañase solo. Y si quiero beber un par de copas, después de haber pasado un día terrible hablando con la policía, dirigiendo el Instituto y haciendo reverencias a nuestros padres, es asunto mío y de nadie más, joder.

A Miranda se le encogió el corazón.

–Te quiero, Andrew. –Le dolía pronunciar aquellas palabras, pues sabía que ninguno de los dos decía algo así a menudo–. Te quiero y te estás matando delante de mis ojos. Y eso lo convierte en asunto mío. –En la mirada y la voz de Miranda había lágrimas que hicieron a Andrew sentirse culpable y enfurecerse.

–Muy bien, me mataré a solas. Así dejará de ser asunto tuyo. –Cogió bruscamente la botella y se marchó a grandes zancadas.

Se odiaba por rechazar a la única persona en quien podía confiar por completo. Pero su vida era su vida, y de nadie más.

Se encerró en su dormitorio, se sentó en una silla y bebió directamente de la botella. Tenía derecho a relajarse, ¿no? Cumplía con sus obligaciones (aunque de poco le sirviera), ¿por qué entonces le reprochaban que tomara un par de copas? «O un par de docenas», pensó con una risita burlona. «¿Quién pensaba en contarlas?»

Quizá las pérdidas de conciencia lo preocuparan un poco, esas misteriosas lagunas que se producían en su memoria. Debía de ser el estrés. Y un buen trago era la mejor solución para el estrés. Sin duda.

Se dijo que echaba de menos a su mujer, aunque cada vez le costaba más recordar claramente su cara, el timbre exacto de su voz. De vez en cuando, cuando estaba sobrio, veía un destello de la verdad. Ya no amaba a Elise; tal vez nunca la había amado tanto como pensaba. De modo que bebía para borrar esa verdad y se permitía disfrutar de la sensación que le producía la traición y su vida penosa.

Ahora que Annie le había prohibido ir a su bar, empezaba a apreciar el valor de beber a solas. A solas uno podía beber hasta que ya no se mantuviera en pie.

Y cuando ya no se mantenía en pie, se acostaba y perdía el conocimiento. Así uno podía pasar la noche.

Y no porque él necesitara beber. Lo manejaba perfectamente y podía dejarlo cuando quisiera. Pero no quería. Porque podía dejar de beber por completo, ni una gota, solo para demostrarle a Miranda, a Annie, a todos, que se equivocaban con respecto a él.

La gente siempre se había equivocado con respecto a él, concluyó con profundo resentimiento. Comenzando por sus padres. Nunca supieron quién era, qué deseaba, ni mucho menos, qué necesitaba.

«A la mierda con ellos. A la mierda con todos ellos.»

Dejaría de beber, de acuerdo. Mañana, pensó, levantando la botella y soltando otra risita.

Vio las luces que cruzaban la habitación. «Los faros de un coche –dedujo–. Tenemos visitas. Boldari, probablemente.»

Bebió otro largo trago, sonriendo para sí. De manera que Miranda tenía un novio. Podía sacar un buen provecho de ello. Hacía mucho tiempo que no fastidiaba a su hermana por algo tan interesante como un hombre.

¿Por qué no comenzar de inmediato? Se levantó, resoplando de risa, mientras la habitación giraba en torno a él. «Únete al circo y conocerás mundo», pensó, avanzando con paso vacilante hacia la puerta.

Quería averiguar qué intenciones tenía ese tal Ryan Boldari. Claro que sí. Debía demostrarle a ese neoyorquino meloso que la pequeña Miranda tenía un hermano mayor dispuesto a cuidarla. En el pasillo echó otro largo trago; luego, cogido a la barandilla, miró hacia abajo. Allí estaba su hermanita, al pie de la escalera, morreándose con ese tipo de Nueva York.

–¡Eh! –exclamó, haciendo un amplio ademán con la botella.

Cuando Miranda giró en redondo, él se echó a reír.

–Tú, sí, tú, míster Nueva York, ¿qué estás haciendo con mi hermana?

–Hola, Andrew –le saludó Ryan.

–Andrew y una mierda. ¿Te estás acostando con mi hermana, hijo de puta?

–En este momento, no. –Ryan mantuvo un brazo en torno a los rígidos hombros de Miranda.

–Pues quiero hablar contigo. –Andrew empezó a bajar, pero al cabo de pocos escalones tropezó y cayó rodando. Era como ver la caída de una gran piedra por el acantilado.

Miranda se adelantó de un salto para arrodillarse junto a él. Aterrorizada, advirtió que tenía sangre en la cara.

–Oh, Andrew, por Dios.

–Estoy bien, estoy bien –murmuró él, apartándole las manos–. Solo ha sido una pequeña caída, nada más.

–Podrías haberte roto el cuello.

–Los peldaños siempre son un problema –comentó Ryan tranquilamente.

Al agacharse junto a Miranda, observó que Andrew tenía en la frente un corte poco profundo y que a ella le temblaban las manos.

–¿Qué te parece si te llevamos de nuevo arriba para lavarte un poco?

–Mierda. –Él se pasó los dedos por la frente y estudió la mancha de sangre–. Mira esto.

–Voy a buscar el botiquín.

Ryan echó un vistazo a Miranda. Había palidecido otra vez, pero sus ojos estaban velados.

–Ya me ocupo yo. Ven, Andrew. Mi hermano, en su despedida de soltero, tropezó con el bordillo de la acera y se hizo más daño que esto.

Mientras Miranda se levantaba, Ryan ayudó a Andrew a ponerse de pie. Ella iba a subir con ellos, pero él sacudió la cabeza.

–Nada de mujeres. Esto es cosa de hombres. ¿No es cierto, Andrew?

–Muy cierto; sí, señor. –Borracho como estaba, acababa de convertir a Ryan en su mejor amigo–. Las mujeres son la causa de todos los males.

–Dios las ama.

–Yo tuve una por un tiempo. Me dejó.

–¿Quién las necesita? –dijo Ryan, conduciéndole hacia la izquierda.

–¡Así se habla! No veo nada.

–Es que te ha entrado sangre en los ojos.

–¡Gracias a Dios! Pensé que el golpe me había dejado ciego. ¿Sabes una cosa, Ryan Boldari, amigo mío?

–¿Qué?

–Voy a vomitar.

–Muy bien. –Ryan lo arrastró hasta el cuarto de baño–. Adelante.

«Vaya familia», pensó mientras le sostenía la cabeza, preguntándose vagamente si habría peligro de que vomitara también los intestinos, porque todo indicaba que estaba intentándolo.

Tras devolver, Andrew quedó pálido como un muerto, y tembloroso. Se requirieron tres intentos para sentarlo en la taza del váter a fin de echar un vistazo al corte de la cara.

–Debió de ser por la caída –comentó Andrew, débilmente.

–Vomitaste por el contenido de una botella –apuntó Ryan mientras le limpiaba la sangre y el sudor–. Te pusiste en ridículo; abochornaste a tu hermana y has estado a punto de romperte varios huesos. Hueles a bar en la madrugada y tienes un aspecto lastimoso. Sí, debió de ser por la caída.

Andrew cerró los ojos. Habría deseado acurrucarse en algún rincón para dormir hasta morir.

–Puede que haya tomado un par de copas de más, pero fue solo porque Miranda me estuvo jodiendo vivo.

–Déjate de excusas. Eres un alcohólico. –Ryan, implacable, le aplicó un desinfectante en la herida sin sentir la menor compasión ante sus quejidos–. Al menos, ten el valor de asumir la responsabilidad.

–Vete a la mierda.

–Qué réplica tan inteligente y original. No creo que necesites puntos de sutura, pero vas a tener un bonito ojo a la funerala que hará juego con esa herida de guerra.

A continuación le quitó la camisa mojada y manchada de sangre.

–¡Eh!

–Necesitas una ducha, amigo. Créeme.

–Solo quiero irme a la cama. Por el amor de Dios, quiero acostarme. Creo que me voy a morir.

–Todavía no, pero estás en camino.

Ryan, ceñudo, lo obligó a ponerse de pie tirando de él con fuerza. Mientras alargaba una mano para abrir el grifo de la ducha, decidió que no valía la pena quitarle los pantalones, de modo que lo metió en la bañera a medio desvestir.

–Dios mío, voy a vomitar otra vez.

–En ese caso, apunta hacia el sumidero –sugirió Ryan, y lo sostuvo donde correspondía, aunque Andrew sollozaba como un bebé.

Le llevó casi una hora conseguir que se acostara. Cuando volvió a la planta baja, los fragmentos de la botella rota habían desaparecido; también las manchas de whisky de las paredes y el suelo. No pudo encontrar a Miranda en la casa, de modo que cogió su chaqueta y salió.

Miranda estaba en los acantilados. Ryan estudió la silueta recortada contra el cielo nocturno, sola, alta, esbelta, con la cabellera suelta al viento y el rostro vuelto hacia el mar. «Sola no –se dijo–. Solitaria.» No recordaba haber visto a nadie tan solitario.

Se acercó a ella y le echó la chaqueta sobre los hombros. El sonido del mar había conseguido serenarla.

–Lamento mucho haberte metido en esto.

Ryan advirtió que su voz sonaba fría, a la defensiva. Estaba rígida y no lo miraba.

–Nadie me ha metido. Yo estaba allí. –Le puso las manos sobre los hombros, pero ella se apartó.

–Es la segunda vez que debes lidiar con un Jones vergonzosamente ebrio.

–Una noche de locura es muy distinto de lo que tu hermano está haciendo consigo mismo, Miranda.

–Por mucha razón que tengas, eso no cambia las cosas. No sé si yo hubiera podido arreglármelas sola con Andrew esta noche. Pero lo habría preferido.

–Pues es una lástima. –Ryan la hizo girarse para mirarle a los ojos–. Porque yo estaba aquí y pienso quedarme por un tiempo.

–Hasta que recuperemos los bronces.

–Así es. Y si para entonces no he acabado contigo... –cogió su cara entre las manos, bajó la cabeza hacia su boca y le dio un beso colérico y posesivo–, tendrás que vértelas con esto.

–No sé cómo. –La voz de Miranda se elevó por sobre el estruendo de las olas–. No estoy preparada para esto..., para ti. Todas las relaciones que he tenido terminaron mal. No sé comprometerme emocionalmente. Nadie en mi familia sabe hacerlo, así que lo dejamos en cuanto se presenta la ocasión.

–A mí no me has dejado. –Ryan lo dijo con una arrogancia tan descarada que ella sintió deseos de reír, pero le volvió la espalda para contemplar el haz de luz del faro.

Él sería quien la dejase cuando todo hubiera terminado, pensó. Y esta vez, con él, ella tenía mucho miedo de sufrir. Aunque supiera por qué estaba Ryan allí, cuál era su propósito principal, poco importaba: cuando la abandonara, sufriría.

–Todo lo que me ha pasado desde que te conocí me resulta extraño. No consigo funcionar, si no tengo algo que me oriente.

–Hasta ahora, te las has arreglado bastante bien.

–Han muerto dos hombres, Ryan. Mi reputación está por los suelos. Mi familia está más dividida que nunca. He violado la ley e ignorado la ética. Y tengo una aventura con un delincuente.

–Pero no te has aburrido, ¿verdad?

Ella dejó escapar una risa débil.

–No. Pero después, ¿qué haré?

–En eso no puedo ayudarte. –Ryan la cogió de la mano y echó a andar–. Mañana habrá tiempo para discutir cuáles deben ser los pasos siguientes.

–Necesito poner todo en orden. –Miranda echó un vistazo hacia la casa–. Debería ir a ver cómo se encuentra Andrew. Y luego, organizar...

–Andrew duerme y no despertará hasta mañana. Para ponerse a organizar lo que sea se requiere una mente lúcida, y ahora la tuya está obnubilada.

–Pero es que la organización es mi vida. Puedo organizar tres proyectos diferentes, planificar una conferencia y preparar una clase, todo al mismo tiempo.

–Me das miedo. Digamos, entonces, que soy yo quien no tiene la mente lúcida. Además, nunca he visto un faro por dentro.

Mientras se acercaba lo estudió, disfrutando de ese rayo que cortaba la oscuridad y se reflejaba sobre la superficie del agua.

–¿Qué antigüedad tiene?

Ella soltó el aliento, feliz de que él hubiese cambiado de tema.

–Lo construyeron en 1853. La estructura es la original, aunque, en los años cuarenta, mi abuelo hizo redecorar el interior con la idea de utilizarlo como estudio. Lo cierto es que, según mi abuela, lo utilizó para sus aventuras sexuales ilícitas, porque le divertía hacerlo cerca de su casa y, además, en un símbolo fálico.

–¡Vaya con el viejo!

–Uno más de los insufribles Jones, emocionalmente impedidos. Su padre (siempre según mi abuela, la única que hablaba de estas cosas) se exhibía públicamente con sus amantes y engendró varios hijos bastardos que se negó a reconocer. Y mi abuelo continuó con esa encumbrada tradición.

–Habrá muchos Jones en Jones Point...

Ella sacudió la cabeza afirmativamente, divertida a su pesar.

–Sí, supongo que sí. Mi abuela, no obstante, prefirió hacer caso omiso de sus costumbres; pasaba la mayor parte del año en Europa y se vengaba despilfarrando todo el dinero posible. Por desgracia, decidió viajar de regreso a Estados Unidos en un lujoso transatlántico llamado *Titanic*.

–¿De verdad? –Ryan ya estaba lo bastante cerca como para ver el candado herrumbroso de la gruesa puerta de madera.

–Bueno, ella y sus hijos abordaron un bote salvavidas y fueron rescatados. Pero pilló una pulmonía y murió pocas semanas después. Su acongojado marido se fue a vivir con una cantante de ópera. Perdió la vida cuando el esposo de ella, algo disgustado, prendió fuego a la casa donde ambos cohabitaban en pecado.

–Supongo que murió feliz. –Ryan sacó una navaja suiza del bolsillo y se puso a trabajar en la cerradura.

–Espera. Si quieres ver el interior, en casa tengo una llave.

–Esto es más divertido y más rápido. ¿Lo ves? –Guardó la navaja y abrió la puerta.

–Húmedo –comentó, sacando una pequeña linterna del bolsillo para iluminar la amplia estancia inferior–. Pero cómodo.

Las paredes estaban cubiertas de paneles de pino, al estilo de los años cincuenta. Había diversas siluetas eficientemente cubiertas por fundas y un pequeño hogar, recubierto de cenizas frías. Era una pena que el arquitecto que había diseñado aquel lugar hubiese puesto tabiques rectos para darle forma cuadrada, en vez de conservar la curvatura exterior.

–Conque aquí era donde el abuelo recibía a sus damas.

–Eso creo. –Miranda se ciñó la chaqueta a los hombros. El lugar era gélido y olía a rancio–. Mi abuela lo detestaba, pero no se separó; crió a mi padre y luego sirvió de enfermera a su marido, en los dos últimos años de vida. Era una mujer estupenda. Fuerte, tozuda. Me amaba.

–Por supuesto –dijo él, acariciándole la cara con el dorso de la mano.

–Tratándose de amor, en esta familia no hay «por supuestos». –Al ver el destello de compasión en los ojos de Ryan apartó la vista–. Si esperas la luz del día podrás ver algo más.

Por un instante, él permaneció en silencio. Recordaba haber pensado que en Miranda había una veta glacial. Rara vez se equivocaba tanto al analizar a una víctima. Por un tiempo, ella había sido su víctima. Ahora... Allí tenía algo en que pensar más adelante.

No era una veta glacial, sino una defensa bien construida contra los dolores de toda una vida. Contra la falta de amor, la indiferencia, la misma frialdad que él le había atribuido.

Ryan encontró unas velas y una lámpara de aceite. Cuando las encendió, una luz espectral iluminó la estancia.

–Escalofriante –dijo él. Guardó la linterna con una amplia sonrisa–. Cuando eras niña, ¿nunca viniste a buscar fantasmas?

–Eso es absurdo.

–Has tenido una infancia muy aburrida, cariño. Ven aquí que te compensaré por todo lo que te has perdido.

–¿Qué haces?

–Subir –dijo él, ascendiendo por la escalera metálica.

–No toques nada. –Miranda lo siguió. Las velas proyectaban luces y sombras contra los muros–. Ahora todo está automatizado.

Ryan encontró un pequeño dormitorio, con poco más que un colchón y una cómoda ruinosos. Probablemente, la abuela había saqueado el lugar, llevándose los objetos valiosos. Bien hecho.

Se acercó a la ventana, en forma de ojo de buey, para admirar el panorama. El mar, allá abajo, se estremecía. Frente a la costa escarpada, unos islotes melancólicos que parecían asustados. Oyó el sonido de las olas al romper en la orilla.

–Es un lugar maravilloso. Sugiere drama, peligro, desafío.

–Rara vez está en calma –dijo ella, a sus espaldas–. Desde la otra ventana se ve la bahía. Allí, algunas veces, el agua es como el cristal. Da la sensación de que se puede caminar por la superficie hasta la costa.

Él echó un vistazo por encima del hombro.

–¿Cuál te gusta más?

–Los dos, pero generalmente me siento atraída por el mar.

–Los espíritus inquietos siempre se sienten atraídos por otros espíritus inquietos.

Ella frunció el entrecejo, reflexiva. Nadie la habría calificado como *espíritu inquieto*. Mucho menos ella misma. Encogiéndose de hombros, siguió a Ryan hasta la habitación del farero.

–Vaya sitio tan asombroso.

Ryan, ignorando sus advertencias, estaba tocándolo todo a voluntad. El equipo zumbaba, eficiente y moderno, haciendo girar las grandes luces. La estancia era redonda, como correspondía, con una estrecha cornisa rodeando todo el perímetro por fuera. Las barandillas de hierro, aunque herrumbrosas, eran elegantes.

Cuando salió, el viento le abofeteó como una mujer insultada, haciéndole reír.

–Fabuloso. Yo también habría traído a mis mujeres aquí. Es romántico, sensual y algo intimidatorio. Deberías restaurarlo –comentó, volviéndose a mirarla–. Sería un estudio estupendo.

–No necesito un estudio.

–Te iría bien para dedicarte a la pintura.

–No soy artista.

Él volvió a entrar, sonriente, y cerró la puerta para dejar el viento fuera.

–Pues yo opino que sí lo eres, y casualmente comercio con obras de arte. ¿Tienes frío?

–Un poco. –Miranda tenía los brazos apretados al cuerpo bajo la chaqueta–. Es un lugar muy húmedo.

–Tienes que buscar una solución. Sería un verdadero crimen dejar que se deteriore todavía más. Y también soy experto en crímenes. –Él le frotó los brazos para que entrara en calor–. Desde aquí el mar suena diferente. Misterioso, casi amenazador.

–Con un buen viento nordeste sonaría mucho más amenazador. La luz aún funciona para guiar a los barcos, impidiendo que se acerquen demasiado a los bajíos y las rocas. Aun así, hubo varios naufragios frente a estas costas, en el siglo pasado.

–Fantasmas de marineros ahogados, que hacen repiquetear sus huesos, y rondan por la orilla.

–Difícilmente.

–Los estoy oyendo. –La rodeó con sus brazos–. Gimen pidiendo misericordia.

–Lo que estás oyendo es el viento –lo corrigió ella, pero Ryan había logrado provocarle un escalofrío–. ¿Ya has visto suficiente?

–No. –Él bajó la cabeza para mordisquearle los labios–. Pero pronto lo veré.

Miranda trató de librarse de su abrazo.

–Si crees que me seducirás dentro de un faro húmedo y polvoriento, Boldari, deliras.

–¿Me estás desafiando? –Le dio un beso en el cuello.

–No: es una realidad –repuso ella, pero ya le temblaban las piernas, porque sabía que Ryan tenía mucha imaginación–. En la casa hay un excelente dormitorio. Varios, en realidad. Son abrigados y cómodos. Y tienen estupendos colchones.

–Más tarde lo comprobaremos. ¿Le he mencionado que tiene un cuerpo delicioso, doctora Jones? –Ya estaba explorando su cuerpo con las manos. Sus dedos, rápidos y sagaces, comenzaban a bajar la cremallera de los pantalones antes de que ella pudiera emitir una exclamación de protesta.

–¡Ryan! Este no es lugar para...

–El abuelo opinaba que sí –le recordó Ryan, y deslizó lentamente los dedos dentro de ella. Ya estaba ardiente, húmeda. Vio una expresión desesperada en sus ojos oscuros.

–Déjate llevar. Quiero ver, aquí mismo, cómo te domina la pasión. Cómo te enloquece lo que hago.

Su cuerpo no le daba alternativas. Zumbaba como una maquinaria bien lubricada hacia un solo propósito, una única meta. Un largo e intenso escalofrío recorrió el alma de Miranda, un chisporroteo de terminales nerviosas; luego, una larga oleada de placer que inundó todo su cuerpo.

Echó la cabeza hacia atrás, con un gemido, y él asaltó la expuesta columna del cuello.

–¿Sigues teniendo frío?

–No, por Dios, no.

Su piel estaba en llamas; su sangre era un río caliente. Aferrada a los hombros de Ryan para no perder el equilibrio, se meció contra esa mano activa. Y cuando la boca de él volvió a la suya, respondió a sus exigencias. El tiempo y el espacio no eran nada ante esa intensa, irresistible necesidad.

La chaqueta se le deslizó de los hombros. Los pantalones formaron un charco a sus pies. Dócil como cera blanda, se moldeó contra él, que la apuntalaba contra la ronroneante maquinaria del faro.

–Levanta los brazos, Miranda.

Ella obedeció, respirando con dificultad, mientras Ryan deslizaba lentamente el jersey hacia arriba. Luego usó los pulgares para rozar los pezones, a través de la delgada tela del sostén, observando su nervioso placer.

–Esta noche no hay vino que enturbie las imágenes. Quiero que sientas todo y te preguntes qué sentirás dentro de un instante.

Bajó un tirante con la punta de un dedo; luego, el otro, e inclinó la cabeza para mordisquearle los hombros desnudos.

Era como... como si la probara, pensó ella, cerrando los ojos. Como si la saboreara lujuriosamente. La lengua de Ryan lamía apenas su carne; sus dientes la rozaban, sus dedos se deslizaban hacia arriba, hacia abajo, por los costados de su cuerpo, bajando poco a poco la estrecha prenda de algodón que le ceñía las caderas.

Con él de pie entre sus piernas abiertas, comprendió de pronto lo que era estar por completo bajo el dominio de otra persona. Desear estarlo. Ansiarlo.

Cuanto él hacía era una descarga, un golpe contra el sistema implacablemente ordenado de su mente, pero apenas un segundo después volvía a desear y a recibir encantada ese golpe. Una parte de su cerebro imaginaba el aspecto que tendría: casi desnuda, con la piel arrebolada y el cuerpo rendido, mientras él permanecía completamente vestido. Pero cuando él le quitó el sostén y bajó su hábil boca hasta los pechos, ya nada importó.

Ryan nunca había sospechado que ella pudiera ser así. Tampoco que fuera un estímulo tan poderoso el hecho de que una mujer fuerte y cauta se le rindiera como Miranda lo hizo. Era suya por entero, para darle placer, para recibirlo. Pero la emoción de saberlo no era oscura y tenebrosa, sino casi insoportablemente tierna.

El reflejo del gran haz de luz se deslizó sobre ella, dando a su piel una blancura brillante; al desaparecer, solo la iluminó el resplandor de la vela. Su cabellera, que el viento acababa de sacudir, caía sobre sus hombros como fuego de seda. Abrió la boca bajo la de Ryan, blanda y henchida.

El beso se hizo más cálido, más intenso, y anidó más allá del deseo embriagador que ninguno de los dos tenía previsto. Por un instante, se estrecharon, aturdidos, trémulos.

Ahora todo semejaba un sueño donde el aire fuera denso y dulce. Azúcar fundido a fuego lento.

No repararon en la humedad ni en el frío. Se dejaron caer al suelo, cubierto por capas de polvo, duro y glacial, para unirse con tanta suavidad como si estuvieran en un lecho de plumas.

Sin decir palabra, ella le quitó la camisa con manos firmes. Y le imprimió los labios en el corazón, demorándose allí, pues sabía que, de algún modo, él le había robado el suyo.

Ryan no solo quería darle pasión, sino también ternura, compasión. Por eso fue tan suave con la boca, con las manos, amándola de una manera que reflejaba tanto emoción como necesidad.

Un murmullo, un suspiro, un arco largo y lento hacia las olas cálidas que acunaban en vez de castigar. Y cuando ella apretó la cara contra su cuello, la acarició, tranquilizador, brindándose a sí mismo el don de la misma ternura.

Y la alzó en volandas, sujetándola por las caderas, hasta que ella lo recibió, lo recibió en lo más profundo de su ser. Y Miranda supo al fin lo que significaba amar.

20

Miranda despertó junto a Ryan por segundo día consecutivo y en otro continente. Era una experiencia apasionante; resultaba a la vez perversa y decididamente sofisticada. «Pecar con elegancia.»

Sintió el impulso de peinarle con los dedos, de acariciarle la cara, de explorar esa atractiva cicatriz que tenía sobre un ojo. Pequeñas caricias tontas y sentimentales que podían conducir a un lento y perezoso amor matutino.

Eran muy extrañas todas esas sensaciones que se agolpaban dentro de ella, ocupando espacios cuya existencia ignoraba, templando sitios que ella esperaba mantener siempre fríos y deshabitados. Ahora tenía tanto dentro, mucho más que ese primer calor de la lujuria... Demasiado. Y eso la hacía completamente vulnerable. Y le daba terror.

Por eso, en vez de tocar lo que deseaba tocar, abandonó la cama para ir al cuarto de baño a pegarse una ducha, como había hecho la mañana anterior. Pero esta vez, apenas había metido la cabeza bajo el agua cuando un par de brazos le ciñeron la cintura.

–¿Por qué haces eso?

Ella esperó a que el corazón le volviera al cuerpo.

–¿A qué te refieres?

–A escabullirte de la cama por la mañana. ¡Si ya te he visto desnuda!

–No me he escabullido. –Trató de liberarse, pero él le mordió suavemente el hombro–. No quería despertarte.

–Sé lo que es escabullirse. –Ryan enarcó una ceja–. Yo puedo meterme subrepticiamente en la cama de una mujer, pero escabullirme después, nunca.

–Muy gracioso. Ahora, si me lo permites, quiero ducharme.

–Te ayudaré. –Más que dispuesto a colaborar, cogió el jabón y, después de aspirar su perfume, empezó a pasárselo por la espalda. Una espalda excelente, por cierto.

–Domino el arte de la ducha desde hace años. Puedo bañarme sola.

–¿Por qué? –Como la voz de Miranda había sonado deliciosamente remilgada, él la hizo girar, acurrucando su cuerpo mojado y resbaladizo contra el suyo.

–Porque es... –Ella sintió el rubor y le dio rabia–. Es algo personal.

–Ah, comprendo –repuso Ryan con un gesto burlón–. Y el sexo, ¿no es personal?

–Eso es distinto.

–De acuerdo. –Mirándola con expresión divertida, Ryan le deslizó las manos enjabonadas por los pechos–. Podemos combinar las dos cosas.

Eso era muy diferente de la higiene enérgica y básica que ella tenía pensada. Ryan le mordisqueó el cuello.

–Esto ha sido personal –dijo él. Luego suspiró–. Tengo que ir a misa –añadió.

–¿Qué? –Miranda sacudió la cabeza, segura de que no había oído bien–. ¿Ir a misa, has dicho?

–Es domingo de Pascua.

–Ah, sí, claro. –Esforzándose por comprender, ella se apartó de los ojos el pelo empapado–. Una idea extraña, dadas las circunstancias.

–Aunque en los tiempos bíblicos la gente no se duchara, practicaban el sexo en abundancia.

Probablemente fuese verdad; aun así, le intranquilizaba vagamente pensar en la religión con las manos mojadas de Ryan deslizándose por su trasero.

–Eres católico.

Al verle enarcar una ceja, Miranda sacudió la cabeza.

–Sí, lo sé: irlandés e italiano. ¿Qué otra cosa podías ser? Pero no sabía que fueras practicante.

–Por lo general, no lo soy. –Él salió de la ducha. Le alcanzó una toalla y buscó otra para sí–. Si se lo dices a mi madre, juraré que eres una mentirosa. Pero hoy es domingo de Pascua. –Después de frotarse rápidamente el pelo, se ciñó la toalla a las caderas–. Si no voy a misa, mi madre me matará.

–¿Debo recordarte que tu madre no está aquí?

–Se enteraría de todos modos. Siempre se entera. Y se encargará de que vaya directamente al infierno. –Ryan la vio envolverse pulcramente con una toalla. La eficiencia del gesto no le robaba sensualidad. La habitación olía a ella: a jabón con aroma a madera. Ya no quería dejarla, ni siquiera por una hora–. ¿Por qué no me acompañas? Podrías ponerte la toca pascual.

–Aparte de no tener toca, ni pascual ni de otro tipo, necesito ordenar mis ideas. –Miranda cogió un secador de pelo del armario instalado debajo del lavabo–. Y debo hablar con Andrew.

Él había estado jugando con la idea de ir a misa por la tarde, para poder quitarle esa toalla que ocultaba su cuerpo, pero la descartó.

–¿Qué piensas decirle?

–No mucho. –Y eso la avergonzaba–. Dadas las circunstancias, mientras esté... Detesto que beba así. Lo detesto. –También la avergonzaba que le temblara la voz–. Y anoche, por un minuto, le odié. Es todo lo que he tenido en mi vida y le odié.

–No, no es cierto. Odiaste lo que él estaba haciendo.

–Tienes razón. –Pero Miranda sabía lo que había asomado dentro de ella cuando, al levantar la vista, lo vio tambalearse en lo alto de la escalera–. En cualquier caso, he de hablar con él. Necesito decirle algo. Nunca le he mentido.

Ryan entendía como nadie los lazos familiares y los inconvenientes que a veces suscitaban.

–Mientras no haga frente al problema que tiene con la bebida, no es el hombre que conocías ni puedes confiar en él.

–Lo sé. –Eso le estaba destrozando el corazón.

En el cuarto de baño del ala opuesta, donde aún pendía en el aire el olor a vómito rancio, Andrew, apoyado en el lavabo, observó su propia cara en el espejo.

Estaba gris, con los ojos inyectados en sangre y la piel viscosa. Su ojo izquierdo asomaba entre unos párpados hinchados; por encima tenía un corte profundo, de dos o tres centímetros, que le dolía muchísimo.

De la noche anterior solo recordaba fragmentos, pero los pocos que acudían a su mente hicieron que se le formara un nudo en el estómago.

Vio su propia imagen en lo alto de la escalera, agitando una botella casi vacía, gritando con voz pastosa. Y a Miranda observándole desde abajo, fijamente.

En su mirada había visto algo parecido al odio.

Cerró los ojos. Ningún problema; podía controlarse. Tal vez la noche anterior se hubiera excedido un poco, pero no volvería a suceder. Dejaría de beber por un par de días, para demostrar a todos que era capaz de hacerlo. Todo se debía al estrés. Tenía motivos para estar estresado.

Tragó un par de aspirinas, fingiendo que no le temblaban las manos. Cuando se le cayó el frasco y las tabletas se desparramaron por el suelo, las dejó allí y salió, con una insoportable sensación de náuseas.

Encontró a Miranda en su despacho, informalmente vestida con tejanos y un jersey holgado. Llevaba el cabello recogido en una coleta. Estaba trabajando ante su ordenador.

Andrew necesitó más tiempo del que estaba dispuesto a admitir para reunir valor. Pero en cuanto entró, ella le echó un vistazo, archivó rápidamente el trabajo y dejó la pantalla del monitor en blanco.

–Buenos días –dijo. Sabía que su voz sonaba fría, pero no encontró voluntad para infundirle un poco de calor.

–En la cocina tienes café.

–Perdón.

–Bien. Te convendría ponerte un poco de hielo en ese ojo.

–¿Qué quieres de mí? Te he pedido perdón. Había bebido demasiado. Me comporté como un imbécil. No volverá a suceder.

–¿No?

–No. –El hecho de que ella no cediera un ápice le puso furioso–. Superé mi límite. Eso es todo.

–Ese límite lo superas con una sola copa, Andrew. Mientras no lo reconozcas, hechos como el de ayer se repetirán, perjudicándote y haciendo sufrir a los que te aman.

–Mira, mientras tú te divertías con ese tal Boldari yo estaba aquí, metido hasta las orejas en problemas. Y uno de esos problemas es el fallo que cometiste en Florencia.

Con mucha lentitud, ella se levantó.

–¿Qué has dicho?

–Lo que has oído, Miranda. A mí me tocó soportar las quejas de mamá y de papá. Tuve que pasar varios días buscando esos malditos documentos del *David*. Eso te correspondía a ti, pero también tuve que cargar con eso, porque tú estabas follando con ese...

El estallido de la bofetada los horrorizó a ambos. Quedaron mirándose, sin aliento. Ella cerró los dedos contra la palma ardiente, apretó la mano contra su pecho y se volvió de espaldas a su hermano.

Andrew permaneció donde estaba, preguntándose por qué no podía pronunciar la nueva disculpa que le atenazaba el corazón. Sin decir absolutamente nada, giró en redondo y salió de la estancia.

Instantes después, al oír el portazo, Miranda se acercó a la ventana y lo vio alejarse en su coche.

Durante toda su vida Andrew había sido su roca. Y ahora, cuando él la necesitaba, le había dado una bofetada simplemente porque no era capaz de sentir compasión. Lo había obligado a alejarse de ella. Y no estaba segura de desear que volviera.

Sonó su línea de fax, que inició la transmisión con un chillido agudo. Frotándose el cuello para aliviar la tensión, Miranda fue a ver el mensaje.

> ¿Creías que no me enteraría? ¿Disfrutaste de Florencia, Miranda? ¿De las flores primaverales y el sol cálido? Sé adónde vas. Sé lo que haces. Sé lo que piensas. Estoy allí mismo, dentro de tu mente, en todo momento.
>
> Mataste a Giovanni. Su sangre tiñe tus manos.
>
> ¿La ves?
>
> Yo sí.

Miranda soltó un juramento, arrugó el papel y lo arrojó al otro lado de la habitación. Luego se apretó los ojos con los dedos, aguardando a que se borrara ese resplandor rojo, producto de la furia y el miedo. Luego caminó tranquilamente hasta el papel y lo recogió para alisarlo con mucho cuidado. Y lo guardó en el cajón, con los otros dos.

Ryan regresó con un ramo de narcisos tan coloridos que la obligó a sonreír a su pesar. Pero como la sonrisa no llegó a sus ojos, él le puso un dedo bajo el mentón y preguntó:

–¿Qué sucede?

–Nada. Son hermosos.

–¿Qué sucede? –insistió él, y advirtió que luchaba por superar la habitual renuencia a compartir sus dificultades.

–Andrew y yo hemos discutido. Se ha marchado. No sé adónde. Y sé que no puedo hacer nada.

–Debes dejar que llegue al fondo, Miranda.

–Eso también lo sé. Voy a poner estas flores en agua. –Siguiendo un impulso, escogió el florero favorito de su abuela y lo llevó a la cocina. Mientras acomodaba los narcisos en la mesa, dijo–: Creo que he avanzado un poco. He hecho algunas listas.

Pensando en el fax, se preguntó si debía contárselo. Decidió hacerlo más adelante, cuando hubiera reflexionado bien al respecto.

–¿Qué listas?

–De ideas, datos y tareas. Voy a buscar las copias y las analizaremos juntos.

–De acuerdo. –Ryan abrió la nevera e investigó el contenido–. ¿Quieres un bocadillo?

Pero Miranda ya se había ido. Encogiéndose de hombros, él decidió ver qué podía preparar con un poco de imaginación.

–La carne y el pan no son muy frescos –le advirtió Miranda, cuando estuvo de vuelta a la cocina–. Pero si no nos arriesgamos, pasaremos hambre. Andrew tenía que haber ido a comprar...

Con el entrecejo fruncido, le observó cortar los tomates, demasiado blandos. Parecía sentirse como en casa. No solo usaba con soltura cualquier cacharro, sino que estaba preparando la comida con lo que había–. Supongo que sabes cocinar...

–Nadie ha salido de casa sin saber cocinar –respondió Ryan y miró hacia ella–. Supongo que tú no sabes.

–Cocino muy bien –lo corrigió ella en tono áspero.

–¿De verdad? ¿Y cómo te sienta el delantal?

–Me da aspecto de mujer eficiente.

–No me lo creo. ¿Por qué no te pones uno para que lo compruebe?

–Eres tú el que está preparando la comida. Yo no necesito delantal. Y por cierto, ¿es que no puedes saltarte ninguna comida?

–La comida es una de mis pasiones. –Se lamió lentamente el pulgar, cubierto de jugo de tomate–. No puedo saltarme nada que me dé placer.

–Ya lo veo. –Miranda se sentó a la mesa y sacó sus notas–. Bien... Ahora bien...

–¿Mostaza o mayonesa?

–Me da igual. Bien, lo que he hecho...

–¿Café, o prefieres algo frío?

–También me da igual.

Dejó escapar un suspiro. No era posible que él la interrumpiera constantemente solo para fastidiar.

–A fin de...

–La leche está agria –observó él.

–Échala en el fregadero y siéntate. –Miranda levantó la vista, echando chispas, y lo sorprendió muy sonriente–. ¿Lo haces aposta?

–Me encanta cuando te pones roja. –Ryan le mostró una lata de Pepsi–. ¿Diet?

Ella no pudo evitar echarse a reír. Entonces Ryan se sentó frente a ella.

–Así me gusta más –decidió, acercándole el plato. Luego cogió su propio bocadillo–. Cuando estás triste, no puedo concentrarme más que en ti.

–Oh, Ryan... –¿Quién podía defenderse de esa clase de ataques?–. No estoy triste.

–Eres la mujer más triste que he conocido. –Le besó los dedos–. Pero ya lo arreglaremos. Bien, ¿qué tienes ahí?

Miranda se tomó un instante para ordenar sus ideas. Luego señaló la primera página.

–Lo primero es un borrador corregido de la lista que confeccionaste tú: el personal que tuvo acceso a los dos bronces.

–Corregida.

–He añadido a un técnico que vino de Florencia en ese período, para trabajar con Giovanni en otro proyecto. Por lo que recuerdo, solo estuvo aquí unos cuantos días, pero es preciso incluirlo, si pretendemos ser exactos. Su nombre no estaba en los registros que vimos porque técnicamente era empleado de la casa florentina; solo estuvo aquí de paso. También añadí la antigüedad en el empleo, que podría influir sobre la lealtad, y el sueldo, dado que el dinero puede ser una motivación.

Ryan advirtió que los nombres estaban ordenados alfabéticamente. Sí que era eficiente.

–Tu familia paga bien. –No era la primera vez que lo observaba.

–El personal calificado requiere una retribución adecuada. En la siguiente lista elaboré un índice de probabilidades. Notarás que mi nombre continúa allí, pero con un índice de probabilidades bajo. Sé que no robé los originales. He suprimido a Giovanni, que no pudo estar involucrado.

–¿Por qué?

Ella le miró fijamente. «Su sangre tiñe tus manos.»

–Porque le asesinaron.

–Lo siento, Miranda, pero eso solo significa que está muerto. Aun es posible que estuviera implicado y que le asesinaran por diversos motivos.

–Pero cuando le mataron estaba analizando los bronces.

–Quizá pretendía asegurarse. Quizá sintió pánico y exigió una parte mayor. O simplemente a uno de sus cómplices no le gustó algo que hizo. No podemos suprimir su nombre.

–No fue Giovanni.

–No te estás guiando por la lógica, sino por las emociones.

–Muy bien. –Apretando los dientes, Miranda añadió el nombre de Giovanni–. No sé si estarás de acuerdo, pero he adjudicado a los miembros de mi familia un bajo índice de probabilidades. En mi opinión, no pudo haber sido ninguno de ellos. No tenían motivos para robarse a sí mismos.

Él se limitó a mirarla. Al cabo de un largo silencio, ella apartó la hoja.

–Dejemos la lista de probabilidades, por ahora. Aquí tengo una lista cronológica, desde la fecha en que el *David* llegó a nuestras manos, hasta el momento que salió del laboratorio. Sin mis notas y registros, solo puedo calcular aproximadamente la fecha de cada análisis individual, pero creo que me aproximo bastante.

–Bonitos gráficos –murmuró él, acercándose–. Qué mujer.

–No es necesario que te pongas sarcástico.

–No me pongo sarcástico. Esto es estupendo. Bonito color. Calculas un plazo de dos semanas, pero no puede ser que trabajaras con él siete días a la semana durante las veinticuatro horas del día.

–Mira aquí. –Miranda señaló otro gráfico. Se sentía tonta, pero solo un poco–. Son las fechas aproximadas en que el *David* estuvo en la bóveda del laboratorio. Para llegar a él se habría requerido una tarjeta codificada, autorización del personal de Seguridad, conocer la combinación y una segunda llave. O bien... –inclinó la cabeza–, un ladrón muy hábil.

–En esos días yo estaba en París –dijo él, mirándola a los ojos.

–¿De veras?

–No lo sé, pero no puedo entrar en tu lista, porque si hubiera tenido el original no habría robado la copia.

Ella esbozó una dulce sonrisa.

–Quizá lo hiciste con la única intención de meterte en la cama conmigo.

Él sonrió.

–Es una posibilidad.

–Otra vez ese sarcasmo –apuntó ella–. Aquí tienes una tabla cronológica del período de trabajo sobre *La Dama Oscura*. Como tenemos los registros y todo está muy fresco en mi memoria, es absolutamente exacta. En este caso la búsqueda de documentación aún estaba en marcha y la autenticación no era oficial.

–«Proyecto terminado» –leyó Ryan–. Esto fue el día en que te pusieron de patitas en la calle.

–Si prefieres simplificar, sí. –Eso hería tanto su orgullo como su corazón–. Al día siguiente el bronce fue enviado a Roma. El cambio debió de efectuarse en ese breve lapso. Esa misma tarde yo había hecho algunas pruebas.

–A menos que lo cambiaran en Roma –murmuró él.

–¿En Roma?

–¿Lo trasladó alguien de Standjo?

–No lo sé. Alguien de Seguridad; o mi madre, quizá. Sin duda se firmaron papeles, tanto en el punto de partida como en el de destino.

–Es una posibilidad. En cualquier caso, así solo tendrían algunas horas más. Debían de tener la copia ya preparada. El fontanero tuvo la figura por una semana; al menos, eso dijo. Después se hizo cargo el Gobierno; otra semana para realizar los trámites y contactar con Standjo. Entonces tu madre te llama para ofrecerte el trabajo.

–Ella no me ofreció el trabajo: me ordenó que fuera a Florencia.

–Hum. –Ryan estudió el gráfico–. ¿Por qué dejaste pasar seis días entre la llamada telefónica y el viaje? Por tu descripción, no creo que tu madre sea una mujer paciente.

–Yo tenía órdenes de partir en dos días, a lo sumo. Y así lo planeé. Pero se produjo un retraso.

–¿Por qué?

–Me atacaron.

–¡Qué!

–Un hombre muy corpulento, enmascarado, salió de la nada y me puso un cuchillo contra el cuello.

Miranda se llevó una mano a la garganta, como si pretendiera comprobar si el hilo de sangre era, en verdad, solo un recuerdo. Ryan le apartó los dedos para inspeccionar, aun sabiendo que no había ninguna marca. Aun así podía imaginarlo. Y sus ojos perdieron toda expresión.

–¿Cómo fue?

–Volvía de un viaje. Me apeé del coche delante de casa. Y allí estaba él. Me quitó el maletín y el bolso. Pensé que iba a violarme y me pregunté si tenía alguna posibilidad de resistir contra ese cuchillo. Tengo cierta fobia a los cuchillos.

Como los dedos le temblaban un poco, él se los estrechó.

–¿Te hizo daño?

–Un pequeño corte... solo para asustarme. Luego me arrojó al suelo, reventó los neumáticos y se fue.

–¿Te arrojó al suelo?

Ella parpadeó al percibir el frío acero de su voz, la insoportable ternura de los dedos que le acariciaban la mejilla.

–Sí.

Ryan, ciego de furia al pensar que alguien la había aterrorizado con un cuchillo, preguntó:

–¿Más lesiones?

–Solo algunos moratones.

Miranda bajó la vista, porque le escocían los ojos. Temía que se reflejaran sus emociones, el desconcierto que le producía lo que él le hacía sentir. Hasta entonces, solo Andrew la había mirado con tanto interés, con tanto afecto.

–No fue nada –insistió.

Él le puso un dedo bajo el mentón y le dio un beso en cada mejilla.

–No seas bondadoso conmigo. –Se le escapó una lágrima antes de que pudiera contenerla–. No sé manejar bien estas situaciones.

–Pues aprende. –La besó otra vez con suavidad; luego le enjugó la lágrima con el pulgar–. ¿Te había ocurrido antes algo similar?

–No, nunca. –Miranda respiró hondo–. Por eso me impresionó tanto; no estaba preparada. En esta zona hay muy pocos delitos. En realidad, fue algo tan poco corriente que el telediario local informó de ello durante varios días.

–¿Consiguieron atraparlo?

–No. No pude hacer una descripción muy exacta. Llevaba máscara. Solo pude apreciar su fisonomía.

–Dime cómo era.

Ella habría preferido no recordar el incidente, pero supo que Ryan insistiría hasta hacerla ceder.

–Varón blanco, un metro noventa o más, ciento diez, ciento veinte kilos, ojos pardos. Un pardo grisáceo. Brazos largos, manos grandes. Zurdo. Ancho de hombros, corto de cuello. Sin cicatrices o marcas distintivas... hasta donde pude ver.

–Lo has descrito bastante bien...

–Pero no fue suficiente. No dijo una palabra. Eso también me asustó. Actuó muy deprisa, en silencio. Y se llevó mi pasaporte y mi permiso de conducir. Todos mis documentos de identidad. Aun utilizando influencias, tardé varios días en conseguir duplicados.

«Un profesional –se dijo Ryan– con un plan que cumplir.»

–Andrew estaba furioso –recordó ella, esbozando una sonrisa–. Se pasó una semana rondando la casa por las noches blandiendo un palo de golf, con la esperanza de que volviera y darle una paliza.

–Lo comprendo muy bien.

–Es una reacción típica de los hombres. Yo habría preferido manejarlo sola. Era humillante recordar que no había opuesto la menor resistencia.

–Cuando alguien te pone un puñal al cuello, lo más inteligente es no oponer resistencia.

–El susto que me llevé fue mayor que el daño que me hizo –murmuró ella, con la vista fija en la mesa.

–Lamento ambas cosas. ¿No intentó entrar en la casa?

–No. Solo se apoderó de mi bolso y mi maletín, me arrojó al suelo y huyó.

–¿Joyas?

–No.

–¿Llevabas alguna puesta?

–Sí. Una cadena de oro y el reloj de pulsera. A la policía también le llamó la atención. Pero yo tenía el abrigo puesto. Supongo que no los vio.

–¿El reloj es este? –Ryan le alzó la muñeca para examinar el elegante Cartier de dieciocho quilates. Cualquier imbécil podía venderlo por mil dólares, como mínimo–. Por lo que dices, no parece obra de un aficionado.

–La policía supone que el hombre pasaba por aquí y necesitaba algo de efectivo.

–¿Cuánto podías llevar encima, cien, doscientos dólares? Eso no justifica un asalto a mano armada.

–Hay quien mata por un par de zapatillas de marca.

–No es el caso. Este buscaba tus documentos de identidad, cariño. Porque alguien quería que demoraras tu llegada a Florencia. Necesitaba tiempo para trabajar en la copia y no podía tenerte cerca hasta que hubiera terminado. De modo que contrató a un profesional. Alguien que no cometiera errores estúpidos. Y le pagó muy bien, para que no fuera codicioso.

La explicación era tan sencilla, tan perfecta, que ella se quedó mirándolo fijamente, extrañada de no haber llegado a la misma conclusión.

–Pero la policía nunca sugirió algo así.

–La policía no tenía todos los datos. Nosotros sí.

Miranda asintió lentamente, y lentamente el enfado fue ascendiendo por su pecho, por su garganta.

–Me puso un cuchillo al cuello para robarme el pasaporte... Solo quería que demorase mi partida... Para que ellos tuvieran más tiempo.

–Yo diría que el índice de probabilidades es muy alto. Repíteme todo, paso a paso. Hay pocas posibilidades, pero tal vez alguno de mis conocidos consiga identificar a tu hombre.

–En ese caso no quiero que me presentes a tus conocidos.

–No te preocupes. –Ryan le besó la palma de la mano–. No te los presentaré.

Por ser domingo de Pascua no había dónde comprar una botella. Mientras conducía su coche buscando en vano una tienda abierta, comenzó a temblar. No era que necesitara una copa, se dijo; solo la quería. Eso era diferente. Solo quería un par de copas para calmar los nervios.

Todos se metían con él, joder. Todo caía sobre sus espaldas. Estaba harto. Que se fueran a la mierda, decidió, golpeando el volante con un puño. Que se fueran todos a la mierda.

Seguiría conduciendo. Rumbo al sur, sin detenerse hasta que le viniera en ganas. Tenía bastante dinero; lo que no tenía era una pizca de paz, joder. No se detendría hasta que pudiera respirar otra vez, hasta que encontrara una tienda de licores abierta en ese maldito domingo.

Al bajar la vista se encontró con el puño que golpeaba el volante, una y otra vez. Un puño ensangrentado que parecía pertenecer a otra persona. Otra persona que le aterrorizaba.

Oh, Dios, Dios. Estaba en dificultades. Aparcó junto al bordillo y, dejando el motor en marcha, apoyó la cabeza sobre el volante para implorar ayuda.

Un rápido golpe de nudillos en la ventanilla de su lado hizo que se incorporara de un respingo. A través del cristal, Annie, con la cabeza inclinada, le hizo con un gesto que bajara la ventanilla. Solo al verla, Andrew cayó en la cuenta de que se había dirigido hacia la casa de su amiga.

–¿Qué haces, Andrew?

–Nada. He salido a dar un paseo.

Ella cambió de mano la pequeña bolsa que llevaba, estudiándole la cara, pálida, cubierta de moratones, con expresión de agotamiento.

–¿Te has peleado con alguien?

–Con mi hermana.

Ella enarcó las cejas.

–¿Miranda te dejó ese ojo morado?

–¿Qué? No. No. –Avergonzado, añadió–: Resbalé en la escalera.

–¿De verdad? –Annie lo miraba con los ojos entornados, concentrándose en los cortes recientes de los nudillos, que manaban sangre–. ¿Te liaste a puñetazos con la escalera?

–Yo... –Andrew levantó la mano; al verla se le secó la boca. Ni siquiera había sentido el dolor. ¿De qué era capaz un hombre cuando dejaba de sentir dolor?–. ¿Puedo entrar en tu casa? No he bebido –agregó al detectar una negativa en los ojos de Annie–. Quería hacerlo, pero no he bebido.

–En mi casa no vas a beber.

–Lo sé. –No apartó la mirada de ella–. Por eso quiero subir.

Ella lo estudió por un instante. Luego asintió.

–De acuerdo.

Abrió la puerta y fue a dejar la bolsa en una mesa en la que había una calculadora y una pila de papeles y formularios.

–Estoy haciendo la declaración de renta –explicó–. Por eso he ido a comprar esto. –Sacó de la bolsa un frasco grande de aspirinas–. Provoca dolor de cabeza.

–A mí me duele sin necesidad de formularios.

–Lo imaginaba. Ven, vamos a colocarnos.

Esbozando una sonrisa, Annie llenó dos vasos de agua y sacó del frasco dos tabletas para cada uno. Las tragaron con aire solemne. Luego sacó de la nevera una bolsa de guisantes congelados.

–Por el momento ponte esto en la mano. Después te limpiaré las heridas.

–Gracias.

Si Andrew no había sentido nada mientras golpeaba el volante, ahora la mano le dolía desde la muñeca hasta la punta de los dedos. Pero la cubrió con la bolsa, reprimiendo el gesto de dolor. Demasiado había dañado ya su orgullo y su virilidad frente a Annie McLean.

–Ahora dime qué hiciste para pelearte con tu hermana.

Andrew estuvo a punto de mentir, de inventar alguna estúpida discusión entre hermanos. Pero tuvo que tragarse el orgullo ante aquellos ojos serenos, escrutadores.

–Quizá tuvo algo que ver el hecho de que me emborrachara como una cuba y la humillara frente a su flamante novio.

–¿Miranda, de novia?

–Sí, fue algo repentino. Es un buen tipo. Para que no se aburriese, rodé por la escalera y luego vomité parte de mi estómago.

Annie sentía compasión por él, pero se limitó a sacudir la cabeza.

–Te empleaste a fondo, Andrew.

–Ya lo creo.

Él arrojó la bolsa de guisantes al fregadero. Estaba nervioso. No podía estarse quieto. Tamborileaba con los dedos contra los muslos, contra la cara.

–Y esta mañana, para fastidiarla todavía más, le hice responsable de todos nuestros problemas laborales y familiares, además de reprocharle su vida sexual. –Se pasó los dedos por la mejilla, recordando la bofetada que Miranda le había dado.

Annie se sorprendió dando un paso hacia él. Entonces le volvió la espalda para sacar un desinfectante del armario.

–Probablemente haya sido por lo de su vida sexual. A las mujeres no nos gusta que los hermanos se metan con ella.

–Sí, puede que tengas razón. Pero tenemos muchos problemas en el Instituto. En estos momentos estoy bajo una enorme tensión.

Ella apretó los labios, echando un vistazo a los papeles y formularios que cubrían la mesa.

–Con solo respirar ya te pones tenso. Puedes beber hasta quedar ciego, pero cuando se te pase la borrachera, la tensión seguirá ahí.

–Quizá tenga un pequeño problema. Me ocuparé de ello. Lo único que necesito es un poco de tiempo para dar descanso al organismo. Yo... –Se apretó los ojos con los dedos, tambaleándose.

–Tienes un problema grande. Y puedes enfrentarte a él. –Ella se acercó aún más y le bajó las manos para obligarle a mirarla–. Lo que necesitas es un día, porque solo debe contar el de hoy.

–Hasta ahora, el día de hoy es un desastre.

Ella se puso en puntillas, sonriendo, para darle un beso en la mejilla.

–Y es probable que vaya a peor. Siéntate. Voy a curarte esos nudillos.

–Gracias. –Andrew soltó un suspiro, y repitió–: Gracias, Annie.

Le dio un beso en la mejilla. Luego apoyó la cabeza contra la de ella, en busca de consuelo. Annie aún le retenía las muñecas. Sus dedos parecían muy competentes y fuertes; su pelo olía a limpio. Apoyó los labios contra su rostro; luego, contra la sien.

Y de pronto, de algún modo, tenía la boca contra la de ella, cuyo sabor inundaba su organismo destrozado. Cuando ella flexionó los dedos entre los suyos, Andrew se los soltó, pero solo para tomar su cara entre las manos, atrayéndola hacia sí, y retenerla allí, donde su calor le calmara, como un bálsamo sobre una herida.

«Cuántos contrastes», fue todo lo que él pudo pensar. El cuerpecito recio, la cabellera suave, la voz profunda y la boca generosa. Su fuerza y su ternura, tan queridas, tan familiares. Y tan necesarias para él.

Annie siempre había estado allí. Y él siempre había contado con ella.

No fue fácil separarse. No de su abrazo, pues dar un paso atrás era sencillo, sino de su boca, a un tiempo necesaria y tierna.

Alguna vez ella se había permitido preguntarse si sería como antes. Pero eso había sido mucho tiempo atrás, antes de convencerse de que la amistad era suficiente. Ahora no era fácil separarse de lo que ese único y largo beso agitaba en su interior, de lo que pedía, de lo que tomaba en ella. Necesitó toda su fuerza de voluntad para apartarse del ardor lento que él devolvía a su vida. Un ardor que de nada les serviría a los dos.

Él estuvo a punto de retenerla; la buscaba a ciegas cuando ella levantó las manos en un gesto de advertencia. Andrew se apartó como si hubiera recibido una segunda bofetada.

–Oh, por Dios. Lo siento, Annie, lo siento. –¿Qué había hecho? ¿Cómo podía haber arruinado la única amistad sin la cual no creía poder seguir viviendo?–. No era mi intención. Lo siento.

Ella lo dejó desahogarse; dejó que una expresión de culpa apareciera en su rostro.

–Anoche saqué de mi bar a un hombre de cien kilos, porque creyó que podía comprarme con una cerveza.

Cerró la mano en torno al pulgar izquierdo de Andrew y lo torció bruscamente. Él abrió mucho los ojos y emitió un gemido.

–Con solo dar un buen tirón, amiguito, podría hacer que cayeras de rodillas. Ya no tenemos diecisiete años; no somos tan estúpidos y sí muchísimo menos inocentes. Si no hubiera querido que me tocaras, ya estarías de espaldas en el suelo.

La frente de Andrew empezó a cubrirse de sudor.

–Eh... ¿Te importaría soltarme?

–No, desde luego. –Condescendiente, ella le soltó el pulgar, siempre con las cejas arrogantemente arqueadas–. ¿Quieres una Coca-Cola? Estás sudando un poco. –Y se volvió hacia la nevera.

–No quiero echarlo todo a perder –dijo él.

–¿Echar a perder el qué?

–Lo nuestro. Me interesas, Annie. Siempre me has interesado.

Ella miraba sin ver el interior de la nevera.

–Tú también a mí. Cuando eches algo a perder, te lo haré saber.

–Quiero que hablemos de... lo de antes.

Él esperó a que Annie destapara dos botellas. «Movimientos gráciles y un cuerpo firme», pensó. ¿Había reparado antes en ello? ¿Y en las motitas de oro que había en sus ojos?

–¿Por qué?

–Para hacer frente a mi situación, tal vez... Hasta hace poco no he comprendido que dentro de mí hay algo... atascado. –Flexionó los dedos, sintiendo el dolor–. Ahora no estoy en la mejor de las formas, pero debo comenzar por alguna parte. En algún momento.

Ella puso las botellas en el mostrador y le miró a los ojos. Los suyos estaban desbordantes de emociones que había tratado de mantener encerradas por años.

–Para mí es doloroso, Andrew.

–Tú querías tener a ese bebé. –Él dejó escapar el aliento; le dolió el pecho. Nunca antes había mencionado a ese bebé–. Lo advertí en tu cara cuando me dijiste que estabas embarazada. Y me asusté.

–Era demasiado joven para saber lo que quería. –Pero Annie cerró los ojos, porque era mentira–. Sí, sí, quería tenerlo. Tenía la estúpida fantasía de que, cuando te lo dijera, me alzarías en brazos, feliz, y entonces... Da igual, porque tú no me querías.

Andrew tenía la boca y la garganta secas. Un trago calmaría esa sensación. Maldiciéndose por pensar en eso justamente en ese momento, cogió una de las botellas de la mesa y tragó el refresco, dulzón, enfermizo.

–Yo te amaba.

–No, no me amabas, Andrew. Yo era solo una chica con la que tuviste un revolcón en la playa.

Él volvió a dejar bruscamente la botella.

–No fue así. Maldita sea... sabes que no.

–Fue exactamente así –aseveró ella, sin alterarse–. Yo estaba enamorada de ti, Andrew; cuando me tendí contigo sobre la manta sabía que no me amabas y no me importó. No pretendía nada. ¿Andrew Jones, el de Jones Point, y Annie McLean, la del puerto? Sería joven, pero no era estúpida.

–Me habría casado contigo.

–¿Sí? –La voz de Annie se volvió glacial–. Tu ofrecimiento no sonó sincero.

–Lo sé. –Eso era algo que le había atormentado a lo largo de quince años–. Ese día no te di lo que necesitabas. No sabía cómo hacerlo. De lo contrario, tal vez habrías decidido otra cosa.

–Si te hubiera creído, me habrías odiado. Cuando me lo ofreciste, una parte de ti ya me odiaba. –Annie se encogió de hombros y cogió su propia botella–. Y no puedo reprochártelo. Habría echado tu vida perder.

Andrew dio un paso hacia ella, con un destello de furia en los ojos que indujo a Anne a apoyarse contra el mostrador. Él le arrebató la botella y la cogió con fuerza por los hombros.

–No sé cómo habría resultado... y es algo que me he preguntado más de una vez en estos años. Pero sé cómo resultó. Puede que no te amara, no lo sé. Pero hacerte el amor fue importante para mí.

Otra cosa que tampoco había dicho nunca en voz alta; era algo a lo que ninguno de los dos se había enfrentado.

–Por muy mal que haya manejado las cosas a partir de entonces, esa noche fue importante. Annie, Annie –añadió, dándole una enérgica sacudida–, podrías haberme hecho feliz.

–Nunca fui la mujer adecuada para ti –susurró ella, furiosa.

–¿Cómo diablos puedes saberlo? Nunca tuvimos la oportunidad de averiguarlo. Me dices que estás embarazada y, antes de que yo haya tenido tiempo de asimilarlo, vas y abortas.

–No aborté.

–Cometiste un error –dijo él, arrojándole a la cara las palabras que ella le había dicho una vez–. Y lo solucionaste. Yo me hubiera hecho cargo de ti y del niño.

El dolor, por mucho tiempo sepultado a escasa profundidad, se abrió paso a puñetazos. Le apretó los brazos.

–Habría hecho lo posible por ti. Pero con eso no bastaba. Muy bien, el cuerpo era tuyo y tú decidiste. Pero el bebé también era mío, joder.

Ella había levantado las manos para empujarle, pero las apretó contra su propio pecho. Andrew estaba muy pálido bajo los moratones. Sus ojos, oscuros, ardían. El dolor que le rodeaba el corazón era por ambos.

–Yo no aborté, Andrew. Sencillamente, perdí ese bebé. Fue un aborto espontáneo.

Algo relampagueó en el fondo de los ojos de Andrew. Aflojando la presión de sus manos, dio un paso atrás.

–¿Lo perdiste?

–Te lo dije cuando sucedió.

–Siempre pensé... Di por seguro que... –Le volvió la espalda y se acercó a la ventana. La abrió con brusquedad, sin pensar, y aspiró con fuerza–. Supuse que me lo decías para facilitar las cosas. Supuse que no me habías creído capaz de apoyarte, de hacerme cargo de... vosotros.

–Jamás habría hecho algo así sin decírtelo.

–Después de eso me evitaste durante mucho tiempo. Nunca hablamos de ello. Como si no pudiéramos mencionarlo siquiera. Yo sabía que querías tener el bebé y pensé... todo este tiempo... pensé que habías interrumpido el embarazo porque yo no te había respondido del modo que necesitabas que lo hiciera.

–¿Tú...? –Annie tuvo que tragar la bola caliente que sentía en la garganta–. ¿Querías tener el bebé?

–No lo sabía. –Y aún no lo sabía–. Pero nunca me he arrepentido tanto de algo como de no haberme aferrado a ti aquel día, en la playa. Después todo se perdió, casi como si no hubiera sucedido.

–Fue doloroso. Tenía que quitarte de mi cabeza.

Él cerró lentamente la ventana.

–¿Lo conseguiste?

–Hice mi vida. Un matrimonio desastroso, un divorcio peor.

–No me has respondido.

Cuando Andrew se volvió a mirarla, con los ojos fijos en ella, Annie sacudió la cabeza.

–No es justo preguntarlo ahora. No voy a empezar algo contigo basado en lo que ya pasó.

–Entonces convendría que viéramos dónde estamos para comenzar desde ahí.

21

Miranda volvió a trabajar con el ordenador, revisando unos gráficos y haciendo otros. Eso mantenía su mente ocupada, salvo cuando se sorprendía mirando por la ventana, deseando que el coche de Andrew subiera por la colina.

Ryan se había instalado en el dormitorio con el teléfono móvil. Probablemente, no quería que algunas de sus llamadas figuraran en las facturas de la casa.

Y Miranda prefería no preocuparse por el asunto. Él le había dado toda una serie de ideas nuevas por las que preocuparse. Si estaba en lo cierto, esa agresión a plena luz no había sido simple casualidad, obra de un ladrón en busca de dinero contante y sonante. Había sido una parte del todo, bien planificada y cuidadosamente orquestada, y ella había sido el blanco; el motivo, tan solo retrasar su viaje a Italia y su trabajo con el bronce.

Quienquiera que hubiese robado la figura para hacer una copia de ella, ya tenía decidido desacreditar a Miranda. ¿Era un asunto personal o solo le había tocado en suerte? Ella creía tener pocos enemigos declarados, así como tenía pocos amigos de verdad. No se comprometía tanto con nadie como para crearlos.

Pero los mensajes que le llegaban por fax eran muy personales. El ataque mismo había sido personal, e ideado para aterrorizarla. El silencio, el pequeño pinchazo en el cuello con el puñal. ¿Para el atacante habría sido simple rutina? ¿O habría recibido instrucciones de dejar a su víctima paralizada de terror?

En cualquier caso, el precio era una parte importante de su confianza en sí misma, y, por cierto, de su dignidad. Además, de retrasar el viaje en casi una semana. Y esa demora hizo que su madre se disgustara con ella antes, incluso, de ponerse a trabajar en el proyecto.

«Capas –se dijo–; capas de pintura muy bien aplicadas para cubrir lo fundamental.» Sin embargo, aquello no se había iniciado con el asalto, sino con la falsificación y el robo del *David*. ¿Qué estaba pasando en su vida, en aquel entonces? ¿Qué vínculo, que le había pasado inadvertido, existía entre los dos?

Recordó que en aquella época trabajaba en su doctorado. Dividía su tiempo entre el Instituto, los estudios y la tesis. Su vida social, nunca muy relumbrante, era nula.

¿Y qué pasaba a su alrededor? Eso era más difícil de determinar. Nunca prestaba mucha atención a la gente que le rodeaba. Eso era algo que debía cambiar. Por el momento cerró los ojos, tratando de concentrarse en aquel período y en la gente que lo poblaba.

Elise y Andrew estaban casados y, según todas las apariencias, todavía profundamente enamorados. Ella no recordaba peleas ni discusiones. Andrew bebía, como siempre, pero no había motivo para preocuparse.

Y además, ella había hecho lo posible para darles, a él y a su esposa, tanta intimidad como era posible.

Giovanni y Lori se habían entretenido mutuamente con un amorío enérgico y amistoso. Como el hecho de que durmieran juntos no alteraba la calidad ni la cantidad de su trabajo, Miranda tampoco se entrometió en eso.

Su madre había hecho una visita de un par de días al Instituto. Hubo unas cuantas reuniones, una cena familiar excesivamente formal y cada uno se fue por su lado.

Su padre se había quedado apenas lo suficiente para presenciar los primeros exámenes a que había sido sometido el bronce. Solo había participado en unas pocas reuniones y había presentado alguna excusa para no asistir a la comida familiar.

Le sustituyeron Vincente y su esposa, pero ni siquiera sus vívidas personalidades lograron dar brillo a la velada. Si la memoria no le fallaba, Gina había ido al laboratorio una sola vez.

A Richard Hawthorne lo recordaba solo como vaga presencia inclinada sobre un libro o el ordenador.

John Carter había sido una presencia constante: supervisaba proyectos, se ocupaba de los informes. Miranda, frotándose las sienes, trató de añadir detalles. ¿Le había visto nervioso, siquiera inquieto? Había tenido un resfriado muy fuerte, recordó, pero no había dejado de trabajar.

¿Como podía recordarlo todo? Dejó caer las manos, disgustada. Todo había sido mera rutina, con su trabajo como fuerza impulsora. Lo demás perdió importancia una vez que tuvo en las manos esa pequeña y encantadora figura de bronce.

La adquisición del *David* le había parecido otro paso en su carrera; utilizó la autentificación como base para uno de sus artículos. Despertó cierta atención en los medios académico y científico. La habían invitado a dar una conferencia sobre el tema, que fue muy elogiada. Probablemente, ese pequeño bronce había sido el verdadero comienzo de su ascenso profesional: lo que la sacó de la manada para ponerla definitivamente a la vanguardia.

Se volvió sin ver las palabras que aparecían en la pantalla del ordenador; le zumbaban un poco los oídos.

El bronce de Fiesole habría puesto su reputación por las nubes, instalándola entre los mejores arqueómetras del mundo. Esta vez la aclamación no sería solo de los académicos, sino también de la prensa en general. Se trataba de Miguel Ángel, de romance, misterio, dinero. Cerró los ojos, luchando por reflexionar.

Las dos figuras eran suyas. Las dos habían conferido un firme impulso a su carrera. Y ambas fueron luego falsificadas. ¿Y si acaso el objetivo no eran las figuras? ¿Y si el objetivo era ella?

Cruzó las manos, intentando serenarse. Tenía lógica. Era más que posible. Pero ¿por qué? ¿Qué otras figuras, autenticadas por ella, podían examinarse de nuevo sin despertar capciosos comentarios en el Instituto? El *cellini.*

El estómago le dio un doloroso vuelco al pensarlo. La figura de Nike, pensó, obligándose a razonar con calma. Y ese bronce del tamaño de un pisapapeles, que representaba a Rómulo y Remo mamando de la loba.

Tendría que volver al laboratorio. Debía asegurarse de que ninguna de ellas hubiera sido reemplazada por una falsificación. El teléfono sonó y ella dio un respingo. Lo miró fijamente durante unos segundos antes de levantar el auricular.

–Miranda. Tengo algunas noticias difíciles de digerir.

–Mamá... –Se llevó una mano al pecho. «Creo que alguien trata de perjudicarme. Creo que están tratando de destruirme», pensó. «Era auténtico, el bronce era auténtico. Debes escucharme.» Pero no dijo nada de eso–. ¿Qué ocurre?

–El jueves por la noche alguien entró en el laboratorio. Destruyeron el equipo, los registros y los datos.

–¿Los destruyeron? –repitió ella, inexpresiva. «Sí, también a mí me están destruyendo», se dijo.

–Y Giovanni... –La pausa fue larga. Por primera vez en tanto tiempo que ya no recordaba cuánto, Miranda detectó una emoción intensa en la voz de su madre–. Mataron a Giovanni.

–Giovanni... –«Te ha afectado, ¿eh? Oh, Dios, te ha afectado.» Miranda cerró los ojos; arrasados en lágrimas–. Giovanni –repitió.

–Al parecer había decidido aprovechar la tranquilidad del día festivo para trabajar en el laboratorio. No hemos logrado determinar de qué proyecto se estaba ocupando. La policía... –la voz sonaba más potente, pero todavía vacilaba–, la policía está investigando, pero hasta ahora no tienen ninguna pista. Hace dos días que trato de ayudar. El entierro será mañana.

–¿Mañana?

–Me ha parecido mejor que te enteraras por mí. Confío en que informes de ello a Andrew. Sé que apreciabas a Giovanni. Como todos nosotros, creo. No hay necesidad de que viajes para asistir. Será sencillo e íntimo.

–Su familia...

–Ya he hablado con ellos. Aunque hemos dispuesto que se hagan donaciones caritativas en su nombre, creo que les gustaría ver algunas flores. Es un momento difícil para todos. Espero que tú y yo podamos dejar a un lado nuestras diferencias profesionales para enviar unas flores en nombre de toda la familia.

–Sí, por supuesto. Podría coger un avión esta misma noche.

–No es necesario ni prudente. –La voz de Elizabeth volvía a sonar enérgica–. La prensa sabe perfectamente que trabajabais juntos en el bronce de Fiesole. Ya lo han estado mencionando. Tu presencia no haría más que agitar las aguas. Por el bien de la familia de Giovanni, conviene que la ceremonia sea discreta y digna.

Ella recordó las palabras del último fax: «Su sangre tiñe tus manos. ¿La ves?».

–Es cierto. Ahí no puedo hacer nada más que empeorar las cosas. –Cerró los ojos para concentrarse mejor en mantener la voz firme–. ¿Tiene idea la policía de por qué asaltaron el laboratorio? ¿Robaron algo?

–Es difícil saberlo, pero no parece que se hayan llevado nada. Sí destruyeron cuanto pudieron. La alarma estaba desconectada desde dentro. Las autoridades creen que es posible que él conociera a su atacante.

–Te agradecería que me mantuvieras informada. Le quería mucho.

–Sé que teníais una relación muy íntima.

–No éramos amantes, mamá. –Miranda lo dijo casi suspirando–. Solo amigos.

–No era mi intención... –Elizabeth se interrumpió. Tras una pausa, prosiguió–. Me ocuparé de que se te mantenga informada. Si sales de la ciudad, esta vez trata de que Andrew sepa adónde vas.

–Pienso quedarme en casa –dijo Miranda–. Y trabajar en el jardín. –La falta de respuesta la hizo sonreír un poco–. Estas vacaciones forzosas me obligan a buscar un pasatiempo. Dicen que la jardinería es buena para el alma.

–Eso dicen. Me alegro de que emplees el tiempo en algo productivo en vez de deprimirte. Dile a Andrew que quiero un informe de la investigación. Cuanto antes. Tal vez vaya por unos días; en ese caso me gustaría tener todo lo relacionado con el *David* debidamente actualizado.

«Tendré que avisar a Andrew», pensó Miranda.

–Lo hará, sin duda –dijo.

–Bien. Adiós, Miranda.

–Adiós, mamá.

Colgó el auricular y luego se quedó mirándolo. Por fin cayó en la cuenta de que Ryan había entrado y estaba de pie detrás de ella.

–Por un instante ha estado a punto de engañarme. Comenzaba a pensar que era humana. Parecía realmente apenada cuando me dijo lo de Giovanni. Pero antes de terminar volvió a su modo de ser habitual. Debo mantenerme lejos porque mi presencia en el funeral de Giovanni sería perturbadora.

Cuando él apoyó las manos sobre sus hombros, la primera reacción de Miranda fue ponerse tensa. Bastó eso para enfurecerla. Cerró los ojos y se obligó a relajarse.

–Me ha ordenado que mantenga informado a Andrew de mi paradero, en caso de que vuelva a salir de la ciudad, y que le diga que le prepare un informe actualizado sobre la investigación del robo, a la mayor brevedad posible.

–Ella tiene mucho en que pensar, Miranda. Como todos en tu familia, en este momento.

–¿Qué hacen los tuyos cuando se produce una crisis?

Ryan se puso en cuclillas y movió la silla giratoria para mirar a Miranda a los ojos.

–Tu familia no tiene nada que ver con la mía. No puedes pretender que reaccione del mismo modo.

–No. Mi madre no deja de ser la directora ni por un momento. Mi padre se mantiene tan distante y apático como siempre. Y Andrew sigue aferrado a su botella. Y yo, ¿qué hago yo? Hago caso omiso de las cosas hasta donde es humanamente posible, para que no alteren mi rutina.

–No es eso lo que he visto.

–Tú has visto solo una imagen en la pantalla. –Lo apartó de un suave empujón para levantarse–. Salgo a correr.

–Miranda. –Él la sujetó del brazo antes de que pudiera salir de la habitación–. Si nada te importara, no estarías tan triste.

–No estoy triste, Ryan. Estoy resignada. –Ella se soltó y fue a cambiarse de ropa.

No corría a menudo. Andar le parecía un ejercicio más digno y eficaz; pero cuando era superada por las emociones, entonces corría.

Eligió la playa bajo los acantilados, porque el agua estaba cerca y el aire era fresco. Fue hacia el norte, hundiendo los talones mientras las olas atacaban gozosamente la costa rocosa, escupiendo gotitas de agua a la luz del sol. Las gaviotas volaban en picado, lanzando gritos espectralmente femeninos.

Cuando sus músculos entraron en calor, se quitó el jersey del chándal y lo arrojó a un lado. Nadie lo robaría. «En Jones Point –pensó con un nudo en el estómago– se producen pocos delitos.»

Unas boyas anaranjadas se bamboleaban en la superficie de las oscuras aguas azules. Había otras más altas, grises y desgastadas por la intemperie, que al mecerse producían un sonido hueco, luctuoso. Un muelle corto se torcía en el agua como un borracho, ignorado, porque ni ella ni Andrew salían a navegar. Más allá, había botes y veleros; la gente aprovechaba la incipiente primavera y el domingo de Pascua.

Miranda siguió la curva de la playa, sin prestar atención al ardor que sentía en las pantorrillas y en el pecho, a las gotas de sudor que se deslizaban entre sus senos.

Un barco langostero oscilaba en la corriente; su piloto, con una gorra de color rojo intenso, revisaba sus trampas. Al verla, alzó una mano para saludar; ante ese gesto simple de un desconocido, a ella le ardieron los ojos. Con la vista empañada, saludó a su vez. Luego se detuvo y se inclinó, con las manos en los bolsillos, mientras su aliento gritaba dentro de sus pulmones agitados.

No había corrido mucho, pero sí a gran velocidad, sin reservas. Todo estaba funcionando demasiado deprisa. No podía seguir el ritmo de los acontecimientos, pero tampoco podía aminorar el suyo. Ni siquiera sabía adónde iba.

En la casa había un hombre; un hombre al que ella conocía desde hacía unas pocas semanas. Era ladrón, posiblemente embaucador e indudablemente peligroso. Sin embargo, ella había puesto en sus manos una parte de su vida. Nunca había mantenido con nadie una relación más íntima que la que mantenía con él.

Miró hacia atrás, hacia arriba, estudiando el haz del faro, blanco como la luna. Dentro de esa torre se había enamorado de él. Poco importaba que hubiera estado deslizándose hacia eso durante todo el tiempo: allí había caído. Y aún no estaba segura de aterrizar de pie.

Él había venido a hacer algo; cuando lo terminara, se iría. Lo haría con inteligencia, con encanto, incluso. Sin crueldad. Pero regresaría a su propia vida. Y la de ella quedaría hecha trizas.

Tal vez recuperaran los bronces, su reputación volviese a ser la de antes y resolvieran el caso; hasta era posible que atraparan al asesino. Pero su vida quedaría hecha trizas. Y sin precedentes, sin fórmulas ni datos, no podía calcular cuánto tiempo le llevaría reconstruirla.

Delante de sus pies tenía un charco dejado por la marea, de agua serena y clara. En ella correteaba la vida, con formas y colores de otro mundo. En su infancia, había caminado por esa playa con su abuela; a veces, Andrew las acompañaba. Estudiaban juntos los charcos, pero no a modo de lección, como triquiñuela adulta para educar a una criatura. No: recordó que se arrodillaban a mirar por puro placer. Y se reían cuando algo que parecía una piedra les escupía por sorpresa.

«Mundos pequeños», decía su abuela. Llenos de pasión, de sexo, de violencia y política... y a menudo más sensatos que la existencia de Miranda en esa árida región del planeta.

–Ojalá estuvieras aquí –murmuró Miranda–. Me gustaría poder conversar contigo.

Apartó la vista del ajetreado mundo que tenía a sus pies y volvió a contemplar el mar, dejando que el viento le castigara el cabello y la cara. ¿Qué haría ahora, tras haber aprendido lo que significaba amar a alguien hasta el dolor, ahora que había preferido arriesgarse a sufrir antes que permanecer en ese vacío sentimental que ya casi no sentía, a fuerza de serle familiar?

Se sentó en una roca y apoyó la cabeza sobre las rodillas. Eso era lo que sucedía cuando uno dejaba que el corazón dominara la mente, controlara cada acto y cada decisión. Cuando todo estaba hecho trizas, ella se sentaba en una roca a contemplar el mar, cavilando tristemente sobre una relación condenada al fracaso.

Un ostrero se posó cerca de la costa y empezó a pasearse, dándose aires. Miranda esbozó una sonrisa. Al parecer, hasta las aves se preocupaban por las apariencias. «Fíjate en mí –parecía decir el ostrero–; mira qué sereno soy.»

–Si hubiera traído algunos mendrugos, ya veríamos tu serenidad –le dijo ella–. Correrías a devorarlos antes de que esas amigas tuyas se enteraran y vinieran a quitártelos.

–Dicen que, cuando una persona bebe demasiado, comienza a hablar con los pájaros. –Andrew vio que ella tensaba los hombros, pero continuó acercándose–. Se te cayó esto. –Y le puso el jersey del chándal en el regazo.

–Tenía calor.

–Si te sientas aquí sin abrigo después de correr, cogerás frío.

–Estoy bien.

–Como quieras. –Hacía falta mucho valor para sentarse en la roca, junto a ella–. Perdona, Miranda.

–Creo que ya hablamos de eso.

–Miranda.

Ella no dejó que le cogiera la mano. Así comprendió Andrew lo mucho que la había alejado de sí.

–Vine aquí para estar un rato a solas. –¡Qué tozuda podía ser cuando la habían humillado!

–Tengo algunas cosas que decirte –prosiguió él–. Cuando haya terminado puedes pegarme otra vez, si quieres. Esta mañana me pasé de la raya. Lo que te dije no tiene excusa. Como no quería escuchar lo que me estabas diciendo, decidí emplearme a fondo.

–Entiendo. Reconozcamos que cada uno hará bien en no entrometerse en las decisiones personales del otro.

–No. –Esta vez él le sujetó la mano, ignorando su gesto de rechazo–. De eso, nada. Siempre hemos podido contar el uno con el otro.

–Pues yo ya no puedo, Andrew.

Le miró a la cara. Vio sus ojeras bajo las gafas de sol. Debería haber tenido un aspecto viril, pero resultaba patético.

–Te fallé, lo reconozco –dijo él.

–Sé cuidar de mí misma. Si a alguien le has fallado ha sido a ti.

–Por favor, Miranda. –Andrew no esperaba que aquello fuera fácil, pero no había previsto lo penoso que resultaría su rechazo–. Sé que tengo un problema. Estoy tratando de enfrentarme a ello. Voy... esta noche iré a una reunión de... Alcohólicos Anónimos.

Vio un destello en los ojos de su hermana: esperanza, solidaridad, amor. Y sacudió la cabeza.

–No sé si servirá de algo, pero iré, escucharé y veremos qué pasa.

–Es un buen comienzo.

Él se levantó para contemplar el agua inquieta.

–Esta mañana, cuando salí, fui en busca de una botella. No me daba cuenta; no era consciente de ello. Solo cuando me atacaron los temblores comprendí que estaba buscando una tienda de licores, un bar, cualquier lugar donde beber una copa un domingo por la mañana. –Se miró la mano, flexionó los dedos, sintió un leve dolor–. Me llevé un buen susto, te lo aseguro.

–Puedo ayudarte, Andrew. He leído mucho al respecto. Hasta asistí a un par de reuniones de Alanon.

Él se volvió a mirarla. Ella le observaba, retorciendo el jersey que tenía entre las manos. En los ojos de Andrew asomó un brillo de esperanza.

–Temí que hubieras empezado a odiarme –dijo Andrew.

–Eso quería. Pero no pude. –Miranda se secó las lágrimas–. Estaba furiosa contigo, por alejarte de mí. Hoy, cuando te fuiste, pensé que volverías ebrio. O que finalmente cometerías la estupidez de conducir borracho y acabarías por matarte. Por algo así te habría odiado.

–Fui a casa de Annie. Tampoco supe adónde iba hasta que aparqué delante de su edificio. Ella ha... Voy a... Bueno, voy a quedarme en su casa por unos días. Así tendrás un poco de intimidad con Ryan. Pondremos un poco de espacio entre tú y yo.

–¿En casa de Annie? ¿Vas a quedarte con Annie?

–No me acuesto con ella.

–¿Annie? –repitió ella, boquiabierta–. ¿Annie McLean?

–¿Te disgusta? –preguntó él, a la defensiva.

–No, en absoluto. De hecho, me encanta que sea ella. Es una mujer ambiciosa y de carácter fuerte. Y no aceptará que cometas ninguna tontería.

–Annie y yo... –Andrew no sabía cómo explicarlo–. Tenemos un pasado. Tal vez ahora pensemos en tener un presente.

–No sabía que fuerais otra cosa que amigos.

Él miró playa abajo; casi podía distinguir el sitio donde aquellos dos adolescentes temerarios habían perdido su inocencia.

–Antes no, después sí... No sé qué somos ahora.

Pero el deseo de averiguarlo le imponía un objetivo, algo de lo que había carecido durante demasiado tiempo.

–Por un par de noches, dormiré en su sofá. Quiero volver a poner los pies firmemente sobre la tierra, cueste lo que cueste. Pero es probable que te decepcione más de una vez antes de lograrlo.

Miranda había leído mucho sobre alcoholismo, tratamiento y recuperación. Sabía de los retrocesos, los nuevos comienzos y los fracasos.

–Hoy no me decepcionas. –Alargó una mano; cuando él se la cogió, apretó los dedos con fuerza–. Te echaba mucho de menos.

Andrew hizo que se levantara para poder abrazarla. Sabía que ella estaba llorando; lo percibía en los pequeños estremecimientos de su cuerpo. Pero lloraba en silencio.

–No me des por perdido, ¿quieres?

–Lo intenté, pero no pude.

Esbozando una sonrisa, apretó su mejilla contra la de ella.

–Esta relación tuya con ese tipo de Nueva York...

–¿Antes era Ryan y ahora «ese tipo de Nueva York»?

–Es que ahora se ha metido con mi hermana y debo reservarme mis opiniones sobre él. ¿Funciona, la relación?

Ella se apartó.

–Por ahora, sí.

–Bien. Ya que nos hemos reconciliado, ¿por qué no subimos a beber algo para celebrarlo? –Reaparecieron los hoyuelos–. Me encanta el humor negro. ¿Por qué no preparas carne asada?

–Es demasiado tarde. Te prepararé un pastel de carne reconstituyente.

–Aceptado.

Mientras volvían a la casa, Miranda hizo acopio de fuerzas para lo que debía decirle, sabiendo que iba a destrozar el encanto del momento.

–Ha llamado mamá, Andrew.

–¿Hoy, domingo de Pascua?

–Andrew... –Ella se detuvo sin soltarle el brazo–. Alguien entró en el laboratorio de Florencia. Giovanni estaba allí, solo. Le asesinaron.

–¿Qué? ¿Giovanni? ¡Oh, Dios mío!

Caminó hasta la orilla y se detuvo allí, con el agua mojándole los zapatos.

–¿Giovanni muerto? ¿Asesinado? Pero ¿qué está pasando?

Ella no podía arriesgarse a explicárselo. La falta de voluntad de Andrew, sus emociones, su enfermedad... La mezcla era explosiva.

–Ojalá lo supiera. Mamá dijo que destruyeron cuanto pudieron, y en cuanto a Giovanni... suponen que estaba trabajando cuando alguien entró.

–¿Fue un robo?

–No lo sé. No lo parece... Ella dijo que no creía que se hubieran llevado nada valioso.

–No tiene sentido. –Andrew giró en redondo, abatido–. Alguien entra en nuestra galería, se lleva un bronce valioso y no mata una mosca al entrar ni al salir. Ahora alguien entra en el laboratorio de Standjo, asesina a Giovanni, destroza todo y no se lleva nada.

–Yo tampoco lo entiendo. –Eso, al menos, era en parte verdad.

–¿Dónde está la relación? –murmuró él.

Miranda lo miró, boquiabierta.

–¿Qué relación?

–Las coincidencias no existen. –Haciendo resonar las monedas que tenía en el bolsillo, Andrew empezó a pasearse por la playa–. Dos allanamientos en un par de semanas, en diferentes divisiones de la misma organización. Una, lucrativa y pacífica; la otra, violenta y sin motivo aparente. Siempre hay un motivo. Giovanni trabajaba en ambos lugares al mismo tiempo. –Entornó los ojos tras las gafas de sol–. Él hizo parte de las pruebas sobre el *David*, ¿no?

–Eh... sí, sí.

–El *David* fue robado; los documentos no aparecen y ahora han matado a Giovanni. ¿Dónde está la conexión?

No esperaba respuesta. Eso salvó a Miranda de inventar una mentira.

–Voy a pasarle esto a Cook, a ver si sirve de algo. Quizá convendría que yo fuera a Florencia.

–Andrew... –Miranda trató de que no le temblara la voz. No podía poner en peligro a su hermano. No quería que se acercara a Florencia. Ni a la persona que había matado a Giovanni–. En este momento no es buena idea. Debes quedarte en casa, procurar reponerte. Deja que la policía haga su trabajo.

–Es verdad, quizá sea mejor tratar de aclararlo desde aquí –decidió él–. Voy a llamar a Cook para darle algo en que entretenerse.

–Me reuniré contigo en un minuto. –Ella se las compuso para sonreír–. Y te prepararé tu pastel de carne.

La sonrisa dio paso a un gesto de preocupación, pero Andrew estaba tan abstraído que no se dio cuenta. En cambio, vio a Ryan en el camino del acantilado. El orgullo, la vergüenza y los celos fraternales se apoderaron de él.

–Vaya, Boldari.

–Andrew.

Para evitar un enfrentamiento improductivo, Ryan decidió hacer caso omiso de él.

–Como mi hermana es una mujer adulta –dijo Andrew– y su familia está deshecha, tal vez creas que no tiene quien la cuide. Pero te equivocas. Si la haces sufrir, te las verás conmigo, hijo de puta.

Ryan se limitó a sonreír.

–Yo no le veo la gracia –dijo Andrew.

–Es que la última parte de tu parrafada se parece mucho a lo que le dije al marido de mi hermana Mary Jo cuando los sorprendí besuqueándose en el Chevy. Pero comencé por sacarlo del coche a rastras y darle un puñetazo, para disgusto de mi hermana.

Andrew se meció sobre los talones.

–Tú no eres el marido de mi hermana.

–Por entonces, él tampoco lo era de la mía.

Las palabras surgieron antes de que Ryan captara su significado potencial. De inmediato, la expresión divertida desapareció de sus ojos, dando paso a la incomodidad.

–Lo que quiero decir es que...

–¿Sí? –Andrew empezaba a disfrutar de aquello–. ¿Qué querías decir?

–Lo que quiero decir es que siento un enorme afecto y respeto por tu hermana. Es bella, inteligente y atractiva.

–Eres rápido, Ryan. –Al parecer volvía a los nombres de pila. Por el momento–. Buena combinación.

Los dos se volvieron hacia Miranda, que estaba de pie en la playa estrecha, contemplando las olas.

–Y ella no es tan dura como cree –añadió Andrew–. No se permite entregarse por temor a exponerse.

–Es muy importante para mí. ¿Era eso lo que querías saber?

–Sí. –Sobre todo, porque lo había dicho con pasión y entrega–. Con eso basta. Por cierto, te agradezco lo que hiciste anoche por mí. Y por no restregármelo hoy por las narices.

–¿Cómo está ese ojo?

–Duele.

–Bueno, con eso tienes castigo suficiente.

–Es posible. –Andrew echó a andar por el sendero–. Hoy comeremos pastel de carne –anunció por encima del hombro–. Haz que se ponga ese jersey, ¿quieres?

–Sí –murmuró Ryan–. Ahora mismo.

Empezó a descender entre las rocas, resbalando un poco sobre los guijarros. Ella inició el ascenso, segura como una cabra en el monte.

–Esos zapatos no sirven para andar por aquí.

–Y que lo digas –repuso Ryan, estrechándola entre sus brazos–. Tienes los brazos fríos. ¿Por qué no te has puesto el jersey?

–El sol calienta bastante. Esta noche Andrew irá a una reunión de Alcohólicos Anónimos.

–Estupendo. –Le dio un beso en la frente–. Es un buen comienzo.

–Él puede. –La brisa liberó unos mechones de la cinta con que ella se había recogido el cabello, obligándola a apartárselo de la cara–. Sé que puede. Va a pasar un par de días con una amiga, solo para serenarse un poco. Además, creo que no le gusta mucho dormir cerca de la habitación donde nosotros... dormimos.

–Típico conservadurismo norteño.

–No derribes los mitos fundamentales de este país –dijo Miranda–. Le he dicho lo de Giovanni. Y estableció la conexión.

–¿Qué quieres decir?

–Lleva más de un año machacándose las neuronas; casi había olvidado lo inteligente que es. Pero asoció todo en un minuto. Relacionó el robo de aquí con el de allá. Va a informar al detective Cook.

–Estupendo. Solo nos faltaba que la policía se metiese en esto.

–Es lo más razonable. Andrew ve demasiadas coincidencias. –Le puso al corriente de lo que había dicho su hermano–. Quiere investigar el caso. No le dije lo que sé ni lo que sospecho. No puedo permitir que corra el menor riesgo justamente ahora, cuando debe concentrarse en su recuperación; pero tampoco puedo seguir mintiéndole por mucho tiempo.

–En ese caso, tendremos que trabajar más deprisa. –Ryan no tenía intenciones de actuar en equipo ni de compartir los bronces. Cuando los consiguiera, se quedaría con ellos–. Hay mucho viento –señaló, rodeándola con un brazo para ascender por el camino–. Me han llegado rumores de que hay pastel de carne para cenar.

–Ya lo probarás. Y te aseguro que mi pastel de carne levanta pasiones.

–En algunas culturas se considera un plato afrodisíaco.

–¿De veras? Es raro que no lo haya leído en ningún curso de antropología.

–Es que solo hace efecto si se acompaña con puré de patatas.

–Bueno, tendré que poner esa teoría a prueba.

–El puré instantáneo no sirve.

–No me insultes, te lo ruego.

–Creo que estoy loco por usted, doctora Jones.

Ella se echó a reír. Pero allí estaba, desprotegida e inerme, como había sugerido su hermano.

Tercera parte

El precio

La ira es cruel y el enojo, atroz; Pero ¿quién puede resistir la envidia?

Proverbio

22

El silencio del campo mantenía despierto a Ryan y le hacía pensar en Nueva York. En el reconfortante y continuo rumor del tráfico, en el ritmo vertiginoso que hacía que uno apretara el paso para llegar a la esquina siguiente antes de que cambiara el semáforo.

Tener el mar tan cerca obligaba a uno a aminorar el paso. Y una vez que lo hacía, podía establecerse allí y echar raíces sin darse cuenta.

Debía volver a Nueva York, a su galería, que ya había dejado por demasiado tiempo en otras manos. Lo hacía con frecuencia, desde luego, pero solo cuando viajaba, cuando iba de un sitio a otro. No cuando estaba... parado, como en ese momento. Tenía que irse. Cuanto antes.

Miranda dormía a su lado; en su respiración se repetía el lento movimiento del mar. En vez de acurrucarse contra él, conservaba su propio espacio y respetaba el de Ryan. Debería agradecérselo. Pero no lo hacía. De hecho, le irritaba que ella no se aferrara a él y al menos fingiera que quería retenerlo. Así habría sido mucho más fácil resistirse a quedarse allí.

Además, no podía concentrarse. Ella era una distracción constante que le apartaba del trabajo, solo por estar al alcance de su mano. Era una mujer infinitamente seductora, y sus caricias no dejaban de sorprenderle.

Y como lo que él deseaba era despertarla y excitarla con suaves mordiscos hasta que estuviera lista para hacer el amor, abandonó la cama.

El sexo, por Dios, tenía que ser una simple forma de entretenimiento, no una obsesión.

Se puso unos pantalones negros, holgados; después de buscar un cigarrillo y su encendedor, abrió silenciosamente las puertas de la terraza para salir. Respirar ese aire era como beber un vino blanco ligeramente helado. Podía convertirse en un hábito intrascendente, algo que uno da por sentado. La altura le brindaba una espléndida vista del mar, de la lengua escarpada con la centelleante lanza del faro y su rayo luminoso. El conjunto destilaba una sensación de antigüedad, de tradición y seguridad, a la que uno podía acostumbrarse, si lo veía cada día de su vida. Allí las cosas cambiaban lentamente; eso, si cambiaban.

Uno veía el mismo panorama todas las mañanas. Parecidos despliegues de embarcaciones en el mar siempre melancólico. Y todo con el batir y el palpitar del océano como telón de fondo. Las estrellas eran brillantes y claras. La luna menguante iba perdiendo su nitidez. Y él temía estar perdiendo la suya.

Irritado consigo mismo, encendió el cigarrillo y soltó una bocanada de humo hacia el viento, que parecía no descansar nunca. No estaban avanzando, se dijo. Miranda podía crear gráficos, calcular cronologías y suministrar datos hasta llenar pilas enteras de papeles, pero nada de todo eso llevaba al corazón y a la mente de las personas involucradas. No llegaba a tocar la codicia o la cólera, los celos o el odio. Un gráfico no podía ilustrar por qué un ser humano quitaba la vida a otro por un trozo de metal.

Él necesitaba conocer a los jugadores, entender su comportamiento. Y apenas había comenzado. Creía haber llegado a conocer a Miranda. Era una mujer eficiente, práctica y reservada, y si uno empleaba las tácticas adecuadas, podía conseguir que expusiera su calidez y las necesidades escondidas bajo la superficie. Había recibido una educación privilegiada y fría. Para reaccionar contra esa educación, ella se había distanciado de la gente y desarrollado su inteligencia, fijándose objetivos y un sendero recto y lineal para lograrlos.

Su debilidad era su hermano. Se mantenían unidos; el vínculo debía de haber surgido por defensa, rebelión o afecto sincero. No importaba cómo se hubiera forjado: existía, era real y fuerte. Y de él surgía lealtad y amor. Ya había comprobado personalmente cómo le afectaba a Miranda el alcoholismo de Andrew, su imprevisibilidad. Le irritaba y desconcertaba a un tiempo.

Y también había visto la esperanza y la felicidad en sus ojos, durante la cena que habían compartido esa noche. Ella creía que su hermano estaba en camino de ser nuevamente la persona que había conocido. Necesitaba creer en ello, tener fe en ello. Y Ryan no soportaba la idea de destrozar esa ilusión.

Por eso decidió no compartir sus sospechas. Sabía lo que podía hacer una adicción con un hombre, como llevarlo a concebir y cometer actos que, de otro modo, jamás habría concebido ni cometido.

Andrew dirigía el Instituto; tenía, dentro de la organización, el poder y la facilidad de movimiento necesarios para llevar a cabo el cambio del primer bronce. El motivo podía ser el dinero, el simple deseo de poseer, o una extorsión. Nadie estaba en mejor situación que los Jones para llevar a cabo los robos y las falsificaciones.

Pensó en Charles, el padre. Había descubierto el *David*, de modo que no era ilógico suponer que lo quisiera para sí. Habría necesitado ayuda. ¿La de Andrew? Posiblemente. ¿La de Giovanni? Quizás. O cualquiera del personal superior de confianza.

Elizabeth Jones. Orgullosa, fría, ambiciosa. Había basado su vida en el arte, pero más en su vertiente científica que en la estética. Al igual que su esposo, había renunciado a su familia para concentrar su energía, su tiempo y sus esfuerzos en obtener prestigio. A su propia familia. Una inapreciable figura de bronce, ¿no sería el trofeo perfecto para el trabajo de toda una vida?

Giovanni. Empleado de confianza. Como científico, brillante: de otro modo no habría integrado el equipo de Miranda. Encantador, según aseguraba ella. Un soltero al que le gustaba seducir. Tal vez había seducido a quien no debía. O quizás ambicionaba algo más importante que su cargo en Standjo.

Elise. Ex esposa. Las ex esposas suelen ser vengativas. Había sido trasladada del Instituto de Maine a Standjo, en Florencia. Ocupaba un cargo de confianza y poder. Podría haber usado a Andrew para luego desecharlo. Como jefa de laboratorio estaba en condiciones de acceder a todos los datos. Había tenido los dos bronces en sus manos. ¿Los codiciaba, quizá?

Richard Hawthorne. Las aguas quietas suelen ser las más profundas y a menudo se vuelven violentas. Sabía mucha historia; sabía investigar. En general, a los hombres de su tipo se les pasaba por alto en favor de los más llamativos y ambiciosos. Eso podía hacer que un hombre se sintiera humillado.

Vincente Morelli, viejo amigo y socio. Casado con una mujer muy joven y exigente. Había dado al Instituto y a Standjo años de su vida, de su trabajo, de su talento. ¿Por qué no cobrarse con algo más que el sueldo y una palmada en la espalda?

John Carter, el de los zapatos raídos y las corbatas ridículas. Firme como el granito. ¿Y fuerte como él, quizás? Hacía más de quince años que trabajaba en el Instituto. Obedecía órdenes, se aferraba a la rutina. Tal vez aún estuviese obedeciendo órdenes.

Cualquiera de ellos podía haberlo planificado. Pero no parecía posible que cualquiera de ellos, por sí solo, fuera capaz de efectuar dos cambios tan impecables. Se trataba, sin duda, de un trabajo en equipo, detrás del cual había una mente fría e inteligente. Para descubrir esa mente necesitaba algo más que gráficos y tablas cronológicas.

Siguió con la vista la caída de una estrella, que trazó un arco de luz hacia el mar. Y comenzó a trazar un plan.

–¿Qué es eso de que vas a llamar a mi madre?

–Llamaría a tu padre –dijo Ryan, mirando por encima del hombro para ver qué estaba haciendo Miranda en el ordenador–, pero intuyo que tu madre tiene una relación más estrecha con la empresa. ¿Qué estás haciendo?

–Nada. ¿Para qué quieres llamar a mi madre?

–¿Qué es eso? ¿Una página web de jardinería?

–Necesito algunos datos. Eso es todo.

–¿Sobre flores?

–Sí. –Miranda ya había impreso varios documentos, de modo que cerró la página–. En cuanto a lo de mi madre...

–Espera un momento. ¿Para qué necesitas datos sobre flores?

–Porque voy a plantar un jardín y no sé nada de eso.

–Y adoptas el enfoque científico. –Ryan se inclinó para besarle la cabeza–. Eres un encanto, Miranda.

Ella se quitó las gafas y las dejó sobre el escritorio.

–Me complace tu opinión. Ahora, ¿quieres contestar a mi pregunta?

–Lo de tu madre... –Se sentó en el lado opuesto del escritorio–. Voy a llamarla para informarle de mis condiciones para el préstamo de los *vasari*, un *rafael* y un *botticelli*.

–¿Rafael y Botticelli? Nunca hablaste de prestarnos otra cosa que los *vasari*.

–Es un trato nuevo. Cinco pinturas... y tal vez me deje persuadir para añadir una escultura de Donatello. En préstamo por tres meses. La Galería Boldari deberá figurar adecuadamente en toda la publicidad. Y el dinero que obtenga con la función ira al Fondo Nacional para las Artes.

–¿Qué función?

–Si he escogido al Instituto de Historia del Arte de Nueva Inglaterra es debido a su reputación y al hecho de que no solo se dedica a la exposición de obras de arte, sino a la restauración, el estudio y la investigación. Quedé muy gratamente impresionado cuando, hace pocas semanas, visité las instalaciones guiado por la doctora Miranda Jones. –Le acarició la cabeza y continuó–. Sobre todo, me intrigó su idea de crear una exposición centrada en el Renacimiento italiano, en su contexto social, religioso y político.

–¿De verdad? –murmuró ella.

–Me apasionó. –Ryan la cogió de la mano para juguetear con sus dedos y advirtió que se había quitado el anillo que él había puesto. El gesto de contrariedad que eso le provocó debería analizarlo más tarde–. La doctora me deslumbró con su visión de esa exposición y con la idea de montar una similar, al cabo de tres meses, en mi galería de Nueva York.

–Comprendo. Una sociedad.

–Exactamente. Estuvimos de acuerdo. Y en el transcurso de las discusiones preliminares se te ocurrió que podíamos realizar una función benéfica en el Instituto, a beneficio del Fondo Nacional para las Artes. Como las galerías Boldari son firmes partidarias de esa organización, la idea me pareció estupenda. Fuiste muy sagaz al presentarme ese cebo.

–¿Verdad que sí? –murmuró ella.

–Estoy dispuesto a encarar cuanto antes ese proyecto conjunto, pero me han dicho que la doctora Jones está de vacaciones, y eso me tiene preocupado. No puedo trabajar con ninguna otra persona. Y la demora me ha inducido a considerar la posibilidad de hacerlo con el Instituto de Arte de Chicago.

–Cuando se entere, se disgustará.

–Eso espero.

Le quitó las horquillas de la mano antes de que ella pudiera recogerse la melena y las arrojó por encima de su hombro.

–¿Qué haces?

–No me interrumpas. Necesitamos que regreses al Instituto. Luego, debemos procurar que quien está detrás de las falsificaciones, se entere. Finalmente, necesitaremos que todos los que estuvieron vinculados con ambos bronces se reúnan en un mismo sitio.

–Es muy posible que consigas lo primero. Una exposición como la que estás describiendo sería todo un acontecimiento. –Miranda iba a levantarse para recuperar sus horquillas, pero él estaba jugueteando otra vez con su pelo y la observaba–. Hum... Mi madre aprecia el poder del prestigio. Obviamente, logrado eso, la segunda parte sería coser y cantar. Pero no sé cómo esperas lograr la última.

–Te lo diré ahora mismo. –Con una gran sonrisa, él se inclinó para pasarle un dedo por la mejilla–. Vamos a organizar una fiesta por todo lo alto.

–¿Una fiesta? ¿Te refieres a la función para recolectar fondos?

–En efecto. –Ryan se levantó para rebuscar en los estantes y en los cajones–. Y será en honor de Giovanni. Una especie de recordatorio.

–Giovanni. –Miranda sintió que se le congelaba la sangre–. ¿Serías capaz de utilizarlo para esto? El pobre ha muerto.

–Eso no tiene remedio, Miranda. Pero lo haremos para que venga su asesino, quienquiera que sea. Y estaremos un paso más cerca de los bronces.

–No te comprendo.

–Estoy elaborando los detalles. ¿Tienes papel para dibujar?

–Sí, por supuesto. –Vacilando entre la irritación y el desconcierto, ella se levantó para sacar un bloc del armario.

–Debería haberlo imaginado. Bueno, ven conmigo y tráelo. Y un par de lápices.

–¿Que lo lleve adónde?

–Al porche trasero. Puedes sentarte allí a dibujar tu jardín mientras yo hago algunas llamadas telefónicas.

–¿Pretendes que me ponga a dibujar un jardín, con todo lo que está pasando?

–Así te relajarás.

Ryan cogió algunos lápices y las gafas de Miranda. Puso los primeros en el bolsillo de su camisa y las gafas en el de ella. Luego la cogió de la mano para sacarla de la habitación.

–Y el jardín te saldrá mejor si sabes qué es lo que deseas contemplar.

–¿Cuándo se te ocurrió todo esto?

–Anoche. No podía dormir. Estamos en punto muerto cuando lo que necesitamos es acción. Dejamos que sea otra persona la que realice el espectáculo. Tenemos que empezar a pulsar los botones.

–Todo eso es muy interesante y metafórico, Ryan, pero si organizamos una fiesta en honor de Giovanni, nadie nos garantiza que su asesino asista, y de esa manera no conseguiremos los bronces.

–Paso a paso, cariño. ¿No vas a tener frío?

–Déjate de tonterías. No voy a relajarme solo por sentarme fuera a dibujar. Si tenemos que organizar esa muestra, ya debería estar trabajando en ello.

–Ya llegará el momento de devanarte los sesos con todo eso.

Miranda, resignada, salió al porche. Abril había decidido hacer suavemente su entrada, saludando con brisas tibias y cielos soleados. Por supuesto, todo eso podía cambiar en un instante, pero los caprichos del clima costero bien podían ser parte de su atractivo.

–Siéntate. –Ryan le dio un beso fraternal en la frente–. De esta parte me ocupo yo.

–Bueno. Pondré a descansar mi corto entendimiento.

Él, riendo, sacó su teléfono móvil.

–Lo único corto en usted, doctora Jones, es su tolerancia. Pero eso me encanta. ¿Cuál es el número de tu madre?

Ella puso orden en sus pensamientos, aceptando que ese hombre tenía una habilidad innata para hacer que se sintiera molesta y excitada, a menudo simultáneamente. Instantes después, le dio el número.

–Ese es el de su casa –aclaró–. Con la diferencia horaria, lo más probable es que la encuentres allí.

Se puso a contemplar el prado, mientras Ryan marcaba el número. Seguramente hechizaría a Elizabeth. Su talento con las mujeres era indiscutible, aunque ella prefiriera no analizarlo en profundidad. Conquistaría a su madre, tal como la había conquistado a ella. Con un poco de tiempo, no quedaría en el planeta una mujer a quien él no tuviera comiendo de su mano.

Con un suspiro, le oyó pronunciar el nombre de su madre a la telefonista. Luego dejó de escuchar.

El deslumbrante azul del cielo, las rocas de la orilla brillando bajo el sol, conferían a su prado un aspecto aún más sombrío. Reparó en la pintura desconchada del porche, en la maleza pardusca que asomaba entre las piedras que formaban el sendero hacia los acantilados.

Su abuela había cuidado esa casa y los terrenos que la rodeaban como una madre cuida a sus hijos bienamados. Ahora, ella y Andrew dejaban que se deteriorase, rechazando las responsabilidades que les parecían más tediosas.

Las grandes reparaciones y el mantenimiento eran cosa sencilla. Bastaba con contratar a alguien para que se ocupara de ello. Ni Miranda ni Andrew habían cortado nunca el césped, rastrillado las hojas secas, podado un arbusto o arrancado un hierbajo.

Decidió que sería un buen cambio. Algo que ambos podían compartir. El trabajo manual y la satisfacción de ver los avances serían una buena terapia para él. Y también para ella. El ciclo en que se encontraba su vida debía terminar, de un modo u otro. Y cuando así fuera, necesitaría algo con que llenar el vacío.

Trató de recordar cómo era el jardín cuando ella era niña y su abuela estaba en condiciones de cuidar de él. Flores de color púrpura y rojo intenso. Algo amarillo claro, con aspecto de margarita, cuyos tallos se inclinaban con gracia ante el viento. Mientras lo recordaba, comenzó a mover el lápiz. Matas verdes, con un tallo esbelto rematado con una campanilla blanca, vuelta hacia abajo. Y también el perfume: el de unas flores que se parecían a los claveles, con capullos rojos y blancos y aroma intenso, a especias.

Otras tenían flores en forma de trompeta, de color azul. Las llamaban *conejitos*. Se emocionó ridículamente al recordar el nombre.

Ryan hacía su proposición telefónica a la madre sin dejar de observar a la hija. Advirtió que Miranda estaba relajada y esbozaba una sonrisa mientras dibujaba. Estaba haciendo un esbozo rápido, de esos que requieren talento innato y mano segura. El cabello revuelto, dedos largos, uñas cortas y sin pintar. Se había puesto las gafas. El jersey le formaba unas arrugas a la altura de los hombros; los pantalones tenían el color de la masilla.

Nunca había visto una mujer tan deslumbrante. Y como al pensar esas cosas perdía el hilo de la conversación, le volvió la espalda para alejarse hacia el otro extremo del porche.

–Simplemente Ryan, por favor. Espero que me permita llamarla Elizabeth. Sin duda usted sabe lo brillante y encantadora que es su hija, pero debo decirle que me causó una impresión extraordinaria. Cuando me enteré de que había cogido unas vacaciones... bueno, imagínese mi desilusión.

Escuchó por un momento, sonriendo para sí. ¿Sabría Elizabeth que su voz, cuando trataba de disimular que se sentía molesta por algo, conservaba el mismo buen tono?

–Oh, sí, no dudo que en el Instituto habrá miembros capaces de llevar a cabo la idea básica, pero no me interesa trabajar con gente de segunda fila. Aunque Lois Berenski, del Instituto de Arte de Chicago... Usted ha de conocer a Lois, supongo... Sí, es muy competente y esta propuesta le ha interesado mucho. He prometido comunicarme con ella dentro de cuarenta y ocho horas. Por eso me he tomado el atrevimiento de llamarla a su casa, Elizabeth. Preferiría trabajar con el Instituto de Nueva Inglaterra y con Miranda, pero si no puedo cerrar el trato antes de ese plazo, tendré que...

Dejó la frase inconclusa, con una amplia sonrisa, mientras la mujer intentaba convencerlo. Para ponerse cómodo, pasó una pierna por encima de la barandilla y se sentó a horcajadas, contemplando las gaviotas. Dejó que Elizabeth hablara hasta obtener de ella lo que deseaba.

Eso requirió cuarenta minutos, tiempo en el cual fue a la cocina para servirse unas galletas, un poco de queso y aceitunas y llevarlo todo fuera. Al terminar, él y Elizabeth habían acordado tomar una copa en vísperas de la función de gala (ahora la llamaban *función de gala*) y brindar por el proyecto conjunto.

Apagó el móvil y se llevó una aceituna a la boca.

–¿Miranda?

Ella aún estaba dibujando. Tenía bastante avanzado el tercer rincón del jardín que se proponía hacer.

–¿Sí...?

–Contesta al teléfono.

–¿Qué? –Levantó la vista, vagamente molesta por la interrupción–. ¡Pero si no suena!

Él le guiñó un ojo.

–Espera –le dijo. Y sonrió de oreja a oreja al oír que en ese instante sonaba el teléfono de la cocina–. Debe de ser tu madre. Yo en tu lugar me haría la sorprendida... y me mostraría algo reticente.

–¿Ha aceptado?

–Contesta y lo sabrás.

Miranda ya se había levantado de un salto para entrar en la casa.

–Diga... ¿Eres tú, mamá? –Escuchó, con una mano contra el corazón acelerado.

Llegó como exigencia, pero eso era de esperar. Más aún: su madre lo presentó como cosa hecha. Sus vacaciones forzadas terminaban de inmediato. Debía ponerse en contacto con la Galería Boldari y ocuparse de los arreglos. Que reorganizara sus planes de trabajo para dar prioridad a eso; la exposición debería estar concebida, planificada, preparada y completa para el segundo fin de semana de mayo.

–Tengo apenas un mes. ¿Cómo...?

–Comprendo que es poco tiempo para algo de esta envergadura, pero el señor Boldari tiene otros compromisos. Trabajará con Andrew sobre la publicidad para la función de gala, con la colaboración de Vincente. En las cuatro semanas próximas no debes ocuparte de otra cosa que de esa exposición. Ese hombre espera mucho de ti, Miranda, y yo también. ¿Lo has entendido?

–Por supuesto. –Se quitó distraídamente las gafas para guardarlas en el bolsillo–. Comenzaré de inmediato. Giovanni...

–Los funerales estuvieron muy bien. Su familia agradece las flores. Debo mantenerme en estrecho contacto contigo por este asunto, Miranda, y espero poder adaptar mis planes de trabajo para ir en la primera semana de mayo, si es posible, y supervisar los últimos detalles. No dejes de enviarme los debidos informes.

–Recibirás todo. Adiós. –Miranda colgó el auricular–. De modo que ya está hecho.

–No mencioné lo de Giovanni –dijo Ryan–. Eso no puede surgir de mí. Esa idea se te ocurrirá mañana; después de consultarla conmigo y asegurarte que estoy de acuerdo, le enviarás una nota. –Dejó su plato en el mostrador y preparó para Miranda una galleta con queso–. De ahí surgirá la idea de que asista todo el personal superior de todas las organizaciones Jones, en un despliegue de unidad, respaldo y respeto.

–Vendrán todos –murmuró ella–. Mi madre se encargará de eso. Pero no entiendo para qué puede servir.

–Logística. Todos los relacionados en el mismo lugar al mismo tiempo. –Hizo una pausa y agregó con una sonrisa–. Será apasionante.

–Tengo que ponerme a trabajar. –Ella se pasó las manos por el pelo–. Hay que organizar una exposición.

–Mañana llegaré en avión desde Nueva York.

Ella se detuvo en el vano de la puerta para volverse a mirarle.

–¿Sí?

–Sí. En el vuelo de la mañana. Será un placer verla de nuevo, doctora Jones.

23

Me alegra tenerte otra vez aquí –dijo Lori mientras dejaba una taza de café humeante sobre el escritorio de Miranda.

–Espero que al terminar la semana sigas pensando lo mismo. Terminarás hecha polvo, te lo aseguro.

–Puedo aguantar. –Lori le puso una mano en el brazo–. Lamento mucho lo de Giovanni. Sé que erais muy amigos. Todos le queríamos.

–Lo sé. –«Su sangre tiñe tus manos.»–. Le echaremos de menos. Ahora necesito trabajar, Lori. Zambullirme en esto.

–De acuerdo. –Lori se instaló en una silla y apoyó el lápiz en la libreta–. ¿Por dónde empezamos?

«Paso a paso», se dijo Miranda.

–Contacta con una carpintería; habla con Drubeck. Hace un par de años hizo un buen trabajo con la exposición de arte flamenco. Tengo que hablar con la oficina de Legales y con Contratos. Y necesitamos a alguien de Investigación. Debe ser capaz de verificar datos con celeridad. Reserva noventa minutos para hablar con Andrew. Y que me avisen en cuanto llegue el señor Boldari. Haz que sirvan el almuerzo en el salón VIP; a la una en punto. Y averigua si Andrew puede comer con nosotros. Llama a Restauración. Quiero saber cuándo estarán terminados los trabajos. E invita a la señora Collingsforth a tomar el té conmigo cualquier día de esta semana; también utilizaremos el salón VIP.

–¿Quieres su colección?

Un brillo de codicia iluminó los ojos de Miranda.

–Creo poder convencerla de lo mucho que disfrutaría viendo sus pinturas en esta exposición, con una bonita placa de bronce: «Perteneciente a la colección de...».

Y si la señora Collingsforth no se dejaba convencer, le enviaría a Ryan.

–Necesito medidas de la galería Sur. Si no las tenemos en los archivos de aquí, consígueme una cinta métrica. Debo tenerlas hoy mismo. Ah, y quiero hablar con un decorador.

–¿Un decorador? –preguntó Lori, azorada.

–Tengo una idea para conseguir... el clima. Necesito a alguien imaginativo, eficiente, que sepa obedecer órdenes en vez de darlas. –Miranda tamborileó con los dedos. Sabía lo que deseaba, sí, hasta el último detalle–. Que me instalen un tablero de dibujo en mi despacho. Y haz enviar otro a mi casa. Manda un mensaje a Andrew pidiéndole que me envíe copia de todos los pasos que piensan dar en la campaña publicitaria y todas las ideas para la función. El señor Boldari puede comunicarse conmigo a cualquier hora; que se atiendan todos sus deseos en lo posible.

–Por supuesto.

–Necesito hablar con Seguridad.

–De acuerdo.

–Dentro de cuatro semanas, pídeme un aumento de sueldo.

–Lo haré –repuso Lori, sonriendo.

–Comencemos.

–Una cosa. –Lori cerró su libreta–. Tienes un mensaje en el contestador. Como está en italiano, no he entendido la mayor parte.

Miranda se acercó rápidamente al aparato y oprimió un botón. De inmediato se oyó un torrente de excitadas frases en italiano. Algo irritada, Miranda detuvo la grabación para volverla al principio, preparándose mentalmente para traducir.

«Doctora Jones, tengo que hablar con usted. Trato de encontrarla allí porque no hay otra persona que me crea. Soy Rinaldi, Carlo Rinaldi. El que encontró la *Dama*. Yo la tuve en las manos. Sé que es auténtica. Y usted sabe que es auténtica. Los diarios decían que usted creía en ella. A mí nadie me escucha. Nadie presta atención a un hombre como yo. Pero usted, usted es importante. Es una científica. A usted la escucharán. Llámeme, por favor. Tenemos que hablar. Usted y yo sabemos lo que sabemos. Debemos probarlo. Nadie escucha. Su madre me echó de su despacho. Como si fuera un mendigo, un ladrón. Los del Gobierno piensan que colaboré con un fraude. Es mentira. Una terrible mentira. Usted sabe que lo es. Por favor, entre los dos haremos que todos sepan la verdad.»

Luego dio por dos veces un mismo número telefónico y repitió su súplica.

«Y ahora ese hombre está muerto», pensó Miranda al terminar el mensaje. Le había pedido ayuda, pero ella no estaba allí. Y ahora estaba muerto.

–¿Qué era eso? –Preocupada por la expresión de angustia de Miranda, Lori le tocó el brazo–. Solo sé italiano como para pedir pasta en un restaurante. ¿Malas noticias?

–No –murmuró ella–. Noticias viejas. Llegué demasiado tarde. –Oprimió el botón para borrar el mensaje, pero sabía que quedaría grabado en su mente por mucho tiempo.

Era bueno para ella estar de nuevo en movimiento, tener tareas y objetivos específicos. Ryan estaba en lo cierto: necesitaba acción.

Mientras se encontraba en Restauración, supervisando los progresos sobre el *bronzino*, entró John Carter.

–Miranda. Te he estado buscando. Bienvenida.

–Gracias, John; me alegra haber vuelto.

Él se quitó las gafas para limpiárselas con el faldón de su bata.

–Lo de Giovanni ha sido terrible. No acabo de creérmelo.

Ella tuvo una súbita visión del cuerpo tendido en el suelo, con los ojos fijos en el vacío, en medio de un charco de sangre.

–Comprendo. Aquí tenía muchos amigos.

–Ayer me tocó dar la noticia. El laboratorio parece un depósito de cadáveres. –Dejó escapar un suspiro–. ¡Él era tan divertido! El caso es que todos queremos hacer algo. Se nos han ocurrido algunas ideas, pero la que más nos ha gustado ha sido la de plantar un árbol en el parque. Como muchos vamos a almorzar allí, cuando hace buen tiempo, nos ha parecido que sería un buen recordatorio.

–Me parece estupendo, John. A él le habría encantado.

–Primero quería consultarlo contigo. Sigues siendo la directora del laboratorio.

–Cuenta con mi aprobación. Supongo que el hecho de que sea vuestra jefa no me impedirá contribuir...

–Todo el mundo sabe que erais amigos.

–Tú... eh... lo tratabas bastante, cuando estaba aquí y cuando ibas a Standjo.

–Sí. Se las ingeniaba para convencerme y salíamos a tomar una botella de vino, a comer. Decía que iba a sacarme de mi rutina y que me enseñaría a flirtear con las chicas guapas. Y después quería ver las últimas fotos de mis hijos. –Con la voz apagada y los ojos brillantes, tuvo que apartar la mirada y carraspear–. Bien, eh... voy a arreglar lo de ese árbol.

–Sí, John. Gracias. –Miranda también apartó la mirada, avergonzada de haber permitido que la suspicacia de Ryan la llevara a sondear el dolor de ese hombre.

–Mientras tanto... espero que vuelvas pronto al laboratorio. Te echamos de menos.

–Iré todas las veces que pueda, pero en las próximas semanas debo ocuparme de un proyecto prioritario.

–La exposición del Renacimiento. –Él se las compuso para sonreír otra vez–. Si uno pudiera correr como los rumores... Eso es justamente lo que necesitamos, después del mal gusto de boca que nos dejó el asunto del robo. Una exposición importante como esa... Bien pensado.

–Sí, vamos a... –Miranda se interrumpió al ver entrar al detective Cook–. Disculpa, John, pero tengo que atender un asunto.

–Sí –susurró Carter–. No sé por qué, pero este tipo me pone nervioso. Parece que sospeche de todo el mundo. –Se marchó, dedicando apenas una inclinación de la cabeza a Cook; sus zapatos polvorientos apenas hacían ruido al andar.

–¿Qué puedo hacer por usted, detective?

–Todo esto es muy bonito, doctora. –En vez de quitarse las gafas que él llamaba *de lectura*, entornó los ojos para apreciar la pintura–. Es auténtica, ¿no?

–Sí. Es un *bronzino*. Un artista del siglo XVI, del Renacimiento italiano. Es un gran orgullo para el Instituto. Los propietarios han accedido a prestárnoslo para la exposición.

–¿Puedo preguntarle qué le están haciendo?

La restauradora apenas le echó una mirada por encima de las gafas de aumento.

–La pintura era parte de una colección poco cuidada durante mucho tiempo; pertenecía a un recluso de Georgia –explicó Miranda–. Esta pieza, así como otras varias, sufrieron algunos daños debido al polvo, la humedad, el sol directo, todo durante demasiado tiempo. Ahora la estamos limpiando. Es un proceso lento y minucioso, que requiere paciencia y habilidad, pues no podemos arriesgarnos a dañar la obra. Trataremos de repararla en la medida de lo posible. Utilizamos solo materiales que hayan existido en el momento de su creación, a fin de preservar su integridad. Eso exige talento y muchas horas de investigación. Si hacemos bien nuestro trabajo, el cuadro quedará como era cuando el artista lo terminó.

–Se parece mucho al trabajo de la policía –comentó él.

–¿Sí?

–También es un proceso lento y minucioso; uno no puede arriesgarse a dañar el caso. Solo se usa la información que proviene de uno mismo. Y se requieren muchas horas de investigación y cierto talento –agregó, esbozando una sonrisa–. Además de muchísima paciencia. Si uno trabaja bien, cuando termina tiene el cuadro entero.

–Una analogía muy interesante, detective. –Pero la ponía increíblemente nerviosa–. ¿Y falta mucho para que obtenga el cuadro entero?

–Por el momento solo tengo fragmentos, doctora Jones. –Cook hurgó en el bolsillo hasta sacar un paquete abierto de chicles–. ¿Le apetece uno?

–No, gracias.

–He dejado de fumar. –Después de desenvolver cuidadosamente el chicle, se guardó el papel en el bolsillo–. Es muy duro. Todavía me vuelvo loco. Tengo uno de esos parches, pero no es tan efectivo como aseguran, créame. ¿Usted fuma?

–No.

–Bien hecho. Yo solía fumar dos cajetillas por día. Después empezamos con eso de que aquí no se puede fumar, allá no se puede fumar... Uno termina dando un par de caladas metido en un armario o bajo la lluvia. Como si fuese un criminal.

Sonrió otra vez. Miranda resistió apenas la tentación de moverse; se imaginó dando golpecitos en el suelo con los pies, chasqueando los dedos.

–Debe de ser un hábito difícil de abandonar.

–Una adicción, eso es lo que es. Resulta difícil enfrentarse a una adicción. Se apodera de tu vida, te obliga a hacer cosas que, de otro modo, no harías.

Sabía lo del alcoholismo de Andrew. Miranda lo notó en sus ojos, y comprendió que eso era precisamente lo que él quería.

–Nunca he fumado –dijo, inexpresiva–. ¿Quiere pasar a mi despacho?

–No, no, no voy a robarle mucho tiempo. –Cook aspiró profundamente ese aire que olía a pintura, trementina y disolvente–. No esperaba encontrarla aquí. Me habían dicho que se había tomado unas breves vacaciones.

Ella iba a responder que así era, pero algo se lo impidió; tal vez el instinto, o el miedo.

–Seguramente usted sabe que se me ordenó que me tomase esas «vacaciones», detective, debido al robo y a ciertas dificultades que surgieron cuando estuve en Florencia, el mes pasado.

Cook comprendió que estaba ante una mujer muy inteligente. No sería fácil hacerla tropezar.

–Algo he oído de eso. Otra pieza de bronce, ¿no? Usted tuvo problemas porque certificó que era auténtica.

–Y así lo creo. Otros, no. –Miranda se apartó de la pintura, muy consciente de que le ardían las orejas.

–En cualquier caso, el asunto le causó... dificultades. Dos bronces. Gracioso, ¿no le parece?

–Yo no le veo la gracia. Mi reputación está en juego.

–Comprendo, comprendo. De todos modos, solo tuvo que mantenerse lejos por unos pocos días.

Esta vez ella no vaciló ni por un segundo.

–Las vacaciones habrían sido más largas, pero nos hemos metido en un proyecto importante relacionado con mi especialidad.

–Alguien me ha hablado de ello. Y también me he enterado de lo de su empleado, el que asesinaron en Italia. Una tragedia.

Sobreponiéndose al dolor, Miranda repuso:

–Éramos amigos. Muy buenos amigos.

–¿Tiene alguna idea de quién pudo liquidarlo así?

Ella volvió a mirarlo, con frialdad.

–Detective Cook: si supiera quién aplastó el cráneo a mi amigo, a estas horas estaría en Florencia, declarando ante la policía.

–No sabía que se hubiera divulgado lo del cráneo fracturado.

–Mi madre fue informada de ello –dijo Miranda, con la misma voz glacial–, así como la familia de Giovanni. –Solo cabía rezar por que fuera cierto–. ¿Está investigando ese asesinato o nuestro robo?

–Pura curiosidad. Los policías somos curiosos. –Cook se encogió de hombros–. He venido porque su hermano tiene una teoría; según él, ambos casos pueden estar relacionados.

–Sí, me lo ha dicho. Y usted, ¿ve alguna relación?

–A veces esas cosas no se ven hasta que uno las tiene delante de las narices. Usted también autentificó el... eh... –hojeó su libreta para refrescar la memoria–, el *David*, siglo XVI, al estilo de Leonardo.

Aunque ella sintió que se le humedecían las manos, se resistió a secárselas contra los pantalones.

–Correcto.

–Parece que nadie encuentra los papeles relacionados con esa obra. Los informes, documentos, fotos...

–Andrew ya me lo ha dicho. Solo puedo suponer que, junto con el bronce, el ladrón se llevó los documentos que certificaban la autenticidad.

–Tiene lógica. Pero solo si sabía dónde buscar, ¿no? Desactivó las cámaras y solo estuvo dentro... –volvió a pasar las páginas– unos diez minutos. Debió ser más rápido que el rayo para llegar hasta el laboratorio en busca de los papeles. Yo recorrí el trayecto a paso rápido. Se tarda un minuto entero. Parece poco, pero cuando uno dispone de menos de diez minutos, es muchísimo tiempo.

Ella no podía permitirse que su mirada o su voz flaquearan.

–Solo puedo decirle que los documentos fueron archivados y ahora han desaparecido. Igual que el bronce.

–¿Aquí también hay gente que trabaje sola por la noche, después de hora, como su amigo de Florencia?

–En ocasiones, sí; pero solo el personal superior. Una vez que se cierra el edificio, los de Seguridad no permiten la entrada a nadie.

–Como cuando usted vino con su hermano, la semana siguiente al robo.

–¿Cómo dice?

–Aquí tengo una declaración del guardia nocturno. Dice que el 23 de marzo, a eso de las dos y media de la mañana, entró usted y le informó que usted y el doctor Andrew Jones venían a trabajar en el laboratorio. ¿Es exacto?

–No podría desmentirlo.

–Parece que trabaja hasta tarde.

–Por lo general, no. –El corazón le latía con fuerza, pero con voz firme añadió–: Decidimos venir a trabajar un poco, aprovechando la tranquilidad. ¿Algún problema con eso, detective?

–Ninguno. Solo quería aclarar las cosas. –Cook guardó su libreta y volvió a pasear una mirada por la habitación–. Aquí no hay una grapadora fuera de lugar. Usted y su hermano tienen una empresa muy bien organizada.

–En casa él deja los calcetines en la sala y nunca guarda las llaves dos veces en el mismo lugar.

Miranda se preguntó si no lo estaba haciendo demasiado bien, si no comenzaba a disfrutar, de un modo maligno, de esa representación.

–Apuesto a que usted, en cambio, es muy ordenada. Cada cosa en su lugar, siempre. Rutina... Hábito.

–Usted diría que es una adicción. –De pronto cayó en la cuenta de que, efectivamente, estaba disfrutando. Disfrutaba del hecho de no ceder terreno–. Si me disculpa, detective, tengo asuntos urgentes que atender.

–No pensaba retenerla tanto. Le agradezco su tiempo y las explicaciones que me ha dado. –Señaló la pintura–. Eso debe de dar muchísimo trabajo. Casi sería más fácil pintarlo todo otra vez.

–Pero así dejaría de ser un *bronzino*.

–¿Cuántos notarían la diferencia? Usted sí. Apuesto a que podría detectar una falsificación a simple vista.

Miranda se preguntó si había palidecido mortalmente o si era solo una sensación. Él había llegado muy cerca y con mucha celeridad, mientras ella jugaba a desempeñar su papel a la perfección.

–No siempre. Si la falsificación está bien hecha, no basta con un análisis visual. Se requieren pruebas de laboratorio.

–Como las que usted hace aquí. Y las que hizo en Florencia el mes pasado.

–Sí, exactamente. –Por la espalda le corría un sudor helado–. Si le interesa el tema, puedo ofrecerle una demostración. Pero no será ahora –agregó, echando un vistazo al reloj–. Tengo que... –Se interrumpió, aliviada al ver entrar a Ryan.

–¡Miranda! ¡Qué alegría verte otra vez! Tu secretaria me ha dicho que te encontraría aquí. –Suave como la mantequilla, le cogió la mano para llevársela a los labios–. Lamento llegar tarde. El tráfico...

–No tiene importancia. –Ella oyó sus propias palabras, aunque no había sentido el movimiento de la boca–. Estaba con el detective Cook...

–Ah, sí, nos conocemos, ¿verdad? –Ryan le tendió la mano–. La mañana siguiente al robo. ¿Se ha sabido algo?

–Estamos trabajando en el caso.

–No lo dudo. No quiero interrumpir. ¿Te espero en tu despacho, Miranda?

–Sí... No. ¿Hemos terminado por el momento, detective?

–Sí. Me alegra saber que el robo no le ha amilanado, señor Boldari. No todo el mundo prestaría tantas obras de arte a una galería cuyo sistema de seguridad ha sido burlado.

–Tengo plena confianza en la doctora Jones y en el Instituto. No me cabe duda de que mi propiedad estará bien protegida.

–Aun así, no sería mala idea añadir algunos guardias.

–Estamos en ello –dijo Miranda.

–Yo podría recomendarles a un par de buenos policías que después de las horas de trabajo...

–Es usted muy amable. Si quiere darle los nombres a mi secretaria...

–Lo haré encantado, doctora Jones. Señor Boldari...

«Estos dos deben de estar liados», pensó Cook, mientras iba hacia la puerta. «Quizá solo se trate de sexo. O quizá de algo más. Ese Boldari tenía algo raro, decididamente, aunque todo en él pareciera tan pulcro.»

–Ryan...

Él la interrumpió sacudiendo la cabeza con un movimiento casi imperceptible.

–Lamento mucho que todavía no hayan recobrado ese bronce.

–Eh... no lo damos por perdido. He ordenado que nos sirvan el almuerzo en el salón VIP. Eso nos dará tiempo para examinar los planes para la exposición.

–Perfecto. –Él le ofreció el brazo–. Estoy deseando conocerlos más detalladamente. –La condujo por el pasillo y por la escalera, sin dejar de hablar, hasta que estuvieron a solas y a salvo en el pequeño y elegante salón–. ¿Te ha interrogado mucho tiempo?

–Toda una vida, diría yo. Habló de falsificaciones. Quiso saber si yo podía detectarlas a simple vista.

–Vaya. –La mesa ya estaba puesta para tres. Había tostadas con paté de aceitunas a modo de aperitivo. Él cogió una–. Es un poli sagaz, aunque el sistema de Colombo ya esté un poco visto.

–¿Colombo?

–El teniente Colombo. –Ryan mordió la tostada–. Peter Falk, cigarrillo barato, gabardina arrugada. –Al ver que ella seguía sin entender, meneó la cabeza–. Tienes un conocimiento deficiente de la cultura popular. Da igual. Antes de que esto termine, ese hombre bien podría ser de utilidad.

–Si descubre la relación, Ryan, si investiga ese aspecto, podría llegar hasta ti. Tú tienes las falsificaciones.

–No llegará hasta mí ni hasta ti. Y dentro de un mes ya no tendré las falsificaciones, sino los originales. Y los dos habremos limpiado nuestra reputación.

Miranda se apretó los ojos, tratando de recobrar la momentánea satisfacción que había experimentado. Ya no existía.

–No veo que pueda funcionar.

–Tiene que confiar en mí, doctora Jones. Esta es mi especialidad. –Ryan señaló la mesa con un gesto–. ¿Quién va a acompañarnos?

–Andrew.

–No puedes decirle nada, Miranda.

–Ya lo sé. –Ella se entrelazó las manos. Tuvo que hacer un esfuerzo para no retorcérselas–. Andrew está tratando de recobrar su vida. No quiero aumentar su estrés diciéndole que estoy implicada en la planificación de un robo.

–Si las cosas salen según nuestros planes, será un hurto. –Ryan le cogió las manos para tranquilizarla–. Y no estamos haciendo otra cosa que recuperar lo robado. ¿Por qué no pensar que estás implicada en la planificación de una recuperación?

–Aun así es un delito. Y sigo sintiéndome culpable cuando Cook me hace preguntas sobre falsificaciones, mirándome con su cara de sabueso.

–Lo manejaste bien.

–Y empezaba a disfrutar –murmuró ella–. No sé qué me está pasando. Cada paso que doy o planeo está fuera de la ley.

–Fuera, dentro... –Él se encogió de hombros–. El límite varía más de lo que puedas imaginar.

–Mis límites no, Ryan. Mis límites han estado siempre firmemente marcados. –Miranda le volvió la espalda–. Me he encontrado un mensaje en el contestador automático. De Carlo Rinaldi.

–¿Rinaldi? –Ryan dejó la tostada que acababa de untar–. ¿Qué quería?

–Ayuda. –Miranda cerró los ojos con fuerza. No estaba ayudando a nadie, salvo a sí misma, quizás. Y eso ¿en qué la convertía?–. Me pidió ayuda. Nadie creía lo que afirmaba acerca del bronce. Al parecer, fue a hablar con mi madre, pues dijo que ella lo había echado de su despacho. Decía que solo yo podía ayudarlo a demostrar que el bronce era auténtico.

–Y eso es lo que vas a hacer.

–Ha muerto, Ryan. Él y Giovanni han muerto. Ya no puedo hacer nada por ayudarles.

–Tú no tienes la culpa de lo que les haya sucedido. No tienes la culpa –insistió, obligándola a mirarle–. Hazte esta pregunta. –La sujetó firmemente por los hombros, mirándola a los ojos–: ¿Crees que alguno de ellos te permitiría detenerte sin llegar al final? ¿Sin demostrar que el bronce era auténtico, para poder señalar a su asesino?

–No lo sé. No puedo saberlo. –Ella aspiró hondo y dejó escapar el aire lentamente–. Lo que sé es que no puedo seguir viviendo sin llegar al final. Uno me pidió ayuda; el otro me hizo un favor. No puedo detenerme hasta que haya puesto fin a esto.

–El límite se ha movido, Miranda. Esta vez fue el asesino quien lo trazó.

–Quiero venganza. –Ella cerró los ojos–. Debería avergonzarme de eso, pero no puedo.

–Querida, ¿cada vez que sientes una emoción humana tienes que cuestionarla?

–Supongo que en estos últimos tiempos se me han hecho más frecuentes. Por eso me cuesta pensar de manera lógica.

–¿Quieres pensar de manera lógica? Yo te ayudaré. Quiero saber qué planes tienes para la exposición.

–No, no quieres.

–Claro que sí. La Galería Boldari va a prestarte algunas obras muy importantes. –Ryan le besó la mano–. Quiero saber qué piensas hacer con ellas. Es cuestión de negocios.

–Ryan...

No estaba segura de lo que deseaba decir. Tampoco tuvo oportunidad de descubrirlo, pues en ese momento entró Andrew.

–Vais deprisa –comentó al ver que Ryan estaba mordisqueando los dedos de su hermana.

–Hola, Andrew. –Ryan bajó la mano de Miranda, pero la retuvo entre las suyas.

–¿Por qué no me decís qué está pasando aquí?

–Hemos decidido poner en marcha nuestro plan de préstamos cooperativos entre mi galería y esta organización. Tendrá la ventaja de recaudar bastante dinero para el Fondo Nacional para las Artes y de devolver a Miranda al puesto que le corresponde. –Ryan cogió la jarra de agua y llenó tres copas–. Tu madre está muy entusiasmada.

–Sí, he hablado con ella. –Probablemente, eso explicaba lo de su mal humor–. Me dijo que la habías llamado desde Nueva York.

–¿Sí? –Ryan distribuyó las copas con una sonrisa–. Debe de haber supuesto que estaba allí. ¿Por qué no dejamos que ella y todos sigan suponiéndolo? Será menos complicado. Miranda y yo preferimos mantener nuestra relación personal en privado.

–En ese caso, hacéis mal en pasearos por el edificio tomados de la mano. Nadie habla de otra cosa.

–Eso no me preocupa. ¿Y a ti? –La pregunta iba dirigida a Miranda, pero sin darle tiempo a responder, continuó tranquilamente–: Ella estaba por explicarme sus proyectos para la exposición. Tengo algunas ideas, para eso y para la función de gala. ¿Por qué no nos sentamos a ver qué se nos ocurre?

Miranda decidió que era mejor intervenir.

–Este evento será muy importante para mí, y agradezco que Ryan quiera llevarlo a cabo. Así he podido volver al Instituto, Andrew, y lo necesitaba. Aparte de eso, hace años que pienso en una exposición de esa envergadura. Por eso quiero poner manos a la obra sin pérdida de tiempo. La tengo en la cabeza desde hace mucho tiempo. –Apoyando una mano en el brazo de su hermano, agregó–: Después de lo que sucedió en Florencia, mamá no me habría dado esta oportunidad si Ryan no hubiese exigido trabajar conmigo.

–Lo sé; pero últimamente tardo más que antes en asimilar lo que me dicen.

–Pero ¿te encuentras bien?

–Llevo tres días sin probar una sola copa –respondió Andrew, con una débil sonrisa. Eso incluía dos noches de sudor, temblores y desesperación–. Pero prefiero no hablar de eso contigo, Miranda.

–De acuerdo. –Ella dejó caer la mano. Al parecer, ambos tenían ahora sus secretos–. Voy a avisar de que ya estamos listos para comer.

«No es justo, no está bien. Ella no tenía por qué volver y hacerse cargo de todo, otra vez. No voy a permitir que arruine mis planes. No lo voy a permitir. He pasado años esperando, sacrificándome. *La Dama Oscura* es mía. Vino a mí, y en esa sonrisa astuta vi a un espíritu similar, una mente capaz de esperar, vigilante, planeando y acumulando poder como monedas en una alcancía.

»Y en esa sonrisa vi finalmente el medio de aniquilar a todos mis enemigos. De tomar lo que era mío, lo que siempre fue mío.»

Lo había echado todo a perder. Ya estaba hecho.

La mano que escribía empezó a temblar; usó la estilográfica a modo de punzón para apuñalar cruelmente la página del diario, hasta que la habitación se llenó de su respiración agitada. Poco a poco los movimientos cesaron; la respiración se hizo lenta y profunda.

El control se esfumaba, escapaba de esos dedos competentes, de esa mente fuerte y calculadora. Pero aún se podía recuperar. El esfuerzo era penoso, pero posible.

«Esto es solo una tregua, unas pocas semanas en el ojo de la tormenta. Ya hallaré el modo de hacer que ella pague, que todos paguen por lo que me fue negado. *La Dama Oscura* aún es mía. Ella es tan responsable como yo de esas muertes.

»Miranda tiene la figura falsa. No hay otra explicación. La policía no encontró el arma. Qué extraño en ella, esa audacia de viajar a Florencia, buscar el modo de robar el bronce. Nunca habría pensado que sería capaz de semejante cosa. Por eso no me anticipé, no incluí esa posibilidad en la ecuación. No volveré a cometer el mismo error.

»¿Se detuvo para contemplar a Giovanni? ¿Hubo horror y miedo en sus ojos? Oh, eso espero. ¿La acosa aún el miedo, como un sabueso que le lanzara dentelladas a los talones, ladrando?

»Así es, lo sé. Huyó de regreso a Maine. Tal vez mira por encima del hombro, nerviosa, incluso mientras recorre los sagrados pasillos del Instituto. ¿Sabe, acaso, que le queda poco tiempo?

»Que tenga su tregua, que disfrute de un poder que no merece. Así será mucho más dulce ver cómo lo pierde, de una vez y para siempre.

»No había planeado quitarle también la vida. Pero los planes cambian. Cuando haya muerto, cuando el escándalo haya hecho trizas su reputación, lloraré junto a su tumba. Serán lágrimas de triunfo.»

24

El falso bigote picaba y, probablemente, era innecesario tanto como las lentillas que convertían el pardo de sus ojos en un avellana indefinido, y la larga peluca rubia que había recogido en una cola de caballo. También se había aclarado cuidadosamente la cara y todas las zonas expuestas de la piel, reduciendo el tono dorado a la tez pálida y amarillenta del hombre que se siente mucho más feliz lejos del sol.

Tres pendientes le centelleaban en el lóbulo derecho; llevaba puestas unas gafas de montura metálica con cristales rosados.

Había escogido su atuendo con cuidado. Pantalones rojos, estrechos; camisa de seda color azafrán con mangas anchas; botas de charol negro con tacones altos.

No tenía ninguna intención de ser sutil.

Parecía un tipo desesperado por rozar constantemente los límites del mal gusto. En su profesión había tratado mucho con esa clase de gente; conocía los movimientos adecuados y su manera de hablar.

Estudió su cara en el espejo retrovisor del coche alquilado. Era un sedán mediano, de un modelo bastante antiguo; conducirlo no era un placer, pero había logrado cubrir los cien kilómetros que llevaban a la fundición de Pine State. Era de esperar que también le llevara de regreso a la costa.

Se apeó llevando un maletín de piel de imitación, barato y raído. Dentro llevaba docenas de bocetos, casi todos de Miranda, de quien los había cogido prestados, por así decirlo.

En algún lugar se había fundido la falsificación del *David*. Y debido a la falta de tiempo, debía de ser en la zona. Esa era la fundición más cercana al Instituto. Según sus rápidas pesquisas, era la que el personal y los estudiantes solían utilizar.

Mientras estudiaba la fundición se llevó a la boca un chicle de menta. Ese lugar era como una cicatriz en la colina: un feo edificio de metal y ladrillo, con torres que echaban humo. Se preguntó hasta qué punto respetaba las disposiciones de la Oficina de Urbanismo, pero luego recordó que no era asunto suyo.

Echándose la cola de caballo a la espalda, se colgó del hombro la correa del maletín y echó a andar en dirección a un edificio de metal, bajo y con ventanas polvorientas.

Con esas botas de tacón, caminar como un pato era bastante fácil.

Dentro había un mostrador largo; detrás de él, unos estantes metálicos cargados de gordas carpetas de anillas, recipientes de plástico llenos de tornillos y grandes objetos que desafiaban cualquier descripción. Detrás del mostrador, sentada en un taburete, una mujer hojeaba una revista de decoración.

Echó una mirada a Ryan y enarcó las cejas, mientras le observaba de arriba abajo. No consiguió disimular una mueca burlona.

–¿En qué puedo ayudarle?

–Soy Francis Kowowski, estudiante del Instituto de Historia del Arte de Nueva Inglaterra.

Ella arrugó la nariz. Olía a amapolas. ¡Por Dios, qué clase de hombre podía usar un perfume así!

–Ya.

–Sí. –Ryan dio un paso al frente, dejando que la ansiedad se le trasluciera en los ojos–. Varios de mis compañeros han hecho fundir sus bronces aquí. A eso me dedico. Soy escultor. Acabo de pedir mi traslado al Instituto.

–¿No eres un poco mayor para estar estudiando?

Él se las compuso para ruborizarse.

–Es que hasta hace poco no estaba en condiciones... Financieramente hablando, ¿comprendes? –Su expresión miserable y abochornada conmovió a la mujer.

–Sí, es duro. ¿Has traído algo para fundir?

–El modelo, no, no lo he traído. Solo unos bocetos. Quiero tener la seguridad de que van a fundirlo siguiendo exactamente mis instrucciones. –Como si fuera cobrando confianza, abrió rápidamente el maletín–. Uno de mis compañeros me ha hablado de un pequeño bronce que se hizo aquí... pero no recuerdo quién se encargó del trabajo. Aquí tengo un boceto de la pieza. Es un *David*.

–¿Como el de Goliat? –La mujer torció la cabeza, mientras le daba la vuelta a la hoja–. Esto es muy bueno. ¿Lo dibujaste tú?

–Sí. –Ryan le dedicó una amplia sonrisa–. Tenía la esperanza de conocer al que fundió esto, para pedirle que hiciese mi trabajo. Fue hace tres años, según mi amigo.

–¿Tres años? –Ella apretó los labios–. Eso es mucho tiempo.

–Ya lo sé. –Ryan probó otra vez con la expresión de desamparo–. Es de vital importancia que lo averigüe. Mi amigo asegura que hicieron un estupendo trabajo. El bronce salió perfecto... y el que lo fundió utilizó una fórmula del Renacimiento; se ve que conoce bien su oficio. La escultura podría haber estado en un museo. –Sacó otro boceto para mostrarle *La Dama Oscura*–. He trabajado muchísimo en esta obra. He puesto en ella todas mis energías. Casi mi vida. –Miró extasiado el dibujo.

–Es preciosa, preciosa de verdad –dijo ella–. Tendrías que vender estos dibujos, hijo. En serio.

–Me gano algún dinero haciendo retratos –murmuró él–, pero no es lo que me gusta. Lo hago solo para comer.

–Vas a tener mucho éxito. Seguro.

–Gracias. –Encantado con la mujer, Ryan dejó que los ojos se le llenaran de lágrimas–. He hecho un esfuerzo tan grande... tantos desencantos... A veces uno quisiera renunciar, darse por vencido, pero de algún modo... –Levantó una mano, como si estuviera abrumado. Ella, comprensiva, le tendió un pañuelo de papel.

–Gracias. Disculpa. –Ryan dio unos toquecitos delicados bajo los cristales rosados–. Pero sé que puedo. Tengo que hacerlo. Y para este bronce necesito lo mejor. He ahorrado lo suficiente para pagar lo que sea.

–No te preocupes por eso. –La mujer le dio unas palmaditas en la mano; luego se volvió hacia el ordenador–. Hace tres años... Veamos qué puedo encontrar. Lo más probable es que fuera Whitesmith. Los estudiantes le encargan muchos trabajos. –Comenzó a teclear con sus largas uñas rojas; luego le dedicó un guiño–. Veamos si te consigo un sobresaliente.

–No sabes lo mucho que te lo agradezco. Cuando venía hacia aquí pensé que hoy iba a ser un día especial. Por cierto: me encantan tus uñas. Ese color va fabuloso con tu tono de piel.

Bastó con menos de diez minutos.

–Seguro que es este. Pete Whitesmith, como yo decía. Es el mejor que tenemos aquí. Y yo diría que el mejor de cualquier parte. Hizo un trabajo para este chico... Sí, lo recuerdo. Harrison Mathers. Era bastante bueno, también. Aunque no tanto como tú –añadió, dedicando a Ryan una sonrisa maternal.

–¿Encargó muchos trabajos aquí? Me refiero a Harrison, claro.

–Varias piezas, sí. No dejaba a Pete en paz. Un chico nervioso. Aquí aparece un pequeño desnudo de bronce, *David con la honda*. Es este.

–Qué maravilla. Asombroso. De modo que Whitesmith... ¿Todavía trabaja aquí?

–Claro, si es nuestro fundidor estrella. Tienes que ir al taller. Por allí. Dile a Pete que te manda Babs, que te trate bien.

–No sé cómo agradecértelo.

–¿Cuánto me cobrarías por un dibujo de mis hijos?

–Para ti es gratis –repuso Ryan con una sonrisa.

–Claro que lo recuerdo.

Whitesmith se limpió la cara bajo la visera de una manchada gorra azul. Su cara parecía tallada en granito: recia, cuadrada y con surcos profundos. Tenía la forma de una bala: ancho en la base, estrecho en los hombros. Su voz resonaba por encima del rugir de las calderas y el estruendo del metal.

–¿La pieza era esta?

Whitesmith estudió el dibujo que Ryan le mostraba.

–Sí. Harry fue muy exigente con esta. Tenía anotada la fórmula del bronce; quiso que le agregara un poco de plomo para que fraguara más deprisa, pero por lo demás era una fórmula antigua. Voy a tomarme un descanso; llevemos esto fuera.

Ryan, agradecido, le siguió, lejos del calor y el ruido.

–Hace veinticinco años que estoy en esto –comentó Whitesmith, encendiendo un cigarrillo. Exhaló el humo hacia el aire helado–. Realmente, esa pieza era una joya. Sí. Una de mis preferidas.

–¿Hiciste otras para él?

–¿Para Harry? Claro. Cuatro, quizá cinco en un par de años. Pero esta fue la mejor. Cuando me trajo el molde y la copia en cera me di cuenta de que teníamos algo especial. Ahora que lo pienso... –Reflexionó, mientras daba una calada y soltaba una larga bocanada de humo–. Fue la última pieza que hice para él.

–¿Sí?

–Sí. Después de eso no recuerdo haber vuelto a ver al joven Harry. Los estudiantes del Instituto... –Encogió sus flacos hombros–. Vienen y van.

–¿Trabajaba con alguna otra persona?

–Que yo sepa, no. Me traía todo a mí. Harry se interesaba por el procedimiento. En general, a los estudiantes les importa un bledo esta parte del asunto. Ellos solo piensan en el arte. –Hizo una mueca burlona–. Y si me permites, amigo, lo que yo hago también es arte, joder. Un buen fundidor es un artista.

–Eso mismo pienso yo. Por eso estaba desesperado por dar contigo: el artista que trabajó con esta pequeña maravilla que es el *David*.

–Claro, claro. –Obviamente complacido, Whitesmith dio otra calada–. Algunos de esos artistas son unos presumidos hijos de puta. Creen que un tipo como yo solo es una herramienta. Y yo tengo que ser artista y científico. Si te dan un premio por esta escultura, es a mí a quien debes agradecérselo. Pero a la mayoría no le importa.

–En Toledo conocí a un fundidor. –Ryan soltó un profundo suspiro–. Para mí era una especie de dios. Espero que Harrison supiera apreciar tu trabajo.

–Era un buen tipo.

–Creo que para el *David* usó un molde flexible.

–Sí, silicona. Con eso tienes que andar con cuidado. –Whitesmith aplastó el cigarrillo para dar énfasis a sus palabras y luego lo arrojó con un movimiento del índice y el pulgar–. Se pueden producir distorsiones y arrugas. Pero ese chico sabía trabajar. Usó el método de la cera. Yo puedo trabajar con todos: cera, arena, yeso. Si el cliente así lo quiere, incluso pulo la pieza. Todo dentro de mi trabajo, siempre. Eso sí: no me gusta que me metan prisas.

–¿Harry lo hacía?

–Con esa última pieza fue un verdadero incordio. –Whitesmith resopló–. ¡Ni que fuera Leonardo da Vinci, obsesionado por entregar un trabajo a tiempo! –Se encogió de hombros–. Pero era un buen chico. Tenía talento.

Ryan sacó el boceto de *La Dama Oscura*.

–¿Qué piensas de esta?

Whitesmith apretó los labios.

–Caramba, sensual, la muchacha. No me molestaría fundirla. ¿Qué vas a usar con ella?

Ryan se dijo que saber un poco podía ser peligroso. Pero quizás alcanzara.

–Cera con revestimiento de yeso.

–Bien. Con eso se puede hacer un buen trabajo. Y te conviene cocer el yeso aquí mismo. No te conviene que haya burbujas de aire en esa cera.

–No, desde luego. –Ryan volvió a guardar el boceto. Ese hombre era demasiado sincero para estar implicado–. Oye, ¿Harry vino alguna vez acompañado por otra persona?

–Que yo recuerde, no. –Whitesmith entornó los ojos–. ¿Por qué?

–Oh, solo quería saber si conocías al amigo que me habló de esa pieza y de ti. Decía que eras tan estupendo en tu trabajo...

–Ah. ¿Quién es?

–James Crispin –improvisó Ryan–. Es pintor, así que no pudo haber venido a menos que estuviera con Harry. He investigado la fórmula –añadió–. Si la traigo junto con el molde y la figura de cera, ¿me lo harás?

–Para eso estoy aquí.

–Te lo agradezco. –Ryan alargó la mano–. Ya nos veremos.

–Me gusta esa señorita que llevas allí –agregó Whitesmith, señalando con la cabeza el portafolio de Ryan–. Pocas veces se presenta la oportunidad de trabajar en algo tan bueno. Te prometo que la trataré muy bien.

–Gracias.

Ryan echó a andar hasta el coche. Mientras se felicitaba por el éxito obtenido esa mañana, otro coche aparcó frente al edificio.

De él bajó Cook, que estiró la espalda mientras echaba una mirada a Ryan.

–Buenos días.

Ryan saludó con un movimiento de la cabeza, acomodándose las bonitas gafas rosadas, y se deslizó tras el volante de su coche alquilado, mientras Cook caminaba hacia las oficinas de la fundición.

«Ha faltado muy poco», pensó. Pero el detective no parecía haberlo reconocido. Por el momento, aún llevaba una pequeña ventaja.

Una vez de regreso en la casa de los acantilados, se quitó el bigote y la peluca, y a continuación hizo lo propio con las lentillas. Mientras se quitaba esa ridícula camisa, no pudo por menos que admitir que la precaución había resultado necesaria.

Al parecer, Cook estaba pensando en falsificaciones. Mejor así. Cuando el trabajo terminara, el hecho de que la investigación oficial se inclinara hacia la verdad sería una ventaja. Por el momento solo le ponía un poco nervioso.

Se quitó el maquillaje de la cara, las manos y el cuello. Luego preparó una cafetera para sentarse a trabajar.

Eran ocho los alumnos que habían utilizado la fundición en esas dos semanas cruciales. Ya había eliminado a tres, cuyos proyectos eran demasiado grandes.

Ahora, gracias a la buena de Babs y al viejo Pete, tenía al que buscaba. No hizo falta mucho tiempo para volver a los registros que ya había consultado en el Instituto. Y allí encontró el curso al que había asistido Harry durante ese último semestre: «Bronces del Renacimiento. La forma humana». Y Miranda había dictado ese curso.

Eso no estaba calculado. Ryan esperaba encontrarse con otro nombre: el de Carter, el de Andrew, cualquiera en que pudiese concentrarse. Entonces cayó en la cuenta de que debería haberlo previsto. El *David* había sido de ella; *La Dama Oscura* también. Ella era la clave. Y Ryan comenzaba a creer que también era el motivo.

Uno de sus alumnos había fundido un *David* de bronce. *Ese David* de bronce, sin duda.

Investigando un poco más, pidió las calificaciones finales. Miranda era exigente, pensó con una sonrisa. No era de los que regalan sobresalientes como si fueran dulces. Entre los veinte estudiantes solo había cuatro; la mayoría eran notables, y unos cuantos aprobados.

Y un suspenso. Harrison K. Mathers. Suspenso. No presentó proyecto final. Curso abandonado.

«¿Y por qué lo hiciste, Harrison K. –se preguntó Ryan–, si te habías tomado el trabajo de hacer fundir una figura de bronce diez días antes de la fecha de entrega? A menos que tu intención no fuera aprobar el curso.»

Buscó las calificaciones de Mathers; había asistido a doce cursos en el Instituto en un período de dos años. Sus notas eran admirables... hasta el último semestre; entonces caían en picado.

Ryan sacó su teléfono móvil y llamó al número que aparecía en la ficha de Harrison.

–¿Diga?

–Sí, habla Dennis Seaworth, del Instituto de Nueva Inglaterra, Departamento de Alumnos. Estoy tratando de comunicarme con Harrison Mathers.

–Habla su madre. Harry ya no vive aquí.

–Comprendo. Estamos haciendo una actualización de nuestros estudiantes, a fin de obtener información para los cursos del año próximo. ¿Usted podría ponerme en contacto con él?

–Se mudó a California. –La mujer parecía cansada–. Nunca terminó sus cursos en el Instituto.

–Sí, así figura en nuestros registros. Precisamente queremos saber si algunos de nuestros ex alumnos quedaron insatisfechos con nuestro programa.

–Si lo averigua, dígamelo, por favor. A Harry le iba muy bien allí... Le encantaba.

–Ah, me alegra oírlo. ¿Podría decirme dónde encontrarlo?

–Cómo no. –La mujer le dio un número con el código de San Francisco.

Cuando Ryan lo marcó, una grabación le dijo que esa línea había sido desconectada.

Bueno, un viaje a California le daría la oportunidad de ver a su hermano Michael.

–Harrison Mathers.

Miranda, que estaba pensando en los detalles de la exposición, lo miró con el entrecejo fruncido.

–¿Sí?

–Harrison Mathers –repitió Ryan–. Háblame de él.

Ella se quitó la chaqueta y la colgó en el armario del vestíbulo.

–¿Conozco a algún Harrison Mathers?

–Fue alumno tuyo hace unos años.

–Tendrás que darme más datos, Ryan. He tenido cientos de alumnos.

–Hace tres años asistió a un curso que dictaste sobre bronces del Renacimiento. No llegó a terminarlo.

Ella se esforzó por reordenar sus pensamientos.

–¡Harry! –exclamó por fin, recordándolo con una mezcla de placer y pesar–. Sí, asistió a ese curso. Estudiaba en el Instituto desde hacía varios años, según recuerdo. Tenía talento; era brillante. Conmigo comenzó muy bien, tanto en la teoría como en dibujo. –Entró en la sala, flexionando el cuello–. Luego empezó a ausentarse –continuó–. O venía con cara de haberse pasado la noche despierto. Estaba distraído. Su trabajo fue a peor.

–¿Drogas?

–No lo sé. Drogas, problemas familiares, alguna chica. –Ella se encogió de hombros–. Tenía solo diecinueve o veinte años. Pudo ser por diez o doce causas. Hablé con él, le advertí que necesitaba concentrarse en su trabajo. Mejoró, pero no mucho. Luego dejó de venir, justo antes de que terminara el curso. Y nunca entregó su proyecto final.

–Hizo fundir uno. En la fundición de Pine State, en la segunda semana de mayo. Una figura de bronce.

Ella lo miró fijamente. Luego se dejó caer en una silla.

–¿Vas a decirme que él está implicado en esto?

–Lo que te digo es que hizo fundir una figura de David con la honda. Un proyecto que nunca entregó. Estuvo allí mientras se analizaba el *David* y poco después abandonó el curso. ¿Alguna vez fue al laboratorio?

Miranda volvía a sentir un nudo en el estómago. No recordaba con claridad a Harry Mathers, pero sí lo suficiente para que le doliera.

–Todos los alumnos tuvieron que haber pasado por allí. A los estudiantes se los lleva a conocer los laboratorios, restauración e investigaciones. Es parte del programa.

–¿Qué clase de compañías tenía?

–No lo sé. No me meto en la vida personal de mis alumnos. Si lo recuerdo bastante es porque tenía talento de verdad, pero al final pareció echarlo a perder. –Sentía detrás de los ojos un principio de jaqueca. Cosa extraña: por varias horas, ese día, se había olvidado de todo menos de la exposición–. Era un chico, Ryan. No puede haber participado en una falsificación así.

–A los veinte años yo robé un mosaico del siglo XIII. Lo saqué de una colección privada de Westchester; después salí a comer pizza con Alice Mary Grimaldi.

–¿Cómo puedes jactarte de algo así?

–No me estoy jactando, Miranda. Estoy dejando algo en claro: que la edad no tiene nada que ver con cierto tipo de conducta. Si quisiera jactarme te hablaría del caballo de la dinastía Tang que robé del Metropolitan hace algunos años. Pero no lo haré –añadió–, porque eso te altera.

Ella se limitó a mirarle fijamente.

–¿Así tratas de animarme?

–No ha dado resultado, ¿verdad? –Como de pronto la vio muy cansada, Ryan cogió la botella de vino que ya había descorchado y le llenó una copa–. Probemos con esto.

En vez de beber, Miranda empezó a juguetear con la copa.

–¿Cómo descubriste lo de Harry?

–Investigación básica y una breve excursión.

La cara de desdicha de Miranda lo desconcertaba. Se sentó en el brazo del sillón para frotarle el cuello y los hombros.

–Tendré que salir de la ciudad por unos días.

–¿Por qué? ¿Adónde vas?

–A Nueva York. Debo resolver algunos detalles; algunos se relacionan con el transporte de las piezas para esta exposición. Y también debo ir a San Francisco para buscar a nuestro joven Harry.

–¿Está en San Francisco?

–Según su mamá, sí. Pero le han desconectado el teléfono.

–¿Todo eso lo has averiguado hoy?

–Tú haces tu trabajo y yo, el mío. ¿Cómo va lo tuyo?

Miranda, nerviosa, se pasó una mano por el pelo. Esos dedos de ladrón eran mágicos; estaban desatando nudos cuya existencia ella desconocía.

–E... escogí telas para los drapeados. Y diseñé algunas plataformas con el carpintero. Trajeron las invitaciones. Las aprobé.

–Muy bien.

–¿Cuándo te marchas?

–A primera hora de la mañana. Volveré dentro de una semana, poco más o menos. Y me mantendré en contacto. –Como ella empezaba a relajarse, Ryan se puso a juguetear con su pelo–. Tal vez conviniera que Andrew volviera aquí, para que no estés sola.

–No me molesta estar sola.

–A mí sí. –La obligó a levantarse y, después de ocupar el sillón, se la sentó en el regazo. Puesto que ella no pensaba tocar el vino, cogió la copa y la puso a un lado–. Pero ya que no está aquí, por el momento...

Le apoyó una mano en la nuca para acercar su boca a la suya. Pensaba dejarlo así: un beso, unas caricias, un momento de quietud. Pero su sabor fue más cálido de lo que esperaba, su olor a bosque, más provocativo. Se descubrió mordisqueando ese blando labio inferior, lamiendo el pequeño escalofrío.

Y cuando ella tensó los brazos en torno a él, cuando su boca se movió con urgencia bajo la suya, se perdió a sí mismo, se deslizó en ella, entre sus brazos.

Curvas, líneas, esencias, sabores.

Las manos presurosas en los botones de la blusa, siguiendo hipnóticamente la redondez de los pechos. Suspiros, gemidos, estremecimientos.

–No puedo saciarme de ti. –Había más irritación que placer en esas palabras–. Siempre creo que ya está, pero me basta verte para desearte otra vez.

Y nadie la había deseado tanto. Miranda se sintió caer profundamente en las aguas tibias de una oleada sensual. Solo sensación, sin pensamientos, sin razón. Solo necesidades básicas como la respiración.

Con más celeridad, con más fuerza, más a fondo. Los dedos de Ryan clavados en sus caderas, el aliento expelido en ásperos sollozos. El orgasmo la atravesó. Un bramido le llenó la cabeza, como el mar batallando con un vendaval, y la ola siguiente, abrasadora, la arrojó hacia arriba en un movimiento largo, ardiente. Creyó oír un grito.

En ese momento de inconsciencia, Ryan la vio con el cabello suelto y el cuerpo arqueado, levantados los brazos, los ojos entornados y, en los labios, una sonrisa de astuta conciencia femenina.

Era tan inapreciable, tan tentadora y magnífica como *La Dama Oscura*, e igualmente poderosa. Atravesado por su propia liberación, él tuvo un solo pensamiento: allí estaba su destino. Luego su mente quedó en blanco.

–Oh, Dios mío –fue todo lo que pudo susurrar.

Nunca antes se había perdido hasta tal punto en una mujer. Miranda, aun estremecida, pareció fundirse en él; su cuerpo se deslizó hacia abajo, hasta que ahogó los jadeos contra la garganta de Ryan.

–Miranda –dijo su nombre una sola vez, acariciándole la espalda–. Por Dios, cuánto voy a echarte de menos.

Ella mantuvo los ojos cerrados, sin decir nada. Pero se dejó ir, porque no estaba segura de que Ryan regresara.

Por la mañana, cuando despertó, él ya se había ido, dejando solo una nota en la almohada.

> Buenos días, doctora Jones. He preparado café. Se mantendrá caliente, a menos que duermas demasiado. Se acabaron los huevos. Te llamaré.

Aunque se sentía más tonta que una adolescente enamorada, la leyó cinco o seis veces; luego se levantó para guardarla en su joyero, como si fuera una declaración de devoción inmortal.

El anillo que él le había puesto en el dedo, y que ella había guardado estúpidamente en el estuche de terciopelo, había desaparecido.

El avión aterrizó a las nueve y media; a las once Ryan ya estaba en su galería. Era mucho más pequeña que el Instituto; en realidad, parecía una suntuosa mansión particular: techos altísimos, anchas arcadas y una escalera curva que conferían al ambiente un aspecto aéreo y fluido. Las alfombras esparcidas por los suelos de mármol o de madera eran tan artísticas como las pinturas y las esculturas.

Su despacho estaba en el cuarto nivel. Tenía un tamaño reducido, a fin de dedicar todo el espacio posible a las áreas públicas. Pero estaba bien amueblado y no le faltaba ninguna comodidad.

Pasó tres horas ante su escritorio, poniéndose al corriente con su secretario, en reuniones con el director de la galería, aprobando ventas y adquisiciones y tomando disposiciones para enviar las obras a Maine.

Dedicó algún tiempo a organizar entrevistas con la prensa, con respecto a la exposición y la función de gala; luego decidió probarse un esmoquin nuevo. También llamó a su madre para decirle que se comprara un vestido. Quería que toda la familia fuera a Maine para aquella función.

La siguiente llamada estuvo dirigida a su primo, el agente de turismo.

–Habla Ry, Joey.

–Oh, mi viajero favorito. ¿Cómo marcha todo?

–Bastante bien. Necesito un vuelo a San Francisco para pasado mañana, con vuelta abierta.

–No hay problema. ¿Con qué nombre quieres viajar?

–Con el mío.

–Vaya novedad. Bien, en cuanto haga la reserva te enviaré el itinerario por fax. ¿Dónde estás?

–En casa. Puedes reservar pasajes a Maine para toda la familia. –Dio las fechas a su primo.

–Listo. Todos en primera clase, ¿no?

–Naturalmente.

–Siempre es un placer hacer negocios contigo, Ry.

–Bueno, me alegro, porque debo pedirte un favor.

–Dispara.

–Voy a darte una lista de nombres. Necesito saber cuántos viajes han hecho esas personas en los últimos tres años y medio y adónde.

–¡Tres años y medio!

–Concéntrate en los vuelos internacionales, especialmente a Italia. ¿Tomas los nombres?

–Mira, Ry, te quiero como a un hermano, pero este tipo de cosas lleva días, quizá semanas, y es complicado. No se trata de apretar unos cuantos botones y obtener la información. Se supone que las compañías de aviación no revelan esos datos...

–Tengo un abono para toda la temporada de los Yankees –le interrumpió Ryan–. Salón VIP y entrada a los vestuarios incluidos.

Tras un breve silencio, Joey dijo:
–Díctame los nombres.
–Estaba seguro de poder contar contigo, Joey.

Al terminar Ryan apartó la silla. Sacó del bolsillo el anillo que le había dado a Miranda y observó su brillo a la luz que entraba por la ventana que había a sus espaldas.

Decidió pedir a su amigo el joyero que quitara las piedras para convertirlas en pendientes. Los pendientes no eran tan peligrosos como un anillo. Hasta las mujeres inteligentes y prácticas pensaban cosas raras cuando veían un anillo.

Ella sabría apreciar el gesto. Era un modo de saldar la deuda. Una vez que tuviera los pendientes listos, se los haría llegar; por entonces él y los bronces estarían a cómoda distancia.

Probablemente, cuando Miranda tuviera tiempo de pensarlo bien, llegaría a la conclusión de que él había actuado de la única manera lógica. Nadie podía esperar que saliera con las manos vacías de su último trabajo.

Guardó la joya en el bolsillo, para no seguir recordando cómo lucía en su mano.

«Ella también obtendría lo que necesitaba», pensó. Demostrarían que el bronce era auténtico, descubrirían a un falsificador y a un asesino. Y ella quedaría bajo los reflectores, con su reputación centelleante como el oro.

Ryan tenía varios clientes que estarían dispuestos a pagar espléndidamente por *La Dama Oscura*. Bastaba con escoger al afortunado. Y con ese dinero cubriría su tiempo, sus gastos, sus disgustos. Y habría una bonita ganancia.

A menos que decidiera quedársela. Sin duda, ella sería la joya de su colección particular.

Pero... los negocios son los negocios. Si hallaba al cliente adecuado (y obtenía el precio correcto) podría instalar una galería nueva en Chicago, Atlanta o... Maine.

No. Una vez que terminara con eso tendría que mantenerse bien lejos de Maine. «Lástima», pensó. Había llegado a gustarle aquello, cerca del mar, cerca de los acantilados, con olor a pino. Lo echaría de menos. Y también a ella.

No tenía remedio. Tenía que cerrar definitivamente esa parte de su vida para iniciar una nueva. Como galerista completamente legal. Respetaría la palabra dada a su familia y la que diera a Miranda. Más o menos. Todos volverían a sus respectivos sitios.

Era solo culpa suya que sus sentimientos le hubieran puesto en esa situación. La causa principal era que durante varias semanas prácticamente habían vivido juntos. Le gustaba caminar junto a ella; le gustaba demasiado. Y escuchar su voz grave. Y arrancarle una de esas raras sonrisas, esas que le llegaban a los ojos y le borraban la tristeza de la mirada. De hecho, lo que de verdad le preocupaba era que no había en Miranda nada que no le resultara atractivo.

Afortunadamente, por un tiempo cada uno tendría su propio espacio. Con un poco de distancia, ambos podrían ver todo con la debida perspectiva. Pero Ryan se preguntó por qué, si estaba casi convencido de que todo eso era cierto, sentía un dolor apagado y molesto en torno del corazón.

Miranda trató de no pensar en él. De no preguntarse si estaría pensando en ella. Era más productivo concentrarse por completo, exclusivamente, en su trabajo.

Antes de que pasara mucho tiempo, era muy posible que su trabajo fuera lo único que le quedara.

Estuvo a punto de lograrlo. Durante la mayor parte del día, decenas de detalles requerían su habilidad y su atención. Si se distraía una o dos veces, era lo bastante disciplinada como para concentrarse de nuevo en la tarea que tuviera entre manos.

Y si en un solo día había llegado a un nuevo plano de soledad, ya aprendería a adaptarse. No había remedio.

Cuando Miranda estaba a punto de cerrar el despacho y llevarse el resto del trabajo a casa, su ordenador le avisó de la llegada de un mensaje. Ella completó una larga y detallada lista para el decorador, especificando la cantidad de telas requeridas, con copias para Andrew y el correspondiente empleado de Compras. Revisó la lista y, después de introducir unas pequeñas modificaciones, cliqueó sobre «enviar y recibir». El mensaje entrante se encendió en la pantalla. Su encabezado era UNA MUERTE EN LA FAMILIA. Ya intranquila, lo abrió.

Tienes la *Dama* falsa. Hay sangre en sus manos. Ella quiere que sea la tuya. Si admites tu error y pagas el precio, vivirás. Si sigues como hasta ahora, nada la detendrá.

Matar le sienta bien.

Miranda, con la vista clavada en el mensaje, lo leyó palabra por palabra, una y otra vez. Por fin cayó en la cuenta de que estaba acurrucada en la silla, meciéndose.

Querían asustarla, aterrorizarla. Y, sin duda, lo habían logrado. Sabían que ella tenía la falsificación. Eso solo podía significar que alguien la había visto con Giovanni o que él había informado a alguien. Esa persona había matado a Giovanni y quería también acabar con ella.

Esforzándose por no perder el control, estudió el remitente. Lostl. ¿Quién era Lostl? El url era la ruta que todas las organizaciones de Standjo utilizaban normalmente para su correspondencia electrónica. Hizo una rápida búsqueda de nombres, pero no halló nada. Entonces oprimió el botón de «responder al autor».

```
¿Quién es usted?
```

Envió solo eso. El mensaje tardó solo segundos en cruzar su pantalla, rechazándola. No era un usuario conocido.

Él había sido rápido, sin duda. Pero también había corrido un riesgo al enviarle ese mensaje. Lo que se enviaba se podía rastrear. Miranda imprimió una copia y guardó el mensaje en un archivo.

Una mirada a su reloj le reveló que eran casi las seis. Ya no habría nadie que pudiera ayudarla. Nadie la esperaba. Estaba sola.

25

Tienes noticias de Ryan?

Miranda marcó algunos puntos de su lista, mientras supervisaba al equipo de mantenimiento, que estaba retirando ciertas pinturas de la galería Sur.

–Sí; su oficina envió por fax los detalles del transporte. Todas las obras llegarán el miércoles próximo. He dispuesto que un grupo de Seguridad se reúna en el aeropuerto con el grupo de custodia que ellos envíen.

Andrew estudió su perfil por un instante más; luego se encogió de hombros. Los dos sabían que su pregunta no se refería a eso. Ryan llevaba una semana ausente.

Metió la mano en la bolsa de rosquillas que ahora comía a kilos. Le daban sed, y cuando tenía sed bebía litros de agua. Luego orinaba como un caballo. Estaba convencido de que todo ese líquido eliminaba las toxinas de su organismo.

–La señorita Purdue y Clara se están ocupando del servicio de comida –dijo a Miranda–. No sabemos cuántas personas van a asistir, pero quieren que le demos el visto bueno al menú. Me gustaría que le echaras un vistazo antes de firmar el contrato definitivo. En realidad, la exposición es tuya.

–Es nuestra –lo corrigió Miranda, todavía verificando su lista.

Quería hacer limpiar las pinturas y los marcos antes de la inauguración y había enviado un memo a Restauración para que se les diera prioridad.

–Conviene que sea buena. El cierre temporal de esta galería ha provocado muchas protestas entre los visitantes.

–Si vuelven en un par de semanas podrán ver más por el mismo dinero. –Ella se quitó las gafas y se frotó los ojos.

–Estás trabajando muchas horas en esto.

–Es que hay mucho que hacer y poco tiempo para hacerlo. Además, me gusta estar ocupada.

–Sí. –Andrew sacudió la bolsa de rosquillas–. Estos días ninguno de los dos quiere tener tiempo libre.

–¿Cómo van tus cosas?

–¿Te refieres a si he vuelto a beber? –dijo él disimulando apenas su irritación–. Perdona. –Hundió nuevamente los dedos en la bolsa–. No, no he vuelto a hacerlo.

–Eso ya lo sé.

–Me las arreglo.

–Me alegra que hayas vuelto a casa, pero no quiero que te sientas obligado a hacerme compañía si prefieres estar con Annie.

–He descubierto que quiero estar con Annie, pero el sofá es muy incómodo. ¿Lo captas?

–Sí, lo capto. –Miranda se acercó para coger también una rosquilla.

–¿Sabes cuándo volverá Ryan?

–No exactamente.

Callaron por un momento, los dos mascando rosquillas y analizando lo espantoso que era sentirse sexualmente frustrados.

–¿Quieres que salgamos a emborracharnos? –Andrew sonrió de oreja a oreja–. Es solo un chiste de alcohólicos en recuperación.

–Ja, ja. –Miranda metió la mano en la bolsa. Al sacar solo un poco de sal, suspiró–: ¿Tienes más?

La primera parada de Ryan en San Francisco fue la galería. Había escogido aquel viejo depósito del distrito portuario porque necesitaba mucho espacio; además, había decidido separar su establecimiento de las numerosas galerías del centro.

Y dio resultado. Convertía a Boldari en algo más exclusivo, único, y le permitía dar a los artistas principiantes la oportunidad de mostrar sus obras en una galería de primera línea.

Había preferido un ambiente informal, en vez de la elegancia que había creado en la de Nueva York. Allí se iluminaban las pinturas contra fondos de madera o ladrillo visto; las esculturas se exhibían a menudo sobre toscas columnas metálicas. Las ventanas anchas, sin marco, se abrían a la bahía y al intenso tráfico turístico.

En la cafetería de la planta alta se servían espumosos *cappuccinos*, en mesas diminutas que hacían pensar en una *trattoria* sobre la acera; desde allí se podía ver, hacia abajo, la galería principal y, mirando hacia arriba, los estudios del segundo piso.

Ryan se instaló en una de las mesas, dedicando una gran sonrisa a su hermano Michael.

–Bueno, ¿cómo va el negocio?

–¿Recuerdas esa escultura de metal que, según tú, parecía algo que un tren se hubiese llevado por delante?

–Sí, la recuerdo.

–Pues ayer la vendimos por veinte mil dólares.

–Hay gente con más dinero que buen gusto. ¿Cómo está la familia?

–Ya lo comprobarás por ti mismo. Te esperamos a cenar.

–Allí estaré. –Ryan se reclinó en la silla para estudiar a su hermano, mientras él pedía café para los dos–. Te sienta bien –comentó–. Me refiero al matrimonio, la familia, la casa en los suburbios.

–Mejor así, porque estoy en esto para toda la vida. Y a ti también te conviene. De ese modo mamá no te fastidiará.

–No creas. Ayer la vi. Me encargó decirte que necesita las últimas fotos de los chicos. ¿Cómo quieres que los recuerde bien, si no le envías fotos?

–El mes pasado le enviamos cinco kilos de fotos.

–Podrás entregarle personalmente la próxima tanda. Te quiero con toda tu familia en la exposición y función de gala del Instituto. Recibiste el memo, ¿no?

–Sí.

–¿Algún problema con la fecha?

Michael reflexionó por un instante, mientras le servían el café.

–No creo que haya ninguno. Podemos ir. A los chicos les encanta ir a Nueva York para ver a la familia, pelearse con los primos y comer los dulces que papá les da a escondidas. Y yo podré conocer a esa doctora en ciencias sociales de la que mamá nos ha hablado. ¿Cómo es?

–¿Miranda? Inteligente, muy inteligente. Y capaz.

–¿Capaz e inteligente?

Michael bebió un sorbo de café, notando que su hermano tamborileaba levemente con los dedos en la mesa. Ryan no era dado a los movimientos inquietos o inútiles. Esa mujer inteligente y capaz debía de haberle afectado la cabeza... y los nervios.

–Mamá dice que es muy guapa, con una abundante melena pelirroja.

–Es pelirroja, sí.

–Por lo general las buscas rubias.

Como Ryan se limitó a enarcar una ceja, Michael se echó a reír.

–Venga, Ry, cuéntame. ¿Cómo es ella?

–Es hermosa. Y complicada. Todo es complicado, de hecho. –Decidió. Y finalmente cayó en la cuenta de que estaba tamborileando con los dedos sobre la mesa–. Mantenemos un trato en distintos planos.

Esta vez fue Michael el que enarcó una ceja.

–¿De verdad?

–Por ahora no quiero entrar en detalles. –Echarla de menos era como una hoguera en el vientre–. Digamos que estamos trabajando juntos en un par de proyectos; para empezar, en esta exposición. Y que tenemos una relación personal. Disfrutamos de nuestra mutua compañía. Eso es todo.

–Si eso fuera todo, no estarías tan preocupado.

–No estoy preocupado. –Al menos, no lo había estado hasta que ella había vuelto a infiltrarse en su mente–. Es que las cosas son complicadas –insistió.

Michael hizo un gesto de asentimiento. Iba a ser divertido contarle a su esposa que una doctora pelirroja de Maine había conseguido echarle el anzuelo a Ryan.

–Siempre has sabido escapar de las complicaciones.

–Sí. –Como pensar eso lo hacía sentir mejor, Ryan asintió–. De todos modos, eso es solo una parte del motivo que me trae aquí. Busco a un artista joven. Tengo una dirección, pero me gustaría saber si lo conoces. ¿Te suena Harrison Mathers, escultor?

–Mathers... –Michael arrugó la frente–. No, no me suena. Puedo buscarlo en los archivos, para ver si hemos recibido alguna obra suya.

–Hagámoslo. No sé si aún vive en el mismo lugar.

–Si está en San Francisco y quiere vender obras de arte, lo hallaremos. ¿Has visto algún trabajo suyo?

–Creo que sí –murmuró Ryan, pensando en el *David* de bronce.

La última dirección conocida de Mathers era un apartamento en el tercer piso de un edificio sin ascensor en la parte menos recomendable de la ciudad. Cuando Ryan se acercó al edificio caía una lluvia ligera. Un grupo de adolescentes, refugiados en un portal, observaban la calle como si buscasen problemas.

En la hilera de cochambrosos buzones, empotrados en la pared del húmedo vestíbulo Ryan leyó «H. Mathers» en el 3B. Subió la escalera, en medio de un vago olor a meados y a vómito rancio. En la puerta del 3B, alguien había pintado un excelente estudio de castillo medieval, hasta con sus torretas y su puente levadizo. Parecía un cuento de hadas, pero tenebroso, pensó Ryan, al detectar una cara pintada en la ventana más alta, que miraba hacia fuera con expresión de horror.

Al parecer, Harry tenía talento y era perfectamente consciente de sus actuales circunstancias. Su hogar podía ser su castillo, pero era en él un prisionero aterrorizado.

Ryan llamó con los nudillos y esperó. Casi de inmediato se abrió la puerta a su espalda. Ryan giró en redondo. La joven podría haber sido atractiva si no hubiese estado maquillada para el trabajo de esa noche. Era maquillaje de prostituta, acentuado en los labios y los ojos. Bajo el peso de la sombra y las pestañas, sus pupilas eran duras como hielo. Tenía cabello castaño, cortado muy corto. Probablemente usaba peluca cuando salía a buscar clientes.

Aunque vio todo eso, además del despampanante cuerpo cubierto por una corta bata floreada, su atención se concentró en la gran pistola de calibre 45 que ella tenía en la mano. La boca de su cañón era tan grande como el Pacífico y le apuntaba directamente al pecho. Decidió que era mejor mirarla a los ojos, mantener las manos bien a la vista y dar una explicación sencilla.

–No soy policía. No vendo nada. Solo busco a Harry.

–Creí que eras el otro tipo. –La mujer hablaba con acento del Bronx, pero no por eso Ryan se sintió más a salvo.

–Dadas las circunstancias, me alegro de no ser él. ¿Podrías apuntar ese cañón hacia algún otro lugar?

Ella lo estudió un momento más; luego se encogió de hombros.

–Sí, claro. –Bajó el arma y se apoyó contra el marco de la puerta–. No me gustó nada la pinta del otro tipo. Y tampoco su actitud.

–Mientras sigas con ese revólver, adoptaré la actitud que más te guste.

Eso la hizo sonreír; fue un relámpago fugaz que se impuso a la muñeca sexual.

–Eres un tipo simpático. ¿Para qué andas buscando a Rembrandt?

–Para conversar.

–Pues no está. Hace varios días que no viene por aquí. Eso es lo que le dije al otro.

–Ya. ¿Y sabes adónde ha ido Harry?

–No me meto en asuntos ajenos.

–Por supuesto. –Ryan levantó una mano con la palma hacia afuera y llevó lentamente la otra a su cartera. Cuando sacó el billete de cincuenta dólares vio que ella apretaba los labios con expresión pensativa–. ¿Tienes unos minutos?

–Tal vez. Con otros cincuenta comprarías una hora. –Sacudió la cabeza–. No pareces la clase de tipo que paga para divertirse.

–Quiero conversar –dijo él, alargándole el billete.

Ella tardó solo tres segundos en cogerlo entre el índice y el pulgar.

–Está bien, entra.

La habitación contenía una cama, una sola silla, dos mesas compradas en los encantes y un tendedero de metal donde se amontonaban prendas de colores llamativos y telas baratas. Ryan advirtió que había acertado en lo de la peluca; tenía dos; una rubia, larga y rizada, y otra negra, en sendas cabezas de plástico. El pequeño escritorio sostenía un espejo de vestidor y todo un mostrador de cosméticos. La estancia aunque inquietante por su desnudez, estaba perfectamente pulcra.

–Por cincuenta dólares puedo servirte una cerveza –lo invitó ella.

–Gracias.

Mientras ella se acercaba a los dos hornillos y la nevera que constituían su cocina, Ryan se acercó a un dragón de bronce que custodiaba una de sus endebles mesas.

–Bonita pieza.

–Sí, es arte de verdad. La hizo Rembrandt.

–Tiene talento.

–Creo que sí. –Ella se encogió de hombros, sin molestarse en ajustarse la bata. El hombre tenía derecho a echar un vistazo a la mercancía, por si le entraban ganas de invertir otros cincuenta dólares–. Le dije que me gustaba e hicimos un trato. –Con una sonrisa, le tendió una botella de Budweiser.

–¿Eres amiga de Mathers?

–Es buen tipo. No trata de usarme gratis. Una vez vino aquí un fulano que quería practicar boxeo conmigo. Cuando el chico oyó que yo estaba en dificultades, vino corriendo y gritó que iba a llamar a la policía. –La mujer rió burlonamente–. El gilipollas salió por mi ventana, con el culo al aire. Rembrandt es buen tipo. Se deprime un poco y fuma mucha hierba. Cosas de artista, supongo.

–¿Tiene muchos amigos?

–Mira, en este edificio nadie tiene muchos amigos. En el par de años que lleva viviendo aquí, esta es la primera vez que vienen dos tipos a su puerta en el mismo día.

–Háblame del otro.

Ella tocó el billete de cincuenta que había guardado en el bolsillo de la bata.

–Grande y mal encarado. Yo diría que era el guardaespaldas de alguien, ¿me entiendes? Y se notaba que le gustaba romper piernas. Dijo que quería comprarle una estatua a Rembrandt, pero ese gusano no sabía nada de arte. Cuando le dije que él no estaba y que no sabía dónde encontrarlo, se mostró muy molesto. –La mujer vaciló un instante, luego volvió a encogerse de hombros–. Estaba armado. Tenía un bulto bajo la chaqueta. Le cerré la puerta en las narices y fui a buscar a mi amigo. –Señaló con un gesto el 45, que había dejado sobre una de las mesas–. No te has cruzado con él por cuestión de minutos. Por eso pensé que había vuelto.

–¿Cómo era de grande, ese otro tipo?

–Más de un metro noventa de estatura y cien kilos de peso. Brazos de gorila y manos como cuchillas de carnicero. Ojos que metían miedo. Si un tipo como ese me aborda en la calle, le digo que no.

–Bien pensado. –La descripción se parecía mucho a la del hombre que había atacado a Miranda. Harrison Mathers podía agradecer a su buena suerte el no haber estado en su casa.

–Bueno, ¿y qué quieres de Rembrandt?

–Soy galerista. –Ryan sacó del bolsillo una tarjeta de visita y se la entregó.

–Vaya.

–Si tienes noticias de Harry, o si vuelve, dale eso, ¿quieres? Dile que me gusta su trabajo y que quiero hablar con él.

–De acuerdo. –Ella pasó un dedo por la superficie de la tarjeta; luego levantó el dragón y la puso debajo–. Oye... –Le pasó un dedo por el brazo–. Ahí fuera llueve y hace frío. Si quieres... conversar un poco más, puedo hacerte un descuento.

En otros tiempos Ryan se había sentido atraído por una muchacha del Bronx. Eso lo indujo a sacar otros cincuenta dólares de la cartera.

–Esto es por la ayuda y la cerveza. –Se volvió hacia la puerta, echando una última mirada al dragón–. Si alguna vez estás escasa de dinero, lleva eso a Michael, el de Boldari, en el puerto. Él te hará una buena cotización.

–Sí. Lo tendré en cuenta. Vuelve cuando quieras. –Levantó la cerveza en un brindis–. Te debo una vuelta gratis.

Ryan cruzó directamente el pasillo para trabajar en la cerradura; antes de que el segundo billete de cincuenta estuviera guardado, él ya había entrado en el apartamento de Mathers.

La habitación era del mismo tamaño que la de la prostituta. Había varias piezas en diversas etapas de elaboración. Ninguna de ellas reflejaba el talento del dragón que había dado a la prostituta a cambio de sexo. Decididamente, lo suyo era el bronce, a juzgar por el pequeño desnudo que descansaba sobre el herrumbroso depósito de agua que había detrás del inodoro.

«Muy autocrítico –pensó Ryan–. Los artistas suelen ser tan patéticamente inseguros...»

Se las compuso para revisar todo el apartamento en menos de quince minutos. En el suelo había un colchón cubierto por una maraña de sábanas y mantas; la cómoda tenía quemaduras de cigarrillos y los cajones se atascaban. Diez o doce blocs de apuntes, casi todos llenos, se amontonaban en el suelo. Miranda había dicho la verdad: el muchacho tenía talento.

Lo único que parecía bien cuidado allí eran las herramientas de trabajo, dispuestas en estantes metálicos y en cajas de cartón.

En la cocina había una caja de cereales, seis latas de cerveza, tres huevos, beicon mohoso y seis bandejas de comida congelada. Además, encontró cuatro cigarrillos de marihuana, perfectamente liados, en un frasco con saquitos de té, sesenta y tres centavos y una barra de chocolate muy vieja.

No había cartas, notas ni dinero en efectivo. En la papelera, junto con un envase vacío, encontró una notificación de suspensión de servicio de la compañía telefónica. Nada sugería adónde había ido Harry, por qué se había marchado o cuándo pensaba regresar.

Regresaría, decidió Ryan, tras echar otro vistazo a la habitación. No podía abandonar sus herramientas ni su provisión de droga. Y al volver, le llamaría en cuanto tuviera su tarjeta. Los artistas muertos de hambre pueden ser temperamentales, pero también son previsibles. Y hay algo que todos ellos ansían más que la comida. Un mecenas.

–Vuelve pronto, Harry –murmuró Ryan.

Y salió.

26

Miranda clavó la vista en el fax que acababa de salir zumbando de su aparato. Estaba escrito en mayúsculas, como si el remitente gritara las palabras.

NO SIEMPRE TE HE ODIADO, PERO TE OBSERVABA. AÑO TRAS AÑO. ¿RECUERDAS LA PRIMAVERA EN QUE TE GRADUASTE (CON MATRÍCULA DE HONOR, DESDE LUEGO) Y TUVISTE UNA AVENTURA CON AQUEL ABOGADO? GREG ROWE, SE LLAMABA, Y ÉL TE LARGÓ PORQUE ERAS DEMASIADO FRÍA Y NO PRESTABAS SUFICIENTE ATENCIÓN A SUS NECESIDADES. ¿RECUERDAS ESO, MIRANDA?

DIJO A TODOS SUS AMIGOS QUE EN LA CAMA ERAS MEDIOCRE. APUESTO A QUE NO LO SABÍAS. BUENO, YA LO SABES.

¿ALGUNA VEZ SENTISTE QUE YO TE OBSERVABA?

¿LO SIENTES AHORA?

NO QUEDA MUCHO TIEMPO. DEBERÍAS HABER HECHO LO QUE SE TE DIJO. DEBERÍAS HABER ACEPTADO LAS COSAS TAL COMO ERAN, COMO YO LAS QUERÍA. ASÍ TAL VEZ GIOVANNI ESTARÍA CON VIDA.

¿ALGUNA VEZ PIENSAS EN ESO?

NO SIEMPRE TE ODIÉ, MIRANDA, PERO AHORA SÍ.

¿SIENTES MI ODIO?

YA LO SENTIRÁS.

El papel le tembló en las manos mientras lo leía. Había algo horriblemente infantil en esas grandes letras mayúsculas. Esa nota estaba pensada para herir, humillar y asustar. Y ella no podía permitirlo.

Pero cuando sonó el intercomunicador, dio un salto; sus dedos apretaron y arrugaron los bordes del fax. Lo dejó sobre el escritorio, alisando las arrugas, mientras respondía a la llamada de Lori.

–¿Sí?

–Aquí está el señor Boldari, doctora Jones. Pregunta si tienes un momento para recibirlo.

Ryan. Casi pronunció su nombre en voz alta; tuvo que apretarse los labios con la punta de los dedos para retener la palabra en su mente.

–¿Quieres pedirle que espere, por favor?

–Por supuesto.

Conque había vuelto. Miranda se frotó las mejillas con las manos para devolverles el color. Después de todo, tenía su orgullo. No iba a salir corriendo para arrojarse en sus brazos, como una loca enamorada.

Su ausencia había durado casi dos semanas, sin una sola llamada. Él se había mantenido en contacto, sí, pero por medio de faxes y e-mails, todo enviado por alguno de sus empleados y firmado con su nombre. Terminaba con ella sin molestarse siquiera en hacerlo con amabilidad: lo hacía por intermedio de su personal.

Bueno, ella no le haría ninguna escena. Aún tenían cosas pendientes en varios planos. Había que llegar hasta el final. Y no le daría la satisfacción de saber que ella lo había echado de menos. Cada día, cada noche de esas dos semanas.

Tratando de serenarse, abrió un cajón que conservaba cerrado con llave, para añadir el último fax al montón. Ahora llegaban a diario; algunos contenían solo una o dos líneas; otros eran largos y delirantes, como ese. Allí estaban también las copias impresas de los e-mails, aunque Lostl no había vuelto a ponerse en contacto con ella.

Después de guardar la llave del cajón en el bolsillo, se encaminó hacia la puerta.

–Ryan –saludó con una sonrisa cortés–. Perdóname por haberte hecho esperar. Entra, por favor.

Lori, en su escritorio, los miró y carraspeó.

–¿Quieres que conteste tus llamadas?

–No, no es necesario. ¿Puedo hacerte servir...?

No llegó a terminar la frase. En cuanto cerró la puerta, Ryan la abrazó y le dio un beso tan apasionado que hizo pedazos el muro tan cuidadosamente levantado. Miranda apretó los puños y mantuvo los brazos a los lados, sin devolverle nada, ni siquiera la pasión de la resistencia.

Cuando él se apartó, con los ojos entornados por el desconcierto, ella inclinó la cabeza y se hizo a un lado.

–¿Qué tal, tu viaje?

–Largo. ¿Adónde fuiste, Miranda?

–No me he movido de aquí. Seguramente querrás ver los diseños definitivos. Tengo los dibujos. Será un placer llevarte abajo para que veas lo que ya está listo. Creo que te gustará. –Se acercó al tablero de dibujo para desenrollar una hoja grande.

–Eso puede esperar –dijo él.

Ella levantó la vista, con la cabeza torcida.

–¿Alguna otra cosa que te interese?

–Obviamente, eso también puede esperar.

Él se acercó, siempre con los ojos entornados, como si la viera por primera vez y estuviese apreciando todos los detalles. Cuando estuvieron frente a frente le cogió el mentón con una mano, extendiendo lentamente los dedos sobre su mejilla.

–Te he echado de menos –lo dijo con un dejo de extrañeza en la voz, como si acabara de resolver un acertijo complejo–. Más de lo que esperaba. Más de lo que quería.

–¿De verdad? –Ella se apartó un paso, porque su contacto la perturbaba–. ¿Por eso llamaste tan a menudo?

–Por eso precisamente no llamé. –Ryan hundió las manos en los bolsillos. Se sentía estúpido. Y un nudo en el estómago le advertía que era posible experimentar emociones más alarmantes que la mera estupidez–. ¿Por qué no me llamaste tú? Me ocupé de que supieras siempre dónde encontrarme.

Ella le miró fijamente. Era un raro espectáculo: Ryan Boldari, incómodo.

–Sí, tus diversos asistentes me hicieron saber tu paradero con mucha eficiencia. Y como aquí el proyecto marchaba según los planes, no vi ningún motivo para molestarte. Además, como pareces decidido a manejar tú solo el otro aspecto del asunto, no había mucho que yo pudiera hacer.

–No esperaba que me importaras tanto. –Él se meció sobre los talones, como si tratara de recuperar el equilibrio–. No quiero que me importes tanto. Me estorba.

Ella se hizo a un lado, tratando de no darle tiempo de ver la expresión de dolor que asomaba a sus ojos.

–Si querías poner fin a nuestra relación personal, Ryan, podrías haberlo hecho con menos frialdad.

Él le apoyó las manos en los hombros; como ella tratara de desasirse, la hizo girar, enfadado.

–¿De dónde has sacado que quiero poner fin a nuestra relación? –Tiró de ella hacia sí para besarla otra vez, reteniéndola a pesar de su resistencia–. ¿Sigues pensándolo ahora?

–No juegues así conmigo. –Ella dejó de resistirse. Su voz sonó débil y temblorosa. Aunque se despreciara por eso, no podía remediarlo–. No estoy preparada para esta clase de juego.

–No sabía que pudiera hacerte sufrir. –Ryan apoyó la frente contra la de ella. Las manos que le ceñían los hombros se hicieron más suaves y resbalaron por sus brazos–. Tal vez... quise probar si podía, lo cual no habla muy bien de mí.

Ahora comprendía que había dañado algo muy frágil, algo cuyo valor no había reconocido. No era solo la confianza de Miranda, sino su fe en él. Sin pensar, sin calcular las posibilidades, se limitó a decir:

–Estoy medio enamorado de ti. Tal vez más que eso. Y no me resulta fácil en absoluto.

Ella palideció; los ojos se le llenaron de lágrimas. Apoyó una mano en el borde del escritorio, como si perdiera el equilibrio.

–Yo... Ryan... –No había esfuerzo capaz de atrapar las palabras que se le arremolinaban en la cabeza para formar un pensamiento coherente.

–Para eso no hay respuesta lógica, ¿verdad, doctora Jones? –Él le cogió las manos–. ¿Qué vamos a hacer?

–No lo sé.

–Lo que quiera que sea, no quiero hacerlo aquí. ¿Puedes salir?

–Eh... Sí, supongo que sí.

Él le rozó los dedos con sus labios, sonriendo.

–Entonces ven conmigo.

Fueron a casa.

Ella supuso que Ryan querría ir a algún lugar tranquilo para conversar, para ordenar esas emociones tan obviamente extrañas a ambos. Quizás a un restaurante o al parque, puesto que la primavera ya estaba llegando. Pero él subió por la carretera costera, sin que ninguno de los dos hablara.

Miranda veía estrecharse la tierra y el agua, serenamente azul bajo el sol de mediodía, acercándose por ambos lados. Más allá, el viento inflaba las velas rojas de un balandro que navegaba alegremente hacia el sur. Ella se preguntó si alguna vez había sido tan inocentemente feliz como aquel balandro.

Los árboles lucían el tierno verde de abril, más resplandor que textura. Miranda cayó en la cuenta de que así era como más le gustaban: en ese delicado comienzo. Le extrañó no haberlo descubierto antes. A medida que el camino ascendía, los árboles se mecían bajo un suave cielo primaveral, adornado con nubes blancas, tan inofensivas como el algodón.

Y allí, al borde de la colina donde se levantaba la vieja casa, se abría un súbito océano de alegre amarillo. Un mar de narcisos, una selva de forsitias, plantados antes de que ella naciera.

Él la sorprendió deteniendo el coche con una amplia sonrisa.

–Esto es fabuloso –dijo Ryan.

–Todo eso lo plantó mi abuela. Decía que el amarillo era un color simple y que hacía sonreír.

–Tu abuela me cae simpática. –Siguiendo un impulso, él se apeó para recoger un puñado de trompetas doradas–. No creo que a ella le molestara –comentó, mientras se las ofrecía a Miranda.

–No, no lo creo –dijo, pero se descubrió al borde del llanto.

–Una vez te traje narcisos. –Ryan le puso una mano en la mejilla, hasta que ella se volvió a mirarlo–. ¿Por qué no te hacen sonreír?

Con los ojos cerrados, ella escondió la cara entre las flores. Su perfume era extraordinariamente dulce.

–No sé qué hacer con lo que siento. Necesito dar pasos razonables y comprensibles.

–¿No quieres dejarte llevar, sencillamente?

–No. –Pero eso era exactamente lo que había hecho–. Soy cobarde.

–De eso no tienes un pelo.

Miranda sacudió enérgicamente la cabeza.

–Cuando piso territorio emocional soy cobarde. Y te tengo miedo.

Ryan dejó caer la mano y cambió de posición para asir el volante. El deseo y la culpa se habían apoderado de él.

–Es peligroso decirme eso. Soy capaz de usarlo y sacarle provecho.

–Ya lo sé. Tal como eres capaz de detenerte al costado de la carretera para hacer un ramo de narcisos. Si solo fueras capaz de una de esas actitudes, no te tendría miedo.

Sin decir nada, él volvió a poner el motor en marcha y subió lentamente por la curva del camino, hasta detenerse frente a la casa.

–No estoy dispuesto a retroceder y reducir nuestra relación a lo meramente comercial. Si crees que esa es una opción, te equivocas.

Alargó la mano hasta su mentón. Ella dio un respingo.

–Te equivocas por completo –añadió él, y la hebra sedosa de su voz hizo que a Miranda se le acelerara el pulso de entusiasmo y pánico.

–A pesar de lo que sienta –dijo ella, apartándole la mano–, no me dejaré presionar. Y me reservo el derecho a decidir.

Dicho eso, abrió la puerta para bajar del coche, sin ver la enorme sonrisa de Ryan. Ni el calor de sus ojos.

–Eso ya lo veremos, doctora Jones –murmuró mientras la seguía por los escalones.

–Aparte de nuestra relación personal, hay prioridades. Tenemos que revisar los planes para la exposición.

–Bien. –Ryan hizo tintinear las monedas que tenía en el bolsillo, mientras ella abría la puerta principal.

–Necesito que me des más detalles de lo que debería suceder cuando los hayamos reunido a todos.

–Ya te los daré.

–Y no debemos dejar nada al azar.

–Lo sé.

Ella cerró la puerta. Tenía la garganta seca. En el vestíbulo silencioso, él se quitó la chaqueta de cuero y la miró. «Como el cazador a la presa», pensó ella, y le sorprendió que la sensación pudiera ser tan deliciosa.

–Arriba, en mi escritorio, tengo una copia del proyecto.

–Por supuesto. –Ryan dio un paso adelante–. No esperaba menos de ti. ¿Sabes qué quiero hacer, doctora Jones, aquí mismo, ahora mismo...? –Se le acercó. Se detuvo sin tocarla, aunque el deseo palpitaba en cada célula de su cuerpo.

–En ese aspecto no hemos resuelto nada. Y tenemos que hablar de negocios. –El corazón de Miranda latía cada vez con más fuerza–. Aquí tengo las copias –repitió–. Las he traído para poder trabajar cuando no estuviera... allí. Oh, Dios...

Se abrazaron con desesperación y unieron sus bocas en un beso apasionado. El calor brotó como un géiser, quemándolos con su vapor. Ella tiró desesperadamente de su camisa.

–Oh, Dios, cómo odio esto.

–No me la volveré a poner.

–No, no. –Una risa trémula brotó de su garganta–. Lo que odio es desearte tanto. Tócame. Ya no lo soporto. Tócame.

–Eso trato de hacer. –Ryan le arrancó el chaleco escocés que llevaba puesto bajo la chaqueta de tweed–. Justamente hoy tenías que ponerte tanta ropa.

Al pie de la escalera tropezaron. El chaleco salió disparado.

–Espera. Tengo que... –Le hundió las manos en la cabellera, quitando las horquillas–. Miranda...

Le dio otro beso en la boca. Tragó los gemidos de ella y también los propios; se alimentó con ellos, mientras subían a duras penas otros dos escalones. Ella le sacó los faldones de la camisa, luchando por bajársela por los brazos, respirando a sollozos, hasta que al fin sus manos encontraron carne.

Los músculos de Ryan se estremecieron. Su corazón palpitaba tanto como el de ella. Era solo sexo. No resolvía ni demostraba nada.

La blusa de algodón quedó trabada por los puños; por un momento quedó maniatada, indefensa, mientras él la empujaba contra la pared para darse un festín con sus pechos.

Ryan quería librar una batalla, cruel, primitiva, salvaje. Y la encontró en sí mismo, en las respuestas y exigencias de Miranda. Cuando ella se entregó, vencida, la levantó por las caderas, sordo y ciego a todo lo que no fuera la insensata necesidad de tomar y tomar. Cada embestida era una posesión. «Mía.»

–Más –pidió, jadeando–. Quédate conmigo. Vuelve.

–No puedo.

Las manos de Miranda se deslizaron por sus hombros mojados. Estaba exhausta física y mentalmente.

–Toma más.

Ella abrió los ojos y se descubrió atrapada en los de Ryan. Tan oscuros, tan ardientes, concentrados solo en ella. Su piel comenzó a estremecerse otra vez, en pequeñas descargas que se extendían por sus terminales nerviosas. Esas descargas se convirtieron en un dolor apagado con cada gemido insensato. El placer tenía garras. Y la desgarró, amenazando con hacerla pedazos. Cuando ella gritó, él sepultó la cara entre sus cabellos y se dejó estrellar.

Era como sobrevivir a un accidente ferroviario. Sobrevivir a duras penas, se dijo Ryan. Estaban en el suelo, con los cuerpos enredados y entumecidos, la mente obnubilada. Ella, cruzada sobre su cuerpo, boca abajo contra la alfombra persa, sencillamente porque así habían caído.

De vez en cuando sentía un estremecimiento en el vientre; así supo él que aún estaba viva.

–Miranda. –Fue un graznido. De pronto cayó en la cuenta de que tenía una sed terrible. La respuesta fue una mezcla de gruñido y gimoteo–. ¿Crees que puedes levantarte?

–¿Cuándo?

Él soltó una risita y le acarició el trasero.

–Ahora, si fuera posible... –Miranda no se movió–. Agua. Necesito agua.

–¿No puedes empujarme?

No fue tan sencillo, pero Ryan logró salir de debajo de ese cuerpo laxo y bajar la escalera, con una mano apoyada contra la pared para conservar el equilibrio. Desnudo en la cocina, bebió a grandes tragos dos vasos de agua del grifo y sirvió un tercero. Ya más seguro, inició el regreso, sonriendo de oreja a oreja al ver que lo habían dejado todo perdido de prendas y flores.

Miranda aún estaba en lo alto de la escalera. Ahora yacía de espaldas, con los ojos cerrados y un brazo cruzado sobre la cabeza; su cabellera era una gloriosa maraña que se extendía sobre el rojo intenso de la alfombra.

–¡Doctora Jones! ¿Qué dirían las revistas de arte de algo así?

–Hum...

Sin dejar de sonreír, Ryan se agachó para tocarle el pecho con el vaso.

–Toma. Creo que te hace falta.

–Hum... –Miranda logró incorporarse, cogió el vaso con ambas manos y bebió su contenido hasta la última gota–. No llegamos al dormitorio.

–Siempre hay una próxima vez. Pareces muy relajada.

–Me siento como si me hubieran drogado. –Parpadeando, enfocó la vista en la pintura que decoraba la pared, detrás de él. Un sostén blanco pendía del marco–. ¿Eso es mío?

Él se volvió a mirar.

–No creo que lo tuviera puesto yo.

–Dios mío.

Era preciso reconocer que aquella mujer se reponía rápidamente: se levantó de un salto para cogerlo. Con los ojos dilatados, y soltando exclamaciones de inquietud, corrió de un lado a otro, recogiendo prendas y tratando de rescatar las flores pisoteadas.

Ryan, con la espalda apoyada contra la pared, presenciaba el espectáculo.

–Falta uno de mis calcetines. –Le miraba fijamente, apretando la ropa arrugada contra los pechos.

–Lo tienes puesto.

Miranda miró hacia abajo.

–Ah.

–Estás preciosa. ¿Tienes una cámara?

Puesto que el momento parecía requerirlo, ella le tiró todo el montón de ropa por la cabeza.

Por insistencia de Ryan, subieron a los acantilados con una botella de vino y se sentaron bajo el cálido sol primaveral.

–Tienes razón –comentó él–. Esto es maravilloso en primavera.

El agua, de un azul claro en el horizonte, adquiría un tono más intenso allí donde las lanchas surcaban la superficie y se convertía en verde oscuro cerca de la costa, donde rompía contra las rocas.

Ese día el viento no era una bofetada, sino una caricia. Los pinos ascendían por el camino, exhibiendo sus brotes tiernos. Los árboles mostraban el levísimo arrebol de las hojas futuras.

Nadie recorría la playa escarpada, allá abajo, ni alborotaba la alfombra de conchas rotas arrojadas por la última tormenta. Ryan se alegró de eso. Y de que los barcos, a lo lejos, parecieran de juguete; las boyas guardaban silencio.

Estaban solos.

Si miraba hacia atrás, en dirección a la casa, podría ver apenas la forma del viejo jardín del sur. De allí ya había sido retirada la mayor parte de la leña y de las zarzas. La tierra estaba fresca, recién rastrillada. Podían distinguirse pequeñas manchas de verdor. Ella había dicho que haría un jardín y era de las que llevaban a cabo lo que se proponían.

Ryan decidió que le gustaría verla trabajar. Verla arrodillada allí, concentrada en devolver a la vida ese viejo jardín, convirtiendo en realidad los bocetos que había hecho. Le gustaría ver cómo florecía la obra de Miranda.

–Deberíamos estar en mi despacho, trabajando –comentó ella con cierto sentimiento de culpabilidad.

–Tomemos esto como trabajo de campo.

–Tienes que ver el diseño definitivo para la exposición.

–Si no confiara por entero en ti, no te habría entregado mis bienes. –Ryan bebió un sorbo de vino y, de mala gana, volvió a concentrarse en el trabajo–. De todos modos, enviaste informes diarios a mi oficina. Creo que puedo hacerme una idea.

–Este trabajo me ha dado un poco de tiempo para poner otras cosas en perspectiva. No sé qué podemos lograr con todo esto, salvo el obvio beneficio para tu organización y la mía y una importante contribución al Fondo Nacional para las Artes. Lo otro...

–Lo otro avanza.

–Deberíamos dar a la policía toda la información posible, Ryan. Lo he estado pensando. Es lo que deberíamos haber hecho desde un principio. Me dejé enredar; mi amor propio, por cierto, y lo que siento por ti...

–De eso no me has dicho nada. ¿Quieres hacerlo?

Miranda apartó la vista hacia las altas boyas que se mecían suavemente en el mar.

–Lo que siento por ti no lo he sentido por nadie más. No sé qué es ni qué se hace con eso. Mi familia no sabe de relaciones personales.

–¿Y qué tiene que ver tu familia con esto?

–La maldición de los Jones. –Ella lanzó un breve suspiro; no necesitaba volverse a mirar para saber que Ryan estaba sonriendo–. Siempre lo echamos todo a perder. Por descuido, apatía, egocentrismo... No sé por qué, pero no servimos para vivir con otros.

–Así que no tienes personalidad propia, sino que eres producto de tus genes.

Ella volvió bruscamente la cabeza, con expresión de ofendida, lo que hizo reír a Ryan.

–Eso ha estado muy bien –dijo Miranda finalmente–. Pero el hecho es que voy a cumplir treinta años y nunca he tenido una relación seria y duradera. No sé si sería capaz de tenerla.

–Primero has de estar dispuesta a averiguarlo. ¿Lo estás?

–Sí. –Ella iba a frotarse la mano, nerviosa, contra los pantalones, pero Ryan se la sujetó.

–Entonces ya tenemos un punto de partida. Yo estoy tan fuera de mi elemento como tú.

–Tú nunca estás fuera de tu elemento –murmuró ella–. Tienes demasiados elementos.

Él le apretó la mano, riendo.

–¿Por qué no te cuento lo de mi viaje a San Francisco, como si fuéramos una pareja normal?

–Has visto a tu hermano.

–Sí. Vendrá a la función de gala con su familia. Los demás volarán desde Nueva York.

–¿Todos? ¿Viene toda tu familia?

–¡Claro! Es un gran acontecimiento. Y te advierto que van a inspeccionarte a fondo.

–Estupendo. Otro motivo más para ponerme nerviosa.

–Viene tu madre. Y tu padre... lo cual es un pequeño dilema, ya que él me conoce por otro nombre.

–Oh, por Dios, lo había olvidado. ¿Qué vamos a hacer?

–Pues simular que no sabemos de qué demonios nos está hablando. –Ryan se limitó a sonreír al verla boquiabierta–. Rodney es británico; yo no. Y tampoco es tan bien parecido como yo.

–¿Y crees que mi padre va a creerse algo así?

–Por supuesto, porque nos aferraremos a nuestra versión. –De pronto, Ryan cayó en la cuenta de que llevaba días enteros sin relajarse por completo–. ¿Qué motivo tendría yo para presentarme con otro nombre... sobre todo si estaba en Nueva York cuando él vino a verte? Quedará confundido, pero difícilmente se atreva a acusar de mentiroso a Ryan Boldari.

Ella reflexionó por un instante.

–No sé qué opción tenemos. Y lo cierto es que mi padre no presta mucha atención a la gente, pero...

–Tú sigue mi ejemplo y sonríe mucho. Ahora bien: mientras estaba en San Francisco busqué a Harrison Mathers.

–¿Lo encontraste?

–Encontré su apartamento. No estaba allí, pero pasé media hora muy interesante con la prostituta que vive al lado del pasillo. Por ella supe que estaba ausente desde hacía varios días y que...

–Aguarda un momento. –Ella liberó la mano para alzar un solo dedo–. ¿Te molestaría repetir eso?

–Que estaba ausente desde hacía varios días.

–No: eso de que estuviste con una prostituta.

–Cobraba cincuenta... bueno, cien, en realidad. Le di otros cincuenta cuando terminamos.

–Ah, ¿como propina?

–Sí. –Él sonrió de oreja a oreja–. ¿Celosa, cariño?

–¿Acaso no debería estarlo?

–Es muy saludable, sentir un poco de celos.

–Ah, bien. –Miranda cerró la mano recientemente liberada y le hundió el puño en el estómago.

Ryan quedó sin aliento. Luego se incorporó con cautela, por si ella decidía pegarle otra vez.

–De acuerdo: los celos son decididamente insalubres. Le pagué para que me respondiera algunas preguntas.

–Si yo creyera otra cosa, ya estarías rodando hacia esas rocas. –Esta vez fue ella quien sonrió, mientras él la miraba con desconfianza–. ¿Qué te dijo?

–Oiga, doctora Jones, esa frialdad norteña en ocasiones es atemorizadora. La mujer me dijo que ese día había ido otro hombre a buscarlo. Por entonces me estaba apuntando con un revólver muy grande.

–¿Un revólver? ¿Tenía un revólver?

–Es que no le gustó la pinta del primer tipo. Las mujeres de su oficio saben evaluar rápidamente a un hombre. Y por su descripción, creo que lo juzgó bien. Creo que fue el mismo que te atacó.

Miranda se llevó una mano al cuello.

–¿El que estuvo aquí y me robó el bolso? ¿Fue a San Francisco?

–En busca del joven Harry... y creo que tu ex alumno tuvo mucha suerte de no estar en su casa. Está implicado, Miranda. La persona para quien hizo el bronce no lo quiere por aquí nunca más.

–Y si lo encuentran...

–He encargado que lo buscaran. Tenemos que ser los primeros en dar con él.

–Quizás haya huido. Quizá sabía que lo estaban buscando.

–No. Inspeccioné su apartamento. Dejó todas sus herramientas y una pequeña provisión de marihuana. –Ryan volvió a reclinarse sobre los codos, observando perezosamente las nubes que cruzaban el cielo–. No parecía que se hubiera marchado deprisa. Nuestra ventaja es saber que otros lo están buscando. Por la forma en que vive ese chico, no creo que haya cobrado mucho por la falsificación. O puede que lo haya gastado muy pronto y todavía no haya explorado el maravilloso mundo de la extorsión.

–¿No empezarían por amenazarle?

–¿Con qué fin? No pueden correr el riesgo de que huya. Les conviene eliminarle rápida y discretamente. –Pero en los ojos de Miranda había algo más–. ¿Por qué lo preguntas?

–He estado recibiendo... notas. –Era una palabra limpia y profesional; le hizo sentirse menos nerviosa.

–¿Notas?

–Faxes, en general. Desde hace un tiempo. Desde que te fuiste han estado llegando todos los días. Faxes, e-mails... aquí y en la oficina.

Ryan volvió a incorporarse, esta vez con los ojos entornados y fríos.

–¿Amenazas?

–No exactamente. Al menos, hasta estos últimos días.

–¿Por qué no me lo dijiste?

–Te lo estoy diciendo.

–¿Por qué diablos no me dijiste desde un principio lo que estaba pasando? –Ante su mirada inexpresiva, Ryan se levantó de un salto, tan deprisa que tumbó la copa y la hizo caer a las rocas–. ¿Nunca se te ocurrió decirme que te estaban acechando, asustando? No me digas que no sentiste miedo –le espetó, antes de que ella pudiera hablar–. Se te ve en la cara.

Miranda se dijo que él veía demasiado y con excesiva facilidad.

–¿Qué podrías haber hecho?

Él la miró con furia. Luego, hundiendo las manos en los bolsillos, le volvió la espalda.

–¿Qué dicen?

–Diversas cosas. Algunos mensajes son muy serenos, breves y sutilmente amenazadores. Otros, más confusos, delirantes. Y más personales; hablan de cosas que sucedieron, de pequeños acontecimientos de mi vida.

De pronto Miranda se levantó; un escalofrío recorrió su columna vertebral.

–Uno llegó después de que Giovanni... Después de lo de Giovanni. Decía que su sangre teñía mis manos.

Ryan no tuvo más alternativa que dejar a un lado su resentimiento. Le sorprendió sentirse tan herido por el hecho de que Miranda no hubiera confiado en él. Pero se volvió para mirarla.

–Si crees eso, si dejas que un cabrón que no se da a conocer te induzca a creerle, eres una tonta y haces exactamente lo que él pretende que hagas.

–Lo sé, Ryan. Lo entiendo perfectamente. –Ella creía poder hablar con calma, pero se le quebró la voz–. Debe de ser alguien que me conoce bien, pues echa mano de lo que más puede afectarme.

Él se acercó para estrecharla entre sus brazos.

–Abrázame. Anda, abrázame. –Cuando ella lo hizo, Ryan frotó la mejilla contra su cabello–. No estás sola, Miranda.

Pero había estado sola tanto tiempo... Un hombre como él jamás sabría lo que era estar en un salón lleno de gente y sentirse muy sola. Extraña a todos. No deseada.

–Giovanni... era uno de los pocos que me hacía sentir... normal. Es su asesino quien me envía los mensajes. Mi mente lo sabe, Ryan. Pero mi corazón siempre se sentirá culpable. Y quien está detrás de esto es consciente de ello.

–No dejes que te utilicen así. Ni a él.

Ella había cerrado los ojos, sobrecogida por el consuelo que Ryan le ofrecía. Los abrió para contemplar el mar, en tanto asimilaba sus palabras.

–Tienes razón –murmuró–. Están utilizando a Giovanni. He permitido que lo usaran para hacerme sufrir. Quienquiera que sea, me odia. Y me lo hizo saber claramente con el fax que ha llegado hoy.

–¿Tienes copias de todos?

–Sí.

–Quiero verlos. –Miranda iba a separarse, pero él la retuvo, acariciándole el pelo, porque estaba temblando–. Los e-mails... ¿has rastreado su origen?

–No tuve suerte. El nombre del usuario no aparece en el servidor, que es el mismo que usamos aquí y en Standjo.

–¿Lo conservas en tu ordenador?

–Sí.

–Entonces lo rastrearemos. –En realidad, lo haría Patrick–. Lamento no haber estado aquí. –Ryan se apartó para coger su cara entre las manos–. Pero ya he venido, Miranda, y mientras esté aquí nadie va a hacerte daño.

Como ella no respondió, la observó con atención.

–Nunca hago promesas a la ligera –dijo–, porque una vez que doy mi palabra, la cumplo. Juntos llegaremos hasta el final de todo esto. Y no dejaré que te suceda nada malo. –Hizo una pausa. Luego dio un paso que consideraba peligroso–: ¿Todavía quieres hablar con Cook?

Ella estaba convencida de que era lo correcto. Pero de pronto, con su promesa, Ryan le había hecho creer, contra el sentido común, que podía confiar en él.

–Vayamos hasta el final, Ryan. Creo que ninguno de los dos se conformaría con menos.

–Pongan la base directamente sobre la marca.

Miranda dio un paso atrás, mientras los dos corpulentos hombres de Mantenimiento llevaban el pie de mármol hasta el centro exacto del salón. Ella sabía que era el centro exacto porque lo había medido personalmente tres veces.

–Sí, perfecto. Muy bien.

–¿Es la última, doctora Jones?

–En esta parte, sí, gracias. –Entornó los ojos para imaginarse la *Venus del baño* de Donatello instalada sobre la columna.

Esa galería estaba dedicada a las obras del alto Renacimiento. Había un valioso dibujo de Brunelleschi protegido por un cristal y dos pinturas de Masaccio ya colgadas, junto con otra de Botticelli que se alzaba a más de tres metros y medio, mostrando la majestuosa ascensión de la Madre de Dios. Y había una obra de Bellini que en otros tiempos había adornado los muros de una villa veneciana.

Con la *Venus* de Donatello como punto central, la exposición presentaba el primer estallido de innovación artística, que no había sido solo la base del brillante siglo XVI, sino un período de espléndido arte por sí mismo. Es cierto que el estilo de ese período era menos emotivo y apasionado. Hasta en la obra de Masaccio las figuras eran algo estáticas; las emociones humanas, más estilizadas que reales.

Pero el milagro era que esas cosas existieran, que fuese posible estudiarlas y analizarlas siglos después de que hubieran sido creadas.

Dándose golpecitos en los labios con la yema de un dedo, Miranda estudió el resto del salón. Había hecho recubrir las altas ventanas con una tela azul intenso entretejida de oro. La misma tela cubría las mesas, de alturas diversas, sobre las que se exponían las herramientas artísticas de esa época: cinceles y espátulas, calibres y pinceles. Cada una había sido escogida por ella misma de entre las que se exponían en el museo.

Era una pena tener que mantenerlas bajo un cristal, pero aún entre un público educado podía haber dedos pringosos.

En un gran pedestal de madera tallada se veía una Biblia enorme, abierta para mostrar las páginas primorosamente escritas por los monjes de la antigüedad. En otras mesas se veían las joyas preferidas de hombres y mujeres de aquel período histórico, y también zapatos bordados, un peine, un joyero de marfil. Cada pieza había sido cuidadosamente escogida para ocupar cada sitio. Enormes candelabros de hierro flanqueaban la arcada.

–Impresionante –comentó Ryan, pasando entre ellos.

–Casi perfecto. El arte y su entorno social, económico, político y religioso. Mediados del siglo XV. El nacimiento de Lorenzo el Magnífico, la Paz de Lodi y el equilibrio resultante, aunque precario, de los principales Estados italianos. –Miranda señaló un gran mapa que pendía de la pared; estaba fechado en 1454–. Florencia, Milán, Nápoles, Venecia y los Estados Pontificios, desde luego. Y el nacimiento de una nueva escuela de pensamiento en el arte: el humanismo. La clave estaba en la búsqueda racional.

–El arte nunca es racional.

–Por supuesto que lo es.

Él se limitó a sacudir la cabeza.

–Te ocupas tanto de analizar la obra que no la miras. –Señaló el rostro sereno de la Virgen–. La belleza es algo muy irracional. Estás nerviosa –añadió, al cogerle las manos frías.

–Ansiosa –corrigió ella–. ¿Has visto los otros sectores?

–Preferiría que me guiaras.

–Está bien, pero no tengo mucho tiempo. Mi madre va a llegar en menos de una hora y para entonces quiero que todo esté listo.

Recorrió el salón con él.

–He dejado anchas vías de circulación, con las esculturas dispuestas de modo que la vista las recorra en un círculo y el bronce de Donatello, como pieza central. La gente debe poder pasearse libremente, para luego pasar a la galería siguiente, la más grande, que corresponde al bajo Renacimiento.

Cruzaron la arcada.

–Aquí se exhiben no solo las obras de arte en sí, sino lo que las rodeaba e inspiraba. Puse también oro. Y rojo. Por el poder, la Iglesia y la realeza. –Caminó en círculo para estudiar los detalles y detectar la menor necesidad de ajuste. Sus tacones resonaban sobre el mármol–. Esta época fue más rica y espectacular. Mucha energía. No podía durar, pero en su breve culminación produjo las obras más importantes de todos los tiempos, anteriores o posteriores.

–¿Santos y pecadores?

–¿Cómo dices?

–Los modelos artísticos más populares: santos y pecadores. La sexualidad cruda, pero elegante, y el egoísmo de los dioses, yuxtapuestos con la brutalidad de la guerra y el grandioso sufrimiento de los mártires. –Ryan estudió el rostro beatífico y algo desconcertado de un san Sebastián atravesado por flechas–. Nunca entendí a los mártires. ¿Qué sentido tenía hacer lo que hacían?

–La respuesta obvia es que actuaban impulsados por la fe.

–Nadie puede robarte la fe, pero la vida sí, por supuesto... y de las maneras más horribles e inventivas. –Ryan se metió las manos en los bolsillos–. Flechas para el popular Sebastián, la hoguera para el bueno de san Lorenzo. Crucifixiones, descuartizamiento, decapitación...

Ella rió entre dientes, a su pesar.

–Por eso son mártires.

–Exactamente. –Ryan volvió la espalda a la figura de san Sebastián para dedicarle una sonrisa radiante–. Y entonces te enfrentas con la horda pagana y sus implementos de tortura, primitivos pero horrorosamente efectivos. Sería mejor decir: «Muy bien, chicos, ¿a qué dios queréis que adore hoy?». Lo que digas no cambia lo que pienses ni lo que creas, pero sí puede cambiar tu estado físico. –Y apuntó con el pulgar hacia atrás–: Pregúntale al pobre Sebastián.

–Veo que tú habrías prosperado durante las persecuciones.

–Con toda seguridad.

–¿Y qué me dices de cosas como el valor, las convicciones y la integridad?

–¿Por qué morir por una causa? Es mejor vivir por ella.

Mientras ella analizaba esa filosofía, buscándole los puntos débiles, él se acercó a una mesa artísticamente cubierta de objetos religiosos: crucifijos de plata, cálices, reliquias.

–Ha hecho un trabajo asombroso, doctora Jones.

–Creo que funciona muy bien. Los *tizianos* serán la atracción principal de esta sala, junto con tu *rafael*. Es una obra magnífica, Ryan.

–Sí, me gusta mucho. ¿Quieres comprarla? –Ryan se volvió hacia ella con una amplia sonrisa–. Lo bueno de mi oficio, doctora Jones, es que todo tiene un precio. Págalo y es tuyo.

–Si de verdad quieres vender el *rafael*, puedo pensar una propuesta. Pero muchas de nuestras piezas son donaciones o préstamos permanentes.

–Ni siquiera por ti, querida.

Ella se limitó a encogerse de hombros. No esperaba otra cosa.

–*La Dama Oscura* debería estar aquí –dijo de pronto–. Cada vez que imaginaba esta sala, los ángulos, el tema, la veía sobre una columna blanca. Aquí –indicó, adelantándose–. Bajo esta luz, donde todo el mundo pudiera verla. Donde *yo* pudiera verla.

–La recuperaremos, Miranda.

Ella no dijo nada, enfadada consigo misma por estar soñando despierta.

–¿Quieres ver la sala siguiente? –propuso–. Allí están tus *vasari*.

–Más tarde.

Ryan se acercó. Tenía que hacerlo. Habría querido decírselo de inmediato, pero detestaba verla intranquila.

–Recibí una llamada de mi hermano, Miranda. Michael, el de San Francisco. Anoche rescataron un cadáver de la bahía. Era Harry Mathers.

Ella se limitó a mirarlo fijamente a los ojos. Luego los cerró, sencillamente, y apartó la cara.

–No fue un accidente.

–En el telediario que vio mi hermano no daban muchos detalles. Solo decían que había muerto antes de ser arrojado al agua.

Ryan sabía que lo habían degollado, pero prefirió callárselo. Ella ya sabía quién lo había hecho y por qué. ¿De qué le serviría saber el cómo?

–Ya son tres. Tres personas han muerto. ¿Y por qué? –Miranda levantó la vista hacia el rostro glorioso de la Virgen–. ¿Por dinero, por el arte, por orgullo? Quizá por las tres cosas.

–O por ninguna de ellas, en realidad. Tal vez sea por ti.

La veloz puñalada al corazón hizo que ella se estremeciera por un instante antes de volverse a mirarle. Ryan vio el miedo en sus ojos y comprendió que no temía por sí misma.

–¿Por mí? ¿Quién puede odiarme tanto? ¿Por qué? No sé de nadie a quien pueda haber afectado tanto, alguien a quien haya herido tan profundamente que esté dispuesto a asesinar para proteger una mentira que arruine mi reputación profesional. Por Dios, Ryan, Harry era muy joven... –Ahora su voz sonaba sombría, afilada por la furia oculta bajo el miedo–. Muy joven –repitió–, y lo cortaron como a una hebra suelta. Con la misma despreocupación. ¿A quién puedo importarle tanto como para matar a un chico de esta manera? Nunca le he importado a nadie.

A él le pareció lo más triste que había oído en su vida. Y lo más triste era que ella lo creyera.

–Tal vez importas más de lo que crees, Miranda. Eres fuerte. Tienes éxito. Sabes lo que deseas y adónde quieres llegar. Y llegas.

–Pero nunca me he llevado a nadie por delante en el camino.

–Quizá no los viste. Patrick está rastreando esos e-mails que te enviaron.

–Sí. –Ella se pasó una mano por el cabello. ¿Era posible que no los hubiera visto? ¿Que fuera tan egocéntrica, tan fría?–. ¿Consiguió algo? Ya hace más de una semana... Supuse que se habría dado por vencido.

–Cuando clava los colmillos en un problema relacionado con la informática, no abandona jamás.

–¿Qué pasa? ¿Qué estás tratando de no decirme?

–El nombre del usuario estuvo asociado a una cuenta por un tiempo muy breve. Lo pusieron y lo retiraron; fue sepultado bajo un montón de jerga especializada.

Ella sintió un nudo en el estómago. Aquello iba a ser feo, muy feo.

–¿Qué cuenta era esa?

Ryan le puso las manos sobre los hombros.

–Era de tu madre.

–No es posible.

–El mensaje salió de Florencia, del código correspondiente a esa zona y la cuenta estaba a nombre de Elizabeth Standford-Jones. Lo siento.

–Es imposible. –Miranda se apartó de él–. Por mucho... por muy poco... Ella no podría hacer algo así. No podría odiarme tanto. No lo acepto.

–Tuvo acceso a los dos bronces. Nadie la interrogaría. Te mandó llamar y luego te echó. Te apartó del Instituto. Lo siento –repitió él, acariciándole una mejilla–, pero debes tener en cuenta los hechos.

Era lógico. Era terrible. Ella cerró los ojos y se dejó abrazar.

–Perdón.

Miranda dio un respingo entre los brazos de Ryan. Se volvió muy lentamente, aspirando hondo.

–Hola, mamá.

Elizabeth no tenía el aspecto de quien ha pasado las últimas horas volando sobre el océano. Estaba perfectamente peinada y su traje azul acero no presentaba una sola arruga.

–Perdón por interrumpir tu... trabajo.

Demasiado habituada a su desaprobación para reaccionar, Miranda se limitó a asentir con la cabeza.

–Elizabeth Standford-Jones, Ryan Boldari.

–Señor Boldari. –Después de evaluar la situación, la mujer decidió que el propietario de la galería había exigido la participación de su hija en el proyecto por motivos ajenos a su capacidad. Como aquello beneficiaba al Instituto, esbozó una sonrisa–. Es un placer conocerle.

Al cruzar el salón para estrecharle la mano, advirtió que madre e hija no se molestaban siquiera en intercambiar un beso lanzado al aire, como suelen hacer las mujeres.

–Espero que haya tenido un buen viaje.

–Gracias. –«Hermoso rostro –pensó Elizabeth–, y modales elegantes.» Las fotografías de las revistas no lograban reflejar el poder de esa combinación–. Lamento no haber podido venir antes, como estaba planeado. Espero que todo marche como usted esperaba, señor Boldari.

–Ryan, por favor. Y ya ha excedido mis expectativas. Su hija es todo lo que yo podría desear.

–Te has empleado a fondo –dijo ella dirigiéndose a Miranda.

–Así es. Tenemos esta ala clausurada al público desde hace dos días. Todos hemos trabajado muchas horas, pero ha valido la pena.

–Sí, ya lo veo. –Elizabeth recorrió el salón con la vista, impresionada y complacida, pero se limitó a añadir–: Todavía faltan algunos detalles, por supuesto. Ahora podrás aprovechar los talentos de Standjo. Hoy viajan varios miembros del personal superior y hay otros que llegarán mañana. Saben que están a tu disposición. Elise y Richard ya se encuentran aquí, así como Vincente y su esposa.

–¿Sabe Andrew que Elise ha venido?

La madre enarcó las cejas.

–Si no lo sabe, no tardará en enterarse. –La advertencia era claramente perceptible en su tono. No se mencionaría ningún problema familiar ni se permitirían estorbos de ningún tipo–. Tu padre llegará esta noche. Será de enorme ayuda para la selección definitiva de los artefactos.

–Ya están elegidos, madre –dijo Miranda, ásperamente.

–Una exposición de esta magnitud siempre se puede mejorar con una mirada nueva.

–¿Estás pensando en apartarme también de este proyecto?

Por un instante Elizabeth pareció a punto de responder. Abrió los labios, pero de inmediato volvió a cerrarlos. Se volvió hacia Ryan.

–Me encantaría ver sus *vasari*.

–Sí, Ryan, muéstraselos. Están en el sector siguiente. Si me disculpáis, tengo cosas que hacer.

Cuando Miranda se hubo alejado, Ryan dijo:

–Me siento obligado a decirle, Elizabeth, que esta imponente exposición no habría sido posible sin su hija. Ella la concibió, la planificó y la ha llevado a cabo.

–Soy perfectamente consciente del talento de Miranda.

–¿Sí? –dijo él en voz baja, enarcando apenas una ceja, en un gesto deliberadamente burlón–. Es obvio que estoy equivocado. Como usted no hizo ningún comentario sobre los resultados de estas cuatro semanas de trabajo intenso, supuse que los encontraba deficientes.

Por los ojos de Elizabeth cruzó algo que podría haber sido vergüenza.

–En absoluto. Tengo plena confianza en la habilidad de Miranda. Si algún defecto tiene es el entusiasmo excesivo y cierta tendencia a involucrarse demasiado en lo personal.

–Muchos dirían que eso no son defectos, sino virtudes.

La estaba provocando, pero ella no entendía por qué.

–Para una profesional, la objetividad es imprescindible. No dudo que usted estará de acuerdo.

–Prefiero, siempre, la pasión. Uno corre más riesgos, pero las recompensas son mayores. Miranda tiene pasión, aunque tienda a reprimirla. Supongo que lo hace para obtener su aprobación, Elizabeth. ¿Se la brinda usted alguna vez?

En ella afloró fríamente el mal genio: hielo en los ojos, escarcha en la voz.

–Mi relación con Miranda no es asunto suyo, señor Boldari, tal como su relación con ella no me incumbe.

–Qué extraño. Yo diría lo contrario, puesto que su hija y yo somos amantes.

Elizabeth se puso tensa por un instante.

–Miranda es una persona adulta. No me entrometo en sus asuntos personales.

–Solo en los profesionales, deduzco. Hábleme de *La Dama Oscura*.

–¿Cómo dice?

–*La Dama Oscura*. –Él no dejaba de mirarla a los ojos–. ¿Dónde está?

–El bronce de Fiesole –repuso Elizabeth con voz firme– fue robado hace varias semanas de un depósito de Bargello. Ni las autoridades ni yo tenemos idea de su paradero actual.

–No me refería a la copia, sino al original.

–¿Qué original?

El rostro de la mujer permanecía inexpresivo, pero él vio algo: conocimiento, sorpresa, reflexión... Tratándose de una mujer que ejercía un rígido control sobre sí misma era difícil saberlo.

–¿Elizabeth?

Entró un grupo de personas, encabezadas por Elise. Ryan vio a una mujer menuda, con melena de duende y ojos grandes y brillantes. Detrás de ella venía un hombre calvo y pálido que debía de ser Richard Hawthorne; después, una especie de Sofía Loren tomada del brazo de un hombre robusto, de tez olivácea y lustroso pelo blanco: los Morelli, sin duda. Junto a ellos, venía un sonriente John Carter.

–Oh, perdón. –Elise cruzó sus bonitas manos–. Lamento interrumpir.

Más agradecida por la interrupción de lo que estaba dispuesta a demostrar, Elizabeth hizo las presentaciones.

–Me alegro mucho de conocerle –dijo Elise–. El año pasado estuve en su galería de Nueva York. Es admirable. ¡Y esto! –Miró alrededor–. Esto es sencillamente glorioso. Richard, saca la nariz de ese plano y ven a ver las pinturas.

Él se volvió con una dócil sonrisa.

–Nunca puedo resistirme a un plano. Es una exposición excelente.

–Deben de haber trabajado mucho –intervino Vincente, dando a Carter una cordial palmada en la espalda.

–Ya temía que me mandaran fregar los suelos. Miranda nos tenía agotados. –Carter volvió a sonreír–. Apenas ayer se completó la restauración del *bronzino*. Dicen que en el departamento se echaban a temblar al verla llegar. Todos los jefes viven a base de aspirinas desde hace dos semanas. Miranda, en cambio, no parece afectada. Esa mujer tiene nervios de acero.

–Ha hecho un trabajo brillante. –Elise volvió a mirar la sala–. ¿Dónde está?

–Tenía algo de que ocuparse –respondió Elizabeth.

–Después le pediré que me ponga al corriente de los detalles. Espero que nos haga trabajar.

–Ya le he dicho que todos están a su disposición.

–Bien. Yo... eh... creo que voy a ver si Andrew puede dedicarme unos minutos. –Elise dirigió a Elizabeth una sonrisa melancólica, como disculpándose–. Si no soy necesaria por el momento, me gustaría saber cómo está.

–No, ve. –Elizabeth observaba con expresión divertida a Gina Morelli, que emitía arrullos y exclamaciones ante las joyas exhibidas–. Sé que te mueres por visitar la biblioteca, Richard.

–Soy previsible.

–Que lo disfrutes.

–Ya sabemos dónde buscarlo –observó Vincente–. Siempre sepultado en un libro. Yo voy a esperar a que Gina estudie y codicie todas estas baratijas. Luego querrá que la lleve de compras. –Meneó la cabeza–. Ella también es previsible.

–Dos horas –anunció Elizabeth en tono perentorio–. Después nos reuniremos aquí para ocuparnos de lo que sea necesario.

Elise vacilaba ante el despacho de Andrew, agradeciendo que la secretaria no estuviera detrás de su escritorio. La señorita Purdue, tan leal, no habría aprobado que su ex esposa lo visitara sin anunciarse. Por la puerta abierta le llegaba la voz de Andrew: una voz fuerte, que le producía una extraña nostalgia.

Siempre le había gustado su voz. Su tono claro, el acento de clase alta, que recordaba vagamente a los Kennedy. Probablemente, en él había visto al vástago de esas familias de Nueva Inglaterra, poderosas y triunfadoras.

En un tiempo todos habían cifrado grandes esperanzas en ese matrimonio... Pero al fin no pudieron hacer otra cosa que divorciarse y continuar cada uno con su vida. Por lo que sabía, la de ella había sido más exitosa que la de Andrew.

Aun consciente de su expresión de tristeza, ella se las compuso para exhibir una sonrisa luminosa y dio unos leves golpecitos al marco de la puerta.

–Esperamos a quinientos invitados –dijo él al teléfono. Luego levantó la vista y se quedó de piedra.

Una serie de recuerdos se agolparon en su mente. El día en que la vio por primera vez, cuando ella consiguió el puesto de ayudante en el laboratorio, por recomendación de Jones, padre. Con bata y gafas protectoras. Su modo de levantarse las gafas hacia la coronilla cuando Miranda los presentó. Y su risa, cuando finalmente él reunió valor para invitarla a salir; su comentario de que ya era hora. La primera vez que hicieron el amor. Y la última.

Ella, el día de la boda, radiante, delicada. Y la mirada fría y distante con que le había dicho que todo había acabado entre ellos. Y los estados de ánimo intermedios, que iban desde la esperanza y la felicidad a la insatisfacción, el desencanto y, finalmente, la falta de interés.

La voz del teléfono no hacía sino zumbarle en los oídos. De pronto lamentó no tener cerca una copa de licor.

–Por lo demás, tendré que volver a hablar con usted, pero en el comunicado de prensa aparecen todos los detalles. Podemos disponer una breve entrevista para mañana por la noche, durante la función...

–Disculpa, Drew –comenzó ella, al ver que él colgaba el auricular–. Como la señorita Purdue no está en su escritorio, decidí correr el riesgo...

–No importa. –Esas palabras tontas le irritaron la garganta–. Solo era otro periodista.

–El acontecimiento está generando muchos comentarios positivos en la prensa.

–Nos hacía falta.

–Este último par de meses ha sido difícil. –Contra lo que ella esperaba, Andrew no se levantó; entonces entró en la habitación para hablar más cómoda; el escritorio de Andrew los separaba–. Me ha parecido mejor, más fácil, vernos por unos minutos a solas. Yo no quería venir, pero Elizabeth insistió. Y debo reconocer que me habría dolido perderme todo esto.

Él no podía dejar de mirarla, por mucho que le doliera el corazón.

–Queríamos que asistiera todo el personal superior.

–Todavía estás enfadado conmigo.

–No sé.

–Se te nota cansado.

–Organizar esto no nos ha dejado mucho tiempo para descansar.

–Comprendo que esto es incómodo. –Elise alargó una mano, pero volvió a retirarla, como si comprendiera que no era oportuno–. La última vez que nos vimos fue...

–En el bufete de un abogado –completó Andrew.

–Sí. –Ella bajó la vista–. Ojalá hubiéramos podido manejarlo de otro modo. Estábamos tan furiosos, tan dolidos... Yo tenía la esperanza de que, con el tiempo, pudiéramos ser al menos...

–¿Amigos? –Él dejó escapar una risa amarga, no tan dolorosa como la inocua palabra con que la acompañó.

–No, amigos no. –Aquellos ojos fabulosos estaban húmedos de emoción–. Solo algo menos que enemigos.

Aquella mirada cínica no era lo que ella había esperado. Elise esperaba arrepentimiento, pesar y hasta algún arrebato de cólera. Estaba preparada para ello. Pero no para ese rígido escudo contra el que rebotaban todos sus esfuerzos.

Andrew la había amado. Ella lo sabía; se había aferrado a eso incluso mientras firmaba los papeles de divorcio.

–No tenemos por qué ser enemigos, Elise. Ya no tenemos por qué ser nada.

–De acuerdo, esto ha sido un error. –Ella parpadeó un par de veces; las lágrimas desaparecieron de sus ojos–. No quiero que esto afecte a tu trabajo. Si te pones nervioso y empiezas a beber...

–Ya no bebo.

–Vaya. –Había ironía en su voz. Andrew había olvidado ese talento suyo–. Me parece haberlo oído antes.

–La diferencia es que ahora no tiene nada que ver contigo y mucho que ver conmigo mismo. Vacié muchas botellas por ti, Elise, pero eso ya se acabó. Puede que te lleves una desilusión. Tal vez te sientas insultada porque no me arrastro a tus pies, pero lo cierto es que ya no eres el centro de mi vida.

–Nunca lo he sido. –El autocontrol de Elise se resquebrajó apenas lo suficiente para permitir que pronunciara esas palabras–. Si lo hubiera sido, aún estaría contigo.

Giró en redondo para salir a toda prisa del despacho. Cuando llegó a los ascensores, las lágrimas le escocían en los ojos. Pulsó el botón de un puñetazo.

Andrew esperó a que se perdiera el rápido taconeo de sus pasos; luego bajó la cabeza hasta el escritorio. Su estómago le pedía una copa a gritos; solo una, para desatar los nudos que se habían formado en su estómago. Era tan hermosa... ¿Cómo podía haberlo olvidado? Alguna vez había sido suya, pero no supo retenerla, mantener su matrimonio en pie, ser el hombre que ella necesitaba. La había perdido porque no sabía dar lo suficiente, amar lo suficiente, ser lo suficiente.

Tenía que salir. Necesitaba aire. Caminar, correr, deshacerse de su perfume. Usó las escaleras, evitando el ala donde se estaba trabajando, y cruzó sin hacer ruido por entre los escasos visitantes del atardecer. Dejó su coche en el aparcamiento, caminó y caminó hasta calmar el fuego que ardía en sus tripas. Caminó hasta que ya no fue necesario concentrarse para respirar. Se dijo que ya podía pensar con perfecta claridad.

Y cuando se detuvo frente a la tienda de licores, cuando contempló las botellas que prometían alivio, gozo, fuga, pensó que podía manejar un par de copas. No solo podía manejarlas, sino que se las merecía. Se las había ganado por sobrevivir a ese contacto frente a frente con la mujer a la que había prometido amar, honrar y proteger. La que le había prometido lo mismo. Hasta la muerte.

Entró en la tienda, con la vista fija en las botellas claras y oscuras que se alineaban en los estantes. De un litro, de medio, de un cuarto, esperando, implorando que las llevara.

«Pruébame y te sentirás mejor –parecían decirle–. Volverás a sentirte bien. Te sentirás fantástico, ya verás.»

Botellas lustrosas, de etiquetas coloridas. Botellas elegantes, de nombres masculinos. Escogió una de Jack Daniel's, deslizando un dedo por la familiar etiqueta negra. Y el sudor empezó a acumulársele en su frente. «El viejo Jack. Jack el Negro, tan digno de confianza.» Casi podía percibir su sabor, sentir el ardor que se le deslizaba por la garganta para ir a calentar el vientre.

Lo llevó al mostrador. Con dedos torpes, buscó la cartera.

–¿Eso es todo? –El empleado metió la botella en una bolsa.

–Sí –respondió Andrew en tono inexpresivo.

Se la llevó, envuelta en la bolsa de papel. Mientras caminaba, sentía su peso, su forma. En cuanto la abriese todos sus problemas habrían acabado. Por fin olvidaría esa horrible bola de dolor en el vientre.

Con el sol descendiendo hacia el crepúsculo, el aire enfriándose, entró en el parque. Había un alboroto de narcisos amarillos, un pequeño océano de gozo, respaldado por las tazas rojas de los tulipanes, más elegantes. Las primeras hojas se abrían ya en los robles y los arces, preparándose para dar sombra cuando llegara el calor estival, durante su breve estancia en Maine. La fuente tintineaba su danza musical en el centro del parque.

Hacia la izquierda, los columpios y los toboganes estaban desiertos. Los niños estaban en casa, lavándose para cenar. Él había querido tener hijos, ¿no? Formar una familia, una familia de verdad, donde todos supieran amar y tocarse. Risas, cuentos a la hora de acostarse, ruidosas comidas familiares. Eso tampoco lo había conseguido.

Se sentó en un banco, mirando fijamente los columpios vacíos, escuchando la fuente, deslizando la mano por la silueta de la botella, a través del papel. «Un solo trago –pensó–. Solo uno, y nada de eso importará tanto.» Dos tragos y se preguntaría cómo era posible que le hubiera dado importancia.

Annie sirvió dos cervezas. El atardecer del viernes era una hora de mucho trabajo. La clientela estaba formada, en su mayoría, por empleados; pero también había un par de mesas ocupadas por universitarios.

Annie arqueó la espalda, tratando de aliviar el vago dolor que sentía en la base de la columna, y verificó que las camareras mantuvieran contentos a los parroquianos. Luego llenó varias copas con el cóctel margarita que acababa de preparar.

Uno de sus clientes habituales estaba contando un chiste sobre un hombre y una rana bailarina. Le sirvió otro vodka y festejó con risas la frase culminante.

Por encima de la barra, el televisor retransmitía un partido de béisbol.

Vio llegar a Andrew y vio también lo que traía en la mano. Aunque el corazón le dio un vuelco, siguió trabajando. Reemplazó los ceniceros llenos por otros vacíos y secó los círculos de humedad que había sobre la barra. Le vio acercarse, sentarse en un taburete vacío y dejar la botella ahí.

Cruzaron una mirada por encima de la bolsa de papel. Annie mantuvo los ojos cuidadosamente inexpresivos.

–No la he abierto.

–Bien. Eso está muy bien.

–Quería abrirla. Todavía quiero.

Annie llamó por señas a su jefa de camareras y se quitó el delantal.

–Ocupa mi puesto. Vamos a caminar, Andrew.

Él asintió, pero al salir se llevó la bolsa.

–Fui a una tienda de licores. Me fue bien estar allí.

Las farolas ya estaban encendidas; eran islas de luz en la oscuridad. El tráfico del viernes atiborraba las calles. De ventanilla abierta a ventanilla abierta, distintas emisoras de radio libraban su guerra particular.

–Fui al parque y me senté junto a la fuente. –Andrew cambió la botella de mano–. No había mucha gente. Quería echar un par de tragos, solo para entrar en calor.

–Pero no lo hiciste.

–No.

–Es difícil. Lo que estás haciendo es difícil. Y esta vez has tomado la decisión correcta. Cualquiera que sea tu problema, no puedes empeorarlo bebiendo.

–He visto a Elise.

–Ah.

–Ha venido para la exposición. Yo sabía que iba a venir. Pero levantar la vista y encontrarla allí fue un golpe. Ella quería hacer las paces, o algo así, pero no se lo permití.

Annie hundió las manos en los bolsillos, con los hombros contraídos, y se dijo que era una locura fingir que tenía alguna posibilidad con Andrew.

–Supongo que al respecto debes hacer lo que te parezca mejor.

–No sé qué es lo mejor. Solo sé qué es lo peor.

Volvieron caminando al mismo parque y se sentaron en el mismo banco; Andrew puso la botella a su lado.

–No puedo decirte lo que debes hacer, Andrew, pero creo que, si no lo resuelves, si no te deshaces de ello de una vez, seguirás sufriendo.

–Lo sé.

–Ella solo estará aquí por unos pocos días. Si pudieras aceptar las cosas, hacer las paces con ella, sería mejor. Yo nunca hice las paces con el cabrón de Buster. –Sonrió, con la esperanza de que él la imitara, pero aquellos ojos firmes y serios continuaban fijos en ella–. Oh, Andrew... –Apartó la vista, suspirando–. Lo que quiero decir es que nunca hice ningún esfuerzo para que pudiéramos tratarnos con amabilidad. Y eso todavía me molesta. Dios sabe que él no valía la pena, pero aun así me molesta. Como él me hizo sufrir, en más de un sentido, al final yo solo quería pagarle con la misma moneda. O peor. Nunca pude, por supuesto, porque a él le importaba una mierda.

–¿Por qué no lo abandonaste, Annie?

Ella se pasó una mano por el pelo.

–Porque prometí seguirle. Jurar ante un juez, durante la pausa para comer, es lo mismo que hacerlo en una gran iglesia con un elegante vestido blanco.

–Sí. –Andrew le estrechó la mano–. Lo sé. Aunque no me creas, yo quería respetar mis votos. Quería demostrar que era capaz de hacerlo. Fracasar fue como demostrar que era igual a mi padre, a mi abuelo, a cualquiera de ellos.

–Tú eres una persona aparte, Andrew.

–Es una idea que intimida.

Porque él lo necesitaba (y ella también), Annie se inclinó, apoyó los labios contra los de él y permitió que se entreabrieran. Lo aceptaba. Que Dios la protegiera.

Podía sentir el filo de la desesperación, pero él la trató con cuidado. Annie había conocido a muchos que no ponían ningún cuidado. Le acarició la cara, donde escocía la barba ya crecida; luego, la suave piel del cuello. Las necesidades que ardían dentro de ella eran escandalosas; probablemente no les harían ningún bien.

–Tú no eres como los otros. –Apoyó la mejilla contra la de él, antes de que el beso pudiera debilitarla demasiado.

–Bueno, esta noche no. –Él recogió la botella para entregársela–. Toma. Toma. –Había alivio en ese gesto. Lo que siente un hombre cuando gira el volante de su coche justo antes de despeñarse por un acantilado–. Antes de volver a casa iré a una reunión. –Dejó escapar el aliento–. Mañana por la noche, Annie... Para mí sería muy importante que cambiaras de idea y vinieras.

–Sabes que me siento incómoda entre todos esos artistas y ricachones.

–Pero estarás conmigo.

–Los sábados por la noche hay mucho trabajo... –Excusas, pensó. Eres una cobarde–. Lo pensaré. Ahora debo irme.

–Voy contigo. –Él se levantó y volvió a cogerle la mano–. Dime que vendrás, Annie.

–Lo pensaré –repitió ella, sin ninguna intención de hacerlo.

Lo último que deseaba era medirse con Elise.

27

Tienes que salir de aquí.

Miranda levantó la cabeza; estaba ante su escritorio, sepultada en un mar de papeles, y vio que Ryan la miraba desde la puerta.

–Por el momento vivo aquí.

–¿Por qué te sientes obligada a hacerlo todo personalmente?

Ella hizo girar el lápiz entre los dedos.

–¿Acaso hay algo que esté saliendo mal?

–No es eso lo que he dicho. –Ryan se acercó para inclinarse hacia ella, con las palmas apoyadas sobre el escritorio–. No tienes nada que demostrarle a tu madre.

–Aquí no se trata de mi madre. Se trata de asegurarnos el éxito de mañana. Y todavía me queda trabajo por hacer.

Él le quitó el lápiz y lo rompió en dos. Miranda parpadeó, estupefacta por la furia que veía en sus ojos.

–Vaya, qué gesto tan maduro.

–Más maduro que hacerlo con ese rígido cuello tuyo.

Si ella hubiera interpuesto entre los dos un escudo de plata, no habría sido tan palpable como la falta de expresividad que adoptó.

–No te encierres en ti misma. Deja de jugar con esas listas, como si lo más importante del mundo fuera poner otra cruz. Yo no soy un artículo de tu lista, joder. Sé lo que está pasando dentro de ti.

–No te hagas el duro conmigo.

Ryan giró en redondo y se encaminó hacia la puerta. Ella supuso que se marcharía, como siempre hacían los otros. Pero él cerró de un portazo y echó la llave. Miranda se levantó, temblorosa.

–No sé por qué estás tan enfadado.

–¿No? ¿Crees que no vi la cara que pusiste cuando te dije de dónde procedían esos e-mails? ¿Tan segura de ti te crees para que no se te note cuando estás desolada?

Ryan se dijo, desesperado, que no quería pasarse la vida luchando por abrirse paso hasta ella.

–No recuerdo haber hecho ningún intento de matar al mensajero –observó Miranda.

–No me vengas con ese tono de señorita educada, porque conmigo no te dará resultado. Vi la expresión de tu cara cuando entró tu madre.

Aquello le dolió, de forma brutal.

–Me pediste que aceptara la posibilidad de que mi madre me hubiese utilizado y traicionado. Que intentara asustarme. Que estuviera involucrada en el robo de grandes obras de arte y en tres asesinatos. Me pediste todo eso. Y ahora criticas mi manera de enfrentarme a ello.

–Preferiría que le hubieras dado un puñetazo exigiéndole una explicación.

–Eso puede funcionar en tu familia. En la mía no somos tan rudos.

–Sí, vosotros preferís los puñales bien helados, que penetran sin verter sangre. Te aseguro, Miranda, que a la larga el calor es más limpio y muchísimo más humano.

–¿Qué esperabas que hiciera? ¿Gritarle, lanzarle acusaciones? –Miranda barrió el escritorio con un brazo, haciendo volar papeles pulcramente acomodados y lápices de punta bien afilada–. ¿Exigirle que dijera la verdad? ¿Que confesara o negara? Si me odia hasta el punto de haber hecho esto, es capaz de mentirme sin que se le mueva un pelo. –Apartó la silla del escritorio, tan violentamente que la estrelló contra la pared–. Nunca ha amado –añadió–. Nunca me ha brindado un simple gesto de cariño. Ninguno de los dos. Ni a mí, ni a Andrew. Tampoco entre ellos. En toda mi vida ninguno de los dos me ha dicho que me quería; ni siquiera se molestaban en mentir para que yo me hiciera ilusiones. No sabes lo que significa que nunca te hayan abrazado, estar hambriento de una palabra de cariño. –Se apretó el vientre con las manos, como si el dolor concentrado allí fuera insoportable–. Con un hambre tan feroz que debes dejar de sentirla o morir.

–No, no lo sé –repuso él, en voz baja–. Dímelo.

–Fue como criarse en un laboratorio donde todo estuviera esterilizado y en su debido lugar, documentado y calculado, pero sin la alegría del descubrimiento. Reglas, nada más. Reglas de lenguaje, conducta, educación. Haz esto y hazlo así, no de otra manera, porque de otro modo no es aceptable. No es correcto. ¿Cuántas de esas reglas ha quebrado ella, si hizo eso?

Estaba jadeante, con los ojos en llamas y los puños apretados.

Él escuchaba con atención, sin moverse, en silencio. El único ruido era el de la respiración agitada de Miranda, mientras apreciaba la destrucción que había provocado en su despacho. Se apartó el pelo de la cara desconcertada, y se llevó una mano al pecho, donde su corazón latía con fuerza. Tomó conciencia de que las lágrimas surcaban sus mejillas, tan calientes que parecían quemarle la piel.

–¿Era eso lo que buscabas? –preguntó.

–Quería que lo echaras fuera.

–Creo que lo he hecho. –Se apretó las sienes con los dedos–. Las rabietas me dan dolor de cabeza.

–Eso no ha sido una rabieta.

Ella dejó escapar una risa débil.

–¿Cómo lo llamarías?

–Sinceridad. –Ryan esbozó una sonrisa–. A pesar de mi profesión, conozco vagamente el concepto. No eres fría, Miranda. Solo estás asustada. Y no eres indigna de amor: sencillamente, no han sabido apreciarte.

Ella sintió las lágrimas y las dejó correr, indefensa.

–No quiero que sea mi madre la culpable de esto, Ryan.

Él se acercó, le apartó los dedos y los reemplazó con los suyos.

–En este par de días tendremos una buena posibilidad de hallar las respuestas. Y después todo habrá terminado.

–Pero yo tendré que vivir con esas respuestas.

La llevó a su casa y la persuadió de que se acostara pronto, con una píldora para dormir. La escasa resistencia de Miranda le demostró que ella estaba funcionando con sus últimas energías.

Una vez seguro de que ella dormía y de que Andrew se había encerrado en su propia ala, Ryan se puso la ropa oscura que prefería para sus incursiones nocturnas. Cargó las herramientas en el bolsillo y escogió un maletín negro y flexible, con correa para colgar del hombro, por si descubría algo que debiera llevarse.

Encontró las llaves de Miranda guardadas en el bolsillo lateral de su bolso. Salió sin hacer ruido y, ya instalado tras el volante del coche de ella, soltó el freno de mano. El vehículo se deslizó cuesta abajo, con las luces apagadas. Unos cuatrocientos metros más allá, puso el motor en marcha y encendió las luces.

En la radio sonaba algo de Puccini. Ryan compartía el gusto de Miranda por la ópera, pero en ese momento no estaba de ánimo.

Apuntó mentalmente la frecuencia e hizo girar el dial. Cuando oyó a George Thorogood en *Bad to the Bone*, sonrió de oreja a oreja y lo dejó ahí.

Al acercarse a la ciudad el tráfico se hizo un poco más intenso. Gente que iba a fiestas y a citas de amor o volvía de ellas por no haberlas encontrado interesantes. Solo era medianoche.

Aquello estaba muy lejos de ser la ciudad que nunca duerme. Esos norteños eran partidarios de levantarse temprano y acostarse temprano. Qué gente tan admirable.

Se detuvo en el aparcamiento del hotel, lejos de la entrada. Estaba casi seguro de que los visitantes de Florencia apreciarían la tranquilidad que daba esa distancia hasta el aparcamiento. Las siete horas de diferencia horaria podían hacer que por un par de días se sintieran agotados.

Conocía perfectamente la distribución del hotel por haberse hospedado allí en su primer viaje. Además, había tomado la precaución de averiguar los números de las habitaciones que ocuparían esa noche.

Sin que nadie reparara en él, cruzó el vestíbulo, directamente hacia los ascensores, como si tuviera prisa por acostarse.

Elizabeth y Elise compartían una suite de dos dormitorios en el último piso. Allí se requería una llave para abrir el ascensor. Como Ryan era un hombre previsor (además, era una vieja costumbre) había conservado la llave de acceso al abandonar el hotel, tras su estancia.

No había luces bajo ninguna de las tres puertas de la suite. Tampoco se oían murmullos de voces ni el sonido del televisor. En menos de dos minutos estuvo dentro. Permaneció inmóvil en la oscuridad, aguzando el oído, dando tiempo a su vista para que se adaptara. Como medida de precaución, abrió las puertas de la terraza, a fin de contar con una vía de escape si se tornaba necesaria.

Luego puso manos a la obra. Inspeccionó primero la sala, aunque era difícil que alguna de las dos mujeres hubiera dejado allí algo vital o incriminatorio. En el primer dormitorio se vio obligado a utilizar la linterna de bolsillo, sin acercar el haz a la cama, donde se oía la suave y pareja respiración de una mujer. Se llevó un maletín y un bolso a la sala, para revisar su contenido.

Al abrir la cartera advirtió que era Elizabeth quien ocupaba la cama. Sacó todo; estudió cada recibo, cada papel por pequeño que fuese, y leyó las notas de su agenda. Encontró una llave justo donde la ponía su hija: dentro del bolsillo con cremallera. Correspondía a una caja de seguridad; Ryan se la guardó en el bolsillo.

Luego examinó el pasaporte, donde los sellos coincidían con las fechas que le había dado su primo. Ese era el primer viaje de Elizabeth a Estados Unidos en más de un año, pero en los últimos seis meses había hecho dos breves viajes a Francia.

Después de guardar todo donde lo había encontrado, menos la llave, repitió el mismo procedimiento con su equipaje. Luego, el armario, la cómoda, el estuche de los cosméticos que había dejado en el cuarto de baño.

Una hora después, ya satisfecho, pasó al segundo dormitorio.

Al terminar conocía muy bien a la ex esposa de Andrew. La mujer prefería la ropa interior de seda y el perfume Opium. Aunque vestía con estilo conservador, sus ropas eran de los mejores diseñadores. Los gustos caros requieren dinero. Él apuntó mentalmente que debía verificar sus ingresos.

A juzgar por el ordenador portátil instalado sobre el escritorio, ella había traído trabajo para hacer. Eso significaba que era responsable u obsesiva. El contenido del bolso y el maletín estaba en perfecto orden, sin envoltorios vacíos ni papeles sueltos. Encontró un pequeño joyero de piel con algunas joyas de oro italiano, piedras de colores bien escogidas y un antiguo camafeo de plata que contenía los retratos enfrentados de un hombre y una mujer. Eran descoloridas fotografías en blanco y negro; a juzgar por el estilo, parecían hechas en la época de la Segunda Guerra Mundial. Debían de ser sus abuelos. Ryan pensó que en Elise había una oculta veta sentimental.

Dejó a las dos mujeres dormidas para ir hacia la habitación de Richard Hawthorne, que también dormía profundamente.

Tardó diez minutos en hallar el recibo de un almacén situado en Florencia; fue a parar a su bolsillo. En trece encontró la 38, que no tocó. En veinte, la pequeña libreta escondida dentro de un calcetín negro. Iluminó con la linterna esa escritura apretada, leyendo rápidamente y al azar. Sus labios se apretaron en una lúgubre sonrisa.

Se guardó la libreta en el bolsillo. Al salir, Ryan se dijo que a Richard le esperaba un brusco despertar.

–¿Has dicho que anoche entraste en el dormitorio de mi madre?

–No rompí nada –la tranquilizó Ryan.

Tenía la sensación de que llevaba horas corriendo detrás de Miranda en un intento de robarle media hora a solas.

–¿En su dormitorio?

–Entré desde la sala, si eso te hace sentir mejor. De nada habría servido reunirlos a todos aquí, en un mismo sitio, si no aprovechábamos la ocasión. Saqué de su bolso la llave de una caja de seguridad. Me pareció extraño que la trajera en un viaje como este. Pero es de un banco norteamericano. Un banco de Maine... con sucursal en Jones Point.

Miranda ocupó la silla de su escritorio; era la primera vez que se sentaba desde las seis de la mañana y ya era mediodía. Durante su cita con el florista, Ryan la había conminado a ir con él a su despacho, si no quería que la llevara a la fuerza.

–No entiendo, Ryan. ¿Qué importancia tiene la llave de una caja de seguridad?

–Por lo general, la gente guarda allí cosas importantes, valiosas... o que no quiere que caigan en manos de otras personas. De todos modos, ya le he echado un vistazo. –Esperó a que Miranda abriera la boca y volviera a cerrarla sin decir palabra–. En la habitación de Elise no encontré nada, salvo su ordenador portátil. Me pareció extraño que lo trajera para un viaje de cuatro días, si pasaría la mayor parte del tiempo aquí. Si tengo tiempo, veré que hay en él.

–Oh, eso sería lo mejor –comentó ella, como si no le diese importancia.

–En la suite de los Morelli había un verdadero cargamento de joyas. Esa mujer tiene una grave adicción al brillo. Y si logro acceder a la cuenta bancaria de Vincente veremos hasta qué punto se ha endeudado para costeársela. En cuanto a tu padre...

–¿Mi padre? ¡Pero si no llegó hasta después de medianoche!

–¡Así es! Casi tropecé con él en el pasillo, cuando salía de la suite de tu madre. Afortunadamente, todos se alojan en la misma planta del hotel.

–Nosotros lo dispusimos así –murmuró ella.

–Revisé primero las otras habitaciones, a fin de darle tiempo para instalarse. Se apagó como una vela. ¿Sabías que tu padre ha estado en las islas Caimán tres veces en el último año?

–¿En las Caimán? –A Miranda ya nada le extrañaba.

–Son un lugar muy concurrido. La gente va a bucear, a tomar

sol y a lavar dinero. Claro que todo esto es pura especulación. Pero en la habitación de Hawthorne encontré oro.

–Al parecer trabajaste mucho mientras yo dormía.

–Necesitabas descansar. Encontré esto. –Sacó del bolsillo el recibo del almacén y lo desplegó–. Lo alquiló un día después de que llevaran el bronce a Standjo. Un día antes de que tu madre te llamara. ¿Qué decía Andrew sobre las coincidencias? No existen.

–Cualquiera puede alquilar un almacén por infinidad de motivos.

–Pero nadie alquila una pequeña cochera en las afueras de la ciudad si no tiene coche. Y he comprobado que él no tiene. Pero sí tenía una pistola.

–¿Una pistola?

–No me preguntes de qué marca ni modelo, porque las armas no son lo mío, pero tenía aspecto muy eficiente. –Se acercó a la cafetera que estaba sobre el hornillo y comprobó con satisfacción que su contenido aún estaba caliente–. Creo que está prohibido transportar armas en los aviones –añadió, mientras se servía una taza–. Dudo que haya pasado por los controles para traerla hasta aquí. ¿Y qué motivos tendría un simpático y tranquilo investigador para venir armado a una exposición?

–No lo sé. Richard, con una pistola... No tiene sentido.

–Tal vez sí lo tenga. Lee esto. –Sacó la libreta del bolsillo–. Te adelantaré lo principal: describe un bronce de noventa coma cuatro centímetros, veinticuatro coma sesenta y ocho kilogramos. Desnudo femenino. Registra los resultados del análisis de dicho bronce, que corresponden a fines del siglo XV y al estilo de Miguel Ángel.

Al ver que Miranda palidecía, le ofreció el café. Ella sostuvo la taza con ambas manos.

–El primer análisis está fechado el día en que *La Dama Oscura* fue aceptada en Standjo –prosiguió Ryan–, a las siete de la tarde. Creo que el laboratorio cierra a las ocho.

–Lo analizó por su cuenta.

–Aquí figuran todos los pasos, con su hora y su resultado. Dos noches enteras de trabajo. Y añade varios puntos de su investigación. La documentación. Encontró algo que no te he dicho: una antigua acta de bautismo, extendida por la abadesa del convento de la Misericordia, referida a un bebé varón, hijo de Giulietta Buonadoni.

–Tuvo un hijo. Yo había leído que tuvo un hijo, posiblemente con uno de los Médicis. Lo envió lejos, quizá para protegerlo, pues fue un período de tensiones políticas.

–El niño recibió el nombre de Miguel Ángel. –Ryan vio que el dato daba en el blanco–. Es como para preguntarse quién era el papá.

–Miguel Ángel nunca tuvo hijos. Por lo que se sabe, era homosexual.

–Eso no impide que haya podido engendrar un hijo. –Ryan se encogió de hombros–. Tampoco significa que el chico fuera suyo, pero da mucho más peso a la teoría de que tenía una relación personal y estrecha con la madre. Y en ese caso...

–Sería más que probable que la hubiera utilizado como modelo.

–Exactamente. A Hawthorne le pareció tan importante que lo registró en su libreta... y te ocultó la información.

–No sería una prueba concluyente, pero ayudaría. Cada vez parece menos probable que él no la haya utilizado nunca. Y no tenemos documentación de que exista otra escultura o pintura de Miguel Ángel cuyo modelo fuera Giulietta. Oh, qué bien –murmuró Miranda, cerrando los ojos–. Al menos es un aliciente para seguir buscando.

–Él no quería que buscaras.

–No, y en ese aspecto hice lo esperado. Dejé casi toda la investigación en sus manos. La mía procedía, en su mayor parte, de fuentes que él me dio. Richard la reconoció también. Probablemente a simple vista.

–Yo diría que es una suposición acertada, doctora Jones.

Miranda percibía el sentido, la lógica, los pasos.

–Richard robó el bronce y se encargó de que hicieran una copia. Y el *David*... también debió de llevárselo. –Se apretó el vientre con un puño–. Y mató a Giovanni.

–No hay pruebas –observó Ryan, dejando la libreta en el escritorio–. Pero esto tiene su peso.

–Tenemos que entregársela a la policía.

–Todavía no. –Antes de que ella pudiera cogerla, él la tapó con una mano–. Me sentiría mucho más... seguro del resultado si tuviéramos los bronces en nuestro poder antes de hablar con la policía. Mañana iré a Florencia para revisar esa cochera. Si no están allí debe de tenerlos en su apartamento; al menos encontraré algún dato sobre su paradero. Una vez que las tengamos, decidiremos qué decirle a la policía.

–Tiene que pagar por lo de Giovanni.

–Y pagará. Pagará por todo. Dame cuarenta y ocho horas, Miranda, ya que hemos llegado hasta aquí.

Ella apretó los labios.

–No he olvidado lo que puede significar esto para mi carrera y para el mundo del arte. Y tú y yo tenemos un trato. Pero ahora te pido que me prometas algo: lo prioritario es que la muerte de Giovanni no quede impune.

–Si Hawthorne es responsable por lo de Giovanni, pagará por ello. Te lo prometo.

–De acuerdo. No iremos a la policía hasta que vuelvas de Florencia. Pero esta noche... ¿qué haremos esta noche? Él estará presente. En este momento se encuentra aquí.

–Lo de esta noche se hará como estaba planeado. Vienen cientos de personas –prosiguió Ryan, antes de que ella pudiera objetar–. Bastará con que hagas lo que se espera de ti. El Instituto y mis galerías están demasiado comprometidos como para cancelar la exposición. Además, no sabemos si actuó solo.

Ella se frotó los brazos.

–Incluso podría ser mi madre. Podría ser cualquiera de ellos. –No había modo de remediar la expresión de angustia de sus ojos.

–Tienes que asumirlo, Miranda.

–Eso pienso hacer. –Ella dejó caer las manos–. Sabré manejar la situación.

–Hawthorne cometió un error. Ahora veremos si comete el segundo. Él... u otra persona. Cuando yo haya recuperado los bronces, lo entregaremos a la policía. Tengo la sensación de que no querrá ir solo a la horca.

Miranda se levantó de un salto.

–¡A la horca!

–Es solo una expresión.

–Pero... a la cárcel sí. O algo peor. Años de prisión, quizá toda la vida o... Si es alguien de mi familia, Ryan, si es uno de ellos... no podré manejarlo. Me he equivocado al decir lo contrario.

–Miranda... –Él intentó cogerle las manos, pero ella las apartó, presa del pánico.

–No, no, lo siento. No está bien, sé que no está bien. Giovanni, y ese pobre hombre con esposa e hijos, pero... si descubrimos que es uno de ellos, no creo que pueda vivir sabiendo que colaboré para encarcelarlo.

–Espera un momento. –Ryan la sujetó antes de que pudiera evitarlo. Su arrebato de furia sorprendió a ambos–. El responsable de esto puso en juego tu vida. Y yo me voy a encargar de que pague también por eso.

–No, mi vida no. Mi reputación, mi carrera...

–¿Quién contrató a ese hijo de puta para que te aterrorizara con un cuchillo? ¿Quién te ha estado enviando mensajes para asustarte, para hacerte sufrir?

–Debió de ser Richard. –En los ojos de Miranda había una expresión de espanto–. Y si no fue él, no puedo cargar con la responsabilidad de poner entre rejas a un miembro de mi familia.

–¿Qué alternativa tienes? ¿Dejarlo en libertad? ¿Dejar a *La Dama Oscura* dondequiera que esté, destruir esa libreta, olvidar lo que se hizo?

–No lo sé. Pero yo también necesito tiempo. Me pediste cuarenta y ocho horas. Yo te pido el mismo plazo. Tiene que haber un punto medio. En algún lugar.

–No lo creo. –Ryan cogió la libreta y la sostuvo en la mano como si la sopesara. Luego se la ofreció–. Toma, quédatela.

Ella la miró fijamente. Después la cogió con temor, como si quemase.

–¿Cómo voy a vivir hasta que termine el día? ¿Cómo voy a sobrellevar lo de esta noche?

–Con ese orgullo norteño tuyo. Lo harás muy bien. Yo estaré aquí contigo.

Ella asintió con la cabeza. Luego guardó la libreta en un cajón y lo cerró con llave. Cuarenta y ocho horas, pensó. Era todo el tiempo que tenía para decidirse entre hacer público el contenido de esa libreta o arrojarla al fuego.

«Va a ser perfecto. Sé exactamente cómo resultará. Todo está en su sitio. Miranda lo preparó por mí. Allí estará toda esa gente, admirando grandes obras de arte, bebiendo champán, atiborrándose de bonitos canapés. Y ella, paseándose entre todos, elegante y serena. La doctora Jones. Brillante, perfecta.

»La doctora Jones, condenada.

»Será el centro de interés, regodeándose con los cumplidos. "Excelente exposición, doctora. Verdaderamente impresionante." Oh, lo dirán, sí, y lo pensarán.

»Y los errores que ella cometió, el bochorno que ha causado, se esfumarán contra el telón de fondo. Como si todo mi trabajo no fuera nada.

»Su estrella está nuevamente en ascenso. Pero esta noche caerá.

»He planeado para esta noche una exposición que ensombrecerá la de ella. La he titulado *Muerte de un traidor*.

»Creo que producirá comentarios muy fuertes.»

28

Nadie sabía que a causa de los nervios sentía verdaderas náuseas. Sus manos estaban serenas, al igual que su sonrisa. Dentro de su mente podía verse temblando a cada paso, tartamudeando en cada conversación. Pero el escudo estaba en alto y la imperturbable doctora Jones, firme en su sitio.

Había decidido ponerse un largo vestido azul con cuello alto y mangas rematadas en puños estrechos. Era de agradecer que cubriera tanta carne, pues sentía frío, mucho frío. No dejaba de sentirlo desde el momento en que Ryan le había entregado la libreta.

Observó a su madre, que caminaba entre la concurrencia, elegante como una emperatriz con su vestido rosa pálido, tocando un brazo aquí, ofreciendo allí la mano o la mejilla. Diciendo siempre a cada uno lo más adecuado y en el momento adecuado.

Desde luego, iba acompañada de su esposo, deslumbrante con su esmoquin, el aventurero con aires de erudito. ¡Qué atractivos se los veía juntos, qué perfectos parecían los Jones de Jones Point! Ni un defecto que empañara su brillo, ese brillo bajo el cual, en realidad, no había nada.

Qué bien trabajaban en equipo, cuánto empeño ponían en ello. Y lo hacían por el Instituto, por el arte, por la reputación de los Jones, aunque nunca lo hubieran hecho por la familia.

Miranda habría querido odiarlos por eso, pero pensó en la libreta y solo sintió miedo. Les volvió la espalda para cruzar la arcada.

–Pareces salida de uno de esos cuadros que tienes atrás. –Ryan le cogió la mano para obligarla a volverse, poco antes de que ella se aproximara a otro grupo–. Estás magnífica.

–Estoy aterrorizada. –Miranda soltó una risita al caer en la cuenta de que apenas unos meses antes no habría podido decir a nadie lo que sentía–. Siempre me sucede lo mismo cuando estoy en una multitud.

–Pues hagamos ver que solo estamos tú y yo. Pero falta algo. Necesitas champán.

–Por esta noche me limitaré al agua.

–Solo una copa, para brindar. –Él le entregó una de las copas que había cogido de la bandeja de un camarero–. Por el triunfal resultado de su trabajo, doctora Jones.

–No es fácil disfrutarlo.

–Déjate llevar –le recordó él–. Este es un buen momento. –La besó levemente en los labios, provocando más de un alzamiento de cejas–. Tu timidez me encanta –le murmuró al oído–, y tu habilidad para disimularla es admirable.

–Este talento tuyo, ¿lo tienes desde que naciste o lo adquiriste después?

–¿Cuál? Tengo tantos...

–El de saber exactamente qué decir en cada momento.

–Quizá sepa solo lo que tú necesitas oír. En el salón central hay un baile. Nunca has bailado conmigo.

–Bailo muy mal.

–Quizá porque nunca has tenido a la pareja adecuada.

Ella enarcó las cejas con una leve expresión de desdén, tal como él esperaba.

–Vamos a comprobarlo –añadió Ryan.

La llevó con una mano apoyada en su cintura, por entre los grupos de invitados. Él también sabía atender a una multitud. Conquistar con unas pocas palabras y continuar avanzando. Miranda oyó los vagos compases de un vals (piano y violín), el murmullo de las conversaciones, el ocasional sonido de las risas.

Había hecho decorar el salón central con ramas de vid y tiestos con palmeras, todos centelleando bajo las diminutas luces blancas que tanto se parecían a las estrellas. De los floreros de cristal, adornados con cintas doradas, asomaban fragantes lirios blancos y rosas color sangre. Cada centímetro de la antigua araña había sido lavado con agua y vinagre para obtener un brillo espectacular.

Las parejas, vestidas de gala, giraban en medio de la pista; otros bebían vino, conversaban en la escalera u ocupaban las sillas que ella había vestido de damasco rosado.

La detuvieron diez o doce veces para felicitarla. Si ocasionalmente se oía un murmullo sobre el bronce de Fiesole, la gente tenía la discreción de esperar a que ella se hubiera alejado.

–Allí está la señora Collingsforth. –Miranda saludó con un movimiento de la cabeza a una mujer vestida de terciopelo marrón, con una impresionante montaña de pelo blanco.

–¿De los Collingsforth de Portland?

–Sí. Quiero ver si está bien atendida. Y presentarte a ella. Le encantan los jóvenes atractivos.

Miranda se abrió paso hasta la viuda, que sentada en un sillón marcaba el ritmo con el pie.

–Espero que esté disfrutando, señora Collingsforth.

–Qué música más encantadora –dijo ella, con una voz que parecía el graznido de un cuervo–. Y qué luces tan bonitas. Ya era hora de que pusieran un poco de energía aquí. Los lugares donde se aloja el arte no tienen por qué ser aburridos. Las obras artísticas están llenas de vida y no deben ser acumuladas como cadáveres. ¿Y quién es este joven?

–Ryan Boldari. –Él se inclinó para besar los nudillos deformados–. He pedido a Miranda que nos presentara, señora Collingsforth, para poder agradecerle personalmente su generosidad al prestar al Instituto tantas obras de su estupenda colección. Esta exposición le debe mucho.

–Si Miranda organizara más fiestas en vez de enterrarse en un laboratorio, se las habría prestado antes.

–Estoy de acuerdo con usted. –Ryan dedicó una gran sonrisa a la señora Collingsforth, haciendo que Miranda sintiera que sobraba allí–. El arte debe ser celebrado, no solo estudiado.

–Esta chica está siempre pegada al microscopio.

–Y así es como uno suele perderse las mejores cosas de la vida.

La mujer apretó los labios, entornando los ojos.

–Usted me cae bien.

–Gracias. ¿Sería demasiado atrevimiento, señora, invitarla a bailar una pieza?

–Bueno. –Le centelleaban los ojos–. Me encantaría, señor Boldari.

–Ryan, por favor –pidió él, ayudándola a levantarse. Y se llevó a la mujer, dirigiendo una sonrisa a Miranda por encima del hombro.

–Es muy sociable –murmuró Andrew, detrás de su hermana.

–Y que lo digas. –Miranda recordó que aún tenía la copa de champán en la mano y bebió un sorbo–. ¿Ya has visto a sus parientes?

–¿Estás bromeando? Aquí todos parecen ser parientes suyos. Su madre me arrinconó para saber por qué no dábamos clases de arte para niños. ¿Acaso no me gustaban los niños? Y cuando quise acordarme, me estaba presentando a una psicóloga especialista en niños... soltera, por supuesto –añadió Andrew–. Es estupenda.

–¿La psicóloga?

–No... Bueno, ella parece muy simpática y casi tan confusa como yo. La madre de Ryan. Es estupenda. –Metió las manos en los bolsillos, las sacó y se las llevó a la corbata.

Miranda le cogió una mano y se la estrechó con fuerza.

–Sé que esto es difícil para ti. Tanta gente... Elise...

–Una especie de ordalía menor. Elise, los viejos, yo y montones de bebida por todas partes. –Echó otro vistazo hacia la entrada. Annie no se había presentado.

–Tienes que mantenerte ocupado. ¿Quieres bailar?

–¿Contigo? –La miró estupefacto, pero luego soltó una sincera carcajada–. Terminaríamos en el hospital con los tobillos fracturados.

–Estoy dispuesta a correr el riesgo. ¿Tú no?

Andrew sonrió con ternura.

–Siempre has sido algo muy valioso en mi vida, Miranda. Estoy bien. Será mejor que observemos a los que saben.

De pronto la sonrisa desapareció de su rostro. Miranda no necesitó volver la cabeza para adivinar que había visto a Elise. Ella se les acercó, como un hada vestida de blanco. Miranda habría querido mostrarse resentida, pero vio en sus ojos que estaba nerviosa.

–Solo quería felicitaros a los dos por esta maravillosa exposición. Todo el mundo está encantado. Habéis hecho un trabajo fabuloso.

–Hemos tenido mucha ayuda –reconoció Miranda–. El personal ha trabajado muy duro para conseguirlo.

–No podía estar mejor. Andrew... –Elise tragó saliva con dificultad–. Quiero disculparme por haberte puesto las cosas tan difíciles. Sé que mi presencia te resulta incómoda, pero no voy a quedarme por mucho rato. Y he decidido volver mañana mismo a Florencia.

–No tienes por qué alterar tus planes por mí.

–También es por mí. –Desvió la vista hacia Miranda, forzando una sonrisa–. No quería irme sin decirte lo mucho que admiro esta obra tuya. Tus padres están muy orgullosos.

Miranda la miró boquiabierta.

–¿Mis padres?

–Sí. Elizabeth no para de decir que...

–Annie. –Fue Andrew quien pronunció el nombre, casi como una plegaria. Elise se interrumpió para mirarlo–. Perdonad.

Y las dejó para acercarse a ella. Parecía perdida en un mar de gente. Y estaba encantadora con ese cabello brillante. Su vestido rojo refulgía como una llama, emitiendo calor y vida entre tanto negro sobrio y conservador.

–Me alegra que hayas venido –dijo él, aferrándose a sus manos como si fueran un salvavidas.

–No sé por qué lo he hecho. Ya me siento ridícula. –El vestido era demasiado corto, pensó Annie. Y demasiado rojo. Demasiado de todo. Sus pendientes de fantasía eran demasiado llamativos. ¿Y cómo se le había ocurrido comprar zapatos con semejantes hebillas?

–Me alegra mucho que hayas venido –repitió él. Y la besó, sin prestar atención a los gestos de extrañeza.

–¿Y si me das una bandeja para servir las bebidas? Así estaría más a tono.

–Estás perfectamente a tono. Ven, vamos con Miranda.

Pero al volver la mirada se cruzó con la de Elise. Estaba exactamente donde él la había dejado. Vio que su hermana le tocaba el brazo, murmurando algo, pero Elise se limitó a sacudir la cabeza y se alejó apresuradamente.

–Tu esposa parece perturbada –comentó Annie, con un nudo en el estómago.

–Ex esposa –le recordó Andrew, agradeciendo que Miranda se acercara a ellos.

–Me alegra ver que has venido, Annie. Ahora ya sé a quién esperaba Andrew.

–No pensaba venir.

–También me alegra que hayas cambiado de idea. –Era raro que Miranda se dejara llevar por un impulso, pero en ese momento lo hizo; se inclinó para susurrar al oído de Annie–: Te necesita. –Luego se irguió con una sonrisa–. Allí veo a algunas personas que te gustarán. Andrew, ¿por qué no le presentas a los padres de Ryan?

Él sonrió de oreja a oreja.

–Sí, gracias. Ven, Annie. Esta gente te va a encantar.

A Miranda le reconfortó ver ese cálido resplandor en los ojos de su hermano. Más animada, permitió que Ryan la sacara a bailar.

Cuando vio a Richard contemplar con admiración una pintura de la Sagrada Familia, se limitó a volverle la espalda. Por una vez seguiría el consejo de Ryan: vivir el momento.

Cuando estaba pensando en beber otra copa y bailar otra pieza, Elizabeth vino en su busca.

–Estás descuidando tus obligaciones, Miranda. Varias personas me han dicho que aún no han podido cambiar una palabra contigo. No basta con la exposición: tienes que ocuparte de ella en todo momento.

–Tienes razón, por supuesto. –Entregó a su madre la copa intacta; por un largo instante se sostuvieron la mirada–. Cumpliré con mi deber. Haré lo que debo. Por el Instituto. –Dio un paso atrás. No. También haría lo que debía hacer por sí misma–. Podrías haberme dicho, siquiera por una vez, que he hecho un buen trabajo. Pero supongo que se te habrían atragantado las palabras. –Le volvió la espalda y subió la escalera para mezclarse entre los invitados de la segunda planta.

–¿Algún problema?

Elizabeth echó un vistazo a su esposo, que había aparecido a su lado; luego siguió con la vista a Miranda.

–No lo sé. Supongo que debo averiguarlo.

–El senador Lamb quiere saludarte. Es un gran patrocinador del Fondo Nacional para las Artes.

–Sí, lo sé. –Su voz sonó un poco áspera. La suavizó deliberadamente–. Será un placer.

Más tarde se encargaría de Miranda.

Había perdido a Ryan de vista. Andrew debía de estar familiarizando a Annie con los Boldari. Durante toda una hora Miranda se concentró en su papel de anfitriona. Cuando por fin se escabulló hacia el lavabo de señoras fue un gran alivio encontrarlo desierto.

«Demasiada gente», pensó, apoyándose por un momento contra los lavabos. Ella no servía para tratar con tanta gente. Conversaciones vacuas, chistes malos. Le dolía la cara de tanto sonreír.

De inmediato reaccionó. No tenía de qué quejarse. Todo estaba saliendo a pedir de boca: la exposición, la función de gala, las reacciones de la prensa, la respuesta del público. Todo eso haría mucho por reparar las recientes grietas producidas en su reputación.

Debía estar agradecida. Pero no sabía qué hacer. Las decisiones quedaban para otro día, recordó. Para después de enfrentarse a su madre. Era la única solución. El único paso lógico a dar. Ya era hora de que las dos hablaran sin tapujos.

¿Y si su madre era culpable? ¿Y si formaba parte de una conspiración para robar y asesinar? Sacudió la cabeza. Mañana, se repitió, rebuscando el lápiz de labios en su bolso.

La explosión de sonido le sacudió la mano. El fino tubo dorado repiqueteó contra el lavabo. Sus ojos, clavados en los gemelos del espejo, se ensancharon por la sorpresa. ¿Disparos? Imposible.

Aún barajaba esa negativa cuando oyó el aullido horrorizado de una mujer. Corrió hacia la puerta, esparciendo todo el contenido de su bolso detrás de ella.

Fuera, la gente gritaba. Algunos corrían. Se abrió paso a empellones, a codazos, en dirección a la escalera. En ese momento, Ryan llegaba al descansillo inferior.

–Es... arriba. Ha venido de arriba.

–Quédate aquí.

Ryan malgastaba el aliento. Ella se recogió la falda para subir tras él a toda prisa. Pasaron por encima del cordón de terciopelo que impedía el paso al tercer piso, donde estaban las oficinas.

–Busca por allí –comenzó ella–. Yo iré por...

–Ni se te ocurra. Si no quieres quedarte quieta, ven conmigo. –Ryan la cogió firmemente de la mano, haciendo lo posible por protegerla con su cuerpo, y echó a andar por el pasillo.

Detrás de ellos se oyeron más pasos. Andrew subió de un salto los tres últimos escalones.

–Eso fue un disparo. Ve abajo, Miranda. Annie, acompáñala.

–No.

Como ninguna de las mujeres estaba dispuesta a escuchar, Ryan señaló hacia la izquierda.

–Buscad por aquí. Nosotros iremos por este otro lado. El que disparó ya debe haber desaparecido –añadió, abriendo cautelosamente una puerta–. Quédate detrás de mí.

–¿Acaso eres blindado?

Miranda estiró un brazo por debajo del de Ryan para encender la luz. Él se limitó a empujarla hacia atrás y entró en la estancia para echar un vistazo. Una vez que se hubo asegurado de que allí no había nadie, le indicó que entrara.

–Usa este despacho. Cierra la puerta con llave y llama a la policía.

–La llamaré cuando sepa qué decirle. –Ella le apartó de un codazo y avanzó por el pasillo hasta el siguiente despacho.

Ryan la cogió de un brazo y tiró con fuerza.

–No te expongas.

Avanzaron hasta que él detectó una leve luz bajo la puerta que daba al despacho de Miranda.

–Aquí te cambiaste para la fiesta. ¿Dejaste la luz encendida?

–No. Y la puerta está entornada, cuando debería estar cerrada con llave.

–Quítate los zapatos.

–¿Qué?

–Que te descalces –repitió él–. Si es necesario correr, no quiero que te rompas los tobillos con esos tacones.

Sin decir nada, Miranda se apoyó contra él para quitarse los zapatos. Ryan recogió uno, sosteniéndolo con el tacón hacia fuera, como si se tratara de un arma, al acercarse a la puerta.

Sin duda era cómico, pero se le estaban humedeciendo las manos y no le encontró la gracia.

Ryan se deslizó hacia el costado de la puerta y la empujó un poco. La puerta se abrió cinco centímetros antes de chocar contra un obstáculo. Una vez más, Miranda se metió bajo su brazo para encender las luces.

–Oh, Dios mío.

Reconocía la mitad inferior de ese tenue vestido blanco, el suave brillo de los zapatos plateados. Se dejó caer de rodillas y empujó la puerta con el hombro hasta poder entrar.

Elise yacía boca abajo. De su nuca brotaba un hilo de sangre que se deslizaba por la pálida mejilla. Miranda apoyó los dedos en su cuello y encontró un pulso vacilante.

–Aún vive. Llama una ambulancia. Deprisa.

–Toma. –Él le puso un pañuelo en la mano–. Presiona la herida con esto. Trata de detener la hemorragia.

–Date prisa. –Ella plegó el pañuelo e hizo presión sobre la herida. Su mirada se deslizó hasta la *Venus* de bronce, una copia del Donatello que Ryan codiciaba.

Otro bronce. Otra copia. Otra víctima.

–Miranda, ¿qué...? –Andrew empujó la puerta y se detuvo con un sobresalto–. Dios mío. Oh, Dios mío, Elise. –Estaba de rodillas, tocándole la herida, la cara–. ¿Está muerta? Oh, Dios bendito.

–No. Todavía vive. Ryan ha ido a pedir una ambulancia. Dame tu pañuelo. No creo que la herida sea profunda, pero debo detener la hemorragia.

–Hay que abrigarla. ¿Tienes alguna manta, toallas? –preguntó Annie–. Es preciso taparla por si se hallase en estado de shock.

–En mi despacho hay una manta. Es por allí.

Annie pasó rápidamente por encima de Andrew.

–Creo que conviene darle la vuelta. –Miranda apretaba el pañuelo limpio con firmeza–. Por si tuviera otra herida. ¿Puedes hacerlo, Andrew?

–Sí. –Con la mente completamente fría, él estiró los brazos para sostener el cuello de Elise mientras la movía–. Creo que está volviendo en sí. No veo sangre, salvo en la herida de la cabeza. –Le tocó suavemente el moratón que se le estaba formando en la sien–. Debe de haberse golpeado al caer.

–Miranda. –Annie volvió a entrar, pálida como el papel–. Ryan reclama tu presencia. Andrew y yo cuidaremos de ella.

–Bien. Si reacciona, tratad de mantenerla tranquila.

Se levantó. Solo se detuvo porque Annie le apretó el brazo.

–Prepárate –murmuró. Y fue a cubrir a Elise con la manta–. Se repondrá, Andrew. La ambulancia ya está en camino.

Miranda entró en su despacho. Aturdida, pensó que no bastaría con una ambulancia. Que un par de pañuelos no podrían absorber toda esa sangre. Había charcos en su escritorio, desde donde goteaba para empapar la alfombra. Y salpicaduras en la ventana, como pegajosa lluvia roja.

Sobre el escritorio, caído de espaldas, con una mancha roja extendiéndose por los volantes de la camisa blanca, estaba Richard Hawthorne.

El personal de seguridad mantuvo a los periodistas y a los curiosos lejos del tercer piso. Cuando llegaron los hombres de homicidios, la escena ya había sido aislada y Elise iba camino del hospital.

Miranda repitió su declaración una y otra vez, repasando cada uno de los pasos. Y mintiendo. Mentir, pensó, se estaba convirtiendo en una extraña costumbre para ella.

Annie estaba sentada en el último escalón, con los brazos apretados al cuerpo.

–¿No dejan que te marches, Annie?

–Sí. Han dicho que por ahora habían terminado conmigo.

Miranda echó un vistazo a los guardias que flanqueaban las arcadas y a los policías que rondaban por el pasillo. Luego se sentó junto a Annie.

–Yo tampoco sé qué hacer. Creo que todavía están hablando con Ryan. No he visto a Andrew.

–Dejaron que acompañase a Elise al hospital.

–Debió de pensar que era lo más correcto.

–Todavía la ama.

–No lo creo.

–Sigue obsesionado con ella, Miranda. Y comprendo que así sea. –Se apretó la cabeza con las manos–. Debo de estar loca para preocuparme por eso cuando han matado a un hombre y Elise está herida.

–No siempre es posible controlar lo que se siente. Yo no lo creía, pero ahora sí.

–Y yo solía manejar bastante bien mis sentimientos. –Annie sorbió por la nariz, se frotó la cara con las manos, se levantó–. Será mejor que me vaya a casa.

–Espera a que terminen con Ryan, Annie. Te llevaremos.

–No, está bien. He venido en mi coche. Puedo ir sola. Di a Andrew que espero que Elise se reponga y... Ya nos veremos.

–Lo que te he dicho es cierto, Annie. Él te necesita.

Annie se quitó los pendientes y se frotó los lóbulos de las orejas para hacer circular la sangre.

–Lo que necesita es confiar en sí mismo. Saber quién es y qué quiere. En eso no puedo ayudarle, Miranda. Y tú tampoco.

Al parecer, no podía ayudar a nadie, pensó Miranda cuando quedó a solas. Todo cuanto había tocado, todo cuanto había hecho en los últimos meses terminaba destruido o maltrecho.

Un ruido de pasos en la escalera la hizo mirar por encima del hombro. Ryan la cogió de la mano sin decir nada y la hizo levantarse para abrazarla.

–Oh, Dios, Ryan. ¿Cuántos más?

Él le acarició la espalda.

–Era su propia pistola –le murmuró él al oído–. La misma que encontré en su habitación. Alguien mató a ese pobre diablo con su propia arma. No habrías podido hacer nada.

–No –admitió ella con cansancio, pero se apartó–. Quiero ir al hospital para ver a Elise. Allí está Andrew. No conviene dejarlo solo.

No estaba solo. Miranda se sorprendió al encontrar a su madre en la sala de espera, mirando por la ventana, con un vaso de café en la mano.

Cuando ella entró, Andrew dejó de pasearse; luego sacudió la cabeza y empezó otra vez.

–¿Se sabe algo? –preguntó ella.

–Las radiografías y los análisis... todavía no han venido a decirnos los resultados. El médico cree que ha sufrido una conmoción cerebral, pero quieren hacer una tomografía para descartar algo peor. Estuvo inconsciente mucho tiempo. Y ha perdido mucha sangre.

Parte de la cual, observó Andrew, había manchado la falda de Miranda.

–Deberías irte a casa –dijo–. Llévala a casa, Ryan.

–Me quedaré contigo. Tú lo harías por mí.

Andrew apoyó la frente contra la de ella. Mientras estaban así abrazados, Elizabeth se volvió a observarlos desde la ventana. Al advertir que Ryan estaba mirándola, se ruborizó un poco.

–Hay café. No es bueno, pero sí muy fuerte. Y está caliente –dijo Elizabeth.

–No, gracias. –Miranda se apartó de su hermano y preguntó–: ¿Dónde está papá?

–No lo sé. Creo que ha vuelto al hotel. Aquí no tenía nada que hacer.

–Pero tú estás aquí. Tenemos que hablar.

–Perdón, doctora Jones.

Las dos se volvieron a la vez.

–Creo que esto es bastante... confuso –dijo Cook.

–Detective Cook. –Miranda sintió un escalofrío–. Espero que no esté enfermo.

–¿Enfermo, yo? No; he venido a hablar con la doctora Warfield, una vez que los médicos lo permitan.

–¿Con Elise? –Andrew, desconcertado, sacudió la cabeza–. ¿Usted no se ocupa de robos? Aquí no se ha robado nada.

–A veces estas cosas están relacionadas. Los chicos de homicidios hablarán con ella. Será una noche larga. Quizá puedan decirme ahora lo que saben, antes de que hable con la doctora Warfield.

–Detective... ¿Cook, se llama? –dijo Elizabeth–. ¿Es necesario realizar un interrogatorio en la sala de espera de un hospital, cuando estamos aguardando con preocupación los resultados de los exámenes?

–Lamento su preocupación, señora... doctora Jones.

–Standford-Jones.

–Sí, Elizabeth Standford-Jones. Las víctimas eran empleados suyos.

–Correcto. Tanto Richard como Elise trabajan a mis órdenes en Florencia. En el caso de Richard, trabajaba –lo corrigió, ruborizándose de nuevo.

–¿De qué se ocupaba?

–De investigar, principalmente. Richard era un brillante historiador del arte. Una fuente de conocimientos, pero, ante todo, comprendía el espíritu de la obra que investigaba.

–¿Y la doctora Warfield?

–Es mi directora de laboratorio, allá en Florencia. Una científica eficiente y digna de toda confianza.

–En un tiempo fue su nuera.

La mirada de Elizabeth no vaciló; tampoco se desvió hacia su hijo.

–Sí. Y siempre hemos mantenido una buena relación.

–Qué bien. La mayoría de las ex suegras tienden a culpar a sus ex nueras. No son muchas las que puedan trabajar juntas y... mantener una buena relación.

–Las dos somos profesionales, detective. Y yo no permito que los problemas familiares afecten el trabajo ni mi opinión sobre una persona. Aprecio mucho a Elise.

–¿Había algo entre ella y Hawthorne?

–¿Si había algo? –preguntó Elizabeth con un disgusto tan glacial que la temperatura pareció descender bruscamente–. Lo que usted sugiere es insultante, desagradable e indecoroso.

–Según las informaciones con que cuento, ambos eran adultos sin compromisos. No veo ningún insulto en preguntar si mantenían una relación íntima. Estaban juntos en un despacho del tercer piso. La fiesta era abajo.

–No sé qué hacían en el despacho de Miranda, pero obviamente no estaban solos. –Al ver en la puerta a un médico de bata verde, Elizabeth se apartó del policía–. ¿Elise?

–Está bien –informó el médico–. Tiene una conmoción cerebral bastante seria y aún está desorientada, pero la tomografía muestra que se encuentra bien y su situación es estable.

Elizabeth cerró los ojos, soltando un suspiro trémulo.

–Me gustaría verla.

–He permitido que la policía la interrogue. Ella ha accedido. Cuando sugerí que se podía esperar hasta mañana se puso nerviosa. Parecía tranquilizarla el hecho de declarar esta misma noche.

–Yo voy a necesitarla por un rato. –Cook mostró la credencial. Luego señaló con la cabeza a Elizabeth y a Andrew–. Puedo esperar. Si algo me sobra es tiempo.

Esperó por más de una hora, y no la habría visto si ella no hubiera insistido, una vez más, en declarar.

Cook se encontró con una mujer frágil, que tenía en la sien un moratón lívido que se tornaba purpúreo hacia los ojos, exhaustos y enrojecidos. Pero esas marcas no hacían sino aumentar su belleza. Tenía el cabello oscuro envuelto en vendajes blancos. Cook sabía que la herida estaba en la nuca y había sangrado profusamente. Supuso que habrían rasurado parte de esa lustrosa cabellera para poder suturarla. Era una pena.

–Usted es el detective... Disculpe, pero no consigo recordar su nombre.

–Cook, señora. Le agradezco que se haya prestado a declarar.

–Quiero ser útil. –Ella cambió de posición e hizo una mueca por el dolor que le cruzaba la cabeza–. Dentro de un rato me administrarán un tranquilizante y ya no podré pensar con claridad.

–Trataré de que esto sea rápido. ¿Puedo sentarme aquí?

–Por favor. –Ella levantó la vista al techo, como si se concentrara en dejar el dolor atrás–. Cada vez que comienzo me parece una pesadilla. Como si no hubiera sucedido.

–¿Puede contarme lo que ocurrió? Todo lo que recuerde.

–Richard. Él disparó contra Richard.

–¿Él?

–Ni siquiera estoy segura de eso. No lo vi. Vi a Richard. –Sus ojos se llenaron de lágrimas–. Ha muerto. Me han dicho que ha muerto. Pensaba que quizá... no sé... Dicen que ha muerto. Pobre Richard.

–¿Qué estaba haciendo usted arriba con él?

–No estaba con él. Le estaba buscando. –Ella se secó las lágrimas con una mano–. Me dijo que, cuando quisiera marcharme, me llevaría al hotel. A Richard no le gustaban las fiestas. Pensábamos compartir un taxi. Y yo quería irme, en efecto.

–¿Se aburría?

–No. –Ella esbozó una sonrisa–. La exposición es estupenda, pero yo... Usted ya ha de saber que Andrew y yo estuvimos casados. Resultaba incómodo. Él estaba allí con una mujer.

–Disculpe, doctora Warfield, pero según mis informaciones usted pidió el divorcio.

–Sí, en efecto, y lo concretamos hace más de un año. Pero eso no impide que una sienta... –Elise se interrumpió–. Estaba incómoda y deprimida. Me sentí obligada a quedarme al menos por dos horas. Elizabeth me ha tratado muy bien y esto era importante para ella. Miranda y yo mantenemos cierta amistad, y yo no quería dar la impresión de que su trabajo no tenía importancia. Pero quería marcharme. Supuse que a esas alturas nadie repararía en mi ausencia.

–De modo que fue en busca de Hawthorne.

–Sí. Él solo conocía a unas pocas personas y no era muy sociable. Habíamos acordado irnos alrededor de las diez y media, así que fui en su busca. Esperaba encontrarlo acurrucado en un rincón o con la nariz metida en algún plano. Luego pensé que tal vez hubiese subido a la biblioteca, pero no estaba allí... Perdón, me siento agotada.

–No importa. Tómese su tiempo.

Elise cerró los ojos.

–Estuve un rato dando vueltas, hasta que vi luz en el despacho de Miranda. Comencé a bajar, pero entonces oí su voz. Lo oí gritar algo así como: «Ya estoy harto». –Comenzó a tirar de la sábana, nerviosa–. Me acerqué. Oí voces, pero no distinguí lo que decían.

–¿Era una voz de hombre o de mujer?

–No lo sé... –Elise se frotó el centro de la frente, cansada–. No lo sé. Era apenas un murmullo. Permanecí allí por un minuto, sin saber qué hacer. Se me ocurrió que quizás él y Miranda habían subido a discutir algo. No quería interrumpir.

–¿Miranda?

–Lo supuse porque el despacho era el suyo. Cuando estaba pensando en volver sola al hotel... oí los disparos. Tan fuertes, tan súbitos... Quedé tan impresionada que, sin pensarlo, entré corriendo. Creo que grité. Yo... no lo recuerdo con claridad.

–No importa. Dígame lo que recuerde.

–Vi a Richard tendido sobre el escritorio, y sangre por todas partes. Olía a sangre, y a pólvora, imagino. Creo que grité. Debo de haber gritado. Luego me volví para huir. Me siento tan avergonzada... Iba a huir dejándolo así. Entonces alguien... algo me golpeó. –Se tocó tímidamente el vendaje de la nuca–. Solo recuerdo un destello de luz dentro de mi cabeza; nada más. Hasta que desperté en la ambulancia.

Ahora lloraba sin disimulo. Trató de alcanzar la caja de pañuelos de papel que estaba en la mesa, junto a la cama. Cook se la tendió.

–¿Recuerda cuánto tiempo pasó buscándolo?

–Diez o quince minutos, creo. En realidad, no lo sé.

–Cuando entró en el despacho, ¿no vio a nadie?

–Solo a Richard. –Cerró los ojos, pero las lágrimas se le escurrieron por entre las pestañas–. Solo a Richard. Y ahora está muerto.

29

Faltaba muy poco para el amanecer cuando Annie abrió la puerta y encontró a Andrew en el pasillo. Estaba blanco como el papel, con una expresión sombría en los ojos. Aún llevaba el esmoquin, con la corbata floja; le faltaba el primer botón de la camisa, que estaba arrugada y cubierta de manchas de sangre.

–¿Y Elise?

–Está bien. Ha tenido suerte. Conmoción cerebral, unos cuantos puntos de sutura... No hay señales de hemorragia interna.

–Entra, Andrew. Siéntate.

–Necesitaba venir a decirte...

–Lo sé. Ya he preparado café.

Ella estaba envuelta en una bata y se había quitado el maquillaje, pero Andrew notó la fatiga en sus ojos.

–¿Has descansado?

–Lo he intentado. No ha servido de nada. Voy a preparar el desayuno.

Él cerró la puerta mientras ella recorría la corta distancia a la cocina y abría la nevera. Sacó huevos, beicon, una sartén, y llenó de café dos gruesos jarritos azules.

La primera luz entraba por las estrechas ventanas, formando dibujos en el suelo. La estancia olía a café y a claveles. Annie estaba descalza. Puso el beicon en la sartén de hierro; pronto la habitación se llenó de su aroma. «Aroma hogareño de un domingo por la mañana», pensó él.

–Annie.

–Siéntate. Te estás durmiendo de pie.

–Annie. –La cogió por los hombros para hacerla girar–. Esta noche necesitaba estar al lado de Elise.

–Por supuesto, lo comprendo.

–No me interrumpas. Necesitaba estar a su lado y asegurarme de que se encontraba bien. Se lo debía, porque ella fue mi esposa. No llevé bien ese matrimonio. Y el divorcio, peor todavía. Estuve pensando en eso mientras esperaba a que el médico nos dijera cómo estaba. Pensaba en eso, en qué podría haber hecho para que lo nuestro funcionara. La respuesta es nada. –Dejó escapar una breve risa y le frotó los brazos–. Nada –continuó–. Antes, percatarme de eso me hacía sentir un fracasado. Ahora solo me hace comprender que lo que fracasó fue el matrimonio. Ni ella ni yo: el matrimonio. –Casi distraído, se inclinó para besarle el pelo–. Me quedé hasta tener la certeza de que ella estaba bien. Y luego vine, porque debía decírtelo.

–Ya lo sé, Andrew. –Con un poco de impaciencia, ella le dio unas palmaditas en el brazo–. El beicon se quemará.

–Todavía no he terminado. Ni siquiera he comenzado a decírtelo.

–¿Decirme el qué?

–Me llamo Andrew y soy alcohólico. –Pareció estremecerse una vez, pero luego continuó, con voz firme–. Hace treinta días que me mantengo sobrio. Y serán treinta y uno. Anoche, sentado en el hospital, pensé en la bebida. No parecía ser la solución. Luego pensé en ti. Tú sí eres la solución. Te quiero.

Annie sintió que se le humedecían los ojos, pero sacudió la cabeza.

–Yo no soy tu solución, Andrew. No es posible.

Se apartó para darle la vuelta al beicon, pero él estiró la mano para apagar el fuego.

–Te quiero. –Cogió la cara de ella entre sus manos para obligarla a estarse quieta–. Una parte de mí te ha querido siempre. El resto tenía que crecer lo suficiente para entenderlo. Sé lo que siento y sé lo que quiero. Si no me correspondes, si no quieres lo mismo que yo, dímelo. Dímelo sin rodeos. Eso no hará que salga en busca de una botella. Pero necesito saberlo.

–¿Qué quieres que diga? –Ella lo golpeó en el pecho con un puño, frustrada–. Eres todo un doctor. Yo terminé el instituto a duras penas. Tú eres Andrew Jones, de los Jones de Maine; yo soy Annie McLean, de ninguna parte. –Apoyó las manos sobre las de él, pero no reunió valor para apartarlas de su cara–. Yo regento un bar; tú estás al frente del Instituto. Piensa en ello, Andrew.

–No me interesa tu esnobismo.

–¿Esnobismo? –La furia hizo que a Annie se le quebrara la voz–: ¡Por el amor de Dios!

–No has respondido a mi pregunta. –Andrew tiró de ella hasta ponerla de puntillas–. ¿Qué sientes por mí y qué quieres?

–Estoy enamorada de ti y quiero un milagro.

Una sonrisa se extendió lentamente por el rostro de Andrew. Sentía a Annie temblar entre sus manos. Su mundo, en cambio, se había vuelto firme como una roca.

–No sé si esto merece el nombre de milagro, pero haré lo posible. –Y la alzó en brazos.

–¿Qué haces?

–Llevarte a la cama.

Annie sintió pánico de repente.

–No he dicho que quisiera acostarme contigo.

–Tampoco has dicho que no quisieras. Estoy corriendo un gran riesgo.

Ella se aferró al marco de la puerta, como si le fuera la vida en ello.

–¿De veras lo crees?

–Claro que sí. Puede que esta vez no te gusten mis movimientos. Y en ese caso es probable que me rechaces cuando te proponga matrimonio.

Los dedos de Annie quedaron laxos como la cera y se desprendieron del marco.

–Eh... podrías proponérmelo ahora y ahorrarte tanto suspense.

–No. –La depositó sobre la cama, mirándola a los ojos–. Después. Después, Annie –murmuró.

Y se hundió en ella. Fue volver al hogar, fue hallar un tesoro. Fue simple y extraordinario. Ya no eran inocentes, no eran un par de adolescentes torpes, anhelantes y curiosos. Y todos los años transcurridos habían hecho madurar los sentimientos que los unían.

Ella le rodeó con los brazos. Él se mostró suave, cauto, minucioso. Sus grandes manos recorrieron todo el cuerpo de Annie, allanando el camino hacia sus labios. Le murmuró palabras de amor, mientras se dejaba quitar la chaqueta y la camisa. Y navegó por su carne.

Rompía el amanecer, con esa luz rosácea que anuncia tempestades. Pero en la cama estrecha había paz y paciencia.

–Aún me gusta el modo en que te mueves, Andrew –suspiró ella contra su hombro–. Me gusta mucho.

Él se sentía nuevamente íntegro, curado.

–Y a mí me gusta tu tatuaje, Annie. Me encanta.

Ella hizo una mueca.

–Oh, Dios, lo había olvidado.

–Jamás volveré a mirar una mariposa como antes. –Ella levantó la cabeza, riendo. Andrew no dejó de sonreír–. Me ha llevado mucho tiempo averiguar lo que necesitaba, lo que me hacía feliz. Dame la oportunidad de hacerte dichosa. Quiero formar una familia contigo.

–La primera vez sí que lo echamos todo a perder.

–No había llegado nuestro momento.

–No. –Ella le acarició la cara–. Parece que ahora sí.

–Sé mía. –Él le dio un beso en la palma de la mano–. Deja que sea tuyo. ¿Quieres, Annie?

–Sí. –Ella le apoyó una mano en el corazón–. Sí, Andrew, sí.

Ryan, de pie en el despacho de Miranda, trataba de visualizarlo todo. Oh, aún recordaba con claridad cómo lo había visto la noche anterior. Uno raramente olvidaba esa clase de cosas.

La alfombra tenía una mancha horrible; las ventanas estaban sucias. El polvo esparcido por los investigadores cubría todas las superficies.

La bala debía de haber propulsado el cuerpo de Richard. Se preguntó hasta dónde. ¿A qué distancia habría estado de su atacante? Bastante cerca, puesto que los proyectiles habían dejado quemaduras de pólvora en su camisa. Lo bastante como para que Hawthorne hubiera visto su muerte en los ojos del asesino. Ryan estaba muy seguro de eso.

Dio un paso atrás para inspeccionar la habitación desde el vano de la puerta.

Escritorio, sillas, ventana, archivadores, la lámpara que había estado encendida. Lo veía todo.

–No debería estar aquí, señor Boldari.

–Han retirado las cintas –observó él, sin volverse–. Los investigadores deben de haberse llevado todo lo que necesitaban.

–Pero es mejor mantenerla cerrada por un tiempo. –Cook esperó a que Ryan saliera de la estancia y cerró la puerta–. No es necesario obligar a la doctora Jones a ver todo esto otra vez, ¿verdad?

–Por supuesto que no.

–Pero usted quería volver a verlo.

–Quería aclararme un poco.

–¿Y lo ha logrado?

–No del todo. No parece haber señales de lucha, ¿verdad, detective?

–No. Todo está en orden... salvo el escritorio.

–La víctima y su asesino deben de haber estado tan cerca como usted y yo. ¿No le parece?

–Pocos centímetros más o menos. Sí, él conocía a quien apretó el gatillo, Boldari. Usted conocía a la víctima, ¿verdad?

–Nos vimos el viernes, cuando llegó, y nuevamente en la noche de su muerte.

–Y antes, ¿nunca?

–Nunca.

–Quería saberlo. Como los dos estaban relacionados con el mundo del arte...

–Conozco a muchas personas en esta profesión.

–Sí, pero ya se sabe que el mundo es pequeño. Usted parece conocer bien este lugar.

–Igual que usted –murmuró Ryan–. ¿Acaso cree que anoche subí a disparar contra Richard Hawthorne?

–No. Varios testigos dicen que usted estaba abajo cuando sonaron los disparos.

Ryan volvió a apoyarse en la pared. Sentía la piel pegajosa, como si en la habitación vecina se le hubiera adherido algo horrible.

–Afortunadamente, soy una persona sociable.

–Sí. Claro que algunas de esas personas están emparentadas con usted, pero no todas. De modo que está libre de sospechas. En cambio, nadie puede decir dónde se encontraba la doctora Jones, Miranda Jones, en el momento de los hechos.

Ryan se apartó de la pared casi violentamente, antes de poder dominarse. Pero el movimiento hizo parpadear a Cook.

–Ustedes dos se han hecho muy amigos.

–Por eso mismo sé que Miranda es incapaz de matar a nadie.

El policía sacó un chicle y se lo ofreció. Como Ryan se limitó a mirarlo fijamente, lo desenvolvió para sí.

–Es curioso, lo que la gente es capaz de hacer cuando está debidamente motivada.

–¿Y cuál sería la motivación en este caso de ella?

–Le he estado dando vueltas al asunto. Está lo del bronce, el que robaron aquí de una vitrina, con mucha habilidad profesional. He rastreado varios robos similares. Quien lo hizo conoce muy bien su trabajo y tiene buenos contactos.

–De modo que ahora Miranda es una ladrona, experta en el robo de obras de arte.

–O ha trabado amistad con alguien que lo es –apuntó Cook, con una sonrisa–. Resulta extraño que también haya desaparecido la documentación de esa pieza. Y hay algo más extraño todavía: cuando fui a investigar en una fundición que trabaja con esta gente, descubrí que otra persona estaba haciendo las mismas averiguaciones. Se presentó como alumno del Instituto y preguntó por una figura de bronce que fue fundida allí hace tres años.

–¿Y qué relación tiene con esto?

–El nombre que dio en la fundición no figura en los registros del Instituto. Y el bronce que le interesaba era una figura de David. Parece ser que hasta tenía un boceto.

–Eso podría tener algo que ver con su robo, detective. –Ryan inclinó la cabeza–. Me alegra saber que está avanzando en ese caso.

–Oh, soy lento, pero avanzo. Parece que la doctora Jones, Miranda Jones, dictó un curso sobre bronces renacentistas.

–Es su especialidad. No dudo que habrá dictado varios sobre ese tema u otros relacionados con él.

–Uno de sus alumnos utilizó la fundición para moldear un David de bronce, mucho después de que le llevaran la pieza robada a analizar.

–Fascinante.

Cook ignoró el suave sarcasmo de su voz.

–Sí, eso significa que hay muchos cabos sueltos pidiendo que los aten. El alumno abandonó los estudios inmediatamente después de hacer fundir ese bronce. Y alguien habló con su madre, ¿sabe? Dijo que trabajaba aquí y que deseaba ponerse en contacto con el chico. Él se fue a San Francisco. Hace un par de noches lo pescaron en la bahía.

–Lo lamento.

–Usted tiene parientes en San Francisco.

Esta vez Ryan entornó los ojos, que despedían chispas.

–Vaya con cuidado, detective.

–Era un comentario, nada más. El chico era artista y usted tenía una galería de arte allí. Supuse que tal vez lo conociera. Se llamaba Mathers, Harrison Mathers.

–No conozco a ningún Harrison Mathers, pero puedo averiguar fácilmente si hemos exhibido alguna de sus obras.

–Tal vez fuera buena idea.

–Y ese Mathers, ¿es uno de sus cabos sueltos?

–Oh, sí, una de esas cosas que lo hacen reflexionar a uno. También estuve pensando en ese famoso bronce de Florencia, el que resultó no ser tan famoso. Supongo que la doctora Jones se habrá alterado mucho por eso, y es probable que se enfadara mucho con su madre, por apartarla del proyecto. Me enteré de que alguien robó esa pieza del depósito del Museo Nacional; entró y se la llevó, sencillamente. Ahora bien, ¿para qué iba a correr ese riesgo por algo que solo vale el precio del metal?

–El arte es un misterio subjetivo, detective. Tal vez alguien se encariñó con ella.

–Puede ser, pero quien lo hizo no era un ladrón aficionado, sino un profesional. Los profesionales no malgastan su tiempo, a menos que tengan buenos motivos para ello. Usted, que también es profesional, debe de saberlo, ¿no, señor Boldari?

–En efecto. –Ryan se dijo que ese policía le estaba cayendo muy bien–. Detesto malgastar mi tiempo.

–Exactamente. Por eso me pregunto qué valor puede tener ese bronce para alguien.

–Si lo veo, detective, lo averiguaré para hacérselo saber. Pero le aseguro que, aun si ese bronce fuera auténtico y valiera millones, Miranda no mataría por él. Y creo que usted, que también es un profesional, ha de estar de acuerdo conmigo.

Cook rió entre dientes. Ese tipo se traía algo entre manos, pero era simpático.

–No, no creo que haya matado a nadie. Y no la imagino viajando por el mundo para birlar cuadros y estatuas. Esa mujer es la viva imagen de la integridad. Por eso intuyo que está tratando de proteger a alguien. Sabe más de lo que dice. Y si usted es su amigo, Boldari, debe convencerla de que me diga qué pasa antes de que alguien decida quitarla del medio.

En ese momento Miranda se preguntaba cuánto podía decir, cuánto podía arriesgarse a revelar. Estaba en la galería Sur, con la cara entre las manos. Sufriendo. Sabía que Cook estaba arriba. Al verlo entrar se había escondido detrás de una puerta, como un niño que se escabulle de una clase.

Al entrar su madre dejó caer las manos en el regazo.

–Se me ha ocurrido que estarías aquí.

–Ya. –Miranda se levantó para coger una de las copas de champán que había sobre una mesa–. Reviviendo glorias pasadas. ¿Dónde, si no, podría estar? ¿Adónde iría?

–No he podido dar con tu hermano.

–Espero que esté durmiendo. Tuvo una noche muy dura. –Omitió decir que, cuando ella había salido de la casa, Andrew no estaba durmiendo, al menos en su cama.

–Sí, para todos. Voy al hospital. Tu padre me espera allí. Supongo que Elise estará en condiciones de recibir visitas. Quería que le dieran el alta hoy mismo.

–Salúdale de mi parte. Trataré de verla al anochecer, en el hospital o en el hotel, si la dejan salir. Por favor, dile que puede hospedarse en casa por el tiempo que quiera.

–Sería una incomodidad.

–Aun así, debo ofrecérselo.

–Muy generoso de tu parte. Ella... tuvo suerte de que la herida no fuera más grave. Podrían haberla... Podría haber terminado como Richard.

–Sé que la aprecias. –Miranda dejó la copa en el mismo sitio, exactamente, cuidando de que el pie coincidiera con la marca que había dejado en el mantel–. Más de lo que nunca quisiste a tus propios hijos.

–Este no es momento para mezquindades.

Miranda levantó la vista.

–¿Me odias?

–¿Cómo puedes decir algo tan absurdo en un momento tan inoportuno?

–¿Cuándo sería el momento oportuno para preguntar a mi madre si me odia?

–Si el motivo de esto es lo que ocurrió en Florencia...

–Oh, se remonta mucho más allá de lo que sucedió en Florencia. Pero con eso bastará, por el momento. No me apoyaste. Nunca lo has hecho. Me he pasado la vida esperando el momento de contar con tu aprobación, por una vez. ¿Por qué demonios nunca me has apoyado?

–No tengo por qué soportar esta actitud por tu parte. –Con una mirada glacial, Elizabeth giró en redondo para salir.

Miranda nunca sabría qué le impulsó a hacer caso omiso de la educación de toda una vida, pero cruzó la estancia para sujetar a su madre por el brazo, con una violencia que asombró a ambas.

–No te irás sin darme una respuesta. Estoy harta de que me dejes plantada, tanto en un sentido literal como figurado. ¿Por qué nunca pudiste tratarme como una madre a su hija?

–Porque no eres mi hija. –Elizabeth lo dijo con brusquedad, con una llamarada azul en los ojos–. Nunca fuiste mía. –Tiró del brazo para liberarse; estaba agitada, como si le costara dominarse–. ¿Y cómo te atreves a acusarme, después de todos los sacrificios que he hecho, todo lo que he soportado? Solo porque tu padre decidió hacer pasar a su bastarda como hija mía.

–¿Bastarda? –El mundo de Miranda, nunca muy firme, se estaba tambaleando bajo sus pies–. ¿No soy hija tuya?

–No. Prometí no decírtelo nunca. –Furiosa por haber permitido que el enfado y la fatiga le hicieran perder el control, Elizabeth se acercó a la ventana para mirar hacia fuera–. Bien, ya eres adulta. Quizá tenías derecho a saberlo.

–Yo... –Miranda se llevó una mano al pecho, pues no estaba segura de que su corazón continuara latiendo. Solo podía mirar fijamente la rígida espalda de la mujer que, de forma tan súbita, se había convertido en una desconocida–. ¿Quién es mi madre? ¿Dónde está?

–Murió hace varios años. No era nadie –añadió Elizabeth, volviéndose.

El sol no es bondadoso con las mujeres de cierta edad. Bajo su fulgor Miranda la vio ojerosa, casi enferma. De inmediato lo cubrió una nube y el momento pasó.

–Una de las... breves aficiones de tu padre.

–Tuvo una aventura.

–Su apellido es Jones, ¿no? –apuntó Elizabeth, con amargura. Luego hizo un ademán de fastidio–. En este caso fue imprudente y la mujer quedó embarazada. Al parecer, no se dejó echar con tanta facilidad como la mayoría. Charles no tenía intenciones de casarse, por supuesto. Entonces ella insistió en que se ocupara de la criatura. Fue una situación difícil.

Una horrible punzada de dolor atravesó el pecho de Miranda, que estaba aturdida.

–Ella tampoco me quería.

Elizabeth se encogió de hombros y fue a sentarse.

–No tengo ni idea de lo que quería. Pero lo que hizo fue exigir que Charles te criara. Él me presentó el problema. Mis opciones eran divorciarme, hacer frente al escándalo, perder lo que había empezado a construir aquí, en el Instituto, y abandonar el proyecto de instalar mi propia sede. O...

–Te quedaste con él. –Detrás del desconcierto, del dolor, ardía la indignación–. Después de una traición como esa te quedaste con él.

–Podía elegir. Elegí lo que más me convenía. Pero no sin sacrificios. Tuve que pasar meses encerrada, mientras esperaba tu nacimiento. –El recuerdo aún afloraba como ácido–. Y cuando naciste tuve que presentarte como si fueras mía. Aborrecía tu mera existencia, Miranda –añadió serenamente–. Quizá sea injusto, pero es así.

–Sí, es así. –Sin poder soportarlo, Miranda le volvió la espalda–. Ciñámonos a los hechos.

–No soy una mujer maternal ni lo pretendo –dijo Elizabeth con cierto tono de impaciencia en la voz–. Después de Andrew, no quería tener otro hijo. Y por circunstancias en las que yo no participé, me vi obligada a criar a una hija de mi marido como si fuera mía. Para mí, eras un recordatorio de su poca integridad como esposo. A Charles le recordabas su grave error de cálculo.

–Error de cálculo –repitió Miranda, en voz baja–. Sí, supongo que eso también es así. Ahora comprendo por qué ninguno de los dos pudo nunca amarme. Ni a mí ni a nadie, en verdad. El amor es algo que no existe en vosotros.

–Se te cuidó bien, tuviste un buen hogar y una buena educación.

–Y jamás un instante de afecto verdadero –concluyó Miranda, volviéndose. Lo que vio fue una mujer de rígido autodominio y enorme ambición, que había renunciado a sus emociones a fin de progresar–. Me pasé la vida esforzándome por ser digna de tu cariño. Y era una pérdida de tiempo.

Elizabeth se levantó con un suspiro.

–No soy ningún monstruo. Nunca sufriste daño alguno...

–Nunca nadie me abrazó.

–Hice por ti cuanto pude. Y te di cien oportunidades para destacar en tu especialidad. Incluyendo la del bronce de Fiesole. –Vaciló por un momento. Luego se acercó a la mesa para abrir una de las botellas de agua mineral que el personal de limpieza aún no había retirado–. Me llevé a casa tus informes, las radiografías y los documentos. Cuando me tranquilicé, cuando pasó lo peor, empecé a dudar de que hubieras podido cometer errores tan flagrantes o modificar los resultados de las pruebas. Jamás he dudado de tu honestidad.

–Oh, muchísimas gracias –dijo Miranda en tono áspero.

–Esos documentos fueron robados de mi caja fuerte. No me habría percatado, pero quise retirar algo de allí antes de venir. Entonces advertí que faltaban. –Bebió un sorbo de agua–. Quería traer las perlas de tu abuela y ponerlas en la caja de seguridad que conservo en el banco local. Pensaba dártelas antes de volver a Italia.

–¿Por qué?

–Tal vez porque, si bien nunca has sido mía, siempre fuiste de ella. –Dejó la copa a un lado–. No voy a disculparme por lo que he hecho ni por las decisiones que tomé. No te pido que me entiendas más de lo que yo he podido entenderte.

–¿Debo conformarme, simplemente? –inquirió Miranda.

Elizabeth enarcó una ceja.

–Igual que yo. Lo que sí te pido es que no comentes con nadie lo que hemos hablado aquí. Como Jones que eres, tienes la responsabilidad de mantener en alto el apellido familiar.

–Oh, sí, magnífico apellido –dijo Miranda, y meneó la cabeza–. Conozco mis obligaciones.

–No lo dudo. Tengo que reunirme con tu padre. –Elizabeth recogió su bolso–. Si quieres, discutiré esto con él.

–¿Para qué? –De pronto, Miranda se sentía demasiado fatigada para preocuparse–. En realidad, nada ha cambiado, ¿verdad?

–Así es.

Una vez a solas, Miranda se acercó a la ventana, soltando una especie de risa. La tormenta que había estado amenazando durante todo el día parecía a punto de estallar.

–¿Estás bien?

Se echó hacia atrás; Ryan le había puesto las manos en los hombros.

–¿Has escuchado nuestra conversación?

–La mayor parte.

–Siempre espiando... –murmuró ella–. No sé qué sentir.

–Sientas lo que sientas, todo está bien. Eres una mujer independiente, Miranda. Siempre lo has sido.

–Supongo que así debe ser.

–¿Hablarás de esto con tu padre?

–¿Para qué? Él nunca ha querido escucharme, y ahora sé por qué. –Cerró los ojos, apoyando la mejilla contra la mano de Ryan–. ¿De qué clase de personas vengo? Mi padre, Elizabeth, la mujer que me entregó a ellos...

–No los conozco. –Con suavidad, él la hizo girar hasta tenerla cara a cara–. Pero te conozco a ti.

–Siento... –Ella aspiró profundamente y dejó escapar el aire–. Alivio. Desde que tengo memoria, he temido ser como ella, no tener más opción que ser como ella. Pero no es así, no es así. –Reclinó la cabeza en el hombro de Ryan–. Ya no tendré que preocuparme por eso.

–Lo lamento por ella –murmuró Ryan–. Por negarse a recibir tu cariño. Por no amar.

Miranda por fin sabía lo que era el amor, con su emoción y sus terrores. Pasara lo que pasara, agradecía que esa parte de ella se hubiera abierto. Incluso cuando la cerradura hubiera sido violada por un ladrón.

–Sí, yo también. –Se apartó y añadió–: Le llevaré la libreta de Richard a Cook.

–Dame tiempo para llegar a Florencia. No he querido irme hoy para no dejarte sola. Saldré mañana por la noche, si consigo billete, o a primera hora de pasado mañana. Lo reduciremos a treinta y seis horas. Con eso bastará.

–No puedo darte más. Necesito terminar con esto.

–Así será.

Miranda sonrió. Y resultó más fácil de lo que esperaba.

–Y nada de entrar subrepticiamente en dormitorios, a hurgar en joyeros o cajas fuertes.

–Nunca más... a partir del momento en que termine con los Carter.

–Oh, por Dios.

–No voy a robar nada. ¿Acaso no me resistí a esas perlas de tu madre y a todo el oro italiano de Elise? No cogí siquiera ese bonito camafeo, que podría haber regalado a una de mis sobrinas. Habría quedado como un héroe.

–Tus sobrinas son demasiado niñas para usar camafeo. –Con un suspiro, Miranda volvió a apoyar la cabeza en su hombro–. Yo no tuve el mío hasta los dieciséis. Mi abuela me regaló uno muy hermoso, en forma de corazón, que había recibido de su madre.

–Y tú pusiste allí una foto de tu novio.

–No tenía novio. De todos modos, ella ya había puesto su foto y la de mi abuelo. Quería ayudarme a recordar mis raíces.

–¿En serio?

–Por supuesto. La buena estirpe de Nueva Inglaterra siempre recuerda sus raíces. Soy una Jones –aseguró ella con voz queda–. Y Elizabeth tenía razón: aunque nunca haya sido suya, siempre fui de mi abuela.

–Ahora recibirás sus perlas.

–Y las cuidaré como si fuesen un tesoro. Hace unos años, perdí el camafeo. Me llevé un enorme disgusto. –Como ya se sentía mejor, irguió la espalda–. Tengo que llamar a Mantenimiento. Hay que poner todo esto en orden. Espero que mañana podamos abrir la exposición al público.

–Ocúpate de eso –murmuró él–. Nos veremos más tarde, en casa. Ve directamente allí. No me obligues a salir a buscarte.

–¿A qué otro lugar podría ir?

30

Andrew silbaba al entrar en la casa, con una gran sonrisa en el rostro. Allí había estado todo el día. Mientras subía por la escalera, se dijo que no era solo por haber hecho el amor, aunque no había estado nada mal. El viejo Andrew J. Jones había pasado una larga temporada en dique seco.

Pero estaba enamorado. Y Annie lo amaba. Pasar el día con ella había sido la experiencia más excitante, más apacible, más asombrosa de su vida. Una experiencia casi espiritual, decidió, riendo entre dientes.

Habían preparado juntos el desayuno para tomarlo en la cama. Conversaron hasta quedar roncos. Tantas palabras, tantos pensamientos y sensaciones pujando por salir. Nunca había podido hablar con nadie como hablaba con Annie.

Salvo con Miranda. No veía la hora de decírselo a su hermana: se casarían en junio. Sería una ceremonia sencilla, como Annie deseaba. En el jardín trasero, con amigos y música. Le pedirían a Miranda que fuera la madrina. Estaría encantada.

Entró en su dormitorio. Quería quitarse de una vez ese arrugado esmoquin. Iba a cenar fuera con Annie. Y al día siguiente le compraría un anillo. Ella decía que no lo necesitaba, pero en eso Andrew pensaba imponerse. Quería ver su anillo en el dedo de Annie.

Se quitó la chaqueta y la dejó sobre una silla. En algún momento de esa semana tendría que desocupar su habitación. No se instalaría allí con Annie, una vez casados. La casa quedaría para Miranda. El doctor Jones y su flamante esposa buscarían un lugar donde vivir en cuanto volvieran de la luna de miel. Pensaba llevarla a Venecia.

Sonreía aún mientras luchaba por quitarse los gemelos. Con el rabillo del ojo vio un movimiento fugaz. El dolor le explotó en la cabeza: un fogonazo rojo detrás de las pupilas. Cuando trató de girar, de golpear, se le doblaron las rodillas. El segundo golpe hizo que se estrellara contra una mesa. Y se sumió en la oscuridad.

La tormenta estalló cuando Miranda estaba todavía a un kilómetro y medio de su casa. La lluvia era un torrente contra el parabrisas; los truenos sacudían el coche. Aminoró la velocidad, aunque en ese momento solo deseaba estar en su casa, abrigada, seca y a cubierto.

La niebla reptaba sobre el suelo, borrando los límites de la carretera. Para concentrarse mejor, apagó la radio y se inclinó hacia delante en el asiento. Volvió a repasar todo punto por punto.

La llamada desde Florencia; luego, el asalto. John Carter, viajando para reemplazarla durante la demora. Su madre guardaba el bronce en la caja fuerte de su despacho. ¿Quién tenía acceso a esa caja? Solo Elizabeth.

Pero si Miranda había aprendido algo en su relación con Ryan era que las cerraduras existían para ser violadas.

Richard también había tenido el bronce en sus manos, puesto que había realizado sus propios análisis. ¿Quién había trabajado con él? ¿Quién había llevado la pistola al Instituto y la había empleado?

¿John? Trató de imaginarlo, pero solo veía su cara de preocupación. ¿Vincente, el vocinglero y amistoso Vincente, con su actitud propia de un tío bonachón? ¿Alguno de ellos podía haber disparado dos veces contra Richard y golpeado a Elise? ¿Y por qué en el despacho de Miranda? ¿Por qué esa noche, con cientos de personas en los pisos inferiores? ¿Por qué correr semejante riesgo?

Porque la conmoción sería enorme, comprendió Miranda. Para que su nombre apareciera de nuevo en los periódicos, relacionado con otro escándalo. Porque así se echaba a perder la inauguración de la exposición y daba por tierra con todos sus esfuerzos.

Era un asunto personal, necesariamente; pero ¿qué había hecho ella para crear esa clase de animosidad obsesiva? ¿A quién había hecho daño?

John. Si ella caía irremediablemente en desgracia, si se veía obligada a renunciar al Instituto, él sería el candidato lógico a reemplazarla. Eso significaría un ascenso, un aumento de sueldo, más poder, más prestigio. ¿Podía ser tan simple?

O Vincente. Su relación con él era más antigua y estrecha. ¿Acaso habría hecho algo que lo había contrariado? ¿Era cuestión de tener dinero para costear la ropa, las joyas, los lujosos viajes que hacían feliz a su joven esposa?

¿Quién quedaba? Giovanni y Richard habían muerto. Elise estaba en el hospital. Elizabeth...

¿Era posible que el resentimiento de toda una vida hubiera florecido en un odio como aquel?

Que lo resuelva la policía, decidió, moviendo los hombros para aliviar la tensión, mientras detenía el coche delante de la casa. En menos de treinta y seis horas le pasaría ese horrible testigo a Cook. Para eso tendría que pasar la mayor parte de la noche pensando en qué decirle. Y decidiendo qué debía callarse.

Recogió su maletín. Dentro llevaba la libreta de Richard, que esa noche pensaba leer de cabo a rabo. Solo le había echado un rápido vistazo, y quizá se le hubiese pasado algo por alto.

El hecho de que no hubiera puesto su paraguas en el asiento del acompañante, sino en el maletero, demostraba que estaba demasiado distraída para razonar con lógica. Cubriéndose la cabeza con el maletín, corrió hacia el porche. Aun así se empapó de pies a cabeza.

Ya dentro, se pasó una mano por el pelo y llamó a Andrew. No le veía desde que le había dejado en el hospital, la noche anterior, pero acababa de ver su coche aparcado en el lugar de costumbre. También con él debía conversar seriamente. Era hora de contárselo todo. Merecía que fuese sincera con él.

Mientras comenzaba a subir la escalera le llamó otra vez.

Quería quitarse la ropa mojada y darse un baño caliente. ¿No podía su hermano responder de una vez? Debía de estar durmiendo. Pues tendría que despertar, porque ella quería contarle todo lo posible antes de que llegara su madre.

–¿Andrew?

La puerta estaba entornada, pero Miranda golpeó con los nudillos antes de empujarla. La habitación se hallaba completamente a oscuras. Aun previendo que recibiría una sonora maldición, alargó la mano hacia el interruptor para encender la lámpara de pie. Fue ella quien murmuró un juramento, porque la lámpara permaneció apagada.

No había ningún corte de suministro eléctrico. Andrew sencillamente se habría olvidado otra vez de cambiar la bombilla. Miranda avanzó un paso con intenciones de sacudirlo por los hombros, y tropezó con él.

–¡Andrew, por Dios!

En el fulgor de un relámpago lo vio caído a sus pies.

No era la primera vez que lo encontraba inconsciente en el suelo y apestando a licor. Primero sintió furia, luego pesar y finalmente desencanto.

–¿Cómo has podido hacerlo de nuevo? –murmuró.

Se agachó a su lado, con la esperanza de que no estuviera tan borracho; tenía que despertarlo y meterlo en la cama. De pronto cayó en la cuenta de que no olía a whisky ni al sudor enfermizo característico. Estiró la mano para sacudirlo. Luego, con un suspiro, se la apoyó en la cabeza. Y sintió aquello caliente y pegajoso. Sangre.

–Oh, Dios, Andrew. ¡Oh, por favor, no!

Los dedos manchados y temblorosos buscaron el pulso. Y la lámpara de la mesilla de noche se encendió.

–No ha muerto. Todavía –dijo la voz en tono de burla–. ¿Te gustaría que siguiera con vida, Miranda?

Por lo general Ryan detestaba repetirse, pero entró en la suite de Elizabeth exactamente como lo había hecho antes. No era un buen momento para operaciones fantasiosas. Las habitaciones estaban silenciosas y vacías, pero eso no importaba. Habría podido eludir a cualquier ocupante.

Ya en el dormitorio, sacó el joyero tal como lo había hecho dos noches atrás. Y cogió el camafeo. Era solo una corazonada, pero había aprendido a guiarse por sus instintos. Estudió las viejas fotografías, sin detectar ningún parecido. Sin embargo... quizá los ojos. Algo en los ojos de la mujer.

Utilizando una pequeña sonda, desprendió el elegante óvalo. Tal como esperaba, ella había hecho poner la inscripción debajo de su propia foto, no de la de su marido.

Y la sangre de Ryan se mantuvo serena y firme mientras leía: «A Miranda, al cumplir los dieciséis años. Jamás olvides de dónde vienes ni adónde quieres ir. Tu abuela».

–Te tenemos –dijo por lo bajo.

Y deslizó el camafeo en su bolsillo. Cuando salió apresuradamente al corredor ya estaba sacando su teléfono celular.

–Elise. –Miranda se obligó a hablar con calma, a clavar los ojos en la cara de la mujer, no en el revólver que apuntaba al centro de su pecho–. Andrew está malherido. Hay que llamar a una ambulancia.

–Resistirá por un rato. –Con la mano libre, Elise dio un golpecito al pulcro vendaje que le cubría la nuca–. Como yo. Es asombroso lo rápido que puedes recuperarte de un buen golpe en la cabeza. Pensaste que estaba borracho, ¿no? –Ante la idea, un brillo de placer iluminó sus ojos–. Es perfecto. Si se me hubiera ocurrido, si hubiera tenido tiempo, habría traído una botella para vertérsela encima. Solo para crear un poco de ambiente. No te preocupes. Solo le di dos golpes. No tantos como a Giovanni. Es que Andrew no me vio, y Giovanni sí.

Aterrorizada por la posibilidad de que Andrew se desangrara sin que ella hiciera nada, Miranda recogió una camiseta del suelo y presionó con ella la herida.

–Giovanni era tu amigo. ¿Cómo pudiste matarlo?

–No habría sido necesario, si lo hubieras dejado en paz. Su sangre tiñe tus manos, como ahora la de Andrew.

–Y la de Richard –añadió Miranda, cerrando los puños.

–Ah, Richard. Él se mató solo –añadió Elise con un leve tono de irritación–. Después de lo de Giovanni empezó a derrumbarse. Lloraba como un bebé. Me decía que no podíamos seguir. Que matar no entraba en los planes. –Se encogió de hombros–. Los planes cambian. Él decidió su propia muerte en cuanto te envió ese ridículo e-mail.

–Pero tú enviaste los otros, y los faxes.

–Por supuesto. –Con la mano libre, Elise retorció la delicada cadena de oro que colgaba de su cuello–. ¿Te asustaron, Miranda? ¿Te confundieron?

–Sí. –Moviéndose con lentitud, Miranda retiró una manta de los pies de la cama para cubrir a su hermano–. Y también mataste a Rinaldi.

–Ese hombre era un incordio. Insistía en que el bronce era auténtico. ¡Como si un fontanero supiera algo de esas cosas! Hasta entró en el despacho de Elizabeth balbuceando incoherencias. Pero logró que ella se pusiera a pensar. Me di cuenta enseguida.

–Aunque tengas el bronce, nunca podrás venderlo.

–¿Venderlo? ¿Para qué quiero venderlo? ¿Crees que hago esto por el dinero? –Se echó a reír, apretándose el vientre con una mano–. Lo hago por ti. Por ti y por mí, Miranda, como siempre.

Un relámpago iluminó la habitación, detrás de Elise.

–Yo nunca te he hecho nada.

–¡Naciste! Naciste con todo al alcance de la mano. La preciosa señorita de la casa. La eminente doctora Jones, de los Jones de Maine, con sus respetados padres, su maldita estirpe, sus sirvientes y una abuela en su casona de la colina.

Miranda sintió un nudo en el estómago. El revólver con que Elise le apuntaba se movía hacia todos lados.

–¿Sabes dónde nací? –continuó–. En un hospital de la beneficencia pública. Vivíamos en un sórdido apartamento de dos habitaciones, porque mi padre no quiso reconocerme, no aceptó su responsabilidad. Yo merecía todo lo que tú tenías. Y lo tuve, pero a fuerza de trabajar, de mendigar becas. Me inscribía en las mismas escuelas que tú. Te vigilaba, y tú ni siquiera sabías que yo estaba allí.

–No. –Miranda retiró el paño de la herida. Al parecer, la hemorragia estaba cediendo.

–Sin embargo, tú no hacías mucha vida social, ¿verdad? Es asombroso que, con tanto dinero, hayas salido tan aburrida. Y yo tenía que economizar y ahorrar, en tanto que tú vivías en una hermosa casa, bien atendida y obteniendo un éxito tras otro.

–Deja que pida una ambulancia para Andrew.

–¡Cállate! Aún no he terminado. –Elise dio un paso hacia delante, sacudiendo el revólver–. Cállate y escucha, si no quieres que mate ahora mismo a este desgraciado hijo de puta.

–¡No! –Instintivamente, Miranda se interpuso entre el arma y su hermano–. No le hagas daño, Elise. Te escucho.

–Dios mío, cómo odio esa boca tuya. Tú hablas y todo el mundo escucha. Como si escupieras monedas de oro. –Pateó un zapato que había en el suelo hasta estrellarlo ruidosamente contra la pared–. Ese lugar debería haber sido mío. Y lo habría sido si el cabrón que dejó embarazada a mi madre no hubiera estado casado con tu abuela.

–¿Con mi abuela? –Miranda meneó la cabeza, sin dejar de buscar el pulso de Andrew–. ¿Me estás diciendo que tu padre fue mi abuelo?

–Ese hijo de puta no podía mantener la bragueta cerrada, ni siquiera después de los sesenta. Mi madre, que era joven y estúpida, supuso que abandonaría a esa especie de estatua que tenía por esposa para casarse con ella. ¡Qué imbécil fue la pobre!

Para enfatizar sus sentimientos, cogió un pisapapeles de ágata y lo arrojó por encima de la cabeza de Miranda, estrellándolo contra la pared con el ruido de un cañonazo.

–Dejó que la utilizara, y jamás se le ocurrió pedirle dinero. Así que vivíamos a salto de mata. –Con los ojos centelleantes de furia, derribó la mesa.

Otro Jones, pensó Miranda, frenética. Otro embarazo producto de una aventura irresponsable. Se puso en cuclillas, pero el revólver giró, con el cañón apuntando hacia el centro de su cuerpo. Y Elise esbozó una sonrisa.

–Te observaba. Te observé durante años. Y todo ese tiempo estuve haciendo planes. Desde que tengo memoria, tú fuiste mi objetivo. Estudié lo mismo que tú. Y era tan buena como tú. Mejor. Conseguí que me emplearas. Me casé con el inútil de tu hermano. Me hice valiosa para tu madre. Soy más hija de ella que tú.

–Eso ya lo creo –dijo Miranda, con sinceridad–. Yo no significo nada para ella.

–Eres la pieza central. Tarde o temprano yo habría ocupado tu puesto. Y habrías sido tú la que tuviera que conformarse con las sobras. ¿Te acuerdas del *David*? Fue un duro golpe para ti, ¿verdad?

–Lo robaste. Le pediste a Harry que hiciera una copia.

–Harry estaba muy entusiasmado. Es tan patéticamente fácil manipular a los hombres... me miran y piensan: «Qué mujer tan encantadora». Y no quieren otra cosa que follar y protegerme. –Rió otra vez, bajando la vista hacia Andrew–. Debo reconocer que tu hermano era bueno en la cama. Pero mucho mejor fue destrozarle el corazón. Ver cómo se entregaba a la bebida, sin saber qué había hecho para que yo me alejara de su lado. Pobre Andrew, pobre. –Su expresión volvió a cambiar–. Después de acabar con todo, de terminar contigo, habría vuelto a echarle el lazo. Qué bella ironía habría sido. Y aún puede serlo –agregó con otra sonrisa–. Cuando yo vuelva a Maine, de esa mujerzuela con que se acuesta no quedará ni el recuerdo. Eso, siempre que le permita vivir.

–No hay necesidad de que le hagas daño, Elise. Él no es culpable de nada. Déjame pedir una ambulancia. Puedes seguir apuntándome. No trataré de huir. Solo te pido que me permitas llamar a una ambulancia.

–No estás habituada a suplicar, ¿eh? Pero lo haces bien. Lo haces todo tan bien, Miranda... Me lo voy a pensar. –Le hizo un gesto de advertencia, al ver que se levantaba–. Cuidado. No te mataría, al menos por el momento, pero podría dejarte inválida.

–¿Qué quieres? –inquirió Miranda–. ¿Qué demonios quieres?

–¡Quiero que me escuches! –gritó Elise, agitando el arma de tal modo que la mira saltó del corazón de Miranda a su cabeza y descendió otra vez–. Quiero que te estés quieta y me escuches. Y que hagas cuanto te diga, y que te arrastres cuando yo haya terminado. Lo quiero todo.

–De acuerdo. –Frenética, Miranda se preguntó cuánto tiempo quedaría antes de que Elise perdiera el control, antes de que el revólver se disparara–. Te escucho. Lo del *David* fue solo por practicar, ¿no?

–Tú siempre tan inteligente. Sabía que con eso podía afectar tu reputación. Pero soy paciente. Tenía que presentarse algo más grande; con una estrella en ascenso como la tuya, sin duda habría algo más importante. Y apareció *La Dama Oscura*. En cuanto Elizabeth me dijo que iba a llamarte, supe que recibiríamos una pieza importante. Y supe también que había llegado el momento. Ella confiaba en mí. Yo me encargué de eso. Años enteros haciéndole reverencias no fueron en vano. –Y agregó, como de pasada–: Standjo también va a ser mío. Antes de cumplir los cuarenta, seré su directora.

Miranda apartó la vista en busca de algo que le sirviera como arma.

–¡Mírame cuando te hablo!

–Te estoy mirando, Elise. Te estoy escuchando. Hablabas de *La Dama Oscura*.

–¿Has visto alguna vez una pieza tan magnífica como esa? ¿Tan... poderosa?

–No. –La lluvia castigaba la ventana–. No, nunca. Tú la querías. No puedo reprochártelo. Pero no podías hacerlo sola. Y recurriste a Richard.

–Richard estaba enamorado de mí. Yo sentía un gran aprecio por él –dijo, casi soñadora–. Podría haberme convertido en su esposa, al menos por un tiempo. Era útil y habría seguido siéndolo. Hacíamos las pruebas por la noche. Yo conocía la combinación de la caja fuerte. Fue ridículamente fácil. Solo tuve que hacer que retrasara tu llegada. Pero ordené específicamente que no sufrieras heridas de gravedad. Quería mantenerte sana hasta que pudiera acabar contigo.

–Richard hizo la copia.

–¿No te he dicho que era muy útil? Yo misma hice parte del trabajo. Quería que pasara las pruebas básicas, al punto de engañar a los más interesados. Tú estuviste perfecta, Miranda. La identificaste a simple vista, al igual que yo. Era inconfundible. Una podía percibir la potencia de esa pieza, su gloria.

–Sí, yo también lo percibí. –Le pareció que Andrew se movía, pero no estaba segura–. Y filtraste el proyecto a la prensa.

–Elizabeth es muy estricta con esas cosas. Normas y reglamentos, la integridad ante todo. Reaccionó exactamente como yo esperaba que lo hiciese; no estuvo de más incitarla sutilmente, sin dejar de proclamar que estaba segura de tus buenas intenciones, que solo te habías dejado llevar por tu entusiasmo. Fui tu defensora, Miranda. Y estuve brillante.

Mientras se miraban a los ojos sonó el teléfono. Y Elise esbozó una sonrisa.

–Dejemos que se encargue el contestador, ¿quieres? Todavía nos queda mucho por conversar.

¿Por qué diablos no respondía? Ryan luchaba en la tormenta, exigiendo velocidad al coche, mientras los neumáticos resbalaban sobre el pavimento mojado. Ella había salido del Instituto para volver a casa. No respondía al teléfono de casa ni al móvil. Sujetando el volante con una sola mano, marcó un número de información y solicitó el número del hospital.

–Con Elise Warfield –pidió–. Es una paciente.

–La doctora Warfield ya ha sido dada de alta.

Un escalofrío recorrió su cuerpo. Pisó el acelerador, haciendo que el coche derrapara violentamente. Y faltando a la costumbre de toda su vida, llamó a la policía.

–Comuníqueme con el detective Cook.

–Voy a necesitar las copias, Miranda. ¿Dónde están?

–No las tengo.

–¡Venga ya! Eso es mentira, y tú no sabes mentir. Necesito esas copias. –Elise dio un paso adelante–. Queremos que todo termine en perfecto orden, ¿no?

–¿Por qué voy a dártelas? ¡Si de todos modos vas a matarme!

–Por supuesto. Es el único paso lógico, ¿verdad? Pero... –movió el revólver, paralizando el corazón de Miranda–, si lo hicieras, no tendría que matar a Andrew.

–¡No! –Miranda se apresuró a alzar las manos en un gesto de rendición–. Por favor.

–Dame las copias y no lo haré.

–Están escondidas en el faro. –Lejos de Andrew, pensó.

–Oh, perfecto. ¿A que no sabes dónde fui concebida? –Elise rió hasta que los ojos se le llenaron de lágrimas–. Mi madre me dijo que él la llevó al faro... para hacerle un retrato... y allí la sedujo. Qué maravilloso que todo termine donde comenzó. –Hizo un ademán con el arma–. Tú primero, querida sobrina.

Después de echar un último vistazo a su hermano, Miranda se volvió. Sabía que el revólver le apuntaba a la espalda. A la columna vertebral, probablemente. En un espacio más amplio tendría alguna oportunidad. Si lograba distraer a Elise por un instante, quizá lo lograse. Era más alta y más fuerte. Y estaba cuerda.

–La policía te pisa los talones –le advirtió sin dejar de mirar hacia delante–. Cook está decidido a resolver el caso. No se dará por vencido.

–Esta noche el caso quedará cerrado. Sigue caminando. Siempre caminas con mucha decisión, Miranda. Conviene ser coherentes.

–Si me disparas, ¿cómo lo justificarás?

–Confío en que no sea necesario. Pero en ese caso, pondré el revólver en la mano de Andrew, con su dedo en el gatillo, y volveré a disparar. Será complicado, pero al fin la conclusión lógica será que discutisteis por este asunto, tú lo golpeaste y él te disparó. Al fin y al cabo, el revólver es tuyo.

–Sí, lo sé. No debió de ser fácil para ti golpearte hasta el punto de provocarte una conmoción cerebral, después de haber matado a Richard.

–Un chichón y unos cuantos puntos de sutura. Se compadecieron de mí y ayudó a que me consideraran libre de toda sospecha. Una mujer frágil como yo ¿podría acaso tener el valor de fingir un ataque como ese? –Le hundió el cañón del revólver en la cintura–. Pero tú y yo sabemos que soy capaz de eso y mucho más.

–Lo sabemos, sí. Necesitaremos una linterna.

–Trae una. Supongo que sigues guardándola en el segundo cajón de la izquierda. Siempre tan metódica.

Miranda sacó la linterna y la encendió, mientras la sopesaba. Podía servirle como arma. Solo precisaba una oportunidad.

Abrió la puerta trasera para salir a la lluvia torrencial. Pensó echar a correr, dar un salto hacia la niebla cada vez más densa, pero aún sentía el cañón del revólver contra la espalda. Moriría antes de dar un solo paso.

–Parece que nos vamos a empapar. Sigue andando.

Encorvada contra el viento y la lluvia, Miranda caminó con paso firme hacia el promontorio. Debía poner distancia. Las olas batían salvajemente, sacudidas por la tempestad. Cada latigazo de los relámpagos recortaba los acantilados contra el oscuro cielo.

–Aquí fuera tu plan no servirá, Elise.

–Venga, camina.

–No servirá. Si usas ese revólver contra mí, la policía sabrá que hubo otra persona, que no pudo haber sido Andrew. Y te descubrirán.

–Cállate. ¿A ti qué te importa? De todos modos habrás muerto.

–Pero no podrás tener cuanto yo tengo. ¿No es eso lo que deseas? El apellido, la posición social. Eso jamás será tuyo.

–Te equivocas. Lo tendré todo. En vez de arruinar tu vida, acabaré contigo.

–Richard tenía una libreta. –Miranda se guiaba por el haz del faro. Sujetó con fuerza la linterna–. En ella anotaba todo lo que hacía.

–¡Mentira!

–Todo, Elise. Todo está en esa libreta. Descubrirán que yo tenía razón. Viva o muerta, la gloria será mía. Todo lo que has hecho no sirve de nada.

–Puta. Puta mentirosa.

–¡Tú misma has dicho que no sé mentir! –Giró en redondo, con los dientes apretados. Golpeó con fuerza el brazo extendido de Elise y la hizo caer. Luego saltó contra ella, tratando de apoderarse del arma.

Entonces comprendió que se había equivocado: la cordura no era una ventaja. Elise luchaba como un animal, lanzando dentelladas, buscándole los ojos con las uñas. Sintió un fuerte dolor en el cuello y un borbotón de sangre, mientras rodaban hacia el borde del acantilado.

Ryan entró en la casa llamándola a gritos una y otra vez, y subió a toda prisa la escalera. Cuando encontró a Andrew, una sensación de pánico se apoderó de él. Oyó el fragor del trueno. Luego, el eco de varios disparos. Con el alma en un puño, salió a la terraza.

En el acantilado, recortadas por el destello de los relámpagos, vio dos siluetas enmarañadas. Mientras elevaba la primera plegaria y subía a la barandilla para saltar hacia abajo, vio que ambas desaparecían.

La respiración le quemaba en la garganta. El dolor estaba en todas partes, como el hedor a sangre y a miedo. Aferró la resbaladiza culata del revólver, en un intento desesperado por quitárselo. Le sacudió la mano, una vez, dos, y la furia del ruido le perforó los oídos.

Alguien aullaba. Trató de clavar los talones en el suelo para afirmarse y descubrió que sus piernas estaban oscilando en el vacío. Con cada estallido de luz veía la cara de Elise por encima de la suya: contraída, mostrando los dientes, una expresión de locura en los ojos. Y en ellos, por un segundo de horror, vio su propia imagen reflejada.

Desde algún lugar le llegó su nombre, gritado con desesperación. A modo de respuesta empujó empecinadamente. Entre los zarpazos de Elise, ambas cayeron por el borde.

Oyó la risa de una mujer. O tal vez fuesen sollozos. Arañó la roca; algo tiraba de ella hacia abajo. Un millar de plegarias e imágenes confusas cruzaron por su mente. La roca le mordió la piel, mientras su cuerpo luchaba por aferrarse a la pared del acantilado. Jadeante, enloquecida por el miedo, miró hacia abajo y vio el rostro blanco de Elise, sus ojos oscuros. Vio cómo dejaba de aferrarse a las piedras para apuntarle con el revólver... y la vio caer al vacío.

Temblorosa, sollozante, Miranda apretó la mejilla contra la helada pared del acantilado. Sus músculos aullaban, le ardían los dedos. Allá abajo, el mar que ella siempre había amado batía con impaciencia, esperando.

El estómago, estremecido, vomitó hacia la garganta la náusea del vértigo. Luchando por contenerla, Miranda levantó la cara hacia la lluvia que la castigaba. Clavó la vista en el borde, a solo treinta centímetros de su cabeza. El haz de luz del viejo faro hendía la oscuridad, como si pretendiera guiarla.

No quería morir de ese modo. No quería perder de ese modo. Con los ojos fijos en su objetivo, trató de hallar algún apoyo para los pies. A fuerza de uñas logró elevarse dos, tres sudorosos centímetros; luego, uno más, antes de que los pies resbalaran.

Colgaba de las puntas ensangrentadas de los dedos cuando Ryan gritó por encima del borde:

–¡No te sueltes, Miranda! ¡Mírame! ¡Coge mi mano!

–Estoy resbalando.

–Aquí está mi mano. Solo tienes que estirarte un poco. –Él buscó asidero en las piedras mojadas para extender los dos brazos hacia ella.

–No puedo soltarme. Tengo los dedos entumecidos. Si me suelto caeré.

–No caerás. –El sudor le corría por la cara junto con la lluvia–. Coge mi mano, Miranda. –Aunque en su cabeza aullaba el pánico, la miró con una amplia sonrisa–. Venga, doctora Jones, confíe en mí.

Un sollozo quebrado surgió de la garganta de Miranda, que separó los dedos de la piedra y buscó los de él. Por un instante desgarrador sintió que pendía a milímetros de la muerte. Luego la mano de Ryan se cerró firmemente sobre la suya.

–Ahora la otra. Las dos manos.

–Oh, Ryan, por Dios. –Ya ciega, dejó de asirse.

Con todo el peso de Miranda colgando de sus brazos, Ryan pensó que ambos corrían el riesgo de caer. Retrocedió poco a poco, maldiciendo la lluvia que tornaba sus manos resbaladizas y parecía convertir la roca en cristal. Pero ella había empezado a colaborar, impulsándose con los pies.

Al llegar a la cornisa Miranda se afirmó en los codos hasta despellejárselos, mientras él la arrastraba los últimos centímetros que la separaban de la salvación. Cuando se derrumbó sobre Ryan, él la envolvió en sus brazos y la sentó en sus rodillas, meciéndola bajo la lluvia.

–Te vi caer. Te creí muerta.

–Ha faltado poco. –Miranda escondió la cara contra su pecho, allí donde el corazón palpitaba con latidos fuertes. A lo lejos se oyó el sonido agudo de las sirenas–. Si no hubieras venido, yo no habría podido sostenerme por mucho tiempo más.

–Habrías podido. –Él le echó la cabeza hacia atrás para mirarle a los ojos. Vio que tenía sangre en la cara–. Habrías podido –repitió–. Y ahora puedes aferrarte a mí. –La levantó para llevarla a casa.

–No me sueltes por un rato –pidió ella.

–No te soltaré.

Epílogo

Pero lo hizo. Y ella debería haberlo previsto. El maldito ladrón. «Confía en mí», y ella había confiado. Le había salvado la vida solo para abandonarla en medio del caos.

Esperó el momento, se dijo Miranda, paseándose por su habitación. Había permanecido a su lado mientras le curaban los cortes y las magulladuras. Había permanecido a su lado hasta que Andrew estuvo fuera de peligro.

La tenía entre sus brazos, protector, solidario, cuando ella relataba la pesadilla que había padecido con Elise.

Y hasta le sostenía la mano mientras daban a Cook una versión de los hechos algo corregida por Ryan. Ella se lo permitió. Corroboró cuanto él dijo y enmendó los detalles pertinentes para que no fuera a la cárcel.

Al fin y a la postre, él le había salvado la vida. Ese gusano.

Y luego desapareció sin decir palabra, sin previo aviso. Recogió sus cosas y se fue.

Miranda sabía adónde. Solo él sabía lo del almacén alquilado. Había ido a apoderarse de *La Dama Oscura*. A esas horas debía de estar en sus manos, junto con el *David*. Probablemente ya los hubiera entregado a alguno de sus clientes, a cambio de una fortuna. A esas horas debía de estar en alguna playa soleada, bebiendo ron y acariciándole el trasero a alguna rubia.

Si vuelvo a verlo... Pero no lo vería nunca más, por supuesto. Los asuntos que tenían en común (los legales) habían quedado en manos del gerente de su galería. La exposición fue un éxito. Él se había beneficiado, de eso y del papel desempeñado en la resolución de varios asesinatos.

Y ella había recuperado su reputación. La prensa internacional no paraba de hablar de la valiente, la brillante doctora Jones.

Elise, en su intento de destruirla, había acabado por consagrarla.

Pero ella no tenía el bronce. Ni a Ryan. Era preciso aceptar que jamás los recuperaría.

Y ahora estaba sola en una casa grande y vacía. Andrew recibía todas las atenciones de su novia, casi repuesto y feliz. Miranda se alegraba por él. Y lo envidiaba.

Claro que tenía su reputación. Y el Instituto. Y quizá, por fin, el pleno respeto de sus padres, ya que no su amor. Lo que no tenía era una vida propia.

Bien, podía crearla. Con impaciencia, se pasó una mano por el pelo. Seguiría el consejo que todos le daban: debía tomarse unas largas y bien merecidas vacaciones. Comprar un biquini, broncearse bien y ligar con algún hombre.

«Sí, eso es lo que haré», pensó, ceñuda. Y abrió de par en par las puertas de la terraza para salir a la cálida noche de primavera.

Las flores que había plantado en grandes arriates impregnaban el aire con su perfume. La dulzura de los alhelíes, el aroma especiado de las clavelinas, el encanto de las verbenas. Sí, estaba aprendiendo algunas cosas nimias y encantadoras, dándose tiempo para aprender. Para disfrutar. Para dejarse llevar por el momento.

La luna, blanca y perfectamente redonda, se elevó por encima del mar, navegando entre las estrellas, y bañó con un resplandor íntimo y místico el paisaje marino que ella amaba. El mar entonaba su recia canción, con una arrogancia que la colmó de anhelos.

Ryan llevaba dos semanas ausente. Y no regresaría. Al final todo era como siempre: había algo más importante que Miranda. Pero ya lo superaría. Estaba en el buen camino. Tomaría esas vacaciones pero allí mismo, que era donde necesitaba estar. En casa, construyendo el hogar que nunca le habían dado. Terminaría el jardín y haría pintar la casa. Y compraría cortinas nuevas.

Jamás volvería a confiar en otro hombre, pero al menos estaba segura de poder confiar en sí misma.

–Esta escena sería más sugestiva si llevaras puesto algo largo y vaporoso.

Miranda no se volvió de inmediato. Aún sabía dominarse. Lo hizo lentamente.

Él sonreía de oreja a oreja. Con sus ropas negras de ladrón, de pie en su dormitorio, sonreía.

–Tejanos y camiseta –continuó él–. Te sientan muy bien, pero no son tan románticos como una bata de seda que la brisa pudiera agitar. –Salió a la terraza–. Hola, doctora Jones.

Ella lo miró fijamente. Sintió la punta de los dedos que le rozaban la mejilla, un moratón que aún no se había esfumado del todo.

–Hijo de puta –masculló.

Y le dio un puñetazo en la cara.

Eso le hizo retroceder varios pasos y le nubló la vista. Pero Ryan tenía buen equilibrio. Movió la mandíbula con cautela; se limpió la sangre de la boca.

–¡Vaya manera de saludar! Es obvio que no te alegras mucho de verme.

–Solo me alegraría si te viera tras unos barrotes de acero, cabrón. Me utilizaste. Me mentiste. Confía en mí, decías. Y mientras tanto solo ibas detrás del bronce.

Él se pasó la lengua por las encías y percibió gusto a sangre. Esa maldita mujer tenía buenos puños.

–Eso no es del todo cierto.

Miranda cerró la mano, dispuesta a golpear fuerte otra vez.

–Fuiste a Florencia, ¿no? Saliste de esta casa, subiste a un avión y fuiste a Florencia a por las figuras.

–Por supuesto que lo hice. Tal como te dije.

–Miserable ladrón.

–Soy un ladrón excelente. Hasta Cook opina eso... aunque jamás podría probarlo. –Ryan sonrió otra vez, peinando con los dedos el pelo espeso y oscuro, que la brisa desordenaba–. Ahora soy un ladrón retirado.

Ella se cruzó de brazos. Aún le dolía el hombro izquierdo tras rodar por el acantilado, y sostenerlo le hacía bien.

–Supongo que puedes retirarte y vivir muy bien con lo que cobraste por los bronces.

–Con el valor de ese Miguel Ángel podría pasarme varias vidas sin trabajar. –Al advertir que ella apretaba los puños, Ryan la observó con cautela–. Es lo más exquisito que haya visto jamás –añadió, mientras sacaba un cigarrillo–. La copia era buena, sugería su potencia, pero no captaba su corazón, su mente, su esencia. Me asombra que alguien, tras haberla visto, pudiera confundirla con la verdadera. *La Dama Oscura* canta, Miranda. Es incomparable.

–Ella pertenece al pueblo italiano. Debe estar en un museo, donde todo el mundo la admire y pueda ser estudiada.

–Es la primera vez que te refieres a ella como a una mujer. Hasta ahora siempre decías «el bronce» o «la figura». Nunca «ella».

Miranda se volvió para contemplar el jardín, donde los arriates brillaban bajo la luz de la luna.

–No pienso analizar pronombres.

–Es más que eso, y lo sabes bien. Has aprendido algo que pasaste por alto todos esos años en que solo buscabas conocimiento:

que el arte es algo vivo. –Ryan exhaló una bocanada–. ¿Cómo está Andrew?

–¿Ahora quieres hablar de mi familia? Bien. Está muy bien. Y Elizabeth y Charles también. –Así los llamaba ahora–. Cada uno ha vuelto a su propia vida. Elizabeth lamenta la pérdida de *La Dama Oscura*, pero lo ha encajado bastante bien. Lo que más le duele es lo de Elise, que traicionó su confianza y su afecto. –Miranda le volvió la espalda–. La comprendo muy bien. Sé perfectamente lo que significa que te utilicen o se burlen de ti.

Ryan iba a acercarse, pero cambió de idea y se apoyó contra la pared. La seducción, las disculpas y las palabras dulces no servían de nada cuando Miranda estaba furiosa.

–Nos utilizamos mutuamente –la corrigió–. Y lo hicimos muy bien.

–Y ya ha terminado –señaló ella, inexpresiva–. ¿A qué has venido?

–A ofrecerte un pacto.

–¿De veras? ¿Por qué debo hacer un pacto contigo?

–Se me ocurren varios motivos. Respóndeme primero a esto: ¿por qué no me has denunciado a la policía?

–Porque siempre cumplo con mi palabra.

–¿Sí? –Como ella no respondió, Ryan se encogió de hombros, algo molesto–. Bien, vayamos al grano. Tengo algo que te gustará ver.

Después de arrojar el cigarrillo por encima de la barandilla, entró en el dormitorio y volvió con el bolso, del que sacó un paquete. Aun antes de que lo abriera, Miranda supo de qué se trataba, y quedó estupefacta.

–Hermosa, ¿verdad? –Sostenía la figura tal como un hombre abraza a su amante: con cuidado y pasión–. Me enamoré de ella nada más verla. Es una mujer ante la cual uno cae de rodillas. Y ella lo sabe. No siempre es amable, pero sabe cómo cautivarte. No me extraña que asesinaran por ella. –Observó a Miranda, los reflejos de la luna en la cabellera y los hombros–. ¿Sabes? Cuando la encontré, dentro de una caja de metal, encerrada en un arcón, en ese depósito polvoriento... Por cierto, allí estaba escondido el coche de Elise. Cuando la abracé por primera vez, de este modo, habría jurado que oía música de arpas. ¿Usted cree en esas cosas, doctora Jones?

Miranda casi podía oírla también, como en sus sueños.

–¿Por qué la has traído?

–Supuse que querrías verla otra vez. Para estar segura de que estaba en mis manos.

–Eso ya lo sabía. –No pudo contenerse y se acercó para deslizar un dedo por la cara sonriente–. Lo sé desde hace dos semanas. Lo supe en cuanto descubrí que habías desaparecido. –Miró a Ryan, su cara bella y traicionera–. No esperaba que volvieras.

–Si he de serte sincero, yo tampoco. –Él dejó el bronce en la mesa de piedra–. Ambos hemos obtenido lo que deseábamos. Tú tienes tu reputación. Eres toda una celebridad y nadie hace otra cosa que elogiarte. Supongo que las editoriales y Hollywood querrán comprarte la historia.

Era cierto, lo que no dejaba de avergonzarla.

–Todavía no me has respondido.

–Aguarda –murmuró él–. He cumplido con mi parte del trato. Nunca prometí devolverte el *David*. En cuanto a ella, solo me comprometí a encontrarla. La encontré y ahora es mía. De modo que tenemos un nuevo pacto en ciernes. ¿Hasta qué punto la quieres?

–¿Quieres vendérmela? ¿Me ofreces propiedad robada?

–En realidad, estaba pensando en un trueque.

–¿Un trueque? –Miranda pensó en la obra de Cellini que Ryan codiciaba. Y en la de Donatello. Y sintió un escozor en las manos–. ¿Qué quieres a cambio?

–A ti.

–¿Qué? –Estaba azorada.

–Una dama por otra. Me parece justo.

Miranda caminó hasta el extremo de la terraza y regresó. Decididamente, ese hombre era peor que un gusano.

–¿Quieres que me acueste contigo a cambio de una obra de Miguel Ángel?

–No seas estúpida. Eres buena en la cama, pero nadie vale tanto. Quiero todo el paquete. Ella es mía, Miranda. Está en mis manos. En los últimos días no dejo de pensar que te deseo más que a ella, lo que no deja de ser perturbador.

–No te entiendo.

–Claro que sí. Eres demasiado inteligente. Puedes quedarte con ella. Puedes ponerla en la repisa de la chimenea o devolverla a Florencia. Puedes usarla como pisapapeles. Me importa un bledo lo que hagas. Pero tendrás que darme lo que quiero a cambio. Se me ha antojado vivir en esta casa.

Miranda sintió una terrible presión en el pecho.

–¿Quieres vivir aquí?

Él entornó los ojos.

–¿Sabe, doctora Jones? No creo que esté fingiendo. No me entiendes, Miranda. Sí, quiero vivir en esta casa. Es un buen lugar para criar hijos. Mírate: te has puesto blanca como el papel. Esa es una de las cosas que me gustan de ti: lo mucho que te espantas cuando alguien va contra la lógica. Y te quiero hasta la inconsciencia, Miranda.

Ella emitió un sonido que no merecía el nombre de palabra; el corazón le latía con fuerza. Tropezó. Cayó.

Él se acercó, ya más divertido que asustado. Miranda no había movido un músculo.

–Insisto en tener hijos. Soy mitad irlandés y mitad italiano. ¿Qué se puede esperar?

–¿Me estás pidiendo que me case contigo?

–Estoy intentándolo. Tal vez te sorprenda, pero me cuesta tanto como a ti. He dicho que te quiero.

–Ya te he oído.

–¡Qué maldita testaru...! –Ryan se interrumpió–. Quieres el bronce, ¿no? –Antes de que ella pudiera responder, la cogió por la barbilla–. Y estás enamorada de mí –añadió con una amplia sonrisa–. No te molestes en negarlo. De lo contrario, me habrías denunciado en cuanto descubriste que había ido a buscarla.

–Ya se me ha pasado el enfado.

–Mientes. –Bajó la boca para darle un pequeño mordisco–. Acepta el trato, Miranda. No te arrepentirás.

–Eres un ladrón...

–Retirado. –Mientras acariciaba su cadera con una mano, metió la otra en el bolsillo–. Toma. Que sea oficial.

Ella intentó eludir el beso. Cuando Ryan quiso ponerle el anillo, apartó bruscamente la mano. Reconoció, con sorpresa y deleite, el anillo que él le había dado una vez.

–No seas tan terca. –Ryan cogió su mano y le colocó el anillo–. Acepta el pacto.

Por fin Miranda reconoció la presión que sentía en el pecho: era su corazón, que volvía a palpitar.

–¿Has pagado por él?

–Claro que sí.

Ella reflexionó por un instante. Dejaría que Ryan sudara un rato.

–La devolveré a Italia –dijo al fin–. Tal vez sea difícil explicar cómo llegó a mi poder.

–Ya se nos ocurrirá algo. Acepta el pacto, maldita sea.

–¿Cuántos hijos?

–Cinco –respondió él con una amplia sonrisa.

Miranda soltó una carcajada.

–Con dos será más que suficiente.

–Tres, con opción a otro.

–Tres y ni uno más.

–Trato hecho. –Ryan se acercó para darle un beso, pero ella apoyó una mano en su pecho.

–Aún no he terminado. Nada de trabajos ilegales –dijo–. Ninguno, por ningún motivo.

Él hizo una mueca.

–¿Por ningún motivo? Podría presentarse alguno interesante.

–He dicho por ningún motivo.

–Estoy retirado –murmuró él–. De acuerdo, no habrá trabajos ilegales.

–Me entregarás todos los documentos falsos que hayas acumulado a lo largo de tu carrera.

–¿Todos? Pero... –Ryan se interrumpió–. De acuerdo. –Si las circunstancias lo requerían, siempre podría conseguir otros–. ¿Qué más?

–Con eso basta. –Miranda le tocó la mejilla. Luego cogió su cara entre las manos–. Te quiero hasta la inconsciencia –murmuró, repitiendo las palabras de Ryan–. Acepto el trato. Te acepto a ti, pero eso significa que tú también me aceptas. Recuerda la maldición de los Jones. Traigo mala suerte.

–Doctora Jones. –Él le besó la palma de la mano–. Su suerte está por cambiar. Confíe en mí.

Índice

Título de la edición original: *Homeport*
Traducción del inglés: Edith Zilli,
cedida por Plaza & Janés Editores, S. A.
Diseño: Serifa
Fotografía de la sobrecubierta: Photonica

Círculo de Lectores, S. A. (Sociedad Unipersonal)
Travessera de Gràcia, 47-49, 08021 Barcelona
www.circulo.es
1 3 5 7 9 2 0 1 0 8 6 4 2

Depósito legal: B. 32681-2002
Fotocomposición: gama, s. l., Barcelona
Impresión y encuadernación: Printer industria gráfica, s. a.
N. II, Cuatro caminos s/n, 08620 Sant Vicenç dels Horts
Barcelona, 2002. Impreso en España
ISBN 84-226-9604-5
N.º 08565